INGRID KRETZ

Die zweite Braut

VON COLD ASHTON MANOR

BRUNNEN
Verlag GmbH · Giessen

MIX
Papier aus verantwortungsvollen Quellen
FSC® C014496
www.fsc.org

Lektorat: Carolin Kotthaus
Umschlagfoto: © Holly Leedham / Trevillion Images
Umschlaggestaltung: Daniela Sprenger
Satz: DTP Brunnen
Druck: GGP Media GmbH, Pößneck
ISBN Buch: 978-3-7655-3761-5
ISBN E-Book: 978-3-7655-7625-6

www.brunnen-verlag.de

Vertraue auf den HERRN von ganzem Herzen
und verlass dich nicht auf deinen Verstand;
erkenne Ihn auf allen deinen Wegen,
so wird Er deine Pfade ebnen.

Sprüche 3,5-6

Die vollkommene Liebe
wird uns nicht auf einmal zuteil,
weil wir nicht alles
auf einmal hergeben.

Teresa von Ávila (1515–1582)

Prolog

Frühjahr 1800, Dorf Cold Ashton

„Wach auf, Amber!" Die Stimme war ganz nah. Drängend. Fordernd.

Sie lief durch einen Wald, umgeben von riesigen Kräutern und unnatürlich großen Mörsern und Tiegeln, ohne einen Ausweg aus dem grünen Labyrinth zu finden. Es war warm hier, aber sie wusste nicht, vor wem sie auf der Flucht war, wohin sie überhaupt sollte und woher diese Rufe kamen.

Wieder herrschte die weibliche Stimme sie an: „Mach schon! Es wird Zeit."

Es hallte über sie hinweg. Jemand rüttelte so heftig an ihr, dass ihr Kleid flatterte, als würde es vom Wind bewegt.

Langsam kam sie zu sich. Sie lag zusammengerollt wie eine junge Katze in ihrem Bett, die Decke fest um sich geschlungen, und hatte keine Ahnung, warum irgendjemand neben ihrem Bett stand.

Schattenrisse zerteilten ihr Zimmer und als sie die Silhouette neben sich erkannte, erschrak sie. Ihre Mutter! Was war nur los? Warum stand sie hier im Dunkeln? Und dieser merkwürdige Traum eben? Was hatte das alles zu bedeuten?

Mrs Alice Devaney griff wieder nach ihrer Schulter. „Steh jetzt auf!", mahnte sie erneut in diesem befehlenden Ton.

Angst stieg in Amber hoch. „Wieso?“ Sie richtete sich auf und stützte sich mit den Armen ab. „Was ist passiert?“, blinzelte sie verschlafen. „Warum weckst du mich mitten in der Nacht?“

„Mitten in der Nacht!“, spottete ihre Mutter und ging zur Tür. „Wann denn sonst? Sollen uns die Nachbarn etwa zuschauen? Hol dir eine Lampe und zieh dich an. Wir müssen gleich los.“ Die Klinke schnappte ins Schloss.

Gleich los? Amber spürte, wie ihr Magen rebellierte und schluckte den aufsteigenden Würgereiz runter. Es war schon immer so gewesen, dass ihr Körper bei zu wenig Schlaf aufbegehrte. Wahrscheinlich tat ihre augenblickliche Lage noch das ihrige hinzu. Abermals stieg es sauer in ihr auf. Sie presste die Lippen zusammen und schwang die Beine aus dem Bett. Für einen Moment verharrte sie sitzend auf der Bettkante.

Bis auf einige wenige Geräusche im Erdgeschoss war es fast totenstill im Haus. Was ging hier vor? Warum holte Mama sie nachts aus dem Schlaf? Und wo um Himmels willen sollten sie hin? *Wir müssen gleich los.* Warum? Wohin mussten sie?

Langsam kroch Amber aus dem Bett und huschte mit nackten Füßen aus dem Zimmer, ohne sich einen Morgenmantel überzuwerfen. Die Kälte im Haus kroch an ihr hoch. Sie beugte sich über das Geländer und bemerkte einen Lichtstrahl, der aus der Küche in den Flur fiel. Schnell lief sie die Treppe hinunter. Einen Augenblick verharrte sie vor der Tür, bevor sie den Raum betrat. Ihre Mutter stand fertig angezogen da und sah sie ernst an. „Da“, sie wies auf eine Lampe, „und jetzt beeil dich!“

Hinter ihr stand Mary, ihre Dienerin, ebenfalls vollständig bekleidet, mit verschlafenem Blick und Äpfeln in der Hand.

Amber war völlig ratlos. „Würdest du mir bitte erklä-“

„Nein!“ Die Stimme zerschnitt die Nacht. „Dafür ist jetzt keine Zeit! Ich erkläre es dir später.“ Ihre Mutter drehte ihr den Rücken zu und wies Mary an, noch Brot und Wurst in einen Korb zu packen. „Und vergiss den Krug mit Wasser nicht!"

Amber machte keine Anstalten zu gehen und schluckte. Während Tränen ihre Augen fluteten, verschwamm die Küche zu einem düsteren Nebel. Es musste etwas ganz Schlimmes passiert sein. „Was … was ist denn nur los? Ist der Krieg bis hierhin vorgedrungen?"

Ihre Mutter drehte sich um und verzog den Mund, als habe sie in einen säuerlichen Hering gebissen. „Krieg? Bis du noch bei Sinnen? Weißt du wirklich nicht, was los ist?"

„Nein!" Amber schrie und ahnte Verhängnisvolles. Sie stürzte aus der Küche und rannte nach oben. Warum war Richard gerade nicht da? Wie sollte sie ihm nur sagen, dass sie verreiste? Gab es jetzt keine Möglichkeit mehr, ihm noch eine Nachricht zu schicken? Hoffentlich konnte sie ihm später schreiben. Und warum war Vater nicht aufgestanden? Wusste er überhaupt von den Plänen seiner Ehefrau? Oder war das hier ein Komplott?

„Die Lampe!", gellte die Stimme ihrer Mutter. Schluchzend stieg Amber wieder zu ihr hinab und nahm die bereitgestellte Öllampe an sich. Zurück in ihrem Zimmer streifte sie eilends ihr Nachtkleid ab, schlüpfte in ihr Mieder und das geblümte himmelblaue Kleid, das sie so gerne mochte, und holte ein Paar Strümpfe aus ihrer Kommode. Nachdem sie sich vollständig angezogen hatte, löste sie ihren Zopf, bürstete grob ihr hüftlanges Haar und steckte es mit geübten schnellen Handgriffen zu einem Dutt im Nacken zusammen. Ihre Schnürstiefel standen noch ungeputzt unterm Fenster. Vater hatte gestern Abend dringend ein paar Salben und Tinkturen in seiner Apotheke zubereiten müssen und sie war ihm bis in die späten Abendstunden zur Hand gegangen.

Endlich stand sie angezogen da und warf einen letzten, gequälten Blick in den Spiegel. Ihre Augen wirkten verquollen und glichen schmalen Schlitzen. Darüber thronten dunkle Augenbrauen gleich eleganten Bögen und hoben sich bestechend dunkel von ihren lichtblonden Haaren ab, als habe sich ein Maler in der Farbe vertan. Sie besaß keine Kraft, wie gewöhnlich frühmorgens ihrem Spiegelbild zuzulächeln. Mit dem noch feuchten Waschlappen vom Abend fuhr sie sich durchs Gesicht. Das musste für jetzt genügen und sie hoffte, ihre Morgentoilette bald wieder gewissenhafter verrichten zu können.

Vorm Haus hörte sie Hufgeklapper. Noch ehe sie sich versah, stand ihre Mutter in Mantel und mit einem monströsen Hut bekleidet in der Haustür, als gäbe es nichts Selbstverständlicheres, zu nachtschlafender Zeit mit der Kutsche auszufahren. Sie drückte ihr den Wollmantel in die Hand, schob sie in das Wageninnere der Kutsche und stellte ein kleines Gepäckstück neben die Füße. Entschlossen setzte sie sich neben Amber, die die Füße zurückziehen musste, weil Mary sich mit dem vollgepackten Proviantkorb auf die Bank gegenüber zwängte. Als der Kutscher die Tür verschlossen hatte, lehnte ihre Mutter sich zurück und seufzte laut.

Amber warf Mary einen fragenden Blick zu, doch die starrte nur zur Decke und sah nicht aus, als sei sie sonderlich überrascht über diese Fahrt. Wahrscheinlich war das junge Mädchen eingeweiht worden.

Amber senkte den Kopf. Es war düster hier, aber nicht vollständig dunkel und so erkannte sie ihren kleinen Koffer. Ob der Kutscher für Mutter den großen auf dem Dach befestigt hatte? Aufgrund der Eile und ihrer Verwirrung hatte sie ihm keine Beachtung geschenkt. Sie zeigte nach oben. „Dein Koffer ist dort?“, fragte sie zaghaft, als sich das Gefährt in Bewegung setzt. Als Letztes erhaschte sie noch das Schild über der Eingangstür zur Apotheke „Farmacy Jeff Devaney“.

Ihre Mutter schüttelte den Kopf. „Ich brauche keinen.“

„Aber du reist doch mit mir." Amber sah sie verständnislos und mit großen Augen an. Sie schluckte, während Kälte und Hitze durch ihren Körper rasten. Augenblicklich war sie hellwach.

Ihre Mutter nestelte an ihren Hutbändern, setzte den Hut ab und spitzte die Lippen. „Nur bis Newport. Dort werden die Pferde gewechselt. Wenn ich Glück habe, bin ich bis abends wieder daheim." Sie sah Amber an, die sie mit offenem Mund anstarrte. „Ich hoffe, du verstehst, dass ich Mary das Geld für die Übernachtungen anvertraut habe. Womöglich verlierst du es noch in deiner Verwirrung. Bestimmt müsst ihr ein Gasthaus aufsuchen, denn weder ihr noch die Pferde können unendlich lange fahren."

Amber hielt die Luft an. Der abweisende Blick ihrer Mutter schmerzte. Sie faltete ihre klammen Hände und schickte ein stummes Bittgebet zu Gott. *Herr, ich ahne, dass sie mich fortschafft. Bitte, bitte, hör mein Flehen! Wie viele Gebete habe ich in den letzten Wochen an dich gerichtet, o allmächtiger Gott? Ich kann doch nicht mehr, als mich schuldig zu fühlen. Wie oft habe ich in den letzten Tagen um Verzeihung gefleht? Jetzt darf ich noch nicht mal mehr zu Hause sein. Niemand will mich. Wo bringt man mich hin?*

Als habe ihre Mutter ihre Frage gehört, meinte sie: „Du besuchst eine Verwandte von uns."

„Eine Verwandte?" Mühsam unterdrückte Amber das Zittern in ihrer Stimme. „Ich möchte aber niemanden besuchen."

Das interessierte wohl keinen. „Sie freut sich, dich kennenzulernen."

Ganz gewiss nicht, dachte Amber und starrte aus dem Fenster. Die Cotswolds lagen wie ein dunkel ausgebreitetes Tuch vor ihr. Am Horizont war ein hellgrauer Streifen erkennbar, der den kommenden Morgen erahnen ließ. Sie fror. Im Inneren der Kutsche war es genauso kalt wie draußen, nur dass die Landschaft draußen friedvoll von Morgentau eingehüllt war, während hier drinnen eine stille Unruhe herrschte. Der Mond hing unbeirrt über dem Land und noch war kein Vogelgezwitscher zu hören. Amber griff nach ihrem Mantel und breitete ihn über ihre Knie aus.

„Und wo, bitte, wohnt diese Verwandte?"

„Du fragst zu viel."

„So kannst du nicht mit mir reden!"

Amber fing Marys ungläubigen Blick auf und jäh stieg Ablehnung in ihr hoch. Mochte doch die Dienerin über ihre Widerworte denken, was sie wollte.

„Ich glaube, da verwechselst du was!" Ihre Mutter fuhr herum. „Du hast dich in Schlamm gebadet und wunderst dich, dass Dreck hängen bleibt?! Dein Benehmen hat unsere Familie mit Schande bedeckt. Und ich gebe dir den guten Rat, niemandem im Dorf einen Brief zu schreiben, geschweige denn, dein Obdach mitzuteilen!"

Ambers Herzschlag raste und sie schluchzte auf. War diese herzlose Frau tatsächlich ihre Mutter? War sie schon immer so abgestumpft gewesen? Nein, sicher nicht.

Ambers Mutter hatte zwar schon oft eine spitze Zunge gehabt und es beispielweise als Blödsinn abgetan, wenn Amber Interesse für Vaters Apotheke gezeigt hatte, aber mehr auch nicht.

Ihr Vater dagegen hatte sie immer in Schutz genommen, denn er schätzte ihren Wissensdurst und erklärte ihr mit Hingabe die verschiedensten Kräuter, Pflanzen und ihre Wirkung. Oft lobte er sie als große Hilfe.

Doch was war es dann, das ihre Mutter so handeln ließ? Sie war zwar noch nie besonders feinfühlig gewesen, aber auch nicht völlig gefühllos. Natürlich war sie nicht gewohnt, Gefühle zu zeigen. Die Sitte ließ nicht viel Spielraum für romantische Empfindungen. Die gehörten vielmehr hinter verschlossene Türen. Doch ihr jetziges Handeln überstieg alles, was Amber jemals gewohnt gewesen war.

Hatte ihr Fehlverhalten etwa dazu geführt, dass man sie nicht eingeweiht hatte? Hatten ihre Eltern mit ihrem Widerstand gerechnet und deshalb diese nächtliche Aktion gestartet?

Die Angst, ihre Tochter könne ein gefallenes Mädchen werden, hatte von dem Augenblick an wie ein Wetterleuchten über der Familie gehangen, seit es die ersten Zeichen einer körperlichen Veränderung gegeben und Amber nicht mehr wie ein Besenstiel ausgesehen hatte. Ungeachtet welcher Gesellschaftsschicht man angehörte, gab es strenge Regeln für junge Leute, und die betrafen insbesondere das sittliche Verhalten.

Das Gefährt rumpelte über die Landstraße. Mary saß still neben Amber und hielt die Augen geschlossen. Bald sackte ihr Kopf auf die Brust, während ihr gleichmäßiges Atmen einem vernehmbaren Schnarchen wich. Mutter war in Schweigen versunken und hielt sich kerzengerade auf dem Sitz. Bei einem Blick aus dem Fenster bemerkte Amber, dass der Mond hinter Wolken verschwunden war. Am Horizont warf die aufgehende Sonne einen großen Bogen, der von orangenen Farben hinauf bis zu mystischen Violetttönen reichte. Erst allmählich erwachte die Natur. Irgendwo bellte ein Hund und Vogelgezwitscher begleitete ihre einsame Fahrt. Sie durchfuhren Dörfer, die oft nur aus wenigen Häusern und Gehöften bestanden. Hier und da waren Leute zu sehen. Frauen schütteten das Nachtgeschirr auf der Straße aus.

Amber fragte wiederholt nach, wohin die Reise ginge und wie lange sie wegbleiben würde, doch ihre Mutter hüllte sich in Schweigen. Die Fahrt schien kein Ende zu nehmen. Wer war diese Verwandte, von der Mutter gesprochen hatte? Vater hatte eine Schwester, die sie als Kind kennengelernt hatte, aber sie wusste nicht, wo diese lebte. Dann gab es noch einen Onkel, der irgendwo in die Nähe von London gezogen war. Es wurde nicht viel von den Angehörigen erzählt, aber hin und wieder traf man sich doch. Bis heute hatte sie dem keine Bedeutung zugemessen. Ihre Mutter hatte keine Geschwister, nur drei Tanten und einen Onkel. Sie lebten in umliegenden Dörfern. Eine Tante war bereits verstorben. Ob die Reise zu Vaters Verwandten ging? In Gedanken versunken nahm sie die Landschaft, die am Fenster vorüberzog, kaum noch wahr. So bemerkte sie zuerst nicht, dass sie plötzlich zum Stehen gekommen waren.

Als plötzlich die Tür aufgerissen wurde, schreckte sie auf. Es war der Kutscher, der Mutter jetzt beim Aussteigen half. Amber seufzte erleichtert und nahm die entgegengestreckte Hand, um sich ebenfalls heraushelfen zu lassen. Auch Mary war hochgeschreckt. Kein Wunder, hatte sie doch die ganze Zeit geschlafen und wusste jetzt sicher nicht, wo sie sich befanden.

Erst jetzt bemerkte Amber, dass sie vor einer Postkutschenstation standen. Ein großes, nachlässig gemaltes Schild über dem Eingang wies darauf hin. Männer hasteten um Pferde herum, riefen sich Kommandos beim Einschirren zu und versuchten, unruhig gewordene Rösser zu beruhigen. Es roch nach Pferdemist und Ruß, den der Wind von der Straße und von den Schornsteinen naher Häuser herüberwehte. Ihre Mutter sprach mit dem Kutscher, während Mary dicht zu Amber trat und sich zitternd den Mantel umschlang.

„Er muss die Pferde wechseln“, rief Mrs Devaney, „und ihr könnt euch im Gastraum bei einem Tee aufwärmen, bis er die Order zur Abfahrt gibt. Mary, achte auf das Geld! Und du, Amber, richte bei deiner Ankunft meine Grüße aus.“

Mutters Stimme klang entschieden und wenig mitfühlend. Enttäuscht traten Amber Tränen in die Augen und sie schniefte. Was würde nun werden? Wohin sollte die Reise gehen? Würde sie je wieder nach Cold Ashton zurückkehren? So musste es Gefangenen ergehen, die nach ihrer Verurteilung auf Nimmerwiedersehen nach Australien deportiert wurden. Sie hatte gehört, dass nicht wenige bereits auf der Überfahrt starben und selten jemand in die alte Heimat zurückkehrte. Sie schnappte nach Luft. Warum rettete sie niemand vor einer Zukunft, die ungewiss und nur schlimm sein konnte? Ja, sie hatte einen Fehler begangen. Einen schlimmen Fehler. Die Folgen waren gravierend, aber sah so die Hilfe einer liebenden Mutter aus? Noch nicht mal von ihren kleinen Brüdern hatte sie sich verabschieden können. Wie ein Dieb in der Nacht musste sie sich davonstehlen.

Ihre Mutter trat auf sie zu und wollte sie formhalber zum Abschied umarmen, doch Amber wich zurück. Ein Hauch von Beschämung schwelte in ihr. Nur mühsam hielt sie sich auf den Beinen und starrte ihre Mutter wortlos an. Dann schüttelte sie den Kopf, drehte sich um und stürzte auf die Tür der Postkutschenstation zu. Sie riss sie auf, floh in den warmen Aufenthaltsraum und ließ mit einem Krachen die Tür hinter sich ins Schloss fallen.

I

Zehn Monate zuvor – Sommer 1799, Cold Ashton Manor

Die mächtige, hohe Holztür flog mit einer solchen Wucht auf, dass sie mit Getöse an die Wand krachte und Richard selbst erschrocken innehielt. Es war ein Glück, dass der Diener, der gerade den Salon verlassen wollte, geistesgegenwärtig die Flasche auf dem Tablett festhielt und einen Schritt zurücktrat, sonst wäre er mit ihm zusammengeprallt.

Entgegen seiner Art beachtete er den Diener nicht weiter.

„Du willst sie nicht zum Jahrmarkt gehen lassen?" Lord Richard Clarke, fünfter Viscount von Landsdown und künftiger Graf von Cold Ashton, stampfte durch den Raum und blieb schnaubend vor seinem Vater stehen, der, ebenso wie seine Mutter, in seinem Sessel erschreckt auffuhr.

„Was ...?", setzte Lord Archibald Clarke an, doch Richard ließ ihn nicht zu Wort kommen.

„Muss ich deine Entscheidung vom Dienstpersonal erfahren? Wie kommst du dazu, ihnen das zu verbieten?" Er konnte sich nicht mehr erinnern, wann er derart aufgebracht und ungestüm seinem Vater gegenübergetreten war. Dass seine Mutter jetzt alles mitbekam, war ihm egal. „Das hat's noch nie gegeben!"

„Muss ich dich vorher um Genehmigung ersuchen?", fragte sein Vater beißend zurück und riss eine Augenbraue hoch. „Noch bin ich Herr über Cold Ashton." Sein Weinglas schepperte beim Absetzen.

Richard unterdrückte knirschend einen weiteren Vorwurf und warf einen Seitenblick auf seine Mutter Lady Kathleen, die immer noch kerzengerade im Sessel verharrte und ihn entgeistert anstarrte. Die Abendsonne beleuchtete ihr sanft geschnittenes Gesicht und schenkte ihren lebhaften Augen einen warmen Glanz.

Das köstliche Rebhuhn, das sie gemeinsam vor knapp einer Stunde beim Dinner genossen hatten, und das seiner Meinung nach in den Cotswolds niemand besser zubereitete als ihre Köchin, lag plötzlich wie ein starrer Klumpen in Richards Magen. Er fuhr sich mit der Hand durch seine braunen Haare. „Der Jahrmarkt in Marshfield bietet ihnen endlich mal etwas Abwechslung, findest du nicht?" Nachdrücklich fügte er hinzu: „Das Vergnügen haben sie nur einmal im Jahr!"

Sein Vater ließ sich zurück in den Sessel sinken und wich seinem Blick aus. „Wozu?", brummte er vor sich hin und verdrehte die Augen. „Das hat es früher auch nicht gegeben." Lustlos griff er nach der *Times*, die mit roten Sprenkeln versehen neben dem Weinglas lag, und blätterte darin.

Richard hob das Kinn. Noch immer spürte er, wie sein Herz pulsierte und sein Mund vertrocknet wie die Sahara war. Er wandte sich ab, schritt im Stechschritt quer durch den Salon bis zu den Fenstern und drehte sich um. Sein Ton wurde schärfer. „Die Leute freuen sich jedes Jahr auf das Mummenspiel und finden es beeindruckend. Was ist daran verwerflich?"

„Mummenspiel! Mummenspiel!" Der alte Graf schmiss die Zeitung auf den Boden, fuchtelte mit den Händen durch die Luft und rief: „Ein völlig überflüssiger Zeitvertreib."

Richard ignorierte den besorgten Blick seiner Mutter und verschränkte die Arme vor der Brust. „Für dich vielleicht, Vater, aber wenn sie Spaß an Schauspiel und Maskeraden haben, warum denn nicht?"

Der Graf lachte trocken auf. „Sie sollen sich lieber bilden und die Mälzerei ansehen. Da können sie noch was lernen. Davon gibt es nur ganz wenige hier in der Gegend."

„Ich kann mich nicht erinnern, dass mal ein Rummel hier im Dorf stattgefunden hat. Und Marshfield liegt doch nur eine gute halbe Stunde Fußweg entfernt." Sein Ton wurde sanfter. „Was hindert dich also, ihnen an ihrem freien halben Tag ein wenig Zerstreuung und Vergnügen zu gönnen?"

Die Gräfin, die dem Gespräch anfänglich schweigend zugehört hatte, beugte sich über den kleinen Tisch, der zwischen ihr und dem Grafen stand, und tätschelte die Hand ihres Gatten. „Mein Lieber", sagte sie sanft, „die Dienerschaft geht, seit ich denken kann, jedes Jahr dorthin. Warum also neuerdings verbieten? Du willst doch wohl nicht öffentlich eingestehen, dass du plötzlich an Amnesie leidest?" Dabei zwinkerte sie ihrem Mann schelmisch zu. „Das könnte sich, wenn dein Leiden die Runde macht, widersetzlich auf deinen Sitz im Oberhaus auswirken. Man würde deine Vorschläge und Ideen, die bisher wohlwollende Ohren fanden, kritisch verfolgen. Möglicherweise sogar ganz abtun."

Der Graf kniff die Augen zusammen. „Ich finde, es ist ein gefährlicher Ort", belehrte er sie. „Erst letztes Jahr gab es wieder Überfälle. Ich erinnere mich noch genau, dass drei Straßenräuber einen unschuldigen Mann ausgeraubt und dabei seine Kleidung zerschnitten haben. Halunken sind das! Und da wollen unsere Diener hin?"

An den flatterigen Atemzügen seines Vaters bemerkte Richard den Verdruss, was aber nicht an der Luft des Salons liegen konnte, denn jeden Morgen wurde ausgiebig gelüftet. Richards Blick fiel auf den Kamin, der danach immer Stunden brauchte, um die Kühle des großen Zimmers wieder zu vertreiben. Darüber hing ein mächtiges Blumenbild mit Goldrahmen, das von irgendeinem alten Meister geschaffen worden war und nun von Generation zu Generation weitervererbt wurde.

Richard hob beschwörend die Hände. „Es hat schon immer Räuber gegeben und solange sie sich nicht im Herzen ändern, werden sie die Überfälle nicht lassen. Das ist schlimm, wie du zu Recht feststellst und Armut kein Grund, die Gesetze zu übertreten." Er fragte sich, was mit seinem Vater los war, und senkte die Stimme. „Aber niemand glaubt dir, dass es dir einzig um das Wohl oder Seelenheil der Dienerschaft geht, oder?"

„Ist ja gut." Sein Vater hob die Schultern und setzte ein unschuldiges Lächeln auf. „Trotzdem finde ich, der sonntägliche Kirchgang und die Bibelstunden unter der Woche sind mehr als abwechslungsreich für das Hauspersonal." Er trank den restlichen Wein in seinem Glas aus und läutete nach dem Diener. Dann lehnte er sich zufrieden zurück. „Vortrefflich, dieses Rebhuhn eben", seufzte er. „Wenn es nur nicht so klein gewesen wäre!"

„Du lenkst vom Thema ab", monierte Richard. Er setzte eine gekränkte Miene auf und seine Augen verengten sich. „Bleibst du dabei? In diesem Jahr kein Jahrmarktbesuch?"

Sein Vater blinzelte. „Macht doch, was ihr wollt. Dann sollen sie eben gehen."

Richard seufzte erleichtert und wandte sich zur Tür. „Dann will ich ihnen gleich die gute Nachricht verkünden."

„Warte!" Sein Vater wies auf einen freien Sessel. „Setz dich einen Moment zu uns." Zu dem Diener gewandt, der in diesem Moment den Salon betrat, sagte er: „Nochmals von dem guten Roten und ein Glas für meinen Sohn."

Richard blieb nichts anderes übrig, als sich zu seinen Eltern zu setzen. Er wartete, bis der Diener alle Gläser gefüllt und den Raum verlassen hatte. Bevor er sich erkundigen konnte, ob es sonst noch etwas zu besprechen gab, griff seine Mutter das vorige Thema wieder auf.

„Ich werde Mrs Robinson dein Lob ausrichten", sagte sie

lächelnd. „Manchmal erstaunt es mich, dass sie in ihrem Alter – ist sie nicht fast siebzig? – noch solche Köstlichkeiten fabrizieren kann. Und die Neue in der Küche scheint zum Glück nicht so unbeholfen zu sein wie die letzten Küchenmädchen. Da gab es kaum eine, die etwas lernen wollte. Ich denke, Mrs Robinson könnte dem Mädchen das Kochen beibringen."

„Tu das." Der Graf tätschelte ihren Handrücken und fuhr sich dann über seinen kahlen Schädel. Über seinen Augen erhoben sich immer noch dunkle Brauen, während der Vollbart fast vollständig mit grauen Haaren durchsetzt war. Für sein Alter hatte der Lord noch eine bemerkenswert schlanke Figur, was er seinen Vorfahren zuschrieb, die allesamt von athletischer Gestalt gewesen waren. Mit wachen Augen musterte er Richard. „Weißt du, worüber ich in letzter Zeit nachdenke?"

Richard schüttelte den Kopf und nippte an seinem Glas. Er hatte da so eine Ahnung. „Hoffentlich nicht über irgendwelche langweiligen Bälle." Bei der Erinnerung an einen der letzten Tanzabende wurde ihm mulmig zumute. Seine gute Laune war fast dahin gewesen, als er endlich alle Tänze hinter sich gebracht hatte, die man der Etikette nach von ihm erwartete. Viel lieber hätte er sich um seine Pferde gekümmert oder mit Freunden getroffen. Die offiziellen Einladungen waren, auch wenn es nach außen hin so schien, nicht wirklich seine Welt. Er liebte das Landleben und genoss es, dass er in der glücklichen Lage war, sich mit Pferdezucht beschäftigen zu dürfen. Außerdem war er bisher keiner jungen Dame begegnet, mit der er gerne näher in Kontakt getreten wäre. Es störte ihn, dass die – zugegeben – hinreißend gekleideten jungen Mädchen, die bei ihrem Debüt auf den Bällen alle Blicke auf sich zogen, anscheinend nichts weiter konnten, als albern zu kichern und den jungen, unverheirateten Männern kokette Augenaufschläge zuzuwerfen. Alle Einladungen der Eltern auf ihre

Anwesen hatte er bisher erfolgreich abwehren können. Bei solchen Treffen wurden nämlich standesgemäße Arrangements verhandelt, so viel wusste er. Allerdings war es fraglich, wie lange er sich noch davor drücken konnte. Mit jedem Jahr, das er mit seinen inzwischen sechsundzwanzig Jahren ledig verbracht hatte, wurde der Druck seiner Eltern größer.

„Aber Richard, über Bälle zu sprechen ist doch Frauensache", meinte die Gräfin charmant und schmunzelte, „und wo du es gerade ansprichst: Ich denke tatsächlich darüber nach, im Herbst eine große Gesellschaft zu geben."

„Du meinst, wenn die Repräsentanten des Oberhauses mit ihren Familien aus London zurückgekehrt sind?", fragte sein Vater. „Übrigens, ich werde nächste Woche wieder in die Hauptstadt fahren."

„Schon wieder? Du sollst dich doch noch erholen, hat Doktor Wright gesagt."

„Ich fühle mich schon wieder bestens. Die Luftnot ist weg."

„Trotzdem finde ich, dass du sehr oft in der Hauptstadt bist", beschwerte sich die Gräfin, „so viele Sitzungen kann es doch gar nicht geben."

Er wich ihrem Blick aus. Stattdessen schnellten nun seine Brauen in die Höhe und sein Ton wurde plötzlich hitziger. „Verehrteste, da widerspreche ich dir. Du stellst dir das alles ziemlich einfach vor. Die häufigen Sitzungen und Beratungen nehmen viel Zeit in Anspruch. Zudem gibt es dort, wie du selbst erlebt hast, Teegesellschaften und Abendeinladungen, bei denen man erscheinen sollte, wenn nicht gar muss."

Richard spürte eine vage Unruhe bei seinem Vater, doch er konnte seine Zweifel an dessen Beteuerungen an nichts festmachen. Irgendetwas schwang mit der Unterhaltung durch das Zimmer, das nicht mit Händen zu greifen war. Wahrscheinlich war er einfach sehr empfindsam für Worte, selbst für die, die nicht ausgesprochen worden waren.

„Ich nehme lediglich die Aufgabe meines Sitzes im House of Lords ernst. Noch ist es *meine* Pflicht als Graf von Cold Ashton, das Parlament zu unterstützen." Der Graf zog die Stirn in Falten. „Eines Tages wird Richard meinen Platz einnehmen. Und meinen Titel erben."

Sie hob die Hände. „Schon gut, Archibald. Tut mir leid."

Trotzdem las Richard in ihren Augen noch einen Schimmer von Misstrauen, was er sonst nicht von ihr kannte. Er schürzte die Lippen und fragte sich, warum ihre Worte einen leicht verzweifelten Unterton hatten. Ob er mit einer lustigen Anekdote die gekippte Stimmung aufhellen sollte? Nein. Es war besser, das Gesprächsthema zu wechseln. Am besten zu etwas, das ihm am Herzen lag. „Morgen will ich mit Young die Schafherden ansehen. Es müssten neue Lämmer dazugekommen sein."

Sein Vater nickte und wirkte erleichtert. „Mach das. Er wird sich freuen, wenn er nicht alleine rausreiten muss."

Richard sah zur Standuhr. Auf seinem Schreibtisch wartete noch eine Menge unerledigte Post und wenn er sich nicht beeilte, war es zu spät, heute noch den Dienstboten die gute Botschaft zu verkünden.

Ein paar Tage später war es so weit. Die Dienerschaft war bis auf Mrs Robinson am Samstag nach dem Lunch aufgebrochen, um den Jahrmarkt in Marchfield zu besuchen. Die Köchin hatte sich aufgrund ihres Alters entschuldigt und gemeint, dass sie weder Zuckerwatte noch sonstige Zerstreuung brauchte.

Nachdem Richard mehrere Stunden im Stall und auf der Koppel verbracht hatte, um mit Stallmeister MacCormick ein Fohlen an die Herde zu gewöhnen, beschloss er im Laufe des Nachmittags, ebenfalls nach Marchfield zu fahren. Nachdem er sich umgekleidet hatte, ließ er anschirren.

Die Sonne stand noch hoch am Himmel, der, nur von wenigen Schäfchenwolken bedeckt, ein luftiges Blau über die Felder spannte. Richard genoss das monotone Hufgeklapper und betrachtete die niedrigen Steinmauern, die den größten Teil der Straße säumte und die Felder vom Fahrweg trennten. Ab und zu unterbrach ein Baum die einförmige Ebene. Der flache, fast eigenwillige Landstrich mit Hügeln am Horizont löste in Richard ein wohltuendes Gefühl aus und er dachte dankbar an das Geschenk, in einer wohlhabenden Familie aufgewachsen zu sein. Das war zwar kein Garant für Glück und ewige Freude, aber die Verantwortung, die damit einherging, gefiel ihm. Er hatte ähnliche Anliegen wie seine Mutter, die mit ihren Wohltätigkeitsveranstaltungen den Blick auf Arme lenkte und um sie besorgt war.

Sein jüngerer Bruder Edward hatte es vorgezogen, dem Land als Soldat zu dienen und war in die Armee eingetreten. Er liebte das Meer, was jeden hier verwunderte, da das Herrenhaus, in dem er groß geworden war, weder an der Küste noch an einem Fluss lag. Und noch weniger verstand man in der Familie, dass er unter dem Befehl von Admiral Duncan gegen Niederländer kämpfte. Es war ein echtes Wunder gewesen, dass er in der Seeschlacht bei Camperduin nicht wie unzählige seiner Kameraden umgekommen, sondern nur verwundet worden war. Mutter hatte sich rührend um ihn gekümmert. Das war vor fast zwei Jahren gewesen und kaum, dass er sich wieder auf den Beinen halten konnte, hatte er Cold Ashton Manor wieder verlassen.

Seitdem war er nicht mehr daheim gewesen und Richard hoffte, dass er bald Heimurlaub bekam. Jill, ihre ältere Schwester, sah er ebenfalls nur selten. Sie war verheiratet mit Sir Walter Leroy und lebte mit Mann und drei kleinen Kindern nahe London.

Richard dagegen fühlte sich in seiner Heimat tief verwurzelt und Dankbarkeit erfüllte ihn, dass er als Erbe von Cold Ashton hier leben durfte.

Die Silhouette von Marshfield rückte immer näher. Bald passierte er die ersten Häuser und fuhr die High Street entlang. Viele Leute tummelten sich auf den Straßen und sein Kutscher bog zur Kneipe *The Charles Inn* ab, wo er bis zur Rückfahrt warten würde. Schon vor *The Charles Inn* befanden sich erste Buden. Mitten auf den Straßen standen in marktschreierische Farben gekleidete Gaukler und Artisten, jonglierten mit Bällen, spuckten Feuer und ließen Ringe um Hände und Füße kreisen, um dann im Applaus der Zuschauer Hüte herumgehen zu lassen. Die anschließenden kritischen Blicke der Künstler in die Hüte offenbarten, dass sie mit den Gaben unzufrieden waren.

Richard ging weiter und musste lächeln, als er den Stand eines Zuckerbäckers sah, und erinnerte sich an die alte Köchin. Mrs Robinson saß jetzt bestimmt auf der Treppenstufe, die zum Gemüsegarten hinausführte, wo sie sich gern ausruhte.

Auf einem großen Platz nahe der Kirche hatten Mummenspieler ihre Bühne aufgebaut und unterhielten die Leute. Das Gelächter war groß und spornte die Spieler an, noch mehr Unfug zu treiben. Unter den zahlreichen Zuschauern befanden sich jetzt bestimmt auch die Bediensteten von Cold Ashton Manor. Sie waren dankbar gewesen, als sie doch noch die Erlaubnis für den Jahrmarkt bekommen hatten.

Sein Blick fiel auf eine junge Frau, die in seiner Nähe vor einer Bude stand. Sie war schön! Fasziniert betrachtete er ihr Profil, während sie eine Zuckerwatte entgegennahm. Unter ihrer Haube hatten sich einige Strähnen aus der Frisur gelöst. Ihr Haar flimmerte im Sonnenlicht und ließ ihre helle Haut strahlen, wobei ein paar Sommersprossen auf ihrer kleinen Nase tanzten. Sie machte einen gepflegten Eindruck mit ihrer schlichten weißen Bluse und einem hellgrünen, weiten Rock, der vom leichten Wind um ihre grazile Gestalt flatterte. Jetzt trat sie ein paar Schritte zurück, um anderen Leuten Platz zu machen, die hinter ihr anstanden. Ihre Bewegungen waren fließend und für eine Frau war sie recht groß.

Plötzlich huschte wie aus dem Nichts ein großer, kräftiger Junge auf den Stand zu und riss einer anderen Frau den Geldbeutel aus der Hand, als diese gerade eine Zuckerstange bezahlen wollte. Blitzschnell verschwand er mit dem Diebesgut zwischen den Marktbesuchern. Ein Aufschrei ging durch die Menge und als sie verstanden, dass die Frau beraubt worden war, erhob sich ein Gebrüll.

„Dieb!" und „Halunke" waren noch die biedersten Worte. Viele hatten es gesehen, aber niemand bewegte sich, den Räuber einzufangen – bis auf die große Blonde, die Richard fasziniert betrachtet hatte. Sein Blick blieb fest auf sie gerichtet. Sie drückte der jetzt weinenden Frau ihre Zuckerwatte in die Hand und war im Handumdrehen wie vom Erdboden verschluckt. Um die Bestohlene, die nun ungläubig dastand und ihre Zuckerstange in der einen, die Zuckerwatte in der anderen Hand vor sich hielt, hatte sich ein Kreis gebildet. Trostlose Verwünschungen für den Täter und bedauernswerte Worte für das Opfer drangen an Richards Ohr. Noch immer stand er wie angewurzelt da und beobachtete den Menschenauflauf. Schon bald wurde es den Leuten aber zu langweilig und nach und nach wandten sie sich ab.

Als die Bestohlene fast alleine dastand, drängte sich die junge Frau von eben durch die Menge und blieb keuchend vor ihr stehen. Tröstend legte sie einen Arm um sie. „Er ist mir entwischt", hörte Richard sie erklären. „Ich hab ihn beim Karussell eingeholt, aber als ich ihn festhalten wollte, hat er nach mir geschlagen."

Die Frau schluchzte laut auf. „Mein ganzer Wochenlohn ist

weg. Wie soll ich das daheim erklären? Mein Mann wird mich verprügeln." Sie reichte ihr die Zuckerwatte und schnäuzte sich weinend in den Rock.

In Richard regte sich Mitleid und er ging auf sie zu, blieb aber, von Zweifeln geplagt, ob er das Richtige tat, ein paar Meter von ihr entfernt stehen. Noch bevor er sich entscheiden konnte, griff die junge Frau in ihre Tasche, holte ein Geldstück hervor und drückte es der Frau in die Hand. „Das dürfte reichen", sagte sie mit einem aufmunternden Lächeln, drehte sich um und setzte ihren Weg fort.

Ungläubig schaute die Frau auf das Geldstück in ihrer Hand. „Das ist doch viel zu viel!" Doch die Blonde war schon fast außer Sichtweite. „Gelobt sei der Herr", rief sie hinter ihr her, „und gesegnet seiest du." Dann reckte sie die gefalteten Hände und den Kopf für einen Moment gen Himmel, bevor sie in eine Seitenstraße abbog und aus Richards Blickwinkel verschwand.

Betreten wagte er nicht, einfach weiterzugehen. Es wäre seine Aufgabe gewesen, der Überfallenen beizustehen und ein Leichtes gewesen, ihr finanziell auszuhelfen. Die junge Frau hatte zwar nicht ärmlich ausgesehen, aber bestimmt fiel es ihr schwerer als ihm, auf Münzen zu verzichten. Mal ganz davon abgesehen, dass er noch nicht mal den Ansatz eines Versuchs gemacht hatte, den Dieb zu verfolgen.

Was hatte ihn daran gehindert? Stolz? Faulheit? Angst? Neugier? Er schüttelte den Kopf und schalt sich, dass er der armen Frau nicht zu Hilfe geeilt war.

Während er nun unschlüssig inmitten der Jahrmarktbesucher dastand, kam in Richard der Wunsch auf, die Wohltäterin wiederzusehen. Sofort schlug er die Richtung ein, in der sie verschwunden war. Er zwängte sich durch die Leute, vorbei an Müttern mit Kindern auf dem Arm, lachenden jungen Burschen und ein paar

Alten, die auf einen Plausch beieinanderstanden. Für die Handarbeiten, Spiele und Attraktionen hatte er keine Augen mehr. Ihn interessierten weder der dressierte Hund, der Mann mit dem Guckkasten oder die kleinwüchsigen Männer in Uniformen noch die farbigen Lichter, die ein Kerzenzieher zum Erstaunen der Menschen herstellte.

Aber wie sollte er sie wiederfinden, wo er weder einen Namen noch sonst etwas von ihr wusste? Es waren heute viele Menschen in der Stadt unterwegs und die meisten kamen aus umliegenden Orten. Sein Herz wurde schwer.

Ihr beherztes Beistehen und ihr Geschenk hatten ihn tief berührt. Er rief sich ihr schönes Gesicht ins Gedächtnis und wie sie ohne zu zögern die Verfolgung aufgenommen hatte. Er musste lächeln – zu gern wollte er sie näher kennenlernen! Aber ob er sie je wiedersehen würde?

Eine halbe Stunde später war Richard wieder auf dem Heimweg. Die Farben am Himmel hatten sich verändert und kündigten den Abend an. Die Sonne würde bald verschwunden sein, ihr Licht aber noch bis in die Abendstunden auf die Felder und Hügel werfen.

War es verwerflich, wenn er Gott bat, die Unbekannte seinen Weg kreuzen zu lassen? Hatte er nicht versprochen, Gebete zu erhören? *Und alles, was ihr bitten werdet in meinem Namen, das will ich tun.*

Aber galt das auch für Bitten, die eher eigennützig waren? Durfte er diese Zusage auch dann wörtlich nehmen? Er war sich nicht sicher. Nur eines wusste er: Die schöne junge Frau ließ ihn nicht mehr los!

An diesem Abend hatte Amber Mühe, die Flickarbeit zu beenden, wie sie es ihrer Mutter versprochen hatte. Sie war unkonzentriert und stach sich in den Finger. Das passierte ihr auch ständig bei Stickarbeiten, und nachdem sie einige Decken und Kissen durch Blutstropfen verschandelt hatte, konnte sie ihre Familie überzeugen, dass sie einfach nicht zum Handarbeiten geboren war.

Überall wachten Mütter mit strenger Miene darüber, dass ihre Töchter ihre Aussteuer mit kunstvollen Motiven versahen, was Amber jetzt erspart blieb. Niemand wollte ihre mit roten Sprenkeln versehenen Werke sehen, und außerdem lag ihr wenig daran, sich mit Freundinnen zum vorgeschobenen Sticken zu treffen, nur um dies als Konversation über Verehrer und mögliche Heiratskandidaten zu nutzen. Würden sie sich bei den an sich netten Treffen stattdessen auch mal über Pflanzen und Heilwirkungen unterhalten, wäre sie gerne dabei.

Abgesehen davon brauchte sie eine Ewigkeit, um den Riss an der Hose ihres zehnjährigen Bruders Todd zu reparieren. Auch Graysons Hose war an den Knien wie Pergament und Amber fragte sich, wie der Neunjährige das hingekriegt hatte, ohne sich die Haut zu verletzen. Jedenfalls hatte er sich nicht beklagt, was er sonst bei jeder noch so kleinen Schramme tat.

Während Amber versuchte, sich auf die Flickarbeit zu konzentrieren, kreisten ihre Gedanken immer wieder um den Diebstahl auf dem Jahrmarkt. Die arme Frau war so verzweifelt gewesen, dass Amber ihr ihr mühsam Erspartes einfach hatte schenken *müssen*. Eigentlich war es für ein wunderschönes lilafarbenes Retikül gedacht gewesen, das sie letztes Jahr bei einem Händler entdeckt hatte und das in der üblichen fünfeckigen Art geschneidert, mit grüner Seide ausgekleidet und mit Blütenmotiven bestickt gewesen war. In den hiesigen Geschäften hatte sie einen derart entzückenden Pompadour noch nicht entdecken können. Sie seufzte.

Jetzt hatte das Gesparte eben einen anderen Sinn bekommen. Je mehr sie darüber nachdachte, desto sicherer war sie, dass sie das Richtige getan hatte.

Erst kürzlich hatte Reverend Horton eine Predigt gehalten, in der er es als groben Undank auslegte, nichts zu spenden, nur weil man dabei nichts zurückerhielt. Gott als Geber aller Gaben sei die Richtschnur. Diesen Gedanken hatte der Reverend mit dem biblischen Zitat „Einen fröhlichen Geber hat Gott lieb" unterstrichen. Und ergänzend hatte er noch einen anderen Ausspruch des Apostels Paulus vorgestellt: „Wer wenig sät, wird wenig ernten." Und umgekehrt. Bedeutete das nicht, dass Gott irgendetwas aus dem machen würde, was sie gespart hatte und sie sich darüber freuen durfte?

Schlimmer wäre gewesen, wenn sie das Geld verloren hätte. Jetzt konnte sich diese arme, unglückliche Frau darüber freuen. Zu dumm, bedauerte Amber, dass sie den diebischen Burschen nicht dingfest machen konnte, aber beruhigend zu wissen, dass das nun Sache von Friedensrichter Bob Shepherd war.

Als Amber am nächsten Morgen wach wurde, freute sie sich über das laute Vogelgezwitscher vor ihrem Fenster. Sie lächelte, sprang gut gelaunt aus dem Bett und stürmte nach der Morgentoilette in die Küche. Ihre Mutter schöpfte mit einer Kelle Porridge in Schüsseln und stellte sie auf den Tisch.

„Du bist spät dran", begrüßte sie sie, „Vater hat schon nach dir gefragt. Hast du die Sachen gestopft?"

„Ja, alles." Ihr Herz machte einen Sprung. Das bedeutete, den ganzen Tag in der Apotheke helfen zu dürfen. Sie griff nach einem Messer und schälte Äpfel, die sie in kleine Stücke schnitt und auf dem Porridge verteilte. Todd und Grayson wollten schon mal probieren, bis Vater hereinkam und sich zu ihnen setzte. Nach dem Tischgebet verlief die Mahlzeit schweigend, bis ihr Vater aufstand und die Küche verließ. Während Mary den Tisch abräumte, huschte Amber in die Apotheke, um ihren Vater beim Trocknen gesammelter Kräuter zu unterstützen.

Einige Minuten später stand sie im Hinterzimmer der Apotheke an einem großen Tisch. Ein Berg von Lungenkraut und Taubnessel lag vor ihr. Taubnessel konnte vielfältig eingesetzt werden und gerade Frauen schätzten ihre beruhigende Wirkung bei Unterleibsbeschwerden. Vater empfahl sie auch gegen Husten, Fieber und Hautausschlägen oder schlecht kurierenden Wunden.

Den Sauerklee hatte sie beiseitegelegt, denn er eignete sich nicht zum Trocknen. Eine daraus zubereitete Limonade war zwar herb, aber sie fand den Geschmack köstlich.

Während Amber die Blätter des Lungenkrautes von den Stängeln pflückte, stand ihr Vater vorne im Laden und verarbeitete die Blätter im Mörser, solange keine Kunden kamen. Plötzlich ertönte ein lautes Krachen und kurz darauf hörte Amber ein Stöhnen. An diesem Morgen hatte noch kein Kunde den Laden betreten, daher wusste Amber gleich, dass etwas mit ihrem Vater geschehen sein musste. Sofort stürzte sie nach vorne und fand ihren Vater auf dem Boden liegend, neben ihm die umgestürzte Leiter, die man benötigte, um an die obersten Bretter der deckenhohen Regale zu gelangen.

„Hast du dir wehgetan?" Sie kniete neben ihm und half ihm, sich halbwegs aufzurichten. Dabei ächzte er erneut und griff sich ans Bein. „Ich wollte etwas von oben herunterholen, als es mir plötzlich im Bauch stach, ziemlich heftig … ah … es tut immer noch weh …" Mühsam stützte er sich mit einer Hand am Boden ab, mit der anderen hielt er sich die Seite. Sein Gesicht war schmerzverzerrt, sodass Amber es mit der Angst zu tun bekam. „Mir ist ganz flau geworden, da bin ich von der Leiter abgerutscht." Er rieb sich das Knie. „Es hat wohl auch was abbekommen."

Amber legte die Hand auf seine Schulter. „Wie lange hast du die Beschwerden schon?" Sie sah ihn aufmerksam an und bemerkte seine gelbliche Gesichtsfarbe.

Er winkte ab. „Ist nichts Schlimmes. Geht schon wieder. Hilf mir mal." Er ächzte, als sie ihm aufhalf. Sofort knickte er mit dem wehen Knie ein und ließ sich auf einem Stuhl nieder.

„Ich hole den Arzt", bestimmte Amber, „und bitte keine Widerrede!" Auf eigene Faust hing sie das *Geschlossen*-Schild ins Fenster und versperrte die Eingangstür.

Kurze Zeit später hatte sie Vater mithilfe ihrer Mutter ins Bett gebracht und seinem schmerzenden Bein eine kalte Kompresse verpasst.

Doktor Wright hatte seine Praxis in Marshfield und Amber hoffte, dass sie ihn dort antreffen würde. Wenn sie Pech hatte, war er irgendwo in einem der umliegenden Dörfer auf Hausbesuch. Zum Glück war es sonnig und trocken. Eilig lief sie die High Street entlang und grüßte ein paar Leute auf der Straße. Bald hatte sie die Landstraße erreicht, die eine große Biegung nach links machte, um dann fast schnurgerade nach Marshfield zu führen. Das Haus des Arztes stand direkt an der Ecke zur Sheepfair Lane. Auf ihr Klopfen hin öffnete seine Frau und hörte sich ihr beherztes, wenn auch außer Atem vorgetragenes Anliegen an.

„Mein Mann wurde nach Dyrham Park gerufen, wird aber hoffentlich bis Mittag zurück sein. Ich werde ihm Bescheid geben", erwiderte sie freundlich. „Alles Gute für deinen Vater."

Amber bedankte sich und machte sich auf den Heimweg. Sie dachte an ihre Freundin Tessa, die Küchenmädchen auf Dyrham Park war und ihr manchmal von dem erhabenen Anwesen und manchmal auch von der anstrengenden Arbeit dort erzählt hatte.

Ihr Blick schweifte über die Ebene und sie sog tief die Aromen der Blumen und Bäume ein. Mittlerweile war sie sich nicht mehr sicher, ob sie das Richtige getan hatte. Vielleicht hatte Vater nur eine kleine Unpässlichkeit und einen Bluterguss am Knie? Und für diese Kleinigkeit verlangte sie nun den Arzt. Hoffentlich reagierte er nicht verärgert über die vermeintliche Bagatelle. Wann hatte ihr Vater schon mal den Medicus kommen lassen? Sie konnte sich nicht erinnern, dass er seinetwegen jemals da gewesen war. Als Apotheker wusste er ja, wie man Beschwerden mit selbst angefertigten Heilmitteln aus dem Laboratorium linderte.

Ihre Zweifel waren umsonst gewesen. Doktor Wright untersuchte ihren Vater gründlich. „Sein Knie ist tatsächlich nur geprellt und kalte Wickel helfen, dass die Schwellung schnell zurückgeht. Weitaus mehr Sorgen machen mir aber seine Schmerzen im Oberbauch. Wie lange hat er sie bereits?" Der Arzt betrachtete ihre Mutter aufmerksam durch seine Brille.

„Ich weiß nicht", sagte diese irritiert, „er hat sich bisher noch nie beschwert."

„Ungewöhnlich", konstatierte der Arzt, verschloss seine Tasche und wandte sich an Amber. „Er muss starke Schmerzen gehabt haben. Ist dir auch nichts aufgefallen?"

Sie schüttelte den Kopf und hob die Schultern.

„So sind sie, die Männer", zwinkerte er daraufhin, „echte Helden." Sofort wurde er jedoch wieder gebührlich. „Aber das sollten sie nicht sein, wenn es sich um eine ernsthafte Erkrankung handelt." Er sah ihren Vater eindringlich an. „Mr Devaney, der Gallenfluss ist gestört und ich denke, dass Steine den Gallengang blockieren. Eine äußerst qualvolle Angelegenheit, wie Sie sicher bemerkt haben. Deshalb verordne ich ein Schmerzmittel, um die krampfartigen Schmerzen zu lindern." Als er Vaters entsetzten Blick sah, beschwichtigte er ihn: „Ich kann Sie beruhigen, meist gehen die Steine von alleine ab. Trotzdem müssen Sie sich zumindest ein paar Tage schonen. Ihr Knie braucht Ruhe und Ihre Galle wird es Ihnen danken."

Als der Arzt gegangen war, starrte ihr Vater zur Decke empor. „Was passiert jetzt mit der Apotheke?", grübelte er. „Ich kann unmöglich die Leute vor der geschlossenen Tür stehen lassen."

Eine Idee schoss Amber durch den Kopf. „Was hältst du davon, wenn ich, solange du krank bist, auf deine Anweisung und unter deiner Anleitung die Tinkturen zubereite? Ich kenne doch schon viele Rezepte und wenn du danebensitzt, natürlich mit hochgelegtem Bein, dürfte das doch möglich sein, oder?" Verstohlen beobachtete sie ihre Mutter, die zu einer Erwiderung anhob, doch Ambers Vater warf ihr einen ernsten Blick zu und schnitt ihr damit das Wort ab.

Er wandte den Kopf. „Amber", sagte er voller Enthusiasmus, griff nach ihrer Hand und seine Lippen formten ein Lächeln, „das würdest du tun? Mir fällt ein Stein zwar nicht aus der Galle, aber vom Herzen." Er zwinkerte ihr zu. „Es ist ja nicht für lange, nur für ein paar Tage."

Ihre Mutter rang sich zu einem Kopfnicken durch und schwieg.

Amber schloss die Augen und dankte lautlos Gott, dass ihr Vater nicht ernsthafter krank war und sie ihm nun ganztägig in der Apotheke zur Hand gehen durfte. Sie bat um Gelingen bei den Rezepturen, wobei die Kunden ja weiterhin von ihrem Vater beraten werden konnten. Wie gut zu wissen, dass der allmächtige Gott ihn behüten würde!

Der Oktober zeigte sich von seiner charmantesten Seite und goss goldene Farben über das Land. Das Laub von Bäumen und Blättern entfaltete ein Feuerwerk an Farbschattierungen von Grün bis

Braun, dass Richard manchmal ergriffen stehen blieb, wenn er über die Ländereien ritt, die zu Cold Ashton Manor gehörten.

Das alles würde eines Tages einmal ihm gehören. Aber es war nicht Stolz, der in ihm aufkam, nein, eher ein andächtiges Staunen. Mit diesen Feldern, Wiesen und Wäldern, auf denen viele Menschen ihr tägliches Brot verdienten, ging die große Verantwortung für ihr Wohlergehen einher. Übers Land verteilt lebten Schmiede, Stellmacher, Milch- und Gemüsebauern, Schafscherer, Stallburschen und noch viele andere Familien und Handwerker aus dem Dorf. Ebenso der Verwalter und die Dienerschaft, wobei Letztere im Haus untergebracht waren.

Mit Verwirrung beobachtete Richard in diesen Tagen die Aktivitäten seiner Mutter, die tatsächlich wieder einen Ball auf Cold Ashton Manor organisiert hatte. Der Herbst war die ideale Jahreszeit dazu. Die Peers, die üblicherweise den Sommer in London im Parlament verbrachten und meist wegen der wochenlangen Abwesenheit von zu Hause ihre Familien mitnahmen, waren wieder zurückgekehrt.

„Ich könnte dir einen Tanzlehrer empfehlen", teilte die Gräfin Richard eines Morgens mit, als sie das Frühstück beendet hatten und noch im Esszimmer standen. Freudig schaute sie ihn an und drehte sich dann vor ihm im Kreis, wobei ihr Rock über den Boden schwebte. „Was du in deiner Jugend gelernt hast, das –"

Richard ergriff ihre Hand, sodass sie stehen bleiben musste und sah sie voller Wärme an. Ihre grauen Augen, umrahmt von vielen kleinen Fältchen, strömten eine unglaubliche Lebenskraft aus. Sie hatte vor zwei Jahren eine schwere Erkrankung überstanden und offenbar neue Energie gewonnen. Ihre braunen Locken hatte die Zofe zu einer Hochfrisur getürmt. Trotzdem reichte seine Mutter ihm nur bis zur Schulter. Richard musste lächeln, weil sich trotz diverser Kämme ein paar Strähnen gelöst hatten und jetzt wild abstanden. „Du kannst dich immer noch wundervoll auf dem Parkett bewegen. Vater kann stolz auf dich sein." Er zögerte, doch dann wurde sein Herz weich. „Nun ja, einen Nachmittag könnte ich für Tanzunterricht opfern."

Einige Tage später war es so weit – die ersten Ballgäste reisten an. Bereits vor dem Torhaus waren prächtige Blumenbuketts arrangiert und je mehr man sich dem Herrenhaus näherte, umso üppiger und farbenprächtiger wurden die Verzierungen, gepaart mit brennenden Fackeln, die den Weg beleuchteten und schon vor dem Haus eine festliche Stimmung zauberten.

Die Gräfin hatte von der Dienerschaft zwei Räume herrichten lassen, in denen Mäntel und Gepäck abgestellt werden konnten. Ein paar der aristokratischen Gäste würden mit eigenen Kammerdienerinnen und Lakaien anreisen. Sämtlichen Stallburschen war unter MacCormicks strenger Aufsicht befohlen, den Kutschen einen Platz zuzuweisen und die Pferde der Gäste zu versorgen.

Im großen Saal gab es eine lange Tischreihe mit Köstlichkeiten aus Mrs Robinsons Küche und Erfrischungen. Eine Schar Hausmädchen hatte stundenlang die gleißenden Kronleuchter geputzt, damit der Blickfang des Saales in neuer Würde erschien und genauso prächtig funkelte wie Diademe und Brillantschmuck der Ladies.

Aus den umliegenden Herrenhäusern und Grafschaften waren zahlreiche Adlige eingeladen worden, darunter viele junge Leute – einige der Frauen waren sogar Debütantinnen. Nichts hatte Lady Kathleen Clarke vergessen: Im Eingangsbereich und im Saal wurde man von einem prächtigen Blumenschmuck begrüßt, die Teppiche waren von der Dienerschaft eingerollt und weggeschafft worden, um Platz fürs Tanzen zu schaffen, und es gab Berge von Delikatessen sowie allerlei Erfrischungen, darunter der beliebte

Punsch, wobei Wein, Würzbier und Tee zu den bevorzugten Getränken gehörten. Eine Musikkapelle sorgte für beschwingte Melodien.

„Lord John Pomeroy und Lady Anne Pomeroy, ihre Tochter Lady Susan." Der Zeremonienmeister klopfte zu jedem Gast mit dem Stab auf. „Lord Albert Mooney, der Graf von Keaton und Lady Olivia Mooney, die Gräfin von Keaton, ihr Sohn Lord Barry Mooney, der Viscount von Larton." Wieder hob er den Zeremonienstab. „Sir Samuel Traverton und Lady Kate Traverton, ihre Tochter Lady Julie …"

Der Saal füllte sich, während Richard neben seinem Freund Francis die Gäste betrachtete. Die Gentlemen unterschieden sich in ihrer Kleidung wenig voneinander, meist nur in der Farbe ihrer Halsschleife oder ihrer Hosenfarbe. Ein paar junge Männer waren in Uniform erschienen, vorwiegend Söhne von Aristokraten, die sich als Offiziere in der Pflicht sahen, ihrem Land zu dienen. Bedauerlicherweise war Edward nicht da. Er würde hier nicht nur adäquate Gesprächspartner finden, sondern hätte auch bestimmt Gefallen an den reizenden Debütantinnen. Die jungen Frauen schwebten mit geröteten Wangen, auffällig gelockten Hochsteckfrisuren und mit tausend Rüschen verzierten, bunten Seidenkleidern durch den Saal. Eine ganze Weile ließ Richard die Eindrücke auf sich wirken, aber je länger er dastand, umso enger wurde ihm ums Herz. Das Bild der jungen Frau im schlichten Kleid vom Jahrmarkt drängte sich vor sein geistiges Auge. Beim Gedanken an sie beschleunigte sich sein Herzschlag und er bedauerte es, dass sie nicht anwesend war.

Richard stieß seinem Freund Lord Francis Asbury unauffällig in die Seite. Francis war der Marquess von Salisbury in der Grafschaft Wiltshire und als begnadeter Tänzer bekannt. Er hatte die Einladung angenommen, für ein paar Tage Gast auf Cold Ashton zu sein. Es bedurfte meist keiner großen Worte, wenn sie sich trafen. Eine stille Harmonie lag über ihrer jahrelangen Freundschaft.

„Heute hast du eine große Auswahl. Ich bin sicher, es sind unter den Debütantinnen einige, die sich bestens auf die Tänze vorbereitet haben. Ich kann mich an die Zeit erinnern, als ich noch ein Junge war, dass meine Schwester sich wochenlang plagen musste, bis sie die Schrittfolge verinnerlicht hatte."

„Und? Hat es sich gelohnt?"

„Ich glaube ja, sie hat einen netten Mann gefunden."

Die Männer lachten und Francis meinte: „Wenn man wie ich das Tanzen liebt, ist es ein Vergnügen."

Richard hoffte immer noch, es irgendwie vermeiden zu können. Er bediente sich lieber an den mit Schinken und Käse gefüllten Toasts sowie am kalten Braten. Solange er aß, würde er hoffentlich verschont bleiben. Diese Ausrede konnte er jedoch nicht den ganzen Abend lang nutzen und so stellte er schließlich nach einiger Zeit resigniert den Teller beiseite. Sein Vater musste ihn beobachtet haben, denn kurz darauf ergriff er die Chance, ihn vermeintlich unauffällig in ein Gespräch zu verwickeln und ihm Lady Helen Alnwick vorzustellen. Sie war die Tochter eines Marquess von Irgendwo, dessen Name ihm sofort wieder entfallen war. Die junge Frau erinnerte ihn mit den glatten Haaren an das Mädchen von Marshfield, aber ihre Augen hatten einen frostigen Ausdruck, der durch tief liegende Augenbrauen noch verstärkt wurde.

Richard schätzte sie auf Anfang bis Mitte zwanzig. Sie trug ein Seidenkleid, das ein Vermögen gekostet haben musste. Dennoch wirkte sie darin nicht elegant – dazu waren ihre Bewegungen zu krampfhaft, ja, fast schon linkisch. Als ein junger Lakai mit einem Tablett voller gefüllter Gläser etwas zu nahe an ihr vorüberging, tadelte sie ihn in scharfem Ton, woraufhin er zusammenzuckte und das Tablett ins Wanken brachte. Ein Weinglas kippte um und die rote Flüssigkeit ergoss sich über sein Livree. Richard tat der Junge leid und wollte nicht darüber nachdenken, was passiert wäre, wenn das Glas in Lady Helens Richtung gefallen wäre.

Als Richard sich einige Minuten später aus dem Gespräch verabschiedete, spürte er, dass er beobachtet wurde und schaute sich um, bis er an der gegenüberliegenden Seite des Saales Helens Eltern, Lord Andrew Alnwick mit seiner Gattin Ruth, entdeckte, die ihn mit ernsthaftem Blick und zusammengekniffenen Mündern musterten. Sein Mund wurde trocken, und er fuhr sich mit der Zunge über die Lippen. Er verstand nicht, warum sein Vater ihm Lady Helen so ans Herz legte. Bei dem Gedanken daran wurde ihm unwohl.

Es war üblich, dass die jungen Damen und Herren eine Anzahl an Tänzen auswählen durften. Dazu gehörte auch die Wahl eines Tanzpartners. Notgedrungen arbeitete er deshalb nun die Tanzkärtchen ab. Er gab sich große Mühe, der einen oder anderen Lady, die meist mit hochrotem Kopf und verschämtem Augenaufschlag die Reels, Eccosaises und Quadrillen mit ihm drehte, nicht auf die Füße zu treten.

Nach einiger Zeit kam auch Lady Helen an die Reihe. Es war ein schottischer Reel, den die Kapelle spielte. Lord Francis Asbury hatte eine hübsche Rothaarige am Arm, während Richard sich mit Helen und zwei weiteren Paaren aufstellte. Als führendes Paar tanzten Lady Helen und er mit den anderen Tänzern die vorgeschriebenen Figuren – immer mit Blickkontakt, um von unterschiedlichen Standpunkten im Saal irgendwann wieder an die Ausgangsposition zu gelangen. Francis schwebte mit seiner Tanzpartnerin vorbei und zwinkerte ihm aufmunternd zu.

Es fiel Richard schwer, Lady Helen in die Augen zu sehen, doch nicht nur, weil er keine Wärme entdecken konnte. Er musste sich auch sehr auf die Schrittfolge konzentrieren. Trotzdem kam er bald aus dem Takt, worauf er resigniert seufzte und froh war, als die Kapelle endlich eine Pause verkündete. Höflich entschuldigte er sich für seine Fehler, die sie mit einem nervösen Nicken vergab.

Was sollte er nur mit dieser strengen jungen Frau? Glaubte sein Vater tatsächlich, man könne Gefühle erzwingen? Er verbeugte sich formvollendet vor ihr und bedankte sich artig. Dann flüchtete er nach draußen, während im Inneren nach einer Weile die Musik wieder aufspielte und eine Contredanse Anglaise verkündete. Er bedauerte nicht, alleine die frische Nachtluft zu schnuppern und betrachtete die schwarzen Umrisse der Bäume, die vorhin noch in der Abendsonne zimtrot geleuchtet hatten. Bis jetzt konnte er dieser Art des gesellschaftlichen Zusammenseins nichts abgewinnen und er fragte sich, ob sich das jemals ändern würde.

2

Dezember 1799, Dorf Cold Ashton

Richard drückte die Klinke der pechschwarzen Eichentür herunter. Das Glöckchen bimmelte und er musste sich mit Kraft gegen die Tür stemmen, bis sie unter einem Schnarren aufschwang. Wahrscheinlich hatte sich das Holz durch die feuchte Witterung verzogen.

Er betrat die Apotheke und während er die Handschuhe auszog, rieselten Schneeflocken auf den Mosaikboden. Er spürte neugierige Blicke auf sich ruhen. In diesem Moment bedauerte er, den Schnee auf seinen Ärmeln und Stiefeln nicht draußen vor der Tür abgeklopft zu haben.

In einem Anflug von Übermut war er von Cold Ashton Manor mit seinem offenen Landauer gestartet, in der Hoffnung, der befürchtete Schneefall würde erst morgen kommen. Was ihn bewogen hatte, nicht einfach einen Diener zu beauftragen, das Gefährt umzubauen oder wie gewöhnlich in der geschlossenen Kutsche zu fahren, wusste er selbst nicht.

Er lächelte vor sich hin, weil man manchmal Dinge tat, die wider jede Vernunft waren oder weil man sich langweilte oder weil sie einfach amüsant schienen. Jedenfalls hatte es während der Fahrt plötzlich angefangen kräftig zu schneien und es hatte ihm sogar Spaß gemacht, hautnah mitzuerleben, wie die Welt noch leiser wurde, als sie hier in den Cotwolds bereits war. Die weiße Pracht schluckte letzte Töne und wusch die Landschaft in ein überirdisches, fast heiliges Weiß.

Es war warm im Verkaufsraum und als er vortrat, hinterließen seine Stiefel kleine Pfützen. Er blieb vor dem großen Ladentisch stehen, der aus dunklem Holz gearbeitet war und viele Schubladen besaß. Dahinter stand ein großer Wandschrank, links und rechts vollständig eingefasst mit Regalen und gefüllt mit unzähligen Gefäßen, Tiegeln und Behältern in verschiedenen Größen, die alle sorgfältig beschriftet waren. *Sulfur.Depurat., Ungt.Zinci., Acid. Salicyl., Rhiz.Rhei., Empl.Canthar.Perpet.* und viele andere merkwürdige Bezeichnungen las er. Wann war er das letzte Mal hier gewesen? Es mussten einige Jahre her sein, doch offenbar hatte sich seitdem nichts in der Apotheke verändert, bis auf den Besitzer, denn inzwischen war Mr Devancys Bart ergraut und er trug eine Brille.

Richard lenkte seine Aufmerksamkeit vom Apotheker auf eine ältere Dame, die er beriet und der er für die Behandlung ihrer Beschwerden eine Kombination aus getrockneter Goldrute und Dornige Hauhechel empfahl. Sie möge allerdings die längere Ziehzeit der Dornigen Hauhechel bei der Zubereitung des Tees beachten, machte Mr Devaney deutlich.

Plötzlich trat aus dem Schatten des Apothekers eine junge Frau hervor. Es brauchte keinen Wimpernschlag, um *sie* zu erkennen und ihm stockte der Atem. Sein Herz begann zu rasen. Es war die Wohltäterin vom Jahrmarkt!

Endlich hatte er Gelegenheit, sie genauer zu betrachten. Sie war schlank und hatte hellblonde glatte, aufgesteckte Haare, die trotz der trüben Beleuchtung im Geschäft regelrecht wie ein flimmernder Sommertag leuchteten. „Guten Tag! Wie kann ich Ihnen helfen?", fragte sie mit sanfter Stimme und sah ihn aufmerksam an.

Er fand es ungewöhnlich, sie unvermittelt und auf Augenhöhe anzusehen, anstatt wie gewohnt bei jungen Damen den Kopf zu neigen, weil sie ihm meist nur bis an die Schultern reichten. Die Situation hier war irgendwie anders und neu. Er erstarrte, als er in ihre Augen blickte. Sie hatten das lichteste Blau, das er jemals gesehen hatte, umrahmt von dichten Wimpern in etwas dunklerem Ton als ihre Haarfarbe. Sein Blick verharrte fasziniert auf ihr und länger, als es schicklich galt.

Sie ließ es geschehen und wich ihm nicht aus. Die Stimme des Apothekers verwischte im Hintergrund zu einem Summen. In ihren Augen lag etwas Berührendes und gleichzeitig Unschuldiges, das er bisher bei keiner jungen Dame bemerkt hatte, die ihm vorgestellt worden war. Es war, als blicke er in die Weiten des Himmels, in dem er sich gespiegelt wiederfand.

„Alles in Ordnung, mein Herr?", hörte er Mr Devaney plötzlich ganz nah vor ihm. Sein Kittel verbreitete den Duft einer Würzmischung aus Kräutern, die Richard vage bekannt vorkam. Anscheinend hatte der Apotheker ihn beobachtet. Warum musste er nur den Zauber des Augenblicks zerstören?

Während Richard seine Enttäuschung hinunterschluckte, nahm

die Stimme von Mr Devaney einen beflissenen Klang an. „Amber, gibt es hier irgendwelche Unklarheiten?“ Dann wandte er sich wieder Richard zu und schwatzte süffisant: „Mein Herr, vergeben Sie mir, bitte. Ich weiß auch nicht, was heute mit meiner Tochter los ist.“ Er nickte entschuldigend zu seiner Kundin, die vieldeutig lächelte.

Richard räusperte sich und erinnerte sich an seine gute Erziehung. Formvollendet verneigte er sich. „Das war alleine meine Schuld. Verzeihen Sie, ich war unaufmerksam.“

Amber Devaney blinzelte, als sei ihr ein Staubkorn ins Auge geflogen und Richard bemerkte, dass sich ihre Wangen röteten. Sie schlug die Augen nieder. „Mein Vater hat recht“, stammelte sie mit belegter Stimme. „Wie kann ich Ihnen helfen?“

Aha – sie war die Tochter des Apothekers! Richard lächelte entschuldigend. Wie gern hätte er ihr den Tadel ihres Vaters erspart. Ihre hohen Wangenknochen glühten noch immer. Er riss sich zusammen und sagte nun konzentriert: „Meine Mutter plagt sich mit rasenden Kopfschmerzen. Gibt es etwas, was ihr Linderung verschaffen könnte?“

Ambers Gesichtsausdruck wurde ernst. „Natürlich. Hat Ihre Mutter denn auch schon einen Arzt konsultiert?“

„So elend ist ihr nun auch wieder nicht zumute. Sie glaubt, sie könnte es zuerst selbst mit einem Heilmittel ausprobieren.“

„Ich verstehe. Einen Moment bitte.“ Sie wandte sich, ohne ihn nochmals anzusehen, der Regalwand zu, stieg auf einen Schemel und holte aus einem Fach ein Gefäß, dem sie zwei Handvoll Blätter entnahm.

Richard betrachtete sie. Die Bindebänder der Schürze, die sie über einer hellbraunen Bluse und einem karierten Rock trug, waren auf dem Rücken zu einer riesigen Schleife gebunden. Wahrscheinlich waren sie viel zu lang und bestimmt hatte der Kittel zuvor einer kräftigeren Person gehört. Man trug die Kleidung im Allgemeinen, bis sie gänzlich zerschlissen, nicht mehr zu reparieren oder umzuarbeiten war. Er kannte das von den Dienstboten.

„Eisenkraut hat eine hervorragende Wirkung." Amber stieg herab und bevor sie die nötige Menge abwog, zeigte sie es ihrem Vater. Mr Devaney gab ihr mit einem Nicken zu verstehen, dass sie das richtige Mittel gewählt hatte. Während sie die Blätter in ein Papier einschlug, erklärte sie: „Der Tee ist einfach zuzubereiten. Ein paar Blätter in eine große Tasse geben und mit heißem Wasser aufgießen, eine kleine Weile ziehen lassen – etwa zehn Minuten –, dann ist er trinkbereit."

Nachdenklich betrachtete Richard die Gehilfin des Apothekers. Er war fasziniert von ihr und fragte mit einem neugierigen Lächeln: „Woran erkennen Sie, dass das, was Sie da eingeschlagen haben, Eisenkraut ist und nicht etwas anderes? Für mich sieht es aus wie ein gewöhnliches Blatt."

Sie sah ihn einen Moment erstaunt an, bevor sie ihn plötzlich anlächelte, was Grübchen in ihre Wangen zauberte. „Die Beschaffenheit der Blätter ist schon auffällig", meinte sie und entnahm der Dose ein Blatt, das sie ihm vor die Nase hielt. „Sehen Sie die Form an", mit einem Finger fuhr sie sanft darüber, „und außerdem befinden sich auf beiden Seiten kleine Härchen."

Richard war erstaunt über ihre Pflanzenkenntnis und was sie über deren Anwendung wusste. Offenbar hatte ihr Vater sie gut unterwiesen. „Ich danke Ihnen! Wie viel macht das?"

Er zahlte die Summe, die sie nannte, griff nach dem Päckchen und wandte sich zum Gehen. Gerne wäre er noch länger geblieben, aber er wusste nicht, wie er seinen Wunsch nach einem Wiedersehen ausdrücken sollte. Das Blut rauschte in seinen Ohren. Niemals zuvor hatte er eine so bezaubernde Frau gesehen. Er war selbst überrascht davon, wie stark er empfand, hatte er die Frau doch erst zweimal gesehen und kaum ein paar Sätze mit ihr gewechselt. Er öffnete den Mund, doch schloss ihn sofort wieder. Alles, was er jetzt noch sagte, konnte nur falsch sein. Vielleicht war es besser, einfach zu schweigen. Er setzte seinen Hut auf und verabschiedete sich. Bevor die Tür hinter ihm zufiel, hörte er ihre warme Stimme: „Sollte der Tee keine Linderung bringen und Ihre Frau Mutter noch immer keinen Arzt aufsuchen wollen, wird mein Vater sicher noch eine andere Idee haben."

Draußen empfing ihn ein regelrechter Schneesturm, der den Himmel vollständig verdunkelt hatte. Er ging zu seinem Landauer und betrachtete die Sitze, auf denen sich dicke Kissen aus Schneeflocken aufgetürmt hatten. Seufzend griff er in einen vermeintlichen Schlitz zwischen den Sitzbänken, fand tatsächlich den stählernen Hebel und klappte das Verdeck zu. Wie gut, dass er seinen Kutscher oft dabei beobachtet hatte, sonst hätte er jetzt ratlos dagestanden. Vor einem Haus auf der anderen Straßenseite standen ein paar Männer, denen das Wetter wohl nichts anhaben konnte und die ihn still beobachteten. Als er endlich das Dach befestigt und die Sitze vom Schnee befreit hatte, tätschelte er seinem treuen Rappen über die Blesse. „Wir zwei finden schon heim", flüsterte er ihm zu und nahm auf dem Kutschbock Platz. Ein Schmunzeln umspielte seine Lippen und in ihm machte sich ein Hochgefühl breit. Die Erinnerung an seinen Besuch in der Apotheke überflügelte sein Empfinden für die eisigen Temperaturen und den schneidenden Wind, der jetzt um die Häuserecken heulte. Niemals hätte er geglaubt, dass eine solche kurze Begegnung sein gesamtes Denken auf den Kopf stellen könnte.

Langsam trottete sein Wallach los. Er lächelte die Männer am Straßenrand an, die seine Freundlichkeit mit einem angedeuteten Grüßen quittierten. Seine Hände waren empfindlich kalt geworden und er zog Handschuhe über, bevor er die Gerte auf seinen

Knien ablegte und sich zufrieden zurücklehnte. Könnte sein Vater jetzt das Strahlen in seinen Augen sehen, würde er wahrscheinlich fassungslos den Kopf schütteln und ihm einen Kartenspielabend mit seinen Freunden und einem guten Whiskey empfehlen.

Als er in Cold Ashton Manor ankam, hatte er den Eindruck, er sei geflogen. Seine Gedanken hatten ihn derart in Beschlag genommen, dass er von dem Rückweg nicht wirklich etwas mitbekommen hatte. Doch nun sah er das Anwesen vor sich.

Das Herrenhaus war umgeben von einer weitläufigen Steinmauer und nur durch ein imposantes, reich verziertes Tor zu erreichen. Links und rechts des Haupthauses fügten sich Giebelflügel zu einer behaglichen und zugleich prächtigen nach Südosten gerichteten Form. Der Schnee nahm den spitzen Giebeln die Strenge. Mehrere Schornsteine ragten wie kräftige Bohnenstangen in den Abendhimmel. Richard liebte die Harmonie und Schönheit der Fenster, die Jahrhunderte überdauert hatten und von denen er glaubte, dass sie zuletzt in der elisabethanischen Zeit erneuert worden waren.

Als er die Eingangshalle betrat, übergab er einer Dienerin die Kräuter, damit sie nach der Anweisung der Apothekerstochter einen Tee für seine Mutter zubereitete. Er folgte ihr in die Küche, setzte sich auf eine Bank und beobachtete, wie sie die Blätter in eine Tasse legte und mit kochendem Wasser übergoss.

Mrs Robinson stand derweil am Tisch und verfolgte mit kritischem Blick, wie die neue Küchenhilfe versuchte, aus einem störrischen Teigklumpen eine geschmeidige Masse zu kneten. „Drück mit den Handballen gleichzeitig von außen nach innen“, wies sie an, „und mit Kraft, sonst wird das nichts.“

Die Küchenhilfe mit ihren mageren Armen schien überfordert, doch die Köchin ließ sie gewähren. Wie sonst sollte das Mädchen kräftige Arme bekommen, wenn andere die Arbeit taten?

„Sie strahlen heute besonders", merkte Mrs Robinson an und schob ihm einen Teller mit Keksen hin. Sie zeigte zum Fenster und schmunzelte. „Eure Lordschaft, war es eine lustige Kutschfahrt?"

Wie oft hatte er ihr schon gesagt, sie möge ihn weiter einfach nur Richard nennen. Doch sie war unbelehrbar und hielt sich an die Vorgaben, die die Herrschaften, in diesem Fall seine Eltern, bestimmten. Seit er erwachsen war, wurde er von ihr als künftiger Erbe von Cold Ashton angesehen und entsprechend behandelt.

Mrs Robinson hatte zwar keinen Ehemann, aber dennoch redeten sie alle wie eine verheiratete Frau an – eine ungeschriebene Sitte bei Hauswirtschafterinnen und Köchinnen, egal, ob sie verheiratet waren oder nicht. Sein Großvater hatte sie bereits als junges Mädchen ins Haus geholt und jeder Versuch anderer Herrschaften, sie mit besserer Bezahlung abzuwerben, war bisher gescheitert.

Als er noch ein kleiner Junge war, hatte die Köchin ihn manchmal auf den Knien geschaukelt und ihm Kinderlieder vorgesungen, wenn die Kinderfrau gerade nicht in Hörweite war. Es war bekannt, dass diese es nicht mochte, wenn die Dienstboten – zu der sie Mrs Robinson in Gedanken begrifflich deklassiert hatte – an den ihr anvertrauten Kindern herumerzogen.

Auch seine Schwester Jill war von der Köchin immer wie eine eigene Tochter betrachtet worden. Als Kind verwöhnte Mrs Robinson sie mit kunstvoll zubereiteten Pasteten und Gemüse, das sie zu Figuren schnitt. Auf das Schimpfen der Gräfin gab sie nichts. Doch seit Jill vor ein paar Jahren ihr Debüt gegeben hatte und ihre Wahl zwischen drei hartnäckigen Verehrern auf Sir Walter als Ehegatten gefallen war, besuchte sie Mrs Robinson zu ihrem Bedauern nur noch selten in der Küche.

Richard schaute nun auf seinen noch immer schneebedeckten Landauer und lachte. „Das kann man so sagen." Sanft malte er mit den Fingern die Maserung des blank geputzten Holztisches nach. „Stell dir vor, ich bin im offenen Wagen ins Dorf gefahren!" Er schüttelte den Kopf über sein Schelmenstück. „Und Zuschauer hatte ich genügend."

Mrs Robinson kicherte und richtete ihre Haube. „Kann ich mir gut vorstellen." Sie warf einen prüfenden Blick auf ihre blütenweiße Schürze, die ihr steingraues Kleid bedeckte, und schien zufrieden.

Die Dienerin siebte den Tee. „Soll ich ihn zu Ihrer Ladyschaft bringen?"

Richard erhob sich und griff nach der Tasse. „Nein, danke. Das mache ich selbst."

Seine Mutter war heute noch nicht aufgestanden. Als Richard in ihr Zimmer trat, waren die Vorhänge noch zugezogen. Eine Lampe brannte auf dem Nachttisch und die Gräfin saß im Bett, gestützt durch dicke Kissen im Rücken. Sie sah von ihrer Modezeitschrift auf, die sie aufgeschlagen vor sich liegen hatte. Richard stellte die Tasse neben die Lampe und zog sich einen Stuhl ans Bett. Dann setzte er sich und griff nach ihrer Hand. „Geht es dir besser?"

Sie wiegte den Kopf hin und her und sog die Luft scharf ein. „Leider nicht", erklärte sie, „und ich hoffe, dass die Arznei hilft. Was hast du mir da mitgebracht?"

„Eisenkraut."

Sie schaute ihn fragend an. „Nie gehört." Sie legte den Handrücken auf die hohe Stirn, über der sich eine brünette Lockenpracht stapelte.

„Der Tee ist bereits trinkfertig." Mit Sicherheit hatte die Kammerdienerin sie im Bett frisieren müssen. Er lächelte über ihre Eitelkeit. „Nimmst du das Abendessen mit uns ein?"

Sie setzte eine leidende Miene auf. „Ich weiß nicht. Mein Kopf zerspringt und es flirrt vor meinen Augen."

„Das tut mir leid." Richard überlegte, wie man in diesem Zustand Muße für Zeitschriften haben konnte. Er reichte ihr die Tasse und sie trank ein paar Schlucke.

„Wie geht es der Familie Devaney? Ist der Apotheker wieder gesund? Der Arme. Nicht auszudenken, wenn man die Christvesper im Bett verbringen muss."

„Ich wusste gar nicht, dass er krank war", räumte Richard ein. „Er stand im Laden und hat eine Kundin bedient." Sein Puls erhöhte sich, als er an die Tochter dachte.

Seine Mutter lehnte den Kopf nach hinten und blickte ihn an. „Man erzählt, er leide unter gelben Augen und der Gallenfluss sei gestört. Vielleicht ist ein Stein daran schuld", mutmaßte sie recht theatralisch. „Ich habe schon öfter von solchen Attacken gehört. Sie sollen sehr schmerzhaft sein."

„Gott sei Dank ist er wohlauf", sagte Richard, „er machte keinen kranken Eindruck. Im Gegenteil." Als sie nicht reagierte, redete er weiter: „Doch jetzt entschuldige mich bitte. Ich habe noch ein paar Dinge zu erledigen. Solltest du einen weiteren Tee wünschen, dann läute. In der Küche weiß man, wie er zubereitet wird."

Richard war während des Gesprächs eine Idee gekommen. Er wollte Miss Devaney schreiben. Im Erdgeschoss befand sich die Bibliothek und dort stand ein Schreibtisch, der nur selten genutzt wurde. Der Gedanke, einen Brief zu verfassen, versetzte ihn in Hochstimmung.

Wie erwartet, war niemand in der Bibliothek, als er sie einige Minuten später betrat. Die Bücher waren ein Garant für Stille, selbst wenn sie beim Lesen heftige Bilder, Visionen von fernen Ländern und lärmende Geschichten im Kopf aufführen konnten. Er dachte kurz nach und griff nach einem Blatt Papier, tauchte den Federkiel ins Tintenfass, und war dabei so nervös, dass er gleich mehrere Bögen brauchte, um ein paar wenige Sätze zu verfassen, mit deren

Formulierung er unzufrieden war. Auf dem Schreibtisch sammelten sich Papierbälle seiner verworfenen literarischen Geständnisse.

Er äußerte den Wunsch, sie wiederzusehen und schlug vor, nach dem Weihnachtsgottesdienst auf dem Kirchplatz ein wenig zu plaudern. Inmitten der vielen Besucher war es viel unauffälliger und einfacher, anstatt sich bei Kälte und Schnee auf einen Spaziergang zu verabreden. Sein Blut pulsierte. Er erinnerte sich an das Leuchten in ihren Augen in der Apotheke und war unruhig und gespannt zugleich, wie sie auf seine Nachricht reagieren würde. Hoffentlich hielt sie seine Bewunderung nicht für eine Spinnerei.

Er schluckte und sein Blick glitt prüfend über den Briefbogen, ob seine Worte auch wirklich angemessen klangen. Dann verschloss er den Brief, adressierte ihn an Miss Amber Devaney und beauftragte einen Diener, ihn gleich morgen früh aufzugeben. Stumm schickte er eine Bitte zum Himmel, dass sie seine Aufmerksamkeit achten würde.

Als der Diener die Bibliothek wieder verließ, blieb Richard noch einen Moment nachdenklich im Zimmer stehen, bis sich sein aufgeregter Herzschlag wieder verlangsamte. Dann beschloss er, sich beim Stallmeister zu erkundigen, ob seine trächtige Stute Ginger inzwischen gefohlt hatte. Die meisten Stuten fohlten zwar im Frühjahr, doch es war nicht ungewöhnlich, dass Pferde auch in strengen Wintermonaten Fohlen bekamen.

Gut gelaunt durchquerte er die Halle und hielt inne, als aus dem Arbeitszimmer seines Vaters laute Stimmen herüberdrangen. Eine davon gehörte seinem Vater. Verwundert schüttelte er den Kopf und blickte prüfend zur Tür, aber sie war ordnungsgemäß geschlossen. Trotzdem verstand er einige Worte, was er ungewöhnlich fand. Redete man bei normaler Lautstärke, konnte niemand im Flur davon etwas mitbekommen. Aber dieses Gespräch verlief anders und glich eher einem hitzigen Streit.

Kaufen. Diener. Belastet. Er kräuselte die Stirn. Darauf konnte er sich keinen Reim machen. Er vernahm auch eine fremde Männerstimme. Oder waren es sogar zwei? Zwischendurch hörte er seinen Vater etwas einwerfen. Aber was hatte es damit auf sich?

Warum stritt Vater sich lautstark mit jemandem? Was brachte ihn derart in Rage, dass er seine selbst erdachten Anordnungen missachtete, niemals Wortgefechte auszutragen, die andere mithören konnten? Unglaublich, dachte Richard. In diesem Moment war seine Neugier geweckt, aber bevor er noch weiter überlegen konnte, ging die Tür auf. Energisch stolzierte ein Mann in die Halle, den Kopf hoch erhoben und seine wie ein Krähenschnabel abstehende Nase zum Himmel gereckt. Auf Anhieb erkannte er ihn an seiner typischen Kleidung. Wie immer trug er eine schwarze Samtjacke mit goldenen Knöpfen und Litzen, die über dem dicken Leib zum Zerreißen gespannt war. Sie gehörte zu Advokat FitzAlan, den Richard noch nie gemocht, und der schon in seiner Kindheit einen Furcht einflößenden Eindruck auf ihn gemacht hatte. Gleich dahinter stelzte Bankdirektor Patel aus der Tür. Er hatte eine undurchsichtige Miene aufgesetzt und unter seinem Arm klemmte eine Mappe.

Wahrscheinlich hatte ihn keiner von ihnen bemerkt. Richards Augen wanderten zu seinem Vater, der langsam hinter beiden herging. Es war eher ein Schleichen, was Richard verwunderte. Als der Graf die Mitte der Halle erreicht hatte, erhaschte Richard einen Blick auf das Gesicht seines Vaters und erschauderte, denn dessen Gesichtsfarbe glich einem Leichentuch. Ohne weiter nachzudenken, lief Richard auf seinen Vater zu und griff nach dessen Arm. „Ist dir nicht gut? Soll ich dich nach oben bringen?"

Doch anstatt ihm eine Erklärung über seinen Gesundheitszustand zu geben, schüttelte der alte Lord die Hand ab. „Alles in Ordnung", stieß er hervor, „ich bin wahrscheinlich nur zu schnell aus dem Sessel aufgestanden."

Richard beschlich das beklemmende Gefühl, dass diese Antwort nicht der Wahrheit entsprach, doch er wollte ihn nicht in Bedrängnis bringen. Erst recht nicht in Anwesenheit der beiden Männer, die, ohne sich umzudrehen, Richtung Eingangstür schritten. „Vater, wenn ich was für dich tun kann, sag Bescheid", meinte er nachdenklich, „du findest mich im Pferdestall."

Sein Vater nickte und folgte den Gästen, um sie nach draußen zu begleiten, während Richard unschlüssig stehen blieb und ihnen nachsah. Der Graf war immer noch ein imposanter Mann, dessen markante Gesichtszüge Richard geerbt hatte. Diesen Mann in einer solchen Verfassung zu sehen, bereitete Richard Sorgen. Sollte er sich nicht besser vergewissern, ob sein Vater nicht doch einen Schwächeanfall erlitten hatte? Warum hatten die drei Männer sich angeschrien?

Richard seufzte. Vielleicht war es seinem Vater einfach nur peinlich, dass das Gespräch aus dem Ruder gelaufen war. Ob es Ärger mit einem Pächter gab? Das wäre nicht neu, weil immer mal jemand Zahlungsschwierigkeiten hatte. Bisher hatte man stets eine Lösung finden können. Mal wurden die Schulden gestundet oder die aufgelaufenen Summen erlassen. Vater war da oft großzügig und dieses Mitgefühl schätzte Richard an ihm.

Die Finanzen des Herrenhauses samt den Ländereien verwaltete der Graf noch selbst. Richard hatte ihm angeboten, ihn in der Buchhaltung zu unterstützen, doch sein Vater hatte ihm empfohlen, vorerst noch das Leben zu genießen. Außerdem müsse er erst einmal die verschiedenen Pächter, die Handwerker und die damit verbundenen Belange überwachen. Bisher war Vater voller Lob für ihn gewesen und selbst Young, ihr Verwalter, schwärmte von seiner Auffassungsgabe. Mit der Übertragung der Finanzen würde der Graf seine letzten Vollmachten abgeben, was ihn bestimmt grüblerisch machte, denn es bedeutete, sich eindringlich mit dem Lebensende auseinanderzusetzen.

Leider hielt sich sein Vater sehr bedeckt bei dem, was er tatsächlich dachte über das, was nach dem Tod kam. Bis auf die regelmäßigen Kirchgänge bekam Richard nicht viel vom christlichen Leben seiner Eltern mit. Innerhalb der Familie wurde nicht über Themen wie Glauben und Endlichkeit gesprochen. Richard hatte sich bisher immer alleine damit auseinandersetzen müssen. Für ihn war der christliche Glaube ein wesentlicher Teil seines Lebens geworden, wenn nicht gar der wichtigste.

Ein kalter Wind fegte in die Halle hinein und riss ihn aus seinen Gedanken. Die Eingangstür stand immer noch offen. Wo blieb Vater nur? Ein Schrecken durchfuhr ihn. Hoffentlich war er nicht draußen zusammengeklappt. Richard trat zur Tür und blieb auf der Schwelle stehen. Aufgewirbelter Schnee wehte ihm ins Gesicht. Dieses Jahr war der Winter spät gekommen. So lange er denken konnte, hatte es bereits im November geschneit, aber diesmal war alles anders.

Richards Blick fiel auf das Torhaus, dessen Durchgang offen stand. Dann entdeckte er den Grafen, der der abfahrenden Kutsche nachsah. Er hatte es sich trotz seiner Verfassung nicht nehmen lassen, seine Gäste draußen zu verabschieden. Der Schnee schluckte das Hufgeklapper und aus den Nüstern der beiden Pferde stieg Nebel wie heitere Wölkchen auf, die selbst noch sichtbar blieben, als die Kutsche längst hinter einer Wegbiegung verschwunden war.

Als der Graf ins Haus zurückkehrte und Richards achtsamen Blick sah, beruhigte er ihn: „Ich werde mich jetzt ein wenig ausruhen, aber es besteht kein Grund zur Sorge. Geh ruhig zu deinen Pferden."

Kurz darauf betrat Richard den Stall. Er liebte die Wärme, die von den Pferden ausging und sog den Geruch von Holz, Heu und Tieren ein. Sein Blick wanderte durch den von Pferdeboxen gesäumten

Gang, der durch diffuses Licht aus den Oberlichtern erhellt wurde, und Staubkörnchen flimmerten zwischen den Boxen. Bis auf zwei Pferde, die zum Freilauf draußen über die Koppel stoben, befanden sich alle Tiere im Stall. MacCormick konnte er nicht entdecken.

Ein Stallbursche mistete neben Richard eine Pferdebox aus. „Weißt du, wo ich MacCormick finde?", fragte er den Jungen, der etwas einfältig war, aber sehr gefühlvoll mit den Tieren umgehen konnte. Stoisch führte er die Bewegungen mit der Mistgabel aus. Ihm schien die Ausdünstung des Auswurfes nichts auszumachen.

„Eure Lordschaft", hörte er hinter sich eine tiefe Stimme, „danke, dass Sie sich die Zeit nehmen."

Die Stimme erkannte Richard sofort. Er drehte sich um und lächelte, als er den untersetzten Mann sah, der mit seinen zottigen, schwarzen Augenbrauen und den tief liegenden Augen für Menschen, die ihn nicht kannten, einen Furcht einflößenden Eindruck machte. Doch hinter dem bärtigen Gesicht verbarg sich ein freundlicher, zuverlässiger Mann. Richard schätzte seine besonnene Art, mit der er die Pferde behandelte. Wie er selbst hielt auch der Stallmeister nichts von Gerte und harter Hand. Richards Art, mit den Tieren umzugehen, war in ganz Gloucestershire bekannt und hatte unter den meisten Pferdebesitzern alles andere als Anerkennung gefunden. Freunde der Familie hatten hier oft erlebt, wie er nur die Hand ausstrecken musste, damit die Tiere angetrottet kamen und daran schnupperten. Sobald er sich wegbewegte, folgte ihm das Leitpferd – in diesem Fall seine Stute Ginger. Die anderen Pferde folgten, ohne dass es ihnen jemand befahl. Richard liebte seine Fuchsstute, seit seine Eltern sie ihm vor acht Jahren zum Geburtstag geschenkt hatten. Jetzt war sie tragend und würde bald fohlen.

„MacCormick, was gibt es Wichtiges?", fragte Richard nun. „Ist es wegen Ginger? Wie viele Tage, denken Sie, wird es noch dauern?"

Seit vielen Jahren wachte der Mann über die Stallungen und die

Knechte, und Richard schätzte seinen Einsatz. Egal, zu welcher Tageszeit er gebraucht wurde, war er da. Mit seiner Frau und seinen vier Kindern wohnte er über dem Pferdestall, was Richard ein Gefühl der Sicherheit für seine vielen Rösser vermittelte.

Der Stallmeister gab ihm jetzt einen Wink und ging vorweg, bis er an einer Box am Ende des Ganges stehen blieb. Er hob die ansehnlichen Brauen, zwinkerte und sah Richard fröhlich an. „Es geht bald los."

„Das sagen Sie erst jetzt?!" Richard war erfreut und aufgeregt zugleich. Er trat vor und beobachtete seine Stute. „Ist das Stroh ausreichend? Es ist doch hoffentlich bester Qualität?", sprudelte es aus ihm heraus. Jetzt hatte ihn die Aufregung der anstehenden Geburt voll erfasst.

„Sie sind nicht so unwissend wie Sie vorgeben", grinste der Stallmeister und schob die Hände in die Hosentaschen.

Richard öffnete den Verschlag und strich Ginger über die Blesse. Er spürte MacCormicks Augen auf sich ruhen. Unwillkürlich griff er ihn am Arm und zog ihn in die Box. „Woran erkennen Sie, dass Ginger bald fohlt?"

Die Stute stampfte auf. „Schhh", beruhigte sie MacCormick und blieb reglos stehen. „Kennen Sie das alte Sprichwort: Das Fohlen bestimmt den Tag, die Stute die Stunde der Geburt?"

Richard schüttelte den Kopf. „Bedauerlicherweise war ich immer verhindert, wenn eine Fohlengeburt anstand. Und die letzte liegt auch schon Jahre zurück."

„Sie schwitzt", erklärte MacCormick und zeigte auf das feuchte Fell, „und ist unruhig." Außerdem wies er auf das pralle Euter „Und das sind nur drei von mehreren Zeichen, die ich beobachte."

Ginger bewegte sich in dem Stallabteil. MacCormick trat nah an sie heran und strich ihr leicht über den Hals, bevor er seinen Handteller betrachtete und ihn an der Hose trocken wischte. „Wir brauchen mehr Beleuchtung", seufzte er und blickte zur Decke. „Jetzt ist es zwar ausreichend hell, doch die meisten Fohlen kommen nachts zur Welt. Gibt es noch Lampen?"

Richard nickte. „Ich lasse welche bringen."

„Danke, Eure Lordschaft, und ich wäre froh, wenn Sie bei der Geburt dabei wären. Zwar gibt es meist keine Schwierigkeiten, aber …" Er sah ihn fragend an.

„Ja, natürlich! Rufen Sie mich, wenn es so weit ist." Er bedachte Ginger mit einem aufmunternden Blick und wandte sich zum Gehen. „Gibt es Anlass zur Sorge?"

MacCormick schüttelte nach einem kurzen Zögern langsam den Kopf.

Gab es doch etwas, was MacCormick beunruhigte? Richard wollte ihn vorerst nicht weiter bedrängen. Das würde ihn womöglich verunsichern. „Sagt Ihnen der Name Bourgelat was?"

Der Stallmeister nickte. „Der Name ging durch viele Länder. Ein Phänomen, dieser Mann."

„Ja. Ich werde mich morgen gleich kümmern, ob es jemanden in der Nähe gibt, der in Pferdekunde ausgebildet ist und notfalls gerufen werden kann." Vor sieben Jahren war in London die erste Lehrstätte für Tiermedizin gegründet worden. Schnell hatte sich der Franzose Claude Bourgelat, ein königlicher Beamter, in Frankreich mit seinen umfangreichen Kenntnissen über Pferde und Tiere im Allgemeinen einen Namen gemacht. Die Idee der École royale vétérinaire, an der Tiermedizin gelehrt wurde, griff auf andere Länder über. England war eines davon.

Vielleicht konnte man ihm in London einen Fachmann empfehlen, der dort studiert hatte.

Als Richard einige Zeit später wieder ins Haus kam, ging es seiner Mutter noch nicht besser. Sie fehlte beim Dinner, doch Vaters

Vorschlag, den Arzt zu rufen, lehnte sie ab. Sie wollte zuwarten und hoffte, dass der „Eisenhammer", wie sie es nannte, bis zum nächsten Morgengrauen verschwand.

Die Nacht blieb ruhig. Mehrmals wurde Richard wach, horchte in die Stille, aber offensichtlich ließ sich das Fohlen Zeit.

Noch vor dem Frühstück ging er zum Stall hinüber. Der Stallbursche, den MacCormick zur Wache verdonnerte hatte, lag vor der Box und schlief. Als Richard ihn weckte, blinzelte er ihn verschlafen von seinem Strohlager aus an. In stillem Übereinkommen verstand er den Besuch seines Herrn und schüttelte den Kopf. Das Fohlen war noch nicht da. Ginger trottete an die Boxentür und ließ sich von Richard kraulen. Er bedachte sie mit aufmunternden Worten und kehrte ins Haus zurück.

Auch beim Frühstück wurde die Gräfin vermisst, was seinem Vater ein missmutiges Gesicht bescherte. Der Graf murmelte: „Der Tee hat nur wenig Wirkung gezeigt." Er fuchtelte enttäuscht mit den Händen herum. „Wahrscheinlich sind es Lorbeerblätter gewesen, die man in Soßen und Eintöpfe legt", beschwerte er sich, „aber nicht um Attacken der besonderen Art zu behandeln!"

Das war einfach so dahingesagt, wahrscheinlich, weil ihm die Genesung nicht schnell genug voranging. Trotzdem fühlte Richard sich verletzt, als gelte die Klage ihm, und etwas in ihm begehrte auf.

„Du irrst. Mr Devaney hat die Teemischung befürwortet", verteidigte Richard Amber, ohne ihren Namen zu nennen. Was mochte sie gedacht haben, als sie seinen Brief erhalten hatte? Zu gern wüsste er bereits ihre Antwort. Wie sie ihn angesehen hatte! Mit ihren großen, leuchtenden Augen …

„Ich hole eine andere Arznei", bestimmte er und schob seinen Teller beiseite. Hoffentlich war sie wieder im Laden. Ob sie dann genauso aufgeregt war wie er? Schnell trank er sein Glas aus und wollte aufstehen, als sein Vater ihn zurückhielt.

„Lass Junge", meinte er, „deine Mutter möchte noch ein paar Stunden abwarten. Man bringt ihr gerade einen neuen Tee."

Beherrscht nickte Richard. Die Gelegenheit, wieder zur Apotheke zu fahren, war vertan. Ob Amber Devaney ihm antworten würde?

3

„Was hast du denn da bekommen?" Mrs Devaney reckte den Hals und griff nach Ambers Hand. Ihre stilgemäß gelegten Wellen, die ihr Gesicht umrankten, hüpften durch die ruckartige Bewegung auf und ab.

Amber blinzelte befangen und betrachtete Mutters hübsche, hochgeschlossene Bluse aus Baumwolle, die am Hals mit weißer Spitze besetzt war und den Blick auf üppige Wangen freigab. Sie trug dazu den grün gestreiften Rock, der ihre kräftige Figur nicht verhehlen konnte.

Jetzt entzog Amber ihr die Hand und presste den Brief an die Brust. „Eine Nachricht." Es war keine Nachricht einer Freundin oder Verwandten, das spürte sie. Niemand in ihrem Bekanntenkreis besaß ein solch edles Siegel. Das Schreiben war an sie gerichtet und kampflos würde sie es ihrer Mutter nicht überlassen. Die Aufregung um dieses Stück Papier hatte ihr den Magen zugeschnürt. Die auffällige Prägung auf dem besonderen Schreibblatt verwirrte sie derart, dass ihr Hunger verflogen war und sie im Kartoffelstampf und dem Stück Bratenfleisch herumstocherte. Wer hatte ihr geschrieben?

Todd und Grayson kicherten. „Bist du etwa verliebt?", fragte Todd aufgekratzt und stieß seinem jüngeren Bruder, der neben ihm am Mittagstisch saß, in die Seite. „Sie ist verliebt! Sie ist verliebt!", sang daraufhin Grayson lauthals, was ihm einen Verweis seines Vaters einhandelte.

Ihre Mutter trank einen Schluck Wasser und stellte das Glas wieder ab. Sie bedachte Amber mit einem Blick, den sie nicht richtig zu deuten vermochte. Amber senkte den Kopf und spürte, wie sie errötete.

„Was sagst du dazu, Jeff?", wandte sie sich an ihren Mann. Dann fuhr ihr Kopf wieder zu Amber herum. „Ist er von einem Verehrer? Wo hast du ihn kennengelernt? Hat er ernste Absichten?"

Amber seufzte innerlich. Wahrscheinlich würde ihre Mutter nicht eher ruhen, bis sie Bescheid wusste. „Es war ein Diener von Cold Ashton Manor, der mir heute Vormittag den Brief gegeben hat, aber er kommt von …"

„Du solltest nicht so neugierig sein und sie nicht bedrängen, Liebes", unterbrach Mr Devaney sie lächelnd, „wir waren schließlich auch mal jung. Außerdem hat sie die Nachricht doch noch gar nicht geöffnet, oder?"

Amber atmete tief ein und hielt die Luft an, ob ihre Mutter nachhakte. Das erste Mal in ihrem Leben erhielt sie den Brief eines Bewunderers – so sah der Briefumschlag zumindest aus – und den sollte sie unter Mamas Blicken öffnen?

Sie schüttelte den hochroten Kopf, während ihr Vater fortfuhr: „Die Gräfin braucht Medizin, die ich nicht vorrätig habe und erst noch herstellen muss. Ich habe dem Diener des Lords gesagt, er soll sich in der Dorfschänke die Zeit vertreiben, bis sie fertig ist."

„Und das hat er bestimmt brav getan!", entgegnete Mrs Devaney grinsend und hob abwehrend die Hände. „Also, wenn du mich fragst …"

Mit einem erstaunten Blick wies er seine Frau zurecht. „Wo, bitte, soll er sich bei dieser Kälte eine Stunde lang aufhalten, wenn nicht im Gasthaus?"

Sie würgte ihre Entgegnung herunter. „Ihr könnt aufstehen", gestattete sie ihren Söhnen, die sofort aufsprangen und aus dem Zimmer stürmten. Ihre Mutter beobachtete Amber mit gekräuselter Stirn, schien sich dann aber zu besinnen und wechselte das Thema. „Was wollte der Diener denn für eine Arznei?"

Er seufzte, kannte er die Neugier seiner Frau schließlich nur zu gut. „Alice, lediglich ein Mittel gegen Migräne. Unser Tee hat nicht geholfen."

„Ach?! Dann willst du diese Paste zubereiten, die schon Hildegard von Bingen ihren Kranken auf den Kopf gestrichen hat?" Mrs Devaney schmunzelte bei dieser Vorstellung und warf ihm einen Seitenblick zu. „Oder lieber was mit Pestwurz?"

„Eher Pestwurz." Er wurde ernst. „Amber hat im Herbst die Wurzelstöcke des Petasites hybridus gesammelt. Ich müsste noch was dahaben. Pestwurz ist inzwischen nicht mehr so in Mode – frage mich nicht, warum. Trotzdem halte ich daran fest. Ich habe gute Erfahrungen damit gemacht."

„Nun gut." Die Antwort schien sie zufriedenzustellen und sie wandte sich an Amber. „Du kannst die Wäsche im Korb flicken. Mary hat mit der Kochwäsche noch den ganzen Tag zu tun."

„Aber ich soll doch Vater helfen", flehte Amber, die viel lieber in der Apotheke stand und sich die Sorgen der Menschen anhörte, die Hilfe wegen ihrer Beschwerden suchten. Die einfachen Leute hatten meist kein Geld für einen Arzt und kamen dann zu ihnen. Wenn jemandem dann wirklich geholfen werden konnte, erfüllte sie das mit tiefer Freude. Aber wie es jetzt aussah, würde heute nichts mehr daraus werden.

Bevor sie sich nach dem Frühstück an die Arbeit begab, eilte Amber nach oben in ihr Schlafzimmer. Es war eisig im Raum. Wahrscheinlich hatte Mary mal wieder vergessen, das Fenster zu verriegeln. Amber schloss die Flügel und setzte sich auf die Bettkante. Endlich fand sie Gelegenheit, unbeobachtet den Umschlag zu öffnen. Er trug ein Siegel mit einem Hirsch im Wappen. Was bedeutete das?

Zitternd riss sie an dem Papier und faltete es auseinander. Sie überflog die Zeilen, dann las sie sie ein zweites und auch noch ein drittes Mal. Es war so unwirklich. Versonnen drückte sie den Brief an sich und schloss für einen Moment verträumt die Augen. Lord Richard Clarke wollte sie wiedersehen! Der Grafensohn von Cold Ashton Manor. Wieso interessierte er sich für sie?

Ob ein Treffen inmitten vieler Kirchgänger eine gute Idee war? Sie schluckte und überlegte. Wahrscheinlich hatte er recht. Es war ja nichts dabei, sich zu unterhalten. Aber ob sie ihm überhaupt in die Augen sehen konnte? Vielleicht war es, wie es in Romanen stand? Ein paar Höflichkeiten austauschen. Herzklopfen bekommen und heiße Wangen. Allein der Gedanke daran versetzte sie jetzt schon in Aufregung. Würde sie bis Weihnachten überhaupt noch ein Auge zubekommen?

Sie dachte an seine dunkelbraunen Haare, die entgegen den Gepflogenheiten bis über seine Ohren reichten, und wie interessiert er ihren Erklärungen zugehört hatte. Das kam selten vor, weil die Leute ihre Mitarbeit in der Apotheke mit Argwohn betrachteten. Sein Verhalten fand sie beeindruckend.

Doch hier in der Stille keimten Selbstzweifel auf. Was wollte er von ihr? War er tatsächlich an ihr interessiert? Als Erbe von Cold Ashton Manor warteten bestimmt zahllose Debütantinnen und andere adelige junge Damen auf Bewunderung und Achtung seinerseits. Was unterschied sie von diesen Frauen? Ihre manchmal impulsive Art? Gab es nicht genügend liebenswerte Verehrerinnen? Welche, die nicht danach strebten, außerhalb von Haushaltung und Kindererziehung etwas dazuzulernen?

Sie spürte ihr Herz pochen und fuhr mit zittrigen Fingern über das besondere Briefpapier. Es war von ungleicher Dicke und an den Kanten leicht abweichend geformt, ein Briefbogen, der teuer war und von höhergestellten Personen benutzt wurde.

Amber blickte zu den Büchern auf ihrem Nachttisch, griff sich eines davon und ließ den Bogen zwischen den Seiten verschwinden, bevor sie es als unterstes in den Stapel schob. Hoffentlich blieb der Brief damit unentdeckt. Mamas Neugier war geweckt und wer wusste, ob sie nicht in ihrem Zimmer herumschnüffelte ...

Als sie nach unten ging, musste sie sich zusammenreißen, damit ihre Mutter ihre Verwirrung nicht bemerkte. Sie beeilte sich, die Näharbeiten schnell zu erledigen, um wieder im Laden zu sein, doch der Diener von Cold Ashton Manor kam nicht mehr zurück.

Nach zwei Stunden schickte ihr Vater sie zur Dorfschänke, wo der Wirt erklärte, dass der Bursche nichts vom Mittagstisch bestellt habe, sondern sich die Zeit mit Bier und Brandys vertrieben habe. Als er aufgebrochen sei, habe es nicht lange gedauert, bis ein Nachbar mit dem Diener am Arm wieder hereingekommen sei. „Er hat gehumpelt, nein, eher gewankt", hatte der Wirt mit einem Augenzwinkern hinzugefügt. Das sei allerdings nicht nur seinem Alkoholkonsum zuzuschreiben gewesen, denn er sei auf der Dorfstraße ausgerutscht und habe sich den Fuß verstaucht. Ein Nachbar habe ihm aufgeholfen und jetzt werde er in einem Hinterzimmer von der Wirtin versorgt.

Amber durfte kurz mit ihm sprechen. Der Lakai sah ziemlich zerknirscht aus, doch außer geröteten Wangen und einem dumpfen Blick war ihm nichts von seiner Weinlaune anzumerken. Aber vielleicht war er auch nur gut in Schauspielerei.

„Schätzchen, ich schwör', ich hab' nur einen Becher Wein getrunken", säuselte er langsam und mit zusammengebissenen Zähnen.

Fast hätte Amber laut gelacht. Sie hielt die Tüte mit der Arznei hoch und schüttelte den Kopf. „Ich bin nicht hier, um dir Vorhaltungen zu machen. Sag mir lieber, wie die Gräfin jetzt ihre Medizin erhält?"

„Aua", stöhnte er, griff sich ans Bein und hob die Schultern. „Mein Fuß ist ziemlich geschwollen und tut gewaltig weh. Ich kann unmöglich heimlaufen."

„Ich verstehe", erklärte Amber und versicherte, Hilfe zu holen.

Ein paar Minuten später kehrte Amber außer Atem in die Apotheke zurück. Es war mühsam gewesen, durch den tiefen Schnee zu stapfen. „Und was machen wir jetzt?", keuchte sie.

„Vermutlich wundert man sich auf Cold Ashton Manor, wo der Diener bleibt", sagte ihr Vater und schüttelte besorgt den Kopf. Er mochte es auch, mal ein Glas Wein zu trinken, aber alles in Maßen und angeheitert zu sein war ihm fremd. Eine rutschige Straße und ein benebelter Kopf brachten einen schnell zu Fall. „Kannst du nicht die Arznei hinbringen? Falls Mutter dich entbehren kann."

„Gerne!" Ihr Herz hüpfte und schlug zugleich wie wild. Nach Cold Ashton Manor! „Sie hat sicher nichts dagegen." Vater würde Mutter auf Nachfrage schon erklären, dass sie in seinem Auftrag unterwegs war. „Ich geh sofort los, damit ich vor Anbruch der Dunkelheit zurück bin."

Während er nickte und ihr den Preis für die Arznei nannte, schlüpfte Amber in den Mantel, schlang sich einen dicken Schal um und zog eine Strickmütze auf. In ihrer Aufregung fand sie ihre Handschuhe nicht, bis sie sie ganz hinten in einer Schublade entdeckte.

Sie trat auf die Straße. Zwei Dorfbewohnerinnen standen beisammen und hielten im Gespräch inne, als sie Amber bemerkten. Sie und ihre Familie lieferten öfter Grund für Gesprächsstoff.

Gerade Frauen betrachteten Ambers Mithilfe in der Apotheke als ungehörig und warfen ihrem Vater vor, sie nicht zur Ehe, sondern zur Berufstätigkeit zu erziehen. Dieses neumodische Benehmen könne unmöglich gesund sein und würde sicher mögliche Ehebewerber abschrecken.

Bei diesem Gedanken lächelte Amber vor sich hin. Bisher gab es niemanden, der sich für sie interessierte, obwohl sie im Frühjahr bereits achtzehn Jahre alt geworden war. Würde einer ihrer Brüder in Vaters Fußstapfen treten, wäre das normal und erwünscht, denn was gab es Edleres, als den Beruf des Vaters zu erlernen?

Wenig später befand sie sich auf dem Weg, der vom Dorf auf gerader Straße an der Dreifaltigkeitskirche vorbei und dann um ein paar Biegungen zum Herrenhaus führte. Ein paar Kinder tollten herum und bewarfen sich mit Schneebällen. Ihre Gesichter glühten vor Kälte und Glück. Lautlos tanzten Flocken vom Himmel und malten weiße Punkte in die Luft. Amber spürte, wie der Frost ihre Wangen und Lippen einfror. Sie zog den Schal enger, presste sich das Schalende vor den Mund und drückte die Mütze tiefer ins Gesicht. Die Schneedecke ließ einige Fußspuren auf dem Weg vor ihr nur noch erahnen. Je näher sie dem Herrenhaus kam, desto mehr verlangsamte sie ihren Schritt.

Vor ihr tat sich die Silhouette des Anwesens auf. Wie musste es wohl sein, in einem solch großen Gebäude zu wohnen? Ein Haus, das edel und abgesondert dastand, im Gegensatz zu den Hütten im Dorf, die sich windschief und Wand an Wand aneinanderquetschten. Je näher sie kam, umso schwerer wurde ihr ums Herz. Mit einem Mal beherrschten sie wilde Gedanken.

Warum wollte Lord Clarke sie wiedersehen? Vielleicht würde der sympathische junge Mann sie nur umschwärmen und anbeten wollen, um sie dann auszunutzen zu können. Ihr Ruf wäre dahin und eine Ehe mit einem anderen Mann unmöglich. Und falls er doch ernste Absichten hatte, würde es möglich sein, sich einfach über Konventionen und ungeschriebene Gesetze hinwegzusetzen? Ehre zu Ehre und Ländereien zu Ländereien – so war es schließlich bisher immer gewesen. Sie gestand sich ein, dass ihre Bedenken nicht gering waren.

Während ihre Gedanken hin und her flogen, erreichte sie das Torhaus von Cold Ashton Manor. Verwundert, dass es offen stand, blieb sie stehen. Durfte sie einfach eintreten? Sie spähte hindurch und sah das im Stil der Renaissance errichtete graue Herrenhaus in einiger Entfernung stehen, beherrscht von steilen Dachgiebeln. Aus den mit schlanken Steinstäben umrahmten Fenstern drang Licht. Kein Wunder, hatte sich doch der Himmel immer mehr verdunkelt, als wolle es am helllichten Nachmittag Abend werden, und versetzte durch starken Schneefall die Welt in Stille.

„Hallo? Ist da jemand?" Amber wartete, doch niemand kam. Auf dem überdachten Boden vor ihr waren Wasserlachen, als sei kürzlich jemand mit einer Kutsche hindurchgerollt. Der Weg zum Herrenhaus war zugeweht und falls vorhin jemand hier entlanggefahren war, hatte der Schnee jede Spur verwischt.

Amber trat ein paar Schritte vor und sah sich um, dabei bemerkte sie links und rechts Eingangstüren zum Torhaus. Die Fenster waren dunkel und es schien niemand da zu sein. Wie sollte die Gräfin ihr Medikament bekommen, wenn sie es keinem Bediensteten übergeben konnte? Wie lange sollte sie warten?

„Hören Sie mich?" Der Klang ihrer hellen Stimme verhallte dumpf. Anscheinend war tatsächlich niemand da. Selbst aus den Wohnräumen über ihr kam kein Laut. Vorsichtig schritt sie durch das offene stehende Portal und kam bald auf dem knirschenden Schnee entlang der Zufahrt an einigen Nebenhäusern vorbei zum Herrenhaus. Es war in Form eines U gebaut und stand in einem riesigen Park, dessen Umfang und Bepflanzung sie zurzeit nur erahnen konnte.

Links und rechts des Gebäudes erstreckten sich zwei große Flügel und der Innenhof mit schneebedeckten Pflanzen und Sträuchern steuerte zu einer mächtigen Eingangstür, vor der sie nun stehen blieb. Gäbe es keine hell erleuchteten Fenster, hätte sie gedacht, das Haus sei unbewohnt.

Die Stille pochte in Ambers Ohren und sie sah sich mit großem Herzklopfen um. Ihr Kopf war noch immer voller Fragen und Gedanken, infolgedessen sie mit den Augen hilflos nach dem Türklopfer suchte. Sie seufzte – er war direkt vor ihrer Nase! Zaghaft betätigte sie ihn und klopfte, als nichts geschah, entschlossener. Sie hatte das Gefühl, ihr Herz hämmerte gellender als das Klopfgeräusch.

Endlich erschien ein Diener in der Tür. Ehrfürchtig starrte Amber auf die graue Livree, die tadellos angepasst war.

„Sie wünschen?“, fragte der ältere Mann mit ausdrucksloser Miene und betrachtete sie von oben herab.

Sie kam sich plötzlich ganz unbedeutend vor. Ihr Mund fühlte sich vertrocknet an und sie lächelte verlegen, bevor sie allen Mut zusammennahm.

„Ich komme im Auftrag von Apotheker Devaney und bringe eine Arznei für Lady Kathleen Clarke.“ Ihr Blick schwenkte an dem Diener vorbei in die Halle. Trotz des steinernen Bodens wirkte sie gemütlich, soweit sie das von hier erkennen konnte, da sie im Schatten lag. Schemenhaft erkannte sie einige Türen, die in umliegende Räume führten. Im Hintergrund blieb ihr Blick an einer breiten Treppe hängen, deren Aufgang links und rechts ein wunderschönes, kunstvoll gestaltetes Eisengeländer begrenzte. Davor breitete sich ein ansehnlicher, mit wildem Muster versehener Teppich aus, der sicher nicht nur den Eingangsbereich schmücken, sondern auch die Schritte dämpfen sollte.

„Hmm." Der Lakai räusperte sich.

Sie zuckte zusammen. „Ich … ich", stotterte sie, „bitte entschuldigen Sie meine Unaufmerksamkeit." Sie senkte den Blick auf die Medizin in ihren Händen.

Er strich sich über den Arm, als wolle er ihr bedeuten, dass er fror. „Ich fragte, ob Ihre Ladyschaft weiß, wie sie die Arznei anwenden soll?"

„Mein Vater hat eine Nachricht dazugelegt." Sie übergab ihm das Päckchen.

„Gut. Wünschen Sie sofortige Bezahlung?"

„Das übernehme ich", hörte Amber eine wohlklingende Stimme dicht an ihrem Ohr und fuhr erneut zusammen.

„Nicht erschrecken." Die Stimme klang jetzt sanfter und in nächsten Augenblick stand der junge Lord neben ihr. Er sah sie erfreut und erstaunt zugleich an und für einen kurzen Moment schauten sie sich schweigend in die Augen. Amber spürte, wie Hitze in ihr aufstieg und ihren Kopf zum Glühen brachte. Ihr Herz klopfte jetzt immer schneller und sie wusste nichts weiter zu sagen.

„Hmm." Der Diener räusperte sich ein weiteres Mal und blinzelte. „Eure Lordschaft?"

Der Lord blickte ihn an, als ob er sich auch erst sammeln musste. „Eddy, bring der Gräfin die Medizin. Sie wartet darauf." Während er gehorsam mit der Arznei verschwand, fühlte sich Amber unter Richards Blicken zunehmend unsicherer.

Leise erklärte sie: „Der Diener ist auf der High Street ausgerutscht. Es war glatt und er hat sich am Fuß verletzt. Deshalb bin ich hergekommen. Kann ihn jemand abholen? Er wartet in der Dorfschänke."

„Das tut mir leid. Ich werde sofort jemanden schicken." Sein Ton war nachsichtig. „Umso mehr freut mich, dass Sie die Liebenswürdigkeit haben, uns die Arznei zu bringen."

Er trat einen Schritt auf sie zu, dass sie sogar einen Hauch seines herben Parfüms erhaschen konnte. „Miss Devaney, haben Sie meinen Brief bekommen?“ Er ergriff ihre Hand, aber sie entzog sie ihm sofort.

Seine Brauen fuhren hoch. „Ich darf also nicht hoffen? Haben Sie nicht mal ein paar Minuten, die Sie mir schenken können?“ Er wirkte plötzlich traurig.

Noch immer stand die Haustür offen und im Hintergrund huschten Dienerinnen durch die Halle. Amber war sich sicher, dass sie und der junge Lord beäugt wurden. Thema eines Tratsches zu werden war das Letzte, was sie sich wünschte.

Sie kreuzte die Arme. Ihr war kalt und die Schneeluft roch metallen. Wahrscheinlich machte man sich zu Hause bereits Sorgen, wo sie blieb. „Ich danke Ihnen für Ihre Nachricht“, sagte sie lächelnd und senkte den Blick, „und … ja, ich werde da sein, aber meine Eltern werden es nicht gern sehen.“ Sie wies aufs Haus und hob den Blick. „Sie verstehen? Sie werden Ihre Absichten hinterfragen.“

„Ja, gewiss“, sagte der Lord leise.

Einen Moment war es ganz still. Amber wurde nervös und sah zur Eingangshalle. Um die entstandene Stille zu unterbrechen, sagte sie: „Das Haus ist wirklich beeindruckend.“

„Das ist es. Und es wartet förmlich darauf, dass ich es Ihnen zeige“, lachte er. „Kommen Sie!“

„Eigentlich muss ich nach Hause“, zögerte sie. „Bestimmt werde ich schon vermisst.“

„Ich verstehe.“ Er beugte sich formgewandt vor. „Aber vielleicht darf ich Ihnen noch kurz die Pferdeställe zeigen? Meine Stute wird wahrscheinlich heute Nacht fohlen. Die Anzeichen dazu verdichten sich. Ich würde mich freuen, wenn …“ Richard hielt inne und sah sie voller Wärme an. „Bitte!“, sagte er voller Inbrunst.

Es klang ehrlich und sie musste zugeben, dass seine Nähe angenehm war. Die Idee mit den Pferden fand sie harmlos, weshalb sie die innere Stimme, die sie anmahnte, unverzüglich heimzugehen, abtat.

„Ja“, sagte sie mit einem Wackeln in der Stimme, „in Ordnung, ich bin gespannt.“

Er wies auf die Eingangshalle. „Wir gehen durchs Haus. Das ist der kürzeste Weg. Kommen Sie, ich gehe voran.“

Durchs Haus? Sie sollte Cold Ashton Manor einfach so betreten, als sei es normal, dass ein Mädchen aus dem Dorf in Begleitung des Erben durch die riesige Halle stapfte? Was würde die Dienerschaft denken? Wie ging eine Dame von Stand durchs Haus? Vorsichtig? Hoch erhobenen Hauptes? In dicken, nassen Stiefeln? Amber sah auf ihre Füße. Ihre Schuhe waren voller Schnee und sie stampfte ein paarmal auf, damit er abfiel.

Trotzdem traute sie sich nicht, einfach hineinzugehen. Zögernd rückte sie ihre Mütze zurecht und schob eine Haarsträhne darunter.

„Das macht nichts“, amüsierte sich der junge Lord mit Blick auf ihre Stiefel und hielt ihr die Tür auf. „Bei diesem Wetter ist das normal.“

Das nahm ihr ein klein wenig von der Aufregung und Scheu. Sie mochte sein charmantes Lachen. Vorsichtig trat sie ein und blieb dann mit verschränkten Armen stehen. Ein Dunst von Seifenlauge schwebte noch in der Luft. Wahrscheinlich waren gerade die großflächigen graublauen Fliesen gescheuert worden. Vorsichtig blinzelte sie zur Seite. An den Wänden hingen große Gemälde mit Frauen und Männern in edler Kleidung und erhobenen Blickes darauf. Wahrscheinlich waren es Ahnen der jetzigen Bewohner.

An der einen Seite fand sich ein hoher Kamin aus hellem Stein, an der anderen Tische mit großen Vasen, eine beachtliche schwarze afrikanische Skulptur und über allem ein monströser Lüster. Obwohl das Feuer im Kamin brannte, war es kühl.

Lord Richard Clarke gab einem Bediensteten den Auftrag, sich um den verletzten Diener zu kümmern. „Und jetzt hier entlang." Er bog in einen kleinen Flur ab. Glücklicherweise musste sie mit ihren nassen Schuhen nicht über den schönen Teppich laufen. „Von hier aus ist man gleich bei den Ställen", erklärte er. „Sie sind noch ziemlich neu. Die Stallungen beim Torhaus mussten wir aufgeben."

Eine Braue schnellte nach oben. Dabei hatten die Bauten gar nicht runtergekommen ausgesehen. „Schade." Trotzdem erklärte das nicht, warum das Tor unbeaufsichtigt offen gestanden hatte und kein Pförtner in der Nähe gewesen war.

„Zu alt und zu klein."

Amber war verblüfft von der Wärme im Stall. Den Dunst fand sie nicht unangenehm. Als kleines Mädchen hatte sie mal im Dorf in einem Pferdestall gestanden, in dem es streng gerochen hatte und ziemlich düster gewesen war. Der Pferdestall hier dagegen war groß, hell und gepflegt. Die Tiere verströmten ihren typischen Geruch, der sich mit dem Heu und ihrer Körperwärme zu einer eigenwilligen und sympathischen Duftkomponente verwob. In der Apotheke gab es auch sowohl wohltuende als auch penetrante Aromata der Pflanzen. Vielleicht war sie deshalb kaum überrascht, wie es hier roch.

Sowohl links als auch rechts reihte sich eine Pferdebox an die nächste, in denen sich braune, helle und schwarze Pferdeköpfe reckten. So viele Tiere hatte sie hier gar nicht vermutet. Ein Stalljunge schüttete Futter in den Trog einer Box, ein anderer war mit dem Striegeln eines Pferdes beschäftigt und ein anderer Mann mistete einen Verschlag aus. Der Lord gab ihr mit einem Wink zu verstehen, ihm weiter durch den Gang zu folgen. Dabei ertappte sie sich bei der Überlegung, wie es sei, reiten zu können. Durch die Weite der Cotswolds mit ihren Feldern, Wiesen und Flüssen auf einem Pferderücken mit der Natur eins zu werden, musste herrlich sein.

Am Ende des Ganges blieb Lord Clarke stehen. Ihr Puls überschlug sich. Die ungeahnte Nähe und das Wissen um seinen Brief machten sie befangen, besonders verwirrt von ihren zwiespältigen Gefühlen.

Ihr surrte der Kopf. Hilfe suchend sah sie sich nach einer Sitzgelegenheit um, aber es gab keine, bis auf ein paar Strohballen, die am anderen Ende des Stalles lagen.

Vielleicht war der Besuch hier doch keine gute Idee gewesen. Nervös flog ihr Blick durch den Stall. Ein paar Pferde schnaubten, andere spähten neugierig herüber. Angesichts der Stallgröße ging es ziemlich ruhig zu. So schöne, aus Holz gezimmerte Boxen hatte sie noch nie gesehen. Sogar die Pfosten waren mit Schnitzereien verziert. Weiß getünchte Wände, ein gründlich gefegter Boden und das dunkle Holz versprühten mit den auserlesenen Rössern mehr Harmonie, als sie sich jemals vorgestellt hatte.

Richards warme Stimme holte sie in die Wirklichkeit zurück. „Alles in Ordnung?" Fragend schob er seinen Arm unter ihren, um sie zu stützen, als sei sie ins Wanken geraten. Seine Augen beobachteten sie mit einem wissenden Lächeln.

„Ja", sagte sie mit belegter Stimme und atmete tief durch, um ihre Aufgeregtheit abzuschütteln. „Der Stall ist wunderschön." Während sie ihn noch anstarrte, strich er ihr plötzlich sanft über die Wange. Die unerwartete, zärtliche Geste verwirrte sie und sie spürte, wie sie errötete. Aus der Nähe bemerkte sie, wie seine ebenmäßige Haut und sein schmales Gesicht mit seiner standesgemäßen Kleidung harmonierten. „Ich wurde gerade lediglich daran erinnert, dass mein Vater einen Kunden hat, der nach einer Reise auf den Kontinent von einem Marstall geschwärmt hat."

„Ich muss gestehen, ich war noch nie auf dem Kontinent. Doch mit der Gestaltung unseres Baumeisters bin ich mehr als zufrieden. Wichtig ist mir die artgerechte Haltung der Pferde."

Ihre Augen weiteten sich. „Sie züchten auch Pferde?“

Er nickte und lächelte. „Ich stehe noch am Anfang und es kursieren wilde Gerüchte über meine Methoden, wie ich meine Pferde behandle. Aber wie es aussieht, gibt mir der Erfolg recht. Die Pferde folgen meinen Anweisungen, ohne dass ich Strenge anwenden muss.“

Amber dachte, wie wenig Verständnis die Leute für eine ungewöhnlich milde Art und Weise übrighatten. „Ich finde es gut, wenn man so handelt, wie das Herz es einem sagt. Und mutig dazu.“

Sie spürte, wie er sie aufmerksam musterte und seine strahlenden Augen sie festhielten. „Ich sollte jetzt besser gehen“, gab sie leise von sich, raffte ihre Röcke und wandte sich zum Gehen.

Er legte eine Hand auf ihren Arm, worauf sie ihn fragend anblickte. Sein Gesicht wurde ernst. „Miss Devaney“, flüsterte er. Seine Stimme klang rau. „Werden wir uns wiedersehen? Vielleicht noch vor dem im Brief genannten Zeitpunkt?“

Ob er ihr Zögern bemerkte? Sie drehte sich weg und blickte flüchtig auf die Stalltür am Ende des Ganges. Die Reitknechte waren verschwunden. Wie lange standen sie schon hier? Hatten sie ihretwegen den Stall verlassen? Kam er öfter mit einer jungen Dame hierher? Wie spät war es überhaupt?

„Morgen findet hier eine Jagd statt“, fuhr er fort, als sie nichts sagte. Als sie ihn wieder anblickte, erinnerte sie das Grün seiner Augen an das Waldstück rings um Cold Ashton Manor. „Zwischen Heimkehr und Festessen könnten wir uns sehen. Nach dem Fünfuhrtee. Beim Torhaus.“

„Ich …“, setzte sie zu einer Erwiderung an, aber dann gelang ihr nur ein Nicken. Sie würde sehen, ob sie es einrichten konnte. Bevor er Gelegenheit hatte sie aufzuhalten, verließ sie mit einem Lächeln den Stall.

4

Beim Frühstück am nächsten Morgen war Amber so still, dass es selbst Todd und Grayson auffiel. „Warum machst du keine Scherze mit uns?“, beschwerte sich Todd und zupfte an ihrem Ärmel. „Bist du krank?“

Sie neckte ihre Brüder für gewöhnlich gerne und sie hatten ihren Spaß daran. Wenn mal keine dringende Arbeit anstand, spielten sie zusammen Bagatelle, ein aus Frankreich stammendes Geschicklichkeitsspiel. Wie gut, dass Mutter nicht wusste, dass es in größerer Ausfertigung in den meisten Schankstuben gespielt wurde. Sie hätte es sofort aus dem Haus verbannt. Alles was über harmlose Gesellschaftsspiele hinausging, fand sie verwerflich.

Wahrscheinlich hatte Mutters eigene strenge Erziehung durch die Großeltern ihren Anteil daran gehabt. Nur ab und zu, so hatte sie mal erzählt, habe sie mit anderen Kindern spielen dürfen. Ansonsten gab es viel anzupacken auf dem Hof, auf dem sie lebte, nachdem ihre Eltern durch eine Infektionskrankheit dahingerafft worden waren.

Damals war ihr Vater auf einer Reise durch Frankreich erkrankt und als er zurückkehrte, hatte er seine Frau unwissentlich gleich angesteckt. Picardy Sweet nannten die Engländer die Epidemie, die zum Glück hauptsächlich in Frankreich und Deutschland grassierte. Zuerst hatten die heimischen Ärzte gedacht, der Englische Schweiß sei wieder aufgeflammt. Zwar galt der schon lange als besiegt, aber die Angst, vom Fieber dahingerafft zu werden, hatte sich über Generationen tief in den Menschen eingebrannt.

Doch bis man erkannte, dass es etwas Neues, anderes war, waren Ambers Großeltern verstorben. Ihre Mutter, die zu diesem

Zeitpunkt noch sehr klein gewesen war, kam zu Ambers Urgroßeltern. Dort herrschten Armut und Strenge.

Vielleicht waren sie auch mit ihrer Trauer und der kleinen Alice überfordert. Warum sie nicht in der Familie einer Tante, wie sonst allgemein üblich, aufgewachsen war, wusste Ambers Mutter nicht. Darüber wurde nie gesprochen. Ob das erklärte, warum Alice ihr Gefühlsleben weitgehend nicht nach außen trug?

Trotzdem hatte sie sich in Vater verliebt und war ihm nach Cold Ashton gefolgt.

Amber hob nun den Kopf und schaute ihren Bruder an. „Nein, ich bin nicht krank", lächelte sie und ignorierte die wachen Augen ihrer Mutter. Als sie gestern zurückgekehrt war, hatte sie auf deren Feststellung, sie habe ziemlich lange für die Erledigung gebraucht, etwas von rutschigen Wegen gemurmelt, was zumindest halbwegs der Wahrheit entsprach. Kleinlaut hatte sie hinzugefügt. „Ich wurde aufgehalten."

Zum Glück war Mama damit beschäftigt gewesen, ihre neu gekauften Stiefel zu bürsten, und hatte sich damit zufriedengegeben. An den Heimweg hatte Amber tatsächlich auch gar keine rechte Erinnerung. Sie musste heimgeschwebt sein und als sie später im Bett lag, hatte sie noch lange an die Augenblicke im Pferdestall und Richards tiefen Blick gedacht, der sie bis in ihre Träume begleitete.

Ambers Mutter holte sie aus ihren Gedanken zurück. „Ich bin heute in Marshfield, um weitere Besorgungen zu machen. Anschließend treffe ich noch eine Freundin. Womöglich bin ich nicht rechtzeitig zum Lunch zurück." Mrs Devaney strich ihren warmen Wollrock glatt und blickte nun mit hochgezogenen Brauen zu ihr hinüber.

Amber hatte die unausgesprochene Aufforderung verstanden. „Kein Problem, Mama. Ich koche für uns." Schon früh hatte

Mama sie mit der Küche und dem Zubereiten von Speisen vertraut gemacht. Das kam ihr an einem Tag wie diesem zugute.

Ihre Mutter atmete erleichtert auf und lächelte. „Dann will ich meinen Mantel holen." Während sie aufstand und die Küche verließ, sah Amber zum Fenster. Es hatte über Nacht nicht mehr geschneit und die Wolkendecke riss auf. Wahrscheinlich war bis Mittag nur noch veilchenblauer Himmel zu sehen. Das ideale Wetter für eine Jagd, vermutete sie, und hoffentlich auch für Mutters Kutschfahrt. Trotzdem war es im Winter stets ein Wagnis, mit Pferd und Wagen unterwegs zu sein …

Nach dem Mittagessen bereitete Amber mit ihrem Vater Salben und Elixiere zu. Im Winter gab es mehr zu tun als im Sommer. In den Sommermonaten streifte sie oft mit Vater durch die Wiesen und Wälder, um bestimmte Früchte und Heilpflanzen einzusammeln. Er wusste genau, wo sie wuchsen, wann man sie pflücken musste oder ob die Wurzeln, wie etwa Althaeae radix, die Eibischwurzel, von der man sogar Wurzel und Blätter verarbeiten konnte, zu bestimmten Jahreszeiten ausgegraben werden mussten.

Gegen Nachmittag kehrte ihre Mutter zurück und schien in Hochstimmung zu sein. Sie grüßte ihren Mann und Amber nur kurz, um sie wissen zu lassen, dass sie wieder da war, und verschwand dann ein Lied summend im Haus.

Je später es wurde, umso unruhiger und unkonzentrierter wurde Amber. Zuerst fiel ihr ein Tiegel mit Kamillenkonzentrat aus der Hand und nachdem sie alles aufgewischt hatte, verschüttete sie auch noch ein Gefäß mit Kräutern. Ihr sonst geduldiger Vater kräuselte die Stirn und seufzte mit müder Stimme: „Du solltest für heute aufhören. Geh spazieren oder lies ein Buch und lass mich jetzt besser allein."

„In Ordnung, Vater. Entschuldige, ich bin wohl etwas durcheinander."

Er lachte und fuhr sich mit dem Handrücken über die Stirn. „Den Eindruck habe ich allerdings auch. Geh schon." Er widmete sich wieder mit kraftvollen Bewegungen dem Mörser, in dem er Heilkräuter zu winzigen Körnchen zermalmte.

Ihre Mutter hatte nichts dagegen, dass Amber einen Spaziergang an der frischen Luft machen wollte. Amber fand, dass ihrer Mutter die Fröhlichkeit gut zu Gesicht stand. Wenn sie freundlich dreinsah, wirkte sie um Jahre jünger. Leider war ihre Laune oft fahrig und damit tat sie sich selbst keinen Gefallen.

Vater mischte ihr manchmal Johannisbeersaft mit Wasser, von dem er hoffte, es würde ihre Stimmung heben. Doch mehr als ein Glas trank Mutter nie.

Im Wohnzimmer warf Amber einen Blick auf die Uhr. Es war bereits Viertel nach Fünf. Wenn sie langsam ging, würde sie vielleicht zu Ende des Fünfuhrtees oder etwas früher beim Torhaus ankommen. Es sollte nicht so aussehen, als hätte sie schon lange Zeit gewartet.

Sie warf sich ihren dicken Mantel über, holte einen Hut hervor und zog die gefütterten Stiefel sowie einen wollenen Schal an. Als sie das Haus verließ, begann es bereits zu dämmern und sie spähte zum Laden. Licht fiel durchs Fenster, was bedeutete, dass ihr Vater längst Lampen angezündet hatte, weil wahrscheinlich noch Kundschaft da war.

Amber ging die einsame Dorfstraße entlang und je näher sie Cold Ashton Manor kam, umso mehr flatterte es in ihrem Inneren. Würde der junge Lord wirklich kommen? Was, wenn er es vergessen hatte oder sich einen Spaß machte?

Einige Minuten später sah sie, dass ihre quälenden Befürchtungen umsonst gewesen waren. Obwohl das Torhaus noch ein Stück entfernt war, konnte sie eine schlanke Gestalt im Schatten ausmachen. Das musste er sein!

Sie spürte, wie ihr Herzschlag sich beschleunigte. Gleichzeitig verlangsamte sie ihre Schritte, denn sie hatte das Gefühl, zuerst noch ihre Gedanken sortieren zu müssen. Als sie mit stark geröteten Wangen bei ihm ankam, trat er aus dem Schatten heraus auf sie zu.

Sanft streckte er seine Hand nach der ihren aus. Erst hielt sie sich zurück, doch dann ließ sie es zu, dass er sie nahm. „Miss Devaney", er lächelte sie an. „Wie schön, dass Sie gekommen sind. Ich hatte schon befürchtet …" Er zögerte und schaute sie dann fragend an. „Darf ich Amber sagen?"

Sie nickte, auch wenn die Bitte sie verwirrte. Er hielt noch immer ihre Hand fest.

„Dann sag du bitte Richard zu mir", fuhr er fort, ohne sie loszulassen.

Sie merkte, dass er sie etwas näher heranziehen wollte, doch sie widerstand. Was waren seine Absichten? Er war ein Lord und sie nur die Tochter des Apothekers. Sie konnte sich nicht vorstellen, dass diese Situation angemessen war. Dennoch fühlte sie sich nicht imstande, ihn zurechtzuweisen und seine Hände abzuschütteln.

Sie erschauerte und Richards Miene wurde besorgt.

„Du fröstelst ja! Entschuldige, dass wir in der Kälte herumstehen. Lass uns hineingehen."

Hineingehen? Sie schnappte nach Luft. Wie stellte er sich das vor? Sie war allein mit ihm! Eigentlich war es höchst unschicklich, ihn dazu zu ermutigen. Wenn ihr nur nicht so entsetzlich kalt gewesen wäre …

Richard. Sein Name schwirrte in ihrem Kopf umher. Sie senkte den Blick und genoss die Wärme seiner Hand. An Handschuhe hatte sie in der Aufregung gar nicht gedacht. Zwiespältige Empfindungen wühlten sie auf und sie musste an die Mahnungen ihrer Mutter denken, sich nicht in unangemessene Situationen zu begeben … Wie gut, dass diese sie jetzt nicht sehen konnte! Bestimmt hätte sie über diesen vertrauten Moment die Hände über dem Kopf zusammengeschlagen.

Als habe er ihre Zweifel bemerkt, ließ er ihre Hand los, holte einen Schlüssel hervor und zeigte auf eine Tür, die sie bei ihrem ersten Besuch bemerkt hatte. „Der Pförtner ist leider nicht mehr bei uns. Deshalb ist das Torhaus vorübergehend nicht bewohnt."

Neben dem Tor befand sich eine Tür, durch die man in die Räume des Torhauses gelang. Er schloss auf und bedeutete Amber, ihm zu folgen. „Ich muss immer mal nach dem Rechten sehen. Deshalb wundere dich nicht, dass Licht brennt und ich den Ofen befeuert habe."

Sie atmete hörbar auf. Die innige Situation eben war zu viel für sie gewesen. Noch nie hatte sie einen Mann allein getroffen und noch keinem gestattet, ihre Hand auf diese Weise zu berühren. Plötzlich wurde sie unsicher und nagte verlegen an ihrer Unterlippe. Von Ferne hörte sie die Turmuhr eine Viertelstunde schlagen. Sie räusperte sich. „Ich glaube, ich kann nicht bleiben. Vielleicht ist es besser, dass ich wieder nach Hause gehe."

Er wandte sich zu ihr um. „Jetzt schon? Du bist doch gerade erst gekommen."

Amber stockte. „Ich … ich denke, es ist besser so." Scheu verschränkte sie die Finger.

„Bitte geh nicht." Er wirkte enttäuscht.

Sie rang nach Luft und trat einen Schritt zurück. „Lord Clarke … äh, Richard, ich kann doch nicht einfach mit hineingehen", mahnte sie. „Wie stellst du dir das vor? Was denkst du, wer ich bin?"

In seinem Blick, den sie trotz der Dämmerung erhaschen konnte, lag Sehnsucht und ein Schatten von Kummer. Aber auch ein Hauch von Verständnis.

Verständnis, dass sie um ihren Ruf besorgt war? Was wusste sie schließlich von ihm? Nichts. Von seinem Charakter? Nicht viel mehr. Sie runzelte die Stirn und zwang sich zur Wachsamkeit. Sie wollte keine falschen Hoffnungen wecken, obgleich ihr sein Interesse schmeichelte.

Beiläufig hatte er gestern von der Jagd gesprochen. Sie sah sich um. Alles wirkte ruhig und keine Menschenseele war zwischen Torhaus und Herrenhaus zu entdecken. Ob es nur ein Vorwand gewesen war? Sie deutete auf Cold Ashton Manor. „Wo sind die Leute jetzt, die mit dir auf der Jagd waren? Was habt ihr geschossen?"

Ein Lächeln huschte über sein Gesicht, als wunderte ihn nicht, dass sie nun ein völlig anderes Thema anschnitt. „Ein paar Jagdfreunde meines Vaters sind da. Sie wärmen sich im Haus auf, während in der Küche Hasenbraten zubereitet wird. Irgendwie hatten sie heute wenig Glück mit Hirsch und Reh. Nur ein paar Langohren waren es diesmal. Die gibt es um acht zum Dinner."

Sie schauderte bei dem Gedanken, einen Hasen zu essen, der vor drei Stunden noch munter durch den Schnee gehopst war.

Er beobachtete sie und neigte den Kopf. „Du magst das nicht?"

„Ich weiß nicht." Fleisch gab es selten bei ihnen auf dem Speiseplan. Meist bestanden ihre Mahlzeiten aus Gemüse, Eiern und Mehlspeisen.

Die Kälte kroch jetzt heftig an ihr hoch. Sie spürte kaum noch ihre Zehen. Auch ihre Finger waren wieder eiskalt und ebenso ihr Gesicht. Wenn sie nicht morgen krank sein wollte, musste sie heim ins Warme.

Richard musste sie genau beobachtet haben. „Du zitterst ja immer noch! Ich verstehe, dass du nach Hause möchtest. Aber bevor du gehst, solltest du dich zumindest kurz aufwärmen. Ich verspreche dir, dass ich einen gebührenden Abstand halten werde."

Sie schaute ihm in die Augen. Sollte sie wirklich hineingehen? Nur einmal kurz aufwärmen – was war schon dabei? Sein Blick ruhte sanft auf ihr und irgendwie spürte sie, dass sie ihm vertrauen konnte.

Sie nickte und trat ein.

Der Flur lag düster vor ihr. Sie schwieg, aber ihr Herz schlug schneller, während sie noch über den sanften Tonfall seiner Stimme nachdachte, die ehrlich geklungen hatte. Ob fünf Minuten statthaft waren, ohne den Anstand zu verletzen? Bestimmt. Sie würde sich nur einen Moment aufwärmen und sofort wieder gehen.

Als er die Treppe am Ende des Ganges hochstieg, die unter seinen Schritten knarrte, zauderte sie und blieb am Treppenabsatz stehen. „Hat er seine Stelle verloren? Der Pförtner, meine ich." Ihre Stimme kam ihr seltsam fremd vor.

Noch nie hatte sie ein Torhaus von innen gesehen. Die Stufen führten wohl zur Wohnung des Pförtners, die im Obergeschoss lag. Sie fand das Gebäude bemerkenswert. Ein steinernes Haus, durch das ein Torbogen führte, und an dem noch links und rechts Stallungen angegliedert waren. Wer hier Einlass begehrte, musste schon Mut aufbringen, um zum Herrenhaus zu gelangen. Dem Pförtner war sicher nichts entgangen. Ihr Elternhaus war viel kleiner. Trotzdem sagte die Größe eines Hauses nichts über seine Bewohner aus, allenfalls über deren Geldbeutel.

„Er war betagt und zuletzt ziemlich krank." Richard drehte sich zu ihr und strich sich die Haare aus der Stirn. Ihre Brust wurde eng, als sie sein gequältes Gesicht sah. „Wir haben noch den Arzt gerufen, aber er konnte ihm nicht mehr helfen." Er schluckte. „Uns tröstet, dass er ein gottesfürchtiger Mann war."

Amber war berührt, wie nah ihm der Tod des alten Mannes ging. Richard glaubte anscheinend wie sie der Heil bringenden Botschaft Jesu – das erweckte in ihr eine besondere Verbundenheit zu ihm. Sie sah ihn überrascht und ergriffen an. „Wahrscheinlich hast du ihn von klein auf gekannt?"

Er nickte. „Komm. Hier oben ist es warm."

Gleich neben dem Eingang ging eine weitere Tür ab, die ein Stück offen stand. Sie warf im Vorübergehen einen Blick hinein und sah, dass darin eine Werkstatt untergebracht war.

Amber folgte Richard in den ersten Stock und sah sich um. Das Feuer im Ofen verbreitete tatsächlich eine behagliche Wärme. Sie standen in einem Zimmer, das wohl als Schlaf- und Wohnraum gedient hatte, und an das eine kleine Küche mit einem Herd grenzte, der von Küchengeschirr, Töpfen und Pfannen umgeben war. An der hinteren Wand standen ein Bett und eine Truhe. Aus dem gleichen dunklen Holz war der Tisch mit zwei Stühlen gefertigt und der Bezug des kleinen Sofas wies abgenutzte Stellen auf. Wahrscheinlich hatte der Pförtner lange alleine gelebt, da es weder eine Tischdecke noch ein Bild an der Wand gab. Alleinstehende Männer legten oft wenig Wert auf eine gemütliche Einrichtung. Bis auf das Knistern des Feuers war nichts zu hören. Um diese Uhrzeit waren meist keine Fuhrwerke mehr unterwegs, vor allem nicht bei dieser Witterung.

Sie hatte sich die Wohnung größer vorgestellt und wusste nur, dass man den Platz unter dem Dach im Torhaus als Speicher nutzte. Das konnte man von außen nicht gleich erkennen, denn zwei kleine Giebelfenster erhoben sich zur Straße. In ihnen hingen statt Scheiben Stoffe im Rahmen, was entgegen dem sonst gepflegten Äußeren auf eine unaufschiebbar anstehende Instandsetzung hinwies. Während sie Richard beobachtete, staunte sie, wie er geschickt zwei Tassen Tee zubereitete.

Als ob er ihren Blick spürte, drehte er sich zu ihr. „Falls du deinen Mantel ausziehen möchtest, kannst du ihn einfach über den Stuhl legen. Möchtest du dich nicht setzen?"

„Nein, danke." Sie hatte bereits eine unsichtbare Grenze überschritten, als sie ihm gefolgt war und blickte nun zum Fenster, dessen Rahmen verzogen aussah. An einer Stelle blies Wind herein. Durch die trüben Scheiben schimmerte der Abendhimmel. Sie schluckte.

Ein unerklärliches Gefühl von unterschwelliger Beunruhigung stieg erneut in ihr hoch und nach kurzem Zögern sagte sie: „Es tut mir leid. Vielleicht war das doch kein gutes Vorhaben. Ich werde lieber doch gehen."

Mit Mühe und zusammengepressten Lippen rang sie sich ein gequältes Lächeln ab. Richard wandte sich ihr zu und bedachte sie mit einem langen zärtlichen Blick. „Gut, ich verstehe. Und ich bitte um Verzeihung, dass ich dich überredet habe, hier hinaufzukommen."

Amber war verblüfft, dass er so rücksichtsvoll war. Sie hob die Brauen und schüttelte den Kopf. „Nein, nein. Ist schon gut. Du brauchst kein schlechtes Gewissen haben. Du hast dich ja tatsächlich untadelig verhalten."

Er lächelte erleichtert und hielt den Blick immer noch liebevoll auf sie gerichtet. „Wenn du möchtest, bringe ich dich zurück ins Dorf."

Ihr Herz jubelte, aber ihr Verstand verbot es. Es war besser, sie trat alleine den Heimweg an.

„Sehen wir uns wieder?" In seiner melodischen Stimme schwang Hoffnung und Leidenschaft. „Vielleicht bei einem unverfänglichen Spaziergang?"

Einen Moment standen sie schweigend da und bevor sie antworten konnte, sagte er: „Deine Arbeit in der Apotheke ist außergewöhnlich. Du musst mir mehr davon erzählen, und warum sie dir wichtig ist. Ich kenne keine Frau, die sich so für Kräuter und Pflanzen interessiert, es sei denn sie wachsen in ihrem Garten."

Ein Lächeln flog über ihr Gesicht. Ihr Herz sprudelte über von den Erlebnissen, die ihr Vater und sie mit den Arzneien und Essenzen gemacht hatten. „Wenn es dich nicht langweilt …?"

„Wie könnte es! Wir hätten Zeit, uns dabei zu unterhalten und mehr voneinander zu erfahren."

Ein harmloser Gang über die Felder klang gut. Amber hob das Kinn und sah ihn fest an. Richards Gesicht war von einem markanten Jochbein und einem entschlossenen Mund geprägt. Zwischen seinen dunklen, aus der Stirn gekämmten Haaren, blitzten ein paar helle aschblonde Strähnen. Es war schön, dass er keinen Bart trug, hinter dem so mancher Mann sein Mienenspiel versteckte.

„Gut", versprach sie und wandte sich zum Gehen. Ihre Gedanken rasten. Die letzte halbe Stunde hatte ein wahres Gefühlschaos in ihr bewirkt.

„Morgen um die gleiche Zeit? Vorm Torhaus?"

Amber nickte, unfähig zu antworten und ging, ohne sich noch einmal umzusehen.

5

War es ein Zeichen des Himmels, dass noch kein neuer Pförtner eingestellt worden war und das Torhaus verwaist blieb? Amber lächelte vor sich hin und eilte in Gedanken versunken die Dorfstraße entlang, den Hut tief ins Gesicht gezogen und mit hochgezogenen Schultern.

Der Schnee unter ihren Schuhen knackte. Dicke Wollstrümpfe und eine zusätzliche wärmende Strickjacke unter ihrem Mantel schützten vor der Kälte. Den ganzen Tag hatte sie in der Apotheke gestanden und nach Anweisung ihres Vaters Salben, Tinkturen und Teemischungen hergestellt. Er war sehr zufrieden mit ihrer Arbeit gewesen und hatte sie sogar gelobt. Trotz Bedenken ihrer Mutter, es sei für einen Spaziergang viel zu frostig, hatte sie versichert, das mache ihr nichts aus. Der Kälteeinbruch hatte sie jedoch überrascht. Es hatte zwar nicht mehr geschneit, aber es war um einige Grade eisiger geworden. Als sie bereits an der Tür stand, entschied sie sich, nochmals ins Haus zu gehen und die wollene Jacke unter ihren Wintermantel anzuziehen. Jetzt war der Frost einigermaßen erträglich, obwohl ihr ein eisiger Ostwind ins Gesicht blies.

Von ihrem zweiten Treffen mit Richard wusste niemand. Noch zögerte sie, ihre Zuneigung irgendwem einzugestehen. Es war zu frisch, zu berauschend und zu unvernünftig. Er war der Sohn eines Peers, ein Mann aus dem Hochadel und sie nicht ebenbürtig. Hatte ihre Bewunderung füreinander eine Chance? Was hatte sie adligen jungen Damen schon entgegenzusetzen? Sie konnte ja noch nicht einmal tanzen! Wie man sich in diesen Kreisen benahm, war ihr fremd. Konnte man das erlernen? Was würden ihre Eltern sagen, wenn sie von ihrer Sympathie erfuhren?

Aber stopp – heute wollte sie nicht darüber nachdenken! Ihr Herz sprudelte nämlich über vor Glück. Sie würde mit ihm spazieren gehen. Mit ihm – Richard.

Sie dachte an die gestrige Situation im Torhaus, wie nahe ihm das Schicksal eines einfachen Mannes gegangen war, wie er sie angesehen und wie feinfühlig er reagiert hatte. Sich sogar für sein Benehmen entschuldigt hatte, obwohl sie selbst den Schritt ins Torhaus gewagt hatte. Doch sofort mahnte auch wieder eine Stimme in ihr, dass es sich nicht gebührte, ohne Begleitung einen jungen Mann zu treffen. Aber wen hätte sie mitnehmen sollen? Ihre Brüder? Damit sie sofort alles ausplauderten? Jedes Wort, das sie sprachen? Bei dem Gedanken musste sie sogar lachen. Ihre Mutter? Sie wäre keine Alternative und würde jeden Heiratskandidaten mit ihrer Neugierde verschrecken. Die Aussicht auf einen wohlhabenden Schwiegersohn für ihre einzige Tochter ließ sie oft über ihr Ziel hinausschießen.

Nein, dieses kleine Glück heute sollte Amber allein gehören. Richard und ihr. Und bevor sie ihre Eltern einweihte, wollte sie sich zuerst über ihre Gefühle klar werden.

Dann sah sie ihn. Er stand wie beim ersten Mal im Schatten des Torhauses, auf dessen Dach ein Türmchen mit Wetterfahne thronte, die sich im Wind bewegte. Richards Umrisse entfachten einen Sturm der Gefühle in ihr und sie genoss den Augenblick, ihn zu bewundern und seine Gegenwart zu genießen. Wie er dastand, ähnlich einem unverrückbaren Fels, an den sie sich anlehnen konnte. Er trug ein langes dunkelgrünes Wollcape über seinem Rock, unter dem die hellbraunen Stiefel mit Schnallen und hohem Schaft endeten.

Als er sie bemerkte, hellte sich sein Gesicht auf. Er warf ihr einen zärtlichen Blick zu, als sie vor ihm stehen blieb. „Amber." Seine Stimme hatte einen samtweichen Klang und sie hielt seinem Blick stand, während sie sich schweigend gegenüberstanden. Dann bot er ihr seinen Arm. „Wollen wir gehen?"

Verlegen nickte sie, hakte sich bei ihm unter und sah ihn von der Seite an. Obwohl ihm der Eiswind ins Gesicht stob und seine Haare trotz Hut zerzauste, blickte er strahlend und voller Zuversicht in das gedämpfte Licht des Abends. Wahrscheinlich froren Männer tatsächlich nicht so stark wie Frauen. Ihr Vater trug auch fast nie einen Schal, nur gelegentlich eine Kappe oder zu besonderen Anlässen einen Hut.

Wie gut, dass ihnen hier draußen niemand begegnete. Die

Kälte hielt die Leute im Haus. Still neigte sich die Dämmerung über die Felder, währenddessen sie nebeneinander hergingen und der Schnee im Rhythmus unter ihren Schritten knirschte. Richard strömte etwas Sicheres, Beständiges aus, gerade jetzt, wo Amber immer öfter von den kriegerischen Auseinandersetzungen der Engländer und von Aufständen der Irländer hörte. Was das für die einfachen Leute und Menschen hier auf dem Land bedeutete, wusste sie nicht, aber die Geschichten verbreiteten Furcht.

„Das Fohlen ist da", erzählte Richard mit Stolz in der Stimme, „ein Wunder der Natur. Stell dir vor, es ist ein männliches, ein kleiner Hengst. Ein großartiges Tier. Ich liebe es schon jetzt."

Amber musste über seine Leidenschaft lachen und drückte seinen Arm. „Wie schön", freute sie sich mit ihm, „ist die Geburt normal verlaufen?"

„Ja. Mein Stallmeister hatte Bedenken, weil die Anzeichen sich verdichteten, dass es heikel werden könnte, aber es ging alles gut."

„Elf Monate sind eine lange Zeit für ein neues Lebewesen. Länger als bei uns Menschen."

„Für einen Pferdenarr wie mich ist das schier endlos, nicht wahr? Und bedeutet schlaflose Nächte, wenn sich alles verzögert. Doch MacCormick hat Gott sei Dank rechtzeitig bemerkt, dass bei Ginger das Fohlen quer lag. Sofort hat er einen Tierarzt aus der Hauptstadt verständigt, mit dem er bereits zuvor Kontakt aufgenommen hatte. Seine Vermutung bestätigte sich." Richard seufzte gelassen. „Alles ist gut gegangen und jetzt ist es da, hat aber noch keinen Namen." Er drehte den Kopf und beobachtete sie. „Hast du eine Idee? Was würde dir gefallen?"

Sie blickte ihn überrascht an. Das Grün seiner Augen schimmerte dunkel und hielt ihren Blick fest.

Nach welchen Kriterien gab man einem Pferd den Namen? Sie lachte. „Ich? Du scherzt!"

„Nein, wirklich. Er sollte mit A anfangen. Sein Vater heißt Arrow."

„Lass mich nachdenken." Sie hob eine ihrer geschwungenen, zarten Augenbrauen und überlegte kurz. „Gefällt dir Avalon?"

Er nickte. „Ein interessanter Vorschlag. A-va-lon. Hört sich sehr melodisch an."

„Vielleicht hast du ja noch eine schönere Idee?"

„Glaube ich nicht."

Der Feldweg führte nach Westen. Hier war der Schnee noch unberührt und lag wie ein graziöser Zuckerüberzug auf Wiesen und Feldern. Der Mond hatte sich hinter Wolken geschoben und warf ein mildes Licht aufs Land. In der Ferne sah sie ein einzelnes Haus mit einem Turm, um das sich wilde Geschichten rankten. Manche meinten, es sei mal eine Kirche gewesen, andere hielten es für ein altertümliches Gasthaus. Jedenfalls hatte es schon dagestanden, seit sie denken konnte.

Richard erkundigte sich nach ihrer Familie und wie ihr Vater sie für Heilpflanzen begeistert hatte. Es war das erste Mal, dass ein Mann sich ernsthaft für ihre Neigung interessierte, ohne zugleich auf die allgemeingültige Bestimmung hinzuweisen, wo der Platz einer Frau zu finden sei. Während sie übers Feld spazierten, unterhielten sie sich angeregt über verschiedene Themen, darunter die ausweglose Situation der Leute, einen Arzt zu bezahlen, über die Fürsorge eines Großgrundbesitzers hinsichtlich seiner Untertanen und nicht zuletzt über die idyllische Gegend, in der sie lebten.

Sie waren bereits eine Stunde unterwegs, als Richard unvermutet das Thema wechselte. „Nie werde ich den Anblick vergessen, als du der armen Frau geholfen hast. Dich hatte der Himmel geschickt." Er legte seine freie Hand auf die ihre, die auf seinem Arm ruhte. „Wieso hattest du so viel Geld dabei?"

Vorsichtig sah sie ihn von der Seite an und erfasste die kleinen

Wölkchen, die sein Atem ausbreitete. „Es waren meine Ersparnisse."

„Deine Ersparnisse? Du wolltest dir etwas kaufen?"

„Nichts Wichtiges." Ihre Stimme zitterte vor Anspannung und sie musste schlucken.

Er hielt inne und blickte ihr tief in die Augen. „Ich habe versagt. Es wäre meine Aufgabe gewesen zu helfen. Du hast mich beschämt." Behutsam zog er seinen Arm weg und griff mit beiden Händen nach ihren. „Amber", sagte er leise.

Sie ertappte sich dabei, dass sie sich nichts sehnlicher wünschte, als dass diese Augenblicke mit ihm niemals enden würden. Die ganze Luft schien zu schwingen und zu singen. Es gab fast keine Stunde, an der ihre Gedanken nicht um ihn kreisten. Von seinen Händen ging nicht nur Wärme auf sie über. Es war auch etwas anderes, Unerklärliches, etwas Betörendes, das sie mit ihm auf unsichtbare Weise verband. Als ob sie schon immer zueinandergehört hätten und diese verhüllte Verbundenheit endlich sichtbar wurde. Gab es das? Sich so verbunden zu fühlen, obwohl man sich doch kaum kannte? War dieses Gefühl das, was manche Menschen Seelenverwandtschaft nannten?

Eine Weile sprachen sie kein Wort. Sie blickte in sein Gesicht, das deutlich verriet, wie aufgewühlt er war. Hier in der Dämmerung konnte sie die Farbe seiner Augen nicht erkennen, wohl aber sah sie ihr Leuchten. Sie wusste nicht, was sie sagen sollte, es schien ihr alles so unwirklich.

Da stand sie nun hier draußen auf einem verschneiten Feldweg – allein mit einem Mann, ohne die Begleitung einer Cousine oder sonstigen Verwandten. Eine prekäre Situation und doch unendlich berauschend. Noch nie hatte sie eine Vorstellung davon gehabt, was eine Frau empfinden konnte, wenn sie einem Mann begegnete. Dem Mann.

Hinter vorgehaltener Hand wurde viel gesprochen, auch darüber, dass nicht jeder aus freiem Willen heiratete. Wurde in seinen Kreisen eine Braut für ihn erwählt? Hatte er das Recht mitzusprechen?

Während sie sich gegenüberstanden und Amber schließlich die Augen niederschlug, war eine fast unwirkliche Stille eingetreten, in der sie nur ihren eigenen Atem und ihren wilden Herzschlag hörte. Sie wusste nicht, wie lange sie so verharrten, ohne zu reden. Irgendwo raschelte der Schnee. Vielleicht waren es Vögel, die noch vor dem Einbruch der Nacht etwas zu Fressen suchten.

Irgendwann ließ er eine Hand los und hob ihr Kinn.

Während sie ihn aufmerksam ansah, räusperte er sich. „Amber", begann er mit rauer Stimme, „wissen deine Eltern, dass wir uns zum Spazierengehen verabredet haben?"

Konnte er Gedanken lesen? Sie schüttelte langsam den Kopf und kämpfte mit ihrem Gewissen. „Hast du deiner Familie was erzählt?"

„Nein." Sein Blick wanderte über die verschneiten Felder, bevor er vorsichtig fortfuhr. „Ich will mir erst sicher sein, bevor ich dich ihnen vorstelle. Ich lebe allein mit meinen Eltern auf Cold Ashton Manor. Meine Schwester Jill ist verheiratet und Edward dient."

Ihr Herzschlag raste. „Wären sie überrascht", flüsterte sie, „wenn sie erfahren, dass ich nicht nur unter Stand, sondern die Tochter des Apothekers bin?"

„Unter Stand! Was soll das heißen? Ich will diese Hierarchie nicht. Nein, bei der Wahl meiner künftigen Frau soll einzig mein Herz sprechen."

Künftigen Frau? Dachte er etwa jetzt schon an Heirat? Amber blickte ihn mit einem Lächeln an. „Nicht, ob sie einen Haushalt mit Bediensteten führen oder die Förmlichkeiten einhalten kann?"

„Nein. Natürlich: Wenn sie mich liebt, wie ich sie, wird sie das gerne lernen und tun wollen. Aber darum geht es mir in erster Linie nicht."

Zu ihrer Linken grenzte ein kleines Waldstück. Amber warf einen Seitenblick zum Dorf, das jetzt die Sicht begrenzte und daran erinnerte umzukehren. Sie durfte sich nicht in Träumereien verrennen. Alles war zu früh, zu frisch und zu unwirklich. Nein, eine Schwärmerei war noch keine Liebe und selbst die musste in die Statuten der Gesellschaft passen.

Wenn einer allen Reichtum seines Hauses um die Liebe gäbe, so würde man ihn nur verachten! Im Hohelied der Liebe wurde die echte, tiefe Zuneigung mehr als treffend beschrieben. Würde Richard wirklich alles riskieren? Sie zweifelte und wollte doch gerne glauben, dass ihr Leben und ihre beginnende Zuneigung grenzenlos waren.

In den nächsten Tagen trafen sie sich täglich meist um die gleiche Zeit, denn in der Dämmerung konnten sie sicher sein, fast niemandem zu begegnen. Abseits der Straßen, auf den weitläufigen Ländereien des Lords, arbeitete um diese Tageszeit keiner mehr draußen und Spaziergänger waren eher selten. Bis jetzt war Amber immer auf der Hut gewesen, doch der Wunsch, ihren Eltern von Richard zu erzählen, wuchs von Tag zu Tag.

Sie hasste Heimlichtuerei und manche Nachfrage ihrer Brüder tat sie mit den wildesten Antworten ab. Das musste aufhören!

Auch heute, an einem weiteren kalten Dezemberabend, trafen sie sich wieder vor dem Torhaus. Seit jenem Tag, an dem sie geflüchtet war, hatte sie es nicht mehr betreten. Sie genoss Richards zartes Werben und er hatte respektiert, dass sie spazieren gingen, um auf diese Art von Tag zu Tag vertrauter miteinander zu werden.

Inzwischen hatte sie erfahren, dass er drei kleine Nichten und Neffen hatte, die er, wie er bedauerte, nicht oft sehen konnte, und kannte auch die Geschichte, wie Jill ihrem Sir Walter bei einem Fest begegnet war. Da beide Familien bei Hofe bekannt waren und über entsprechende Einkommen verfügten, hatte ihrer Zuneigung vonseiten der Eltern nichts im Wege gestanden. Allerdings hatten sie sich bis zur Hochzeit nur wenige Male sehen können, was nicht ungewöhnlich für viele adelige Paare war. Ganz anders als bei ihnen beiden.

Heute war es eisig und klamm und selbst Richard schlotterte vor Kälte. Mit einem vorsichtig fragenden Blick wies er auf das Torhaus. „Ich könnte den Ofen richtig schüren. Wollen wir uns nicht doch drinnen etwas aufwärmen?"

Amber zögerte, rang für einen Moment mit sich und nickte dann. Sie spürte trotz der Stiefel ihre Zehen nicht mehr und wünschte sich eine warme Stube. Gewiss würde sie alle Regeln des Anstandes einhalten.

Richard schloss die Tür auf und führte sie ins Haus. „Warte!" Er ging durch den Flur und entzündete eine Lampe. Auf seinen Wink folgte sie ihm ins Obergeschoss, wo er weitere Lampen entzündete. Der Raum sah genauso aus wie beim letzten Mal.

Er legte seinen Umhang aus warmer Wolle ab und streckte die Hand aus. „Gib mir deinen." Amber nickte still. Während sie die Handschuhe auszog, zeigte seine liebenswürdige Miene nur ein aufrichtiges Zögern, bevor er auch Mütze, Schal und Mantel entgegennahm. In der Nähe der Treppe gab es einen Kleiderhaken, an den er die Mäntel hing.

Amber sah zu dem Fenster, wo es bei ihrem ersten Besuch kräftig gezogen hatte. Jemand musste den Rahmen repariert haben. Die Wärme blieb im Zimmer.

Richard machte Feuer im Ofen und trat dann verlegen an sie heran. Sanft schaute er ihr in die Augen und zog sie ganz langsam an sich. So dicht, dass sie seinen Herzschlag spüren konnte. Es fühlte sich an, als ginge das Pochen auf sie über. Ihr ganzer Körper schien zu vibrieren.

Was war denn nur los mit ihr? Wie konnte seine Nähe sie derart betören und aus dem Gleichgewicht bringen, dass sie sich nicht überwinden konnte, ihn abzuweisen? Und auch nicht wollte, dass dieser himmlische Moment enden würde?

Als seine warmen, weichen Lippen ihre berührten, zuckte sie erschrocken zurück. Wie oft hatte sie sich das ausgemalt und jetzt hatte sie Angst davor. Aber Angst wovor? Vor ihren Gefühlen oder vor ihrem Gewissen? Er sah sie immer noch voller Zärtlichkeit an und sie las in seinen Blicken Zuneigung und Achtung. Dann wurde sein Griff fester und er küsste sie plötzlich mit einer Leidenschaft, dass sie nicht mehr wusste, ob sie jemals ohne dieses brennende Gefühl weiterleben wollte. Ihre Beine schienen nachzugeben und, als habe Richard es bemerkt, verstärkte er seine Umarmung. Sie fühlte sich wie im Himmel.

Als er den Griff lockerte, spürte sie, dass er genauso nervös war wie sie. Ihr Kopf glühte und Richard vergrub sein Gesicht an ihren Hals. „Liebste“, flüsterte er, „um nichts in der Welt werde ich dich wieder gehen lassen.“ Es klang wie ein Versprechen, bevor sie ihn sanft von sich schob und nach ihrem Mantel griff. „Ich muss heim.“ Obwohl ihr Herz raste, musste sie vernünftig bleiben.

In diesem Augenblick ahnte sie nicht, dass sie eines Tages noch oft an seine Worte zurückdenken würde.

6

Es waren nur noch wenige Tage bis Weihnachten. Auf Cold Ashton Manor war man mit den Vorbereitungen für das Christfest beschäftigt. Das Haus wurde gründlich geputzt und die Speisenfolge für die Feiertage festgelegt. Mrs Robinson war über die Ausbeute einer Jagd neulich mehr als zufrieden gewesen.

Tatsächlich stellte sich das neue Küchenmädchen geschickt an und lernte fleißig, was die Köchin ihr über das Ausbeinen von Rehrücken, das Einlegen von Hirschbraten in Buttermilch und Herstellen eines Wildfonds erzählte.

Im Vorratskeller stapelten sich bereits Gläser mit Black Butter, die heute Abend mit Toast vor dem Hauptgericht serviert würde. Richard liebte von klein auf diese Konfitüre, zubereitet aus Äpfeln, Gewürzen wie Zimt, vermischt mit Apfelbranntwein und Butter. Selbst zu kaltem Fleisch und Käse schmeckte ihm der leckere Aufstrich.

Richards langjähriger Freund Lord Francis Asbury war angereist und würde wieder einmal ein paar Tage die Gastfreundschaft der Clarkes genießen. Francis und er hatten beide in Eton die Schule besucht und schon damals hatte sich gezeigt, dass ihre Interessen unterschiedlicher Natur waren, was ihrer Freundschaft allerdings nie einen Abbruch getan hatte. Vielmehr erweiterten sich ihre Wahrnehmungen durch die verschiedenen Lebensaufgaben. Leider kam es nur noch selten vor, dass sie Zeit miteinander verbringen konnten. Umso mehr freute sich Richard, dass Francis über Weihnachten bei ihnen blieb.

Richard verbrachte den Nachmittag am Schreibtisch, um letzte Briefe und anderweitige Post zu beantworten, während Francis einen Besuch bei einer nahe gelegenen Tuchmanufaktur machte, die ihn aus beruflichen Gründen interessierte. Davon gab es einige in der Gegend. Francis wusste um die bitteren Lebensumstände, über die die Tuchscherer klagten, die häufig auch in den Fabriken wohnten, und befürchtete, dass das in Aufständen gipfeln konnte.

Richard bewunderte seine Achtung für die ärmliche Bevölkerung, die er aus tiefstem Herzen unterstützte. Francis nahm seinen Sitz im House of Lords im britischen Parlament ernst und ebenso das Bibelwort *Suchet der Stadt Bestes*, das er als Wahlspruch für seine politische Betätigung anwendete und auf das ganze Land ausweitete.

Die Cotswolds mit ihrer blühenden Wollindustrie garantierten vielen Menschen Arbeit und einigen wenigen großen Wohlstand. Das spezielle Fell des Goldenen Vlies-Schafs war besonders attraktiv im Wollhandel. Francis ahnte, dass die Industrialisierung in nicht ferner Zukunft auch hier eine große Rolle spielen würde. Wie es dann um die Menschen und deren Broterwerb bestellt sein würde, darüber konnte er nur spekulieren.

Nur am Rande nahm Richard an diesem Tag wahr, dass ein Herr in edler Kleidung bei seinem Vater vorstellig wurde. Was die beiden beredeten, blieb unklar und sein Vater schwieg sich über den Grund seines Besuchs aus. Erst nach etwa drei Stunden verließ der Herr Cold Ashton Manor wieder.

Am Abend trafen sich die Männer zu dritt im Herrenzimmer. Lady Clarke hatte sich bereits vorher nach einem köstlichen Dinner entschuldigt und die Männer hatten sich auf einen Brandy verabredet. Sein Vater schien angespannt, hatte die Stirn in Falten gelegt und blies gedankenversunken Rauchkringel in die Luft. Sie genossen bei Digestif und Tabak die Wärme, die der Kamin im Raum verbreitete.

„Hattest du ein gutes Gespräch heute Nachmittag?“ Richard nahm sein Glas in die Hand, drehte es und erforschte die tiefgoldene Farbe des Brandys.

Sein Vater sagte nichts.

„Wie war doch gleich sein Name?“ Es legte sich ein ungutes Gefühl auf Richards Seele, als er das Funkeln in den Augen seines Vaters bemerkte.

Lord Clarke runzelte die Stirn. „Mr Rolfe.“

Die Antwort glich mehr einem Knurren. Richard kannte keinen Mr Rolfe. Noch weniger verstand er, dass sein Vater einsilbig, wenn nicht gar rätselhaft reagierte.

Francis warf Richard einen fragenden Blick zu, worauf Richard resignierte und einsah, dass ihm der Inhalt der Unterhaltung vorerst ein Rätsel bleiben würde. Er erhob das Glas. „Auf die Gesundheit.“

Als sie sich zugeprostet hatten, nahm er sich ein Herz, um seinem Vater einen Vorschlag zu unterbreiten. Seit Längerem ging es ihm durch den Kopf, wie er ihn noch mehr entlasten könnte. „Ich kann dir gerne die Buchhaltung abnehmen. Selbst Mutter findet, dass man es dir ansieht, wie es dich anstrengt.“

Aber Lord Archibald Clarke schüttelte nur den Kopf und blickte ihn so entgeistert an, dass Richard ein unangenehmes Gefühl im Magen verspürte. „Glaub mir, dass ich damit nicht überfordert bin.“ Der alte Lord machte eine weit ausholende Bewegung mit dem Arm. „Solltest du dich allerdings wirklich einmal mit der Zukunft der Familie beschäftigen wollen und dich endlich mit Heiratsgedanken tragen, werde ich gerne darüber nachdenken.“

Das war eine klare Aufforderung, aber Richard empfand es noch als zu früh, um konkrete Zukunftspläne mit Amber zu machen. Wie seine Familie auf ein Mädchen aus „niederem Haus“ reagieren würde, wollte er sich im Moment noch nicht ausmalen. Lord Archibald Clarke hatte nie einen Hehl daraus gemacht, dass seiner Meinung nach zu viel Gefühl den Charakter eines Mannes verderbe. Und nun war das eingetreten, wovor ihn seine Eltern eindringlich gewarnt hatten: Er hatte sich hoffnungslos verliebt.

An Heiligabend fuhren sie zur Dreifaltigkeitskirche, wo sie gemeinsam mit den Dorfbewohnern Gottesdienst feierten. Trotz des Schnees, oder gerade deswegen, hatte der Graf entschieden, mit der Kutsche vorzufahren, obgleich der Fußweg überschaubar war. Während seine Eltern vorweg die Kirche betraten, schritt Richard mit Francis hinter ihnen her. Die Dienerschaft hatte sich zu Fuß auf den verschneiten Weg gemacht und sich in der Pfarrkirche bereits unter die Dorfbewohner gemischt.

„Wie gut, dass wir keine puritanische Regentschaft mehr haben", flüsterte Richard und schmunzelte angesichts des gut besuchten Gotteshauses. „Unter Oliver Cromwell durfte noch nicht mal Weihnachten gefeiert werden. Wenn er das hier gesehen hätte, hätte er ein ganzes Dorf einkerkern lassen müssen."

Francis, wie Richard in einen festlichen Rock gekleidet, dazu ein weißes Hemd mit hohem Kragen und akkurat gebundener Seidenschleife um den Hals, nickte. „Und niemand verstand, dass ausgerechnet an diesem Tag der Besuch des Gottesdienstes untersagt war. Es ist doch Christi Geburtstag, dessen wir gedenken."

Was für ein Glück, dass seitdem viele, viele Jahre vergangen sind und die Herrscher und Gesetze sich geändert haben, dachte Richard. Das Kirchenschiff war von leuchtenden Farben durchdrungen und eine feierliche Ruhe breitete sich über die Besucher.

Reverend Horton begann mit der Liturgie. Beim ersten gemeinsamen Lied drehte Richard kaum merklich den Kopf. Er entdeckte Amber sofort unter den Frauen weit hinten nahe dem Portal. Sie hielt ihr Gesangbuch aufgeschlagen, obwohl sie den Kopf aufrecht trug und auswendig sang.

Als habe eine verborgene Macht eingegriffen, drehte sie ihr Gesicht in seine Richtung und ihre Blicke trafen sich. Wie hübsch sie aussah in ihrem kastanienbraunen Mantel und der farblich passenden Haube. Die Frau zu ihrer Rechten war vermutlich Mrs Devaney, die zur Linken kannte er und wusste, dass es Mrs Young, die Frau seines Verwalters, war.

Er musste sich von Ambers bezaubernden Anblick losreißen, um nicht anderen Gottesdienstbesuchern Anlass zum Tratsch zu bieten. Nachdenklich starrte er auf den Altar, der direkt vor ihm stand.

Inzwischen stand Reverend Horton auf der Kanzel und hatte mit der Lesung des Bibeltextes begonnen. Richard hatte Mühe, der Predigt des Reverends zu folgen und schweifte in Träumereien ab, die einzig aus Amber bestanden.

Nach der feierlichen Andacht folgte er seinen Eltern im flackernden Licht der Kerzen Richtung Ausgang und ließ Lord Francis Asbury den Vortritt. Wenn er nur langsam genug hinausschlenderte, käme er vielleicht in ihre Nähe. Doch leider wartete Amber, wie es sich für ihren Stand gehörte, bis er mit seiner adeligen Familie die Kirche verlassen hatte. Nur ihre heimlichen Blicke deuteten ihre Sehnsucht an.

Das Festessen am ersten Weihnachtsfeiertag fiel besonders üppig aus, wie es seit Generationen Sitte bei den Clarkes war. Zuvor war die Dienerschaft mit einem kleinen Geschenk überrascht worden, das gewohnheitsmäßig in einer Schachtel übergeben wurde. Nun trugen die Diener Platten über Platten mit Truthahn, Ente und Hammel sowie zahlreiche Schüsseln mit Möhren, Kohl, Erbsen und verschieden zubereitete Soßen und Chutneys aus der Küche herbei, wobei zu den verschiedenen Speisen unterschiedliche Weine gereicht wurden.

Der Graf genoss den Duft des Fleisches, der sich im Esszimmer ausbreitete und ihm ein Lächeln ins Gesicht zauberte, betrachtete die überladene Tafel und straffte die Schultern. „Was bilden sich eigentlich die für ihre Extravaganz bekannten französischen Köche auf ihre kostspieligen Dinner ein? *Hier* findet die wahre Kochkunst statt! Nicht wahr, mein lieber Francis? Hat nicht ein italienischer Diplomat, der im Sommer in der Hauptstadt weilte, die englische Küche als die köstlichste aller gelobt? Recht hat er."

Die Männer lachten. „Und dank dem Curry aus Ostindien konnte unsere Mrs Robinson neue Soßen kreieren", fügte Lady Clarke hinzu. Sie war in lilafarbene Seide gekleidet, was ihr vortrefflich stand. Goldstickereien und Spitzen in gleicher Farbe harmonierten mit ihren rosigen Wangen. An einer Hand funkelten Ringe mit Edelsteinen. Richard ertappte sich dabei, wie er sich Amber an der Tafel vorstellte, ebenso prächtig gekleidet, vielleicht in hellem Azur und mildem Gold wie die Farben im Wappen der Clarkes. „Wie auch immer ein Menü gestaltet wird, ich finde, der Plumpudding darf niemals fehlen!"

„Aber dann am liebsten mit viel Brandy getränkt!", ergänzte Francis mit einem Schmunzeln.

Über der ganzen Unterredung schwang eine Leichtigkeit, wie Richard sie lange nicht mehr erlebt hatte. Nicht nur, dass sein Herz seit der Begegnung mit Amber von einem reinen Hochgefühl durchdrungen war. Vielleicht lag es auch daran, dass Francis mit seiner einnehmenden Art und seinen Ansichten als Edelmann gute Gedanken weitergab. Was hatten sie als Schüler im Internat nicht alles für lustige Abenteuer erlebt.

„Ich habe vor der Kirche James Green getroffen und ihn wegen eines seiner Pferde angesprochen", erzählte Richard begeistert und sah seinen Vater an, „Brenson interessiert mich."

Lord Clarke zog die Brauen zusammen und schüttelte den Kopf. „Für die Zucht?" Er neigte sich mit selbstgefälliger Miene vor. „Diesen Ackergaul?"

Richard vermochte nicht zu sagen, was den Grafen zu dieser Antwort bewogen hatte, aber mit einem Mal war die beschauliche Stimmung vorbei.

Der Tonfall seines Vaters war geschmacklos. Hatte er zu viel Wein getrunken? Zum Glück wahrte Richard die Contenance. „Du bist nicht informiert. Er hat ein paar wichtige Rennen gewonnen. Brenson ist ein Vollblüter, ein wunderschöner Hengst. Es wäre schade, wenn er mit seinem eleganten Lauf, seinen vornehmlichen Wesenszügen und seinem hohen Widerrist keine Fohlen zeugt. Momentan fristet er bei Green sein Gnadenbrot, dabei könnte ich ihn gut für meine Zucht gebrauchen." Er zögerte. „Und Green das Geld."

„Entspricht so ein Arbeitstier den Vorgaben der Zuchtverbände?"

Was war denn nur los? Hatte sein Vater vergessen, dass sie einen Gast hatten? Richard riss sich zusammen und schlug einen heiteren Ton an. „Brenson hat alle Merkmale einer reinrassigen Abstammung. Ein hervorragendes Reitpferd. Green hat den Hengst für Rennen genutzt. Zumindest zeitweise. Er war ja immer in Geldnöten und da macht man schon mal Eskapaden, die nicht immer mit der allgemeinen Erwartung übereinstimmen." Er wandte seinen Blick zu Francis und lachte. „Ich weiß nur zur Genüge, was man über meinen Umgang mit Pferden denkt."

Francis sah ihn mit wissenden Augen an. „Du meinst deine sanfte Art, mit ihnen umzugehen?"

„Genau. Ohne Druck, ohne Gerte. Ein Pferd merkt sich, wie man es behandelt. Hat man erst mal ein Leittier, wird es einfacher." Er sah seinen Vater an. „In diesem Fall geht es vor allem um meinen Wunsch, die guten Eigenschaften zu veredeln", erklärte er. „Der Charakter einer meiner Stuten passt hervorragend zu Brensons Charakter.

„Sicher willst du sie gewinnbringend verkaufen?"

Er hatte beabsichtigt, erst darüber zu entscheiden, wenn er das Fohlen mit seinen Wesensmerkmalen kennengelernt hatte. Als er zögernd die Schultern hob, wusste er sofort, dass ihm das negativ ausgelegt werden würde. Der Unterkiefer des Lords mahlte hin und her, und Richard war bestürzt, was er damit vermittelte. Er hatte geglaubt, seinen Vater gut zu kennen, doch in letzter Zeit wirkte er verändert.

„Könntest du dich nicht mit anderen Aufgaben beschäftigen?" Der entgegenkommende Tonfall seines Vaters klang aufgesetzt.

Richard schwieg und starrte auf die Wände, die mit wunderschönen grünen Tapeten ausgestattet waren. Er hatte sich erlaubt, mit Avalons Geburt das leidige Bild über dem Kamin durch ein fröhliches Gemälde mit Pferden auszutauschen. Daneben hing ein Spiegel mit einem ziseliertem Goldrahmen auf der einen, ein Landschaftsgemälde auf der anderen Seite. Die Handwerker mussten einen guten Tag gehabt haben, als sie die Decke mit den meisterhaften Ornamenten und Stuckleisten anfertigten. Dazu gaben weiß getünchte Holzvertäfelungen dem Zimmer eine edle Heiterkeit, hervorgehoben von Gemälden, auf denen bisherige Grafen von Cold Ashton dargestellt waren.

Das restliche Essen verlief schweigend, bis Francis bedauerte, dass Edward nicht auf Heimaturlaub über die Festtage hier sein konnte.

„Wer weiß, wo er sich grade rumtreibt", lachte der Graf, aber seine Stimme erinnerte daran, dass er in diesem Moment von einer unbehaglichen Schwermut durchdrungen war.

„Früher hat uns Jill mit Liedern am Klavier unterhalten", meinte die Gräfin gedankenverloren und bemüht, die gekippte Stimmung aufzuhellen. Dabei legte sie eine Hand auf die ihres Mannes. „Ich hoffe, das können unsere Enkel bald bei ihr tun. Stell dir vor, sie bekommen bereits Unterricht."

Später im Raucherzimmer plauderten die Männer über eine der letzten Jagden, bei der der Graf einen Vierzehnender geschossen hatte, doch selbst das eine oder andere Glas Brandy täuschte nicht darüber hinweg, dass irgendetwas verhinderte, die frühere Harmonie im Haus wiederherzustellen.

Amber konnte sich weder am Heiligabend noch am ersten Weihnachtsfeiertag richtig konzentrieren. Einerseits hatte sie gehofft, dass die gräfliche Familie wie immer am Gottesdienst teilnahm, doch als sie tatsächlich auf ihren angestammten Plätzen ganz vorne in der Kirchenbank saßen, war es mit ihrer inneren Ruhe vorbei gewesen.

Von ihrem Platz aus konnte sie die Clarkes unauffällig beobachten. Die allgemeingültige Rangfolge in der Gesellschaft galt auch in der Kirche. Ehre, Tugend, Hochherzigkeit, Regent, Gutsbesitzer, Geiz oder Schande – alles trug dazu bei, seinen Platz zu finden. Schließlich noch die Frage, ob man ein Mann oder eine Frau war. Alles in der Konsequenz besehen ergab, wer zuerst das Abendmahl bekam. Hier in Cold Ashton waren das Lord Archibald Clarke und seine reizende Gattin.

Doch all das geriet für Amber in den Hintergrund, als sie Richard im Gottesdienst im Profil beobachten konnte. Er hatte kerzengrade auf dem dunklen Holz gesessen, ohne die Rückenlehne zu berühren und wirkte außergewöhnlich ernst. Im Dorf achteten sie Richard nicht allein wegen seiner adligen Herkunft, sondern auch, weil er seinen Pferden etwas vermittelte, das mit Staunen und Respekt einherging. *„Er spricht mit den Rössern"*, flüsterte man hinter vorgehaltener Hand. *„Warum gehorchen sie ihm ohne Gerte?"*

Amber lächelte vor sich hin. Wie er sie geküsst hatte an jenem Abend – und dennoch hatte er sie dabei geachtet. *Er ist ein sanfter Mann,* dachte sie, *einer, den man sich als Ehemann und Vater sei-*

ner Kinder vorstellen kann. Sofort schoss ihr das Blut bis unter die Haarwurzeln. In ihrem Innern tobten wirre Gefühle, als habe Richard ihr ein großes Stück ihres Herzens gestohlen – wenn nicht gar ihr ganzes – und in einen Roman gepackt, den zu lesen ihre Mutter unter Strafe verboten hatte.

Es war nun langsam an der Zeit, ihre Eltern einzuweihen.

Am nächsten Tag unternahm Amber einen Botengang für ihren Vater. Als sie zurückkehrte, stand ihr Vater in der Tür. „Ich wollte gerade abschließen. Hast du die Pillen zu den O'Sullivans gebracht?" Er schaute sie fragend an. „Hoffentlich geben sie acht, dass die Großmutter die Tabletten und Tropfen wie verordnet einnimmt. Sie ist doch schon so zerstreut."

„Ja, Vater", sagte Amber, klopfte den Schnee von den Stiefeln ab und zog die Mütze vom Kopf. „Mrs O`Sullivan bedankt sich, dass du die Arznei so schnell fertig hattest."

Ihr Vater sperrte hinter ihr die Tür ab. Sie hatte noch nicht den Mantel ausgezogen, als ihre Mutter den Kopf aus der Küche steckte.

„Du warst lange unterwegs. Du weißt doch, dass du dich nicht länger als nötig bei der Kundschaft aufhalten, geschweige denn sie mit deinem Geplapper belästigen sollst!"

„Ich habe doch nur die Arznei überreicht." Sie sog den herrlichen Geruch von Bratkartoffeln ein, der durchs Haus zog.

Mrs Devaneys Kopf verschwand. Zwischen dem Geklapper von Geschirr hörte Amber ihre Stimme: „Dann bin ich gespannt, wie du deine Verspätung erklärst."

Amber kaute auf ihrer Unterlippe herum und überlegte, wie sie es ihnen am besten nahebringen konnte, dass sie wieder einmal bei Richard vorbeigeschaut hatte. Es war einfach nicht klug, es weiter hinauszuzögern. Die Heimlichtuerei belastete ihr Gewissen unnötig und nahm ihr die Unbeschwertheit des Verliebtseins. Vielleicht würde endlich alles besser, wenn ihre Eltern eingeweiht waren.

Das Abendessen verlief ziemlich schweigend. Nachdem der Abendbrottisch abgeräumt und die Jungen zu Bett geschickt worden waren, sandte Amber aufgewühlt ein Stoßgebet zum Himmel, dass es ein friedfertiges Gespräch würde. Sie wischte sich die feuchten Handflächen am Rock ab und wünschte, dass niemand sah, wie ihr Herzschlag am Hals pulsierte. Mutters Scharfblick verfolgte sie. Nervös schlug sie die Augen nieder und hatte Mühe, ihre Stimme zu kontrollieren, dabei klang ihre Antwort alles andere als ungezwungen. „Ich habe jemand kennengelernt."

Der Teller schepperte, als Mutter das Messer aus der Hand glitt. „Willst du damit sagen, dass du dich vorhin mit einem Mann getroffen hast?"

Amber nickte.

Das Entsetzen ihrer Mutter schwebte im Raum und ihre Tonlage wurde immer höher. „Wie heißt er?"

„Richard", flüsterte sie, „Richard Clarke."

Ihr Vater hatte zuvor auf dem Sofa Platz genommen und richtete sich nun kerzengrade auf. Seine buschigen Brauen schnellten hoch und mit ungläubigen Blick vergewisserte er sich: „Der Sohn des Lords?"

Amber zuckte zusammen, als sie der Blick ihrer Mutter traf, den sie nicht deuten konnte. *Lieber Gott, steh mir bei.* „Ja", antwortete sie mit zittriger Stimme, „er … der Brief vor einiger Zeit war von ihm und wir …" Den Rest ließ sie offen. Besser sie erfuhren nicht, dass es nicht die erste Verabredung gewesen war.

Ihre Mutter runzelte die Stirn.

„Der Diener damals war nur der Bote." Amber blickte in ein besorgtes Gesicht.

„Wie kommt es, dass der junge Lord dich kennt?“, fragte ihre Mutter in ruhigem Ton.

Amber hatte eigentlich mit einer Schimpftirade gerechnet, aber diese blieb aus. Sie meinte sogar, ein Hauch von einem Lächeln im Gesicht ihrer Mutter zu sehen. „Er hat gesehen, wie ich auf dem Jahrmarkt einer Frau zu Hilfe geeilt bin, deren Geldbeutel gestohlen wurde. Das … das hat ihn beeindruckt.“

Ihre Mutter seufzte. „Dann haben wir mit deiner Erziehung doch nicht alles falsch gemacht.“ Plötzlich runzelte sie die Stirn. „Du hast ihn hoffentlich nicht allein getroffen!?“

Der Kloß ihn Ambers Hals blieb. Zum Glück wurde ihr durch Vater eine Antwort erspart. Zumindest fürs Erste.

„Solch eine Verbindung schickt sich nicht!“ Mr Devaney räusperte sich. „Ich finde, er ist kein denkbarer Ehemann für dich. Was hast du dir nur dabei gedacht, ihn zu treffen! Du hättest erst mit mir sprechen müssen.“

Genau das hatte sie befürchtet. Zwar hatte sie solch eine Reaktion eher von ihrer Mutter erwartet als von ihrem Vater, aber das Ergebnis blieb dasselbe: Man hätte ihr sofort den Umgang mit ihm verboten.

„Jeff“, warf ihre Mutter allerdings nun zu Ambers Erstaunen ein, „ich weiß nicht, warum du dich so aufregst. Was ist, wenn er ihr einen Antrag macht?“ Sie griff nach ihrer Stickarbeit, betrachtete das angedeutete Rosengebinde auf dem Stoff und suchte nach einem passenden Faden, den sie dann einfädelte.

„Alice, ich bitte dich!“

„Willst du ihr etwa die Möglichkeit verweigern, gesellschaftlich aufzusteigen?“

„Pah! Gesellschaftlich aufsteigen!“ Er winkte ab. „Was geht euch Frauen denn nur im Kopf rum! Wahrscheinlich nur pompöse Kleider und Diademe auf den Lockenköpfen. Du glaubst doch nicht wirklich, dass er ernsthafte Absichten hat! Noch nie, nie hat ein Lord unter Stand geheiratet."

„Ich glaube, da irrst du dich, Jeff!" Der Kopf ihrer Mutter glühte und ihre Augen blitzten herausfordernd. Sie ließ den Stickrahmen sinken. „Ich erinnere mich noch genau, als Lord Stairs diese Charlotte geheiratet hat. Seine Köchin! Das ging damals durch ganz Gloucestershire."

„Leider!" Er schüttelte fassungslos den Kopf und rieb sich die Schläfen. „Sie haben es sogar bis in die *Times* geschafft. Dieses Theater will ich mit meiner Tochter nicht erleben. Wer sagt denn, dass er sie heiraten will?" Jetzt drehte er den Kopf zu Amber. „Was hast du überhaupt dazu zu sagen?"

„Er ist aufrichtig, glaub mir." Sie schloss für einen Augenblick die Augen und hoffte inständig, dass das Eingeständnis ein gutes Ende nehmen würde. „Ich weiß das."

„Amber", ihr Vater sah sie stirnrunzelnd an und senkte die Stimme, „was macht dich da so sicher? Das geht nicht gut. Noch nie hat es was getaugt zu glauben, Standesunterschiede würden mit einer Heirat verschwinden. Dieser Lord spielt doch nur mit dir!"

„Das tut er nicht!", begehrte sie auf. In ihrem Kopf begann es zu sausen.

„Nein, du wirst ihn nicht wiedersehen."

Ambers Herz drohte zu zerspringen. „Das könnt ihr mir nicht antun!"

„Ich weiß nicht", warf ihre Mutter ein und stach entschlossen in das Gewebe, „was, wenn er ernste Absichten hat? Und tatsächlich entschlossen ist, sie zu heiraten?"

Ihr Vater nahm einen tiefen Schluck vom Würzbier und ließ den Becher beim Absetzen nicht los, als brauche er einen festen Halt. „Amber", seine Augen verengten sich und sie meinte zu erkennen, wie es in seinem Kopf arbeitete, „wer hat dich zu eurem Treffen begleitet?"

Zwei Augenpaare starrten sie an. Was sollte sie nun sagen? Am liebsten wäre sie unter den ungehobelten Holzdielen versunken. Wen sollte sie nennen? Ihre Freundin Tessa? Nein, sie wollte nicht mehr lügen. „Niemand."

„Siehst du", erwiderte er und sah seine Frau triumphierend an, „in seinen Kreisen findet eine Verabredung mit einer Anstandsdame statt. Das ist nicht in Ordnung, dass er unsere Amber alleine trifft!" Und zu Amber gewandt: „Was will ein Lord von dir? Nichts Gutes, sage ich dir. Hier treffen zwei Welten aufeinander. Zwei, die nicht zusammenpassen."

„Sein Benehmen war tadellos", warf Amber ein und war mit einem Mal unsicher. „Bitte, glaub mir doch."

„Jeff –", begann ihre Mutter.

„Nein", schnitt er ihr das Wort ab. Das beeindruckte Amber, weil so etwas fast noch nie vorgekommen war, aber es machte sie auch unendlich traurig. „Unsere Tochter wird ihn nicht mehr sehen. Wie kann ich zusehen, dass sie sich dem Erstbesten an den Hals wirft, nur weil er ihr schöne Augen macht?" Er griff nach Ambers Hand, offenbar bemüht, seinen ungehaltenen Ton zu mildern. „Glaube mir, dein Vater weiß, was gut für dich ist. Schon Generationen vor uns haben so verfahren und das werden wir auch weiterhin so halten."

„Jeff, bedenke doch …" Der Einwurf ihrer Mutter brach unter Vaters frostigem Blick ab.

„Und Schreiben wirst du ihm ebenfalls nicht. Ich hoffe, ich habe mich unmissverständlich ausgedrückt."

Es zerriss Amber das Herz. Einen Brief zu empfangen, ohne dass es jemand von der Familie mitbekam, war äußerst schwierig. Ihr einziger Trost war ein stilles Abkommen, das sie, als hätten sie es geahnt, kürzlich abgesprochen hatten: Richard würde jeden Abend um die gleiche Zeit am Torhaus sein – für den Fall, dass Amber sich hinschleichen konnte.

In dieser Nacht schlief Amber kaum. Ihre Gedanken waren bei Richard und immer wieder stiegen zwischendurch die mahnenden Worte ihres Vaters auf.

Von Mutter hätte sie eher Widerstand erwartet als von Vater. Vielleicht konnte sie aber besser die Gefühle verstehen, die man als junges Mädchen hegte. Ob Mutter vor Vater schon mal in einen anderen Mann verliebt gewesen war? Warum hatte sie noch nie darüber nachgedacht oder nachgefragt? Aber wahrscheinlich hätte sie sowieso keine Antwort erhalten.

7

Januar 1800, Cold Ashton Manor

Mit dem neuen Jahr wuchs in Richard die Hoffnung auf eine Zukunft, die von einem glänzenden Lichtblond, hoffnungsvoll dreinblickenden Augen und einem bezaubernden Lachen begleitet wurde. Er war überzeugt, dass es ihr gemeinsames Jahr werden würde.

Die kommende Nacht würde sternenklar und eisig sein, wie man es vom Januar gewöhnt war. Richard hatte zwar die Tür zum Torhaus aufgeschlossen, doch er wollte nicht einfach reingehen, um im Warmen auf sie zu warten, obwohl er schon bestimmt eine Stunde in der Kälte ausharrte und mittlerweile von einem Fuß auf den anderen trippelte. Seine Zehen fühlten sich wie abgestorben an und die Kälte hatte sich durch seinen edlen Tuchmantel gefressen. Um sich abzulenken, sah er sich um, und zog dabei den Wollschal schützend um die Ohren.

Auf der anderen Straßenseite dehnten sich hinter der Steinmauer die Weiten der Cotswolds aus, zur Rechten führte der Weg ins Dorf und zur linken Seite gab es hinter dem alten Gerichtsgebäude und einem ehemaligen Pfarrhaus eine Weggabelung, die zu einem Farmhaus und in den Nachbarort führten. Über allem lag eine vergängliche, aber faszinierende Schicht von glitzernden Eiskristallen.

Kaum zu glauben, dass Amber wieder nicht kam. Bis vor wenigen Tagen hatte sie keine Verabredung versäumt. Zwar hatte es sie manchmal große Überredungskunst gekostet, sich von zu Hause loszureißen, denn ihrer Mutter waren immer noch neue Aufgaben eingefallen, doch letztlich hatte sie es immer geschafft.

Dann war sie plötzlich weggeblieben und seitdem wartete er jeden Tag hier zur gleichen Zeit – leider vergebens. Wo blieb sie nur? War sie krank geworden? Oder hatte sie, wie angekündigt, ihre Eltern über ihre Verbindung eingeweiht, die ihrer Tochter nun verboten, ihn zu sehen?

Vom Dorf hörte er die Kirchturmuhr sechs Mal schlagen. Längst hatte er seinen Eltern von Amber erzählen wollen, doch eine rätselhafte Kraft hatte ihn bisher davon abgehalten. Nachts lag er bisweilen grübelnd wach, mit sich ringend, wie er es ihnen offenbaren sollte. Denn in letzter Zeit konnte man eine seltsame, beinahe beängstigende Stimmung im Haus spüren, die nicht wirklich in eine edle Familie passte. Er kräuselte die Stirn. Wann hatte das angefangen? Er war sich sicher, dass es mit dem merkwürdigen Besuch von Bankdirektor Patel und Advokat FitzAlan einhergegangen sein musste.

„Eure Lordschaft! Was machen Sie denn hier am Torhaus?"

Er sah sich irritiert um. Was tat der Verwalter um diese Zeit hier? „Ach, ich … ich sehe nur nach dem Rechten“, stockte er und für einen Moment glaubte er es selbst, bevor er sich fasste. „Vielleicht sollten Sie doch nicht bis zum Frühjahr warten und jetzt schon nach einem Pförtner Ausschau halten.“

„Ich wollte Sie wirklich nicht ängstigen“, lachte Young und musterte ihn unverhohlen. „Nun, das mit dem Türhüter ließe sich machen. In der Gegend haben einige Männer ihre Arbeit verloren. Wenn Sie wünschen, werde ich mich die Tage umsehen.“

„Tun Sie das.“ Richard blickte Young an. Warum verschwand er nicht? Amber konnte jeden Moment hier sein.

Doch Young schien der Frost in seinem grob gewebten Rock nichts auszumachen. Er machte zumindest keine Anstalten zu gehen, trat stattdessen nah an ihn heran und beäugte ihn. „Ist alles in Ordnung?“ Graue beunruhigte Augen in einem faltendurchfurchten Gesicht, bedeckt mit einer Fellmütze, blieben an ihm hängen.

„Aber ja doch“, versicherte Richard, „seien Sie unbesorgt.“ Er wollte ihn loswerden. Aber wie, ohne seinen Misstrauen zu wecken? Warum sollte er ihn nicht nach Hause schicken? Der Mann hatte wirklich selten Zeit für seine Familie. Er brauchte nur einen Augenblick, um ihm einen Vorschlag zu unterbreiten: „Sie können gern Feierabend machen.“

„Jetzt schon?“

Er legte dem Verwalter eine Hand auf die Schulter und räusperte sich. „Ich schätze Ihren Fleiß, Young. Gehen Sie heute ruhig früher heim. Machen Sie sich doch mal einen gemütlichen Abend mit Ihrer Frau.“

Mrs Young half oft in der großen Familie ihrer Tochter und war zudem von morgens bis abends mit der Pflege ihres bettlägerigen Schwiegervaters beschäftigt.

„Wenn Sie meinen. Danke.“ Young strahlte und wandte sich zum Gehen, als sie es beide hörten und innehielten.

Erst hörte Richard ein Keuchen, dann das Knirschen des Schnees. Da kam jemand. Als Amber schnaufend vor ihm stehen blieb, starrte sie ihn mit weit aufgerissenen Augen an. Wie ein verschrecktes Reh, das auf der Flucht vor seinem Jäger war. Dann entdeckte sie Young und wich zurück.

„Miss Devaney, wie schön, dass Sie Zeit gefunden haben", erfasste er die Situation schnell und wies auf Young. „Darf ich Ihnen meinen Verwalter Mr Young vorstellen?" Zu ihm gewandt plauderte er in harmlosen Ton: „Die Tochter unseres Apothekers möchte das Fohlen sehen. Sie brachte kürzlich Arznei für die Gräfin und ich habe ihr angeboten, dass sie sich den Nachwuchs im Stall ansehen darf." Das dürfte genügen, um Young von der Arglosigkeit des Besuchs zu überzeugen. Nichts hasste er mehr als Tratsch, der möglicherweise Ambers Ruf beschädigte.

Förmlich ergriff er ihre Hand und deutete einen Handkuss an. Sie blickte ihn verwirrt an, ohne etwas zu sagen. „Lassen Sie uns gehen." Er klemmte ihren Arm unter seinen und schritt mit ihr vorweg, dass Young nichts anderes übrig blieb, als ihnen zu folgen.

„Eure Lordschaft, ist das Torhaus abgeschlossen?", fragte Young im Vorübergehen. „Da brennt noch ein Licht. Soll ich es ausmachen?"

„Nein", bestimmte Richard in einem Ton, der keine Widerrede duldete, „das mache ich gleich selbst."

Im Stall war noch ein Knecht, der Wassereimer schleppte und in den Boxen verteilte. Er grüßte höflich, als Amber hinter Richard eintrat. Richard sah sich um, aber Young war nicht gefolgt. Der Verwalter war tatsächlich heimgegangen, ebenso MacCormick.

Richard bemerkte das bewundernde, vielsagende Augenspiel des Knechtes, als dieser Amber entdeckte. Er beschloss, es zu ignorieren und führte Amber den Gang entlang.

Sie blieben vor dem Stallabteil mit dem jungen Fohlen stehen. „Es ist wunderschön", sagte Amber mit leuchtenden Augen. „Darf ich?"

Er lächelte zustimmend und beobachtete, wie sie unerschrocken einen Schritt in die Box machte und das Fohlen sanft am Hals berührte.

„Gottes wunderschöne Schöpfung", flüsterte er und nahm ihre Hand. Nach dem geschäftigen Treiben des Tages verwob sich die Ruhe hier mit dem leisen Schnauben der Tiere und ein tiefer Friede machte sich in ihm breit. Wie schön wäre es, wenn das immer so blieb.

„Und du hast ihm den Namen gegeben. Kein anderer als Avalon beschreibt seine Vorzüge besser."

„Du hast wirklich meinen Vorschlag genommen?" Ihre Züge erhellten sich. „Hast du an die Mythologie gedacht?"

„Nicht direkt." Er zuckte die Schultern. „Der erste Baron von Baltimore erhielt von der englischen Krone eine außerordentliche Stellung gewährt, die sogenannte Royal Charter – auf einer Insel, die Avalon heißt. Dieser Baron bekam die alleinige Regierungsgewalt und ich finde, unser Fohlen zeigt erste dominante Charakterzüge, die dem Baron ähneln. Als hättest du es gewusst."

„Du hast in Geschichte gut aufgepasst", sagte sie lachend und ließ ihren Blick durch den Stall schweifen. Der Pferdeknecht war verschwunden.

Sie sieht wunderschön aus, dachte Richard. Eine Strähne hatte sich aus ihrer Frisur gelöst und fiel ihr über die Stirn. Er strich sie ihr zärtlich aus dem Gesicht und zog sie von der Box weg. „Lass uns zum Torhaus gehen", schlug er vor, und ihr warmes Lächeln war Zustimmung genug.

Auf dem Weg dorthin begegnete ihnen niemand. Sie kamen am Haus vorbei und aus den Fenstern fiel ein warmes Licht. Der

Hof lag im Halbdunkel und die Bäume ringsum mit ihren breiten, düsteren Kronen schienen den Himmel zu berühren, nicht ohne eine friedliche Stille im Hof zu verbreiten. Die Luft war feucht und vermutlich würde es in der Nacht nochmals Frost geben. „Ich habe dich vermisst", sagte Richard und es fiel ihm schwer, sich zurückzuhalten. Sein Herz brannte und das Verlangen nach ihrer Nähe wurde übermächtig.

Sie sah auf ihre Stiefel, deren Spitzen bei jedem Schritt unter ihrem Rock hervorblitzten, während sie nebeneinander hergingen. „Sie wissen Bescheid."

Er wusste sofort, was sie meinte, und fürchtete ihre Antwort. „Und?"

„Ich darf mich nicht mehr mit dir treffen. Sie bezweifeln, dass du … du –"

Enttäuschung und Besorgnis breiteten sich in ihm aus. Noch bevor sie den Satz beendete, blieb er stehen und legte seine Hand an ihre Wange. „Du darfst dir meiner sicher sein", sagte er inbrünstig, „ich will nur dich."

„O Richard, das weiß ich." Sie schluckte und sagte kleinlaut: „Aber ich sorge mich. Wir werden uns kaum noch sehen können. Sie überwachen jeden Schritt von mir."

Er nahm den Kummer im Ton ihrer Stimme wahr. „Wie ich dich kenne, fällt dir schon etwas ein."

„Ich werde dafür beten."

Während sie weitergingen, sagte er: „Das tue ich natürlich auch. Vielleicht öffnet uns Gott einen Weg, zueinanderzufinden?" Er fühlte sich hilflos, weil er nichts unternehmen konnte. Außer beten. Er wäre am liebsten sofort zu seinem Vater gegangen, doch Lord Archibald Clarke war in letzter Zeit entweder unterwegs oder schlecht gelaunt gewesen, was Richard wunderlich fand. Natürlich konnte man mal einen furchtbaren Tag gehabt oder schlecht geschlafen haben, aber permanent übel gelaunt zu sein passte eigentlich nicht zu seinem Vater. Er war doch hoffentlich nicht krank? Was war bloß los? Immer, wenn er ihn fragte, bekam er nur eine belanglose oder ausweichende Antwort. Richard wusste einfach nicht, wie er sich verhalten sollte. Ob seine Mutter mehr ausrichten konnte?

Vor dem Torhaus blieben sie stehen. „Hast du noch einen Augenblick Zeit?" Er legte alle Sehnsucht in seine Augen.

Sie senkte den Kopf und schien zu überlegen. Er spürte ihren inneren Kampf, bevor sie zaghaft nickte. „Onkel Jack ist heute gestorben. Ich habe ihn kaum gekannt. Meine Eltern sind in West Littleton, um das Begräbnis vorzubereiten und werden erst spät, wenn überhaupt heute noch, zurückkehren. Die Gelegenheit musste ich nutzen. Wer weiß, wann ich wieder herkommen kann." Sie schmunzelte plötzlich, ohne mehr zu verraten. „Meinen Brüdern habe ich ein paar Aufgaben übertragen … Ich denke, sie werden noch ein Weilchen damit zu tun haben und mich nicht vermissen."

Richard schien gehofft zu haben, dass sie noch mit ins Torhaus kam. Es war angenehm temperiert und Amber begann sich zu entspannen, als er ihr einen Tee anbot, der ihre durchgefrorenen Glieder wärmte. Als sie sich auf das Sofa setzte, ließ er sich neben ihr nieder und legte beschützend den Arm um ihre Schultern. Für einen Moment schloss sie die Augen und genoss seine Nähe. Alle Gedanken an zu Hause und ihre Familie verschwanden. Es gab nur sie beide.

Sie nippte an der Tasse und zuckte zurück.

„Er ist leider noch etwas heiß", entschuldigte er sich, nahm ihr mit der anderen Hand die Tasse ab und stellte sie auf den Tisch. „Vielleicht solltest du noch ein paar Minuten abwarten."

Wahrscheinlich hatte er recht. Verschiedene Öle, aus denen sein Rasierwasser bestand und das von einer warmen Sandelholznote betont wurde, stiegen ihr in die Nase. Sie schloss die Augen, als sie den Duft in sich aufsog und wehrte sich nicht, als er sie näher an sich zog.

Nur ein paar Minuten, versprach sie sich und legte den Kopf an seine Schulter. Als sie ein paar Momente später die Augen wieder öffnete und ihren Kopf zu ihm drehte, schaute sie in tiefes Grün. Fast wie von selbst fanden sich ihre Lippen zu einem sanften Kuss. Ambers ganzer Körper schien zu erbeben.

War es das, was ihre Eltern hatten verhindern wollen? Sie war noch nicht einmal verlobt und er hatte sie bereits geküsst! Ihr Herz pochte und sie hörte Einwände und Verbote, die ihr seit Jahren besonders von ihrer Mutter eingebläut worden waren. Wenn es das war, was sie verhindern wollten, verstand sie es vollkommen, bahnten sich doch ihre Gefühle einen eigenen Strom und ließ sie treiben.

Ihr Gewissen regte sich, doch seine Zärtlichkeiten wischten alle aufkeimende Mahnungen, sich spätestens jetzt zu verabschieden, einfach beiseite. Es überkam sie das berauschende Gefühl, ihn mit allen Sinnen erfassen zu wollen. Dieser Moment durfte nie vergehen.

Nach einer kleinen Ewigkeit löste sich sein Mund von ihrem und noch während sie sein warmer Atem streifte, richtete sie sich auf. Sein würziger Duft betörte sie weiterhin und seine muskulösen Arme umgaben sie mit einem Gespür von Sicherheit.

Die Teetasse stand noch immer gefüllt auf dem Tisch. Bestimmt war er jetzt kalt.

Sie hörte, wie von draußen der Glockenschlag der Kirchturmuhr hereindrang. Ihr Verstand meldete sich und Panik überwältigte sie plötzlich. „Bitte, Richard, ich muss sofort gehen."

Hastig stand sie auf und ihre Wangen leuchteten noch immer, während sie nach ihrem Mantel griff.

Er half ihr hinein und reichte ihr den Schal und die Handschuhe.

„Wann sehen wir uns wieder?" Es klang heiser und in seinem innigen Blick lag eine tiefe Sehnsucht.

Sie hob die Schultern. „Ich weiß es nicht." Die einschärfende Stimme wurde stärker und unterdrückte Gewissensbisse machten sich breit. „Bitte versprich mir, dass du niemandem unser Treffen verrätst."

„Du hast mein Wort." Nochmals streiften seine Hände ihre erhitzten Wangen.

Sie hastete mehr nach Hause, als dass sie ging. Die kalte Luft beruhigte die Hitze in ihren Wangen nicht. Selbst als sie ihren Brüdern das Abendbrot zubereitete, glaubte sie, man müsse ihr ansehen, dass Richard sie geküsst hatte. Zum Glück kehrten ihre Eltern erst spät heim und erfassten nicht, wie aufgeregt sie war. Später, als sie im Bett lag, konnte sie nicht gleich einschlafen und musste immerzu an seine romantischen Zärtlichkeiten denken. Nie hätte sie gedacht, dass diese kurzen Momente im Torhaus ihre Seele derart aufwühlen würde.

Zu Onkel Jacks Beerdigung einige Tage später waren mehr Leute gekommen, als Amber gedacht hatte. Sogar seine hochbetagten Schwestern waren noch am Arm ihrer Pflegerinnen gestützt hergekommen. Abgesehen von ihrer Familie nebst einer Tante und einem Onkel schien es, als sei ganz West Littleton in der kleinen Dorfkapelle erschienen. Amber fragte sich, wem der alte Haudegen sein Erbe vermacht hatte und ob es noch mehr als ein vernachlässigtes Anwesen mit zugewuchertem Garten zu erben gab.

Der Reverend sprach einfühlsame Worte und mahnte in der Predigt, ein gottgefälliges Leben zu führen. War das ein Seitenhieb auf ihren Großonkel? Wer vermochte zu beurteilen, ob das bei ihm zugetroffen hatte? Niemand konnte in eines Menschen Herz sehen. Manch einer ließ niemand daran teilhaben, ob er mit Gott im Reinen war – und nach Mutters Beschreibungen zählte Amber ihn zu diesen wortkargen Menschen. Die meiste Zeit seines Lebens war Onkel Jack in der Welt unterwegs gewesen und kaum jemand in ihrer Familie hatte ihn wirklich gekannt. Sie selbst am allerwenigsten.

„Starr nicht so die Leute an", raunte ihre Mutter, während Ambers Blick an den Trauergästen entlangschweifte. Folgsam schlug sie die Augen nieder. Mama hatte recht. Sie sollte sich nicht hier am offenen Grab damit beschäftigen, welche dieser ringsum stehenden und in finsterstes Schwarz gekleideten Frauen Hoffnung hegten, am Nachlass bedacht worden zu sein. Verdient hatten es zumindest alle, die Onkel Jack in seiner schwersten Zeit beigestanden hatten.

An den beiden darauffolgenden Tagen begleitete Amber ihre Eltern ebenfalls nach West Littleton. Ihr blieb wegen der traurigen Umstände kaum Zeit, an Richard zu denken. Ihre Eltern hatten sie stark in die Organisation rund um die Beerdigung und Onkel Jacks Haus eingespannt. Vielleicht machten sie es ganz bewusst, um sie von Richard abzulenken.

Bis jetzt war kein Testament gefunden worden, was angesichts von Onkel Jacks Sammelleidenschaft und angehäuften Andenken aus aller Welt nicht verwunderlich war. Es war ein merkwürdiges Gefühl, Dinge im Haus anzufassen, die Mutters Onkel einmal viel bedeutet hatten

Amber half, die Essensvorräte zu sichten, das Bett abzuziehen, Wäsche zu waschen und den Inhalt von einigen Schränken zu ordnen. Es würde Zeit brauchen, bis alles durchgesehen und entschieden war, was damit passieren sollte.

Als ihre Eltern mahnten, es sei Zeit, sich auf den Heimweg zu machen, bevor es dunkel wurde, stieg Amber in einem Anflug von Übermut und Neugier eine steile Stiege empor auf den Speicher.

Ihre Augen brauchten einen Moment, um sich an das Dämmrige zu gewöhnen, nur beleuchtet von einer winzigen Dachluke. Der Geruch längst gelebter Tage hing unter dem Strohdach. In der Mitte des Gebälks konnte sie aufrecht stehen. Links und rechts von ihr fiel das Dach steil ab und war besetzt mit vielen Spinnweben.

Überall standen verstaubte Kisten herum. Vorsichtig öffnete sie eine, die mit alter Kleidung vollgestopft war, die nächste ebenso. Eine dritte enthielt vergilbte Bücher, die letzte wiederum Hüte und Kapitänskappen. Ihre Hand glitt über allerlei Trödel und wirbelte Schmutz auf, sodass sie husten musste. Trotzdem lächelte sie angesichts der Andenken, die Onkel Jack aus Übersee mitgebracht hatte. Darunter waren wunderschöne Mosaikstücke, alte Steine, die aussahen, als hätten sie zu einem antiken Gebäude gehört, ein dickes Seil mit ausgefallenem Seemannsknoten, ein paar Handvoll Silbermünzen und eine bemalte Totenmaske.

„Amber, wo bleibst du denn?“, hörte sie die mahnende Stimme ihres Vaters.

„Ich komme.“ Ihr Blick blieb an der Totenmaske hängen und sie nahm sie in die Hand, um sie näher zu betrachten. Erst jetzt bemerkte sie eine kleine, mit Intarsien belegte Holzschatulle, die von der Maske verdeckt worden war. Vorsichtig bewegte sie den Deckel. Sie war unverschlossen und hütete weder Schmuck noch Edelsteine. Nur ein einziger Umschlag lag darin. „Letztwillige Verfügung“ entzifferte sie die ungelenke Schrift.

Amber schnappte nach Luft. Weder die ausgeschmückte Totenmaske noch andere Sammelobjekte interessierten mehr. Sie nahm den Umschlag, der sogar ein Siegel besaß, und eilte nach unten.

„Ich hab’s – das Testament!“ Sie schwenkte den Umschlag wie

die Fahne des Königreiches Großbritannien. „Ich bin gespannt, was drinsteht!"

Ihr Vater starrte sie an, dann flog ein Lächeln über sein Gesicht. Es schien ihm zu gefallen, doch er hatte wohl keine Eile, das Geheimnis zu lüften, auch nicht, als er die Enttäuschung in Ambers Mimik bemerkte.

„Das hätte ich nicht vermutet!" In den Augen ihrer Mutter flammte Respekt auf. „Ich danke dir." Sie nahm Amber den Umschlag ab. „Und jetzt lass uns aufbrechen."

Als sie zurückkehrten öffnete Vater die Apotheke wieder und ordnete an, dass Todd und Grayson, solange wie nötig, ihrer Mutter in West Littleton halfen, während Amber mit Mary den Haushalt versorgen und ihn im Geschäft unterstützen sollte. Es tat gut, wieder in den Alltag zu finden und sie schob die Überlegungen beiseite, was wohl in dem Testament gestanden haben könnte. Ihre Eltern hüllten sich in Schweigen und würden bestimmt davon erzählen, wenn sie es für nötig hielten.

Am folgenden späten Nachmittag bot sich endlich noch einmal eine Gelegenheit zu einem Besuch am Torhaus. Das Essen für die Familie war vorbereitet und Vater drehte noch im Laboratorium Pillen. Bis Mama mit den Brüdern zurückkehrte, würde es dunkel sein. Lange hatte Amber mit sich gerungen, ob sie die Stunde nutzen durfte, um Richard zu treffen. Die Sehnsucht nach ihm war fast übermächtig und dazwischen hallten in ihrem Kopf die Ängste ihrer Eltern.

Als sie auf die Dorfstraße trat, schien die Luft milder und sie blinzelte angesichts der Helligkeit, die die Wintersonne noch verbreitete, bevor sie gleich vom Horizont verschluckt würde. Grüßend ging sie an ein paar Nachbarn vorbei und schlug den Weg nach Nordosten ein.

Je näher sie sich Cold Ashton Manor kam, umso heftiger pochte ihr Herzschlag. Würde er da sein? Würde sie seinem intensiven Blick standhalten können?

Jetzt konnte sie das Herrenhaus schon sehen und wenig später, als sie die Dreifaltigkeitskirche mit ihrem uralten Turm erreichte, den man vor fast zweihundert Jahren beim Neubau der Kirche wiederverwendet hatte, waren es nur noch wenige Minuten bis zum Ziel.

Sie fixierte das Steingebäude, aber nichts bewegte sich davor. Es stand niemand dort. Amber schluckte ihre Enttäuschung herunter. Das Torhaus war verwaist, seine Tore geschlossen. Es sah aus wie eine starre Erscheinung mit verschränkten Armen. Und von Richard fehlte jede Spur. Schmerzlich berührt dachte sie an ihre Übereinkunft, aber sie war trotzdem enttäuscht. Zweifel stiegen in ihr hoch – sie hätte es besser wissen müssen, sie hätte nicht einfach herkommen sollen und sie hätte ihm keine Zugeständnisse machen dürfen.

In ihren Ohren rauschte es und sie presste die Lippen aufeinander. Die steinernen Rosetten am Torbogen verformten sich zu einer mausgrauen Masse.

In dem Moment, als sie einen Schluchzer zu unterdrücken versuchte, legten sich warme Hände um ihre Augen. Erschrocken schrie sie auf und sofort hörte sie das geliebte Lachen. Mit wackligen Beinen drehte sie sich um. Sie verzieh ihm sofort, als sie sein jungenhaftes Grinsen wie durch einen Nebel bemerkte.

„Ich hoffe, ich habe dich nicht zu sehr erschreckt", entschuldigte Richard sich neckend.

„Doch", gestand sie und versuchte, ihre Stimme zu kontrollieren, aber sie klang trotzdem verstört, „ich war in Gedanken, meinte, du kämst nicht." Eine Träne drängte sich über die Wange und zog eine einsame Spur übers Gesicht.

Er trat dicht vor sie und wischte sie mit den Fingern weg. „Es tut mir wirklich leid", raunte er und deutete auf ein Wirtschaftsgebäude neben dem Torhaus. „Dort war mehr kaputt, als ich dachte, und deshalb musste ich noch mit unserem Verwalter sprechen."

Sie nickte und blinzelte die Tränen fort. Welch schöne Augen er besaß. Sie leuchteten vertraut wie ihr eigener Herzschlag, und sie war überzeugt, nie faszinierendere gesehen zu haben.

Richard griff nach ihrer Hand. „Komm", sagte er und zog sie mit sich.

Bevor sie aufbegehren konnte, hatte er die Tür geöffnet und sie in den Flur des Torhauses geschoben. Er verriegelte die Tür, ohne sie loszulassen und umarmte sie mit einer Intensität, dass ihr schwindlig wurde.

Erst nach geraumer Zeit gelang es ihr, sich von ihm zu lösen. „Richard!"

„Die Röte steht dir entzückend", flüsterte er, bevor er sie erneut küsste. Aller Widerstand in ihr brach zusammen und sie genoss seine Nähe, seinen Duft und seine Liebkosung.

„Richard", keuchte sie eine Weile später, legte ihre Hand auf seine edle Wolljacke mit Silberknöpfen und schob ihn etwas von sich, „Richard, ich kann nicht mehr herkommen." Sie schluckte, weil sie selbst nicht glauben konnte, dass sie den Mut fand, das Verbot ihrer Eltern zu akzeptieren und noch mal auszusprechen. „Meine Eltern haben große Bedenken –"

„Die ich nicht teile", unterbrach er sie, hob ihr Kinn und sah sie mit blitzenden Augen an. „Meine Absichten sind ernsthaft, das weißt du."

Sie fuhr ihm mit einer innigen Handbewegung über die Wellen seines Haares. Genauso wie die dunkle Mähne hin und her wogte, schwankte sie zwischen Liebe und Gehorsam. Was war wichtiger? Durfte sie sich über die Besorgnis ihrer Eltern hinwegsetzen? Jetzt stand sie hier mit allen Bedenken der Welt.

„Zweifelst du daran?“ Sein Mund war entschlossen und sein Blick ernst.

„Nein“, sagte sie, ohne zu zögern, und hielt seinem Blick stand, „aber ich möchte nicht unbedacht sein. Ich fühle mich hin- und hergerissen, möchte dich wiedersehen und gleichzeitig meinen Eltern keine Blamage bereiten.“ Vermochte er wirklich zu verstehen, in welchem Zwiespalt sie lebte? Gehorsam gegenüber den Eltern war ein Gebot Gottes und wurde allenthalben vom Reverend gepredigt. Ganz zu schweigen von ihren eigenen Erwartungen und Bedenken. Nein, sie wollte ihre Eltern nicht enttäuschen.

Ihre Hand lag noch immer auf seiner Brust. Sein hämmerndes Herz offenbarte ihr durch das sorgfältig geplättete Hemd, wie aufgeregt er war.

„Deine Eltern sind fürsorglich wie alle Eltern, die sich Gedanken um die Zukunft ihres Kindes machen.“ Er lachte, als sei er unbeschwert. „Meinen geht es da nicht anders.“ Er zog die Augenbrauen hoch. „Aber wenn sie dich kennenlernen, werden sie verstehen, warum ich nicht anders kann. Sie werden dich in ihr Herz schließen.“

„Was macht dich da so sicher?“ Sie nahm die Hand von seiner Jacke.

Er zog sie wieder näher und lehnte seinen Kopf an ihren, seine Stimme ganz nah an ihrem Ohr. „Mein Herz sagt es mir. Alles, was ich bis jetzt von dir kenne, gefällt mir, deine Lebensfreude, deine Aufrichtigkeit, dein Gottvertrauen, dein Lachen, dein Aussehen … eben alles. Und, dass du deine Eltern achtest.“

Durfte sie das alles glauben? Ihm voll vertrauen? „Ich hoffe, du hast recht.“ Sie betrachtete aus dem Augenwinkel die Steinwand des Flures. Würde ihre Liebe stark sein wie ein Felsen? Unverrückbar und fest?

Wie lange sie schweigend und wie eine verschmolzene Einheit im Flur des Torhauses standen, wusste Amber nicht. Dann löste sie sich sanft, aber entschlossen von ihm. War es unbeherrscht, ihn zu fragen? Die bange Ungewissheit drängte nahezu an die Oberfläche. „Wann sprichst du mit deinem Vater?"

„Wenn es geht, noch in dieser Woche." Ein hoffnungsvolle Gelassenheit huschte über sein Gesicht, dann schien er sich zu erinnern. „Du musst mir jetzt erzählen, wie die Beerdigung deines Großonkels war. Wollen wir nach oben gehen?"

Irgendetwas hielt sie zurück. Es durfte nicht zur Gewohnheit werden, zu lange mit ihm allein zu sein. Nicht auszudenken, wenn es jemand bemerkte. Und sie spürte unterschwellig die Gefahr, die damit einherging. Das Spiel mit dem Feuer konnte außer Kontrolle geraten.

„Lass uns hier reden, ja?"

Er seufzte. „Warum?"

Sie schlug die Augen nieder. Wusste er es tatsächlich nicht? „Ich … ich fürchte, dass wir irgendwann etwas Dummes tun werden."

„O Liebes", sagte er, „entschuldige, ich war gedankenlos."

„Schon gut." Wie gern sie seiner Aufforderung gefolgt wäre, wagte sie nicht zu sagen und versuchte sich durch Geplauder abzulenken. „Wenn ich überlege, wie viele Jahrzehnte Onkel Jack auf den Weltmeeren verbracht hat, staune ich über die vielen Leute, die ihm das letzte Geleit gaben. Sie können ihn doch unmöglich alle gekannt haben. Der Reverend hat ihm, woran ich erst gezweifelt habe, in seiner Leichenpredigt ein ehrbares Andenken verschafft. Nun versucht meine Familie seitdem, sein Haus zu durchforsten." Sie lachte, als sie an das merkwürdige Sammelsurium dachte, und hob beschwörend die Hände. „Du kannst dir nicht vorstellen, was er alles aufgehoben hat."

„Ich vermute, es sind Souvenirs seiner Reisen", schmunzelte er. „Was soll damit geschehen?"

Sie hob die Schultern. „Wir können unmöglich alles behalten."

„Gibt es denn ein Testament?"

„Ja, dabei dachten wir schon, er hätte keines gemacht."

„War er vermögend?"

„Ich weiß es nicht, und auch nicht, was sein Letzter Wille ist, obgleich man munkelt, er sei zu Reichtum gekommen. Wenn ja, frage ich mich, wo das Geld sein soll. Wir haben bis auf wenige Pfund nichts gefunden. Aber ob unter den vielen exotischen Dingen, die er gesammelt hat, wertvolle Besitztümer sind?" Amber zuckte die Schultern. „Mama meinte, er sei nicht nur ein Captain gewesen, sondern sogar ein Commodore."

Während sie weiter plauderten, sich dazwischen tief in die Augen sahen und zärtliche Küsse austauschten, wurde Amber zunehmend unruhiger. Sie versuchte sich einzureden, dass ihr Besuch hier ganz harmlos war.

Richard besaß ein feines Gespür für ihre Aufregung und gab sie frei. „Wann sehen wir uns wieder?"

„Am liebsten jeden Tag", sie warf ihm zum Abschied eine Kusshand zu, „und bestimmt jede Nacht in meinen Träumen."

Ambers Mutter war noch die ganze Woche mit Onkel Jacks Haushaltsauflösung beschäftigt. Kiste über Kiste wurde gepackt und die Nachbarinnen wurden jeweils mit einem Geldbetrag und ein paar ausgefallenen Souvenirs bedacht, um ihnen Respekt für ihre Unterstützung zu zollen. Ambers Mutter war froh, den Plunder loszuwerden. Alles Übrige, was ihre Eltern nicht haben wollten, wurde verschenkt oder einem Händler angeboten.

Es gab zwar noch Onkel Jacks ältere Schwestern, aber die beiden legten keinen Wert darauf, ein Andenken zu bekommen. Er hatte sich, nachdem er als junger Mann zur Royal Navy und in den Krieg gegangen war, nicht mehr bei ihnen gemeldet. Daher verbanden sie nichts weiter mit Onkel Jack als die Erinnerung an eine gemeinsame Jugend. Wahrscheinlich waren sie verschnupft über sein Verhalten. Allein die Einladung zur Beerdigung hatten sie angenommen.

Amber durfte sich ebenfalls etwas aus dem Nachlass aussuchen und wählte Onkel Jacks Buch mit Reiseaufzeichnungen. Bestimmt war es vergnüglich, in Gedanken in ferne Länder zu reisen, darunter welche, von denen sie noch nie gehört hatte. Sie war gespannt auf seine Erlebnisse.

Mit jedem Tag wurden die Temperaturen nun etwas milder und der Schnee begann zu schmelzen. Ambers Vater fühlte sich inzwischen wieder gesund und hatte die Idee, Amber mit gewünschten Arzneien zu den jeweiligen Patienten zu schicken, was gut bei den Leuten ankam.

Noch zögerte er, Todd oder Grayson dafür zu beauftragen, denn es schien ihm ungewiss, ob die Jungen tatsächlich unverzüglich die Medizin lieferten oder nicht doch erst eine Weile auf dem Dorfplatz mit anderen Jungen spielten. Wer würde schließlich nicht eine Behandlung mit einem Medikament anzweifeln, das bereits eine Weile im Matsch oder Gras gelegen hatte?

Ambers Gedanken kreisten beständig um Richard und der Wunsch ihn wiederzusehen, wurde übermächtig. Aber wie sollte sie ihn denn näher kennenlernen, wenn sie keine Möglichkeit bekam, mit ihm zu reden? Natürlich hätten sie einander Briefe schreiben können, aber das würden ihre Eltern auf jeden Fall mitbekommen – außerdem war es weitaus reizvoller, sich persönlich zu sehen.

Um keinen Verdacht zu erregen, legte sie einige der Botengänge in den späten Nachmittag, die sie dann für ihre Verabredung nutzen konnte. Manchmal gefiel sie sich in der Rolle der Geheimnisträgerin und dann wieder überkam sie das schlechte Gewissen ob ihrer Heimlichtuerei.

Mama war wieder mehr zu Hause und empfing seit Langem mal wieder Freundinnen, um mit ihnen Whist zu spielen und zu plaudern. Es tat ihr offensichtlich gut, was sich bei ihr in blendender Laune äußerte. Schmunzelnd schrieb Amber das aber auch der Tatsache zu, dass dieses Kartenspiel bis vor wenigen Jahren meist nur in Klubs der oberen Gesellschaft zu finden war und erst jetzt in der breiten Bevölkerung gespielt wurde. Anscheinend genoss Mama es, sich für ein paar Stunden wie eine Aristokratin zu fühlen, solange sie die Spielkarten in der Hand hielt. Währenddessen mussten ihre Brüder im Schuppen Holzscheite aufschichten oder bekamen andere handwerkliche Pflichten verpasst, um die Freundinnen nicht zu stören.

Woche für Woche verging. Immer wieder fand Amber ein paar Minuten oder mehr, um Richard im Torhaus zu sehen. Wahrscheinlich glaubten ihre Eltern, dass sie sich ihn aus dem Kopf geschlagen hatte, da sie seinen Namen nicht mehr erwähnte.

An einem wechselhaften, kühlen Frühlingstag machte Amber wie gewöhnlich nachmittags ihre Runde durchs Dorf, um die Arzneien zu übergeben. Über ihr verdunkelte sich der Himmel zusehends, doch sie ignorierte es – ebenso das unheilvolle Grollen, das das schwarze Wolkengebilde begleitete. Ihr Herz war voller Vorfreude, Richard zu einem Spaziergang zu treffen.

Endlich sah sie ihn nahe des Friedhofs der Dreifaltigkeitskirche, an der sie sich für heute verabredet hatten. Mit einem Strahlen im Gesicht kam er ihr entgegen und sie überließ ihm ihre Hand für einen Handkuss.

„Wir können gleich hier den Weg ins Feld nehmen“, schlug er mit seiner tiefen, warmen Stimme vor und warf einen Blick nach oben. „Ich denke, das Gewitter wird vorüberziehen.“

Amber lächelte und nickte. Zusammen gingen sie über den

staubigen Feldweg, der an einer alten Töpferei vorbeiführte und von ein paar Büschen und Bäumen gesäumt war. In einiger Entfernung arbeiteten Bauern auf dem Feld, doch es war zu weit weg, als dass man ihre Gesichter hätte erkennen können. Der Wind frischte auf, blies durch ihren Umhang und zerrte an ihrer Haube. Richard musste sogar einmal seinen Hut richten, sonst wäre er ihm vom Kopf gefegt worden. Sie lachten beide übermütig über die Stimmen, die der Wind entfachte, als er durch die Bäume fuhr.

„Du hast mir das letzte Mal von eurer Bibliothek erzählt", sagte Amber. „Gibt es dort Bücher, die mich interessieren könnten?"

„Möchtest du dir denn eines ausleihen?" Richard warf ihr einen liebevollen Blick zu. „Nun, da bin ich mir sicher. Ich vermute, dich fesseln Pflanzenbücher. Oder vielleicht auch Biografien?"

Amber nickte. „Und Berichte von Leuten, die ferne Länder besucht haben. Doch zwischendurch brauche ich schon mal etwas Unterhaltsames. Einen Roman."

„Wenn ich meiner Mutter Glauben schenken darf, sind alle jungen Damen im Königreich eigentlich immer abends mit Sticken beschäftigt", schmunzelte Richard und drückte ihre Hand. „Bestimmt sind bei euch zu Hause die Schränke wahrscheinlich eher voller Bücher, oder?"

Amber warf ihm einen amüsierten Blick zu. „Ich konnte Mutter wahrhaftig überzeugen, dass ich im Sticken völlig ungeschickt bin. Vater freut sich, wenn ich stattdessen etwas über Klostergärten lese, denn schon immer haben Nonnen die Heilkräutergärten genutzt. Dann käme ich auch nicht in Versuchung, wie die Leute im Mittelalter an die Magie des Pulvers aus dem Horn des Einhorns zu glauben, meint er. Ewiges Leben schrieb man nämlich damals der Kraft des Einhornblutes zu – dabei bekommen wir es doch einzig durch den Glauben an Jesus Christus."

Richard blieb stehen und sah ihr mit einer Intensität in die

Augen, dass ihr ein Schauder über den Rücken lief und sie nervös wurde. Hatte sie etwas gesagt, was ihn beunruhigte? Ihm missfiel?

Stattdessen sagte er mit leiser, aber fester Stimme: „Ich bin tief berührt, dass dein Glaube auch mein Glaube ist. Und … und ich bewundere es, dass du dich für Dinge interessierst, die außerhalb von Tanz und Kleidern liegen."

Eine Weile standen sie schweigend auf dem Feldweg, sahen einander an, als ob sie einander ein Geheimnis anvertrauten, ganz ohne zu reden.

Plötzlich zerbarst ein Donnerschlag die Stille, die Wolken brachen auf und ein Regenschauer ergoss sich über ihnen. Sofort machten sie kehrt, doch innerhalb kürzester Zeit waren sie völlig durchnässt. Der Boden unter ihnen weichte auf und um ein Haar wäre Amber durch die nassen Schuhsohlen kurz vor dem Torhaus ausgerutscht.

Triefend vor Nässe fanden sie Schutz unter dem Bogen des Torhauses. Selbst hier fegte der kalte Wind durch und wirbelte Regentropfen bis in den hintersten Winkel. Amber fing vor Kälte an zu zittern. Ihre Haube klebte am Kopf und die Tropfen rannen über ihr Gesicht. Sie wollte nicht daran denken, welch denkwürdiges Bild sie jetzt abgab.

Richard hatte seinen Hut bereits unterwegs abgenommen, weil er ihm sonst vom Sturm weggeblasen worden wäre. Auch er war völlig durchnässt und offensichtlich war ihm genauso kalt wie ihr.

Amber schlug sich die Hände an die Wangen und sah an sich herab. „Wie soll ich das meinen Eltern erklären? So kann ich doch unmöglich heimgehen."

„Wir können uns im Torhaus aufwärmen, bis sich der Wolkenbruch verzogen hat."

Sie sah auf die Wasserlachen auf dem Weg und nickte. „Das Wasser kann gar nicht so schnell versickern, wie es vom Himmel runterkommt."

Richard schloss die Tür auf, hing seinen Hut an einen Wandhaken und sie folgte ihm die Treppe hoch. Zu ihrem Bedauern hinterließ sie durch ihre tropfnasse Kleidung eine feuchte Spur. „Leg deine Haube und deinen Mantel einfach dort über den Stuhl." Mit wenigen Handgriffen entzündete er das Feuer im Ofen. Er sah sich um und fand eine zusammengefaltete Wolldecke in der Truhe. Er legte sie Amber um die Schultern, was sie mit einem dankbaren Blick bekundete. Dann zog er seinen Mantel aus und breitete ihn zum Trocknen über dem anderen Stuhl aus. „Ein heißer Tee hilft, dass wir uns nicht erkälten. Magst du Pfefferminze?"

„Ja." Während Amber trotz Decke fror und versuchte, das Zähneklappern zu unterdrücken, kochte Richard den Tee.

Offenbar war das Torhaus gründlich geputzt worden. Die Fensterscheiben waren sauber, der Boden glänzte und selbst die alten Vorhänge rochen frisch. Jemand hatte Zweige mit geschlossenen Knospen in eine Vase mit Wasser gestellt.

Richard reichte ihr einen Becher Tee und bedeutete ihr, sich neben ihn auf das Sofa zu setzen. Sie gab ihm die Decke, setzte sich und während sie an dem heißen Tee nippte, breitete er die Wolldecke über ihnen beiden aus. Eine ganze Weile saßen sie still beieinander, nippten am Tee und genossen die Nähe des anderen. Er spielte mit dem Becher und sie beobachtete seine wohlgeformten Hände, deren schlanken Finger bestimmt noch nie im Garten gearbeitet hatten. Als sie ihren letzten Schluck getrunken hatte, nahm Richard ihr den Becher ab und stellte ihn mit seinem neben sich auf den Boden.

Obwohl der Ofen sich langsam erhitzte, zitterte Amber noch immer stark. Wenn sie gleich heimkam, musste sie Pelargoni Pulver gegen Schnupfen einnehmen oder, noch wirksamer, die vorrätige Pulvermischung aus Muskatnuss, Pelargonium und Bertram, damit sie keine fiebrige Erkältung bekam.

Inmitten ihrer Überlegungen spürte sie Richards Arm um ihre Schultern. Er drückte sie an sich und sie genoss die Wärme, die von ihm ausging, obwohl er ebenso durchnässt war wie sie. Er roch gut und seine Nähe verwischte wie der Regen die Landschaft alle Gedanken an zu Hause. Allein die knisternden Scheite durchbrachen die Ruhe im Zimmer. Wie lange sie so still nebeneinander saßen, wusste Amber nicht. Es verschmolz alles in ihrem Innern: der Sturm, die Wärme des Ofens, Richards Nähe und ihre Sehnsucht nach ihm. Irgendwann war sein Gesicht ganz nah, sein Blick wirkte weich und verschmolz mit ihrem und als er sie küsste, gab es nur noch zwei sich Liebende: Richard und sie.

8

Richard stand, die Hände hinterm Rücken verschränkt, in der Bibliothek und musterte nachdenklich die in Leder gebundenen Bücher, die zwei große Wände füllten. Der Raum war wie alle anderen auf Cold Ashton Manor von bemerkenswerter Höhe, mit erlesenen Möbeln aus dunklem Eichenholz, mehreren Perserteppichen und Wänden mit Seidentapeten ausstaffiert, wobei die Fülle der Bücher sofort alle Blicke auf sich zog.

Für einen Moment schloss er die Augen und sog den Duft dieses wundervollen Zimmers ein, das die Geschichte von Cold Ashton Manor von seinen Ursprüngen als Teil der Bath Abbey bis zu Sir Robert Gunning vereinte, der einst dem Ziertor sein Wappen verliehen hatte.

Unter Richards Vorfahren musste es Liebhaber der Literatur gegeben haben, denn nicht nur Auslegungen der Heiligen Schrift oder Reiseberichte, sondern sämtliche Werke englischer Dichter hatten hier ihren Platz gefunden. Nur drei Tagesreisen weit von Cold Ashton entfernt war einer von ihnen aufgewachsen und hatte mit seinen Dramen die Herzen der Menschen bewegt. Ein tiefes Gefühl von Dankbarkeit erfüllte Richard, auf Cold Ashton leben zu dürfen und sich nach Belieben im vollen Bücherregal bedienen zu können. Diese Leidenschaft teilte er mit Amber, wie er nun wusste. Glücklicherweise standen die meisten der Exemplare ganz oben in der Bücherwand, damit man nicht gleich einen Bogen um ihren antiquarischen Geruch machte. Einige besonders wertvolle stammten sogar noch aus der ehemaligen Abtei und hatten mindestens hundert und mehr Jahre auf dem Buckel.

„Eure Lordschaft?"

Richard hatte den Diener gar nicht kommen hören und erschrak unmerklich. Ein Blick zur Standuhr erinnerte ihn, dass es höchste Zeit war, sich zum Dinner umzukleiden. Die letzten drei Tage hatte er vergeblich auf Amber gewartet und rettete sich dann jedes Mal hier in die Bibliothek, um seiner Enttäuschüng Herr zu werden. Ob sie wegen ihrem letzten Zusammensein nicht mehr wiederkam? Er konnte sie sogar verstehen, hätte es doch niemals so weit kommen dürfen, auch wenn es wunderbar gewesen war.

Er nickte. „Ich weiß, ich sollte mich umziehen."

Der Diener sah ihn eindringlich an. „Der Graf lässt ausrichten, Sie möchten noch vor dem Abendessen zum Torhaus kommen."

Hatte er richtig gehört? Zum Torhaus? War Amber doch noch gekommen? Was hatte sein Vater damit zu tun? „Ich verstehe nicht … gibt es einen besonderen Grund?"

„Offenbar wurde im Torhaus eingebrochen. Ihr Vater hat den Friedensrichter bereits verständigt."

Richards Gedanken wirbelten durcheinander. Warum hatte der Einbrecher ausgerechnet das Torhaus gewählt? Wäre es nicht sein Treffpunkt mit Amber, hätte es ihn nicht in dem Maße bestürzt wie jetzt.

Voll beunruhigter Gedanken eilte er über die Auffahrt und traf gleichzeitig mit Friedensrichter Bob Shepherd am Torhaus ein. Lord Clarke stand inmitten des geöffneten Durchgangs und seine gefurchte Stirn entspannte sich, als sich Shepherd und Richard näherten. Die Männer begrüßten einander freundlich. Der alte Lord war im gleichen Alter wie Shepherd, der bekannt dafür war, mit seiner ruhigen Art jede noch so aufregende Lage mit sonorer Stimme und Beherrschung zu zähmen.

Sein Vater hielt sich nicht mit ausgiebiger Konversation auf. „Schön, Shepherd, dass Sie heute noch gekommen sind." Er winkte die Männer durchs Tor bis zur Straße, um das Haus mit Abstand anzusehen und wies mit der Hand nach vorne. „Da, das Fenster im Erdgeschoss, sehen Sie? Die Scheibe ist eingeschlagen und der Rahmen beschädigt."

Richard schluckte. Sein Torhaus. Ihr Zufluchtsort. Wer machte so was? Wozu?

„Wann haben Sie es entdeckt?" Der kräftige Mann verschränkte die Arme und legte den Kopf schief. Die Frage galt Lord Clarke.

„Vor einer Stunde, als ich einen Rundgang machte."

Richard zog die Augenbrauen zusammen. „Einen Rundgang? Was wolltest du am Torhaus?" Sein Vater war immer wieder für eine Überraschung gut.

„Bitte", sagte Shepherd verbindlich, „der Reihe nach. Mylord, kamen sie vom Haus oder von der Straße?"

Lord Archibald Clarke wirkte angespannt. „Vom Haus."

Sein Vater musste kurz nach ihm hergekommen sein, als er auf Amber gewartet hatte. Was hatte er hier gewollt? Er konnte sich nicht erinnern, dass sich sein Vater jemals fürs Torhaus interessiert hatte. Wenn es etwas zu überprüfen gab, machte das der Verwalter oder jemand von der Dienerschaft. Ganz abgesehen davon, dass er nichts von Spaziergängen hielt und jede unnötige Bewegung vermied. Und warum hatte er auf der Straße gestanden?

„Haben Sie jemanden gesehen?" Shepherd betastete den angeschlagenen Rahmen und beäugte den Boden nach Fußspuren, was sich angesichts des Tauwetters und des aufgeweichten Untergrundes als schwierig erwies. Dann blickte er in die Abenddämmerung. „Da war es noch heller und besser zu überblicken."

„Nein. Hier war niemand."

„Und Ihr Pförtner? Er müsste das doch mitbekommen haben."

„Er ist leider verstorben."

Richard erklärte, dass noch kein neuer gefunden sei und schloss die Tür auf. Die Männer sahen sich in jedem Raum um, aber sie fanden alles unberührt vor, und ganz offensichtlich befand sich keine fremde Person im Haus. Selbst in der Werkstatt lag alles an Ort und Stelle.

„Vermissen Sie etwas?" Shepherds Augen waren durchdringend.

„Nein", antwortete Richard wahrheitsgemäß und verzog das Gesicht. „Schon merkwürdig, oder?"

„Nun, da dem Anschein nach nichts gestohlen wurde", stellte der Friedensrichter fest, „frage ich mich, ob es jemanden gibt, der Ihnen schaden will?

„Mir?" Richard beschlich ein ungutes Gefühl. Waren Amber und er beobachtet worden? „Vielleicht war es ein Streich der Dorfjungen", mutmaßte er mit belegter Stimme in der Hoffnung, dass es eine banale Erklärung gab.

Shepherd legte eine Hand ans Kinn. „Mich stört, dass der Rahmen zersplittert ist. Wissen Sie, wenn Jungen übermütig sind, werfen sie schon mal mit Steinen, um sich zu beweisen." Er zwinkerte Lord Clarke zu, als erinnere er sich an seine eigene Jugend und die des Lords. „Eine kaputte Scheibe, das kenne ich. Aber mutwillig den Fensterrahmen kaputt machen? Das passt nicht und ist vor allem sehr teuer."

Lord Clarke nickte und kniff die Augen zusammen. „Sie meinen, man wollte uns schaden?"

„Dahinter könnte eine Verärgerung stecken." Shepherd sah ihn nachdenklich an und zog die Schultern hoch. „Oder eine Warnung."

Beim Abendessen fiel kein Wort über das Gespräch mit dem Friedensrichter. Lady Clarke merkte zwar an, dass sie verwundert sei über das verspätete Erscheinen der Männer, beließ es aber dabei.

Richard sah seinen Vater erwartend an, ob er sich dazu äußerte, was dieser aber nicht tat. Er musste seine Gründe haben – vermutlich wollte er einfach seine Frau nicht beunruhigen. Richard selbst war aufgewühlt und überlegte, ob es seinem Vater oder ihm gegolten hatte. Er blinzelte und wünschte, seinen Seelenfrieden wiederzubekommen.

Das Dinner verlief fast schweigend, was nicht oft vorkam. Jeder hing seinen Gedanken nach. Seine Mutter schien zu bemerken, dass sein Vater nur im Essen herumstocherte und warf Richard einen fragenden Blick zu. Ihm war ebenfalls der Appetit vergangen und er war froh, als das Personal endlich den Tisch abräumte.

Die Situation am Torhaus hatte ihn bestürzt und er war fest entschlossen, seine Eltern endlich über seine Absichten in Kenntnis zu setzen. Es war längst überfällig. Viele Aufgaben auf den Ländereien hatten ihn immer wieder davon abgehalten – zumindest redete er sich das ein, um dem gefürchteten Gespräch aus dem Weg zu gehen. Insgeheim ahnte er, was der alte Lord dazu sagen würde.

Abends war sein Vater oft erschöpft und nicht in Redelaune.

Er selbst kalkulierte in den Abendstunden so manche Investition, wenn er nicht in Gedanken bei Amber weilte. Die Vorstellung an sie verlieh seinem Gesicht einen weichen Ausdruck. Wie sollte er beschreiben, was er für sie empfand? Für dieses Gefühl fand er keine Worte.

Vielleicht war der heutige Tag eine Mahnung, seine Absichten öffentlich zu machen, damit sie sich nicht mehr heimlich treffen mussten. Es war verwunderlich, dass seine Eltern ihn noch nicht angesprochen hatten. Normalerweise blieb keiner Mutter verborgen, wenn sich ihr Kind verliebte. Sie wusste es in der Regel schon, bevor Tochter oder Sohn es sich selbst eingestanden.

Seine Kehle war wie zugeschnürt und er nahm allen Mut zusammen. „Ich würde gern noch etwas Wichtiges mit euch besprechen."

Lady Kathleen Clarkes wohlgeformte Brauen hoben sich und ein erwartungsvolles Lächeln huschte über ihr Gesicht. „Oh." Ihre gütigen Augen blieben auf Richard liegen und er fühlte ihre Zuneigung.

Sein Vater schien weniger an Neuigkeiten interessiert und legte die Stirn in Falten. „Entschuldige, Richard, hat das nicht Zeit bis morgen? Ich bin müde und wirklich nicht in der Stimmung für ein ernstes Gespräch."

Lady Clarke, wie immer in eines ihrer bezaubernden Empirekleider gehüllt, widersprach. „Und wenn es etwas Wichtiges ist?"

Daraufhin warf er ihr einen wütenden Blick zu. „Bitte, meine Liebe, es hat bestimmt noch Zeit, oder?

Das „oder" galt ihm. Zerknirscht und enttäuscht nickte Richard. Es war unsinnig, auf eine Unterredung zu bestehen, die von vorneherein zum Scheitern verurteilt war. Die Sache war zu wichtig, als dass er eine Ablehnung hätte riskieren können. „Natürlich. Ich verstehe." Er musterte ihn. „Vielleicht passt es morgen?"

„Vielleicht." Sein Vater erhob sich langsam und stützte sich dabei auf dem Tisch ab. „Ich bitte um Nachsicht. Der Tag hat mich mehr ermüdet, als ich mir eingestehen will. Ich werde mich zurückziehen."

„Richard", sagte seine Mutter, als Lord Clarke das Speisezimmer verlassen hatte und sie allein am Tisch saßen, „darf ich wenigstens schon einmal erfahren, was du Wichtiges auf dem Herzen hast?"

Zwei Tage später hatte immer noch keine Unterredung mit seinen Eltern stattgefunden. Lord Clarke war mit einer, wie er betonte, „unaufschiebbaren, dringenden Angelegenheit" beschäftigt und hatte Richard erneut vertröstet.

Seiner Mutter hatte Richard nichts verraten, auch wenn er es ihr gern vorab erzählt hätte. Trotzdem wollte er die ungeschriebene Regel seiner Familie einhalten, die besagte, dass das Familienoberhaupt das Recht hatte, solche Neuigkeiten als Erstes zu erfahren. Es drängte ihn, endlich ihre Zustimmung zu bekommen, doch eine unsichtbare Macht schien zu verhindern, das entscheidende Gespräch zu führen.

Heute war Samstag und seine Eltern hatten sich am Morgen für ein paar Tage zu einem Besuch bei Freunden in der Grafschaft Wiltshire verabschiedet. Nachdem er den Vormittag im Stall verbracht und eine Weile mit MacCormick über Avalon gefachsimpelt hatte, hoffte er nun, dass Amber Zeit finden würde, herzukommen. Das zerschlagene Fenster im Torhaus war inzwischen durch ein neues ersetzt worden, aber trotzdem blieb ein ungutes Gefühl zurück. Shepherds Bemerkung hallte in ihm nach und er überlegte, wem dieses Zeichen gegolten haben könnte.

Nach dem Lunch stellte sich ein Mann aus dem Nachbardorf vor, der sich um die Stelle des Pförtners beworben hatte. Young hatte wie alle im Haus heute seinen freien halben Tag und Richard kam es recht, sich selbst um die Einstellung zu kümmern. Der

Mann machte einen aufrichtigen Eindruck, wirkte gesund und war mit dem vorgeschlagenen Lohn einverstanden.

Sie vereinbarten, dass er in vier Wochen seine Stelle antreten und bis dahin Gelegenheit haben würde, mit seiner kleinen Familie ins Torhaus einzuziehen. Auf der einen Seite schmerzte es Richard, den Treffpunkt aufzugeben, andererseits war es an der Zeit, dass der verwaiste Posten wieder besetzt wurde. Hoffentlich fand sich bald auch ein Nachfolger für den Verwalterposten. Young fiel es immer schwerer, die Bürde seines Berufes zu tragen. Trotzdem fürchtete Richard schon jetzt den Tag, an dem der treue Mann in den Ruhestand gehen würde.

Er verbrachte noch eine ganze Weile am Schreibtisch, um den einen oder anderen Brief zu beantworten. Ab und zu warf er einen Blick aus dem Fenster. Sein Arbeitszimmer lag Richtung Torhaus und wenn wie heute das Wetter trocken und klar war, konnte er erkennen, wer ein und aus ging.

Sein Herz schlug höher, als er wenig später Amber dort entdeckte. Sie stand im Schatten des Torhauses und nur wer genau hinsah, konnte ihre Silhouette vom Herrenhaus aus erblicken. Seine Miene wurde weich. Ein Blick auf die Uhr sagte ihm, dass sie heute früher gekommen war als sonst und hoffentlich auf ihn warten würde.

Schnell räumte er die Schriftlichkeiten zusammen, warf sich eine Jacke über und verließ das Haus. Ein Stück Sonne hatte sich durch die dichte Wolkendecke geschoben und schickte erste Hoffnungsstrahlen auf den kommenden Frühling über die Landschaft. Es war erstaunlich mild heute. Seine Augen hielten Amber fest und ein erhabenes Gefühl erfüllte ihn, je näher er kam. Ihre Silhouette leuchtete wie eine Verheißung und in seiner Vorstellung gehörte Amber bereits zu Cold Ashton Manor.

„Liebes“, flüsterte er und blieb vor ihr stehen. Ihr Gesicht war gerötet und eine wattierte, feste Haube verbarg ihr seidiges Haar. Formvollendet nahm er ihre Hand und konnte die Aufregung spüren, die sie ebenfalls erfasst hatte, bevor er einen Kuss auf dem Handrücken andeutete. „Du bist früher als sonst."

„Richard", sagte sie nur und er spürte förmlich ihre Anziehung, die in seinem Namen mitschwang, „meine Eltern sind bei Nachbarn eingeladen und meine Brüder haben es abgelehnt, mit mir spazieren zu gehen." Sie warf ihm einen vergnügten Blick zu und deutete auf das weit geöffnete Tor. „Was ist los?"

„Man hat vergessen, es zu schließen, als der Graf und die Gräfin heute früh mit der Kutsche aufbrachen. Sie sind für ein paar Tage verreist. Bald wird das Tor wieder ordnungsgemäß kontrolliert werden, denn heute habe ich einen neuen Pförtner eingestellt. Er wird in ein paar Tagen bei uns anfangen."

Ein Schatten fiel auf ihr Gesicht. „Dann können wir uns hier nicht mehr sehen?" Sie stockte und senkte den Blick. Zarte Röte bedeckte ihre Wangen und ihre Aufregung wuchs. „Wahrscheinlich soll es so sein. Liebster, das ... das letztens hätte nicht passieren dürfen. Ich wünsche mir nichts sehnlicher, als dir nahe zu sein, aber wir müssen vernünftig sein."

Richard nickte. „Du hast vollkommen recht. Wir haben ja ein großes Ziel vor Augen – unsere gemeinsame Zukunft – und solange müssen wir unsere Gefühle besser zügeln." Er hauchte einen Kuss auf ihre Wange. Ein fesselnder Hauch von Rose und Jasmin stieg in seiner Nase auf. Die Geschichte mit dem Fenster würde er ihr später erzählen. „Komm, wir gehen ins Haus."

„Du meinst, nicht ins Torhaus? Aber..." Sie vollendete ihre zögerliche Antwort nicht.

Richard ließ ihre Hand los und bot ihr seinen Arm. „Für den Rest des Tages ist niemand im Haupthaus. Vielleicht Mrs Robinson, die womöglich in der Küche anzutreffen ist. Aber niemand betritt unsere Räume ohne Aufforderung. Deshalb sind wir ungestört."

Er lächelte sie bedeutungsvoll an, während sie ihre Hand auf seinen Arm legte.

„Du meinst, ich kann einfach ...", zögerte sie immer noch, mit inzwischen tiefroten Wangen und hochgezogenen Augenbrauen. „Und niemand findet es vermessen, dass ich das Haus betrete?!"

„Niemand. Du bist mein Gast. Unsere männliche Dienerschaft nutzt gewöhnlich ihren freien halben Tag dazu, ins Dorf oder nach Marshfield zu laufen und eine Gaststätte zu besuchen, während die weiblichen Einkäufe oder Besuche machen. Sei also unbesorgt."

Der Kies knirschte bei jedem ihrer Schritte. Vielleicht war es seine beschwingte Art, die sie überzeugte, und aus den Augenwinkeln sah er, wie sie sich ein Lächeln abrang. Erst nachdem sie ins Haus gegangen waren und tatsächlich kein Diener und kein Küchenmädchen ihren Weg gekreuzt hatte, ließ ihre Anspannung nach.

„Was hältst du davon, wenn ich dir das Haus zeige?"

Amber gefiel wohl die Absicht und zog ihn auf: „Lord Richard Clarke, ich durfte zwar schon mal über die Schwelle treten, aber ich kann Ihnen schon jetzt versichern, dass ich nicht annähernd eine Vorstellung davon habe, wie Sie tatsächlich wohnen."

Sie lachten beide und Amber hakte sich vergnügt bei ihm ein. Noch in der Halle begann er, ihr seine Vorfahren vorzustellen, die mal gütig und mal hochnäsig von den Wänden herabsahen. Er führte sie vom Salon über das Speisezimmer zur Bibliothek, in der sie eine ganze Weile über Dichtung redeten, und zum Rauchersimmer, in dem ein Porträt von James Cook, dem berühmten Seefahrer und Entdecker, hing, das seinen Bruder zur Seefahrt inspiriert hatte.

Amber hörte gebannt zu, welche Anekdoten er preisgab und er hoffte, dass sie die Größe des Hauses nicht erschreckte, während sie von Zimmer zu Zimmer zogen. Ihre Augen wurden groß, als sie den mächtigen Salon betraten, in dem große Gesellschaften und Bälle stattfanden.

„Die Wirtschaftsräume erspare ich dir", grinste er, „du bist sicher froh, mal keine Wäsche zu sehen oder in der Küche zu stehen."

Sie gelangten wieder in die Halle. Er nahm sie an der Hand und zog sie zum Treppenaufgang, aber je näher sie kamen, desto mehr verlangsamte sie ihren Schritt, bis sie schließlich ganz stehen blieb.

„Was ist?"

„Bist du dir sicher, dass ich die Schlafräume betreten darf?"

„Natürlich", beschwichtigte er ihre Bedenken. „Jetzt komm. Ich will deine Meinung hören, ob du dir vorstellen kannst, hier zu leben." Wie gern wüsste er, was sie gerade dachte. Ob sie sich schon ein Leben als junge Lady Clarke ausmalen konnte?

„Und wohin führt die zweite Treppe?", fragte Amber, während sie die Stufen des breiten Aufgangs hochstiegen, und zeigte auf eine weitere Etage. „Ich dachte, hier ist das oberste Geschoss."

„Sie führt zu den Kammern der Diener und Hausmädchen. Und zum Dachboden, aber der ist ziemlich vollgestellt mit ausrangierten Möbeln, die keiner haben will."

Sie gingen von Raum zu Raum und jetzt berichtete er ihr von dem zerstörten Fenster im Torhaus und dass er vergeblich versucht hatte, seinem Vater von ihren gemeinsamen Plänen zu erzählen, und dass er die Vorkommnisse wie ein Zeichen verstand.

Die Badezimmer und die Schlafräume der Familie und die Gästezimmer waren großzügig geschnitten und jedes in einer anderen Farbe gehalten. An Ambers leuchtenden Augen spürte er ihre Begeisterung für die geschmackvolle Einrichtung und den Komfort, den seine Familie genoss. Als sie in der Tür zu seinem Zimmer stehen blieb, sah sie ihn denkwürdig an. „Deines?", fragte sie nur und warf ihm einen nervösen Blick zu.

Er nickte und legte zaghaft den Arm um ihre Taille. Ihre Anwesenheit rührte etwas in ihm, als er sie sanft ins Zimmer zog.

„Wenn du hier aus dem Fenster siehst, hast du einen fantastischen Blick über die gesamte Grafschaft." Er wusste, dass es albern klang, was er sagte, aber er fühlte sich genauso befangen wie sie. Seine Stimme klang belegt und er sah sich nach der Wasserkaraffe um, die auf dem kleinen Tisch bei den Sesseln stand. Er goss Wasser in zwei Gläser und reichte ihr eines.

Er zog seine Jacke aus und warf sie über eine Stuhllehne. Sie rührte sich nicht vom Fleck, wirkte bedachtsam und gedankenvoll. Ihre Haltung war tadellos und er beobachtete, wie sie am Glasrand nippte und die Tapete in mattgrünen Nuancen betrachtete, ihren Blick über den Sekretär, Bett und Nachttisch gleiten ließ, bis er an zwei Sesseln mit Streifenmuster innehielt. Es war angenehm warm im Zimmer und eine kleine Glut brannte noch im Kamin.

„Möchtest du dich setzen?"

Er erhaschte ein kurzes Flattern ihrer Lider, bevor sie nickte.

Er ahnte in der Tiefe seines Herzens, dass es gewagt war, hier mit ihr zu sein, aber er würde sich von nun ab immer anständig verhalten. Nicht nur, weil man in einem Herrenhaus mit Hausangestellten niemals wirklich allein war. Nein, sondern auch aus Respekt gegenüber Amber.

Die Tiegel und Döschen hatten sich zu einer gleichförmigen Symmetrie verwandelt und glichen den Tagen nach ihrem Besuch im Herrenhaus.

Alles ist wie immer, redete sich Amber ein. Aufstehen, Frühstücken, im Haushalt oder in der Apotheke helfen, Mittagessen vorbereiten, Todd und Grayson beaufsichtigen und hin und wieder nach draußen gehen, um auf den sich ankündigenden Frühling zu hoffen.

Auch heute stand sie wieder in der Apotheke und beschriftete sorgfältig die abgefüllten Öle und Salben vor ihr auf dem Ladentisch. Rein äußerlich und beim prüfenden Blick in den Spiegel sah sie aus wie immer: Die Haare geschickt am Hinterkopf geflochten und festgesteckt, ausgestattet mit einem bescheidenen Baumwollkleid mit hoch sitzender Taille, über dem sie eine Schürze trug, und an den Füßen ihr einziges Paar Schnürstiefel, wenn man von den wärmenden Winterstiefeln absah.

Vielleicht funkelten ihre Augen ein wenig mehr als je zuvor, als spiegelten sie das Lichtblau des Himmels. Trotzdem wollte der Eindruck nicht weichen, dass sie sich verändert hatte und ihr jedermann ansah, dass sie ein Geheimnis hütete. Seit sie Richard alleine getroffen und unbemerkt wieder heimgekommen war, glich ihr Leben einem verwirrten Rhythmus, bebend vor einem Hochgefühl und gleichzeitiger Beklemmung, nicht mehr das unwissende Mädchen zu sein, das ihre Eltern in ihr sahen und das es zu behüten galt. Ihre Abendgebete galten seitdem nicht nur dem Dank für den vorangegangen Tag, ihrer Familie und Richard, sondern auch der Bitte um Vergebung, nicht Nein gesagt zu haben.

Vergangenen Sonntag hatte Amber neben ihrer Freundin Tessa in der Kirchenbank gesessen, während der Reverend das bekannte Gleichnis von dem guten Hirten und seiner Schafherde in den Mittelpunkt seiner Predigt gerückt hatte. Wie groß musste die Liebe des Hirten zu jedem seiner Tiere gewesen sein, dass er loszog, um das fehlende zu suchen.

Amber hatte sich plötzlich wie das ausgebüxte Schaf gefühlt, um das sich der große Gott bemühte. Wie tief musste Gottes Liebe sein, dass er sich noch immer um sie sorgte. Sie wusste in ihrem

Herzen, dass Gott ihr bereits beim ersten Gebet verziehen hatte und dass sie den Frieden genießen durfte, den Gott ihr durch seine Gnade zugesprochen hatte. Sie konnte die Perspektive wechseln – weg von ihrem Fehler und hin zu Gottes Erbarmen, in dem Wissen, dass er sie bedingungslos liebte.

Theoretisch war ihr das alles mehr als bewusst, doch praktisch ganz ruhig darüber zu werden, war eine andere Sache. Hier würden nur Gott und die Zeit ihr helfen können.

In ihren freien Stunden und abends, wenn sie im Bett lag und nicht einschlafen konnte, stöberte sie deshalb, um sich von ihren kreisenden Gedanken abzulenken, gern in Onkel Jacks Erinnerungen. Sie bestaunte Zeichnungen, die er seinen Notizen hinzugefügt hatte. Interessant fand sie, dass er schon das Kapitänsdiplom erworben hatte, bevor er im Namen der Krone über die Weltmeere schipperte, und mit einem Handelsschiff die Häfen Großbritanniens und Wales angesteuert hatte.

Weitere Orte und Beschreibungen dazu folgten, darunter auch kleine Häfen wie etwa Solva in Wales. Zu Plymouth, Newcastle oder Greenock las sie weitere Notizen. Es waren Häfen, wo Schiffe für die Royal Navy gebaut wurden. Dort musste ihn das Fernweh erst richtig gepackt haben. Später führten ihn Kriege um die ganze Welt. Der nach einem abgeschnittenen Ohr benannte *War of Jenkins' Ear* oder der Zweite Karnatische Krieg brachten ihn sogar nach Indien und Nordamerika. Amber wollte nicht darüber nachdenken, wie viel Tote und Blut er gesehen haben musste, und freute sich mehr über Onkel Jacks Auszeichnungen, die er akribisch aufgelistet hatte. Die Orden vertrieben die düstere Stimmung, die die Schilderungen manchmal in ihr auslösten. Dann tröstete sie sich, dass Onkel Jack aus eigenem Antrieb zur See gefahren war und seine Lebensaufgabe im Dienst der Royal Navy gefunden hatte.

Bevor sie Richard kennengelernt hatte, war Amber oftmals in den Sinn gekommen, ob ihre Berufung vielleicht in der Apotheke lag – obwohl sie sich sofort eingestehen musste, dass solch eine Hoffnung aussichtslos war. Jetzt allerdings wünschte sie sich nichts Sehnlicheres, als für immer mit Richard zusammen zu sein.

Solange sie nicht verheiratet waren, genoss sie aber vorerst noch die Stunden, die sie mit ihrem Vater im Laboratorium und inmitten von Tiegeln, Salben und Mixturen verbringen durfte. Heute war einer dieser Tage, die sich wie ein innerer Friede in ihr ausbreiteten, und sie sog die Atmosphäre und Aromata der Apotheke in sich auf.

Nur zwei Schritte von ihr entfernt unterhielt sich ihr Vater mit einem Kunden. Bei einer Bemerkung des Mannes, die erkennbar ihr galt, schaute sie hoch und sah, wie ihr Vater ihr einen stolzen Blick zuwarf und sie unmissverständlich lobte. Dankbar für seine liebevolle Geste lächelte sie zurück und wandte sich wieder ihrer Tätigkeit zu. Was würde er nur sagen, wenn er in ihr Herz blicken könnte?

Plötzlich stand ihre Mutter neben ihr. „Du musst Mary in der Küche helfen. Ich fürchte, sie kriegt das nicht alleine hin." Prüfend sah sie Amber ins Gesicht. „Dabei hat sie mir erzählt, sie hätte schon mal Hasenbraten zubereitet!"

Das war bestimmt zu einer Zeit gewesen, als Mary sich auf die Stelle als Hausmädchen beworben hatte. Sie wäre nicht die Erste, die beim Vorsprechen geflunkert hätte. „Darf ich die Arznei noch fertig beschriften? Dauert nicht lange, aber sonst fürchte ich, dass ich später was verwechsle."

„Gut. Dann beeile dich." Ihre Mutter seufzte und wandte sich zur Tür. „Bis zum Mittagessen hoffe ich zurück zu sein."

Mama kümmerte sich wieder mal um die alte Rebecca, die einst ein schweres Schicksal erlitten hatte und die in einem windschiefen Häuschen am anderen Ende des Dorfes lebte, das eher einer verfallenen Hundehütte glich. Nach dem Verlust ihres Mannes und ihrer drei Kinder hatte sie sich zunächst mit Gefälligkeiten bei Bauern durchgeschlagen. Doch seit ein paar Jahren fesselte sie nun die Gicht ans Bett. Selbst Vaters Arzneien, die er ihr schenkte, waren vergeblich. Wahrscheinlich hatte die alte Frau längst ihren Lebenswillen abgegeben.

„Soll ich dir noch einen Tee mitgeben?" Vater empfahl gerne eine Mischung aus Löffelkraut, Wallwurz, Hauhechelwurzel und noch einigen Kräutern, wie etwa Hirtentäschel, die man im Sommer beim Spazierengehen einfach in der Natur pflücken konnte.

„Das ist lieb von dir, aber es ist sinnlos." Mama trat noch mal nah zu Amber, spitzte den Mund und senkte die Stimme, damit es die Männer nicht mitbekamen. „Sie hat sich schon vom Diesseits verabschiedet, fantasiert mit unsichtbaren Leuten und starrt Löcher in die Zimmerdecke."

„Im Ernst?"

„Wenn du es genau wissen willst: Sie sieht bereits ein Meer aus Licht und Farben." Sie sagte es leichthin, aber ihre Augen blieben ernst.

Amber seufzte mitfühlend, beschriftete die letzten Tiegel und dachte nach. Sie achtete Mama für ihren Mut, mit der sie die alte Rebecca ergeben auf ihrem letzten Weg begleitete, im Gegensatz zu daheim, wo sie als Mrs Devaney lieber an der Spitze der Familie marschierte. Das war wohl ihre Art, wie sie Herzensgüte definierte.

Als Amber einige Minuten später in die Küche kam, stellte sie schnell fest, dass Mary tatsächlich keine Ahnung vom Zubereiten eines Hasens hatte. Ein Nachbar hatte das Tier getötet, da ihr Vater entgegen den meisten Männern im Dorf Reißaus nahm, wenn ein Huhn oder ein Schwein geschlachtet werden musste. Amber schickte Mary in den Keller, wo das arme Tier, nachdem ihm das

Fell abgezogen worden war, zum Ausbluten an einem Haken hing. Amber zeigte ihr anschließend, wie man den Hasen fachgerecht zerlegte und wie er angebräunt wurde, ohne Mr Harpers Kohlenhandlung Konkurrenz zu machen.

Während Mary sich damit begnügte, Gemüse und Kräuter für den Schmortopf vorzubereiten, erzählte sie, wie ihrem Onkel wiederholt mal ein geschlachteter Hase gestohlen worden war. Er habe jemanden in Verdacht gehabt, wollte ihn aber nicht ohne Beweis offen beschuldigen. Dann habe er zu einer List gegriffen und seine eigene Katze geopfert, aber selbst die sei entwendet worden.

„Die kann man essen?“ Amber war entsetzt. „Warum hat er das gemacht? Die arme, süße Katze!“

„Abgezogen sah sie aus wie ein Hase.“ Über Marys Gesicht flog ein wissendes Grinsen. „Na ja, er hatte sich schon was dabei gedacht: Strafe muss sein. Als er das nächste Mal den Verdächtigen traf, hat er beiläufig erwähnt, wo sein liebes Kätzchen geblieben ist und …“

„Oh nein!“ Amber schlug sich die Hand vor den Mund, würgte und musste trotzdem kichern. „Wie hat er reagiert?“

„Gar nicht. Aber seitdem ist kein Hase mehr verschwunden.“

Die jungen Frauen lachten und eh sie sich versahen, war es Zeit zum Mittagessen. Als sie mit der Familie am Esstisch saß und Mary ihre Mahlzeit in der Küche zu sich nahm, zögerte Amber, ein Stück vom Braten zu kosten. Anscheinend hatte ihr die kleine Geschichte mit der Katze den Appetit verdorben. Nur gut, dass Mary ihr versichert hatte, dass sie sich von nun an alleine das Zubereiten eines Hasens zutraue.

Dankbar für Ambers Unterstützung bestand sie darauf, den gesamten Abwasch alleine zu machen, und Amber folgte ihren Eltern auf einen Wink in die Stube. Selbst hier hing noch das Aroma des köstlich zarten Hasenbratens.

„Wir haben dir etwas zu sagen“, erklärte ihr Vater und beugte sich vor.

Ihr Herz schlug bis zum Hals und betreten senkte sie den Kopf. Was würde jetzt kommen? Ob ihnen was zu Ohren gekommen war? Sie fühlte sich, als erwarte sie das Jüngste Gericht.

„Was schaust du drein, als wollten wir dir eine tote Maus zeigen?“, fragte ihr Vater. „Vielleicht interessiert dich Onkel Jacks Letzter Wille? Und wer sein Haus erbt?“

Amber atmete hörbar aus. „Ich dachte schon ...“ Sie runzelte die Stirn. „Natürlich, aber was hat das mit mir zu tun? Ich dachte, Mama und die Tanten erben gemeinsam.“

„Richtig. Doch du wurdest ausdrücklich in dem Schriftstück erwähnt. Ich glaube, um dir die Aussteuer zu ermöglichen. Wer weiß?“ Er schüttelte konsterniert den Kopf. „Auch Todd und Grayson wurden bedacht.“ Er faltete die Hände auf dem Rücken und durchmaß den Raum. „Das kann sich auch nur ein alter Seebär ausdenken.“

„Amber“, kräuselte ihre Mutter die Lippen und fuhr mit der Hand über das gehäkelte Deckchen auf der Sessellehne, „Jack hat bei der Bank ein beträchtliches Vermögen angehäuft.“

„So kann man sich täuschen“, warf Amber ein und dachte an das Durcheinander in seinem Haus. „Wie viel Pfund sind es denn?“

Ohne die Summe zu nennen, fuhr ihre Mutter fort: „Warte, so einfach ist das nicht. Das Erbe ist an eine Bedingung gebunden“, erklärte sie und lächelte sie schief an.

„Das habe ich noch nie gehört.“ Also war Onkel Jack tatsächlich ein merkwürdiger Kauz gewesen. Er hatte sich bestimmt amüsiert, als er die Zeilen aufgesetzt hatte und sich vorgestellt, wie die lieben angehenden Erben sich die Köpfe zerbrachen. „Doch wenn ich ehrlich bin: Es interessiert mich nicht wirklich.“

Ihr Vater wandte sich an Amber. „Nun, es betrifft dich aber. Mit deiner Volljährigkeit hast du die Chance auf dein Erbe.“

„Ich?“ In der Tat klang das nach einem denkwürdigen Testament. „Und wenn ich nicht will?“

„Geht das Haus samt den fünftausend Pfund an die Wohlfahrt.“

„So viel?!“ Amber schnappte nach Luft. Sein Haus hatte nicht auf einen vermögenden Besitzer schließen lassen. Respekt, Onkel Jack! Und sie hatte gemutmaßt, er hätte sein monatliches Salär dazu benutzt, es für Erinnerungsstücke auszugeben. „Und was ist mit den beiden Tanten?“

„Sie sind bereits über das anstehende Erbe in Kenntnis gesetzt worden und haben Abstand davon genommen. Wundert mich nicht, wo sie doch seit Jahrzehnten keinen Kontakt zu ihrem Bruder pflegten!“

„Nicht pflegten? Sie haben sich zerstritten!“, warf ihre Mutter ein. „Und mit ihren britischen Dickschädeln …“

„Bitte, Alice, das ist Vergangenheit.“

Ihre Mutter seufzte und nickte. „Es tut mir leid.“

Das wurde ja immer verworrener. „Aber was steht denn nun tatsächlich drin?“

„Hör selbst.“ Ihr Vater holte ein Schreiben hervor, das ein aufgebrochenes Siegel aufwies.

Mein letzter Wille!
Von meinen nachfolgend genannten möglichen Erben wird meine Hinterlassenschaft wie folgt aufgeteilt.
Als Erben setze ich ein:
Misses …

Es folgten die Namen von Onkel Jacks Schwestern, der ihrer Mutter, ihre Brüder und ihr eigener. Das waren seine nächsten Verwandten. Merkwürdig. Hatte es in seinem Leben nie eine Frau gegeben? Kein uneheliches Kind irgendwo, wie man es Seeleuten nachsagte?

... Advokat O'Kelly in Marshfield
verwaltet mein Erbe.
... mein Haus in West Littleton und
meine Ersparnisse bei der Bank
of England in London ...
... volljährig sein ...
Ansonsten fällt das Erbe an die
Wohltätigkeitsorganisation
in Marshfield.

Bemerkenswerterweise war die Gräfin von Cold Ashton Vorsitzende der Wohltätigkeitsorganisation. Wahrscheinlich hatte Onkel Jack alles Elend der Welt gesehen und wollte mit der Hinterlassenschaft die Not einiger armer Leute mildern, falls die Verwandten ablehnten.

„Was bedeutet das aber nun für mich?", fragte Amber.

Ihr Vater erklärte: „Deine Mutter erbt das Haus und 1.250 Pfund, ebenso du und deine Brüder. Allerdings nicht vor dem einundzwanzigsten Lebensjahr, wie du gehört hast. Was sagst du nun?"

„Warum erst mit einundzwanzig?", empörte sich ihre Mutter. „Was ist, wenn sie vorher heiraten möchte?"

„Seit der Magna Carta ist das so Gesetz. Wir sollten lieber dankbar sein, dass die Zukunft unserer Kinder dank Onkel Jack gesichert ist."

Er räusperte sich und kräuselte die Stirn. „Es gibt allerdings eine Bedingung, dass Amber und unsere beiden Jungen vorher mindestens einmal eine weite Reise unternommen haben müssen. Hier steht:

... nachweislich vier Wochen oder länger verreist
sein gewesen sein muss,
wobei bindend das Ziel mindestens
drei Tagesreisen entfernt liegen ...

„Muss! Muss! Das mit den Jungen finde ich einleuchtend. Es erweitert ihr Wissen. Aber wieso sollte ein junges Mädchen verreisen? Etwas seltsam, finde ich, oder nicht?" Dann sagte sie streng: „Das kann einfach nicht gut sein. Es bringt sie nur in Gefahr. Zu meiner Zeit hat es so was nicht gegeben! Na ja, Onkel Jack war eben genauso durcheinander wie seine Letzter Wille." Ihre Mutter hatte sich in Rage geredet und drückte die Hände in die Hüften. „Und wenn sie nicht verreist? Was hat er sich nur dabei gedacht? Wir sind doch keine Aristokraten, die mit Kutsche und Dienerschaft auf Reisen gehen können. Sollen wir uns etwa verschulden?!"

„Meine liebe Alice", beschwichtigte sie ihr Vater nach einem Moment der Betroffenheit, „dein Onkel hat die Welt gesehen und das hat ihn wohl veranlasst, dass Amber ein klein wenig davon erleben soll, bevor sie eine Ehe eingeht. Nur so kann ich es erklären."

„Und wie weit ist das weg?", sah sie ihn seufzend an, noch immer nicht davon überzeugt. „Wie bis nach London?"

Er nickte. „Oder Portsmouth an der Südküste, da war ich früher schon mal."

Amber war verwirrt. Sie dachte an ihren bescheidenen Besitz von zwei Kleidern und ein paar Röcken. Nichts davon war zerschlissen. Ihre Familie wurde dank Vaters unermüdlicher Anstrengung und Mutters Gemüsegarten immer satt. Selbst eine Magd konnten ihre Eltern beschäftigen. „So viel Geld brauche ich doch gar nicht. Ich bin mit meinem Leben zufrieden." Sie verschränkte die Arme und hob eine Augenbraue.

Ob sie das Geld tatsächlich einmal ausgezahlt bekommen würde? Sie würde abwarten müssen bis zu ihrer Volljährigkeit – und die war erst in gut zwei Jahren.

9

In den darauffolgenden Tagen trafen sich Amber und Richard wieder in der Nähe der Dreifaltigkeitskirche, um von dort zu gemeinsamen Spaziergängen aufzubrechen. Die Distanz zum Torhaus half, den lästigen Gedanken beiseitezuschieben, dass sie möglicherweise seit Längerem beobachtet worden waren, denn noch immer war nicht geklärt, wer das Fenster beschädigt hatte.

Zudem fühlte Amber sich seit einer Weile nicht ganz gesund. Ihr Kreislauf machte ihr öfters zu schaffen und beim Blick in den Spiegel erschrak sie über ihre hohlwangigen Augen und fahle Gesichtsfarbe.

Das alles verschwieg sie Richard aber vorerst. Er sprach sie zwar mal auf ihre Blässe an, doch sie konnte ihn beruhigen und schob es auf die allgemeine Aufregung um Onkel Jacks Tod.

Sein Letzter Wille hatte Richard zum Schmunzeln gebracht und er mutmaßte, dass Onkel Jack im Angesicht des Todes seinen alten Schwestern wohl ein Friedensangebot gemacht hatte.

Ihr Vater dagegen ließ sich nicht so schnell abweisen. Als er Ambers Blässe eines Morgens sah, verschrieb er ihr sofort Rosmarintee. „Und wenn das nicht hilft, nimmst du ein Rosmarinbad. Du wirst erstaunt sein, was der Aufguss im Badewasser bewirkt."

Brav trank sie von da ab täglich den selbst zubereiteten Tee, dessen Rezeptur sie auswendig kannte. Eine Woche verging, in der keine Besserung eintrat, obwohl sie morgens länger im Bett blieb und sich mittags wegen ihrer bleiernen Müdigkeit nochmals hinlegte. Sie traute sich nicht, ihren Eltern zu erzählen, dass ihr täglich übel wurde. Ob das die Schwindsucht war, von der die Großeltern manchmal berichtet hatten, die unzählige Leute dahingerafft hatte? Mehr und mehr war sie sich sicher, an einer unheilbaren Krankheit zu leiden.

Ihr Vater hatte ihr noch ein paar andere Kräutermischungen gegeben, aber nichts half, ihre Beschwerden zu vertreiben. Selbst ihre Brüder, die sich anfangs noch über ihr Unwohlsein lustig gemacht hatten, waren verstummt und steckten nur noch die Köpfe durch die Tür, als sei sie von Aussatz befallen.

„Ich werde nach dem Arzt schicken lassen", entschied Mr Devaney letztlich mit gekräuselter Stirn und so musste Todd, obwohl er lautstark protestierte, nach Marshfield laufen. „Jacks Tod ist zwar nicht vergleichbar, aber trotzdem habe ich Angst, dass Amber lebensbedrohlich erkrankt ist. Findest du nicht auch, Alice?"

Ihre Mutter nickte, nahm Ambers Hand und streichelte sie mitleidig. „Du bist ja bleicher als der Tod."

Noch am gleichen Nachmittag untersuchte Doktor Wright Amber, befragte sie sorgfältig und als er seine Tasche schloss, sah er sie mild an. Seine väterliche Art erleichterte ihr diesen intimen Moment. „Wenn es nicht so ernst wäre, würde ich dir von Herzen gratulieren", sagte er behutsam, nahm ihre Hand und hielt sie mit beiden Händen fest.

Sie schaute den älteren Mann mit geweiteten Augen an. An welcher Krankheit litt sie? Und warum gratulieren? Doktor Wright kannte sich aus, er genoss einen tadellosen Ruf. Niemals würde sie an seiner Diagnose zweifeln. Sein sorgenvolles Gesicht machte ihr Angst.

„Du bist in guter Hoffnung."

Guter Hoffnung? An ihren Schläfen pulsierte es. Die Wirkungskraft seiner Worte blieb ihr in diesem Moment nicht verborgen. Ein Kind? Schwanger? Und nicht verheiratet! Warum hatte Mutter sie nicht darauf vorbereitet? Ob sie mit ihrer Art des Schweigens gewartet hätte, bis sie verlobt gewesen wäre?

„Herr im Himmel", erbebte sie, „aber kann denn so etwas bei nur einem Mal passieren? Sind Sie sicher? Ich bekomme wirklich ein Kind?!" Ängstlich neigte sie den Kopf und betrachtete ihren flachen Bauch, in dem sich nun ein kleines Geschöpf versteckte. Die Wahrheit legte sich wie ein eherner Panzer um sie herum. In ihrer Verzweiflung schrie sie innerlich zum Himmel. *Lass es nicht wahr sein! Oh mein Gott, hilf mir, mit dieser Nachricht umzugehen.*

Er nickte. „Möchtest du, dass ich mit deinem Vater spreche?", fragte er voller Mitgefühl. Er hatte selbst Familie und in seiner langjährigen Arbeit als Medicus viele Dramen erlebt.

Sie schüttelte den Kopf, kaum in der Lage, zu sprechen. „Das … das ist allein meine Schuld", flüsterte sie und war beschämt wie nie, „das muss ich selbst beichten. Wie konnte ich nur ihre Warnungen in den Wind schlagen!"

Die Brauen des Doktors hoben sich. „Vor wem haben sie dich denn gewarnt?"

Ihr verzweifelter Schluchzer erinnerte an das tosende Heulen eines Orkans: „Vor … vor …"

Nein, sie brachte seinen Namen nicht über die Lippen.

Als Doktor Wright die Tür hinter sich schloss, saß Amber reglos und wie betäubt auf der Bettkante. Ihr blieb nicht viel Zeit, bis sie runtergehen musste, sonst würde entweder Mama oder Vater im

Zimmer stehen. Wahrscheinlich hatte Doktor Wright Wort gehalten, anders wären sie bestimmt schon reingestürmt.

Wie auch immer sie es formulieren würde, es änderte nichts daran, dass sie Schande über ihre Familie gebracht hatte und dass ihr Leben von heute an nie mehr so sein würde wie vorher. Amber faltete die Hände und brachte mit zwei Worten ihre ganze Verzweiflung vor Gott. *Herr, hilf!*

Mehr zu sagen war sie nicht mehr imstande. Sie erhob sich mühsam und ging nach unten. Ihre Mutter war in der Küche und bereitete das Abendbrot vor. Todd war wahrscheinlich auf seinem Zimmer, aber Grayson hockte am Küchentisch und kaute auf einer Brotkruste herum. Er sah sie gelangweilt an, als sie im Türrahmen stehen blieb, während Mutter sofort das Brotmesser fallen ließ und auf sie zukam.

„Was hat er gesagt? Ist es schlimm? Er hat gemeint, du seiest erwachsen, und es sei dir überlassen, mit uns zu sprechen." Sie zog Amber an den Küchentisch und drückte sie auf einen Stuhl. „Nun sag, mein Kind, was hast du?"

Amber wies mit ihrem Mienenspiel auf Grayson. Ihre Mutter verstand sofort und wandte sich Ambers Bruder zu. „Geh noch eine halbe Stunde raus. Vielleicht sind ein paar Freunde auf der Straße."

Das ließ Grayson sich nicht zweimal sagen und verschwand, ohne zu nörgeln.

Amber hielt den Kopf gesenkt und wagte kaum zu atmen. Zu schlimm waren ihre Scham und ihre Schuldgefühle. Wie hatte sie sich so leichtsinnig verhalten können. Alle wohlgemeinten Belehrungen hatte sie in den Wind geschlagen. Die strenge Erziehung hatte ihren Grund gehabt. Was nützte ihr diese Erkenntnis, dieses schlimme Erwachen aus ihrem Traum von Liebe und Geborgensein? Ihre Zukunft war zerstört.

„Ich … ich", stotterte sie, „ich bekomme ein Kind."

Die Stille in der Küche wurde übertönt vom imposantem Rauschen in Ambers Ohren. Wie von ferne klang ein leises Stöhnen herüber, das jäh abriss.

„Ein Kind?", kreischte ihre Mutter plötzlich wie von Sinnen in höchster Tonlage, als sei die Bedeutung von Ambers Zustand vom Nachtwächter ins Dorf getragen worden. „Sag das noch mal!"

Amber sackte zusammen. Wenn sie sich in eine Ameise hätte verwandeln können, hätte sie es getan. Am liebsten wäre sie vor Scham im Boden versunken. Sie hörte, wie der Stuhl ihrer Mutter über den Boden scharrte und sie zur Tür rannte: „Jeff! Jeff, komm sofort her!"

Das Entsetzen in ihrer Stimme musste ihn alarmiert haben, denn er rannte geradewegs mit verrutschter Brille in die Küche, noch einen Kolben in der Hand, und blieb vor Amber stehen. In seinem Blick lag Wärme und Trost. „Ist es so schlimm, mein Kind?"

„Sie ist kein Kind mehr! Verstehst du?", schrie ihre Mutter ihn an und fuchtelte mit den Armen in der Luft. „Sie ist …" Jetzt fing sie lauthals an zu schluchzen. „Sie bekommt selbst ein Kind!"

Ihr Vater erstarrte und brachte keinen Ton heraus. Dann schlug er mit der Faust auf den Tisch. Etwas, das er noch nie getan hatte. Voller Schreck befürchtete Amber das Schlimmste und floh aus der Küche.

Von all dem ahnte Richard nichts, als er wenige Stunden später mit seinem Vater einen Umtrunk nach dem Dinner einnahm.

„Übrigens, Young hat heute einen Verwalter eingestellt", sagte der Graf, goss Whiskey in die Gläser und reichte eines Richard. „Einen jungen Mann aus dem Dorf, der beste Empfehlungsschreiben mitgebracht hat, und dem Anschein nach aufrichtig und tüchtig ist."

„Das gefällt mir. Wann kann er anfangen?" Richard schritt langsam durch das Raucherzimmer und blieb mit dem Rücken vor einem Wandschrank voller Bücher stehen. Die Mitte des Raumes beherrschte eine Sitzgarnitur aus dunklem Leder, in der man herrlich fachsimpeln konnte und die nach den anderen Seiten ein interessantes Interieur offenbarte: ein großer Globus, eine Ansammlung vielfältiger Whiskeyflaschen und zahlreiche Jagdtrophäen, um die die Hausmädchen am liebsten einen Bogen machten, weil es lästig war, sie alle ordentlich abzustauben.

Richard nippte an seinem Drink und hielt ihn dann vor sich. Nachdenklich betrachtete er die goldene Flüssigkeit. „Ein Irischer?"

„Der neue Mann?"

„Nein, der Whiskey."

„Diesmal ein schottischer. Schmeckt er dir? Ich finde ihn hervorragend. Kraftvoll und würzig mit einem fruchtigem Echo. Ein Single Malt." Der Stolz klang durch.

„Wie ich dich kenne, viele Jahre im Eichenfass gereift und vornehmlich teuer." Er musste an sich halten, nicht vorwurfsvoll zu klingen. „Allerdings schmeckt er mir sehr, sehr gut." Er lächelte seinem Vater zu. Dieser Whiskey war mindestens so gut wie das Abendessen zuvor. Mrs Robinson war heute mit ihrem zarten Rinderbraten in einer auserlesenen Rotweinsoße zur Höchstform aufgelaufen. Vielleicht war jetzt und hier der richtige Augenblick für das Gespräch, das er Tag für Tag vor sich hergeschoben hatte. Die Grundlage dafür konnte nicht besser sein.

„Du hast mich letztens auf dem Ball ermutigt, nach einer geeigneten Ehefrau Ausschau zu halten", begann er bedachtsam. „Stimmt doch, oder?"

Des Grafen Miene hellte sich auf und er blinzelte aufgeräumt. „Mein Sohn, das hast du richtig erkannt. Die Alnwicks sind eine alteingesessene, schwerreiche, in Pfund nicht zu beziffernde Familie mit stetem Kontakt zur Königsfamilie." Er stellte sein Whiskeyglas ab und kam auf Richard zu. „Eine familiäre Verbindung mit dem Marquess von Bailbrook ist mir mehr als willkommen."

Richard verspürte einen tiefen Stich. Er holte tief Luft. „Wie kommt das? Ich dachte, du hättest dich in den letzten Jahren nur mit ihnen rumgeärgert? Du hast sogar einen Advokat bemüht, oder? Wegen Grenzstreitigkeiten!"

Sein Vater machte eine wegwerfende Handbewegung. „Das kommt in den besten Familien vor. Es dürfte dir bekannt sein, dass der Marquess noch eine Stufe über uns auf der ehrenwerten Leiter steht. Und die Marchionness ist zudem Vorsitzende eines über die Maßen bekannten Wohltätigkeitsvereins."

„Ich möchte nicht in Abrede stellen, Vater, dass sie in höchsten Würden stehen. Und die Barmherzigkeit der Marchionness ist weithin bekannt. Doch meine Auserwählte", er machte eine kurze Pause und nahm den Schatten wahr, der auf das Gesicht seines Vaters fiel, „kommt hier ganz aus der Nähe. Amber Devaney ist die Tochter unseres Apothekers. Darf ich sie dir und Mutter vorstellen?"

Die Antwort kam unverzüglich. „Nein." Er sprach es messerscharf und entschlossen aus.

In seinem Kopf pochte es, als habe er einen Schlag ins Gesicht bekommen. Mühsam behielt er die Contenance. „Ich bitte dich, meiner Wahl zuzustimmen."

Das Schnaufen seines Vaters war kaum hörbar, aber Richard nahm die feinen Nuancen wahr. Der alte Lord wandte sich zum Tisch, um sich nachzuschenken. Mit dem Rücken zu Richard trank er das Glas sofort in einem Zug leer, bevor er sich erneut eingoss. Nach einer gefühlten Ewigkeit drehte er sich um. Sein Blick war streng und duldete keinen Widerspruch. „Kommt überhaupt nicht infrage. Weißt du nicht, wer du bist und welchem Haus du entstammst? Hast du vergessen, was sich gehört?“ Mit jedem Vorwurf wurde seine Stimme lauter und hitziger. „Vergiss sie, verstanden?“

Richard ließ sich vom Gefühlsausbruch seines Vaters nicht beeindrucken, obwohl sein Puls raste und er sich alle Mühe gab, ruhig zu klingen. „Du wirst deine Meinung ändern, wenn du sie kennengelernt hast. Sie ist aufgeweckt und ihrem Vater im Laboratorium eine wertvolle Stütze. Ich konnte mich persönlich davon überzeugen. Wäre sie ein Sohn, hätte er seine Apotheke bereits in seine Hände gelegt. Da sie aber eine Tochter ist …“ Einen Moment hielt er inne. Er fand es ungerecht, doch das würde ihr nicht weiterhelfen. Und ihm auch nicht. „Amber ist eine gottgläubige junge Frau mit bestem Ruf …“

„Das interessiert mich nicht“, fiel sein Vater ihm ins Wort „Ich verbiete dir den Umgang mit dem Mädchen.“

Der Rinderbraten lag plötzlich wie ein Felsbrocken in seinem Magen und auch die Lust auf den köstlichen Whiskey war ihm gehörig vergangen.

„Aber ich liebe sie!“

Sein Vater zog die Schultern hoch und blickte ihn verächtlich an. „Was weißt du denn von Liebe, he? Richard, das ist eine Schwärmerei! Und die ist keine gute Grundlage für eine Ehe. Da gehören Respekt, Wertschätzung und Freundlichkeit zu. Den Traditionen und seinem Stand verpflichtet zu sein. Natürlich sollte einem die Zukünftige sympathisch sein und wenn man sich aneinander gewöhnt hat, entwickelt es sich mit den zuvor genannten Merkmalen zur wahren Liebe.“ Er senkte beschwörend die Stimme. „Nicht von jetzt auf gleich, aber im Laufe der Zeit entsteht eine gemeinsame Zukunft aus Geborgenheit und Verlässlichkeit." Er nahm eine Zigarre aus einem Kästchen, schnitt die Spitze ein und sah sich nach einem Glimmspan um. Als er keinen fand, läutete er nach dem Diener.

Dann sprach er weiter: „Was nützt die Liebe, wenn sich dieses Mädchen danebenbenimmt? Stell dir nur mal vor, du bist in London bei Hofe. Nicht auszudenken, wie sie dich und unser Haus blamieren könnte. Nein, Richard, diese Devaney ist keine gute Partie. Außerdem – eine Ehefrau, die arbeitet? Unmöglich! Ihr Platz muss im Haus sein. Und was uns Männer betrifft: Wer von adeligem Geblüt und Stand ist, sollte auch nicht arbeiten, geschweige denn, darauf angewiesen sein." Seine Wangen glühten vor Aufregung und die zusammengezogenen Brauen bildeten steile Furchen. Er hatte sich in Rage geredet und keuchte laut. „Wo kämen wir denn hin!?"

„Eure Lordschaft?" Der Diener hatte das Raucherzimmer betreten.

Knurrend hielt der Graf ihm seine Zigarre hin. „Ich brauche einen Zedernholzspan."

Der Diener deutete eine Verbeugung an und verschwand. Sie warteten schweigsam und Richard überlegte fieberhaft, was er nun noch tun konnte. Er beschloss, seine Mutter einzuweihen und hoffte, dass sie ein gutes Wort für ihn einlegte. Für heute würde er das Thema erst mal ruhen lassen. Sein Vater brauchte offenbar etwas Zeit, sich an den Gedanken zu gewöhnen.

Zwei Tage später erschien Amber wie aus dem Nichts vor dem Torhaus. Er hatte sie gar nicht kommen hören, weil er gerade dabei war, eine marode Stelle im Mauerwerk zu prüfen. Einer der Torflügel war darin verankert und das machte ihn instabil. Wenn der Frost vorbei war, musste sie dringend ausgebessert werden.

Plötzlich stand Amber neben ihm und hauchte einen Gruß. Sie schien verändert, bleich und mit glanzlosen Augen, wie ein sich vor den Jägern auf der Flucht befindliches Reh. Er nahm ihre schmalen Hände und zog sie näher an sich heran. „Geht es dir nicht gut?"

Stumm sah sie ihn an und er spürte, dass etwas nicht stimmte. Sie biss sich auf die Lippen. Plötzlich zuckten ihre Schultern und obwohl sie noch versuchte, das Schluchzen zu unterdrücken, rann ein nicht enden wollender Strom von Tränen über ihre Wangen. Verwirrt, ob er etwas Falsches gesagt hatte, zog er sie an sich, drückte ihren Kopf an seine Schultern und hielt sie fest umschlungen, während ihr gesamter Körper bebte.

Ein Spaziergänger, der aus dem Feld kommend Richtung Dorf schritt, schielte zu ihnen rüber, aber das war ihm egal. Amber war völlig aufgelöst und beruhigte sich erst nach geraumer Zeit. Sie löste sich von ihm und suchte nach einem Tuch, um die Nase abzuwischen.

„Amber, sag mir, was ist denn passiert?"

Sie brach erneut in Tränen aus und senkte den Kopf. „Wir bekommen ein Kind."

„Allmächtiger!" Mit allem hatte er gerechnet, nur nicht damit. Ehrlicherweise musste er gestehen, dass er nicht wirklich darüber nachgedacht hatte, was für Folgen seine heimlichen Treffen mit Amber haben konnten. Es machte ihn wütend auf sich selbst, weil er die mahnende innere Stimme ignoriert hatte. Als sein Herz in Momenten der Stille deutlich zu ihm sprach, hatte er sich Gedanken über sein ungestümes Verhalten verboten. In welche Situation hatte er sie gebracht! „Seit wann weißt du es?"

Sie hob zaghaft den Kopf. „Seit letzter Woche. Der Arzt war da, weil es mir so schlecht ging. Ich musste es meinen Eltern gestehen."

Wie sie so dastand mit zusammengepressten Lippen und hoffnungslosen Augen, schauderte ihn und eine unbändige Last senkte sich auf seine Schultern.

„Es tut mir so leid.", murmelte er. Er wollte nicht daran denken, wie ihre Eltern auf diese Eröffnung reagiert hatten. Nicht nur in seinen Kreisen war es inakzeptabel, vor der Ehe ein Kind zu bekommen. Die Schande, die eine Tochter über die Familie brachte, wog bleischwer und blieb über Jahrzehnte nicht vergessen, insbesondere nicht von der Dorfbevölkerung. „Oh meine geliebte Amber", flüsterte er, „wie konnte ich meine Erziehung und meine Absichten vergessen, dich achtungsvoll zu behandeln."

Sie sagte nichts. Hatte er sie genötigt? Zu arg bedrängt? Plötzlich wurde ihm die Dimension bewusst, was das bedeutete. Er musste gleich heute Abend noch mit seinen Eltern sprechen.

Er fuhr ihr mit einer zärtlichen Geste durchs Haar.

„Amber", versprach er mit fester Stimme und sah sie innig an, „ich werde dich heiraten." Ohne den Blick von ihr zu nehmen, sank er in die Knie. „Möchtest du meine Frau werden?"

Sie schien vollends verwirrt. „Ich? Du … du meinst, das geht?"

„Ich verspreche, dir mein Jawort zu geben. Noch heute werde ich meine Absicht meinen Eltern kundtun."

„Ja, Richard. Ja."

Als er aufstand, warf sie sich in seine Arme und besiegelte mit einem innigen Kuss ihr Verlöbnis.

Hufgeklapper war zu hören, ein Pferdefuhrwerk näherte sich. Richard stand auf und trat einen Schritt zurück. „Und jetzt geh nach Hause, Liebste, bevor man dich vermisst. Ich melde mich bei dir."

Die Gräfin sah abwechselnd zu ihrem Mann und Richard. Sie zog fragend die Augenbrauen hoch, als ihr Mann nach dem Abendessen nicht wie üblich ins Raucherzimmer entschwand. Richard macht ebenfalls keine Anstalten aufzustehen. Als das Dienstpersonal die letzten Teller und Schüsseln abgeräumt hatte, bedeutete der Lord ihnen, sie nicht zu stören und die Tür zu schließen.

„Was gibt es Geheimnisvolles, das du mit mir und Vater bereden möchtest?", fragte sie mit einem Lächeln auf den Lippen. Mit einer Hand richtete sie eine unsichtbare Locke ihrer Frisur, die untadelig saß. Das dunkelgrüne Kleid, eingefasst mit heller Spitze an Ärmeln und Taille und einer Samtschleife auf den Schultern, ließ sie elegant und zurückhaltend zugleich aussehen. Die Farbe des Kleides schmeichelte ihrem hellen Teint.

Richard war so nervös, dass er aufstand, bevor er zu sprechen begann. Schon während des Abendessens hatte er unablässig lautlos gefleht, dass es ein gutes Ende mit ihm und Amber nehmen und seine Eltern einer unverzüglichen Heirat zustimmen mochten.

„Das, was ich euch jetzt zu sagen habe, wird euer Bild von mir zerstören." Er beobachtete, wie bei seinen Worten das Lächeln auf dem Gesicht seiner Mutter verschwand und es schmerzte ihn. „Vater weiß inzwischen, dass ich mich verliebt habe. Allerdings nicht in die junge Frau, die er offenbar für mich vorgesehen hat." Er hielt inne, weil seine Mutter einen Laut ausstieß, sich eine Hand vor den Mund schlug und ihre Mimik zwischen angespannt und erfreut wechselte. Das zusammengekniffene Gesicht seines Vaters machte es ihm nicht leicht weiterzusprechen.

„Vor einiger Zeit ist mir eine wunderschöne, junge Dame begegnet, die durch ihr großmütiges Handeln meine Aufmerksamkeit erregte. Etwas, was man heutzutage selten findet. Zudem ist sie das bezauberndste Mädchen, das mir je begegnet ist. Wo findet ein Mann eine Frau, die nicht nur äußerlich, sondern vor allem im Herzen schön ist? Kurzum, ich habe mich in Amber Devaney verliebt, die Tochter des Apothekers aus dem Dorf. Ich habe ihr heute einen Antrag gemacht und –"

„Du hast was?“, schnaubte sein Vater mit Zornesfalten auf der Stirn dazwischen. „Habe ich dir nicht zu verstehen gegeben, dass ich nicht zustimmen werde? Niemals!“

„Apotheker gehören zu den angesehensten Leuten.“

Sein Vater verzog den Mund. „Du verrennst dich da in etwas.“

„Früher hatten sie in den Städten sogar Ehrenämter inne.“

„Früher!“ Er fuchtelte mit den Armen herum. „Die Tochter eines Apothecarius! Kommt nicht infrage! Und jetzt lasst uns endlich über was anderes reden.“

„Ich bin noch nicht fertig.“ Was ihn Ruhe bewahren ließ, konnte Richard selbst nicht erklären. Mit besonnener Stimme antwortete er: „Inzwischen weiß ich, dass Amber ein Kind von mir erwartet. Und deshalb möchte ich sie, da die Schwangerschaft noch am Anfang ist, so schnell wie möglich heiraten. Nur ihre Eltern und der Arzt wissen davon. Ich bitte euch eindringlich, euer Einverständnis zu geben.“

Der Gräfin sanftes Gesicht erstarrte zu einem starren, bleichen Klumpen. Sie tupfte sich über die Augen und kaute auf der Unterlippe, ohne einen Ton zu sagen.

„Und ich dachte, du wüsstest, was sich gehört!“ Die Stimme seines Vaters war nun voller Zorn. „Oder ist es vielleicht sogar ein gerissener Schachzug von ihr? – Ja! Sie hat es darauf abgesehen, dich zu verführen – aber eins kann ich dir versichern: Ihr Plan geht nicht auf.“ Selbstgefällig lehnte er sich zurück und schaute an seinem Sohn vorbei. „Du kennst meine Meinung, Richard. Ein Mädchen aus dem Dorf ist keine geeignete Gattin für dich“, beharrte der Graf. „Zu meiner Zeit hieß es, zu diesen Weibsbildern sollte man eine Armlänge Abstand halten.“

Richard schnappte nach Luft.

Der Graf verschränkte die Arme und fuhr fort: „Bastarde hat es zu allen Zeiten gegeben und niemand hat es gestört.“

Bastard! Welch abscheuliches Wort! In Richard schäumte es, doch er hatte sich vorgenommen, ruhig zu bleiben. Er ging im Zimmer umher, damit seine Spannung wich. Eine hitzige Diskussion war noch nie eine gute Grundlage für lebenswichtige Entscheidungen gewesen.

Deshalb schluckte er seinen Ärger nun runter und fuhr mit bebender Stimme fort. „Du weißt, was es bedeutet, wenn ich sie nicht vor der Niederkunft heirate?“, fragte er eindringlich. „Sollte es ein Sohn sein und sie danach doch noch heiraten, wird er zwar dadurch legimitiert, aber niemals erbberechtigt. Weder Titel noch Erbe wird er jemals besitzen. Ist es das, was du möchtest?“

„Du brauchst mir nicht erzählen, wann wer welches Adelsdiplom erbt“, brauste der Graf auf. „Du wirst noch genügend Kinder kriegen, davon bin ich überzeugt. Und zwar mit einer ebenbürtigen Dame! Davon haben wir zahlreiche alleine in der näheren Umgebung. Ganz zu schweigen von anderen Grafschaften oder Londons Gesellschaft.“

Seine Mutter hatte die ganze Zeit still dagesessen und dem Wortgefecht zugehört. Nun winkte sie ihm, sich zu setzen. „Richard, ich bin sehr überrascht“, sagte sie verzweifelt, „und doch fühle ich, was in dir vorgeht. Vor allem tut mir das Mädchen leid, das durch dich – ja, durch dich – in diese unabwendbare Situation gekommen ist! Ich würde sie gerne kennenlernen und mir ein Bild von ihr machen. Dann kannst du meine Entscheidung hören.“

Sein Vater sprang auf. „Er sollte sich lieber auf unsere Werte besinnen.“

„Unsere Werte?“ Es klang sanft und doch messerscharf. „Darf ich dich erinnern, mein lieber Archibald, dass du diese in letzter Zeit vollkommen außer Acht gelassen hast? Nur deshalb stimmst du nicht zu! Ich finde, es ist höchste Zeit, dass Richard es erfährt.“

Sie machte eine lange Pause, als überlegte sie, ob das, was sie sagen musste, überhaupt zu benennen sei. Dann blickte sie ihrem Mann fest in die Augen. „Unser Haus ist überschuldet. Es sind nicht die Zerwürfnisse wegen der Grenzen, die du angeblich mit den Alnwicks beilegen willst. Du kannst unser Haus nur befreien – nein – *Richard* kann unser gesamtes Vermögen nur dadurch retten, dass er Lady Helen heiratet."

„Niemals!" In Richards Ohren rauschte es. Deshalb hatten die Männer also seinen Vater besucht. Jetzt ergab alles einen Sinn. „Ich verstehe es nicht", sagte er erschüttert. „Warum sind wir plötzlich bankrott? Unsere Bilanzen, so hattest du es mir versichert, seien bestens."

Sein Vater wirkte mit einem Mal nicht mehr souverän und blieb stumm. Die Gräfin sah ihn mit hochgezogenen Brauen an, dann fasste sie sich ein Herz und sagte leise. „Er hat alles verspielt."

„Verspielt?" Dieses eine Wort besaß eine Kraft, die Richards Zukunft in tausend Stückchen zerschlug. „Wie kommst du dazu? Warum spielst du?"

Als sein Vater mit leeren Augen vor sich hin starrte, mischte sich Richards Entsetzen mit Mitleid, doch er konnte sich nicht verkneifen das auszusprechen, was er gerade dachte: „Ich möchte nicht wissen, wer alles von deinem Ruf als verschuldeter Spieler weiß."

„Schon der Heilige Aurelius hat aufgezeigt, dass das Würfelspiel von einem Dämon erfunden worden sei", sagte seine Mutter bekümmert und tupfte sich über die Augen.

Richard musste an eine Bibelstelle denken, die schon sein Großvater zitiert hatte. *Wir wissen aber, dass denen, die Gott lieben, alle Dinge zum Besten dienen.* Das hatte er gesagt, als er bereits betagt war und sein Leben in der Rückschau betrachten konnte. Aber wenn schwierige Zeiten bevorstanden, war dieser Vers unverständlich. Zumindest für ihn. Ob ihnen der Verlust ihres Vermögens, ihres Hauses und was damit einherging, wirklich zum Besten diente? Der heutige Abend hatte alles ins Wanken gebracht. Das Herrenhaus und die Liebe.

„Dieser Bischof", sagte Richard mit hängenden Schultern und stand auf, um nach oben zu gehen, „hat aber erkannt, dass unser himmlischer Vater auch Irrwege und Fehler zulässt, die er zum Guten wenden kann."

In dieser Nacht tat Richard kein Auge zu. Sein Vater hatte nicht verraten, seit wann er Gast an Londons Spieltischen war und wann er die Kontrolle verloren hatte. Meist fing es harmlos an – hier und da ein kleiner Einsatz, der durch Gewinne zu neuen Spielen verführte.

Richard wollte über den moralischen Aspekt des Glücksspiels gar nicht weiter nachdenken. In adeligen Kreisen kursierten Kartenspiele wie Pharao oder das beliebte Roulette in Casinos, die sich durch ihren Namen in ihrer noblen Werthaltung vom niederen Volk und deren Glückspielen abhoben. Er fand sie genauso schlimm und zerstörerisch wie die Würfelspiele und Wetten der einfachen Leute. Beides führte zur verrufenen Spielsucht und damit zur Armut in den Familien. Der vermeintliche Gewinn steuerte geradewegs in die Abhängigkeit, gefangen in einer unsichtbaren Sucht, die nur mit Gottes Hilfe und der von lieben Menschen aufgegeben werden konnte oder in totalem Ruin und zerstörter Zukunft endete.

Wie tief seine Familie in die Schulden geraten war, wusste Richard noch nicht. Jetzt wurde ihm schlagartig klar, warum er nie in die Geschäftsbücher von Cold Ashton Einblick erhalten durfte. Es hatte ihn noch nicht mal nachdenklich gemacht, war er doch froh gewesen, dass sein Vater ihm noch den Rücken freihielt und er sich seinen Pferden widmen konnte. Wenn sich nichts änderte, würde es nicht mehr lange dauern, bis der Graf seine Würde und letztlich sein gesamtes Vermögen leichtfertig verlor. Welche Konsequenzen das für ihn, Richard, hatte, blieb ihm noch verborgen.

Verzweiflung stieg in ihm hoch und trieb ihm die Tränen in die Augen. Er wollte Amber heiraten und ein Leben mit ihr und seiner Familie führen. Hier in Cold Ashton Manor. Der heutige Tag hatte alles infrage gestellt. Was sollte aus ihnen allen werden? Würde es eine Rettung geben? Selbst wenn er alles opfern würde und diese Lady Helen heiratete, würde das nicht heißen, dass Vater das Spielen aufgab. Was wäre dann? Oder hatte er inzwischen dem Laster abgeschworen?

Schmerzlich berührt kniete er nieder. Er bat voller Mutlosigkeit um Gottes Hilfe, seine Weisung und um ein gemeinsames Leben mit Amber. Vor allem um Kraft, sich gegen seinen Vater durchzusetzen und dass sie eine Lösung fänden, mit denen sie beide leben konnten. Ihm war wichtig, dass die Würde des Hauses Cold Ashton keinen größeren Schaden nahm, als den, den es bereits hatte.

Als er sich schließlich ins Bett legte, war seine bekümmert Seele nur wenig ruhiger geworden und er hoffte, dass dieser Albtraum bald zu Ende war.

10

Amber nahm sich nur noch wie aus der Ferne wahr. Sie fühlte sich wie eine Zuschauerin, die ihren Körper, ihre Familie und ihr Zuhause mit Abstand betrachtete. Nur morgens, wenn die Übelkeit ihren Körper schüttelte, fühlte sie sich lebendig. Das heimliche Wissen, ein Kind unter ihrem Herzen zu tragen, machte sie noch immer fassungslos. Das einzige Zeichen, das sie akzeptierte, war das Ausbleiben ihrer monatlichen Blutung.

In der Familie war eine trügerische Ruhe entstanden. Mechanisch half sie ihrem Vater in der Apotheke, jedoch verweigerte er ihr neuerdings, die Kunden zu bedienen, und begründete das mit ihrem blassen Aussehen. Todd und Grayson schienen ahnungslos, sprangen wie bisher unbekümmert durchs Haus und freuten sich auf das tägliche Brettspiel mit ihrer Schwester, das sie regelmäßig gemeinsam spielten.

Jeden Tag spähte Amber in den Laden und hoffte, ein Bote brächte eine Nachricht von Richard, aber nichts passierte. Sie hatte keine Gelegenheit mehr, zum Torhaus zu kommen. Warum hörte sie nichts mehr von ihm? Und je mehr Zeit verging, umso unruhiger wurde sie. Womöglich bewahrheiteten sich jetzt die Befürchtungen, die alle Eltern um ihre heiratsfähigen Töchter hatten.

Tag um Tag wurde Amber kleinlauter und ängstigte sich vor der Zukunft und dem, was mit ihr passieren würde. Es konnte nur schlimm werden. Sie versuchte, sich zu erinnern, wer im Dorf ein uneheliches Kind bekommen hatte. Am Ende des Dorfes lebte die Tochter des Schumachers, die damals einen Jungen bekommen hatte, der inzwischen erwachsen war. Es wurde gemunkelt, wer der Vater sei, doch richtig ans Licht gekommen war es nie. Mal war vom Wirt die Rede gewesen, andere meinten, es sei ein Bauer aus dem Nachbardorf gewesen. Die Tochter des Schumachers hatte nie geheiratet und lebte zurückgezogen, was sich wohl bis an ihr Lebensende nicht mehr ändern würde.

Amber grübelte. War das ihr Weg? Ein Leben im Schatten und in der Verachtung der Dorfgemeinschaft? Eine Herabsetzung, die auch ihrem Kind von allen Seiten entgegenschlagen würde, sowohl aus dem Dorf als auch von der Grafenfamilie für einen Bastard der Clarkes?

Täglich bereute sie ihr unbedachtes Verhalten und ihren Ungehorsam. Sie wusste, dass Gott ihre Sünde vergeben hatte. So stand es in der Bibel und sie durfte das als Wahrheit glauben. Doch es verhinderte nicht, dass sie die Folgen ihres Fehltritts, ihres Ungehorsams, spüren würde und sie ihr Leben für immer veränderten.

Aber warum konnte Gott verzeihen und die Menschen nicht? Wie konnte es sein, dass sie nachtragender waren und an ihren selbst gemachten Gesetzen festhielten, während der allmächtige Herr des Himmels und der Erde souverän und selbstlos seinen Sohn Jesus Christus als Opfer für alle Sünden der Welt hergegeben hatte. Alle Menschen konnten durch Glauben an ihn von ihrer Last befreit werden. Ihnen wurde vergeben und trotzdem vergaben sie einander nicht. Wie ging das einher? Diese unterschiedliche Sichtweise verstand sie nicht. Umgekehrt hätte sie es noch besser begreifen können.

„Amber", hörte sie die Stimme ihres Vaters aus dem Laden, „könntest du bitte mal kommen?" Sie stand im Laboratorium an einem Tisch und hielt inne, während sie die Salbeiblätter betrachtete, die wie silberne Daunen in ihrer Hand ruhten. Ihr Herzschlag beschleunigte sich. Ob ein Bote endlich einen Brief gebracht hatte?

Als sie den Laden betrat, stand ihr Vater mit dem Rücken zu ihr an der Theke, auf der anderen Seite wartete ein Mann mit einem grauem hohen Zylinderhut. Beim Hinzutreten erkannte sie Richard. Sein Gesicht wirkte verschlossen und statt Freude regten sich Zweifel in ihr, ob sein Besuch einen aufrichtenden Anlass hatte.

Verwirrt und stumm sah sie ihn an, während ihr Vater entschlossen um die Theke ging. Sein Kinn zitterte, während er einen Schlüssel in der Hand hielt, mit dem er die Apothekentür versperrte, bevor er das *Geschlossen*-Schild ins Fenster hing. Was um Himmels willen wollte Richard am helllichten Morgen hier, das ihren Vater veranlasste, die Tür zur Apotheke abzusperren? Dass die Jungen in der Dorfschule und seine Frau beim Krämer waren, kam ihm offenbar gerade recht. Wortlos bedeutete er Amber und

Richard, ihm zu folgen. Verstohlen warf Amber Richard einen Blick zu, der jetzt den Hut abnahm und hinter Vater ins Wohnzimmer ging. Es blieb ihr nichts anderes übrig, als sich zu den beiden Männern zu setzen. Sie konnte in Richards abweisendem Gesicht nichts lesen, zumindest nichts, was ihr Hoffnung machte, dass alles gut werden würde.

Richard räusperte sich auf eine kleine Kopfbewegung ihres Vaters hin. Seine Stimme klang belegt und er setzte sich noch aufrechter hin, als er ohnehin schon saß, rutschte vielmehr bis zur äußersten Kante seines Stuhls.

„Mr Devaney, Sie wissen um die besonderen Umstände, die mich zu einer sofortigen Reaktion meinerseits veranlassen. Ich habe Verständnis, wenn Sie an meiner aufrichtigen Zuneigung zu Ihrer Tochter zweifeln. Trotzdem wage ich jetzt und hier, zu dieser etwas ungewöhnlichen Stunde, Sie um die Hand Ihrer Tochter zu bitten."

Amber schnappte nach Luft und hätte vor Glück fast geschrien. Sie kniff sich unauffällig in den Arm, bis es wehtat, als müsste sie feststellen, dass sie nicht träumte. Ihr ganzer Körper schien zu kribbeln.

Ihr Vater war alles andere als begeistert über die Worte. Warum gab er seinem Ärger derart offen Ausdruck? Mit schmalen Augen sah er von Richard zu Amber. Er konnte doch froh sein, dass die Schande abgewendet werden konnte. Wahrscheinlich würden lediglich ein paar wenige Leute in ein paar Monaten nachrechnen und ihre Vermutungen mit einem wissenden Schmunzeln hinter vorgehaltener Hand besprechen.

„Ich gebe Ihnen meine Tochter nur, wenn Sie mir versichern, dass Sie sie künftig mit Ehre behandeln und sie lieben, wie es das Evangelium sagt: Mit ganzer Kraft und wie Christus seine Gemeinde, das heißt, bis zum Tode."

Eine fast heilige Stille schwang durchs Zimmer, verstärkt durch Ambers Aufregung und Stillschweigen. Sie hätte ihrem Vater nie zugetraut, dass er einem Lord seine Verfehlung entgegenschleuderte und sogar die Heilige Schrift zitierte. Verstohlen sah sie zu Richard, dessen Unbehagen offensichtlich war.

„Ich danke Ihnen, Mr Devaney, und ich weiß um Ihre Sorge. Es gibt nur noch eine Hürde, die ich nehmen muss." Er räusperte sich, was Ambers Herzschlag antrieb. „Den Graf und die Gräfin von Cold Ashton habe ich über meine Absichten informiert. Leider hat mein Vater seine Zustimmung verweigert."

Das Stirnrunzeln ihres Vaters verstärkte sich und er verzog den Mund. „Warum verweigert er sich?"

„Sie können es sich sicher denken. Standesunterschiede und damit verbundene Missbilligungen." Er stand auf, griff nach Ambers rechter Hand und hielt sie fest. Sie spürte, wie sich seine Wärme übertrug, gleich einer Macht, dass sie plötzlich weinen musste. „Ich versichere, dass ich alles tun werde, um ihn umzustimmen, was mir aufgrund besonderer Umstände bestimmt gelingen wird. Ich schreibe Ihnen, sobald er sein Einverständnis gegeben hat. Meine Mutter möchte Amber gern kennenlernen und wenn Sie einverstanden sind, werde ich sie meinen Eltern übermorgen zum Dinner ankündigen."

Ihr Vater sah ihn ungläubig an. Das war ja schon eine halbherzige Verlobung, wenn nicht gar eine Bekanntgabe.

Ob die Tränen, die ihr über die Wangen liefen, das Herz ihres Vaters erweichen ließen? Er wirkte immer noch unschlüssig, was sie zu einem neuen Schluchzer trieb. „Bitte, Vater."

Ambers Vater seufzte. „In Gottes Namen: Ja."

Noch am Abend weihte Richard seine Mutter über seine Pläne ein. Sie schien nicht abgeneigt, wollte aber zuerst mit dem Grafen sprechen. „Du weißt, wie dein Vater denkt. Ich werde ein gutes Wort für dich einlegen." Sie sah ihn bekümmert an und schürzte die Lippen. „Ich hätte mir gewünscht, du hättest die Regeln eingehalten. Das würde alles für uns einfacher machen."

Richard atmete tief ein und senkte den Kopf. Wie recht sie hatte, doch die Tatsachen waren unumkehrbar und er würde jetzt wie ein Gentleman handeln. Doch Vater Vorwürfe zu machen, dass ihm der Gedanke unerträglich sei, ein Graf von Cold Ashton verspiele Haus und Hof, würde ihn eher noch verärgern. Am ehesten würde Diplomatie wirken. Den wunden Punkt im Leben seines Vaters hatte er schon bei den Devaneys verschwiegen, in der Hoffnung, dass die desaströsen Spielschulden niemals im Dorf bekannt würden.

„Das Mädchen hat Schande über seine Familie gebracht. Ich möchte jetzt nicht in der Haut ihrer Mutter stecken."

Er kniff die Lippen zusammen. Ihre Worte waren für Richard wie ein herber Dorn. „Schande, Schande! Allezeit schon hat man immer nur von den jungen Frauen gesprochen, die angeblich Schmach über ihre Familien gebracht haben. Ich bin doch genauso beteiligt!", gestand er sich schmerzhaft ein. „Niemals höre ich, dass ein Mann derjenige ist oder war, der eine Familie blamiert hat, ist dir das schon mal bewusst geworden?"

Seine Mutter betrachtete ihn missbilligend und tupfte sich mit einem Tuch über die Stirn. Zu gern würde er wissen, was sie dachte, doch sie schwieg taktvoll.

„Ich denke eher, dass mein Temperament Amber in diese missliche Lage gebracht hat und ich ihre Zuneigung ausgenutzt habe. Keine Frage, dass es nicht richtig war und ich betone nochmals, dass ich es mehr als bedauere. Doch mit eurem Einverständnis könnten wir eine für beide Seiten dezente Lösung finden." Er warf die Schultern zurück. „Meine Absichten sind ernsthaft und ich stehe zu ihr und unserem Kind.“

Lady Kathleen Clarke huschte ein flüchtiges Lächeln übers Gesicht. Anscheinend konnte sie die Liebe in seinen Worten spüren. Sie wirkte plötzlich erleichtert, schlang beide Arme um ihn und drückte ihm einen Kuss auf die Wange. „Ich werde gleich mit ihm reden.“

Den nächsten Vormittag verbrachte Richard am Schreibtisch und mit einem längeren Gespräch mit seinem neuen Verwalter. Er unterbreitete ihm Youngs Angebot, ihn einzuweisen und in den ersten Monaten als Berater zu begleiten. Mr Chapman gefiel die Idee und stimmte zu. Richard breitete anschließend aktuelle Vorkommnisse vor ihm aus.

Angeblich war bei einem Pächter eingebrochen worden und Chapman sollte den Friedensrichter informieren. Außerdem mussten die Bestände an Heu überprüft werden, weil Widersprüche aufgefallen waren. Noch hatte sein Vater ihm Einblick in die Aufzeichnungen der Einnahmen und Ausgaben verweigert. Womöglich könnten allein dadurch bereits die Missverhältnisse beigelegt werden. So musste er sich jetzt aber vorerst auf andere Quellen stützen.

„Ach, Richard“, sagte der Graf beim Lunch beiläufig und mit gedämpfter Stimme, „im Rahmen meiner Bemühungen wegen der Unstimmigkeiten an der Grenze Richtung Bath konnte ich eine Annäherung erzielen. Die Alnwicks freuen sich auf einen Besuch auf Cold Ashton. Ich habe mir erlaubt, für morgen Abend den Marquess von Bailbrook, die Marchionness und ihre ehrenwerte Tochter Lady Helen zum Dinner einzuladen.“ Mit selbstgefälliger Miene, als habe er eben den Hochedlen Hosenbandorden vom König verliehen bekommen, saß er auf seinem Stuhl und ließ sich von einem Diener Wein nachschenken.

Er machte eine gute Figur in seinem eleganten blauen Rock und gefältelten Halstuch im gleichen Farbton. Genüsslich schob er sich die Gabel mit einem Fleischstück in den Mund. Er musste Richards entgeisterte Miene gesehen haben, sodass er hinzufügte: „Die Damen sind sehr begierig, einander kennenzulernen." Als habe ihn je interessiert, warum Frauen sich gern über Kleider und Schmuck unterhielten, ging ein Schmunzeln über sein Gesicht. „An Gesprächsstoff wird es auch uns Herren nicht fehlen." Nun lächelte er. „Hatte ich dir schon erzählt, dass der Marquess ein ausgesuchter Pferdefreund ist und sich für deine Zuchterfolge interessiert?"

Richard konnte es nicht fassen. Unstimmigkeiten? Grenzstreitigkeiten? Sein Vater schob seine einst starre Haltung in Bezug auf die südlichen Ländereien vor, um ihn zu verkuppeln. Als habe er seine Fehler eingesehen und zum Wohle der ganzen Familie eine Einigung eingeräumt. Seine zuletzt angemerkte Idee, mit einer Eheschließung könne er ein finanzielles Desaster abwenden, würde er doch nicht ernsthaft auf Richards Rücken austragen wollen – oder? Sollte Lady Helen doch seinen kleinen Bruder oder sonst wen heiraten!

Richards Gedanken begannen sich zu überschlagen. Schlagartig war ihm der Appetit auf den Hammeleintopf vergangen. Er schmiss sein Besteck beiseite, als habe er glühende Kohlen berührt. Seine Mutter zuckte zwar zusammen, aber sie schien informiert, hielt sie sich sogar diskret mit Anmerkungen zurück. Die Ahnung einer besiegelten Entscheidung, die sein künftiges Leben bestimmen würde, stieg in ihm hoch. Mit schmalen Augen nahm er seinen Vater wahr, der zufrieden wirkte, und sah zum Fenster hinaus. Die Sonne schob sich bleich hinter Wolken hervor. Wahrscheinlich würde sich die trübe Witterung für den übrigen Tag nicht mehr ändern. In seinem Herzen fühlte er, dass sie sich für den Rest seines Lebens auch nicht mehr umgestalten würde, egal, ob die Sonne schien oder nicht.

Er verschränkte die Arme vor der Brust. Sollte er Amber kampflos aufgeben? Und sein ungeborenes Kind? Nein! Widerstand regte sich in ihm. Alles war er, nur nicht käuflich. „Ohne mich!"

Des Grafen Augenlider flatterten. „Was soll das heißen?"

„Ich möchte euch morgen meine Braut vorstellen. Amber Devaney. Sie und niemand anderes werde ich heiraten."

„Braut?" Sein Vater lachte trocken auf. „Du lehnst dich zu weit aus dem Fenster."

„Sie wird meine Frau werden."

„Wenn du glaubst, es genüge, deine Mutter vorzuschicken, um mich milde zu stimmen, irrst du dich", bellte der Lord.

„Du kennst Miss Devaney nicht. Gib ihr eine Chance."

Der Graf schürzte die Lippen. „Das kann ich nicht." Er trommelte mit den Fingern auf der Tischplatte. „Richard, es geht hier um mehr als um Liebe, verstehst du? Das Mädchen kannst du von mir aus mit einem Betrag abgelten, wenn sich unsere Finanzen erholt haben. Eine Heirat mit Lady Helen ist unsere einzige Chance, das Drama abzuwenden."

„Finanzen erholt haben?", wiederholte Richard langsam und Angst erfasste ihn. Die Worte seines Vaters wühlten ihn derart auf, dass es ihn nicht mehr auf seinem Platz hielt. Bedrückt und mit hängenden Schultern sah er seinem Vater in die Augen. „Dann rede doch mit der Bank."

Die Augen seines Vaters formten sich zu einem Federstrich. „Sie geben mir keinen Kredit mehr."

„Du hast doch angeblich so viele Freunde in der Londoner Gesellschaft. Da wird sich doch eine andere Quelle finden, die hilft."

Sein Vater schüttelte den Kopf und presste die Lippen zusammen, dass sie blutleer schienen.

„Steht es wirklich so schlimm um Cold Ashton?"

„Schlimmer."

11

„Du bist ziemlich unkonzentriert! Das ist Lorbeer, was du da in der Hand hältst." Mr Devaney kräuselte die Stirn und griff nach Ambers Arm. „Das kannst du bei Parasiten oder Rheuma nehmen, aber nicht gegen Reizbarkeit oder Schlafstörung! Da muss man Melisse, Arnika oder Johanniskraut verwenden. In diesem Fall ist es nicht tragisch, aber bei anderen Arzneien kann es nicht die gewünschten, wenn nicht gar verheerende Folgen haben. Vielleicht solltest du doch lieber Mutter helfen oder Strümpfe stopfen oder –"

Amber sah ihn entgeistert an. „Das kannst du nicht tun." Ihre Augen wurden feucht, sie entzog ihrem Vater den Arm und knetete die Finger. „Bitte, ich verspreche, mich zu konzentrieren. Es soll nicht wieder vorkommen." Es wäre die elendeste Strafe, mit der er sie treffen könnte. Wie wundervoll war es, ihm zuzusehen, wenn er mit Pulverisieren, Mörsern, Destillieren, Kristallisieren und Mazerieren der Kräuter und Pflanzen vielfältige Heilmittel und Arzneien herstellte, wobei er ihr mit Hingabe die Vorgänge erläuterte.

Er goss eine Flüssigkeit in einen Behälter und prüfte die Menge. „Ich meine das ernst, hörst du? Frauen in guter Hoffnung können schon mal an einer gewissen Vergesslichkeit leiden, die in den meisten Fällen wieder verschwindet, wenn … ja, wenn …" Er ließ den Rest des Satzes unausgesprochen. Wahrscheinlich fiel ihm die Vorstellung schwer, was in den nächsten Monaten auf ihn und die Familie zukommen würde. Befangen nahm er seine Brille ab, die er bei der Herstellung der Essenzen trug, betrachtete sie und polierte die Gläser mit einem Tuch.

Eine Schwangerschaft war kein Thema für eine Unterhaltung und erst recht nicht für einen Mann. Anscheinend hatte Ambers Mutter die eine oder andere Aufgabe vergessen, während sie ein

Kind unter dem Herzen getragen hatte. Sie blinzelte ihn überrascht an. Eine Freundin hatte auch unter Minderung ihres Gedächtnisses gelitten, aber nachdem sie entbunden hatte, war alles wieder wie vorher gewesen.

Amber atmete schwer. An die Geburt wollte sie vorerst nicht denken. Es musste etwas Großes, Gewaltiges sein, aber auch lebensbedrohlich für Mutter und Kind. Sie legte eine Hand auf ihren Bauch. Er war immer noch flach. Manchmal hoffte sie, alles sei nur ein schlechter Traum. Sie fand es noch nicht mal tröstlich, dass das Kind von Richard war.

Eine unaussprechlich düstere Idee schlich sich in ihre Gedanken: Als Heilkundiger wusste ihr Vater um bestimmte Mischungen, die ihren Zustand beenden könnten …

Oh Gott, verzeih mir! Nein, nein! Sie warf das Kräuterbündel auf den Tisch und schlug sich die Hände vors Gesicht. Was ging denn nur in ihr vor, dass sie sich versündigte, überhaupt daran zu denken. Sagte nicht schon die Heilige Schrift, dass Gott jedes heranwachsende Kind bereits im Mutterleib bemerkte und alles von ihm kannte, sogar bevor man es selbst ahnte? *Deine Augen sahen mich schon als ungeformten Keim, und in dein Buch waren geschrieben alle Tage, die noch werden sollten, als noch keiner von ihnen war.* Betraf das auch das Kind eines Fehltritts?

„Steh nicht so träumerisch dort rum. Hol mir mal getrockneten Frauenmantel aus dem Keller!", durchbrach ihr Vater nun ihre Gedanken. Um diese Jahreszeit konnten sie auf einen großen Fundus an meist selbst gesammelten Kräutern und Wurzeln zurückgreifen. Vereinzelt kaufte ihr Vater schwer zu bekommende Ingredienzen in der Hauptstadt, was vielleicht ein- bis zweimal im Jahr vorkam.

Ihre Lider flatterten. Die Gedanken, dass Gottes Allmacht bis zu ihrem ungeborenen Kind reichte, bescherten ihr eine Gänsehaut. Sollte sie nicht angesichts ihrer verzweifelten und ungeklärten Zukunft mehr beten? Noch mehr? Sie stöhnte auf, blickte in die ruhigen Augen ihres Vaters und zwang sich, ihre Stimme zu kontrollieren. „Ja, Vater."

Während sie wie benommen die Treppe nach unten nahm, dachte sie an ihre Mutter. Wie gern hätte sie sie gefragt, wie sie die Zeit ihrer Schwangerschaft erlebt hatte. Aber das Schweigen und die unnachgiebigen, nach wie vor missbilligenden Blicke, mit der ihre Mutter sie bedachte, seit sie Ambers Geständnis gehört hatte, hielt sie davon ab.

Amber fühlte sich so hilflos. Voller Unruhe dachte sie an die kommende Zeit. Das einzig Normale im Haus waren ihre beiden Brüder, die noch nichts ahnten und mit ihrer ausgelassenen Art für Lebensfreude sorgten. Würde Richard seinen Vater umstimmen können? Ach, wären sie doch schon verheiratet, dann könnte sie sich wirklich auf ihr gemeinsames Kind freuen – etwas, das ihr momentan mehr als schwerfiel.

Am nächsten Morgen brachte ein Bote einen Brief in die Apotheke, während Amber an der Theke stand und Pillen drehte. Er war an ihren Vater adressiert und Mr Devaney nahm ihn entgegen. Mit hochgezogenen Brauen betrachtete er das Siegel, schien kurz zu überlegen und öffnete dann im Beisein eines Kunden das Schreiben.

Ohne weiter auf den Inhalt einzugehen, legte er den Brief beiseite und vereinbarte mit ruhiger Stimme für den Nachmittag eine Sitzung, bei der er dem Mann Blutegel ansetzen wollte. Als der Kunde gegangen war, überreichte ihr Vater Amber das Schreiben.

„Da! Lies!" Seine Stimme war plötzlich von kaltem Zorn überlagert. Er drehte sich um, ging zur Hintertür und rief nach seiner Frau. „Alice! Bitte, komm sofort!"

Amber überflog die Zeilen und hatte das Gefühl, dass ihr Körper augenblicklich zusammenbrach. Lord Richard Clarke schrieb:

„... dass ich zu meinem großen Bedauern die Einladung bei meinen Eltern aus dringenden Gründen verschieben muss ...“

Dringende Gründe? Was gab es Wichtigeres als ihre gemeinsame Zukunft? War jemand verstorben? Aber dann hätte er es doch sicher geschrieben.

Ihre Mutter stand in der Tür, blies sich eine Strähne aus der Stirn und hielt noch den Stößer in der Hand, an dem eine helle Masse klebte. „Was gibt es Weltbewegendes, dass ich mitten beim Buttern aufhören muss?!“

Mit zittriger Hand wollte Amber ihr den Brief geben, aber ihr Vater riss ihn ihr aus der Hand. „Es gibt keinen Besuch auf Cold Ashton Manor!“, presste er langsam hervor, trat neben seine Frau und legte den Arm um ihre Schultern. „Lord Clarke hat die Einladung zurückgezogen.“

„Nein!“ Sie hielt inne und fragte, als habe sie den gleichen Gedanken wie Amber gehabt: „Gab es einen Todesfall?“

Als Amber schwieg, schien sie zu begreifen, und versuchte in Ambers feuchten Augen zu lesen. „Ich habe solche Angst vor der öffentlichen Schande.“

Amber schluckte. Was sollte sie ihr entgegnen? Ihre Enttäuschung war grenzenlos. Einen neuen Zeitpunkt hatte er nicht genannt. Wie sollte sie das verstehen? Durfte sie noch hoffen?

Richard sehnte sich seinen Bruder Edward an die Seite – er hätte von seinen Heldentaten im Krieg berichten können. Das fand Richard zu anderen Zeiten zwar äußerst ermüdend, aber manchmal konnten solche langweiligen Gespräche auch ein Retter in der Not sein. Er wusste, dass er Edward damit eigentlich unrecht tat, denn Gefechte waren allzeit grauenvoll und niemand wusste, wie viele Opfer der Krieg fordern und wann er endlich enden würde.

Alles geschah im Namen und zur Ehre der englischen Krone. Niemand zählte die Toten, auch nicht die, die an Erschöpfung und Hunger verreckten, und niemand sah den Ozean der Tränen. Kaum jemand kam – wenn überhaupt – ohne Blessuren zurück und wem kein Arm oder Auge fehlte, kämpfte nachts in seinen Träumen einen nicht enden wollenden Kampf. Viele fanden nicht mehr in ein geordnetes, friedvolles Leben zurück. Und wem sonst sollte ein Soldat seine tiefgründigsten Empfindungen gestehen, wenn nicht der eigenen Familie? Niemand konnte das Grauen im Innersten immerwährend verschließen, ohne dass es ihn für alle Zeiten tief prägte.

Trotz allem – am heutigen Abend hätte er seinem Bruder gerne zugehört. Oder auch seiner Schwester Jill, die mit ihrem Mann Walter die Runde durch opulente Schilderungen ihrer Erlebnisse auf Kricketplätzen und Erfahrungen mit schrulligen Gouvernanten nebst dezidierten Klavierlehrern bereichert hätte. Sie hätte ihm die Bürde abnehmen können, der Mittelpunkt des Abends zu sein.

Er fühlte sich, als spiele er die Rolle des Verlierers in einem vorhersehbaren Theaterstück. Tieftraurig hatte er die Devaneys benachrichtigt, dass die Einladung von Amber verschoben sei. Stattdessen hatte sein Vater auf seinem Hausrecht bestanden und dem Marquess von Bailbrook die Ehre geschenkt.

„Mein lieber Graf“, hechelte gerade der Marquess von Bailbrook, Lord Andrew Alnwick, und wandte sich nun an seinen Vater, „ich bin beeindruckt. Ein äußerst gepflegtes Haus und bestens geschulte Dienstboten.“

Richard folgte dem Blick des Marquess, der über Seidentapeten, gleißende Lüster und exquisite, fernöstliche Porzellanfiguren auf Tischen und Kaminsims glitt. Irgendein honoriger Vorfahre mit elitären Verbindungen hatte bei einer Chinareise Geschenke am Hofe Chongzhens aus der Ming-Dynastie ergattert.

„Letztere haben wir meiner edlen Gattin zu verdanken", plauderte sein Vater munter drauflos, „sie entstammt einer Generation von Adeligen, die noch Wert auf menschenwürdige und traditionsbewusste Führung des Haushaltes legte. Allen voran die Auswahl einer exquisiten Hauswirtschafterin."

Das war ein Hinweis auf Mrs Miller, die sich dezent im Hintergrund hielt, dabei wie ein Phantom durch die Gemächer huschte und die man kaum wahrnahm, obwohl sie mit gewissenhafter Hand das Hauspersonal führte.

Nichts deutete an diesem Abend darauf hin, dass der Marquess und der Graf sich seit Jahren um einen Bachlauf und die angrenzenden Wiesen samt angeblich falsch gesetzten Grenzmarkierungen zankten. Sein Vater hatte nie viel davon erzählt und das Gezänk geschickt vor ihm verborgen. Wie schwer der Streit wog, war ihm gar nicht bewusst geworden. Jetzt hatten die beiden Streithähne es geschafft zusammenzukommen, um mit ihren Kindern einen ungleichen Handel zu beschließen. Als Belohnung winkten Friede unter Nachbarn und ein abgewendeter Bankrott.

Er zwang sich, zu Lady Helen zu sehen, die neben ihrer Mutter, der Marchionness von Bailbrook, Lady Ruth Alnwick, auf der anderen Seite des Salons stand. Sie ging ihm vermutlich gerade mal bis zu den Schultern und war von schmaler Gestalt. In ihrem hellgelben Kleid mit üppigem Besatz wirkte sie wie ein eleganter Pelikan, doch betonte die Farbe ihres Kleides ihre bleiche Haut leidig.

Mit einem glückseligen Lächeln senkte sie den Kopf, der von einem strohblonden kunstvoll hochgesteckten Knoten beherrscht wurde, mit unzähligen einzeln gelegte Locken um ihr Gesicht, die von Weitem Würmern ähnelten. Innerlich musste sich Richard schütteln.

„Lady Alnwick." Sein Vater deutete bei der Marchionness einen Handkuss an und wandte sich an den Marquess. „Mein Haus steht Ihnen offen. Ich hoffe, dass Sie sich wohlfühlen und bin stolz, Sie als meinen Gast und, ich wage vorzugreifen, als Freund willkommen zu heißen."

Richard wurde übel. Er schickte ein Flehen nach oben, dass er vor dieser arrangierten Gesellschaft und deren hässlichen Folgen bewahrt würde.

Nach der förmlichen Begrüßung und ausgetauschten Höflichkeiten bat sein Vater zu Tisch. Genau über der Tischmitte hing der von den Dienern kurz zuvor noch polierte und funkelnde Kristalllüster an einer üppigen roten Kordel und führte damit das Herz des Zimmers an. Die Farbe der Schnur fand sich in den bunten Brokatvorhängen und den Fransen der steifen Querbehänge wieder.

Zum Leidwesen von Richard hatte Mrs Robinson eine Tafel voller Köstlichkeiten gezaubert. Säße Amber hier, er hätte laut gejubelt, ihr ein Abendessen erster Güte zu präsentieren. Zu den Delikatessen der Köchin gehörten ein Hühnercurry mit zwanzig verschiedenen Zutaten – ein Rezept, das sie strengstens hütete –, Hirschlende mit Pastinakenpürree, dazu selbst gesammelte Waldpilze und ein Jus aus Wacholder.

Er war zwar kein Freund von Nachspeisen, aber ihr beschwipster Brombeerpudding wurde in anderen Häusern begeistert nachgekocht. Früchte wie getrocknete Datteln kannte Amber bestimmt auch nicht.

„Wann haben Sie debütiert? In der letzten Saison?", fragte seine Mutter mit leutseliger Miene und richtete ihre Frage an Lady Helen.

„Vor drei Jahren", flüsterte sie, als müsse sie sich dafür schämen.

Sie saß mit zusammengezogenen Schultern vor ihrem Essen und nestelte an ihren langen Handschuhen, bevor sie erneut einen großen Schluck Wein trank. Unter ihrer hohen Stirn verbargen sich tief liegende Augen, eine Sattelnase und ein fliehendes Kinn.

Sie war wahrlich keine Schönheit, was sicher den ein oder anderen auf Äußerlichkeiten bedachten Bewerber abgeschreckt hatte. Das konnten auch riesige funkelnde Brillantohrringe, eine bemerkenswert dicke Perlenkette und zahllose alberne Rüschen am Kleid nicht retten. Doch es war vielmehr ein anderes Gebaren, das ihm verpönt war. Sie trank für eine junge Dame zu viel Wein zum Essen. Und Anweisungen an eine Haushälterin zu geben, konnte er sich unter Umständen noch ausmalen, aber ein weinendes Kind trösten oder einer kranken Bauersfrau selbst die Milch für die Familie zu bringen? – Wahrlich nicht.

„Wissen Sie", ergänzte die Marchionness förmlich mit durchgedrücktem Rücken und ohne ihre hängenden Mundwinkel zu bewegen: „sie hatte so viele Kandidaten, konnte sich aber für keinen entscheiden." Gekünstelt schlug sie die Hand vor den Mund, unterdrückte ein Kichern und spitzte die Lippen. „Ihr fehlte ein Herr, der ihre inneren Werte schätzt. Schönheit ist heute kein klares Bekenntnis mehr."

Die Tochter hatte wohl alles von ihrer Mutter geerbt: Die fahle Hautfarbe, der Hang zu einer unvorteilhaften Frisur und eine extrem belanglose Ausstrahlung. Welch ein Unterschied zu Amber, deren schlichte Frisur ihn direkt beeindruckt hatte. Ihm war ihr bescheidenes Kleid gar nicht in Erinnerung geblieben, er wusste heute noch nicht mal mehr die Farbe, weil sie mit ihrer Herzlichkeit, ihrem Erbarmen für Pechvögel und ihrer gottesfürchtigen Haltung sein Herz erobert hatte. Dass sie ihrem Vater in der Apotheke half, hatte ihm imponiert, ganz im Gegensatz zu seinen Eltern.

„… und wie sehen Sie das?“ Die Marchionness sah ihm gradewegs in die Augen.

Er hatte überhaupt nicht mehr zugehört. „Verzeihen Sie, Mylady“, entschuldigte er sich, „ich war gerade in Gedanken.“ Dabei warf er einen Blick zu Lady Helen, als habe er sich heimlich mit ihr abgesprochen, denn sie schaute ihn mit flatternden Augenlidern an.

„Wir sprachen über eine Suppenküche“, erklärte die Marchionness und riss voller Freude die Brauen hoch, hatte sie doch Richards Blick folgen können, „für die Armen.“

„Mein Herz gehört den Bedürftigen“, sagte er ehrlich, „sie verdienen meinen Respekt. Auch die Menschen, die ihnen Brot und Suppe geben, eben allen, die in unserer Wohltätigkeitsorganisation mitarbeiten. Ich bewundere ihren Einsatz.“

Lady Alnwick schien befriedigt von seiner Antwort und lachte begeistert. „Helen, du hast viel Zeit aufgewendet, um Geld für Waisenhäuser zu sammeln, nicht wahr?“

Sie nickte brav. Was für eine fade Erscheinung sie da abgab, ahnte sie offenbar nicht. Richard wollte sich nicht weiter damit beschäftigen und blickte umher. Der Marquess von Bailbrook machte einen angenehmeren Eindruck, als er erwartet hatte. Mit rotblonden Haaren und vielen Sommersprossen fiel er in der Runde auf. Seine Stimme klang warm, aber entschieden. „Ihr Vater hat mir von Ihren Erfolgen bei der Pferdezucht erzählt. Darf ich mir morgen einmal Ihre Ställe ansehen? Und mir ein Bild davon machen, wie Sie es schaffen, angeblich ohne Strenge den Gehorsam der Tiere zu fordern?“

Wie lange gedachten die Alnwicks denn zu bleiben? Womöglich hatte sein Vater sie sogar übers Wochenende eingeladen. In ihm stieg Unbehagen auf. Hoffentlich nahmen sie ihn nicht den ganzen Tag in Beschlag. Er musste dringend noch einen Brief an Amber schreiben. Vielleicht gab es doch eine Möglichkeit, sie in den nächsten Tagen seinen Eltern vorzustellen. Er musste sie einfach herholen, selbst wenn er sich den Zorn seines Vaters zuzog. Viel schlechter konnte es sowieso nicht mehr werden.

Die Anwesenheit des Marquess und seiner Frage wurde ihm wieder bewusst. „Selbstverständlich zeige ich Ihnen gerne die Pferde. Unser Stallmeister MacCormick hütet derzeit unser neugeborenes Fohlen wie einen Juwel. Es ist ein wundervolles Tier. Sie werden begeistert sein."

Das Geplauder am Tisch ging weiter. Bei einem misslungenen, zähen Braten, einer versalzenen Soße mit wässriger Konsistenz und breiigem Gemüse, das den Garpunkt um Stunden überschritten hatte, wäre die Aussicht sehr hoch gewesen, dass die Alnwicks ihrer farblosen Tochter ein Leben an seiner Seite hätten ersparen wollen.

Offenbar schienen sie aber Gefallen an ihm und dem Haus zu haben, denn weder die Marchionness noch der Marquess ließen von ihm ab, ihn in Gespräche zu verwickeln. Nur die blasse Lady Helen blinzelte ihn mit inzwischen offenbar durch den Wein verursachten hochrotem Kopf immer wieder unter gesenkten Wimpern an. Bei dem Gedanken an sie und ihrer kühlen Ausstrahlung war er sich bewusst, dass sie keinem Vergleich mit Amber standhielt.

„Was halten Sie von einer Jagd?", richtete sein Vater die Frage an den Marquess.

„So kurzfristig?" Ihr Gast neigte sich dem Lord schräg zu, in seinen Augen war ein Leuchten zu sehen. „Bedarf es da nicht einer längeren Vorbereitung?"

Der Graf schüttelte den Kopf. „Keine große Jagdgesellschaft, da haben Sie recht. Ich dachte bei diesen frostigen Temperaturen eher an eine Rehwildjagd in kleinem Kreis. Ich könnte eine Kirrung vorbereiten lassen." Er machte mit seinem Arm eine umfassende Bewegung. „Der Ansitz steht an einer herrlichen Lichtung. Oder was halten Sie von einer Fuchsjagd?"

Die Idee schien dem Gast zu gefallen und er klatschte begeistert in die Hände. „Ich bin dabei. Lässt sich das denn so schnell arrangieren? Und ist das nicht … zu teuer?"

Das klang, als wüsste er um das ganze Desaster.

„Für mich stellt es kein Problem dar." Sein Vater schien überzeugt, dem Marquess diese Art von Vergnügung vorführen zu müssen. In den Wäldern von Lord Alnwick und angesichts seines Standes wurden nur große Jagdgesellschaften gegeben. Doch diese fast intime Atmosphäre, die sein Vater vorschlug und die besonders durch das Lesen von Fährten im aufgeweichten Waldboden einen besonderen Reiz ausmachte, gefiel.

Richard wurde übel. Er hatte nicht die entfernteste Lust, ein Reh zu schießen. Seine Gedanken wurden von anderen, wichtigeren Dingen beherrscht. Dieser Abend hier raubte ihm alle Kraft und ihn beunruhigte, wie sich alles formte.

„Richard, du kommst doch mit?", warf sein Vater ein.

Er schüttelte den Kopf. „Verzeiht, aber ich fürchte, meine Zeit lässt es nicht zu. Im Pferdestall ist viel zu tun."

„Dafür haben wir MacCormick."

Plötzlich schien Lady Helen erwacht und fragte: „Lord Richard, dürfte ich mir vielleicht das Fohlen anschauen?"

Bevor er antworten konnte, mischte sich sein Vater ein. „Wie unaufmerksam von mir, Lady Helen. Meinem Sohn wird es eine Ehre sein, Ihnen alles zu zeigen, nicht wahr?"

Darauf hatte er nicht im entferntesten Lust. Er sah gelangweilt zum Fenster, hinter dem die mondlose Nacht schwebte. Verstohlen blickte er zur Standuhr. Wann würde der Abend endlich enden?

„Richard?" Sein Vater hüstelte.

Er musste sich beugen, um sie nicht zu brüskieren. Das würde zumindest seine Teilnahme an der Jagd abwenden. „Selbstverständlich. Hoffentlich langweilige ich Sie nicht."

„Ganz sicher nicht", versicherte Lord Alnwick an Lady Helens statt, „meine Tochter reitet wie der Teufel."

„Ah." Richard seufzte innerlich. Er würde gleich morgen früh noch vor dem Frühstück einen Brief an Amber schreiben. Seit er wusste, dass er Vater wurde, hatte er viel nachgedacht und Pläne geschmiedet und wieder verworfen.

Nur ein einziger hatte Bestand. Sollten seine Eltern auf einer Heirat mit Lady Helen unabänderlich bestehen, würde er mit Amber fliehen und sich irgendwo von einem Friedensrichter trauen lassen. Zwar würde es ihm schwerfallen, hier alles aufzugeben, aber er könnte als Verwalter auf einem Gut irgendwo an der Küste unterkommen, wo ihn niemand kannte. Nur der Gedanke an seine Rösser schmerzte, es tat mehr weh, als ihm lieb war.

Es war fast Mitternacht, als sich die Alnwicks auf ihre Gästezimmer zurückzogen und seine Mutter ebenfalls zu Bett ging. Richard blieb noch im Salon sitzen und fuhr sich mit den Fingern durchs Haar. Sein Vater musterte ihn schweigend. Nach einer Weile fragte er: „Und? Gefällt sie dir?"

„Nein." Er hatte keine Lust auf eine unglückliche Ehe.

„Richard, sie ist eine verehrenswerte Lady."

Er lachte bitter auf. „Das hast du ja wunderbar eingefädelt. Ist dir bewusst, was du da von mir verlangst?"

„Ich weiß gar nicht, was du willst! Es war doch ein herrlicher Abend. Wir haben uns alle gut verstanden. Offenbar passen wir als Familien bestens zusammen." Als brauche er eine Bestätigung, nahm er einen großen Schluck Rotwein, den er sich zuvor selbst nachgegossen hatte.

Richard knirschte mit den Zähnen. „Und deine Konflikte? Sind die plötzlich weg?" Er leerte die Neige seines Glases und stand auf. Es war besser, den Abend zu beenden, bevor er sich noch mehr aufregte.

„Ich mag es nicht, wenn meine Wünsche nicht respektiert werden." Kalter Zorn klang durch. Der Graf schob das Kinn vor und starrte ihn heftig schnaubend an.

In Richard schwand der letzte Funken Hoffnung, dass er Amber seinen Eltern doch noch vorstellen konnte.

„Es ist zum Wohl von Cold Ashton Manor – unserer Vergangenheit, Gegenwart und Zukunft. Vergiss das nicht!"

Gleich bei Sonnenaufgang, noch bevor er seine Morgentoilette verrichtet hatte, setzte sich Richard an den Schreibtisch. Er griff nach einem Bogen Papier, auf dem das Wappen der Familie prangte. In liebevollen, aber entschiedenen Worten schrieb er Amber von seinen Plänen. Über die drohende Versteigerung verlor er kein Wort.

... werde ich meinem Vater den Gehorsam verweigern. Wir werden uns von nichts und niemanden auseinanderbringen lassen. Nichts möchte ich mehr, als unsere kleine Familie bei mir zu wissen. Zwar könnte unsere Flucht einigen Wirbel auslösen, aber unsere derzeitige Situation ist ja ebenso mehr als verworren. Trotzdem hoffe ich, dass mein Vater noch seine Zustimmung gibt ...

Der Brief endete mit:

in ewiger Liebe
dein Richard

Richard lehnte sich zurück. Er wollte die Hoffnung nicht aufgeben, obwohl die Familie, die derzeit in den Gästezimmern wohnte, seine

Eltern überzeugt hatte. Mit der Heirat von Lady Helen wären ihre Schulden getilgt, die Streitereien beigelegt und die Ehe mit der Tochter eines Marquess würde das Ansehen der Clarkes noch steigern.

Lieber Gott, du hast alles in deinen Händen, auch mich und meine Familie. Du kennst mich und meine verzweifelte Lage. Besonders die von Amber, an der ich große Schuld trage. Wenn es dein Wille ist, verändere das Herz meines Vaters. Amen.

Nach dem Frühstück ging Richard mit Lady Helen zum Stall. Sie besaß offenbar tatsächlich ein großes Wissen über Pferde und das Reiten, was ihm gefiel. Hier war sie gesprächiger, vielleicht auch, weil ihr das Thema lag. Ihr Teint war zwar noch genauso blass wie am Vortag, doch sie wirkte lebendiger und weniger hilflos.

„Wie viele Reitknechte haben Sie beschäftigt?" Sie nickte zwei jungen Burschen zu, die Pferde striegelten und Hufe auskratzten.

„Fünf." Richard führte sie durch den Gang zwischen den Boxen hindurch und stellte ihr die Pferde vor, was sie zu interessieren schien.

Auf den ersten Blick wusste sie, ob es ein Darley Arabian, Eclipse oder eine andere Rasse war. Es milderte in Richard den Groll gegen sie, als sie sich nach dem Stockmaß, dem Charakter und ob sie bei Turnieren eingesetzt wurden, erkundigte. Als er sich der Box mit dem Fohlen am Ende des Ganges näherte, zögerte er. Die Erinnerung an Amber schien allgegenwärtig. Am liebsten hätte er diese Lady Helen von dem Stallabteil weggezerrt, aber die Höflichkeit verbot es. Ihre Bewunderung des kleinen Avalon hielt ihn nicht davon ab, sie nach draußen zu bitten.

„Was halten Sie von einem Spaziergang?", fragte er in der Hoffnung, dass ihr zu kalt war.

„Mit Vergnügen. Ich würde mir nur gern noch meinen Mantel holen."

Er schluckte seine Enttäuschung hinunter und wartete, bis sie warm eingepackt erschien. Er bot ihr den Arm und sie hakte sich bei ihm ein. Schweigend gingen sie über den Hof. Die Wärme und unsichtbare Verbindung, die er mit Amber empfunden hatte, blieb aus.

„Erzählen Sie mir von Cold Ashton."

Während sie durchs Torhaus den Weg vorbei am alten Gerichtsgebäude entlangschlenderten, erwähnte er die Geschichte um König Wilhelm I. und seinem Domesday Book. Sie unterbrach ihn nicht, als er von dem Herzog aus der Normandie berichtete, der England erobert hatte und, als der amtierende König Harold II. in der entscheidenden Schlacht fiel, plündernd durchs Land gezogen war. In der Londoner Kirche Westminster Abbey hatte er die Insignien erhalten und war zum neuen König proklamiert worden.

„Fast zwanzig Jahre später, um 1085, hatte er eine Idee. In einem Buch ließ er sämtliche Ländereien und Besitzungen auflisten. Das ist das bis heute bekannte Domesday Book. Und wissen Sie was?" Erstmals fand Richard sein Lächeln wieder. „Cold Ashton und das Herrenhaus wurden bereits damals mit aufgeführt."

Sie sah verklärt zu ihm hoch. „Das ist bemerkenswert, wenn nicht gar beeindruckend."

„Man erzählt, der König habe das Buch auf seinen Reisen durchs Land mitgenommen, um die eine oder andere Grenzstreitigkeit zu klären." Er stutzte angesichts seiner eigenen Worte. Wie würde das Urteil ausfallen, wenn der Marquess und sein Vater heute ihre Klagen vortrügen?

„Dann ist die Geschichte Ihrer Ahnen bestimmt eng damit verwoben."

Ein Stich in seiner Brust machte ihm bewusst, dass dies bald zu Ende sein würde. Tradition hin oder her. Sein Blick ging über die

Felder bis zum Dorf und seine Gedanken verweilten bei Amber. Der Brief an sie lag noch auf dem Schreibtisch. Er würde spätestens morgen früh einen Boten beauftragen, ihn zur Apotheke zu bringen. Wie würde Amber reagieren? Durfte er hoffen, dass ihre Liebe tief genug war, einen schweren Weg mit ihm zu gehen?

„Wir sollten umkehren", entschied er, ohne auf ihre Äußerung einzugehen. „Man wird bereits mit dem Lunch auf uns warten."

Wenn Lady Helen die geringste Ahnung hätte, welchen Plan er verfolgte, würde sie noch vor dem Mittagessen nach einer Kutsche flehen und von Cold Ashton Manor entfliehen.

Etwa zur gleichen Zeit stand Amber im Hinterzimmer der Apotheke und füllte Lavendelöl in eine kleine Flasche ab, die sie mit einem Korkpfropfen verschloss.

Die Nachbarin von gegenüber hatte am Vormittag über Kopfschmerzen geklagt und um ein Mittel gebeten, das Amber bereitwillig vorbereitete, während die Frau wieder heimging. Vater hatte noch Baldriantee empfohlen, deshalb wog sie nun eine Tüte mit zerkleinerter Baldrianwurzel ab. Es war kurz vor zwölf und Amber ließ es sich nicht nehmen, die Arznei noch vor Mittag zur Nachbarin zu bringen. Als Mutter von vier kleinen Kinder war sie bestimmt froh, wenn man ihr einen Gang – und sei er nur über die Straße – abnahm.

Nach dem Lunch machte sich Amber an den Berg mit Flickwäsche, der seit Tagen darauf wartete, kleiner zu werden. Irgendwie ging ihr die Arbeit mit Nadel und Faden schneller als sonst von der Hand. Vielleicht lag es daran, dass sie voller Vorfreude war, weil ihre Freundin Tessa heute ihren freien halben Tag hatte, und da es ihr neunzehnter Geburtstag war, hatte sie Amber zum Tee am Nachmittag eingeladen. Amber hatte als kleines Geschenk eine wundervoll nach Rosen duftende Seife ausgewählt.

Als sie einige Zeit später bei Tessa ankam, war die ganze Familie bereits in der Stube versammelt und begrüßte Amber wie ein Familienmitglied. Seit Jahren waren die beiden jungen Frauen miteinander befreundet, und weil sie sich nicht mehr oft sehen konnten, war dieser Geburtstag ein willkommener Anlass, die neuesten Neuigkeiten auszutauschen.

Während man bei Apfelkuchen, Gebäck und Tee saß, plauderte Tessas Mutter aus, dass Tessa einen jungen Mann aus dem Nachbarort kennengelernt habe, der auf Dyrham Park als Schmied arbeitete. Die Verlobung sollte nächste Woche bekanntgegeben werden. Wahrscheinlich würde die Hochzeit im Herbst nach der letzten Ernte stattfinden, weil man gewöhnlich vorher keine Zeit für eine Feier fand.

„Ich freue mich so für dich", sagte Amber aus tiefster Überzeugung. „Wo werdet ihr wohnen? Bei seinen oder bei deinen Eltern?"

Tessa zuckte die Achseln und strahlte. In ihren Augen las Amber Unschuld und Vorfreude. „Das werden wir nächste Woche besprechen, wenn die Familien bei der Feier zusammenkommen. Ich habe seine Eltern bereits kennengelernt und könnte mir auch vorstellen, dort zu leben."

Den letzten Satz hatte Tessas Mutter mitbekommen und rief über den Tisch: „Vater meint, ihr könntet eine Kammer unterm Dach haben. Ich muss dir doch beistehen können, wenn hoffentlich im darauffolgenden Jahr unser erstes Enkelkind kommt. Meinst du nicht auch?"

Allgemeines Gelächter folgte, sodass Tessa das Blut bis unter die Haarwurzeln schoss. Über der Geburtstagstafel, an der auch Verwandte aus dem Dorf saßen, schwang eine Heiterkeit, wie sie

Amber sich für zu Hause auch gewünscht hätte. Doch seit sie sich offenbart hatte, bereitete ihr die Stimmung daheim Unbehagen. Der heutige Nachmittag enthob sie, wenn auch nur gedanklich, in eine andere Welt, bei der die Zukunft wie ein herrlich silbrig schwebender Nebel am Horizont aussah.

Als sie am Abend zu Bett ging, dachte sie über den vergangenen Tag nach. Wie gern würde sie mit Richard einer ebenso glitzernden, hoffnungsvollen Zukunft entgegenblicken. Ihren Wunsch und gleichzeitig ihre Bitte an Gott legte sie mit ins Abendgebet. Zufrieden holte Amber tief Luft und verscheuchte letzte Zweifel. Richard hatte ihr sein Wort gegeben. Wenn die Familien übereinkamen, könnten sie in Kürze heiraten. Beruhigt schloss sie die Augen und war sich sicher, dass alles gut werden würde.

Nichts deutete darauf hin, dass die kommende Nacht ihr Leben vollständig ändern würde.

12

Frühjahr 1800, Newport, Wales

Die Sonnenstrahlen fielen mit unbarmherziger Helligkeit auf ihr Bett. Amber blinzelte verwirrt und beschattete die Augen mit der Hand. Es dauerte einen Moment, bis sie begriff, dass sie nicht daheim in ihrer Kammer lag. An den vergilbten, einst weißen Wänden klebten Spuren von allerlei Merkwürdigkeiten, über die sie lieber nicht nachdenken wollte. Es war ein Wunder, dass sie bei dem muffigen Geruch in der Bude überhaupt geschlafen hatte.

Sie drehte den Kopf und bemerkte, dass Mary eingerollt wie

eine Katze schlief. Schmerzlich wurde ihr bewusst, warum sie sich in einem gemieteten Zimmer weit weg von zu Hause befand und mit ihr in einem Raum schlief. „He, Mary, aufstehen!"

Ihre Gedanken wanderten zurück. Richards Absage ihres geplanten offiziellen Besuchs auf Cold Ashton Manor hatte sie tief getroffen. Für ihre Eltern war damit klar, dass er sie niemals heiraten würde. Mochte er so viele Geständnisse und Anträge machen, wie er wollte. Die nächtliche Aktion, sie weit von Cold Ashton wegzubringen, erfolgte gleich in der nächsten Nacht.

Es würde sie nicht wundern, wenn sie diese Möglichkeit nicht schon viel früher eingefädelt hatten, und als sich dann Ambers letzte Hoffnung zerschlug, hatten sie gleich reagieren können. Mutter hatte nichts dergleichen verraten, aber Amber war sich sicher, dass es nicht ohne Vaters Billigung geschehen war.

Mary fuhr erschrocken hoch und sah genauso verwirrt drein wie sie eben, bis sie sich erinnerte, wo sie waren. „Oh nein", entfuhr es ihr, „wie spät ist es?"

„Ich hoffe, nicht zu spät", erklärte Amber, schlüpfte in ihre Kleider, fuhr sich mit der Bürste durchs Haar und begnügte sich mit einer knapp verrichteten Morgentoilette. Das Fenster führte zur Hofseite, sodass sie nicht sehen konnte, welche Kutschen vor der Tür standen. Hoffentlich bekamen sie unten in der Gaststube noch etwas zu essen. Seit sie schwanger war, musste sie öfters etwas verzehren, um die aufkeimende Übelkeit zu unterdrücken. Es war ein elender Kreislauf, denn hatte sie gegessen, dauerte es meist nicht lange, bis ihr wieder scheußlich flau im Magen wurde. Außerdem durfte sie keine Mahlzeit auslassen, denn das hatte noch verheerendere Folgen.

Mary kleidete sich in einer unglaublichen Geschwindigkeit an, die Amber ihr gar nicht zugetraut hätte, wenn sie an das Arbeitstempo im Elternhaus dachte. Notdürftig raffte sie ihre wenigen

Wäschestücke zusammen, um sie in einen Beutel zu stopfen. Amber verstaute ebenfalls alles in ihrem kleinen Koffer, griff nach Mantel und Hut, während Mary prüfte, ob sie das Zimmer ordentlich verließen. Die karge Ausstattung mit den ältlichen Möbeln machte es ihr leicht.

In der Gaststube saßen einige Reisende, denen es zu kalt war, draußen zu warten. Die Wirtsfrau war zwar freundlich, doch das Frühstück in Form einer winzigen Schüssel Porridge und Tee fiel ziemlich knapp aus. Amber war froh, dass sie im Gepäck noch ein paar Brotscheiben und Käsestücke besaßen, die hoffentlich für den Rest der Reise reichten.

Mary löste am Fahrgastschalter zwei Karten für die Weiterfahrt. Wenig später standen sie draußen vor der Postkutschenstation. Ihre Droschke wartete bereits, darin saß ein altes Ehepaar bei offener Tür und schaute ungeduldig drein, wann es endlich losginge. Ein kühler Wind blies Amber und Mary um die Ohren.

Nachdem sie beide eingestiegen waren, und noch ein junger Mann zustieg, gab der Kutscher das Zeichen zur Abfahrt.

„Weißt du, wie lange wir unterwegs sein werden?", fragte Amber und sah aus dem Fenster.

Newport musste ein größerer Ort sein. Die Straße führte eine Weile am Westufer des Flusses entlang, vorbei an einem alten Kastell, bevor die Kutsche den Weg ins Landesinnere einschlug. Die imposante Kathedrale St Woolos und ein paar hübsche Häuser waren das Letzte, was sie noch von der Ortschaft am Hafen sah, ehe die Weite der walisischen Landschaft ihre Gedanken schweifen ließen.

„Jetzt dauert es nochmals den ganzen Tag", sagte Mary mit bekümmerter Miene, „und das bedeutet, noch einmal – wenn nicht gar zweimal – übernachten."

Amber schlug sich die Hand vor den Mund und Tränen füllten ihre Augen. „Zweimal? So weit entfernt?"

„Was ist, wenn eine neue Einladung kommt?", hatte sie ihre Mutter auf der Fahrt angefleht. *„Dann bin ich nicht da und jede Chance ist vertan!"*

Mutter hatte sie mit ihrem Blick angemahnt, keine Szene vor den Mitreisenden zu machen und einen Moment gezögert, bis sie flüsterte: *„An diese Art von Wunder glaube ich nicht."*

Ihr erster Impuls war gewesen, laut zu schreien. Aber hätte das etwas genützt? Nein. Doch sie war sich sicher: Sie würde Richard nicht aufgeben!

Die Antwort ihrer Mutter hatte Furcht mit Herzrasen und Zittern in ihr ausgelöst und sie hatte nur noch mit verschwommenem Blick sehen können. *„Sagst du ihm bitte, wo ich bin? Er muss es doch wissen. Wie soll er mich denn sonst heiraten!?"*

Hochgezogene Augenbrauen waren Mutters einzige Reaktion gewesen. Dann hatte sie beschwörend die Hände gehoben. *„Amber, reiß dich zusammen. Du hast jetzt viel Zeit, um nachzudenken."*

Warum schickte man sie unendlich weit weg? Im schlimmsten Fall hätte sie doch im Haus des verstorbenen Onkels leben können. Es blieb seit seinem Tod verwaist und Mama hatte erzählt, dass man noch unschlüssig sei, ob man es verkaufen oder vorübergehend vermieten solle.

Die Kutsche ruckelte über teils unebene Wege. Bei dem ein oder anderen Schlagloch kroch Angst in Amber hoch, besonders, wenn der Wagen bedenklich schaukelte. „Ich war noch nie weg", murmelte Amber, „und jetzt muss ich bis ans Ende der Welt reisen. Wo liegt denn unser Ziel?"

Mary mit ihren rosigen Wangen und den hübschen Grübchen, die man nur sah, wenn sie lachte, legte den Zeigefinger auf die Lippen. „Ich darf es nicht verraten."

„Aber wir sind doch schon lange genug unterwegs. Jetzt kannst du es doch sagen."

Mary schien dagegen die Bedeutung des Stillschweigens zu gefallen. „Nein."

„Warum? Haben meine Eltern Angst, ich würde fliehen?" Obwohl der Gedanke gar nicht abwegig schien, war er für sie keine wirkliche Lösung. Ihre Verwandtschaft lebte hauptsächlich in der Nähe von Cold Ashton. Von denen wollte sie bestimmt niemand aufnehmen, sonst wäre sie jetzt nicht unterwegs. Doch fast mittellos und ohne wirkliches Ziel würde sie sich wie so viele andere irgendwo in der Anonymität der Hauptstadt auf der Straße wiederfinden – ein unerträglicher Gedanke!

„Vielleicht." Mary griff nach ihrer Hand, schloss für einen Moment die Augen, als leiste sie Abbitte, und flüsterte: „Ich weiß, dass unsere Reise zu einer Verwandten von dir geht. Du kannst also beruhigt sein."

Eine Verwandte? Jetzt verstand sie gar nichts mehr. Verwirrt fragte sie: „Wo wohnt sie?"

Marys erneutes inneres Ringen dauerte keine Minute, da brach es aus ihr heraus: „In St Davids."

„Wo liegt denn das?"

Mary zuckte die Schultern. Ihre Augen glichen einem treu sorgenden Beagle.

„Und wann geht es zurück?"

Die Dienerin schwieg, biss sich auf die Lippen und schaute zum Fenster hinaus. Zu Ambers Verblüffung rollten Tränen über Marys Gesicht. Ihr schien die Vorstellung ebenso wenig zu gefallen, nicht daheim zu sein.

„Du meinst, wir wohnen länger dort?" Ihre Augen weiteten sich. „Lange?"

Mary nickte und schnaubte: „Bis … bis …" Ein Schluchzer hinderte sie am Weitersprechen und sie deutete mit dem Blick zu den Fahrgästen. „Du weißt schon."

Dass ihre Mutter sich hinter einer energischen Fassade versteckt hatte, war bestimmt der Enttäuschung geschuldet, dass es nichts mit der Hochzeit wurde. Kurzzeitig hatte Amber geglaubt, ihre Mutter sei auf ihrer Seite, doch Richards knappe Absage der Einladung hatte alles geändert. Jetzt fuhr sie einer unbekannten Zukunft entgegen.

Felder und Wiesen zogen an ihnen vorbei, sie durchfuhren kleine und größere Dörfer und hielten unterwegs an einer Station, wo sie sich kurz von harten Sitzbänken und unebenen Straßen erholen konnten, während die Pferde getauscht wurden. Trotzdem verblasste die Erinnerung an daheim nicht. Alles war unwirklich, wie eine Illusion, die hoffentlich bei der nächsten Station enden würde. Die Gegend lenkte nur vorübergehend ab, mehr nicht.

Gegen Abend kamen sie an der Postkutschenstation von Aberdare an, wo sie übernachteten. Am nächsten Tag ging es in aller Frühe mehr oder weniger ausgeruht auf der Swansea Road weiter. Der junge Mann war zuvor ausgestiegen und ein Ehepaar mit viel Gepäck hatte sich zu ihnen gesellt.

Amber zwang sich, nicht dem ständigen Gerede der Mitfahrenden zu lauschen. Lieber hing sie ihren Gedanken nach, die sich im Kreise drehten. Um Richard und ihre Zukunft und ihr Zuhause, über Mahnungen und Hoffnungen. Womit war Richard wohl gerade beschäftigt? Vermisste er sie? Immer wieder musste sie tief Luft holen und starrte gleichförmig aus dem Fenster, um nicht vor Sehnsucht loszuheulen.

Nach ein paar Stunden wurden wieder die Pferde gewechselt, was recht schnell vonstattenging. Am späten Nachmittag erreichten sie ein Gasthaus, das, wie der ältere Fahrgast in der Kutsche erzählte, nahe der Stadt Swansea lag. Zu gern hätte Amber gewusst, wie es dort aussah. Leider führte ihr Weg sie am nächsten Tag ohne Umwege weiter, und wieder ging es stundenlang über das meist flache Land mit wenigen Hügeln am Horizont.

Mit jedem Tag wurde die Temperatur etwas angenehmer, was Amber verwunderte. Sie waren längst in Wales und wie der nette Mitreisende erklärte, seien dort die Winter normalerweise lange nass und kalt. Er stammte aus der Stadt St Davids, wollte aber zuerst eine Verwandte in der Nähe besuchen.

Amber bedauerte, keinen Geografieunterricht wie ihre Brüder bekommen zu haben. Sie konnte nur erahnen, wo der Ort lag. Insbesondere hatte sie keinen blassen Schimmer, was sie in St Davids erwartete. Wehmütig dachte sie an zu Hause und ihr Herz blutete. Richards liebevolles Gesicht tanzte beständig vor ihren Augen. Hoffentlich konnte er herausfinden, wo sie hinfuhr, was sie allerdings mit jedem neuen Reisetag für unwahrscheinlicher hielt.

Einmal mussten sie noch in Haverfordwest haltmachen, bevor sie mit neuer Kutsche und ausgeruhten Pferden die restliche Etappe antraten. Haverfordwest lag bereits in der Grafschaft Pembrokeshire, von der der Reisende allerhand zu berichten wusste und sich darüber ausließ, dass der Titel eines Herzogs von Pembrokeshire bereits seit vierhundert Jahren nicht mehr verliehen wurde.

Amber bemerkte derweil öfters ein unangenehmes Ziehen im Unterleib, wahrscheinlich wegen des unsäglichen Geruckels, und presste nun die Hände auf den Bauch. Die Fahrt strengte sie ziemlich an und oft nickte sie vor Erschöpfung ein. Der Blick in die Landschaft bot bisher keine große Abwechslung, was sie enttäuschend fand. „Ich habe das Gefühl, unsere Fahrt geht in die Unendlichkeit“, sagte sie resigniert und wartete auf Marys Zustimmung. „Als ob ich geradezu nach Afrika reisen würde.“ Dabei hatte sie nicht die geringste Ahnung, wo das lag.

Mary schien genauso zu empfinden und kicherte über Ambers Scherz. Doch dann wurde sie sofort wieder ernst und seufzte. „Ich hoffe, dass wir eines Tages Cold Ashton wiedersehen.“

Amber nickte. „Wie muss es erst Francis Drake, diesem großen Entdecker und Freibeuter, ergangen sein. Er hatte ja noch nicht mal Boden unter den Füßen!"

Dann platzte es plötzlich aus Mary heraus: „Jetzt kann ich es dir ja sagen. Wir besuchen Mrs Juliette Rutherford." Sie atmete auf, als habe das Geheimnis wie ein elendiger Mühlstein um ihren Hals gehangen, und zwinkerte Amber zu.

„Rutherford?" Amber kräuselte die Stirn. Sie kannte niemand mit diesem Nachnamen.

„Du kennst sie nicht?" Mary starrte sie an. „Sie ist doch die Schwester deines Vaters. Hat mir jedenfalls deine Mutter gesagt."

Amber schüttelte nachdenklich den Kopf. Dann war sie also eine geborene Devaney. Warum hatte bloß nie jemand in der Familie ihren Namen in den Mund genommen? Merkwürdig. Sie seufzte – das Missverständnis würde sich bestimmt bald aufklären.

Gegen Mittag des vierten Tages hielt die Kutsche plötzlich an und die Tür wurde geöffnet. Die Sonne hatte den Tag in ein lichtes Azur gehüllt und blendete Amber heftig, während sie sich heraushelfen ließ. Kleine, helle Farbklekse träumten am Himmel entlang.

Amber setzte ihren Hut auf, der ihren Augen Schatten spendete, und sah sie sich neugierig um. Eine wunderschöne Landschaft ergoss sich vor ihren Augen. Mit einem Mal spürte sie den nahenden Frühling, obwohl es noch kühl war, und ein steter Wind wehte. Ein stiller Dank, bis hier heil angekommen zu sein, ließ sie innehalten, während Mary emsig Tasche, Koffer und Mäntel entgegennahm.

„Mary", sagte sie, „ist das St Davids?"

Mary zuckte die Schultern und trat auf den Kutscher zu, der ihre Frage mit einem Nicken beantwortete. Während Stallknechte herbeieilten, um sich der Pferde anzunehmen, sah sich Amber um.

Offenbar gab es an dieser Postkutschenstation niemand, der sie abholte.

„Kannst du mal drin fragen?“

Mary senkte verlegen den Kopf. „Ich trau mich nicht.“

Ihr war auch nicht wohl dabei, aber wie sollten sie wissen, wie es weiterging? Entschlossen ging Amber in den *Seeadler*, die Gaststätte, die zur Postkutschenstation gehörte und in der wie befürchtet nur Männer saßen. Ihr Mut schwand augenblicklich. Sie spürte peinvolle Blicke auf sich gerichtet und blieb in der Mitte des Raumes stehen.

So laut, wie es ihre Angst zuließ, fragte sie: „Kann mir jemand bitte sagen, wo ich Mrs Rutherford finde?“

Wer sie bisher noch nicht angeschaut hatte, tat es jetzt. Ein Raunen entfuhr dem ein oder anderen Mann. Ambers Gesicht wurde von einer Welle Rot überflutet, trotzdem blieb sie stehen und wartete.

„Rutherford?“, fragte ein alter Mann. „Gibt's auch einen Vornamen?“ Er setzte ein Glas an den Mund und leerte es in einem Zug.

Ein anderer rief von hinten: „Das ist doch die Krämerin!“

„Mrs Juliette Rutherford“, wiederholte Amber und erstickte das Zittern in ihrer Stimme. Mehr und mehr wurde ihr unwohler. Die Ausdünstung von Branntwein und Bier schaukelte bleiern in dem Gastraum. Kalter Rauch stach in ihre Nase.

„Was hast du denn Schönes anzubieten?“, lachte ein zahnloser, ungepflegter Bursche und schlug sich belustigt über seinen eigenen Witz auf die fleckige Hose. „Wusste gar nicht, dass die Rutherford neue Ware kriegt.“ Gleich daneben hing ein Gast über dem Tisch und döste.

Amber wurde immer kleiner. Du meine Güte, wo war sie hier nur hineingeraten? Angstlähmung überfiel sie. Wäre doch Mary bloß mitgegangen!

„Haltet den Mund!“, kam eine entschiedene, männliche Stimme aus dem Hintergrund, „Ich warne euch, die Dame zu belästigen!“

Als Amber sich vorsichtig umdrehte, sah sie einen Mann an einem einsamen Tisch an der Rückwand sitzen, der sie mit dunklen Augen, eines davon mit einer Klappe verdeckt, ansah. Offenbar spürte er ihre Angst, denn er lächelte sie jetzt an. Er wirkte gepflegt und trug die Kleidung eines Aristokraten.

„Es ist nicht weit von hier. Die Straße links runter, bis zur Ecke, wo der Barbier seinen Laden hat. Rasch über den Cross Square und dann das zweite Haus. Sie führt einen Krämerladen.“

„Ich danke Ihnen vielmals“, hauchte Amber und verließ eiligst das Gasthaus.

Kurz darauf waren sie auf dem Weg zu besagtem Krämerladen. Ambers Puls schlug mit jedem Meter, dem sie sich dem Haus näherten, schneller. Die Luft war feucht und sie atmete den salzigen Geruch einer Stadt am Meer ein, der vom steten Wind durch die Straßen getragen wurde. Ganz anders, als sie es von den Cotwolds gewohnt war. Dort gab es eine gemäßigte Witterung und einen Dunst, der im Frühjahr und Sommer von Wildblütenduft ausgefüllt war.

Wenige Minuten später betrat Amber mit Mary und zittrigen Knien den Laden, über dem ein großes, verschnörkeltes Schild hing: *Kolonialwaren*. Amber war aufgeregt wie nie und rang nach Luft, als das Glöckchen über ihr bimmelte. Die Frau hinter der Ladentheke konnte nur ihre Tante sein. Sofort gewahrte sie die Ähnlichkeit, die blonden glatten Haare und das verschmitzte Lächeln, mit dem sie aufsah. Ihre Augen waren von kupferbrauner Farbe, was ihr etwas Besonderes gab in Kombination mit ihrer lichten Haarfarbe. Nach einer gefühlten Ewigkeit verharrte sie mit ungläubigem, eher verwirrtem Gesichtsausdruck, bevor ein Strahlen über ihr Gesicht glitt.

„Du kannst nur meine Nichte Amber sein", rief sie, eilte um den Tresen herum und umarmte Amber herzlich, ehe sie überhaupt eine Antwort geben konnte. Ebenso innig empfing sie Mary, was Amber verhalten bemerkte. Dass eine Dienstmagd wie ein Familienmitglied begrüßt wurde, war ungewöhnlich. „Wie war die Reise? Habt ihr Hunger?"

„Gut", erwiderte Amber zurückhaltend, „aber ziemlich anstrengend und Gott sei Dank ohne Zwischenfälle."

Noch immer lag ein Strahlen in Juliette Rutherfords Blick. „Ich zeige euch zuerst, wo ihr schlaft. Dann könnt ihr euch ausruhen und ich mache uns inzwischen etwas zu essen."

Die ungekünstelte, freundliche Begrüßung ließ Amber ihre Müdigkeit vergessen. Als gäbe es nichts Selbstverständlicheres, durfte sie in das ihr zugewiesene Zimmer gehen, ihren Koffer auspacken und es sich auf dem frisch bezogenen Bett bequem machen.

Erleichtert schloss sie die Augen und fühlte sich für einen Moment wie eine Königin. Alles war liebevoll hergerichtet und blitzsauber. Trotz der bescheidenen Einrichtung standen ein Krug gefüllt mit Wasser und eine Waschschüssel mit Seife samt Handtuch bereit.

Später saßen sie erschöpft, aber frohen Herzens in der gemütlichen Küche von Tante Juliette. Sie stellte ihnen Onkel Ethan, ihren Ehemann, und ihren erwachsenen Sohn Joshua vor, von dem Amber auch noch nie gehört hatte. Ihr Onkel schien etliche Jahre älter als ihre Tante zu sein und machte einen sympathischen Eindruck.

„Deine Mutter hat mir geschrieben", sagte Tante Juliette und ihre Augen wurden feucht, „ihr Brief hat mich erschüttert."

Wie hätte sie es anderes erwarten können. Amber schlug die

Augen nieder und spürte eine tiefe Scham. Dann brauchte sie sich ja nicht mehr erklären.

Plötzlich legte sich eine warme Hand auf ihre.

„Nein, so meine ich das nicht. Meine liebe Amber", hörte sie die gütige Stimme ihrer Tante, „du bist mir sehr willkommen. Fühle dich wie zu Hause. Ich freue mich, dass ich dich kennenlernen darf und Mary ist mir ebenso willkommen."

Damit hatte sie nicht gerechnet. Ihre Tante schien es wirklich ernst zu meinen. Keine Vorwürfe und keine bösen Blicke, stattdessen Zuspruch und unverhohlene Freundlichkeit. Mary ging es ähnlich, sie trippelte verlegen von einem Fuß auf den anderen. Als Dienerin war sie von der gefühlvollen Aufnahme angenehm überrascht und Amber bemerkte, wie sich das Lächeln auf ihren Lippen verstärkte.

Trotzdem dröhnte Ambers Kopf. Wahrscheinlich war die tagelange Fahrt doch ein wenig zu anstrengend gewesen.

„Angesichts der Gewissheit, dass wir uns bis heute nicht kannten und den Strapazen der Reise, schlagen Ethan und ich vor, dass wir uns morgen zusammensetzen und bereden, wie die kommende Zeit für Amber aussehen kann."

Während Onkel Ethan nickte, betrachtete Amber aufmerksam das besorgte Gesicht ihrer Tante. Was hatte Mama ihr tatsächlich geschrieben? Wie sollte ihre Zukunft aussehen? Plötzlich stieg Angst in ihr hoch und Tränen brannten in ihren Augen. Sie fühlte sich mit einem Mal sehr ermüdet.

Tante Juliettes Vorschlag fand ihre Zustimmung mit einem knappen „Gerne." Wie gut, dass das Gespräch im Hinblick auf die Umstände warten durfte. Wahrscheinlich sollte Mary nicht dabei sein. Joshua schwieg und bedachte sie mit einem zurückhaltenden, wohlerzogenen Lächeln. Er schien nicht gesprächig, aber wer konnte es ihm verdenken.

Nach einem reichhaltigen Abendessen und dem Austausch einiger Nettigkeiten freute sich Amber auf ihr Bett. Das Letzte, was sie noch dachte, bevor sie einschlief war, Richard so bald wie möglich einen Brief zu schreiben.

Am nächsten Morgen saß Mary bereits am Frühstückstisch, als Amber die Treppe herunterkam. Sie fühlte sich ausgeruht wie seit Langem nicht mehr und heute schien ihr Magen mal nicht zu rebellieren.

„Guten Morgen", begrüßte sie Mary, während sie unschlüssig in der Tür stehen blieb. „Wo sind die anderen?"

„Mr Rutherford ist bereits weg und deinen Cousin habe ich noch nicht gesehen."

„Und meine Tante?"

„Im Laden."

Bevor Amber frühstückte, ging sie durch eine angrenzende Tür, die direkt in den Krämerladen führte, und durch die sie gestern schon vom Laden in die Küche gegangen war. Sie nickte einer Kundin freundlich zu, die sie mit hochgezogenen Brauen und fragenden Augen fixierte. Nachdem Tante Juliette sie fertig bedient und sie den Laden verlassen hatte, begrüßte sie ihre Tante.

Völlig unerwartet drückte Tante Juliette sie innig und nahm sie beiseite. „Wir würden dich gern sprechen – allein", sagte sie mit einem vielsagenden Blick, während neue Kunden das Geschäft betraten. „Vielleicht nach dem Abendessen? Vorher finden wir keine Zeit. Wie du siehst, wartet im Geschäft heute eine Menge Arbeit auf mich."

„In Ordnung", sagte Amber artig, ehe sie in die Küche zu Mary zurückkehrte, noch immer verwirrt von der unerwarteten Herzlichkeit, die ihr entgegenflog.

„Und was machen wir jetzt?", fragte Mary.

In diesem Augenblick hatte sie eine Idee. „Wenn Tante Juliette einverstanden ist, könnten wir mal ins Dorf gehen und uns ein wenig umschauen."

Als sie auf die Straße traten, wurden sie von einem kühlen Wind empfangen. Nur wenige Menschen waren auf den Straßen unterwegs und St Davids wirkte wie ein beschaulicher Ort.

Sofort fiel Amber die Kathedrale auf, die hinter dem gegenüberliegenden Dorfplatz thronte und mit ihren mausgrauen, manchmal sogar rosa Steinen als ein monumentales Bauwerk mit gotischen Fenstern wie ein Hoffnungsschimmer auf sie wirkte. „Was für ein gewaltiges Gotteshaus", flüsterte sie andächtig, „und ich dachte, wir sind hier in einem kleinen Dorf."

Mary nickte. Sie gingen die Straße zurück, die sie gestern gekommen waren, vorbei an dem Gasthaus, an das sich Amber lieber nicht erinnern wollte. Nur eine Kreuzung weiter endete der Ort bereits und Felder reichten bis zu den Hügeln, die teilweise bewaldet waren. Schweigend spazierten sie an Häusern entlang, die auch hier aus Stein gebaut waren, aber längst nicht so aneinandergepresst aussahen wie in Cold Ashton. St Davids bestand tatsächlich aus nur wenigen Straßen.

Sie schlugen den Weg ins Feld ein, wo der Wind auffrischte. Die Landschaft wurde durch einen zarten Flaum von Grün bedeckt, was ihr die Kargheit nahm. Bereits nach kurzer Zeit bemerkte Amber, dass sie sich dem Meer näherten. Der salzige Wind wurde intensiver und hingerissen blieb sie stehen.

„Ich habe nicht gewusst, dass St Davids am Wasser liegt", rief sie begeistert. „Es ist unglaublich. Ich sehe den Ozean."

Obgleich sie nicht wussten, wie nahe sie der Küste kommen durften, gingen sie dicht an die Spitze des Felsens. Die Klippe fiel fast senkrecht ab und endete an der Bucht eines Sandstrands.

Amber fühlte sich betört angesichts der Höhe, in der sie sich über dem Ufer befanden. Sie wurden mit einem grandiosen Ausblick belohnt. Weiter westlich waberten die Wellen mit tanzenden Schaumkronen Richtung Küste und schlugen unermüdlich und wütend gegen die Felsen, bis die Gischt in alle Richtungen zerstob.

Der Wind zerrte an ihren Hauben und Amber musste mit beiden Händen den Mantel fest an sich pressen, weil die Böen die Kälte hindurchjagten. Trotz des wollenen Stoffes ihres wadenlangen Rockes und ihrer geschnürten Stiefel spürte sie, wie das Meer einen Teil seiner unbändigen Kraft offenbarte, die mit einer verharrenden, kräftigen Brise einherging. Hoffentlich hatte die Kälte bald ein Ende, damit der Frühling endlich die schlafende Flora zu neuem Leben erwecken konnte.

Schwindel erfasste Amber und sie versuchte, ihre Aufregung durch tiefes Ein- und Ausatmen zu dämmen, trotzdem verstärkte sich ihr Zittern. Eine Weile blieben beide ergriffen stehen, bis Mary ebenfalls zu frösteln begann. „Wir sollten umkehren", meinte Amber, was Mary sich nicht zweimal sagen ließ.

Der Weg zurück ins Dorf führte an einer alten Burgruine vorbei, die von einer dicken Steinmauer eingefasst vor sich hin dümpelte. Mit Moos bewachsene, schräge Grabsteine standen in der Nähe und gehörten zu einem verlassenen Friedhof. Die Grabinschriften waren über die Jahrhunderte verwischt und ließen auf eine epochale Vergangenheit schließen.

Sie erreichten Tante Juliettes Haus gerade rechtzeitig mit dem Glockenschlag zur Mittagszeit. Es gab eine kräftige Suppe mit Brot, die Amber mit Appetit aß. Die Familie war vollzählig um den Tisch versammelt. Onkel Ethan stellte sich als ein ruhiger Mann dar, der sie nachdenklich betrachtete. Joshua hatte zwar das kantige Gesicht und die hagere Gestalt seines Vaters geerbt, schien aber heute redseliger und erzählte mit Begeisterung von seiner Arbeit als Verwalter auf einem großen Gut, abseits des Dorfes gelegen. „Einen besseren Herrn kann ich mir nicht vorstellen“, erklärte er, „denn obwohl ich erst vierundzwanzig bin, lässt er mir freie Hand in den Entscheidungen.“

„Die du hoffentlich zugunsten des ehrenwerten Sir Millweard Gwynned fällst“, schmunzelte Tante Juliette und legte eine Hand auf seine, als er aufbegehren wollte, „nein, das war nur ein Scherz, Joshua, ich weiß doch, wie sehr dir die Ländereien des Baronets am Herzen liegen.“

Sie drehte den Kopf. „Mary“, entschied Tante Juliette, „du wirst mir ein paar Arbeiten im Haushalt abnehmen und dafür kostenfrei bei uns essen und wohnen. Mrs Devaney hat mir mitgeteilt, welche Arbeiten du bisher verrichtet hast.“

Das schien ganz im Sinne der Dienerin zu sein, die stumm nickte. Sie verschwand nach dem Essen in der Küche, während sich Tante Juliette mit Amber ins Wohnzimmer zurückzog.

„Ich finde, es war eine gute Idee, sie dir an die Seite zu stellen“, meinte ihre Tante und lächelte. „Weißt du, mir wächst der Laden über den Kopf und Onkel Ethan schimpft manchmal, ich solle ihn aufgeben, weil er nicht allzu viel Gewinn abwirft. Aber es ist wie mit manchen anderen Sachen, wenn sie einem Spaß machen – wenn man mit Freude seine Arbeit tut, kommt es nicht unbedingt darauf an, ob man dadurch reich wird.“

Amber war überrascht, wie ihre Tante ihr Vertrautes aus ihrer Familie erzählte, als würden sie sich schon immer kennen. Trotzdem verharrte sie angespannt und mit gefalteten Händen auf der Kante des Sessels, in den ihre Tante sie reingedrückt hatte, bevor sie ihr gegenüber Platz genommen hatte.

„Du brauchst keine Angst vor mir haben“, sagte ihre Tante nun mit weicher Stimme, „ich kann dich verstehen.“

„Mich?“ Amber schluckte. Sie starrte auf Tante Juliettes

sorgfältig geplättete Bluse und ihren karierten Rock. Ihre aufgesteckte Frisur wurde durch einen Mittelscheitel akzentuiert, während zwei einsame große Haarkringel links und rechts an den Schläfen herunterbaumelten. Von der grazilen Statur her ähnelte sie Amber, war aber etwas kleiner. Trotzdem konnte ein Fremder sofort wegen ihrer Ähnlichkeit auf verwandtschaftliche Verbindungen schließen.

Ihre Stimme musste mehr als ungläubig geklungen haben und Amber fragte sich, ob ihre Tante wirklich wusste, was mit ihr los war. Dessen ungeachtet fühlte sie sich zu ihr hingezogen.

„Hat je jemand aus der Familie von mir gesprochen?"

Amber schüttelte den Kopf.

Tante Juliette verschränkte die Arme vor der Brust und heftete ihren Blick auf die von der Sonne ausgebleichten Vorhänge. „Das habe ich mir gedacht." Sie lachte trocken, seufzte und wandte sich wieder Amber zu. „Nun, wir reden heute Abend ausführlich miteinander. Du kannst dich heute Nachmittag nützlich machen. Im Gemüsegarten wuchert einiges, was nicht dahin gehört. Ich glaube", sagte sie lächelnd, „du kannst Gemüse und Kräuter von Unkraut unterscheiden, oder?"

Das war bestimmt das einzig Lobenswerte, das über sie in Mutters Brief stand. „Nichts leichter als das!"

Nach dem Abendessen verließ Joshua das Haus, da er sich noch mit Freunden treffen wollte. Während Mary den Tisch abräumte und in der Küche beschäftigt war, setzten sich Tante Juliette, Onkel Ethan und Amber ins Wohnzimmer. Ihr Herz klopfte aufgeregt. Was würde jetzt kommen?

Sie fühlte die Augen der beiden auf sich gerichtet und errötete. Befangen senkte sie den Blick und wünschte, sie könnte die Zeit zurückzudrehen. Nie hatte sie in diese Situation kommen wollen, geschweige sich vorstellen können, je woanders zu leben als in Cold Ashton.

Doch jetzt wuchs neues Leben in ihr heran, noch unsichtbar und ohne den Schutz eines Vaters und auch nicht inmitten einer richtigen Familie. Angespannt knetete sie ihre Hände im Schoß.

Als Tante Juliette zu reden begann, zuckte sie zusammen. Als müsse sie bereit sein zur Flucht, rutschte sie auf die vordere Sesselkante.

„Weißt du, auch ich war mal jung. Aufgewachsen bin ich in Marshfield." Ihre Tante drehte den Kopf und schien weit weg mit ihren Gedanken.

Amber schluckte. Sie hatte geglaubt, Tante Juliette würde jetzt Mutters Brief hervorholen, vielleicht sogar laut vorlesen, aber stattdessen erzählte sie von sich. Was hatte sie vor?

Sie rieb sich nervös über die Arme, als sei es zu kühl, obwohl ein Feuer im Kamin brannte.

„In Marshfield gab es einen attraktiven, jungen Mann, der um mich warb. Er war Kutscher und sehr charmant. Mehr oder weniger zufällig sind wir uns öfter begegnet. Er hat mich mehr und mehr umworben, mir die Sterne vom Himmel und die Ehe versprochen … leider nicht nur mir. Und als ich aus meinem Traum erwachte, war ich schwanger …"

Gütiger Himmel! Sie riss die Augen auf und flüsterte: „Und dann?"

„Hat er eine andere geheiratet."

Was redete sie da? Verwirrt schlug sie die Hände an die Wangen. Ihr Geständnis traf sie gänzlich unverhofft und sie schnappte nach Luft. „Das … das hat er getan?"

Tante Juliette nickte und runzelte die Stirn. „Meine Eltern waren entsetzt. Was sollten sie sonst auch sein? Es war klar – ich musste weg. Weit weg. Die Schmach, die ich über meine Familie gebracht hatte, ist mit Worten nicht auszudrücken. Ich hatte die Familienehre gebrandmarkt und alle unsichtbaren Grenzen, die es gab, überschritten."

Sie fuhr sich mit der Hand über die Augen und hob das Kinn.

Onkel Ethan stand wortlos auf, goss sich einen Portwein ein und nahm wieder im Sessel Platz. Seine Miene ließ keine Rückschlüsse zu, was er dachte.

„Durch Zufall kam ich nach St Davids, wo Ethan mich als Hausgehilfin einstellte. Das hat mich ‚vor den Straßen Londons' gerettet, wenn ich es mal lapidar ausdrücken darf. Er war verwitwet, kinderlos und ein Mann mit Herz. Ich durfte sogar hier wohnen."

Seine Augen nahmen einen weichen Ausdruck an, wobei er am Glas nippte. Während ihre Tante redete, wischte sich Amber Tränen weg, die ihr übers Gesicht rannen. Die Gefühle, die ihre Tante durchlebt hatte, glichen ihren und wurden durch das Gespräch erneut aufgewühlt. Würde ihre Geschichte ähnlich enden?

„Später", fuhr Tante Juliette fort. „als der kleine Joshua bereits auf der Welt war, hat mich Ethan gebeten, seine Frau zu werden. Ich habe zugestimmt, weil er immer freundlich und zuvorkommend mit mir umgegangen ist. Die Leute im Ort haben sich die Mäuler zerrissen, ob das Kind nun von ihm sei oder nicht. Er hat es gelassen bemerkt und sich darüber amüsiert." Sie warf ihm einen zärtlichen Blick zu, den er erwiderte. „Vielleicht war er sogar stolz."

Joshua war nicht sein Kind? Amber glaubte, ihr Herzschlag setzte aus. „Ich dachte, Onkel Ethan ist sein Vater. Joshua hat doch die gleiche Figur."

„Tja, so kann man sich täuschen." Tante Juliette grinste vor sich hin.

Unvermittelt streckte Onkel Ethan die Hand nach ihr aus und legte sie auf ihre.

„Hast du es nie bereut? Das war doch ein …" Sofort schlug sie sich über ihr unbedachtes Reden auf den Mund und senkte verschämt den Kopf. „Kuhhandel“ hatte sie sagen wollen und es sich im letzten Moment verkniffen. „Verzeih mir, Onkel Ethan!“

Stattdessen lachte ihre Tante, als ob sie ahnte, was sie hatte sagen wollen. „Du bist ganz schön kühn, mein Kind. Du magst recht haben. Aber bereut habe ich es nie. Er ist ein wunderbarer Ehemann! Zwar zwanzig Jahre älter als ich, aber er liebt Joshua wie sein eigenes Kind. Und Joshua nennt ihn Papa. Was braucht es mehr?“

„Weiß Joshua Bescheid?“

„Ja. Von klein auf. Wir hätten es ihm nicht verschweigen können oder wollen. Jeder hier im Ort hat es vermutet.“

Amber atmete tief durch. Alles, alles hatte sie erwartet, nur kein Geständnis ihrer Tante.

„Obendrein hat er mich unterstützt, den Krämerladen zu eröffnen.“

Amber sah Onkel Ethan bewundernd an und ihr Herz wurde weit.

„Wie hätte ich einer wundervollen Frau wie dir so etwas abschlagen können?“ Onkel Ethan betrachtete sie amüsiert und zwinkerte. „Es war die beste Entscheidung meines Lebens, dich zu heiraten.“

Amber ließ sich zurück in den Sessel fallen. Ungläubig schüttelte sie den Kopf. „Wie hat die Familie darauf reagiert?“

„Gar nicht.“

„Nicht? Du hast deiner Familie nie gesagt, wie es dir ergangen ist?“ Erwartungsvoll riss Amber die Augen auf. Kein Wunder, dass man nicht von ihr gesprochen hatte.

Tante Juliettes Miene veränderte sich. „Doch. Ich habe ihnen einen Brief geschrieben und sie zur Hochzeit eingeladen.“

„Und?“ Eigentlich hätte sie sich die Frage sparen können. Sie ahnte, was kommen würde.

„Ich habe nie eine Antwort bekommen.“

Das zu hören, war ernüchternd. „Wie schrecklich!" Amber schluckte. Ihr Blick wanderte zu ihrem Onkel und dann zurück zu ihrer Tante. „Offenbar warst du wie ausradiert. Ich wusste bis vor Kurzem nicht, dass es dich überhaupt gibt. Doch als ich dich im Laden sah, brauchte es keine Erklärung. Die Ähnlichkeit ist wirklich verblüffend."

Danach erzählte sie ihr alles, was sich zu Hause ereignet hatte und was Richard betraf. Nicht ein einziges Mal unterbrach sie ihre Tante.

Als sie geendet hatte, stand Tante Juliette auf und setzte sich zu ihr auf die Sessellehne. Liebevoll legte sie einen Arm um Amber. „Wahrscheinlich haben sie den Brief all die Jahre aufbewahrt. Vielleicht wollten sie mich doch nicht völlig vergessen. Sie müssen gespürt haben, dass du bei mir in besten Händen sein wirst. Und das bist du." Ein Lächeln umspielte ihre Lippen. „Gott hat viele Wunder in meinem Leben getan und mir manche Prüfung auferlegt."

Amber dachte nach. „Und was soll nun aus mir werden?"

„Dazu kommen wir jetzt." Tante Juliette ließ sich wieder in ihren Sessel sinken. „Deine Eltern baten mich, dass du dein Kind hier bekommen kannst, solange du nicht verheiratet bist. Ich habe ihnen versprochen, dass ich mich um dich kümmere. Ob Tage oder Monate, es spielt keine Rolle, wie lange du hierbleibst."

Die einschärfende Stimme ihrer Mutter am Tag ihrer Abreise fiel ihr ein. „Mama hat mir ausdrücklich verboten, irgendjemandem zu schreiben!"

„Tatsächlich? Im Brief hat sie es nicht erwähnt." Ihre Tante zog die Brauen zusammen.

„Warum will sie es nicht?" Tief in ihr brannte die Enttäuschung.

„Vielleicht damit niemand im Dorf erfährt, dass du ein gefallenes Mädchen bist."

Amber seufzte tief und ihre Augen funkelten. „Und was ist mit Richard?"

Ihr entging nicht Tante Juliettes bitterer Blick. „Sie glauben nicht, dass er dich heiraten wird."

Onkel Ethan beobachtete, wie Amber nach Luft schnappte. Zögernd sagte er: „Wahrscheinlich vertrauen sie darauf, dass es besser ist, wenn niemand weiß, wo du lebst. In einem Dorf gibt es keine Geheimnisse. Niemand weiß das besser als Juliette."

Amber sah ihn fragend an. Ein Hoffnungsschimmer blitzte in Amber auf. „Ich schreibe ihm, auch wenn Mama das nicht will. Einfach damit er weiß, wo ich bin." An Richards Liebe zweifelte sie nicht eine Sekunde. Wichtig war, dass er sie heimholen konnte.

Tante Juliettes Stimme klang plötzlich warnend, als wüsste sie mehr. „Lieber nicht. Du solltest tun, was deine Eltern dir raten."

„Aber was ist, wenn er ...?" Sie wagte nicht, den Satz zu Ende zu denken. Er würde sie doch nicht in der Ferne ihr gemeinsames Kind bekommen lassen. Ein Leben ohne ihn war unvorstellbar. Sie würde die Chance, ihre Verliebtheit zu wahrer Liebe zu ihm wachsen zu lassen, nicht vergehen lassen.

„Du bleibst bei uns, solange du willst", sagte ihre Tante entschieden, „und solange es erforderlich ist."

Von draußen schallten Wirtshauslieder durch die Straßen. Kurz darauf nahm das Grölen der Männerstimmen ab, bis sie ganz verschwanden. Amber dachte an ihren Auftritt im *Seeadler* und fröstelte.

„Wie kann ich euch danken? Warum tut ihr das für mich?" Sie fühlte sich ein wenig erleichtert. Wie gern würde sie etwas zurückgeben für ihre Rettung.

Onkel Ethan faltete die Hände und dachte nach. Dann richtete er sich auf. „Wie könnten wir das tun ohne die Liebe Gottes? Er hat uns zuerst geliebt und hilft uns dabei, davon etwas weiterzugeben."

„Ihr seid zu gütig." Ambers Blick wurde von Tränen überschwemmt. Ihre Eltern hätten sie doch in ihre Pläne einweihen können. Dann wäre ihr Herz jetzt nicht so schwer. „Warum haben sie mich fortgejagt?"

„Nicht fortgejagt. Sag das nicht. Alice hat es im Brief erklärt", beteuerte Tante Juliette. „Die überstürzte Abreise war notwendig, wahrscheinlich, weil sie dich kennen und mit deinem Widerstand gerechnet haben."

Es war schwierig, im Nachhinein zu bereden, wie sie reagiert hätte. „Nun gibt es noch jemand von der Familie, der verschwunden ist", seufzte Amber verzagt. „Ich glaube nicht, dass sie mich noch lieben."

„Amber, manchmal zwingen einen die Umstände, etwas zu tun, um einen Teil der Familie zu retten. Der Druck von außen ist immens." Sie streichelte ihre Hand und ihr Kopf neigte sich zu ihr, den Blick voller Güte. „Du wirst in ihren Herzen sein."

„Das fällt mir schwer zu glauben."

Ein wehmütiges Gefühl beschlich Amber, als ihre Tante nachdenklich sagte: „Es braucht Zeit, mit den Tatsachen klarzukommen."

„Warum?" Ihre eigene Stimme klang merkwürdig fremd.

„Gott vergibt uns, wenn wir ihn darum bitten, doch wir Menschen müssen trotzdem mit den Konsequenzen leben."

Sie stand auf und gab Amber einen Kuss auf die Wange. „Und nun hör auf zu weinen. Der Herr wird dir den Weg zeigen, wie es weitergeht. Wir werden dich dabei unterstützen. Freu dich auf dein Kind. Es kann doch nichts dafür und ist es wert."

In der folgenden Nacht lag Amber stundenlang wach. Sie war allein, denn Mary schlief in einer anderen Kammer ganz oben direkt unter dem Dach. Ihre Gedanken flogen hin und her. Von

Pembrokeshire in die Cotswolds, von St Davids nach Cold Ashton.

Würde Richard nach ihr suchen? Und würden ihre Eltern ihm verraten, dass sie in St Davids war? Am Abend noch war sie entschlossen gewesen, ihm sofort zu schreiben. Doch dann hörte sie wieder in Gedanken die einschärfende Stimme ihrer Mutter, es nicht zu tun. Warum hatte Mama verboten, Briefe zu schreiben? Noch immer schwankte sie, ob sie das Verbot einhalten oder übergehen sollte. Ihr Herz sagte, sie müsse Richard schreiben. Was würde dann passieren? Würde er um sie kämpfen?

Für ihre Eltern war sie jetzt unsichtbar und wie im Nebel aufgelöst. Eine Tochter, deren Namen nicht mehr genannt wurde. Eine, die man von oben herab betrachtete und nur in der Ferne duldete. Sie würde keine Ehefrau sein und keinen Haushalt führen. Wie lange würde es dauern, bis man hier im Ort wusste, was mit ihr los war? Würde man einen Bogen um sie machen?

Sie horchte in sich hinein und strich sanft über das raue Leinen ihres Nachtkleides. In ihr wuchs Richards Kind heran. Leben, das aus inniger Zuneigung entstanden war und doch nicht sein durfte. Sie hatte geglaubt, sie würden ihre Liebe wie einen ewigen Sommer feiern.

Leise fing sie an zu schluchzen und konnte sich kaum beruhigen, bis sie müde wurde und irgendwann erschöpft einschlief.

Am nächsten Morgen suchte sie nach Tinte und Briefpapier, das sie in einer Schublade des kleinen Schreibtisches in ihrem Zimmer fand. Sie hatte beschlossen, Richard zu schreiben, und beim Aufstehen wusste sie, dass es der richtige Weg war – auch wenn man es ihr untersagt hatte. Es gab nur diese Chance für sie beide.

Sie atmete tief ein, teilte ihm die Umstände mit, wie sie nach Wales gelangt war, und schrieb ihre aktuelle Adresse darunter. Bevor sie das Blatt faltete, küsste sie den Bogen, um sogleich den Brief zu adressieren. Mit der nächsten Postkutsche würde er hoffentlich in Kürze in Cold Ashton Manor bei seinem Empfänger ankommen.

Mit jedem Tag wurde Amber ein klein wenig ruhiger. Allein schon die Hoffnung, dass bald eine Antwort eintreffen würde, war wie Baldrian für ihre weinende Seele. Nach und nach erzählte sie mehr von zu Hause und wie gern sie ihrem Vater im Geschäft half.

Tante Juliette hörte aufmerksam zu, ließ sich geduldig alle Mörser, Ballonflaschen und sonstigen Gefäße beschreiben und zuckte zusammen, als die Rede auf Aderlassmesser kam. Nachdem sie auch noch in Gedanken mit Amber auf Wiesen und Feldern Heilkräuter eingesammelt hatte, gebot sie ihr schließlich mit einem Augenzwinkern Einhalt. „Das klingt beeindruckend. Nun, ich kann dich gut in meinem Laden gebrauchen. Du milderst so dein schlechtes Gewissen, mir angeblich zur Last zu fallen, und ich freue mich, eine hübsche, junge Verkäuferin zu haben. Sollst mal sehen, wie der Umsatz steigt, wenn sich rumspricht, was für eine entzückende Hilfe ich eingestellt habe."

Der Gedanke gefiel Amber. Die morgendliche Übelkeit war zurückgegangen, zumindest an den meisten Tagen, und sie hoffte, dass es bald ganz vorbei sein würde.

Während Mary ihr Frühstück bereits beendet und damit begonnen hatte, das obere Stockwerk zu putzen, erklärte Tante Juliette Amber die wichtigsten Dinge, auf die sie im Laden zu achten hatte. „Alles andere schaust du dir bei mir ab, und was du nicht weißt, erfragst du."

So verbrachte Amber viele Stunden an der Seite ihrer Tante, wusste schließlich, wie viel Penny Fleckenpulver kostete, was für Gewürze in welchen Gläsern aufbewahrt wurden und was sich in welchen Schubladen verbarg. Ihre Tante hatte sie sogar gelobt, als Amber ihr erklären konnte, dass man Haferwurz als Gemüse essen und warum man ihn ebenso als Heilmittel anwenden konnte. Amber spürte, dass ihr die Arbeit guttat und von ihrem beschwerten Herz ablenkte.

Am darauffolgenden Sonntag besuchten sie alle den Gottesdienst in der Kathedrale. „Tante Juliette, wieso steht hier eine Bischofskirche?", wunderte sich Amber. Sie hatte ein palastähnliches Gebäude gleich daneben bemerkt, in welchem nur Bischöfe zu wohnen pflegten, sowie weitere Häuser, die einem Kloster ähnelten. Das Gotteshaus war schon von Weitem monumental und allein sein Betrachten wühlte sie auf, was für sie unbegreiflich war. „Ich dachte, die gibt es nur in London oder anderen bedeutenden Städten?"

„Das kann dir Onkel Ethan erklären", schmunzelte Tante Juliette, die sich bei ihm eingehakt hatte, und blinzelte ihm zu. „Er ist ein wandelndes Geschichtsbuch."

Ihr Onkel lachte bei dem Vergleich, und etwas Stolz blitzte in seinen Augen auf. Dann zeigte er auf den gewaltigen quadratischen Turm der Kathedrale. „Die St Davids Kathedrale vereint sowohl normannische als auch gotische Stile. Ich denke, dass ein Kloster den Ursprung bildete, lange, bevor das Dorf entstand, und diese Kirche hier gehört zu den ältesten Bauten unseres Landes. Die Gebeine eines Bischofs haben ihr den Namen St Davids gegeben. Einer der Bauten an der Kathedrale muss ein Bischofspalast gewesen sein." Er sah Amber warmherzig an. „Es erfüllt mich mit Freude, in diesem Gebäude Gottesdienst feiern zu dürfen. Nicht dass ich Glanz oder Größe brauche, verstehe mich da nicht falsch. Aber dieses riesige Kirchenschiff macht mir klar, dass ich nur ein ganz kleines Staubkörnchen in Gottes gewaltiger Schöpfung bin und das erfüllt mich mit Demut."

Amber saß in der Kirchenbank und ließ sich vom Anblick der

geschnitzten und bemalten Decke treiben. Irgendwann, als längst die Predigt begonnen hatte, merkte sie auf.

Ein Satz aus der Lesung hatte sie ins Herz getroffen. *Reiße mich aus dem Schlamm, dass ich nicht versinke! … Erhöre mich, HERR, denn deine Gnade ist freundlich.*

Nichts beschrieb ihr Innerstes treffender. Dieser Bibelvers könnte ihr Gebet werden.

Sie flehte, dass Gott ihr den Blick nach vorne erhielt und Unverzagtheit gab, aus ihrem Debakel einen Segen zu machen. Tränen rannen stumm über ihre Wangen hinab. *Gütiger Gott,* flehte sie, *gib mir doch bitte eine gemeinsame Zukunft mit Richard.*

13

Der erste Schrecken, in St Davids leben zu müssen, hatte sich gelegt. Amber betrachtete die Tage hier als eine vorübergehende Erscheinung, so wie wenn man einen Regenbogen bestaunte, der innerhalb kürzester Zeit aus dem Blickfeld geriet und ebenso geisterhaft verschwand, wie er gekommen war.

Leider hatte ihr Leben eine Wendung angenommen, die jegliche Andeutung auf eine glamouröse Himmelserscheinung verbot. Trotzdem gab sie sich Mühe, sich der Familie ihrer Tante anzupassen. Die Seeluft tat gut und wann immer sie ein wenig Zeit fand, ging sie zu den Klippen, um aufs offene Meer zu blicken und zu mutmaßen, welche Rettung am Horizont auftauchen würde. An manchen Tagen kam sie aufgrund der mächtigen Brandung und dem für Pembrokeshire charakteristischen starken Wind völlig durchnässt nach Hause.

Selbst Onkel Jacks Testament berührte sie nicht wirklich. Was nützten Geld und Haus, wenn man seinen Liebsten nicht sehen konnte? Nein, mit der beachtlichen Hinterlassenschaft wollte sie nichts zu schaffen haben. Von ihr aus konnte erben, wer wollte.

Beständig kreisten ihre Gedanken um ihn – abends beim Einschlafen und morgens beim Aufwachen; es war ein Rhythmus, der noch regelmäßiger stattfand als der ihrer Gebete.

Mary kam nur noch manchmal mit ans Wasser. Vielleicht fand sie es langweilig oder sie hatte Heimweh und grämte sich lieber im Stillen.

St Davids war ein beschaulicher Ort, bot aber wenig Abwechslung, wenngleich sie diese gar nicht suchte. Er lag im Tal des Alun River, einer hügeligen Landschaft, die von atemberaubender Schönheit war. Vielleicht konnte sie irgendwann mal mit ihrer Tante einen Ausflug dorthin machen, wo der Fluss in unterirdischen Höhlen verschwand, wenn der Pegel bei Trockenheit entscheidend abgefallen war, um weitab davon irgendwo wieder an der Oberfläche zu erscheinen. Tante Juliette hatte ihr davon erzählt. Doch bis sich eine Gelegenheit bot, war es vermutlich bereits Sommer, sie hochschwanger und damit nicht mehr reisefähig.

Abends saß Amber immer mit ihrer Tante und ihrem Onkel zusammen und erfuhr einiges aus dem Leben in Marshfield, wie es vor Jahrzehnten dort gewesen war und was vergleichbar war mit Cold Ashton. Die Ansichten und Herausforderungen der damaligen Zeit hatten sich bis heute leider wenig geändert.

Die kleine Wölbung, die nur ihr selbst unter dem schmalen und doch luftig geschnittenen Kleid auffiel, war das einzig sichtbare Indiz, warum sie hier und jetzt im Laden auf einer Leiter stand.

„Ich glaube kaum, dass das gut für dich ist. Musst du in deinem Zustand auf die Leiter klettern?“ Tante Juliettes Stimme klang besorgt, mit einem leichtem Vorwurf.

„Mir geht es heute richtig gut. Mir ist noch nicht mal schlecht gewesen.“ Während Amber vorsichtig Töpferware ins Regal schob, hörte sie die Ladenglocke. Sie grüßte freundlich, ohne den Blick von den zerbrechlichen Gefäßen zu nehmen und sagte: „Ich bin sofort bei Ihnen.“

Ihre Tante, die einen Laib Käse mit einem riesigen Messer zerteilte, hielt inne. „Mach ruhig weiter, Amber. Ich kümmere mich.“ Sie wandte sich dem Kunden freundlich zu. „Wie kann ich Ihnen helfen, Sir Millweard?“

Ein Sir höchstpersönlich im Krämerladen? Eher ungewöhnlich, wenn nicht gar amüsant, fand Amber, und sah über die Schulter von ihrer steilen Leiter herab, von der sie weniger als erwartet von ihm sehen konnte. Sein Gesichtsausdruck wurde durch einen breitkrempigen Hut verdeckt, unter dem sein Haar in leichten Locken bis auf die Schultern fiel. Er schien nicht zu bemerken, dass sie ihn aus den Augenwinkeln beobachtete, während sie viel beschäftigt tat und die Töpfe hin und her schob, als müssten sie alle in einer akkuraten Linie stehen.

„Ich brauche Salpeter – besser gesagt, meine Köchin braucht es“, lachte er mit tiefer Stimme. „Sie möchte Fleisch einlegen.“

Tante Juliette schmunzelte und schüttelte amüsiert den Kopf. „Wenn ich es nicht besser wüsste, würde ich sagen, Ihre Welt ist verkehrt. Ein Sir, der für seine Bediensteten einkaufen geht, wo gibt's denn so was?“

Ihre Antwort schien ihm zu gefallen und er sah sie beschwingt an. „Meine Köchin wünscht auch noch ein paar Gewürze, die Sie, wie ich Sie kenne, bestimmt irgendwo in ihren Regalen versteckt haben.“

Während Tante Juliette nach und nach seine Order abwog und auf den Tresen legte, stieg Amber die Leiter hinab. Der Kunde hatte eine angenehme, klangvolle Stimme und war etwa so groß wie sie. Jetzt konnte sie den Baronet genauer betrachten, der inzwischen seinen Hut abgenommen hatte. Verwirrt sah sie auf die Augenklappe, die er trug und deren Band seine vollen dunklen Haare umfasste. Er sah gepflegt aus, mochte Mitte vierzig sein und war bekleidet mit einem anthrazitfarbenen Überrock, der offenbar maßgeschneidert war. Trotzdem wirkte er weder arrogant noch verstellt.

„Sie kommen mir irgendwie bekannt vor."

Das konnte nur ihr gelten. Amber schaute ihn überrascht an: „Ich? Wie … wie kommen Sie darauf?", stotterte sie und senkte verlegen den Kopf. Ihre Mutter hätte sie bereits längst gescholten, dass sie dem Mann zu lange ins Gesicht gestarrt hatte.

„Ja, ich erinnere mich. An Sie und an Ihre Stimme. Welch eine Überraschung!"

Er erlaubte sich bestimmt einen Scherz. Ihre Hände waren fahrig und sie überlegte angestrengt, wie sie seinen geheimnisvollen Blick deuten sollte. Am besten ging sie nach hinten und half Mary in der Küche, bis er fertig eingekauft hatte.

Jetzt schien auch Tante Juliette irritiert, nahm das Gewicht von der Waage, ohne das Kraut zu greifen und trat hinzu. „Sie kennen sich? Dann brauche ich Ihnen meine Nichte nicht mehr vorstellen?" Noch immer fuchtelte sie mit dem metallenen Gewicht in der Luft.

Sir Millweard räusperte sich. „Verzeihen Sie, aber wenn ich mich richtig erinnere, fragte Ihre Nichte im *Seeadler* nach Ihrer Adresse. Leider hat man sie eher geschmäht statt ihr eine gescheite Antwort zu geben." Jetzt ruhte sein Auge auf Amber. „Ich bitte um Entschuldigung, meine Dame, da waren wohl ein paar Würzbiere und Brandys dran schuld." Er verbeugte sich formvollendet.

Amber schnappte nach Luft und lächelte schüchtern. „Dann

waren sie der freundliche Herr, der …“, sie wandte sich an ihre Tante, „… der mir endlich sagen konnte, wo du wohnst.“

„Na ja, das war keine Kunst. Schließlich gibt es nur noch einen Gemüsehändler, eine Schneiderin und einen Barbier im Ort.“ Ein Schmunzeln huschte über sein Gesicht.

„Und zwei Kneipen. Unser Dorf ist überschaubar groß.“ Tante Juliette blieb gelassen und zeigte von ihm zu Amber. „Sir Millweard Gwynned, meine Nichte Amber Devaney.“

„Angenehm.“

Amber nickte. Nach einem Moment der Stille meinte sie: „Ich mach dann mal weiter.“ Damit bückte sie sich, nahm wieder zwei Gefäße in den Arm, und stieg die Leiter hoch, um weiter die Regale zu befüllen.

Sir Millweard legte ein paar Münzen auf die Theke, nahm seine Bestellung entgegen und empfahl sich. Als sich die Eingangstür hinter ihm geschlossen hatte, blickte Amber durch die Schaufensterscheibe. Von hier oben auf der Leiter konnte sie mühelos nach draußen sehen und hatte einen guten Überblick, um zu beobachten, wie Sir Millweard die Kutsche bestieg, die offenbar die ganze Zeit vor dem Laden gewartet hatte. Der Kutscher schloss die Tür hinter ihm, stieg auf den Kutschbock und mit einem lauten „Ho!“ setzten sich die beiden Pferde in Bewegung. Nach wenigen Sekunden war das Gefährt aus ihrem Blickfeld verschwunden.

Schweigsam kletterte sie wieder die Leiter runter, um weitere Tongefäße zu verteilen.

„Du hast mir gar nicht erzählt, dass ihr euch begegnet seid“, sagte Tante Juliette und hob fragend die Augenbrauen.

„Ich hatte keine Ahnung, wer er ist, und habe mir nichts dabei gedacht, als er hier hereinkam. Aber dass er mich an der Stimme erkannt hat, ist außergewöhnlich, findest du nicht?“

„Vielleicht hat das mit seiner Augenverletzung zu tun, die er im

Krieg erlitt. Das eine Auge, das die Klappe verdeckt, ist stark beschädigt worden. Auf dem anderen sieht er offenbar mehr schlecht als recht. Es ist auch in Mitleidenschaft gezogen worden. Jetzt ist er Kriegsveteran. Wahrscheinlich erklärt das, warum er besser hören und Stimmen zuordnen kann als andere Menschen."

„Ich hatte nicht den Eindruck, dass er schlecht sieht."

Tante Juliette nahm ein Stück Papier, legte ein großes Stück Käse darauf und wog es ab. Dann schlug sie den Käse ein und schrieb den Preis darauf. Sie legte das abgepackte Käsestück zu weiteren auf einem Teller. „Er ist schon seit langer Zeit mein Kunde und kennt sich hier aus. Außerdem glaube ich, dass er mit dem einen Auge noch genügend erkennen kann, um nicht zu stolpern oder die Außentreppe herunterzufallen."

„Warum schickt er denn keinen Diener?"

„Das weiß ich nicht. Die Mittel hätte er. Ich glaube, er liebt es, sich manchmal unter die einfachen Leute zu mischen. Man erzählt sich, er entstamme einem alten Adelsgeschlecht, das bis zu den alten Königen von Nordwales zurückreicht. Ob das alles stimmt – wer weiß?", gluckste sie. „Ich habe ihn nicht gefragt. Es heißt, es soll auch eine weibliche Ahnin in die Tudor-Linie eingeheiratet haben."

„Manchmal", lachte Amber, „ist man sogar froh, nicht mit jemandem wie den Tudors verwandt zu sein. Längst nicht alle haben sich mit Ruhm bekleckert." Sie konzentrierte sich jetzt auf ein paar Gläser mit Deckel, die anscheinend Heilpflanzen enthielten, wie das Etikett verriet. Von einer Apotheke im Ort war keine Rede gewesen. Ob ihre Tante deshalb diese Mischungen führte? „Wo steht denn das Haus des Sirs? Als ich mich mit Mary im Dorf umgesehen habe und draußen bei den Klippen war, habe ich nichts dergleichen gesehen."

„Es ist landeinwärts, etwa gut drei Meilen entfernt, in der Nähe der Grabkammer aus der Jungsteinzeit."

In diesem Moment ging wieder die Ladentür auf und eine Kundin trat ein. Amber hätte zu gern gewusst, was es mit dieser mysteriösen Grabkammer auf sich hatte. Vielleicht erzählte Tante Juliette oder eher noch ihr ortskundiger und geschichtsbewanderter Onkel Ethan mal heute Abend beim Sticken, welche Geheimnisse sich um dieses merkwürdige Grab rankten.

Tatsächlich berichtete Onkel Ethan, als sie ihn abends fragte, mit einem Eifer, dass es sogar Amber zu viel wurde. Wahrscheinlich konnte ihre Tante die meisten Geschichten von St Davids und der Umgebung nicht mehr hören. Und ihr Cousin hatte sich, als die Rede darauf kam, sofort entschuldigt und Müdigkeit vorgetäuscht, um in sein Zimmer zu flüchten.

Während ihr Onkel weiter fabulierte, hing Amber ihren Gedanken nach. In Momenten wie diesen, wo sie zur Ruhe kam, brach die Sehnsucht nach Cold Ashton mit einer unglaublichen Macht über sie hinweg, nicht nur nach ihren Eltern und ihren Brüdern, ihrem Zuhause, nein, insbesondere nach Richard und seiner vertrauten Nähe. Hoffentlich, hoffentlich würde er bald kommen!

Es war bei Tante Juliette besser als erhofft, aber ihr innigster Wunsch war ein Leben an seiner Seite. Daran konnte auch nicht jede noch so liebevolle Geste und das Verständnis von Tante Juliette etwas ändern. Bald würde ihr Bauch noch mehr gewachsen sein und was dann?

Richard konnte gar nicht beschreiben, welch ein Felsmassiv ihm vom Herzen fiel, als sich die Alnwicks endlich verabschiedeten und die Heimfahrt antraten.

Es hatte ihn viel Kraft gekostet, höfliche Konversation zu pflegen und dem Gesäusel der Marchionness zuzuhören, wovon ihm fast schlecht geworden war – und das alles mit unverbindlicher Freundlichkeit, um vor allem seinem Vater keinen Anlass zur Zurechtweisung zu geben.

Vier unendlich lange Tage hatten sich der Marquess von Bailbrook mit Gattin und Tochter bei ihnen eingenistet, und wenn es nach seinem Vater gegangen wäre, womöglich bis in alle Ewigkeit. Die Jagd, wenn auch nur mit wenigen Teilnehmern, war begeistert angenommen und erfolgreich durchgeführt worden. Drei Rehe und fünf Hasen – das war eine stattliche Ausbeute und schien die Gemütsverfassung des Marquess und seines Vater zu beflügeln. Mrs Robinson hatte sich noch Hilfe aus dem Dorf für die Küche kommen lassen müssen, weil sie die Berge von Fleisch nicht so schnell verarbeiten konnte.

Erfreulicherweise hatte Richard ein Thema gefunden, über das er mit der langweiligen Lady Helen plaudern konnte – Pferde. Hätte er sich davongestohlen und die Alnwicks seinen Eltern überlassen, hätte das seine Pläne noch mehr zerstört. So machte er gute Miene zum bösen Spiel und hoffte noch immer auf einen für ihn guten Ausgang.

Zwei Tage später kehrte er von einem Ausritt zurück und wunderte sich, dass seine Eltern nicht wie üblich beim Fünfuhrtee saßen. Die Gedecke standen unberührt da, ebenso die Scones. Das war bis dahin noch nie vorgekommen. Er legte prüfend die Hand an die Teekanne, die auf dem Tisch stand und hob den Deckel. Sie war bis zum Rand gefüllt und nur noch lauwarm. Hier stimmte etwas nicht. Er sah sich nach der Dienerschaft um.

„Wo ist meine Mutter?“, fragte er eine der Dienerinnen, die schweigend seinen Weg in der Halle kreuzte, und hielt sie am Arm fest. „Was ist hier los? Und wo ist mein Vater?“

„Ich … Sie wissen es noch nicht?“, stotterte das Mädchen und drehte verunsichert die Hände. Verlegen senkte sie die Augenlider. „Seine Lordschaft, Ihr Vater, hatte einen Zusammenbruch. Doktor Wright ist grade bei ihm. Und die Gräfin.“

Erschrocken ließ Richard die Dienerin los und nahm immer zwei Stufen auf einmal die Treppe hoch in den ersten Stock. Ohne anzuklopfen stürmte er in das Schlafzimmer seiner Eltern, sodass die Tür an die Wand schlug und alle zusammenzuckten. Lord Clarke lag mit dicken Kissen gestützt im Bett und sah etwas mitgenommen aus, während Lady Clarke mit dem Arzt am Bettrand stand.

„Was ist passiert?“, rief Richard atemlos und trat hinzu. Dass Doktor Wright hier war, beruhigte ihn nur kurz.

Die gütigen Augen des Arztes sahen ihn ernst an. „Ihr Vater war kurzzeitig bewusstlos. Bitte sorgen Sie und die Gräfin dafür, dass jeglicher Aufruhr von ihm ferngehalten wird. Hat er sich in letzter Zeit über Atemnot beschwert? Oder geschwollene Füße?“

Betreten schwieg Richard und runzelte die Stirn. Er musste gestehen, dass seine einzige Sorge Amber gegolten hatte. Wie es gesundheitlich um seinen Vater bestellt war, hatte er nicht gewusst und vielleicht auch nicht wissen wollen.

„Sorg dich nicht zu sehr“, beschwichtigte seine Mutter ihn und unterdrückte einen Schluchzer. „Wenn dein Vater sich schont, regelmäßig seine Arznei einnimmt und wir dafür sorgen, dass er sich nicht ärgert oder sorgen muss, wird er wieder zu Kräften kommen. Ich habe bei Mrs Robinson bereits nach einer Hühnersuppe zur

Genesung verlangt." Sie wandte sich um, damit die Männer ihre Tränen nicht sahen.

Doktor Wright schloss seine Arzttasche. „Eine Herzschwäche mit Schwindel ist nicht auf die leichte Schulter zu nehmen, wenn man noch ein paar schöne Jahre erleben möchte." Er blinzelte dem alten Lord aufmunternd zu und verabschiedete sich. Bevor er das Zimmer verließ, raunte er Richard zu: „Ich fürchte, der alte Haudegen wird meinen Rat in den Wind schlagen. Womöglich hat er sogar Asthma cardiale. Bitte, helfen Sie, dass er sich an die Anweisungen hält. Ich kann sonst für nichts garantieren. Sollte wieder Luftnot auftreten, können Sie mich jederzeit rufen." Er nickte wohlwollend und sagte für alle hörbar. „Ich finde schon allein hinaus."

Warum hatte sein Vater nicht gesagt, dass er sich in letzter Zeit unpässlich gefühlt hatte? Wahrscheinlich war das kein plötzlich aufgetretenes Leiden gewesen, sonst hätte die restliche Familie es bemerkt. Männer litten oft still, und wenn sie wie sein Vater zusammenbrachen, war es umso komplizierter, bis sie sich vollständig erholt hatten.

Richard seufzte. Er sollte besser ab nun alles dafür tun, damit es seinem Vater wieder besser ging. Aber was würde das im Hinblick auf Amber bedeuten?

Leider gab es immer noch kein Lebenszeichen von ihr. Jeden Tag fragte er die Dienerschaft, ob ein Brief gekommen sei. Doch unter denen, die er erhielt und die fast ausschließlich geschäftlicher Natur waren, war keiner von ihr. Seine Enttäuschung wurde immer größer.

Nach vierzehn Tagen hielt er es nicht mehr aus und fuhr ins Dorf. Er musste sie sehen und wissen, wie sie über seinen Vorschlag dachte. Noch hatte er keine Vorstellung, wie und ob sie ihm das unter den strengen Augen ihres Vaters oder ihrer Mutter sagen würde.

Als er die Apotheke betrat, war Mr Devaney allein im Laden. Mit einem Mörser zerrieb er gerade eine Substanz.

„Mylord, Sie wünschen?", fragte der Apotheker emsig, als sei Richard wegen eines Hustensirups gekommen, und hielt inne. Nichts in seinem Verhalten, bis auf ein kleines Zucken am Auge, deutete darauf hin, dass er in ihm mehr als einen Kunden sah.

„Mr Devaney, gestatten Sie mir, dass ich ein paar Worte mit ihrer Tochter wechsle?" Er hielt seinen Hut wie eine Kanone vor der Brust, als müsse er gleich abfeuern.

Für einen Moment blieb der Apotheker ungerührt, dann starrte er ihn mit jetzt zornrotem Kopf an und zog missmutig die Stirn kraus. „Das kann ich nicht. Sie ist nicht da", presste er hervor, als koste es ihn große Kraft, die Contenance zu wahren.

„Wann kann ich sie denn sprechen?"

Mr Devaney holte tief Luft, seine Gesichtszüge verhärteten sich und sein Ton wurde schärfer „Das fragen Sie noch?" Mit geballter Kraft setzte er seine Arbeit am Mörser fort und malträtierte das Kraut.

„Aber Sie müssen doch wissen, wann sie in etwa zurückkehrt!" Sofort ärgerte sich Richard, dass er die Stimme erhoben hatte und zwang sich zu einem leichten Lächeln. „Bitte!"

Der Apotheker schien mit sich zu kämpfen, während Schweißperlen an seinen Schläfen blitzten, bevor er den Stößel auf die Theke knallte. „Wollen Sie uns zum Narren halten? Versprechen unserer Tochter die Ehe, nutzen sie aus und planen hinter ihrem und unserem Rücken eine Hochzeit mit einer anderen?!"

Richard überfiel eine Welle von Entsetzen und Enttäuschung und in ihm stieg die Schamröte hoch. „Wieso … woher wissen Sie …? Ich kann Ihnen alles erklären!"

Der Apotheker starrte ihn spöttisch an. „In Cold Ashton können selbst die Steine hören, verstehen Sie? Nichts – nichts! – bleibt verborgen. Kein gebrochenes Versprechen, kein hinter unserem Rücken ausgehandeltes Bündnis!"

Richard erfasste in seiner Bestürzung eine große innere Klarheit. Die Devaneys konnten das nur durch Dienstboten gehört haben. Ob sie nun gelauscht oder zufällig im Zimmer gewesen waren, als über Pläne gesprochen wurde, war jetzt unwichtig. Und er, Richard, hatte immer gedacht und geglaubt, das gesprochene Wort bliebe in seinen vier Wänden. So war es angeordnet. Doch was nützte es ihm jetzt?

Er sah den Apotheker beunruhigt an. „Bitte, ich muss dringend mit Amber sprechen."

Plötzlich stand Mrs Devaney in der Tür, verschränkte die Arme vor der Brust und musterte ihn abschätzig. „Sie können nicht mit ihr sprechen!" Ein bitterer Zug lag um ihren Mund. In ihren Augen glitzerte es verräterisch.

„Gnädige Frau", versuchte Richard ihre Bissigkeit zu überspielen, „es ist sehr wichtig. Bitte, würden Sie Amber sagen, dass ich hier auf sie warte?"

Mr Devaney schob den Mörser mit dem Handrücken beiseite und stützte sich mit den Handflächen auf der Theke ab, als plane er einen Angriff. Die Eheleute warfen sich Blicke zu. Ob er seine Chance bei ihnen verspielt hatte? Ob sie ihre Tochter jetzt vor ihm beschützen wollten? Oder hatten sie womöglich das Briefgeheimnis gebrochen und seine Zeilen gelesen? Dann würde ihn ihr Verhalten nicht wundern.

„Sie streiten also nicht ab, statt unserer Tochter eine andere Dame zu Ihrer Frau zu nehmen?", empörte sich Mr Devaney. „Mylord, ich kann Ihnen versichern, dass unsere Tochter nicht zu Hause ist."

„Würden Sie ihr dann wenigstens etwas ausrichten?"

Er gab keine Antwort. Ihr Schweigen glich einer Kampfpause im Duell.

Richard versuchte es ein letztes Mal. „Sie hatten mir doch die Erlaubnis gegeben, Amber zu heiraten."

Im Hintergrund hörte er ein erschüttertes Japsen.

Mr Devaney nickte, zog seine Brille ab und legte sie auf den Tresen. Mit dem Ärmel wischte er sich über Augen und Stirn, bevor er seine Sprache wiederfand. Mit einem Mal schien er ein gebrochener Mann zu sein, was Richard zutiefst rührte. Die Stimme des Apothekers zitterte, als er fortfuhr: „Ihr Vater ist dagegen, hatten Sie mir erzählt. Hat er seine Ansichten geändert?"

Es gab ihm einen Stich ins Herz. Der Besuch der Alnwicks bedeutete doch noch gar nichts. *Herr, hilf mir, sie zu überzeugen.* Furcht überfiel Richard. Was war mit Amber passiert? War sie weggelaufen? Vielleicht nach London, wo es Häuser mit ledigen Müttern gab? Oder wurde sie doch im Haus festgehalten? Warum meldete sie sich nicht bei ihm?

Er sah Ambers Vater an. Seine Augen wirkten jetzt müde und er neigte den Kopf. Der Apotheker gab ihm die Schuld, was ja stimmte. Aber warum durfte er dann nicht versuchen, etwas von ihrer Ehre zu retten?

„Ich halte an meinem Entschluss fest, Amber zu heiraten."

Mr Devaneys Stimme klang brüchig. „Das sagten Sie bereits. Ich frage mich noch immer, wie Sie beide es geschafft haben, uns so zu täuschen."

Richard schwieg. Was konnte er vorbringen?

„Wo haben Sie sich überhaupt getroffen? Doch wohl nicht hier im Haus!"

„Bitte, Mr Devaney, das tut nichts zur Sache." Er fühlte sich gekränkt. Sie glaubten ihm nicht. Und wenn er sich nicht beeilte, Amber zu finden, würden seine schlimmsten Befürchtungen eintreten. „Wo ist sie?" Seine Stimme wurde flehender. „Sie bedeutet mir alles."

„Wir haben sie –", hörte er die leisen Worte von Mrs Devaney, doch weiter kam sie nicht.

Ambers Vater drehte den Kopf und herrschte sie an. „Schweig!"

Sein Gebaren passte gar nicht zu dem, was Amber ihm von ihrem Vater erzählt hatte. Wie schlimm musste ihn die Schwangerschaft seiner einzigen Tochter gekränkt haben.

„Nein, er hat ein Recht darauf!" Mrs Devaney drückte den Rücken durch und trat aus dem Schatten ihres Mannes. „Amber ist nicht mehr hier. Sollten wir etwa warten, bis sie zum Gespött der Leute wird?" Ihr Redefluss wurde von einem Schluchzer unterbrochen und sie zog die Nase hoch. „Zweifelsohne ist es Ihre Schuld! Ihretwegen musste sie gehen!"

„*Musste gehen?* Sie ist weg?" Richard fuhr sich mit der Hand durch die Haare. „Wo kann ich sie finden?"

„Mylord", fuhr Mrs Devaney unwirsch fort, „wir wissen alle, dass Sie Amber nicht heiraten werden. Sagten Sie nicht, dass Ihr Vater seine Zustimmung verweigert hat? Plant er nicht eine Heirat mit einer Adligen für Sie? Genau das wird er auch noch in vier Wochen tun. Und in acht Wochen, oder? Warum also wollen Sie wissen, wo Amber sich aufhält? Um ihr vorzugaukeln, Sie seien immer noch ach-so-verliebt? Nein, wir werden Ihnen nichts erzählen, solange Sie uns nicht versichern, dass die Hochzeit auf jeden Fall stattfinden kann." Ihre Stimmlage wurde mit jedem Satz hitziger. „Wir wollen nicht, dass sich die Leute hier im Dorf das Maul zerreißen. Es wird schon genug gemunkelt. Ich hoffe dennoch – und appelliere an das bisschen Verstand, das Sie vielleicht noch besitzen, – dass Sie ebenso darüber schweigen, was Sie getan haben!"

„Und bilden Sie sich nicht ein, wir würden je einen Penny von Ihnen nehmen, wie es Ihresgleichen zu tun pflegt, um Ihre Bastarde abzuspeisen!", warf der Apotheker ein.

Richard senkte den Kopf und drehte nervös den Hut in seinen Händen. Keine Worte konnten beschreiben, wie schuldig er sich fühlte. Keinen einzigen Einwand würden Sie ihm glauben. Er konnte sie sogar verstehen und wollte sich nicht ausmalen, was er an ihrer Stelle getan hätte. Ein Duell wäre das Mindeste gewesen. „Es tut mir leid."

„Ihr Verhalten hätten Sie vorher bedenken sollen", sagte der Apotheker jetzt mit schwacher Stimme und es schmerzte Richard, ihm zuzusehen, wie er sich auf die Verkaufstheke stützte. „Und nun bitte ich Sie, sollten Sie keine anderen, erfreulicheren Nachrichten haben, uns deswegen nicht mehr zu belästigen."

Der März hatte mit Regen Einzug gehalten, der an manchen Tagen durch den scharfen Wind gegen die Scheiben gepeitscht wurde. Richards Vater hatte bereits eine Anmerkung gemacht, dass sie in zwei Wochen in Bailbrook House zu Gast sein würden.

Das ließ Richard aufhorchen und trieb ihn an, endlich rauszufinden, wo Amber war. Seit er die Familie Devaney aufgesucht hatte, war er keinen Schritt weitergekommen. Sogar ihre beiden Brüder hatte er abgepasst und ausgefragt, aber sie versicherten ihm, nicht zu wissen, wo ihre Schwester sich zurzeit aufhielt. Seitdem waren wieder ein paar Tage ins Land gegangen, an denen er fieberhaft überlegte, wie er ihre Spur aufnehmen konnte.

Dann war ihm eine Idee gekommen.

Das Haus des Friedensrichters Bob Shepherd lag am Ende der High Street auf der linken Seite und grenzte direkt an die Äcker. Richard hatte nicht oft mit Shepherd zu tun, was er als gutes Zeichen empfand. Obwohl die Straße vom gestrigen Gewitter noch ziemlich aufgeweicht war, benutzte er die Kutsche. An anderen Tagen und zu anderen Zeiten hätte er einen Spaziergang bevorzugt, doch seine Gedanken und Gefühle waren derart in ein Ungleichgewicht geraten, dass er die bequeme Kutschfahrt selbst auf der kurzen Strecke vorzog.

Auf sein Klopfen hin öffnete Mrs Shepherd die Haustür. Weil er sich mit einer kurzen Nachricht zuvor angekündigt hatte, wusste sie um seinen Besuch und bat ihn ins Haus.

Der Friedensrichter begrüßte ihn freundlich und wies auf einen Stuhl. „Mylord, ein wahrlich seltener Besuch. Wie kann ich Ihnen behilflich sein?"

Sie saßen in einem geräumigen Zimmer mit Mobiliar aus dunklem Holz. Richards Blicke schweiften von den blank geputzten Scheiben mit duftigen Vorhängen hin zu einem Landschaftsbild, das neben einer Standuhr hing. Zweifel kamen in ihm auf, ob es der richtige Weg sei, den Friedensrichter in die Suche einzubinden. Längst hatte sich in ihm die Idee festgesetzt, dass Amber vielleicht sogar etwas zugestoßen sein könnte.

„Die ganze Sache ist ein wenig kompliziert", begann er und beäugte den stattlichen Endfünfziger, der einen gepflegten Eindruck machte, obwohl er in seiner einfachen, aus festen, wollenen Stoffen genähten langen Jacke und eng anliegenden Hose der Mode etwas hinterherhinkte. Das schien ihm aber nichts auszumachen.

„Zuerst bitte ich um Ihre Verschwiegenheit", fuhr er fort. „Nicht dass ich daran zweifle, doch ich möchte es einfach betonen."

Shepherd warf ihm einen fragenden Blick zu, nickte und schwieg.

„Vor ein paar Monaten habe ich mich in Miss Amber Devaney, die Tochter unseres Apothekers verliebt und ihr einen Heiratsantrag gemacht, dem sie und ihre Eltern zustimmten." Er hielt einen Augenblick inne und überlegte. Nein, Shepherd ging es nichts an, dass sie bereits schwanger war. „Mein Vater, man kann es ihm noch nicht mal verdenken, billigt es nicht, weil er für mich bereits eine in seinen Augen angemessene und ebenbürtige junge Dame aus adeligem Haus ausgesucht hat. Da ich Miss Devaney zuvor mein Wort gegeben hatte, möchte ich sie unter allen Umständen auch ehelichen. Leider ist Miss Devaney seit vermutlich einer Woche oder länger spurlos verschwunden, was ich nicht begreifen kann – sie hat sich regelrecht in Luft aufgelöst. Alle meine Bemühungen und Vorsprechen bei der Familie Devaney sind ohne Erfolg geblieben. Sie sagen, sie sei nicht mehr hier in Cold Ashton, verschweigen aber, wo sie sich tatsächlich befindet." Er räusperte sich und fuhr fort: „Können Sie mir helfen, Miss Devaney zu finden?"

„Ich verstehe nicht ganz", sagte Shepherd ruhig und lehnte sich zurück.

Richards Ton wurde eindringlich. „Ich bin fest überzeugt, dass etwas Schreckliches passiert sein muss."

„Lord Clarke", erwiderte der Friedensrichter gedehnt und schien die letzte Anmerkung als Scherz zu verstehen, „ein Verbrechen!? Das glauben Sie doch wohl selbst nicht. Außerdem liegt mir keine Vermisstenanzeige vor."

Irgendwie schnürte sich plötzlich Richards Kehle zu. Er hatte sich in Gedanken schon alle Varianten vorgestellt, was mit ihr passiert sein könnte. „Sonst säße ich nicht hier", presste er hervor.

„Vielleicht ist sie zu Besuch bei Verwandten und ihre Eltern möchten nicht, dass Sie ihr hinterherreisen? Die notwendigen Mittel ständen ihnen zur Verfügung, oder?" Shepard sah ihn von der Seite an, stütze seinen Kopf in die Hand und spitzte den Mund.

Richard seufzte. „Würden Sie vielleicht mal bei den Devaneys nachfragen? Oder andere Quellen auftun? Ihre Verbindungen sind anderer Art als meine, finden Sie nicht?"

„Lord Clarke, ich denke, das passt alles nicht ganz zusammen. Unserem ehrenwerten Apotheker eine kriminelle Handlung zu unterstellen, ist gewagt." Als würde er seine Gedanken erraten, fragte er plötzlich: „Kann es sein, dass Sie mir etwas verschweigen?"

Richard fühlte sich ertappt. Er schluckte und atmete nochmals tief aus, bevor er sich mit der Hand über die Haare fuhr. Vielleicht machte die ganze Wahrheit mehr Sinn. Trotzdem kostete es ihn unendliche Mühe, sie auszusprechen. „Sie ist in anderen Umständen."

Shepherd Braue schnellte in die Höhe. „Dachte ich's mir doch."

Die Stille schien unerträglich. Das entsetzlich laute Ticken der Uhr füllte den Raum aus, als mahne der Zeiger seine Schuld an. „Und?", fragte Richard hilflos und mit hochrotem Kopf.

„Sie sollten die Entscheidung der Eltern akzeptieren." Shepherds Gesicht war unergründlich.

„Aber warum sagen sie dann nicht, dass sie verreist ist? Wenn, dann wüsste ich ja noch nicht mal, wohin!"

„Moment!", unterbrach ihn der Friedensrichter, hob den Zeigefinger und verschärfte den Ton. „Sie bringen das junge Mädchen in eine schier ausweglose Situation, die Eltern in Erklärungsnöte und verlangen von mir, Ermittlungen aufzunehmen?!"

„Ich muss sie finden!", begann Richard erneut. „Bitte, ich muss wissen, ob man ihr was angetan hat. Oder sie sich. Kann man keine Suchtrupps losschicken? Ich würde auch meine Leute bereitstellen." Er sprang auf. „Oder sie wurde fortgejagt und vegetiert jetzt irgendwo in der Hauptstadt auf der Straße."

„Mylord, ich wage Ihnen zu widersprechen!" Er beobachtete Richard mit zusammengekniffenen Augen. „Das ist doch absurd, was Sie da sagen. Fühlen Sie einfach mal mit den Eltern. Wenn bekannt wird, dass ihre Tochter vor der Ehe … – Grundgütiger! Können Sie sich den Aufruhr im Dorf vorstellen? Das Gespött der Leute?" Es dauerte eine Weile, bis er weitersprach. „Um es kurz zu machen, habe ich einen Vorschlag: Ich werde mich, allerdings unauffällig, bei einem Besuch in der Apotheke erkundigen. Sollte sich mein Eindruck erhärten, dass Ihre Fantasie mit Ihnen durchgegangen ist und

Miss Devaney einfach nur mal weg ist, werde ich nichts – und ich meine nichts! – weiter unternehmen, verstanden?“

Richard schluckte und verbeugte sich formvollendet. „Ich danke Ihnen aufrichtig, Mr Shepherd.“

Damit verabschiedete er sich und fuhr – immer noch aufs Höchste beunruhigt – auf direktem Weg zurück nach Cold Ashton Manor.

Kaum im Haus angekommen, setzte sich Richard an seinen Sekretär und griff zu Tinte und Papier.

Mein lieber Francis,

mein Brief erreicht dich hoffentlich bei bestem Wohlbefinden. Gerne denke ich an meinen letzten Besuch bei deiner Familie in Hatfield House zurück, bei dem ich mich wie ein Familienmitglied fühlen durfte, und hoffe, dass deine Eltern und Geschwister wohlauf sind. Wie viele Wochen ist es nun her, dass du auf Cold Ashton Manor warst? Natürlich weiß ich, dass deine Tätigkeiten in London von großer Wichtigkeit sind und deine freie Zeit begrenzt ist.

Trotzdem möchte ich dich einladen, für ein Wochenende zu uns aufs Land zu kommen. Eine brisante Angelegenheit, die ich dir gerne mündlich zu erläutern wünsche, zwingt mich, deinen Rat einzuholen.

Ich schätze dich als Freund und Beistand und bitte dich, meine Einladung anzunehmen. Meine Eltern werde ich in Kenntnis setzen, wenn du deine Reise ankündigst.

Es grüßt dich dein Freund Richard

Richard faltete und versiegelte das Schreiben. Dann schrieb er die Adresse drauf.

An den Marquess von Salisbury,
Lord Francis Asbury
37 *St. Mary Abbots Courts,*
Kensington, London

Der Gedanke, seinem Freund zu schreiben, war ihm bereits während des Gesprächs mit Shepherd gekommen, als sich abzeichnete, dass dieser ihm nicht wie gehofft helfen wollte. Auf der einen Seite konnte er den Friedensrichter sogar ein wenig verstehen, aber andererseits … – es musste ihn doch auch argwöhnisch machen, wenn plötzlich eine junge Frau verschwand!

Drei Tage später erschien am späten Vormittag Shepherd auf Cold Ashton Manor. In der Nähe des Eingangs traf er auf Chapman, den neuen Verwalter, der ihn mit in den Pferdestall nahm. Die beiden kannten sich und Chapman wusste, dass er ein Pferdefreund war.

Richard war gerade bei Avalon in der Box, als der Friedensrichter zu ihm trat.

„Mylord“, grüßte Shepherd und nahm den Hut ab, „ich störe doch wohl nicht?“

„Keinesfalls“, lächelte Richard, „danke, dass Sie gekommen sind.“

„Es sieht noch ziemlich neu aus“, lachte Shepherd und wies mit dem Kinn auf das Fohlen. „Ein hübsches Tier.“

Richard nickte. „Wollen wir ins Haus gehen?“ Er hätte nicht gedacht, dass Shepherd so schnell war. Seiner Laune nach konnte er nur gute Nachrichten überbringen.

Shepherd hob die Schultern und wies auf die andere Seite, wo ein paar Knechte damit beschäftigt waren, die Ställe auszumisten. „Wenn es Sie nicht stört, auch gerne hier.“

„Gut. Gibt es Neuigkeiten?“

„Keine von Rang. Es tut mir leid, aber das war zu erwarten.“

„Die Devaneys haben nichts gesagt? Keinen Hinweis?“ In seinem Herzen schmerzte es noch schlimmer als in der Magengegend.

Shepherd trat nah an ihn heran. „Lord Clarke, Gefühle sind flüchtig. Vergessen Sie das Mädchen – das wäre das Beste.“ Seine Mimik wirkte undurchdringlich.

„Wie könnte ich!“, zischte Richard und blinzelte seine grenzenlose Enttäuschung weg. Etwas in ihm sträubte sich, die Geschichte so anzunehmen. Ob er ihn nur ruhigstellen wollte? Er würde doch Amber und sein ungeborenes Kind nicht aufgeben!

„Ach Mylord“, sagte der Friedensrichter mit leiser Stimme. „Solche Geschichten hat es zu allen Zeiten gegeben und Sie sollten sie nicht zu ernst nehmen. Lassen Sie der Familie etwas Unterstützung zukommen.“ Als er Richards entsetzte Mimik sah, fügte er erklärend hinzu: „Miss Devaney und Sie leben in zwei Welten, die nicht für einander geschaffen sind. Wenn Sie mich fragen – Sie sind ein ungleiches Paar. Das würde nicht gut gehen.“ Dann setzte er seinen Hut auf und verabschiedete sich mit einem knappen Gruß.

Steckte der Friedensrichter mit den Devaneys unter einer Decke? Wollte er gar nicht, dass man Amber fand? Mit einem unguten Gefühl und erheblicher Niedergeschlagenheit wandte sich Richard wieder Avalon zu. Gedankenverloren strich er ihm über den Hals und hoffte, dass Francis Zeit fand, bald zu Besuch zu kommen.

Ein paar Tage später kündigte der Marquess von Salisbury seinen Besuch in einem Brief an und erreichte am späten Nachmittag Cold Ashton Manor. Francis sprang leichtfüßig aus der Kutsche und wirkte kein bisschen erschöpft, obwohl er den ganzen Tag unterwegs gewesen war.

„Du bist tatsächlich gekommen!" Richard schüttelte ungläubig und glücklich zugleich den Kopf. „Du stellst dir nicht vor, wie froh ich bin, dass du jetzt hier bist. Die Zeit drängt", betonte er und klopfte ihm auf die Schulter. In Francis Gegenwart fühlte er sich bestärkt, sein Vorhaben umzusetzen.

Nach dem Dinner mit Richards Eltern und einem anregenden Gespräch machten es sich die Freunde im Raucherzimmer gemütlich – so wie all die Jahre, wenn Francis zu Besuch kam. Es war bereits recht warm hier und das Hausmädchen hatte vorhin nochmals Scheite im Kamin nachgelegt.

Francis schmunzelte. „Deine Einladung hat mich gefreut, aber du hast mich offenbar nicht ohne Grund eingeladen. Das hat mich neugierig gemacht, Richard. Wie kann ich dir helfen?"

Richard reichte ihm ein Glas Whiskey. Sie waren jetzt allein. Sein Vater hatte am nächsten Tag einen wichtigen Gesprächstermin mit der Bank, zu dem er ausgeruht anreisen wollte. Deshalb hatte er sich eine halbe Stunde nach dem Dinner nach oben verabschiedet. Richard hoffte, dass der Graf bei seiner Besprechung auf einen menschenfreundlichen Bankdirektor traf. Warum sollte nicht doch noch ein Wunder geschehen?

„Du erinnerst dich, als wir an Weihnachten beisammensaßen und die Rede auf einen Mr Rolfe kam?“

„Allerdings“, nickte Francis und zog seine Jacke aus, die er lässig über die Sessellehne warf. „Das war bestimmt ein Pferdehändler, oder?“

Richard protestierte heftig und musste lachen. Dann seufzte er laut. „Spaß beiseite. Ich hoffe, dass du, wenn du meine Geschichte gehört hast – es ist mehr eine Beichte – noch mein Freund sein willst.“

Francis kräuselte die Stirn und schüttelte den Kopf. „Meines Wissens sind die Kronjuwelen immer noch im Tower unter Verschluss.“

„Typisch Francis“, grinste Richard, aber dann erzählte er ehrlich und schonungslos von Amber und wie alles gekommen war. Nachdem er seine Zuneigung und die Wünsche seiner Eltern vor ihm ausgebreitet hatte, ergänzte er das finanzielle Problem seines Vaters. Jetzt verstand auch Francis den Besuch von Mr Rolfe.

„Es erinnert mich an Powis Castle.“

Richard hob eine Braue. „Was war damit?“

„Du hast nie davon gehört? Sein Besitzer war der Spielsucht verfallen. Nicht nur ein Spieler, nein, gleich mehrere, die nacheinander dort lebten, haben es ruiniert. Die Leute flüsterten hinter vorgehaltener Hand, die Rösser ständen in den Beeten und müssten sich da ihren „Hafer“ holen.“

Richard starrte ihn an und schüttelte den Kopf. „Und niemand hat sich um die Ländereien gekümmert? Du meinst, niemand hat das Obst von den Bäumen gepflückt? Niemand die Felder bestellt?“

Francis nickte mit einem schmerzlichen Ausdruck in den Augen. „Es hat Jahre gedauert, bis wieder jemand im Haus wohnte, der mit Liebe alles restaurierte und brauchbar machte.“

Dann fügte er hinzu. „Entschuldige, das ist eine alte Geschichte. Ich wollte dich nicht entmutigen."

Es blieb eine Weile still im Raucherzimmer. Die beiden Freunde nippten still an ihren Gläsern und hingen ihren Gedanken nach.

„Hast du schon mit eurem Reverend gesprochen?"

„Mit Horton? Nein." Darüber hatte er schon eingehend nachgedacht. Was hätte der Reverend ihm schon sagen können? Womöglich hätte er noch seine Pläne durchkreuzt. „Das möchte ich auch nicht."

Francis holte tief Luft. „Bist du dir sicher, dass du Miss Devaney wirklich heiraten willst?"

Die Frage klang nüchtern und harmlos zugleich, und doch spürte Richard den tiefen Ernst, der dahintersteckte.

„Ich kann dir nicht sagen, wie viele Nächte ich wach gelegen, nachgedacht und gebetet habe. Jeden Morgen ist mein erster Gedanke: Amber. Und jeden Morgen, wenn das Gefühl immer noch so stark und gegenwärtig wie tags zuvor ist, weiß ich, dass sie meine Frau werden muss." Er neigte den Kopf. „Seit sie weg ist, bin ich fahrig, traurig und unglücklich. Kurz gesagt, sie fehlt mir unendlich."

Francis schlug die Beine übereinander. „Uns bleibt nicht viel Zeit, das weißt du. Wenn du mit deinen Eltern erst mal zu Besuch bei den Alnwicks angereist bist, wirst du dich wohl kaum mehr vor dieser Helen und erst recht nicht vor ihren Eltern retten können."

Richard nickte und betrachtete seinen Freund, der in einer prächtiger Garderobe gekleidet im Sessel lehnte und trotzdem ungekünstelt wirkte. „Und wie ist dein Plan?"

Er hob die Hände. „Lass mich mal machen."

Direkt nach dem Frühstück am nächsten Morgen verschwand Francis. Niemand wusste, wo er war, nur dass er eine geschlossen Kalesche genommen hatte.

Er blieb Stunden weg, aber da die Wege trocken waren und es nicht nach Regen oder Sturm aussah, bestand kein Grund zur Sorge. Gerade noch rechtzeitig zum Lunch hielt die Kutsche wieder vorm Herrenhaus.

Richard fing ihn ab. „Bitte kein Wort zu meinen Eltern über deine Erkundigungen von heute Morgen. Was auch immer dabei herausgekommen ist, ja?"

Francis nickte und nahm seinen Zylinder ab. „Ich berichte dir später."

Es fiel Richard schwer, seine Neugierde zurückzuhalten. Längst hatten sich alle von der Tafel erhoben und das Geschirr war abgeräumt. Richard und Francis saßen nun allein im Esszimmer.

„Hast du etwas erreichen können?" Richard konnte beobachten, wie sich Francis aufrichtete.

„Sie finden noch nicht mal ein Wort des Bedauerns." Francis sah ihn ernst an. „Ich war in der Apotheke. Habe mich als ein Bekannter der weit verzweigten Familie ausgegeben." Als er in Richards ungläubige Augen sah, fuhr er fort: „Du glaubst doch nicht im Ernst, dass ich unvorbereitet ausforsche! Ein Zufall kam mir zu Hilfe, oder wie du es auch immer betiteln willst, jedenfalls traf ich im Dorf die Pastorenfrau, die aus Salisbury stammt und Verwandte in Marshfield hat. Beiläufig habe ich die ganze Verwandtschaft der Familie Devaney und die der Apothekersfrau ausgekundschaftet. Und erfahren, dass der Schwester deines Apothekers genau das Gleiche widerfahren ist wie deiner reizenden Amber."

Richard saß mit offenem Mund da und rang nach Atem. „Sagtest du, wie Amber?"

„Ja." Francis fuhr sich mit der Hand über die Haare und holte tief Luft. „Hast du je gehört, dass es in der Familie Devaney eine Schwester des Apothekers oder eine Tante mit Vornamen Juliette gibt? Nein? Das ist kein Wunder!" Er beugte sich vor und senkte die Stimme. „Sie darf es nicht mehr geben, hat sie doch die Familienehre verunglimpft. Das Ehrgefühl der Familie und das Ansehen unter Nachbarn und Freunden war aufs Tiefste herabgesetzt. Diese Juliette Devaney war damals nicht nur schwanger, sondern besonders betroffen, da ihr Liebhaber rücksichtslos eine andere geheiratet hat. Die Chance, irgendetwas zu retten, war damit vertan. Sie blieb eine ledige, sitzen gelassene junge Frau, deren Ansehen einfach nicht mehr zu schützen war."

Mit gemischten Gefühlen betrachtete Richard seine Hände. Erst die Tante, jetzt Amber. Kein Wunder, dass bei den Devaneys die Erinnerung alle klaren Gedanken beschattete.

„Wo ist sie hingegangen? Lebt sie hier in den Cotwolds?" Er sah seinen Freund durchdringend an.

Francis schüttelte den Kopf. „Es heißt, sie sei weg aus der Grafschaft und auf eine Insel geflüchtet. Wo sie tatsächlich hingezogen ist, weiß man nicht. Und wer es vielleicht erfahren hat, schweigt. Aber sie soll sehr hübsch gewesen sein, wie deine Amber." Er lächelte schief. „Das muss irgendwie in der Familie liegen."

Richard stand auf und drückte seinem Freund die Schulter. „Ich kann dir gar nicht sagen, wie dankbar ich dir bin. Wir werden sie finden. Du hilfst mir doch dabei, oder?"

14

Sein Freund Francis hatte eine eigene Art, Richard bei seinen Nachforschungen zu unterstützen. Auf Ideen wie seine wäre Richard nie gekommen. Da er im Londoner Parlament saß, blickte er mit einer anderen Sichtweise auf die Geschehnisse im Lande.

Während er Fabriken besuchte, um sich nach den Arbeitsbedingungen der Menschen zu erkundigen, nutzte er die unauffälligen Zusammentreffen und Gespräche für seine Recherchen. Die einfachen Arbeiter wussten meist mehr, als sie sagten. Und die eine oder andere ältere Hilfsarbeiterin konnte sich möglicherweise noch erinnern. Frauen blieben solche Dramen einfach länger im Gedächtnis.

„Ich kann dir gar nicht sagen, mit wie vielen Leuten ich gesprochen habe. Und tatsächlich konnten sich auch welche an diese Juliette Devaney erinnern. Nur wusste niemand, was aus ihr geworden ist.“ Francis legte seine Hand auf Richards Schulter. „Tut mir wirklich leid, mein Freund.“

„Schade“, sagte Richard und starrte auf den Teppich, „meine Nachforschungen waren ebenso erfolglos. Ich habe sogar unseren Reverend aufgesucht. Er hat noch Kontakt zu einem alten Pfarrer in Marshfield. Selbst der konnte unserem Horton keine Adresse sagen. Natürlich sind seine Äußerungen nur oberflächlich, Vertrauliches hätte er nie ausgeplaudert. Allerdings konnte er sich an jede junge Frau erinnern, die dieses Los verbüßte. Auch an diese Devaney. Als alles ans Licht zu kommen drohte, sei sie plötzlich weg gewesen und seitdem habe man nie mehr was von ihr gehört. Selbst er nicht.“

„Hat Amber dir nicht mal einen Brief geschrieben? Es wäre doch naheliegend.“

„Nein!“ Die Verzweiflung hatte Richard voll ergriffen. „Was soll ich nur tun? In London suchen?“

„Richard, das bringt nichts. Wir können nur beten. Unterschätze nicht die Kraft des Gebets – unser Herrgott hört jedes einzelne!“

Schweren Herzens ließ Richard Francis am folgenden Sonntag heimreisen. Die Kutsche stand bereits abfahrbereit vor der Eingangstreppe, als die Freunde sich voneinander verabschiedeten. Bevor sein Freund einstieg, umarmte Richard ihn. „Ich danke dir nochmals für deine Hilfe, auch wenn es mich nicht wirklich weitergebracht hat. Solltest du in London etwas hören, was auf Amber passt, schreibe mit bitte unverzüglich.“

„Auf jeden Fall. Und was wirst du jetzt tun?“

„Beten, dass irgendetwas passiert, sodass ich nicht nach Bailbrook House reisen muss.“

Als Richard am nächsten Morgen beim Frühstück bedauerte, dass Francis nicht hatte länger bleiben können, schwieg seine Mutter betreten.

Lord Clarke dagegen musterte ihn unverhohlen und meinte: „Ich schätze den Marquess von Salisbury sehr, und dass er dir ein treuer Freund ist, ehrt ihn. Allerdings hätte ich ihm zugetraut, dass er dich von deiner aberwitzigen Idee abhält, anstatt in den Fabriken rumzuschnüffeln.“ Als Richard ihn überrascht anblickte, zog er einen Mundwinkel nach oben und fuhr fort: „Ja, mir bleibt nichts unbekannt. Ich habe schließlich weitreichende Kontakte.“

Daraufhin verließ Richard wortlos den Raum. *Lieber nichts entgegnen, als unbedacht die Spannung verschärfen,* dachte er und zog sich auf seinem Zimmer um. Ein Ritt über die Ländereien würde helfen, einen klaren Kopf zu bewahren.

Als er vor den Stallung stand, trat sein Vater hinzu, was Richard Anlass gab, das Thema wiederaufzunehmen. „Ich werde Miss Devaney finden." Er wusste zwar noch nicht durch wen, aber er musste seine Absichten zumindest äußern – jetzt, da seine Eltern irgendwie erfahren hatten, dass Francis Besuch nicht nur aus Freundschaft und Höflichkeit geschehen war.

„Willst du, dass deine Eltern sich unter die Obdachlosen Londons mischen müssen?" Lord Archibald Clarke verschränkte die Arme vor der Brust und beobachtete, wie ein Stallknecht eine Fuhre Mist aus dem Pferdestall brachte.

Richard wischte einen nicht vorhandenen Flusen von seiner Reitkleidung und presste die Lippen fest aufeinander.

In den letzten Tagen war der Erdboden vollständig abgetrocknet und er würde endlich mal wieder ausreiten. Der Frühling nahte. Er atmete tief die erfrischende Morgenluft ein. Der Stallmeister kam hinter einem Pferdeknecht aus dem Stall und führte Ginger heraus. Sie war bereits gesattelt. Ein anderer Stallknecht stand etwas abseits an der Holzwand und putzte Reitstiefel.

Richard blickte zu seinem Vater. Er wollte ihn nicht kränken und freilich war ihm die Schuldenlast nicht gleichgültig. Das Schicksal seiner Eltern lag ihm am Herzen, doch der Wohlstand nicht unbedingt. Er war sich sicher, dass sie nicht hungrig und ohne Dach zurückbleiben würden, selbst wenn Herrenhaus und Ländereien an die Bank oder Gläubiger gingen.

Es gab genügend Verwandte mit großen Anwesen, die sie nur wenige Wochen im Jahr oder als Sommerfrische nutzten. Bestimmt würden sie seinen Eltern dort ein Unterkommen ermöglichen.

Wie gern würde er stolz auf die Vergangenheit von Cold Ashton Manor schauen, aber die Schwere in seinem Herzen ließ es nicht zu. Ohne Amber war das alles nichts.

Jetzt sah Richard seinem Vater fest in die Augen. „Wilhelm der

Eroberer, der spätere König Wilhelm I., war ein Bastard, wusstest du das? Sein Vater hatte keinen legitimen Nachfolger und bestimmte ihn trotzdem zum König." Er setzte seinen rechten Fuß in den Steigbügel und schwang auf. „Schreib den Alnwicks von mir aus, ich sei nicht interessiert." Damit setzte sich Richard mit Ginger in Bewegung und ritt vom Hof.

Obwohl Richard seine Entscheidung kundgetan hatte, bat ihn seine Mutter am späten Nachmittag unter Tränen, doch mitzukommen. Ihre ernsthafte Bitte rührte ihn und ihre tieftraurigen Augen gaben ihm das Gefühl, zustimmen zu müssen. So gab er letztlich nach. Aber er würde gegenüber Helen standhaft bleiben und wagte nicht daran zu denken, wie ewig ein Wochenende sein könnte.

Bis zur Abreise lag er jede Nacht wach. Immer wieder kreisten seine Gedanken um die Frage, was mit Amber passiert war und wo sie nun lebte. Dass sie lebte, davon ging er aus! Sie war keine Frau, die sich was antat. Aber was dachte sie wirklich über ihn und ihre Zukunft? Wenn der Graf doch nur zugestimmt hätte! Dann wäre alles ganz einfach gewesen. Was war bloß bei den Devaneys vorgefallen, dass sie spurlos verschwunden war? Gab es noch jemanden, den Francis und er nicht befragt hatten? Vielleicht kam ihm ja Gott endlich zu Hilfe – anders würde er nicht weiterkommen.

Er starrte an die Zimmerdecke. Wieder und wieder formulierte er Anrufungen, hoffte auf ein Wunder und ging gedanklich alle Möglichkeiten durch, wie er herausfinden konnte, wo sie sein könnte. Gegen das Schweigen ihrer Eltern hatte er keine Chance. Nächtelang wälzte er sich im Bett, aber er fand keine Ruhe und erst im Morgengrauen nickte er für kurze Zeit ein, bis seine Gedanken wieder bei Amber angelangt waren.

Als sie am Freitagvormittag zu dritt die Kutsche bestiegen, mit unzähligen Koffern ausgestattet, weil sich seine Mutter nicht auf wenige Kleider festlegen wollte, hatten sich die dunklen Wolken der letzten Tage verflüchtigt. Das helle Blau erstrahlte unter der Märzsonne und versprach bei mildem Ostwind, dass die zweistündige Kutschfahrt bis zum Lunch zu schaffen war.

Richard saß nachdenklich neben seinem Vater und schaute gedankenverloren aus dem Fenster. Seine Mutter plauderte, wie sie sich auf die Tage bei den Alnwicks freue und hoffte auf gute Gespräche.

Ihr Weg führte über die üblichen holprigen und manchmal noch mit Pfützen übersäten Straßen, vorbei an alten, efeubewachsenen Bäumen und Gehöften. Als die Kutsche schließlich abbog, passierten sie ein großes, schmiedeeisernes Tor und ratterten durch eine endlose Allee, deren Ende eine Auffahrt zeigte und den Blick auf ein Schloss freigab. Das Gebäude verschlug ihm im ersten Moment die Sprache.

Es war aus goldenem Sandstein gebaut, mit unzähligen im spätgotischen Stil gemauerten Fenstern und zahlreichen Zinnen, die er sich zu zählen sparte. Allein schon der Platz vor der Eingangstreppe hatte etwas Erhabenes, bepflanzt mit einem riesigen alten Ahornbaum, um den sich Buchsbäume und Rabatte gruppierten.

Ihre Kutsche machte einen Bogen und kam dann zu einem Halt. Wie Zinnsoldaten stand die Dienerschaft links und rechts vom Eingang und in der Mitte der Marquess, die Marchionness und Lady Helen.

Mit beträchtlicher Etikette wurden sie begrüßt. Die Marchionness zog sogar ihre Mundwinkel ein wenig nach oben, als Richard sich vor ihr verbeugte. Lady Helen beobachtete ihn mit geröteten Wangen und ihre geraden, tief liegenden Brauen hatten sich gehoben.

„Lady Helen“, sagte er, nahm ihre behandschuhte Hand und deutete einen Handkuss an.

Sie schnappte nach Luft und lächelte, was ihr die Strenge aus dem Gesicht nahm. Er erwiderte es spontan und konzentrierte sich darauf, ihr keine Hoffnung zu machen.

Nachdem er und seine Eltern die Gästezimmer bezogen und sich frisch gemacht hatten, fanden sie sich im Speisesaal zum Lunch ein. Richard hatte sich vorgenommen, freundlich, aber distanziert zu sein. Man hatte ihn direkt gegenüber von Lady Helen platziert, was ihn in die missliche Lage brachte, ihr mehr als gewollt Aufmerksamkeit zu schenken.

Ihr Haar war diesmal weniger aufwendig und natürlicher frisiert, was ihr gut stand. Während des Essens wurden eher Nettigkeiten ausgetauscht, was das Eingewöhnen erleichterte.

Die Herren zogen sich nach dem Essen ins Raucherzimmer zurück. Richard war überrascht, wie sein Vater und der Marquess ihre Feindschaft zugunsten ihres angedachten Handels, mit ihm und Lady Helen als Hauptpersonen, beiseitegelegt hatten.

„Mein lieber Richard“, der Marquess legte freundschaftlich eine Hand auf Richards Schulter, „so darf ich Sie doch nennen?“ Als Richard verblüfft nickte, fuhr er fort. „Ich freue mich sehr, Sie näher kennenzulernen. Es liegt mir fern, Sie in eine Entscheidung zu drängen, doch ich kann Ihnen versichern, dass Sie mir sehr sympathisch sind.“ Er lachte mit einem tiefen Brustton. „Und nicht nur mir.“

Richard hatte nicht das rechte Verlangen, darüber zu reden. „Darf ich fragen, wie Sie die Dispute bezüglich der Grenzverläufe beigelegt haben?“, lenkte er ab. Er wusste inzwischen, dass der Marquess sich Vaters Schwächen zunutze gemacht hatte und dass seine Familie keine Mittel mehr besaß, die wahren Verhältnisse von einem Richter klären zu lassen. Lady Helen als einzige

Erbin, das zu wissen brachte die kuriosesten Ideen hervor, vor allem, wenn man einen heiratsfähigen Kandidaten anzubieten hatte.

„Angesichts einer möglichen Verbindung unserer Familien ist es mir eine Herzensangelegenheit, in Frieden mit den Nachbarn zu leben. Ihr Vater und ich sind übereingekommen, dass er keine rechtlichen Schritte einleitet, was die Grenzverläufe betrifft und ich greife ihm fiskalisch unter die Arme, wenn Sie verstehen?" Er räusperte sich und sagte bedächtig: „Angesichts der Umstände fühlen Sie sich bitte nicht gedrängt. Doch ich kann Ihnen aus tiefstem Herzen versichern, dass ich mir nichts mehr wünsche – bitte verzeihen Sie meine direkte Art –, als Sie als meinen künftigen Schwiegersohn begrüßen zu dürfen."

Der Marquess und Lord Clarke wechselten vielsagende Blicke.

Richard fühlte sich überrumpelt und hatte Mühe, eine angemessene Antwort zu formulieren. Er trat unwillkürlich einen Schritt zurück. „Verehrter Marquess, dürfte ich vielleicht mit meinem Vater unter vier Augen sprechen? Außerdem sollte Lady Helen in eine derart weitreichende Entscheidung mit einbezogen werden." Er fühlte, wie sein Kopf glühte und sein Mund ausgedörrt war wie Puder.

Ein verhaltenes Zögern, dann klappte der Mund des Marquess auf. „Bitte!" Er machte eine Handbewegung und verließ das Zimmer.

„Wie kannst du mich hier vor diese Entscheidung stellen", stieß Richard hervor. „Eine Geldheirat als Kompensation!"

Sein Vater trat einen Schritt vor, dass er sein Duftwasser roch, und sah ihm in die Augen. „Das ist unsere einzige Möglichkeit, verstehst du das immer noch nicht? Wir sind vernichtet, wenn du ablehnst!"

Richard lachte bitter auf. „Du willst mich also wirklich in die Ehe mit Lady Helen drängen?"

„Unterschätze nicht die Würde unserer Familien in der englischen Gesellschaft."

Er schluckte. *Allmächtiger Gott, hilf!* „Gib mir eine Nacht, um mich zu entscheiden." Er brauchte Zeit, um alles zu überdenken, obwohl seine Meinung unumkehrbar feststand. Der Graf konnte ihn doch nicht zu etwas nötigen, was sein ganzes Leben auf den Kopf stellte! Besser gesagt, seine Zukunft ruinierte. Vielleicht geschah bis morgen früh ein Wunder.

„Gewährt." Sein Vater kniff die Augen zusammen. „Und ich will hoffen, du weißt, wie die Entscheidung aussieht!"

Am nächsten Morgen wusste Richard nicht, ob er überhaupt ein Auge zugetan hatte. So wie in den letzten Tagen bewegten sich seine Gedanken immer wieder im Kreise. Mit schweren Gliedern stand er auf und trat ans Fenster, das den Blick auf die Auffahrt erlaubte. Wie spät mochte es sein?

Er sah seinen Vater unterhalb des Treppenaufgangs stehen. Plötzlich lenkte Hufgeklapper seine Aufmerksamkeit auf eine heranfahrende Kutsche, die in des Grafen Nähe stehen blieb. Ein Bote stieg heraus mit Briefen in der Hand. Die Männer wechselten ein paar Worte, worauf der Bote die Schreiben durchsah und eines herauszog, das er seinem Vater übergab. Dann verschwand der Überbringer im Haus.

Sein Vater öffnete das Schreiben, erstarrte und wandte seine Blicke in die Ferne. Richard hatte keine Ahnung, von wem die Nachricht kam, aber sie musste den Grafen derart in Panik versetzt haben, dass er mit zusammengekniffenen Augen und aufgerissenem Mund dastand und nach einer Weile der Schockstarre den Brief zerriss. Richard glaubte, ihn wie einen Drachen fauchen zu hören, bevor er die Papierschnipsel mit einer wegwerfenden Bewegung zerstreute. Aufgebracht stampfte sein Vater Richtung Garten davon.

Welche Worte hatten seinen Vater derart in Rage und Panik versetzt? Ein Todesfall in der Familie? Nein, dann wäre er sofort ins Haus zurückgekehrt, um alle zu informieren. Es konnte sich nur um die Drohung eines Gläubigers handeln. Wer sonst würde Post nach Bailbrook House nachsenden? Offenbar gab es keine Chance mehr, ihren Besitz zu retten. Entschlossen zog sich Richard an und ging nach unten. Bevor er in den Frühstücksraum ging, huschte er nach draußen und suchte seinen Vater, der sich gebeugt an einem Brückengeländer festhielt, das eine schmale Brücke begrenzte, die über einen großen Teich führte. Im Sommer musste es hier traumhaft schön sein, wenn Libellen und andere Insekten am Ufer über Seerosen, Sumpfpflanzen und Wasserlilien schwebten.

„Guten Morgen, Vater. Geht es dir nicht gut?"

Sein Vater wandte den Kopf und sah ihn wortlos an. In seinem Gesicht, das feucht glitzerte, lag das blanke Entsetzen, dass es Richard eine Gänsehaut bescherte.

In diesem Augenblick wusste Richard, was zu tun war – auch wenn alles in ihm aufbegehrte, selbst wenn er damit seine Liebe verriet und sein Wort zu Amber brach. Er musste es tun, wenn er nicht riskieren wollte, dass sein Vater an einem Herzanfall starb.

„Ich werde Lady Helen heiraten."

Für den nächsten Abend war eine große Gesellschaft geplant.

„Wir haben kurzfristig ein paar nette Leute eingeladen", kokettierte die Marchionness gut gelaunt beim Lunch. Was sie darunter verstand, erfuhr Richard am Samstagabend: Unzählige Kutschen fuhren vor. Ihnen entstiegen bestens gekleidete Herren und in traumhafte Kleider gehüllte Damen, die – zum Teil mit ihren eigens mitgebrachten Dienerinnen – die Eingangstreppe hochstolzierten. Der Ballsaal war in ein fulminantes Blumenmeer gehüllt, als wäre die Krönung des Königs von Westminster Abbey nach Bailbrook House verlegt worden.

Richard klopfte das Herz bis zum Hals. Gestern Abend hatte der Marquess sein breitestes Lächeln aufgesetzt und war nach dem Dinner aufgestanden. Offenbar hatte er bereits mit seiner Tochter gesprochen, denn sie schaute mit hochrotem Kopf vor sich hin, als ihr Vater die Neuigkeit verkündete.

„Ich bin stolz, in Richard einen wahren Gentleman als Schwiegersohn zu bekommen. Ich lege das Glück meiner einzigen Tochter in seine Hände."

Richard hatte Helen angesehen, die ihn unter ihren dichten Wimpern hinweg anhimmelte. Er zwang sich, nicht den Blick von ihr zu nehmen. Jetzt musste er zu seiner Entscheidung stehen. Niemand konnte in seine beschwerte Seele sehen. Amber mit ihrer aufgeweckten, so beherzten und klugen Haltung war unerreichbar für ihn geworden, aber er hatte die Erinnerung und seine Sehnsucht nach ihr tief in seinem Herzen versiegelt. Aus Pflicht hatte er seine Gefühle und sein Versprechen geopfert.

Doch seine Augen blieben ernst, obwohl er lächelte. Wie nicht anders erwartet, hatte Helen ein kostbares Seidenkleid an, das ihr viele bewundernde Komplimente bescherte.

Dazu trug sie ein vierreihiges Perlenarmband, bis zu den Ellenbogen reichende weiße Handschuhe, eine Nelke in der Hand, und ein auffälliges Medaillon am Ausschnitt, das ihn an ein Gemälde der Maria Luisa von Parma erinnerte.

Er beugte sich zu ihr, sodass er ihren Duft aus Rosen, Zitronen und Apfel wahrnahm und flüsterte ihr ins Ohr: „Du bist die eleganteste Dame hier im Saal, Helen." Seine Stimme zitterte leicht ob der tiefen Empfindung und er versuchte seine Sehnsucht nach Amber zu unterdrücken. Er hatte sein Versprechen gebrochen! Hoffentlich konnte er sich irgendwann wieder im Spiegel in die Augen sehen.

Mit Helen, die momentan starr und aufrecht neben ihm stand, würden die Sorgen seiner Eltern Vergangenheit sein. Er beschloss, das Gelöbnis, das er Helen bei der Hochzeit geben würde, einzulösen und sie zu ehren. Ob er sie je lieben würde – das stand auf einem anderen Blatt!

Der Zeremonienmeister stellte sämtliche Gäste mit Namen und Adelsdiplomen vor. „John Percy, Graf von Northumberland." Der Zeremonienstab klopfte auf. „Mary Ann Percy, Gräfin von Northumberland ..." Tock, tock. „Sir Morgan Malet de Graville ... Lady Anne Malet de Graville ..." Tock, tock. Richard hörte nur noch halb hin. „... Gräfin von Chester."

Richard ahnte mittlerweile, dass dieses Fest keineswegs kurzfristig, sondern von langer Hand geplant war. Alles war perfekt organisiert, von den Musikern über die Häppchen, von Punsch über Wein und Gebäck. Selbst die Tänze waren in ihrer Reihenfolge festgelegt und er musste gestehen, dass die Marchionness alles perfekt und voller Leidenschaft in Szene gesetzt hatte. Der Saal war erfüllt von Geraune und heiterem Gelächter.

Das Orchester spielte einen Reel, den er als ersten Tanz Helen widmete, die zwar eine hervorragenden Tanzlehrer gehabt haben musste, aber wie ein Wanderstab sich in die Achterfigur reihte. Seine Eltern hielten sich zurück und überließen den meist jungen Gästen das Parkett. Marchionness Ruth blieb ebenso lieber am Tisch sitzen und sah mit strahlenden Augen dem Trubel zu. Die Gäste, die nicht tanzten, drängten sich an den Seiten und plauderten, nippten an Punsch und Wein und summten Melodien des Orchesters mit.

Als nach einiger Zeit erneut eine Tanzpause entstand, nutzte der elegant gekleidete Marquess die Gelegenheit zu einer Ankündigung: „Es ist mir eine besondere Ehre, Ihnen im Rahmen dieses Balles die Verlobung meiner geliebten und einzigen Tochter Helen mit Lord Richard Clarke, der fünfte Viscount von Landsdown, Sohn des ehrenwerten Lord Archibald Clarke, der vierte Graf von Cold Ashton Manor, und seiner wunderbaren Gattin Lady Kathleen Clarke, der Gräfin von Cold Ashton Manor, anzukündigen, der in Kürze die Hochzeit folgen wird …"

Während der Marquess gut gelaunt weiterredete, schweiften Richards Gedanken ab. Diesmal würde er zu seinem Wort stehen. Applaus setzte ein. Richard neigte sich zu Helen, deutete einen Handkuss an und sah sie an. Er glaubte ein Funkeln ihren Augen zu entdecken. *Mein Herz ist weit weg,* dachte er. *Du wirst mich nicht sehen, nicht, wie ich wirklich bin. Das Licht, das Ambers Liebe über mich ausbreitete, wird mich immer bedecken und ich werde es wie ein Geheimnis bewahren.* „Bist du glücklich?", fragte er.

„Ja", flüsterte sie, „ich habe das Gefühl, ich bin noch auf der anderen Seite des Meeres. Du hilfst mir, dass ich das Ufer erreiche. Es ist alles so herrlich, wie ein Traum, der jetzt Wirklichkeit wird."

Die Hitze, die sonst in ihm aufstieg, wenn er Amber in die Augen sah, war einer seltsamen Kühle gewichen. Er hielt Helens Hand fest, als wollte er ihr sagen, dass sie mit ihm rechnen konnte, mit seinem Wort und ihm an ihrer Seite. Seine Ehe würde von Vernunft geleitet sein, von Achtung und Rücksichtnahme. Ein Gefühl von tiefer Schuld mischte sich in seine widerstrebenden Gefühle. Die zerplatzten Träume verschloss er tief in seiner Seele.

Vielleicht würde er die Schwere seines Gewissen eines Tages fallen lassen können. Cold Ashton Manor war vorerst gerettet! Er hoffte, dass sein Vater aufgerüttelt worden war und wieder Fuß fassen würde. Ob es dem Grafen gelingen würde, sich von den Spieltischen fernzuhalten?

15

Das Frühjahr hatte in Wales Einzug gehalten. Milde Luft beherrschte vermehrt die Tage, und überall erwachten Bäume und Sträucher aus ihrer Trägheit. Blattknospen entfalteten sich mit einer Hast, dass es Amber die Tränen in die Augen trieb, so fasziniert war sie von der Energie der Natur. Würde nicht alles lautlos geschehen, sondern schallend und unstillbar kühn, eine Welle von exorbitanten faszinierenden Klängen würde sich über die Welt ergießen.

Seit das morgendliche Unwohlsein weg war, fühlte sie sich besser. Als Tante Juliette an diesem Sonntag einen Spaziergang der ganzen Familie nach dem Lunch vorschlug, stimmte sie zu.

„Ich habe dich noch keinen Tag richtig lächeln sehen“, stellte ihre Tante fest, während sie die Dorfstraße hinter sich ließen und einen Feldweg nach Nordwesten einschlugen. Sie hakte sich bei ihr unter, während Onkel Ethan und Joshua vorausgingen.

Ambers Augenbrauen federten in die Höhe. „Wundert dich das?“

„Nein.“

„Die Arbeit in deinem Geschäft macht mir aber viel Freude“, sagte Amber und dachte an die vielen Schubläden und beieinander aufgestellten Tiegel, von denen manche mit ihrer Beschriftung sie an die Apotheke erinnerten. „Ich kann dich jetzt verstehen. Wie schön, dass Onkel Ethan es befürwortet.“

Tante Juliettes Augen blitzten auf. „Ich habe meinem Gespür vertraut. Das sagte: Heirate ihn. Er hat *mich* gesehen, nicht meine Fehler, nicht meine Vergangenheit.“

Diese Güte hatten wenige Männer. „Ich frage mich, warum Richard mir nie …“ Den Rest des Satzes verkniff sie sich in letzter Sekunde. Tante Juliette wusste nichts von ihrem Schreiben nach

Cold Ashton Manor. „Er hätte mir doch wenigstens schreiben können, dass er mich nicht mehr liebt … mich nicht heiraten kann … mich …“, sie biss sich auf die Lippen, „mich vergessen hat.“ Sie blinzelte aufsteigende Tränen fort.

„Ach, Amber“, seufzte ihre Tante, „ich kann dich gut verstehen. Ich habe den gleichen Fehler gemacht. Einen solchen Skandal vergisst so schnell niemand.“ Sie sah sie voller Wärme von der Seite an. „Aber glaube mir, *Gott* hat dir längst verziehen!“

Amber sah in die Ferne. Über den Feldern reichte ihr Blick bis zum Horizont, der von einer ultramarinblauen Linie begrenzt wurde. Die klare Witterung schien ganz Wales zu erfassen. „Das mag ja sein“, sagte sie nachdenklich, „allerdings hat mein Versagen eine Konsequenz für meine gesamte Zukunft. Wie eine rote Linie wird es sich durch mein Leben ziehen.“

Tante Juliette drückte mitfühlend ihren Arm und nickte. „Wann genau wird dein Kind kommen?“

„Im frühen Herbst.“ Mit der freien Hand strich sie sich über den Bauch. Noch waren die Veränderungen, die die Schwangerschaft mit sich brachte, unter ihrem modisch geschnittenen Kleid für andere nicht zu sehen, doch das würde sich in Kürze ändern. Bald würde ein Korsett nicht mehr das richtige Kleidungsstück für sie sein.

Inzwischen fühlte sie sich wieder voller Kraft und genoss den langen Spaziergang. „Gibt es hier eine Hebamme? Oder wer kann mir sagen, wann das Kind genau kommt?“

„Im Nachbarort haben wir die alte Violet Prayman, eine erfahrene Geburtshelferin. Sie hat mir schon damals bei Joshua beigestanden. Mrs Prayman hat viel erlebt und gesehen und macht keine Unterschiede, ob eine Wöchnerin verheiratet ist oder nicht.“

Amber vermochte das nicht zu beurteilen. Sie starrte auf ihre Füße. „Ich habe Angst davor.“

„Angst ist ein schlechter Berater. Versteh doch, eine Geburt ist was Normales. Natürlich – sie kann auch gefährlich für Mutter und Kind sein. Niemand weiß, wie es ausgeht. Trotzdem haben Frauen seit Tausenden von Jahren Kinder bekommen."

Amber lächelte dünn. „Sonst wäre die Menschheit schon ausgestorben."

„Unsere Männer sind mutig, wenn es um Krieg und Kampf geht. Beim Kinderkriegen sähe das wahrscheinlich anders aus ..."

„Ich weiß nicht, was auf mich zukommt", argwöhnte Amber, „Mutter hatte nur Vorwürfe für mich übrig und hat mir nichts erklärt."

Tante Juliette blieb stehen und nahm sie in den Arm. „Deshalb kannst du Mrs Prayman vertrauen, sie wird dich einfühlsam betreuen."

Als der Wind auffrischte, sah Amber, dass sie sich dem Meer näherten. Auf einer Klippe blieben sie stehen. Unter ihnen lag ein herrlicher weißer Sandstrand, der von dicken Steinen unterhalb des Felsen begrenzt wurde. Zwischen dem grünen festen Gras, auf dem sie standen, blitzten erste Blüten von Crambe maritima hervor, die lila schimmerten Der Meerkohl wurde wegen seines nussigen Geschmacks und heilenden Wirkung allgemeinhin geschätzt.

„Im Sommer ist es besonders schön hier", sagte Tante Juliette. „Nie hätte ich gedacht, dass dieses Fleckchen Erde mir mal lieber sein würde als die Cotswolds."

Joshua blieb auf einmal stehen und drehte sich um. „Dort drüben", er zeigte nach Nordosten ins Landesinnere und sah Amber an, „dort arbeite ich."

Ihre Augen folgten seiner Hand. Etwa eine halbe Meile entfernt stand ein großes Herrenhaus mit vier Spitzgiebeln und ragte hinter einem efeubewachsenem Mauerwerk in die Nachmittagssonne, die es in goldenen Schattierungen aufleuchten ließ. Es musste sehr alt sein, dem Baustil nach hatte es sicher bereits viele Bewohner gesehen. Ihr Blick blieb an dem Torhaus hängen, das in ihr widersprüchliche und leidenschaftliche Empfindungen auslöste. Sie dachte an das letzte Mal, als sie mit Richard gesprochen hatte und an ihre überstürzte Abreise.

Hufgeklapper ließ sie herumfahren. Hinter ihnen stand ein zweispänniger Landauer, von dem nun der Fuhrmann herabsprang und zu ihnen trat. Mit einer Verbeugung blieb er stehen. Sofort erkannte Amber ihn und war überrascht, dass er den Wagen selbst fuhr. Es war Sir Millweard, der sie alle freudig begrüßte und sich formell verneigte.

„Sie haben sich einen der schönsten Ausblicke von ganz Wales ausgesucht", lachte er und wandte sich seinem Verwalter zu, „nicht wahr, Mr Rutherford?"

„Einzig aus diesem Grund habe ich mich für den Dienst in Ihrem Haus entschieden", grinste Joshua, „und noch keinen Tag bereut."

Amber verstand erst jetzt richtig, dass ihr Cousin das Landgut des Baronets leitete. Er hatte es zwar mal erwähnt, aber sie hatte es wohl verdrängt. Die beiden Männer schienen sich gut zu verstehen. Ihre unbefangene Art miteinander umzugehen, fand sich nicht oft, obwohl Sir Millweard fast sein Vater hätte sein können. Während sich die Männer unterhielten, drehte sich Amber zum Meer, beschattete mit der Hand ihre Augen und sah einer Möwe nach, die sich mit Gekreische in die Lüfte erhob. Weit unter ihr brandeten Wellenberge auf den Sandstrand. Sie sog tief die salzige Luft ein.

„Die Gegend um Whitesands wurde schon vor Tausenden von Jahren besiedelt", sagte Sir Millweard. „Die Faszination, die vom Meer ausgeht, reicht bis in die heutige Zeit. Ich darf mich glücklich schätzen, hier zu wohnen."

Onkel Ethan wies auf Amber. „Wir möchten meiner Nichte

das außergewöhnliche Mahnmal zeigen, das Menschen in früheren Zeiten über der Grabkammer aufgeschichtet haben."

„Dann sind Sie ja schon fast da." Der Sir deutete mit dem Kinn in eine Richtung.

Ihr Onkel nickte. „Ja. Mich wundert, wie die Leute das damals geschafft haben."

„In der Tat", erwiderte Sir Millweard. „Eine bemerkenswerte Arbeit, die überdies viele Tausend Jahre überstanden hat." Er machte eine ausholende Handbewegung. „In ganz Wales findet man Plätze mit dieser Art der Bestattung." Er hatte seinen Hut abgenommen. und sah Amber an. „Aber was rede ich da von Begräbnissen! Miss Devaney, darf ich Ihnen noch eine Empfehlung geben? Hinter mir", er zeigte auf einen Hügel, der zu einer markanten Spitze zusammenlief, „steht Carn Llidi. An manchen Tagen haben Sie vom Gipfel des Hügels einen sensationellen Blick in alle Richtungen, und wenn es ganz klar ist, erkennen Sie das Hochland, die Wicklow Mountains des Königreichs Irland."

Amber war verwirrt, dass er sie direkt ansprach. Sein eines Auge versprühte Wärme, während sich das andere hinter der Augenklappe verbarg.

Onkel Ethan drehte seinen Hut in den Händen, dann kratzte er sich am Kopf. „Warum bin ich noch nie da oben gewesen? Ist der Weg mühevoll?"

„Ethan", beschwerte sich plötzlich Tante Juliette, „du willst doch nicht deine Ehefrau und Nichte den Berg dort hinaufjagen? Spar dir deine geschichtlichen Begehungen. Die Tour kannst du gerne mal alleine machen."

„Ich möchte Amber doch bloß das berühmte Monument zeigen."

„Das kannst du gerne tun. Aber nur, wenn sie dafür keinen Berg besteigen muss."

„Nein, wir sind ja in ein paar Minuten da." Er wies mit dem Kinn in die Richtung.

„Verehrte Mrs Rutherford", Sir Millweard neigte seinen Kopf und sah sie freundlich an, „man braucht noch nicht mal Ausdauer. Wenn Sie die Grabkammer besichtigt haben, begleite ich Sie gerne hoch zum Carn Llidi."

Tante Juliette riss verblüfft die Augen auf. „Das ist sehr freundlich von Ihnen", bedankte sie sich und fuhr dann entschieden fort, „aber heute werden wir es dabei belassen. Gerne kann Mr Rutherford Sie in den nächsten Tagen auf einer Expedition begleiten."

Der Baronet lachte laut auf. „Ihre Art von Humor gefällt mir." Er musste das Schnauben seiner Pferde bemerkt haben, denn er warf einen Blick über die Schulter. „Mrs Rutherford, wenn Sie Ihr Ziel erreicht haben, darf ich Sie und Ihre Familie später zu einem Tee einladen? Mein Haus ist gleich hier." Er wies hinter sich. „Sie können sich etwas erholen, bevor Sie den Rückweg antreten. Und falls Sie es wünschen, stelle ich Ihnen gern meine Equipage zur Verfügung. Die Kutsche ist groß genug für alle."

Amber schaute ihn an. Hätte er die Einladung auch ausgesprochen, wenn er gewusst hätte, welchen Skandal sie umgab? Niemals. Trotz seiner Kriegsverletzung war er ein interessanter Mann, beeindruckend und warmherzig.

„Sir, das können wir nicht annehmen. Unser Weg führt zwar an ihrem Haus vorbei, aber ich denke, wir werden unseren Spaziergang fortsetzen", plauderte Tante Juliette freundlich und erstaunt über die ungewöhnliche Einladung. „Gerne ein andermal."

Der Baronet nickte ihnen zu und bestieg seinen Landauer. Dann ergriff er die Zügel und gab den Pferden das Zeichen zur Abfahrt. Amber sah ihm nach und musste plötzlich weinen. Sir Millweards Art erinnerte sie irgendwie an Richard. Wie schön wäre es, wenn er jetzt hier wäre und sie in die Arme nähme.

Zum Herrenhaus von Sir Millweard war es tatsächlich nicht weit. Als sie daran vorbeigingen, blieb Amber stehen und warf einen Blick durch das geschmiedete Prachtgitter, das ein Künstler geschaffen haben musste.

Hinter dem Tor setzte sich die Anmut fort. Sir Millweard hatte seinen Garten mit Liebe angelegt, das fiel ihr sofort auf. Mannshohe Rhododendren, winterharte Hortensien und Azaleen füllten wahrlich große Flächen. Verzückt betrachtete Amber die Gartenanlage. Sogar Spalierobst rankte an der Mauer, davor erstreckte sich eine niedrig gehaltene Buchshecke sowie Thymian, Duftrosen, Rosmarin und Lavendel, die im Sommer sicher ein fulminantes Aroma verbreiteten. Wie mochte erst der Küchengarten aussehen! Ihr Vater hätte bestimmt seine Freude an den Kräutern. Der Gedanke an ihn versetzte ihr einen Stich in der Brust.

Jemand griff sie am Arm und Amber zuckte zusammen. Die Fülle von Pflanzen hatten sie gedanklich für einen Moment weit weggeführt. Es war Tante Juliette, die sie aufmunternd ansah. Ihre in große Locken gelegte Frisur wollte heute irgendwie nicht halten und einzelne Locken zwängten sich unter ihrer Haube hervor.

„Wir sollten weitergehen“, mahnte Tante Juliette und presste die Strähnen zurück, „was wird er sonst von uns denken! Glaub mal ja nicht, dass wir unbeachtet bleiben. Komm!“

Sie setzten ihren Weg fort und besuchten die uralte Grabkammer, den Arthur’s Quoit, der in Form von mehreren riesigen aufgerichteten Steinen bestand, davon welche, die quer auflagen. Ansonsten gab es außer Gras wenig zu sehen.

Der Rückweg verlief mehr oder weniger schweigend. Zu Hause gab es Tee und verschiedene süße Scones, die Amber zuvor mit Mary gebacken hatte. Mary war heute mit jemandem verabredet, um den sie ein Geheimnis machte. Angesichts ihres eigenen Zustandes hatte Amber Mary eindringlich ermahnt, auf sich achtzugeben und sich zu nichts hinreißen zu lassen.

Ein paar Wochen später kam Sir Millweard wieder in den Laden. Während Amber einer Kundin die Ware in die Hand drückte und das Geld entgegennahm, stand Tante Juliette an der Seite und zählte nun zum dritten Mal die Haarspangen, die sie einem Paket entnahm. „Ich weiß auch nicht, was heute mit mir los ist", sagte sie, fuhr sich mit dem Ärmel ihrer karierten Bluse über die Stirn und warf die Handvoll Haarklemmen wieder in den Behälter. „Wahrscheinlich macht mich das Wetter so durcheinander."

Die Frau verließ den Laden und Sir Millweard trat an die Verkaufstheke. Er trug einen grünen Lodenmantel und darunter ein weißes Hemd mit Schluppe sowie eine karierte Weste, in der eine Taschenuhr mit Kette steckte.

„Guten Morgen, die Damen", grüßte er freundlich und sah von Tante Juliette zu Amber. Tante Juliette lächelte und folgte seinem Blick, der einen Moment zu lange auf Ambers Gesicht hängen blieb.

Geistesgegenwärtig sagte sie mit sorgenvollem Gesicht zu Amber: „Du wolltest doch noch die eingelegten Gurken aus dem Keller holen." Gleichzeitig schob ihre Tante sie zur Seite und zur hinteren Tür raus.

Verwirrt schüttelte Amber den Kopf. Was das wohl sollte? Tante Juliette kehrte in den Laden zurück, während sie hinter der angelehnten Tür stehen blieb. Der Baronet ließ sich von ihrer Tante die ein oder andere Ware aus dem Regal holen und abwiegen.

„Haben Sie vielleicht noch ein anderes Buch?"

„Leider keines, das im letzten Jahr veröffentlicht wurde. Allerdings habe ich hier *Englische Botanik oder farbige Figuren von britischen Pflanzen.* Das könnte Sie interessieren." Amber hörte sie blättern. „Es ist zwar schon in 1790 rausgekommen, hat aber sehr schöne Illustrationen. Und wenn ich daran denke, was um Ihr Haus wächst…“

„Ah, von Sowerby. Einem Naturforscher.“ Wahrscheinlich hatte er es in die Hand genommen.

„Sir, der Ledereinband hat einen Kratzer, leider. Ich würde es Ihnen günstiger überlassen.“

„Sehr schön, das nehme ich.“

Dann nannte Tante Juliette eine Summe und noch eine, die wohl der Höhe nach den gesamten Einkauf betraf. Amber wollte sich gerade auf den Weg zum Gurkenfass machen, als die Stimme des Sirs sie aufhorchen ließ.

Er räusperte sich. „Mrs Rutherford, ich bin nicht nur wegen Ihrer hervorragenden Waren gekommen.“

„Nein?“

Amber sah sie förmlich vor sich, wie sie überrascht ihre Brauen hob und gespannt auf eine Erklärung hoffte.

„Ende der Woche ist ein Tanzfest im Dorf. Erlauben Sie, dass ich Miss Devaney dazu einlade?“

Tante Juliette seufzte auf. „Ihr Anliegen in Ehren, aber ich glaube kaum, dass sie das möchte.“

„Oh.“ Amber schlug sich die Hand vor den Mund. Er wollte sie zum Tanzen einladen? Nein, ihre Tante hatte recht. Das wollte sie auf keinen Fall.

„Ich gebe zu, ich war noch nie dort und bin ein elender Tänzer. Es war nur so eine Idee, um Ihre Nichte etwas näher kennenzulernen.“

Amber hörte sie mit irgendwelchen Dosen hantieren, aber sie sagte nichts.

Offenbar war er nicht schnell abzuwimmeln. „Darf ich denn dann vielleicht um einen Spaziergang mit Miss Devaney bitten?

Selbstverständlich nur in Ihrer Begleitung." Die Begeisterung in Sir Millweards Stimme überschlug sich. „Wenn es den Damen genehm ist, vielleicht am Samstagnachmittag?"

Amber hielt die Luft an und schüttelte ungläubig den Kopf. Das war unmöglich! Wenn er um ihren Umstand wüsste, hätte er nie gefragt. Er hätte sie noch nicht mal angesehen. Ob es sich noch nicht im Dorf herumgesprochen hatte? Wie sich ihre Figur geändert hatte! Selbst dem Unbedarftesten musste es inzwischen auffallen. Niemand würde ihr mehr Völlerei unterstellen. Aber offenbar war er völlig ahnungslos.

„Sir Millweard", hörte sie ihre Tante zögernd sagen, „kann ich Ihnen vertrauen? Können Sie ein Geheimnis für sich bewahren?"

Sie hörte ihn förmlich nach Luft schnappen. „Seien Sie sich meiner Verschwiegenheit versichert. Aufgrund meines Aussehens bin ich selten unter Leuten. Fast nie."

Ja, seine Augen. Er tat ihr leid. Wahrscheinlich fehlte ihm die Selbstsicherheit, nichts auf das Geschwätz der Menschen zu geben. Als wären körperliche Einschränkungen nicht schon genug, wurden sie durch die Missachtung der Menschen noch zu einem größeren Problem, als es für die Betroffenen bereits war. Amber kaute auf der Unterlippe. Was, um Himmels willen, wollte Tante Juliette denn jetzt bekannt geben?

Die Stimme im Laden wurde leiser. „Meine Nichte ist Opfer eines Skandals geworden. Sie musste ihre Familie und ihr Dorf verlassen. Ich hoffe, dass sie hier ihr Kind zur Welt bringen kann und ihren Seelenfrieden wiederfindet."

Amber glaubte sich verhört zu haben, schlug die Hand vor den Mund und senkte den Kopf. Wieso erzählte sie einem Mann, dazu diesem netten Sir Millweard, dass sie schwanger war? Es ging ihn doch überhaupt nichts an. Sie war doch nicht auf der Suche nach einem Ehepartner! Er würde angesichts des Geständnisses fluchtartig den Laden verlassen. Wenn es schlimm kam, diesen auch nie mehr betreten.

„Das wusste ich nicht.“ Offenbar brachte es ihn in die Gegenwart zurück. Seine Stimme klang enttäuscht und eine Pause entstand. Dann hörte Amber ihn entschieden sagen: „Glauben Sie nicht, dass ich mich jetzt für mein kühnes Handeln entschuldige. Ich darf Ihnen versichern, dass ich Miss Devaney trotzdem bewundere.“

Das glaubte er doch selbst nicht! Wenn ihr nicht so bitter ums Herz gewesen wäre, hätte Amber laut gelacht. Was stellte er sich denn vor? Nein, sie würde nie jemand anderen lieben. All ihre Liebe und ihre Hoffnung würde Richard gelten. Ihr Herz gehörte einzig ihm. Und sie war sich immer noch sicher, dass er es ihr niemals zurückgeben würde. Sie rief sich sein Gesicht in Erinnerung, seine weichen Haare, sein markantes Kinn. *Richard, Geliebter, warum meldest du dich nicht?*, flehte sie in Gedanken. *Wir wollten doch einen ewigen Sommer erleben.*

Während sie Tante Juliette noch mit dem Baronet leise reden hörte, verließ sie ihr Schlupfloch und ging in den Keller, um endlich die Gurken hochzuholen. Dort würde sie niemand weinen sehen.

Jeden Tag wurde es nun wärmer und wärmer. Der Sommer hatte Wales erreicht. Nach dem Erlebnis mit Sir Millweard flüchtete Amber jedes Mal aus dem Laden, wenn sie ihn hereinkommen sah. Tante Juliette hatte ihn wohl überzeugt, dass eine nähere Bekanntschaft im Moment unangebracht war, doch er war geduldig und von gleichbleibender Freundlichkeit. Weil er nicht nachgab, überredete Tante Juliette Amber schließlich, ihm einen gemeinsamen Spaziergang am Samstagnachmittag zu gestatten.

Sir Millweard holte sie allerdings nicht am Haus ihrer Tante ab, sondern – weil Amber es so gewünscht hatte – vor einem Gasthaus außerhalb des Dorfes. Hier draußen konnte sie frei atmen. Gleich hinter dem Haus endete St Davids und ging in die raue Küstenlandschaft über. Sir Millweard überließ seine Kutsche einem Pferdeknecht und bot ihr den Arm, nachdem er ihre Tante und sie begrüßt und sich formvollendet verbeugt hatte. Sie schlugen den Weg in Richtung Klippen ein, enthoben den scharfen Augen neugieriger Nachbarn, die bei Hufgeklapper sofort die Hälse aus den Fenstern gesteckt hätten. Hier, wo kaum Bäume standen, spazierten sie an Feldern und einzelnen Gehöften vorüber, immer vom Seewind begleitet.

„Ich freue mich, dass Sie mir die Ehre geben, Sie ein wenig näher kennenzulernen“, sagte er mit sanfter Stimme. Amber blickte geradeaus, obwohl sie spürte, dass er sie von der Seite ansah. Wahrscheinlich gewahrte er ihre zwiespältigen Eindrücke, die sie beschäftigten: seine Absicht, ihre Sympathie zu gewinnen, und ihre Zweifel, dass dieser Spaziergang nur ein Gefallen war, den sie ihm und ihrer Tante tat.

„Meine Tante meinte, dass ich mehr frische Luft vertragen könnte.“ Andere Damen hätten es als außerordentliches Glück bezeichnet, seine Einladung anzunehmen. Sie selbst war zu verwirrt, als dass sie sich besonders hergerichtet hätte. Ihr grünes knöchellanges Kleid, das hervorblitzte, wenn der Wind durch ihren Umhang blies, hatte nur eine schmale Spitze an der hoch sitzenden Taille. Lediglich das hellgrüne Band an ihrem Hut war neu, was ihm einen frischen Anblick gab.

„Worin ich ihr recht gebe“, lachte er. „Nicht dass Sie blass aussehen, sondern ihr Eindruck gibt mir Hoffnung auf schöne Gespräche.“

Während Tante Juliette laut lachte, lächelte Amber sanft. „Sie sind sehr freundlich“, sagte sie gefällig, „in letzter Zeit bin ich nicht oft mit Mary hier draußen gewesen. Dabei verändert sich die Küste im Sommer besonders, ich meine, insbesondere die Pflanzen."

Sir Millweard plauderte in freundlichem Ton über die Flora, die er bestechend genau beschreiben konnte. Amber fand es erstaunlich, dass er offenbar das Wissen eines Gärtners besaß, und hörte ihm aufmerksam zu. Es würde sie nicht wundern, dass Tante Juliette darum wusste und mit gewissen Hintergedanken das stille Werben des Sirs unterstützte.

Ambers strenge Erziehung gebot ihr, mit einem Lächeln den Nachmittag vorübergehen zu lassen. Selbst als sie nahe der Klippen wegen eines kleinen Schwächeanfalls schwankte und Sir Millweard sie geistesgegenwärtig mit beiden Armen festhielt, blieb sie unbeirrt. Sie wollte einfach den grandiosen Blick auf die wie mit einer grünen Wolldecke bekleideten Steinformationen und den Ozean genießen und hatte nicht vor – trotz aller Sympathie für den Sir –, jemand anderem ihr Herz zu schenken. Sie wollte und durfte nicht wanken. Richard würde sich doch bestimmt bald melden – oder nicht?

Tag um Tag verging. Ihr Zustand war jetzt offensichtlich. Inzwischen konnte sie ihren Bauch nur noch unter einem weiten Mantel verstecken, was zur Folge hatte, dass sie selten nach draußen ging.

Manchmal, wenn die Füße von der Hitze geschwollen waren, setzte sie sich in den kleinen Garten hinter dem Haus. Im Schatten eines Baumes ruhte sie sich aus und legte ihre Füße hoch.

Heute war einer dieser fürchterlich warmen Tage und sie las in einem Buch.

„Amber", stürzte plötzlich Tante Juliette aus dem Haus. Sie war ganz außer Atem, „stell dir vor, es ist etwas ganz Schreckliches passiert!" Ihr Gesicht war schmerzlich verzerrt und sie griff sich an den

Kopf. „Die reizende Cerys“, sie winkte mit der Hand ab, „ich weiß gar nicht, ob du sie kennst – sie ist unterhalb der Klippen gefunden worden. Tot!“

„Nein!“ Amber schüttelte ungläubig den Kopf und hielt bestürzt die Hand vor den Mund. Es gab nur eine junge Frau im Dorf, die so hieß. „Die Tochter des Gemüsehändlers?“

„Ja.“

Ihr war, als hätte sich ein mächtiges Gewicht auf ihre Brust gelegt. „Sie war doch noch letzte Woche im Laden und hat Seife gekauft. Natürlich weiß ich, wer sie ist. Sie war so hübsch. Ach, das tut mir sehr leid.“ Sie sah ihre Tante nachdenklich an. „War es ein Unfall?“

Tante Juliette zögerte, dann schüttelte sie den Kopf. „Was man weiß – also, was hier erzählt wird – ist, dass sie offenbar ein Kind erwartete.“

„Sie war aber nicht verheiratet oder verlobt?“

Ihre Tante neigte mit düsterer Miene den Kopf. „Leider nicht.“

„Du meinst, sie hat sich … was angetan?“

„Der Friedensrichter leitet die Untersuchungen. Noch ist nichts öffentlich, aber wenn es stimmt, was ich im Geschäft erfahren habe, dann hat der Kindsvater sie sitzen gelassen.“

„Er hätte sie doch heiraten können.“

„Hätte, hätte. So sind sie, die Männer“, sagte Tante Juliette und wandte sich ab, damit Amber ihr trauriges Gesicht nicht sehen konnte, „wollen ein bisschen Spaß und dann, wenn es ernst wird, flüchten sie.“

Amber fühlte sich plötzlich wieder in Cold Ashton und stieß einen jämmerlichen Ton aus. Sie starrte zu den Kräuter- und Gemüserabatten und ihre Augen blieben auf den Blütendolden eines Dillstrauches hängen. Wie gern wäre sie jetzt daheim und in Vaters Apotheke!

„Weißt du“, erklärte Tante Juliette voller Ernst, „Frauen fühlen anders. Nein, nicht anders – aber es hat eine andere Konsequenz. Die Ehe bietet Verlässlichkeit und Sicherheit für Mann und Frau, für ihre Gefühle zueinander, für Achtung und Respekt – sie ist wie eine Heimat. Außerdem muss ein Mann, wenn er mit einem Mädchen zusammen ist und sich danach einer anderen zuwendet, sich nicht fürchten, dass er schwanger ist. Wir Frauen schon! Deshalb hat Gott die Hingabe in den Rahmen einer Ehe gestellt. Nicht nur dass er diese von ihm geschaffene Gemeinschaft besonders segnet, sondern sie verschafft uns Frauen auch Schutz. Leider habe ich das als junges Mädchen nicht erkannt. Und auch nicht wissen wollen. Erst viel später wurde mir das bewusst. Trotzdem, oder besonders deshalb, liebe ich Joshua über alles. Als mir dein Besuch angekündigt wurde, fühlte ich mich um ein Vierteljahrhundert zurückversetzt. Ich habe viel über mein Leben nachgedacht. Wenn mir Onkel Ethan nicht begegnet wäre, ich weiß nicht, was dann heute wäre.“

„Sein mutiges Herz war deine Zukunft, Tante Juliette“, sagte sie mit angespannter, heiserer Stimme und verbot sich, unruhig zu werden.

Ihre Tante antwortete, ohne auf Ambers Feststellung einzugehen: „Cerys muss mit dem Fremden, der längere Zeit im Gasthaus logierte, angebandelt haben. Er war wegen irgendwelcher Studien der Geologie im Dorf. Der junge Mann ist letzte Woche abgereist, niemand weiß wohin. Und jetzt das!“

Onkel Ethan erschien an der Hintertür. „Juliette, da stehen drei Leute im Laden. Kannst du mal kommen?“

„Ich komme mit“, sagte Amber und wollte aufspringen, aber ihre Tante war schneller und drückte sie wieder sanft auf den Stuhl. „Du bleibst, wo du bist und ruhst dich aus. Du wirst im Leben noch genügend Gelegenheiten haben zu helfen.“

Das kurze Leben der hübschen Cerys beschäftigte Amber noch länger. Sie konnte sich in die verzweifelte Situation hineinversetzen. Jetzt bekam sie zudem mit, wie schrecklich der Verlust, und dazu ein Selbstmord, für die Familie des Gemüsehändlers war. Cerys' Mutter war seitdem kaum fähig, ihren Haushalt zu führen. Nachbarinnen sprangen ein, damit wenigstens gekocht und hin und wieder das Haus geputzt wurde.

In der darauffolgenden Woche klingelte die Ladentür. Bis Amber von ihren Notizen, was bestellt werden musste, aufsah und begriff, wer hereingekommen war, sprach Sir Millweard sie auch schon an: „Miss Devaney, ich freue mich Sie zu sehen." Er nahm seinen Hut ab und deutete eine Verbeugung an.

„Guten Tag, Sir Millweard", erwiderte sie aufmerksam. „Was kann ich für Sie tun?"

Er zögerte und zog seine bronzenen Brauen in die Höhe. „Ist Ihre Tante nicht da? Oder Ihr Onkel?"

„Mein Onkel ist für zwei Tage verreist. Ich kann meine Tante holen. Einen Moment, bitte." Sie ging in die Küche, wo Tante Juliette über einem Ausgabenbuch gebeugt saß.

„Sir Millweard ist da. Er möchte dich sprechen."

„Mich? Gibt es etwas, das du nicht verkaufen kannst?" Sie stand auf und zwinkerte Amber zu, bevor sie die Küche verließ und im Laden verschwand.

Amber beschloss, einen Moment hier zu warten. Die Ladenglocke würde ihr einen neuen Kunden melden. Sie goss sich eine Tasse Tee ein und trank sie im Stehen. Plötzlich erschien Tante Juliette in der Tür, dahinter kam das Gesicht von Sir Millweard zum Vorschein.

„Amber, kommst du bitte mal?"

Große Güte, was hatte sie denn getan, dass der Sir hier im Haus erschien? Schnell ging sie gedanklich alle Möglichkeiten durch, etwas Verkehrtes oder versehentlich überteuert verkauft zu haben. Ihr fiel nichts ein.

„Hier entlang, ins Wohnzimmer."

Was mochte bloß Schlimmes passiert sein? War Joshua verunglückt oder Onkel Ethan?

„Mary, du kannst einen Moment im Laden aufpassen. Wir müssen dringend etwas bereden", scheuchte Tante Juliette die mit einem Staubwedel bewaffnete und erschrocken dreinblickende Magd aus dem Zimmer.

Während Tante Juliette und Amber sich setzten, blieb der Baronet stehen. Er sah Amber an, die sich plötzlich mehr als unwohl fühlte. Sie blinzelte aufgeregt und senkte dann den Kopf.

„Liebe Miss Devaney", begann er. „Sie brauchen sich nicht vor mir zu erschrecken. Es ist nichts Schlimmes passiert."

Er wartete, bis sie zaghaft den Kopf hob. Dann trat er einen Schritt auf sie zu. Er war tadellos gekleidet und offensichtlich genauso nervös wie sie. Seine Hände zitterten. Was wollte er denn dann? Sie faltete die Hände über ihrem Bauch und betete lautlos, dass … – ja, was? Dass Gott ihr beistehen möge – wobei auch immer.

Sir Millweards Lächeln war voller Wärme. Er schien bemerkt zu haben, wie unsicher sie war. „Ihre Tante hat, auch im Namen Ihres Onkels, dessen Wohlwollen er mir bereits letzte Woche in einem Gespräch in meinem Haus versichert hat, mir die Zustimmung für diesen Antrag gegeben."

Zustimmung? Antrag? Sie hatte doch gar nicht vor, zu heiraten! Jedenfalls nicht diesen Sir. Amber brachte vor Überraschung kein Wort heraus, sondern fühlte nur eine brennende Hitze im Gesicht.

„Miss Devaney, liebe Amber, darf ich Sie um Ihre Hand bitten?" Er griff nach ihren Händen, was sie geschehen ließ. „Ich bin mir der Tragweite meines Handelns voll bewusst. Die Geschehnisse im Dorf haben mich bestärkt, ungeachtet allen Geredes, Sie zu bitten, meine Frau zu werden." Er fuhr mit tiefer, rauer Stimme fort. „Meine Kriegsverletzung hat mich in den letzten vier Jahren zu einem einsamen Mann gemacht. Ich war überzeugt, dass es keine Frau für mich geben würde. Doch als ich Sie sah, habe ich gespürt, dass es noch mehr gibt auf Erden, als Mitleid mit sich selbst zu haben."

Amber saß wie betäubt da. Sir Millweard wollte sie als seine Frau, obwohl sie hochschwanger war und das Kind eines anderen Mannes erwartete!?

„Ich … ich bin etwas verwirrt, Sir Millweard", stotterte Amber überwältigt. Er war ihr sympathisch, mehr aber nicht. Mehr wollte sie auch nicht. Sie gehörte zu Richard. Trotzdem mahnte sie eine Stimme, die Chance zu ergreifen – so, wie damals ihre Tante es getan hatte.

Fassungslos starrte Amber den Baronet an. Ihr Herz raste und stumm bat sie Gott, er möge ihr zeigen, wie sie entscheiden sollte. Bei einem Ja wäre Richard für immer für sie verloren.

Noch immer spürte sie die Wärme in ihrem Kopf, der voller Gedanken dröhnte. Die Augenklappe von Sir Millweard war etwas verrutscht und gab den Blick in eine dunkle Höhle frei. Es machte ihr keine Angst, nein, sie fürchtete sich eher vor ihrer eigenen Entscheidung.

„Sir, geben Sie mir ein wenig Bedenkzeit?"

„Natürlich. Solange Sie wollen."

16

September 1800, St Davids, Wales

Der Spätsommer war von angenehmer Wärme, obwohl der Wind zunehmend frischer wurde und verhalten die nächste Jahreszeit ankündigte.

In den letzten Wochen hatte Ambers Tante sie öfters aus dem Laden geschickt, wenn sie merkte, dass die Arbeit sie zu sehr anstrengte. Ambers Füße waren jetzt oft geschwollen und sie war froh, wenn sie zwischendurch die Beine hochlegen konnte.

„Im Haushalt gibt es auch genug zu tun. Hilf Mary beim Kochen. Gemüse putzen geht ja auch im Sitzen", sagte Tante Juliette.

Mehrmals war der Baronet noch im Laden gewesen, hatte Amber fragend angesehen und ihr zugelächelt. Doch sie hatte sich noch nicht zu einer Entscheidung durchringen können. Zuletzt blieb sie immer hinten, wenn sie nur eine Kutsche vorfahren hörte.

Die Tür zum Laden war meist angelehnt und ab und zu hörte sie ein Gespräch zwischen ihm und ihrer Tante, aber wegen seines Antrags kam kein einziges Wort über seine Lippen. Bis jetzt hatte er sie nicht gedrängt. Sie war unsicher und beschloss, sich nach der Geburt festzulegen. Könnte sie wirklich einen Mann heiraten, wenn er wusste, dass ihr Herz immer einem anderen gehören würde? Sie zweifelte ernsthaft, ob das gut ginge. *Gütiger Vater, hilf mir, mich richtig zu entscheiden.*

Ein paar Tage später gelangte sie zu der Überzeugung, dass sie ihren Entschluss nicht weiter aufschieben und Sir Millweards Herzensgüte nicht ausnutzen wollte. Sie schrieb ihm einen Brief, in dem sie ihm erklärte, dass sie sich nicht frei genug fühle, ihn zu heiraten.

„Sie können sich wieder anziehen, Miss Devaney." Violet Praymans Stimme vertrieb Ambers Gedanken daran. Die Hebamme von St Davids richtete sich jetzt auf und wusch ihre Hände in einer Waschschüssel. Währenddessen ordnete Amber ihre Kleider.

„Wie lange dauert es noch, Mrs Prayman?", fragte sie nervös und gleichzeitig erleichtert, die Untersuchung hinter sich zu haben. „Ist alles in Ordnung? Wann merke ich, dass es losgeht? Was mache ich dann?" Die Angst vor dem Unbekannten, Schlimmen, Schmerzhaften nahm täglich zu.

Die alte Hebamme trocknete sich die Hände ab. „Ist es recht, wenn ich Amber sage?"

Amber nickte. Die Hebamme wirkte vertrauenswürdig und mütterlich, dennoch schwirrte Amber der Kopf vor wirren Gedanken.

„Nun, es ist eine ganz normale Schwangerschaft, soweit es in meinen Fähigkeiten steht, dies zu beurteilen. Die Herztöne sind gut zu hören." Sie ging zu Amber, griff nach ihrer Hand und drückte sie sanft. Ihr faltiges Gesicht war von Güte und Wohlwollen gezeichnet. „Du hast doch deine Tante. Mrs Rutherford weiß, wann sie mich rufen muss. Ich habe damals Joshua auf die Welt geholfen." Sie zeigte Zahnlücken beim Lachen. „Und schau dir an, was für ein stattlicher Mann er geworden ist."

Amber blinzelte und presste die Lippen aufeinander. Sie betrachtete die verrutschte Haube von Mrs Prayman, ihre grauen glatt zurückgekämmten Haare. Einfache Leute hatten weder Zeit noch die Mittel, sich modische Locken legen zu lassen. Eine Hebamme wie Mrs Prayman war unprätentiös und sah in erster Linie ihre Berufung, weniger ihre Eitelkeit. „Und ... wir brauchen wirklich keinen Arzt?"

„Keineswegs. Das Kinderkriegen und die Wehmutter gehören zusammen wie der Klöppel zur Glocke. Mach dir nicht so viele

Gedanken, Amber." Sie strich ihr sanft über die Wange. „Ich helfe dir dabei."

Sie musste wohl immer noch sehr zweifelnd aussehen, dass die Hebamme hinzufügte. „Glaub mir, der Arzt wird selten gerufen, eigentlich nur, wenn ein Chirurg vonnöten ist."

Mrs Prayman hatte recht gehabt. Etwa zwei Wochen später wurde Amber eines Nachts wach, weil sie etwas Feuchtes zwischen ihren Beinen spürte. Verwirrt richtete sie sich auf und schlug die Bettdecke zurück. Im fahlen Mondlicht erkannte sie die Nässe auf ihrem Nachthemd, durchsetzt mit Blut. Ein Schrecken durchfuhr sie. War das der Beginn der Geburt? Ihr tat aber gar nichts weh. Wie spät mochte es sein?

Nach einem Stoßgebet warf sie sich ein Tuch über und schlich durch den dunklen engen Flur. An der Schlafzimmertür ihrer Tante verharrte sie und lauschte.

Irgendwo knackte das Gebälk im Haus.

Sollte sie? – Ja.

Sie nahm allen Mut zusammen und klopfte. Als sie nichts hörte, drückte sie die Klinke hinunter und trat ins Zimmer. Onkel Ethan schnarchte, als holze er die Cotswolds ab, und der gleichmäßige Atem ihrer Tante war kaum zu hören. „Tante Juliette", rüttelte Amber sie an der Schulter, „Tante Juliette!"

Ein tiefes Schnaufen entfuhr ihrer Tante, dann blinzelte sie und richtete sich schlaftrunken auf. „Was ist? Was ist los?"

Amber beugte sich zu ihr und flüsterte: „Es geht los, glaube ich." Angst überfiel sie bei ihren eigenen Worten. „Was soll ich tun?", keuchte sie.

Ihre Worte zeigten Wirkung und ihre Tante sprang aus dem Bett. „Du hast Wehen? Seit wann?"

„Nein." Amber zog ihre Tante auf den Flur, damit Onkel Ethan nicht wach wurde. „Ich blute oder was auch immer … plötzlich war alles nass. Mein Nachthemd und das Laken!“

„Du hast einen Blasensprung.“ Tante Juliette umarmte Amber. „Es geht tatsächlich los.“

Kurze Zeit später setzten ihre Wehen ein. Jetzt verstand Amber, was damit gemeint war, es erklärte sich von selbst. Zuerst lief Amber noch durch die Küche, doch dann nahmen die Schmerzen zu und kamen in immer kürzer werdenden Abständen. Tante Juliette legte zwischendurch ein paar Holzscheite ins Herdfeuer und Amber vergaß jedes Zeitgefühl. Als Mary plötzlich in der Küchentür stand und entsetzt die Hand vor den Mund schlug, merkte Amber, dass es bereits früher Morgen war.

Ihre Tante stützte Amber und sagte: „Ich glaube, es ist Zeit, dass du dich in dein Bett legst. Ich werde jetzt Wasser aufsetzen.“ Sie wandte sich an die Dienerin. „Wir müssen Amber jetzt verlässlich unterstützen. Leg geplättete Tücher bereit. Und hol dann Mrs Prayman.“

Amber schleppte sich nach oben und war froh, in ihr Bett zu kriechen, bevor die nächste Wehe wie eine Welle heranrollte und ihr fast die Sinne raubte. Wann war diese Pein endlich vorbei? Am liebsten hätte sie laut geschrien, aber die bleierne Müdigkeit, weil sie kaum geschlafen hatte, machte sich in jeder Wehenpause bemerkbar, sodass sie sogar kurzzeitig einnickte.

Irgendwann stand Mrs Prayman an ihrem Bett, untersuchte Amber und nickte. „Es sieht gut aus. Ich fühle das Köpfchen.“ Ihr Lächeln machte Amber Mut. „Bis heute Abend wirst du es geschafft haben.“

„Heute Abend?“, sie glaubte sich verhört zu haben. „So lange? Ich kann nicht mehr!“

Mary betrat das Zimmer mit Wasser und glatt gebügelten Tüchern.

„Stell alles da drüben auf die Anrichte." Die Hebamme gab ein paar Anweisungen, bevor sie Amber mit einem Tuch die schweißnasse Stirn abwischte. „Mein Kind, du glaubst gar nicht, welche Kraft noch in dir steckt. Deine Tante und Mary werden bei dir bleiben. Ich komme heute Mittag wieder vorbei und sehe nach, wie die Geburt voranschreitet. Sollte es wider Erwarten schneller gehen, wird man mich rufen lassen." Sie musste Ambers Entsetzen gesehen haben. Während die nächste Wehe kam, hörte Amber die Stimme nur noch aus der Ferne. „Deine Tante weiß, was Presswehen sind. Bis später."

Sie packte ihre Utensilien zusammen und verließ die Kammer. Amber war zu sehr mit sich selbst beschäftigt, als laut aufzubegehren.

Tante Juliette gab Mary Anweisung: „Onkel Ethan soll den Laden heute geschlossen halten und nicht vergessen, das Schild im Fenster anzubringen."

Erleichtert, dass jemand bei ihr war, schloss Amber die Augen. Mary brachte noch Kissen herbei, die Tante Juliette hinter ihren Rücken packte. Jetzt war sie halb aufgerichtet und verlor aufgrund der starken Schmerzen jegliches Zeitgefühl. Wie im Nebel nahm sie wahr, dass plötzlich die Hebamme wieder da war und sie erneut untersuchte. Inzwischen war ihr alles gleichgültig, besonders, wenn eine neue und noch stärkere Wehe kam. Mrs Prayman blickte erfreut vom Fußende zu Amber, die nach Luft schnappte, während sie untersucht wurde. Nie mehr im Leben wollte sie ein Kind gebären, schwor sie sich. War das der Preis ihrer Liebe? Keinen Mann würde sie mehr anschauen … konnte er noch so schöne Augen machen! „Ich kann nicht mehr", klagte sie, „hört das denn nie mehr auf?"

„Keine Angst, Amber, ich musste nur wissen, wie weit du tatsächlich bist." Sie lächelte, während Amber sie angespannt musterte. „Ich bleibe jetzt hier. Es kann nicht mehr lange dauern."

Amber keuchte. Ihre Zunge fühlte sich wie angeschwollen an. „Durst", jammerte sie. Mary stand wie festgefroren neben ihr.

„Mary, du bist ja ganz blass." Tante Juliette legte der Dienerin eine Hand auf die Schulter und sah sie ermutigend an. „Bitte hol Amber etwas zu trinken!"

Das Mädchen stürzte aus dem Zimmer und kehrte bald mit einem Becher und einem Krug zurück. Tante Juliette füllte etwas Wasser in den Becher und hielt Ambers Kopf, während sie trank.

Schweißnass hing sie in den Laken und Mary wurde angewiesen, wenn sie nicht gerade beschmutzte Linnen wegbrachte und neues, heißes Wasser holte, Ambers Stirn abzuwischen und ihre Hand zu halten. Auf der anderen Bettseite saß Tante Juliette und beobachtete Mrs Prayman und Amber. Sie fühlte sich wie in einem Mühlrad, aus dem es kein Entkommen gab.

Ein unermesslicher Druck senkte sich in ihrem Leib nach unten. Die Frauen standen jetzt dicht bei ihr. Grundgütiger, sie war bestimmt am Sterben. Sie konnte gar nicht mehr denken.

Plötzlich riss sie ein Schrei aus ihrer Qual. Es glich eher einem kleinen Quieken, das die Emsigkeit im Zimmer augenblicklich bremste. Plötzlich war es ganz still und die Schmerzen weg. Ihr Kind war auf der Welt!

„Herzlichen Glückwunsch, Amber!"

„Was ist es?", riefen Tante Juliette und Amber wie aus einem Munde. Ihre Tante war aufgesprungen, während Amber sich müde auf die Ellenbogen abstützte und versuchte, sich halbwegs aufzurichten. Wie im Nebel bemerkte sie, dass das Bettlaken mit Blutflecken übersät war.

„Ein Mädchen, ein gesundes kleines Mädchen." Die Hebamme hielt es hoch, während es mit Armen und Beinen wackelte, überzogen mit Rückständen der Geburt und mehr rot als rosig. Mary schlug sich vor Begeisterung die Hände an die Wangen.

Während Mrs Prayman die Nabelschnur durchtrennte, sank Amber erschöpft zurück und konnte den Augenblick nicht mehr richtig erfassen. Die restlichen Umstände der Geburt nahm sie nur unbewusst wahr.

Wenig später glitt sie müde, aber gewaschen, gekämmt und in ein frisches Nachthemd gekleidet in die Kissen und Mrs Prayman reichte ihr ein kleines Bündel. Plötzlich lag dieses kleine Wunder in ihrem Arm. Ein zartes winziges Gesicht, umhüllt von weichem Linnen, mit einem niedlichen Näschen und ein Mund mit aufgeworfenen Lippen.

Es war nicht die Anstrengung, die Amber nun überwältigte, sondern das Mysterium der Geburt. Vergessen waren Schmerzen und Müdigkeit. Schluchzend liebkoste sie ihre kleine Tochter und betrachtete sie mit ergriffenem Staunen. Sie hatte einen tiefschwarzen Haarflaum und blinzelte kurz, bevor sie einschlief. Ein tiefer Dank floss in Ambers Gebet, das sie stumm gen Himmel schickte, während Tante Juliette sie umarmte und küsste. Bevor Tante Juliette und Mary nach unten gingen, um die Geburt zu verkünden, nahm die Hebamme das Bündel, um es bei Amber zum Stillen anzulegen, und fragte voller Wärme: „Wie soll dein Glück denn heißen?"

Amber hörte das Glucksen, das ihr Baby bei seinen ersten Schluckversuchen von sich gab. „Eliora."

Mrs Prayman schaute sie fragend an.

„Das bedeutet ‚Gott ist mein Licht'."

17

Sommer 1801, Cold Ashton Manor

Das weiche Licht des aufziehenden Morgens weckte Richard und mit einem Blick zu Helen stellte er fest, dass sie zusammengerollt wie eine Katze dalag und tief und fest schlief. Seit er verheiratet war, trieb es ihn bereits frühmorgens, wenn noch alle im Haus ruhten, aus dem Bett.

Er schlüpfte in seine Reitkleidung, sattelte alleine und ohne einen Reitknecht zu wecken im Halbdunkel des Stalles Ginger und verließ Cold Ashton Manor durch das Torhaus, um auf einen Weg nach Süden einzubiegen. Die Kühle des Morgens, die seiner Haut entgegenschlug, passte zu seiner inneren Einsamkeit. Rhythmisch bewegte sich sein Pferd und übertrug die Ruhe, die es ausstrahlte, auf sein Herz. Diese morgendliche Stunde gehörte nur ihm und seinen Gedanken. Meist sprach er eine stumme Fürbitte, während er das eine oder andere Cottage der Landarbeiter passierte und sich auf die wachsenden Erträge der Felder freute. Am Wegrand stand Hornsauerklee in der Blüte, umgeben von aufrechtem Traubenkraut, Blutweiderich und sonstigen Gewächsen wie Sandstrohblume oder zottigen Weidenröschen.

Nicht immer hatte er einen Blick für diese Gewächse, stattdessen schaute er oft in die Ferne und wechselte täglich die Route. Heute ritt er in einen kleinen Eichenwald, genoss den sanften Waldboden und sah freudig überrascht zwei Rehen hinterher, die aufgescheucht durch den sanften Hall der Hufe wegliefen. Der Boden roch modrig, obwohl er trocken aussah, und Richard atmete den feuchten, holzigen Dunst tief ein, der zwischen den Bäumen hing.

Seit der pompösen Hochzeit, die nun Monate zurücklag, und

die von zahlreichen Mitgliedern des Hochadels und des Königshauses besucht worden war, wirkte sein Vater wie ausgewechselt. Alle Gläubiger und die Banken hatten ihre Gelder und Kredite zurückbezahlt bekommen und eine neue Kutsche war angeschafft worden. Sogar Advokat FitzAlan und Bankdirektor Patel waren bei der Hochzeit zugegen gewesen, ein Zeichen, dass alle Kontroversen ausgeräumt waren. Als Richard beiläufig Gesprächsfetzen aufgeschnappt hatte, war er über die Höhe der Forderungen zutiefst erschrocken gewesen und hatte begriffen, dass ihnen ohne die Alnwicks nur noch der Titel geblieben wäre.

Helen hatte mit endlos viel Gepäck und ebenso vielen Kleidern in Cold Ashton Manor ihren Einzug gefeiert. Sie war eine sanfte Frau, still und zurückhaltend, aber ohne jegliche Ausstrahlung. Er hätte sich auch mit einem Ginsterstrauch unterhalten können, der im Vergleich mit ihr mehr Leben versprühte. Er empfand sie als kühl und unnahbar. Einzig, wenn sie ausritt, schien sie zu erwachen. Dann ging ein Leuchten über ihr Gesicht und sie tätschelte ihr Pferd und flüsterte ihm Anerkennung zu. Avalon, das Hengstfohlen, mochte sie auch. Es entwickelte sich prächtig und war, bis auf wenige Ausnahmen, ihr einziger gemeinsamer Gesprächsstoff.

Jeden Monat hoffte er aufs Neue, dass sie ihm endlich verkündete, sie sei schwanger. Er seufzte. Bis jetzt gab es noch keine Anzeichen. Sobald der erwünschte männliche Erbe da war, wollte Richard sich aus ihrem Schlafzimmer zurückziehen. Er hatte sich seit der Hochzeit verboten, an Amber zu denken. Trotzdem waren mit ihrem Verschwinden auch seine Lebensfreude und Leichtigkeit verloren gegangen. Er musste sich zwingen, Helen anzulächeln und ein zufriedenes Gesicht aufzusetzen.

„Ich mache mir Sorgen“, sagte seine Mutter eines Tages, nahm ihn beiseite und sah ihm prüfend ins Gesicht. „Du bist doch wohl nicht schwermütig?“

Er erblasste und spürte, wie sich sein Puls kurz beschleunigte. „Nicht doch“, tat er ihre Vermutung ab, „in letzter Zeit hatte ich einfach viel zu tun. Wahrscheinlich ist es das.“

„Ich finde, du solltest dich mehr um Helen kümmern statt um deine Arbeit. Wir haben doch Chapman. Er ist jung und, wie ich hörte, rechtschaffen und fleißig als Youngs Nachfolger. Warum lässt du es nicht zu, dass er dich entlastet?“

Worauf wollte sie hinaus? „Das tut er, Mutter. Aber du weißt doch, ich liebe meine Arbeit.“

Sie legte ihre Hand auf seine. „Natürlich. Aber vergiss nicht, dass du verheiratet bist, Richard. Eine junge Frau wie Helen erwartet Aufmerksamkeit. Du solltest ihr Liebe und Respekt entgegenbringen, wie du es vor Gott und den Menschen in der Kirche gelobt hast.“

Das hatte er nicht vergessen. „Ich werde sie achten“, versprach er und zog seine Hand weg, „und zu meinem Wort stehen, aber lieben kann ich sie nicht.“

Seine Mutter schüttelte betrübt den Kopf und sah ihm fest in die Augen. „Liebe ist eine Entscheidung, weißt du das nicht? Wie ein kleines Pflänzchen, ein Setzling, den man hegen und pflegen muss, damit er wächst. Anziehung, Achtung, Zuneigung und manches andere gehören dazu und unterstützen sie. Einzig Verliebtheit ist keine Basis für eine gelingende Ehe, verstehst du? Wenn die Schmetterlinge im Bauch weggeflogen sind, braucht es ein Fundament. Lies mal das Hohelied der Liebe von Salomo und du wirst überrascht sein von den Eigenschaften, die die Liebe enthält.“

Er zweifelte nicht an der biblischen Aussage, wohl aber an ihrer Anwendbarkeit in seiner Situation. Schließlich hatte er Helen gegenüber noch nicht mal auch nur einen Hauch von Verliebtsein empfunden.

„Sie gelingt, wenn du es nur willst,“, fügte seine Mutter hinzu, als er den Mund verzog. „Sei kein Narr, Richard. Gib dir Mühe und mach das Beste daraus. Vergiss nicht, du wurdest nicht in diese Ehe gedrängt."

Das sah Richard hingegen völlig anders, denn insgeheim hatte er doch nur zugestimmt, damit sein Vater nicht vor Aufgeregtheit gestorben wäre.

Einige letzte Baumkronen gaben nun den Blick auf eine Lichtung frei. Es war mittlerweile taghell und Richard zog die Zügel an, um einen Moment lang das Gezwitscher der Vögel inmitten dieses für ihn so kostbaren Augenblicks zu genießen.

Dann trieb er die Stute wieder an und galoppierte an dem gegenüberliegenden Waldrand entlang, bis er Cold Ashton vor sich sah. Aus einer Laune heraus beschloss er, den Weg abzukürzen und mitten durchs Dorf nach Hause zu reiten.

Ein großer Teil der High Street wurde seitlich von Steinmauern begrenzt, hinter denen die typischen Sandsteinhäuser standen. Vereinzelt sah er ein paar Frauen die Nachttöpfe ausschütten oder im Gemüsegarten arbeiten. Jetzt näherte er sich der Apotheke. Seit dem Gespräch mit Mr Devaney hatte er sie nicht mehr betreten. Wenn er etwas brauchte, schickte er nun immer einen Dienstboten oder ließ die Arznei bringen.

Als er auf Höhe des Hauses der Devaneys kam, entdeckte er plötzlich etwas Leuchtendes, Goldenes, das ihn zum Innehalten zwang. „Brr."

Ginger gehorchte seinem Befehl, schnaubte und schüttelte die Mähne. Neben dem Gebäude stand eine junge, große Frau mit einem Eimer und kippte etwas aus. Er konnte nur vom Kopf über die Schultern bis zur Taille sehen, ihre restliche Figur wurde durch Gesträuch verdeckt. Sie trug noch keine Haube, wahrscheinlich wähnte sie sich allein. Flirrendes Blond. Glattes Engelshaar bis weit über die Schultern.

In ihm erbebte alles. Amber! Sein Atem setzte für einen Moment aus. Konnte das denn wahr sein? War sie es? Offenbar hatte sie ihn noch nicht bemerkt, denn jetzt drehte sie sich zum Haus und verschwand durch einen Nebeneingang.

Sein Herz hämmerte zum Zerspringen. War es wirklich Amber gewesen? War sie mit ihrem Kind zurückgekommen?

Was sollte er nun tun? Kurz dachte er darüber nach, ihr augenblicklich nachzugehen, doch dann wendete er aus einem Impuls heraus sein Pferd und jagte nach Cold Ashton Manor. Alles, was er in sich verwahrt hatte, brach hervor. Alle Erinnerungen und alle Beteuerungen. Sein Unvermögen. Und seine Ehe mit Helen. Wie von Sinnen ritt er heim. Er würde Zeit brauchen, um seine Gedanken zu sortieren.

Einer der Stalljungen stand gähnend im Hof, als er heranpreschte. Wortlos sprang Richard ab, warf dem verwirrten Burschen die Zügel zu und eilte ins Haus. Ohne sich umzuziehen ging er in die Bibliothek, schleuderte seinen Rock über einen Sessel und setzte sich an den Schreibtisch. In kürzester Zeit hatte er ein Schreiben an Francis verfasst, mit der Bitte, unverzüglich nach Cold Ashton Manor zu kommen. Francis musste unbedingt an seiner Statt mit Amber sprechen und ihre Pläne herausfinden.

Einige Tage später hielt eine Kutsche vor dem Haus. Richard war gerade auf der Koppel und beobachtete, wie Avalon hinter Ginger hertrottete. Dann setzte das Hengstfohlen zu einem Sprung über einen unsichtbaren Balken an und galoppierte ästhetisch und aufgeweckt zugleich über die Weide. Es hatte eine elegante Gangart und würde mit seinem nachtfarbenen, auserlesenen Fell zu einem imponierenden Pferd heranwachsen.

Ein Diener kam herangeeilt und informierte Richard, dass Besuch angereist sei. „Seine Lordschaft, der Marquess von Salisbury."

„Kümmere dich um sein Gepäck, Eddy", sagte Richard erfreut, „und lass ein Gästezimmer vorbereiten. Der Marquess wird hoffentlich ein paar Tage bei uns bleiben."

Francis lachte bei der Begrüßung, während sein Gepäck von Eddy in Empfang genommen wurde. „Dein Brief klang etwas mysteriös", zwinkerte er ihm zu. „Ich bin gespannt, was du diesmal auf dem Herzen hast."

Richard lächelte gequält. „Wir treffen uns nach dem Lunch in der Bibliothek."

Helen hatte Francis Gastspiel mit einem schüchternen Lächeln zur Kenntnis genommen. Außer einer formgewandten Bemerkung, er habe hoffentlich eine gute Anreise gehabt, schien sie wenig überrascht, dass sie nichts von seinem möglichen Besuch erfahren hatte. Nach dem Essen zog sie sich zurück. Sie wollte sich ausruhen.

Richard erinnerte sich, dass am Vormittag der Arzt einbestellt worden war. Sie hatte ihm mit hochrotem Kopf davon erzählt, aber jeglichen Hinweis, warum sie dessen Rat brauchte, verweigert.

Richard schüttelte lächelnd den Kopf, als sein Freund die Bibliothek betrat. „Ich weiß, es war beinahe unverschämt, dich herzubitten." Er reichte ihm eines der bereit stehenden Whiskeygläser und sie prosteten sich zu. Richard wies auf die nussbraunen Ledersessel. „Wir sollten uns setzen."

„Ich finde, du siehst blass aus", merkte Francis an und schlug lässig die Beine übereinander, „dabei dachte ich, du hättest jetzt deinen Seelenfrieden gefunden."

Ein Schatten legte sich über Richards Gesicht. „Vielleicht nicht meinen Seelenfrieden, aber …", er zwang sich, die aufsteigende Besorgnis zu unterdrücken, „zumindest dachte ich, ich hätte etwas Ruhe gefunden."

„Angesichts der Tatsache, dass du einmal Cold Ashton Manor erbst und irgendwann möglicherweise auch Bailbrook House, kann ich mir das lebhaft vorstellen." Richard zuckte schuldbewusst zusammen und Francis runzelte die Stirn. „Ist ... ist deine Frau – bitte verzeih, wenn ich dir zu nahe trete – ... anstrengend?"

„Nein." Helen gab sich Mühe, das wusste er. Sie wollte ihm gefallen. Doch irgendwie blieb sie ihm fremd.

„Dann erzähle mir, weshalb ich mitten in der Ballsaison London verlassen musste", forderte er ihn mit Augenzwinkern auf. „Ich konnte mich vor Einladungen kaum retten und dann kam dein Brief!"

Schweigend trank Richard sein Glas leer und betrachtete das funkelnde Kristall. „Ich habe Amber gesehen ... zumindest glaube ich, dass sie es war."

Francis beugte sich verblüfft vor. „Amber? Hier in Cold Ashton?"

„Ja, vor einigen Tagen, als ich frühmorgens durchs Dorf ritt. Im Garten der Apotheke. Ich konnte ihren Kopf sehen." Er lächelte schief. „Oder ich leide an Halluzinationen."

„Das ist tatsächlich bemerkenswert." Er schien zu ahnen, was es Richard bedeutete. „Hat sie dich denn auch gesehen?"

Richard schüttelte den Kopf. „Ich bitte dich, das herauszufinden. Dich kennt sie nicht. Würdest du das tun? Ich muss wissen, warum sie erst jetzt zurückgekommen ist."

Die Skepsis war deutlich auf Francis Gesicht lesbar. „Und das hältst du für eine gute Idee? Glaube mir, ihre Eltern haben ihr sicherlich als Erstes erzählt, dass du dich für eine andere entschieden hast. Warum willst du das wissen? Damit reißt du Wunden auf, die dabei sind, zuzuheilen. Und wenn du es weißt, was dann? Richard", sagte er nachdenklich, „vergiss nicht, warum und wen du geheiratet hast."

Richard sprang auf. „Aber verstehst du denn nicht? Ich muss

einfach wissen, warum sie verschwunden war. Ich dachte ja sogar, man hätte sie … Und jetzt lebt sie hier im Dorf." Seine Stimme brach und er schlug sich verzweifelt die Hände vors Gesicht. „Ich habe ihre Liebe geopfert. Und meine. Verzeih …"

Eine Hand legte sich auf seine Schulter. Francis war zu ihm getreten. „Mein Freund", sagte er nachdenklich, „das ist nicht harmlos, was du da von mir verlangst. Aber dir zuliebe werde ich es herausbekommen."

Helen schien der Besuch zu gefallen. Sie hatte Francis' Lieblingsspeise erfahren und in der Küche veranlasst, dass es zum Dinner gebratenes Rebhuhn mit Bete-Knollen gab, die im Ofen mit viel Knoblauch und Thymian geröstet wurden. Das Dessert bestand aus rumgetränktem Napfkuchen.

Nach dem Mahl tupfte Francis sich den Mund mit der Serviette ab, sah Helen mit einem charmantem Lächeln an und bedankte sich aufrichtig. „Du bist sehr aufmerksam, Helen. Es hat wunderbar geschmeckt."

Zögernd nickte Helen und errötete. Reglos blieb sie mit im Schoß gefalteten Händen sitzen. Vorsichtig schaute sie ihren Mann unter den dichten Wimpern an. Sie trug ein salbeigrünes Kleid, das ihr gut stand, und dessen tiefer Ausschnitt umsäumt war mit Rüschen und glänzenden Seidenbändern in der gleichen Farbe.

Die Gräfin und der Graf betrachteten ihre Schwiegertochter mit Stolz und Richards Mutter warf ihm einen eindringlichen Blick zu.

Richard fühlte sich beschämt und bedauerte, Helen kein Kompliment wegen ihres Aussehens gemacht zu haben, geschweige denn zu ihrer Auswahl des Menüs. Er gestand sich ein, kaum Notiz von seiner Ehefrau genommen zu haben und hatte mit einem Mal ein schlechtes Gewissen. Nicht auszudenken, wenn sie erfuhr, weshalb Francis wirklich hier zu Gast war.

„Was haltet ihr davon, wenn wir morgen gemeinsam Krocket spielen?“, schlug Helen vor. „Oder sollen wir doch lieber einen Spaziergang unternehmen?“

Richard zögerte. „Vielleicht am Nachmittag? Dann hat unser Gast zuvor Gelegenheit, sich in der Gegend umzuschauen.“

„Du wirst ihn bestimmt begleiten“, meinte Lady Clarke, „dann wäre der Nachmittag geeigneter.“

„Ich denke, nach dem Fünfuhrtee wäre angebracht“, entschied Richard, und bevor jemand Fragen stellen konnte, warum er eine solch späte Stunde wählte, fügte er hinzu: „Mein Freund hat nach dem Lunch eine Verabredung. Und ich muss mich noch mit ein paar lästigen wirtschaftlichen Belangen befassen.“ Er hob das Glas und atmete das Aroma des Weines ein, bevor er einen Schluck trank. Dann drehte er den Kopf zu Helen, die ihn unsicher ansah. Er riss sich zusammen und versprach innerlich, an sich zu arbeiten. „Krocket ist eine schöne Idee, meine Liebe. Etwas spielerische Bewegung wird uns allen guttun.“

Zu gern hätte Richard seinen Freund am nächsten Tag begleitet. Während er am nächsten Vormittag Ginger auf die Weide führte, hörte er die Stimme seines Freundes, der den Stallmeister bat, ihm ein Pferd zu satteln. Wenig später trabte Francis aus dem Torhaus.

Richards Kopf schmerzte und obwohl es angenehm warm war, fröstelte ihn. Einige Whiskeys und ein paar Stunden im Raucherzimmer nach dem Essen am vergangenen Abend rächten sich jetzt. Es sollte ihm eine Lehre sein.

Als Francis einige Stunden später nicht zum Lunch erschien und Richard auch nicht die fragenden Blicke von Helen und seinen Eltern beantworten konnte, wuchs sein Unbehagen. Hoffentlich war Francis nicht irgendwo gestürzt und befand sich nun in einer hilflosen Lage. Er spähte öfters zur Standuhr und überlegte, wann er ihn suchen lassen sollte. Endlich hörte er Hufgetrappel und Francis Stimme. Er sah aus dem Fenster und war erleichtert, dass er zurück war und mit einem der Pferdeknechte redete, bevor er ihm das Reitpferd überließ.

Zum Tee hatte Mrs Robinson mit Butter bestrichene Crumpets vorbereitet. Der Marquess von Salisbury hatte sich zwischenzeitlich frisch gemacht und war in das übliche weiße Hemd geschlüpft. Darüber trug er einen meerblauen Rock und eine sorgsam gebundene Schleife in gleicher Farbe.

Ein Ausdruck der Verwunderung lag auf Lady Clarkes Gesicht, als sie ihn sah. „Francis", sagte sie mit sanfter Stimme, „ich hatte schon befürchtet, du seiest in den Cotswolds verloren gegangen."

Der Marquess lächelte sie entschuldigend an. „Ich hoffe, man hat mich nicht allzu sehr beim Lunch vermisst. Falls man auf mich gewartet hat, bitte ich um Entschuldigung." Mit keinem Wort ging er darauf ein, wie er die Zeit verbracht hatte.

Offenbar war die Antwort zufriedenstellend, denn Richards Mutter wechselte das Thema und fragte Helen nach einem Geschäft in Bath, das berühmt war für seine ausgefallenen Hüte. Während des Geplauders sah Richard zu Francis, der ein unbekümmertes, undurchdringliches Gesicht aufgesetzt hatte.

„Ich hoffe, dass ich noch an dem Krocketspiel teilnehmen darf?", lachte er. Sie holten die Schläger, Bälle und die kleinen Tore, bevor sie zu viert in den Garten gingen. Die Gräfin bat um Nachsicht, da ihr Rücken in letzter Zeit schmerzte, und sie ihm nicht eine unbedachte Drehbewegung beim Schlagen des Balles zumuten wollte.

Das Spiel lenkte von allen anderen Gedanken ab, es wurde viel gelacht und Richard stellte amüsiert fest, dass die Zeit bis zum Dinner nicht besser genutzt werden konnte. Er hatte mit Helen als Partnerin im Duell mit Francis und seinem Vater die meisten

Spiele gewonnen. Zufrieden kehrten sie zurück zum Haus. Nachdem sie sich umgezogen hatten, blieb noch eine halbe Stunde, bis das Dinner begann. Richard bat Francis nach draußen auf den Hof. Sie schlenderten Richtung Stall. Hier waren sie ohne Zuhörer und er sah ihn von der Seite an.

„Nun", sagte er zum Zerreißen gespannt, „gibt es etwas Neues?"

Francis nahm aus den Augenwinkeln wahr, dass noch ein paar Stallburschen Steigbügel einsammelten, Stiefel polierten und den Platz vor dem Stall fegten. „Lass uns auf die Terrasse gehen", schlug er vor.

Hinter dem Haus standen einige gemütliche Sessel, deren Kissen bereits von Dienstboten weggeräumt worden waren. Die Männer blieben auf der Terrasse stehen und sahen in den Garten.

„Die Frau, die du gesehen hast, war nicht Amber", begann Francis und verschränkte die Arme vor der Brust.

Nicht Amber?, sirrte es durch Richards Kopf und ihm stockte der Atem. „Woher weißt du das?", stieß er schließlich hervor.

„Ich hatte die Gelegenheit, mit ihr zu sprechen. Ich erspare dir die Einzelheiten, nur so viel: Ambers Brüder halfen mir dabei, sie zu treffen." Francis drehte sich zu Richard um und sah ihn aufmerksam an. Seine Stimme klang besorgt. „Ambers Vater hatte einen Schlaganfall. Der Apotheker in Marshfield hat Devaneys Kunden vorübergehend übernommen."

„Das ist das erste Mal, dass ich davon höre", stellte Richard fest. „Aber wo du es erwähnst – ich habe tatsächlich bei meinem Ausritt ein Schild an der Apotheke gesehen, mir aber nichts dabei gedacht."

Francis nickte mitfühlend. „Ich erfuhr, dass er von morgens bis abends Hilfe braucht. Mrs Devaney schafft es nicht alleine und konnte als Pflegerin eine Verwandte ihres Mannes ins Haus holen. Das ist diese junge Frau, die wohl eine Cousine von Amber ist.

Sie sieht Amber tatsächlich zum Verwechseln ähnlich, die gleiche hohe Gestalt und das auffällig zartblonde Haar. Nur ihre Augen sind, wenn ich mich an deine Beschreibung von Miss Devaney richtig erinnere, nicht hellblau, sondern grün."

Richard hatte das quälende Gefühl, Amber für immer verloren zu haben.

„Sie heißt übrigens Rose MacGovan und stammt aus West Kington, falls du weißt, wo das liegt."

Rose. Aus irgendeinem komischen Kaff. Es war zum Heulen. „Ein paar Meilen nordöstlich, glaube ich", knurrte Richard.

„Das ist nicht alles", zwinkerte Francis ihm nun zu und wirkte plötzlich geheimnisvoll. „Sie hat mir erzählt, dass es wohl noch eine Tante in Wales gibt. Bei ihr soll sich Amber aufhalten."

Richard war plötzlich Feuer und Flamme. „Und wo in Wales?" Das zu wissen, war wichtig, wurden da doch zwei Sprachen gesprochen, Walisisch und Englisch. Und er konnte beim besten Willen kein Walisisch.

„Das konnte sie mir nicht sagen."

„Juliette, hieß sie doch, die Tante, oder? Juliette Devaney, du erinnerst dich?"

„Klar." Francis schlug sich mit der flachen Hand auf die Stirn. „Die auf eine einsame Insel geflüchtet sein soll."

Richard nickte. „Wie es scheint, ist Amber nach Wales gegangen. Aber wie sollen wir sie dort finden?"

Hinter ihnen schnarrte es, die Terrassentür wurde geöffnet und eine Dienerin trat zu ihnen. „Die Herrschaften bitten zu Tisch."

„Sage ihnen, wir kommen sofort", sagte Richard und wartete, bis sie die Tür wieder von innen verriegelt hatte.

Einen Moment blieb Francis reglos stehen, dann legte sich ein Lächeln über sein Gesicht. „Schon länger plane ich, Vorträge zu halten, um für die Verständigung der Vereinigten Irischen und

Englischen Königsreiche zu werben. Wir erleben in London, dass es den Menschen immer noch schwerfällt, sich mit dem Act of Union anzufreunden. Wales könnte ich mit einplanen. Brüderliche Unterstützung wäre mir mehr als recht – damit meine ich dich. Du könntest offiziell mit mir reisen. Die Welt ist klein, wenn du weißt, was ich meine."

„Ich kann doch nicht mit dir jede Versammlung besuchen!"

„Sollst du ja nicht. Nur die in Wales. Das ist deine Chance!"

„Du bist unmöglich", lachte Richard jetzt und kniff seinem Freund in die Seite. „Was täte ich nur ohne dich."

„In Frieden verheiratet sein." Francis wurde ernst und warf ihm einen mahnenden Blick zu. „Denk an Helen. Bei allem, was du vorhast."

Einige Tage später hatte Helen mal wieder einen ihrer Arztbesuche, um die sie immer ein großes Geheimnis machte.

Mehrere Male war Doktor Wright bereits im Haus gewesen und in Helens Schlafzimmer verschwunden. Meist brachte ein Bote einen Tag später eine Arznei – mal waren es Kräutermischungen, mal Tees oder Tinkturen, angefangen von Schafgarbe und Himbeerblättern über Beifuß und Mönchspfeffer bis zu Frauenmantel.

Davon verstand Richard nichts. Er zog immer nur verwundert die Stirn in Falten, wenn der Kurier ihm die Arznei in die Hand drückte. Helen dagegen schien zu wissen, wie sie damit umzugehen hatte und verschwand in ihren Gemächern.

Wenn Richard nachfragte, schwieg sie verschämt. Seine Versuche, den Arzt zu einem offenen Wort zu bewegen, lehnte er ab, da Lady Helen absolute Verschwiegenheit verlangt hatte. Richard wollte sie nicht bedrängen und hoffte, dass sie sich ihm eines Tages von selbst anvertraute.

Inzwischen war ihre Mutter, Marchionness Ruth, angereist und blieb eine ganze Woche. Dass Gäste, mitunter auch für länger, im Haus wohnten, war normal. Es war groß genug und besaß eine Vielzahl an Gästezimmern. Leider erschloss sich für Richard nicht der Grund ihres Besuches.

„Verehrte Marchionness“, erkundigte er sich eines Vormittags, als er sie ausnahmsweise mal alleine im Speisezimmer vorfand, „darf ich Sie etwas fragen?“

Sie zog ihren breiten Mund etwas in die Höhe. Wenn sie wie jetzt nicht die Mundwinkel hängen ließ, wirkte sie sogar freundlich. „Unbedingt, lieber Richard“, forderte sie ihn auf und legte das Besteck auf den Frühstücksteller. Dann nippte sie am Tee und beobachtete ihn aus den Augenwinkeln.

„In letzter Zeit benötigt Helen öfters den Rat unseres Arztes. Die vielen Arzneien, die er ihr verschreibt, bringen offensichtlich keine Besserung. Meine Frau hält sich aus Rücksicht zurück, doch ich bin trotzdem beunruhigt. Können Sie mir sagen, ob es etwas Ernstes ist?“

„Bei Helen?“ Sie stellte die Tasse ab und beugte sich vor. „Es tut mir leid, nein, das kann ich nicht. Verstehen Sie bitte, aber das ist allein Frauensache. Es gibt Dinge zwischen Himmel und Erde, die können einzig Frauen unter sich besprechen. Wenn Sie verstehen, was ich meine.“

Er nickte und lächelte dünn. „Das möchte ich nicht in Abrede stellen, aber gibt es denn einen engeren Vertrauten als den eigenen Ehemann? Ich würde ihr gerne beistehen.“ Er sah sie prüfend an. „Kann ich denn wirklich nicht helfen?“

Marchionness Ruth schüttelte entschieden ihren aufgebauschten Lockenkopf. „Sie sollten sich ablenken.“

„Ich könnte die Verbindung zu weiteren Ärzten herstellen, die sie konsultieren kann“, versuchte er es ein letztes Mal.

Doch sie warf ihm nur einen aufgebrachten Blick zu und seine

Schultern sanken entmutigt herab. „Ich danke Ihnen“, sagte er, wischte sich mit der Serviette über den Mund und stand auf. „Sie entschuldigen, mein Stallmeister wartet.“ Mit einer leichten Verbeugung und undurchsichtiger Miene verließ er den Raum. Frauensache?! Was bitte war mit Helen los?

18

September 1801, Wales

Die Kutsche ruckelte monoton den Fahrweg entlang. Längst war es taghell und Richard sah von Zeit zu Zeit aus dem Fenster. Ihm gegenüber lehnte Francis müde an der Seite.

Die letzten Tage hatten ihm viel abverlangt. Er hatte Richard einen Brief geschrieben, dass ihre gemeinsame Reise gleich Anfang September beginnen könnte und nun waren sie schon den zweiten Tag unterwegs.

„Das passt doch gut“, hatte Helen entgegnet, als er ihr von seinem Plan erzählt hatte, seinen Freund als Beistand zu begleiten. „Ich werde mit meinen und deinen Eltern übermorgen nach London reisen.“

„London?“

„Ja, mein Vater hat dort zu tun und deine Eltern haben die Einladung, mitzukommen, gerne angenommen.“

„Geht es dir denn wieder gut? Haben die Arzneien nun endlich Wirkung gezeigt?“

Sie senkte den Blick. Die letzten Wochen schienen sie noch schmaler gemacht zu haben. Ihre Wangen waren bleich bis zu den dunklen Augenrändern.

„Wie lange gedenkst du zu bleiben?"

„Mindestens eine Woche." Sie hob beide Hände. „Bitte, Richard, du brauchst keine Rücksicht auf mich nehmen. Du würdest dich sowieso in der Hauptstadt nur langweilen."

Da hatte sie vollkommen recht. Mochten die St. Paul's Kathedrale oder der Buckingham Palast noch so exorbitant und einschüchternd für Betrachter sein, waren sie doch im Grunde nichts weiter als imaginäre und seelenlose Steingebäude. Zu Hause, hier in der Natur, sprach jeder Baum, jede Blume und selbst der Wind mit ihm und hatte seine eigene Sprache. Er brauchte auch keinen ganzen Sommer voller Einladungen, Tanzbälle oder Teegesellschaften. Schon gar nicht einen Besuch im *Almack's,* dem angesagtesten Klub der Upperclass, wo man nur durch eine Einladung oder von Stand wegen Eintritt bekam. Da Richard nicht genau wusste, an welchen Orten sie sich aufhalten würden, hatte er versprochen, jeweils einen Brief nach Hause und nach London zu senden, um seine aktuelle Bleibe mitzuteilen. Die Adresse des Londoner Stadthauses der Alnwicks war ihm bekannt.

Und nun waren sie also unterwegs. Ihr erster Halt war ein kleiner Ort in Südwales gewesen. „Dein Vortrag gestern in Aberfan hat mich mehr als beeindruckt", kehrte er mit seinen Gedanken wieder zurück, „man hat dich ja regelrecht umzingelt, um dir Fragen zu stellen."

Francis schmunzelte. „Genau so habe ich es mir gewünscht."

„Du hast selbst auf bohrende Fragen bereitwillig geantwortet und mir sehr imponiert."

In Francis Augen spiegelte sich ein Dankgefühl. Er gähnte. „Sag mal, Richard, wie spät war es überhaupt, als wir in die Herberge zurückkamen? Ich weiß nur, dass ich ins Bett gefallen bin. Und hätte mich die Wirtin nicht geweckt, läge ich wahrscheinlich immer noch dort."

„Es muss fast Mitternacht gewesen sein.“ Am Horizont konnte er einige Häuser erkennen und wies in ihre Richtung. „Das könnte Abergavenny sein. Ich sehe den Kirchturm.“

Kurz darauf erreichten sie den Ort, der fast vollständig von Hügeln umgeben war, und fuhren langsam auf der Suche nach einer Herberge die Frogmore Street entlang. Nachdem sie fündig geworden waren und sich erfrischt hatten, trafen sie sich im Gastraum. Längst war es Mittag und beiden knurrte der Magen.

Die Tische waren alle besetzt, nur hier und da gab es noch einen freien Platz.

An einem Tisch saßen vier Männer in einfacher Kleidung. Neben ihnen gab es noch zwei Plätze und auf Francis' höfliche Frage hin, durften sie sich zu ihnen setzen. Es waren Einheimische, die aber nicht nur Walisisch sprachen, wie Richard befürchtet hatte, sondern sich mit Akzent und gutem Willen in einem passablen Englisch verständigten.

Die gehobene Kleidung der Reisenden machte offenbar keinen tiefgreifenden oder abschreckenden Eindruck auf die Männer.

„Was führt Sie in unsere Stadt?“, fragte einer, der einen mächtigen Bart trug, und musterte sie neugierig.

„Heute Abend werde ich einen Vortrag halten“, erwiderte Francis freundlich, „ich werbe für die Eintracht von Iren und Engländern wegen des Zusammenschlusses der beiden Königreiche.“

Richard fügte hinzu: „Kommen Sie in das Auditorium im Rathaus und hören Sie sich an, was Lord Francis Asbury als Mitglied des Parlaments zu berichten hat. Wir laden Sie herzlich ein.“

An dem Gemurmel der Männer konnten sie spüren, dass man unterschiedlicher Meinung war, ob das eine wirklich gute Idee sei und ob sie überhaupt etwas von Politik verstanden. Sie beklagten, dass über ihre Köpfe und Millionen anderer hinweg einfach entschieden wurde.

Die Wirtin servierte ihnen derweil einen Braten mit viel Soße, Karotten und gebratenen Kartoffeln und dazu einen Becher Bier. Es war ein schmackhaftes Gericht und während sie aßen, erklärte einer der Männer: „Es gibt hier ein historisches Gymnasium", worauf sein Sitznachbar einwarf, dass Shakespeare diese Stadt zum Schauplatz für seine Geschichte um Llywelyn gemacht habe.

„Er hat in Hen Cwrt gewohnt, dieser Llywelyn", behauptete ein Dritter, „und wenn auch andere es nicht wahrhaben wollen – das lassen wir uns nicht nehmen!"

Richard musste schmunzeln. Sie waren stolz auf ihre Vergangenheit und ließen nichts und niemanden daran rütteln. Selbst den berühmten Dichter ließen sie sich nicht wegschnappen. Ob das nun stimmte oder nicht.

„Und wo soll's danach hingehen?", erkundigte sich der Bartträger nach ihrem Reiseziel. Er war der Wortführer und krümmte sich schnodderig über den Tisch.

„Quer durchs Land", erklärte Francis, „Wales ist ja doch ziemlich groß." Dann lachte er unschuldig. „Vielleicht treffen wir eine alte Bekannte wieder. Sie heißt Juliette. Juliette Devaney. Sie soll vor langer Zeit nach Wales gezogen sein."

„Soll öfters vorkommen", lachte der Bärtige. „Oben im Norden wohnt mein Neffe und hat sich in ein junges Ding verguckt. Auch eine Zugezogene."

„Wirklich?" Richard war plötzlich hellwach. Dann sackte er wieder zusammen. Das war bestimmt keine schwangere Zugereiste gewesen.

„Mmh." Der Bärtige zog die Brauen zusammen und legte die Stirn in Falten. „Ja, der Thomas will bald heiraten, hat da 'ne Magd kennengelernt. Soll ein nettes Mädchen sein. Und fleißig dazu, wie er schrieb. Ich würde ja zur Hochzeit hinfahren, aber mein Bein will nicht so." Er griff unter den Tisch, als könne er mit der Hand seine Schmerzen mäßigen.

„Wie heißt er, ihr Neffe?"

„Thomas Perkins. Ist Schuster, wie sein Vater."

„Schuster. Ein guter Beruf. Und bei wem steht sie in Diensten", erkundigte sich Francis, „diese junge Dame?"

Sein Freund verstand es, Informationen zu sammeln. Doch was wollte er damit anfangen? Richard winkte die Bedienung herbei und bestellte für alle am Tisch noch ein Bier. „Auf meine Rechnung. Die Herren hier sind eingeladen."

Der Mann lächelte, spitzte die Lippen und dachte über Francis Frage nach. „Bei einer Familie ... wie hieß sie doch gleich? Äh ... es ist mir entfallen."

Richard schüttelte insgeheim den Kopf. Das ganze Gerede führte doch zu nichts. Hier half nur ein Bier über die Enttäuschung hinweg und die Männer würden sie in guter Erinnerung behalten, nicht als Naseweise.

Plötzlich haute der Bärtige mit der Faust auf den Tisch. Bei seiner kräftigen Statur war es kein Wunder, dass alle, auch seine Freunde, zusammenzuckten und neugierige Blicke von den Nachbartischen kamen. „Wusste ich's doch. Der Vorname ist ziemlich selten, oder? Juliette." Er schien enttäuscht. „Aber sie heißt anders."

„Wer?" Richard sah ihn ratlos an. Ob das bisschen Bier ihm schon das Nachdenken vermieste?

„Die Herrin meines – ach, zum Kuckuck – nein, die Herrin der Mary, sie heißt Juliette, das weiß ich hundertprozentig." Er griff sich an die Stirn und verzog das Gesicht. „So was Ausgefallenes wie den Namen kennt man nicht bei uns!"

Plötzlich versteifte sich Richard auf seinem Stuhl. Das klang sehr interessant. „Wo lebt diese Juliette denn? Und diese nette Mary?"

„Hoch oben im Norden, glaube ich. Jedenfalls am Wasser. Echt schön da, in St Davids."

„Und Sie sind sich ganz sicher?"

Er riss verblüfft die Augen auf. „Sehe ich etwa aus wie ein Lügner? Und wenn Sie da wirklich hinkommen, übermitteln Sie meine herzlichen Grüße an Thomas." Jetzt schmunzelte er und verdrehte wie ein Galan die Augen. „Und seine Braut Mary."

„Und von wem kommen die Grüße?"

„Von seinem guten Onkel Ross."

Die Reise ging am nächsten Tag weiter. Francis schien zufrieden mit seinem gestrigen Vortrag. Er überließ dem Kutscher sein Gepäck, ebenso wie Richard.

Die Männer bestiegen die Mietkutsche und kurze Zeit später ruckelte der Wagen durch die Straßen, vorbei am Rathaus, das wie die meisten öffentlichen Gebäude schon von Weitem zu sehen war. Richard erkannte auf einem Hügel die Ruinen einer verfallenen Burg. „Abergavenny gefällt mir", fand er, „schau mal, wie schön es liegt: inmitten von Bergen und sattem Grün."

Sie hatten jetzt den Ort hinter sich gelassen und die Straße führte eine Weile am Fluss Gavenny entlang, bevor sie den Weg Richtung Westen nahmen. Dort passierten sie die nahe gelegenen Black Mountains. Er hoffte, dass sie nicht in zu vielen Dörfern und Städten haltmachen mussten bis St Davids. „Du sagtest Swansea ist unser nächstes Ziel? Du kennst die Strecke?"

Francis lockerte seine Schleife und atmete tief durch. „Soll eine interessante Stadt am Meer sein, sagte mir unser Kutscher. Er war schon öfter dort."

Richard dachte an Helen und seine Eltern. Sicher verlebten sie eine geschäftige Zeit in der Hauptstadt. Um bei Hofe vorgestellt zu werden, musste man strengen Regeln folgen, was seinen Eltern durch den Marquess und die Marchionness möglich gemacht worden war. Dieses Privileg, endlich in der Gesellschaft angekommen zu sein, bedeutete für seine Mutter sehr viel, das wusste er. Die Alnwicks hatten ein weitverzweigtes Netz aus Verwandten und wichtigen Persönlichkeiten geschaffen. Mochte Helen ihre Freude daran haben, ihm lag das weniger.

Zu seinem Erstaunen hatte er vor einiger Zeit festgestellt, dass Helen Klavier spielen konnte, und das mit einem Rhythmus, den er ihr nicht zugetraut hatte. Möglich, dass das Musizieren ihr eine Tür öffnete, ihre Gefühle zu zeigen. Er seufzte. Warum konnte er ihr nicht mit vollem Herzen die Wärme und Empfindungen entgegenbringen, die sie erwartete? Wenn er sie ansah, konnte sie noch nicht mal seinem Blick standhalten.

In stillen Stunden wanderten seine Gedanken weit zurück und er sehnte sich nach der Zeit, als er noch ungebunden war, an Momente, die von goldenen Haaren und wasserhellen Augen beherrscht worden waren. Wie wertvoll, dass die Gedanken nicht von Raum und Zeit abhängig waren. Sehnsucht war unsichtbar und zeitlos, wenngleich sie fast körperlich schmerzen konnte. Manchmal bat er Gott, ihm wirklichen Frieden zu schenken.

Nach einer weiteren Übernachtung erreichten sie Swansea. Die Zeit bis zu Francis Vortrag vertrieben sie sich mit einem Besuch der alten Ruine, zu der die Einheimischen „Castell Abertawe“ sagten. Danach aßen sie am Hafen in einer Spelunke einen solch köstlichen Barsch, dass er ihnen noch bei der Weiterreise in einer Mietkutsche am nächsten Tag ein Lächeln ins Gesicht zauberte.

Die Freunde lachten, als sie ihren Weg fortsetzten, aber die Stimmung täuschte nicht darüber hinweg, dass Richard immer nervöser und sein Mund zunehmend trockener wurde. Irgendwann verstummte er ganz und starrte nur noch aus dem Fenster.

Würde er Amber tatsächlich finden? Er fragte sich, was er sagen würde, wenn er ihr tatsächlich gegenüberstand. Hoffte sie noch auf ihn? War er Vater eines Sohnes oder einer Tochter geworden? Würde er ihrem Blick standhalten können, wenn er die Ehe mit Helen beichtete? Und würde sie sein Angebot annehmen, sie finanziell zu unterstützen?

Die kleine Stadt St Davids lag am Meer und Richards Herz wurde in Hochstimmung versetzt, als er aus dem Fenster des Gasthofes blickte, in dem er ein Gästezimmer bezogen hatte, das zum Meer zeigte. Die Wolken senkten sich bis zum Horizont herab, der das Meer begrenzte. Sogar zwei Schiffe waren in weiter Entfernung zu erkennen.

Der Himmel hatte sich verändert, war dunkler geworden. Richard hatte gehört, dass in der Nähe des Meeres schnell die Wetterlage umschlagen konnte. Er ging nach unten und traf Francis, der bereits im Gastraum auf ihn wartete. Beim gemeinsamen Frühstück besprachen sie, wie sie weiter vorgehen wollten.

„Was wissen wir?", fragte Francis, strich sich Marmelade auf das Röstbrot und gab gleichzeitig die Antwort. „Die Tante heißt Juliette. Wir könnten uns umhören, ob jemand eine Frau Devaney kennt." Er biss kraftvoll in die Scheibe.

Richard nickte. „Und nach dem Schuster Thomas Perkins fragen."

„Wo fangen wir an?"

„Warum nicht hier? Beim Wirt?"

„Gute Idee. Danach erkundigen wir uns in den Geschäften. Oder hast du einen anderen Vorschlag?"

Richard zweifelte nicht, dass man in den Läden seine Kunden kannte. Er fand die Idee gut und schaffte es kaum, das starke Herzklopfen zu zügeln, das ihn mit einem Mal erfasste. Vielleicht war er Amber wirklich ganz nah. „Was sage ich, wenn ich Amber dann tatsächlich gegenüberstehe?“

„Mein lieber Richard“, antwortete Francis und zwinkerte mit den Augen, „dabei kann ich dir leider nicht helfen.“

„Devaney?“ Mr Peter, der Wirt, schüttelte den Kopf und kratzte sich nachdenklich an der Glatze. „Sagt mir nichts. Müssen Sie meine Frau fragen, aber die ist grade unterwegs. Ich erwarte sie am frühen Nachmittag zurück.“

„Ich danke Ihnen.“ Richard gab Francis einen Wink und gemeinsam verließen sie das Gasthaus, das in einer Seitengasse lag. Die Kathedrale, deren Turm man von fast jedem Haus aus sehen konnte, wies ihnen den Weg ins Zentrum. Eine frische Brise wehte vom Meer herüber durch die Straßen und Richard genoss die belebende Luft.

„Ich habe gehört, die Leute lieben es, dem Barbier ihr Herz auszuschütten“, grinste Francis. „Wenn er es nicht weiß, wer sonst? Wollen wir dort weitermachen?“

Im Laden des Friseurs drehten der einzige Kunde und der Mann im Kittel, der ihm mit einer scharfen Klinge den Schaum vom Kinn schabte, die Köpfe. Richard wunderte sich, dass das Kinn des Kunden dabei keine Wunde erlitt.

„Entschuldigen Sie“, sagte Richard, ohne seinen cognacfarbenen Zylinder abzunehmen und blieb neben Francis stehen, „wir sind auf der Suche nach einer Juliette Devaney. Kennen Sie sie? Oder ihre Nichte Amber?“

Die Männer schüttelten die Köpfe. „Hier im Ort wohnt niemand mit dem Namen. Vielleicht versuchen Sie es mal weiter vorne im Gasthaus. Möglicherweise weiß man dort mehr“, erklärte der Barbier mit enttäuschtem Gesicht. Wahrscheinlich hatte er sich grade ein Geschäft erhofft.

„Sie meinen doch nicht das in der Nähe des Mühlenturms?"

Der Barbier streifte den Schaum am Messer mit einem Tuch ab. „Nein, weiter die Straße runter, im *Seeadler*."

Richard musste lächeln. Wie konnte er glauben, es gäbe nur ein Gasthaus. „Wir danken Ihnen vielmals und wünschen noch einen guten Tag."

Im *Seeadler* hatte man noch nie etwas von einer Miss Devaney gehört.

„Tut mir leid", bedauerte die Wirtin und hob entschuldigend die Schultern, „ich kenne zwar eine ganze Menge Leute, aber den Namen Devaney hab ich noch nie gehört. Auch nicht bei meinen Gästen."

Richard seufzte. Das war noch kein Grund aufzugeben!

Doch auch der Gemüsehändler konnte ihnen nicht helfen. Er sah sie bloß mit zusammengekniffenen Augen an. Warum er ihnen mit solch einer offener Abneigung begegnete, war Richard unerklärlich. Na ja, nicht überall waren Fremde willkommen. Noch dazu mit Fragen, die die Leute manchmal irritierten. Oder selbst neugierig machten.

Nachdem Francis und Richard noch in einem Hutladen und in einer Bäckerei nachgefragt und keine nennenswerten Hinweise bekommen hatten, ruhten sie sich auf einer Bank nahe der Kathedrale aus, um das weitere Vorgehen zu besprechen.

„Der Pfarrer wäre eine Idee", meinte Francis und betrachtete das gewaltige Bauwerk mit großem Interesse.

„Und wir sollten den Schuster nicht vernachlässigen. Wo wird er wohl seine Werkstatt haben?", sinnierte Richard und bemerkte, dass mittlerweile sein Magen wieder knurrte. „Ich frage mich, ob wir schon alle Geschäfte hier aufgesucht haben?"

Francis stand auf, ohne den Blick von der Kathedrale zu nehmen. Sie thronte inmitten einer großen Rasenfläche, die üblicherweise auch ein Friedhof war. Einige graue mächtige und viele schlichte Grabmale rankten wie Zeigefinger in den Himmel. „Lass uns erst mal rübergehen."

Richard musste zugeben, dass er es sich leichter vorgestellt hatte. Oder ob er einfach nur ungeduldig war? „Von mir aus."

Sie waren angenehm überrascht, dass die Kirchentür unverschlossen war und Richard fühlte die Kühle der Steine förmlich auf der Haut. Im Stillen flehte er um eine erfolgreiche Suche, noch während er im Kirchenschiff verharrte und die beidseitigen Säulengänge musterte. Seine Augen schauten fasziniert zur kunstvoll geschnitzten Holzdecke aus Eiche, von der ein Kunstwerk hing, an der der gekreuzigte Jesus dargestellt wurde, eingerahmt links und rechts von zwei Personen in Gewändern. Ob es Heilige darstellte? Angestrengt lauschte er in die Stille des Gotteshauses.

„Hier ist niemand", riss ihn Francis nach einigen Minuten aus seinen Gedanken und kam ihm im Mittelgang entgegen. „Ich war sogar in der Sakristei." Er wies den Gang entlang und kräuselte die Stirn. „Irgendwie ist der Boden schief. Du meine Güte! Man hat das Gefühl, es geht bergab."

„Liegt bestimmt am Untergrund. Denk mal, wie alt das alles hier ist." Richard warf noch einen Blick zum geschnitzten Pulpitum mit einem Bischof in der Mitte, das den auserlesen angelegten Chorraum abgrenzte. Dahinter bemerkte er einen Schrein, den er sich gerne noch näher angesehen hätte. Womöglich wurden dort die Gebeine des Heiligen David aufbewahrt, nach dem hier alles benannt worden war.

Beim Rausgehen kam ihnen eine ältere Frau entgegen, die in die Kirche wollte.

„Entschuldigen Sie, wissen Sie zufällig, wo wir den Pfarrer finden?", fragte Francis höflich.

Die Frau hielt ihren Gehstock fest umklammert und stützte sich darauf. „Wenn ich besser beieinander wäre, könnte ich Sie bei mir warten lassen. Ich bin die Pfarrersfrau." Sie seufzte und fuhr fort: „Mein Mann ist weit draußen auf dem Land bei einer Familie zum Trauergespräch. Ich erwarte ihn nicht vor dem späten Nachmittag zurück. Wenn Sie ihn sprechen möchten, kommen Sie am besten morgen Vormittag wieder."

„Selbstredend. Wir möchten keine Umstände machen. Sie können uns gerne ankündigen. Lord Asbury und", er zeigte auf sich, „Lord Clarke." Als er ihren erschrockenen Gesichtsausdruck sah, fügte er hinzu. „Wir haben nur ein paar Fragen und hoffen, dass er uns weiterhelfen kann."

Das faltige Gesicht der alten Frau entspannte sich. „Er wird Ihnen gern behilflich sein."

Beim Klang der Glocke, die ein Uhr mittags schlug, erinnerte sich Richard an den Schuster und seinen Sohn. „Kennen Sie vielleicht einen Schumacher mit Namen Perkins?"

Seine Worte wurden fast gänzlich von der dröhnenden Glocke verschluckt. „Ich höre nicht mehr so gut." Auf einen Wink neigte sich Richard zu ihr und wiederholte seine Frage.

Daraufhin antwortete sie: „Also, der alte Thomas liegt schon eine Weile auf dem Gottesacker hier." Sie wies auf eines der Gräber, die an ein Wäldchen grenzten. „Aber sein Sohn, der junge Perkins, hat die Werkstatt übernommen. Ich meine, sie ist in der Bryn Road."

„Ist das weit von hier?"

„Nein", sie zeigte in eine Richtung hinter der Stephens Lane, „die Straße ist aber ziemlich lang."

„Wir werden uns durchfragen. Nochmals vielen Dank."

„Gott segne Sie.“ Damit humpelte sie an ihnen vorbei ins Kircheninnere.

Das war ein Lichtblick. Meist lag ja eine Werkstatt im Haus oder Hinterhof. Sie würden es auskundschaften und Thomas Perkins finden. Richard begriff, dass sie auf dem richtigen Weg waren. Es gab den ersten Hinweis. Und morgen vielleicht schon eine wichtigere Information. Ein Pfarrer wusste doch fast alles von seinen Schäfchen und außerdem hatte er die Kirchenbücher, wo die wichtigsten Angaben und Namen aufgeführt wurden.

Seine Stimmung hob sich beachtlich und damit meldete sich sein Magen zurück. „Ich schlage vor, in unsere Herberge zurückzukehren. Es ist Mittagszeit und ich habe Hunger.“

Zweifellos ging es seinem Freund genauso. „Wem sagst du das? Ich bin dabei.“

Im Gastraum fanden sie einen freien Tisch am Fenster. Beide bestellten das Tagesgericht, einen typisch walisischen Eintopf mit Rindfleisch, Speck, verschiedenen Gemüsesorten und Pastinaken, dazu ein dunkles Bier.

„Ich halte erst morgen meine Rede“, merkte Francis an und seine Gedanken schienen zu schweifen. „Womöglich gibt es unter den Zuhörern sogar eine Juliette Devaney? Wir müssen mal ins Publikum sehen, falls sie da ist, sie dürfte noch keine Fünfzig sein.“

Richard lachte und nickte. Daraufhin fuhr Francis fort: „Übrigens, das mit der Insel könnte sogar stimmen und die Gerüchte irgendwie doch richtig sein. St Davids liegt auf einer Halbinsel, wusstest du das? Ich jedenfalls nicht, aber der Wirt hat’s mir gesagt.“

Als die Kirchturmglocke die zweite Stunde am Nachmittag anschlug und Francis kurz auf sein Zimmer verwunden war, trat die Wirtin plötzlich auf Richard zu.

„Lord Clarke?“ Mrs Peter, die Wirtin an der Rezeption sah ihn freundlich an. „Hier.“ Sie hielt ihm ein Kuvert entgegen. „Es ist ein Brief für Sie gekommen.“

Ehrlich gesagt hatte er nicht damit gerechnet, dass er hier nach Wales Post bekommen würde. Sicher, er hatte ja Chapman ausdrücklich angehalten, ihn zu unterrichten, falls es Schwierigkeiten auf Cold Ashton geben sollte.

Ohne einen weiteren Blick auf den Absender zu nehmen, nahm er den Brief dankend entgegen. Sofort fiel ihm das eingeprägte Wappen der Alnwicks auf. Merkwürdig, was mochte der Anlass sein?

Eilig brach er das Siegel. Seine Augen überflogen die Mitteilung, die von seiner Schwiegermutter geschrieben worden war. Die Buchstaben tanzten vor seinen Augen. Alles um ihn herum schien zu verschwimmen.

„... mit der Kutsche verunglückt. Ihre Verletzungen sind schwerwiegend. Wir hoffen, dass man sie hier im Hospital von den erfahrenen Ärzten behandeln lassen kann ...“

Ein Kutschunfall. Helen war verletzt. Ihre und seine Eltern hatten mit ihr in der Kutsche gesessen. Sein Vater hatte auch Abschürfungen davongetragen, schrieb sie. Wahrscheinlich waren sie nicht gravierend, sonst hätte sie bestimmt mehr dazu mitgeteilt.

Es folgten noch ein paar weniger wichtige Anmerkungen, dazu die Adresse des Hospitals und die ihrer Stadtvilla. Richard schloss die Augen. Es gab nur eine Entscheidung: Er musste sofort die Reise mit Francis abbrechen und nach London reisen.

London – die Stadt, in der das Kopfsteinpflaster eine Kutschfahrt bei Regen zu einem rutschigen und geräuschvollen Unternehmen machte.

In einem stillen Gebet bat Richard um Genesung für Helen. Sie brauchte jetzt seine volle Unterstützung. Mit schwerem Herzen und gesenktem Kopf stand er auf. Amber zu finden – er war so nahe dran, aber was nützte das? Seine Pflicht sagte ihm, dass sein Platz an der Seite seiner Ehefrau sein musste.

Entschieden ging Richard in Richtung der Gästezimmer, um Francis zu finden und ihn von seinem Plan zu unterrichten.

19

„Ich würde dich am liebsten begleiten", sagte Francis und zwang sich zu einem Lächeln, während der Kutscher das Gepäck auf dem Dach festband. Er legte Richard mit einer kameradschaftlichen Geste die Hand auf den Arm. „Aber leider habe ich noch einige Verpflichtungen. Schreibe mir, wenn du in London angekommen bist. Ich hoffe, dass ich bald zurückreisen kann. Dann sehen wir uns."

Richard nickte und bestieg die Kutsche. Als die Tür geschlossen wurde, hob er die Hand zum Abschied. Francis winkte ihm nach, während sich die Mietdroschke, die von zwei Braunen gezogen wurde, in Bewegung setzte. Bald bog sie in die High Street ab, die wie alle anderen Wege staubig und uneben war, und ratterte an Geschäften vorbei, von denen sie einige aufgesucht hatten.

Plötzlich hörte Richard den Fuhrmann brüllen und noch bevor Richard einen Gedanken fassen konnte, wurde er gegen die gegenüberliegende Sitzbank geschleudert. Im Fallen versuchte er nach einer Halteschlaufe zu greifen – aber vergebens. Schmerzhaft prallte er auf dem Boden, sein Hut rollte in eine Ecke und die Leckereien seines Proviantkorbs verteilten sich um ihn herum. Das Gefährt wackelte bedenklich, blieb dann aber aufrecht stehen.

Die Kutsche war mit einem gewaltigen Ruck zum Stehen gekommen. Draußen hörte er den Fuhrmann fluchen und die Rösser schnaubten und scharrten unruhig. Richard rappelte sich auf. Seine gesamte rechte Seite schmerzte, aber er schaffte es, die Tür aufzudrücken, um nachzusehen, was passiert war. Als er aus der Kutsche kletterte, war kein Mensch zu sehen. Nur ein kleines Kind stand mitten auf der Straße – offenkundig war es allein.

„Das Balg da“, schrie der Kutscher und rieb sich den Schweiß von der Stirn, „das hat die Pferde zum Scheuen gebracht. Hätte ich nicht gegenwärtig reagiert und eingegriffen, hätten sie es zertrampelt.“ Er schwang die Peitsche, als würde er am liebsten einmal draufschlagen, doch als er Richards entsetztem Blick bemerkte, hielt er inne. „Ist ja schon gut“, knurrte er und legte die Gerte beiseite.

„Ich danke Ihnen, dass Sie so souverän reagiert haben“, knirschte Richard betroffen und warf einen Blick auf die Kleine, die immer noch mit entsetztem Blick zu den Pferden starrte und jetzt zu weinen begann. Ohne lange zu überlegen ging Richard auf sie zu, hob sie auf den Arm und sah sich um. Gegenüber war ein Geschäft. Dort würde man vielleicht wissen, warum das kleine Mädchen – es mochte vielleicht ein Jahr sein – alleine und zweifelsohne unbeaufsichtigt auf der Straße herumlief. „Warten Sie hier“, bat er den Fuhrmann, „sie muss doch zu jemandem gehören.“

„Und was ist mit mir?“

„Es geht gleich weiter.“ Richard überquerte eilig die Straße und stand bald vor dem Laden. *Kolonialwaren* las er auf dem ansehnlichen Schild über der Eingangstür. Hätte man ihn vorher gefragt, er hätte es für undenkbar gehalten, in einem kleinen Ort wie diesem einen Laden mit Erzeugnissen aus Übersee zu finden. Allerdings hätte er genauso über die Bischofskirche gedacht. St Davids schien ein überaus interessantes Dorf zu sein.

Er stieg die drei Stufen zum Eingang hoch und öffnete die schwere Tür. Die Türschelle bimmelte beim Eintreten, was das Schluchzen der Kleinen noch verstärkte. Links und rechts standen hohe Regale mit den unterschiedlichsten Dingen, hinter dem breiten Tresen ragte eine noch höhere Regalwand bis unter die Decke. Auf der Theke befanden sich eine große Waage, ein Tablett mit verschiedenen Gebäckstücken und ein Glas mit kleinen Leckereien. Fasziniert atmete er tief ein. Es roch herrlich nach Tee, Kaffee, Seife und Gewürzen, die sich auf wundersame Weise zu einer besonderen Essenz verdichteten, als sei er auf einer Reise nach Übersee. Es schien niemand da zu sein. Erst beim zweiten Hinsehen sah er den Rücken einer Frau, die in gebückter Haltung etwas in ein Regal einräumte.

„Guten Tag“, sagte er laut, während die Kleine auf seinem Arm jetzt zu brüllen begann. „Ist ja gut“, versuchte er sie zu beruhigen und strich ihr sanft über die dunklen Haare, was sie allerdings nur zu einem noch lauteren Weinen anspornte.

Augenblicklich drehte sich die junge Frau um und sah zuerst zu dem Mädchen und dann zu ihm. Dann blieb sie wie festgefroren stehen, krallte sich an der Holzplatte des Tresens fest und sah ihn voller Entsetzen an. Er wusste gar nicht, wie ihm geschah und glaubte abermals einem Wahnbild zum Opfer gefallen zu sein. Konnte das sein? Da stand Amber! Mit geöffnetem Mund, weit aufgerissenen Augen und aschfahlem Gesicht.

„Richard? Du? Was … was tust du hier?“ Sie schnappte nach Luft und starrte ihn an. Mit einem Mal machte sich statt Verblüffung Empörung auf ihrem Gesicht breit. Mit heiserer Stimme sagte sie: „Und was hast du mit meiner Tochter gemacht? Gib sie her!" Sie stürzte um den Tresen herum und entriss ihm die Kleine, um sie mit beiden Armen fest an sich zu drücken. „Liebes", tätschelte sie ihr über den Kopf und küsste sie. „Mama ist bei dir."

Augenblicklich verstummte das Kind, kuschelte sich an die junge Frau und beobachtete ihn von der Seite.

„Amber?", flüsterte Richard in die fast heilige Stille, die plötzlich inmitten von Dosen, Kräutermischungen und allerhand Kochutensilien eingetreten war. War sie es wirklich? Oder unterlag er wieder einer Täuschung? Er starrte ihr in die Augen. Sie musste es sein! Himmelblaue Augen mit fast schwarzen Wimpern, die sie wie Juwele einfassten.

Amber sah ihn misstrauisch an. Die Kleine verharrte regungslos und klammerte sich mit ihren kleinen Fingern an die Bluse ihrer Mutter. Plötzlich wusste Richard nichts mehr zu sagen. Alle seine vorgefertigten Sätze, Argumente und Fragen waren wie aus seinem Gedächtnis entflohen.

„Richard!", kam es erstickt über ihre Lippen. „Wie lange habe ich darauf gehofft!"

Verunsichert sah er sich um. Was machte sie hier in dem Krämerladen? Ob sie hier arbeitete?

Wie oft hatte er diesen Augenblick herbeigesehnt, darum gefleht, Gott alle möglichen Versprechungen gemacht und sich dabei selbst bedauert. Doch jetzt, da er plötzlich in St Davids vor Amber stand, war er sprachlos. Stumm vor Überraschung, Zweifel, Freude und Demut.

Er wollte auf sie zugehen, doch sie hob abwehrend die Hand. „Bleib stehen!"

„Amber …!" Es war wie ein Aufschrei. „Du bist es wirklich!"

Und sie hielt ihre gemeinsame Tochter auf dem Arm. Sein

Kind! Dieses kleine, zarte Wesen, das er nun fasziniert betrachtete. Mit großen Augen und schwarzen Locken.

Zaghaft versuchte er noch mal, sich Amber zu nähern, doch diesmal trat sie sogar einen Schritt zurück. Verwirrt ließ er die Schultern sinken. Vielleicht sollte er ihr Zeit geben, sein plötzliches Erscheinen zu verdauen. „Ich wollte dich nicht erschrecken."

Amber drehte den Kopf. „Mary?" Als nichts passierte, wurde ihre Stimme energischer. „Mary, komm bitte mal her!"

Ein schamrotes Gesicht spähte durch die Hintertür, zögerte, dann trat Mary in den Laden. „Miss?"

„Wo warst du? Dieser Herr hier hatte Eliora auf dem Arm, obwohl du auf sie aufpassen solltest. Was denkst du dir denn dabei? Du hast sie allein auf die Straße laufen lassen!"

„'Tschuldigung." Sie kniff den Mund zusammen und schlug die Augen nieder.

Richard schwieg. Er wollte die Dienerin nicht noch unnötig in Schwierigkeiten bringen. Wahrscheinlich hatten weder sie noch Amber mitbekommen, dass die Kleine fast unter die Räder der Kutsche geraten wäre. *Danke, Herr, dass du sie bewahrt hast!* Gott hatte über seine Tochter gewacht. Es sollte wohl so sein, dass er auf diese Weise Amber wiederfand.

„Gut. Aber dann nimm sie jetzt und pass auf sie auf", forderte Amber Mary auf und hielt ihr Eliora entgegen. „Ich habe Kundschaft."

„Ja, Miss."

Während Mary mit der Kleinen verschwand, bemerkte Richard, dass Amber Tränen in den Augen hatte. Sie sah aus wie immer, mit ihrer reinen Haut und ihren glänzenden blonden Haaren. Sein Blick glitt an ihrer schlanken Gestalt herunter, die ein paar weibliche Rundungen bekommen hatte. Es stand ihr gut.

„Was machst du hier in St Davids?" Amber fand als Erste die

Sprache wieder. Richard konnte nicht ausmachen, ob sie sich freute oder nicht. Ihre klugen Augen blieben an ihm hängen.

Er war so aufgewühlt, dass er kaum sprechen konnte. Seine Atmung wollte sich nicht beruhigen. Draußen hörte er den Kutscher mit den Pferden reden, der scharfe Halt hatte sie anscheinend durcheinandergebracht. Lange konnte er nicht mehr hier im Laden bleiben.

„Ich … ich habe dich gesucht."

„Mich?" Sie schüttelte ungläubig den Kopf. „Tatsächlich?"

Er meinte einen sarkastischen Unterton zu hören. Sie wischte sich über die Augen und er bemerkte, dass sie dabei zitterte.

„Warum hast du nie geantwortet?" Sie zog eine Augenbraue hoch.

„Geantwortet? Worauf?" Er war mit einem Mal nervöser, als er es vor ihrem ersten Treffen gewesen war. Damals hatte ein Strahlen in ihren Augen gelegen, das ihn in seinem Innersten berührt hatte. Jetzt brachte ihn ihr Vorbehalt fast um den Verstand.

Verwirrt sah sie ihn an. „Auf meinen Brief."

Er lachte rau. War das ihr Ernst? „Du meinst … du hast mir geschrieben?"

Sie nickte zaghaft.

In seinem Kopf schien etwas zu explodieren. Seine Gedanken wanderten zu Cold Ashton Manor, suchten alle Situationen und Räume ab, gingen die Dienerschaft durch und die Tabletts, auf denen sie die Post brachten. Jeden Tag gab es einen üblichen Ablauf im Haus: Eddy, manchmal auch einer der anderen Diener, nahm die Post in Empfang. Unverzüglich legte er die Briefe oder die *Times*, wenn sie gebügelt worden war, auf ein Tablett und reichte es – in der Regel am Vormittag – seinem Vater, seiner Mutter oder ihm. Seine Mutter bekam die meisten Briefe, weil sie es liebte, mit Verwandten und Freundinnen über die neuesten Neuigkeiten im Haus zu korrespondieren. Abgesehen davon flatterten die kuriosesten Einladungen herein. Die überließ er gerne seinen Eltern. Nicht ein Mal war ein Brief von Amber darunter gewesen.

Richard kehrte gedanklich in die Gegenwart zurück. Ambers Worte klangen schier unglaublich. Dabei hätte er auf die Aufrichtigkeit seiner Dienerschaft schwören können, sogar Avalon hätte er für sie verwettet – wenn auch nicht für ihre Verschwiegenheit. Weshalb sonst hatte er sich damals für sie bei seinem Vater stark gemacht? Panik stieg in ihm hoch. „Ich habe keinen Brief bekommen."

Er bemerkte, wie ihr die Farbe aus dem Gesicht wich.

„Doch. Gleich als ich hier ankam, habe ich dir eine Nachricht geschickt."

„Seltsam." Er kräuselte die Stirn, sein Pulsschlag jagte. „Ob mein Vater etwas damit zu tun hat? – Nein, das glaube ich nicht." Ihm wurde heiß und kalt. Irgendetwas – oder irgendjemand – hatte sich zwischen sie geschoben. Mutwillig? Zufällig? „Hast du den Brief damals jemandem mitgegeben?"

„Nein, ich habe ihn wie üblich aufgegeben. Mit der Postkutsche."

„Wann war das?"

„Letztes Jahr im Frühjahr." Sie sagte es mit Bestimmtheit.

„Das versteh ich nicht!" Wer hatte das Schreiben denn dann bekommen? Oder abgefangen? Ein beklemmendes Gefühl legte sich wie eine Würgeschlange um sein Herz. Ihm war, als würde er in einem schwarzen Loch sitzen und niemand wollte helfen, dass er herauskam. Wo war der Brief von Amber? Was war passiert?

„Das ist mir wirklich ein Rätsel", beschwor er, „ach, hätte ich nur gewusst, dass du mir geschrieben hast!" Für einen Moment schloss er die Augen und stöhnte auf. Dann hielt er inne und sah sie eindringlich an, bevor er auf sie zuging und nach ihrer Hand griff. Sie lag zart und feingliedrig in seiner Hand. „Ich schwöre, ich habe keine Post von dir erhalten. Als du nicht mehr kamst, habe ich Nachforschungen angestellt, dich gesucht, aber deine Eltern wollten nichts mehr mit mir zu tun haben. Und niemand sonst wusste, wo du lebst. Wo sollte ich anfangen ohne einen Anhaltspunkt? Ohne Adresse? Bis ich kürzlich durch Zufall den Namen Juliette hörte. Aber selbst damit kam ich nicht wirklich weiter."

Sie hob die Augenbrauen. „Juliette?"

Er nickte. In ihrem Blick lag etwas Verletzliches. Wie gern hätte er ihre Schläfe berührt und ihr die Strähne aus dem Gesicht geschoben, die sich aus ihrer Frisur gelockert hatte.

Sie neigte den Kopf zur Seite und er wunderte sich, dass sie so ruhig blieb.

„Amber, ist dieses süße Kind wirklich unsere gemeinsame Tochter? Eliora?"

Als sie nickte, konnte er nicht mehr an sich halten und streichelte ihr mit der freien Hand sanft über die Wange. Er musste schlucken. Amber und seiner kleinen Tochter plötzlich so nah zu sein, wühlte ihn auf. Wie sollte er erklären, was sich inzwischen ereignet hatte? Seine Seele brannte. „Es ist so viel passiert in den letzten Monaten", setzte er an, „nicht nur, dass ich vergeblich nach dir gesucht habe, sondern dass der Graf von Cold Ashton mich in eine bedenkliche Lage gebracht hatte." Er erschrak über sich selbst, mit welcher Distanz er hier von seinem Vater sprach.

„Das tut mir leid", sagte sie leise. Sie schien einen Moment zu überlegen und schlug dann vor: „Wenn du willst, können wir nach hinten gehen, um zu reden. Ich sperre dann die Ladentür ab."

Ihr Angebot machte ihn kurz sprachlos. Für einen Moment herrschte Stille im Laden, nur das Schnaufen der Pferde drang von draußen herein. Er konnte ihr doch nicht in zwei Sätzen erklären, was sich alles ereignet hatte. Ihr fragender Blick lastete auf ihm und so antwortete er schließlich bedrückt: „Tut mir leid, das geht nicht. Mir wurde heute mitgeteilt, dass ich wegen eines Unglücks unverzüglich abreisen muss."

Sie wirkte mit einem Mal wie ein eingeschüchtertes Vögelchen.

„Ich bin mit der Kutsche auf dem Weg nach London. Sobald es möglich ist, komme ich wieder. Dann müssen wir dringend miteinander reden." Die aufgewühlten Pferde waren nicht zu überhören, ebenso wenig die Rufe des Kutschers. Er musste sich beeilen.

„Du meinst sofort? Deine Kutsche wartet draußen?", presste sie ungläubig hervor. Ihre Augenlider flatterten und sie erblasste erneut.

Mit einem Zittern in der Stimme fragte sie leise: „Soll ich mitkommen?"

„Mitkommen?" Er suchte nach Worten. „Das … das geht leider nicht."

Jetzt starrte sie ihn mit eisigem Blick an und zog ihre Hand zurück. „Du kommst, um mich zu finden, und reist sofort wieder ab? Das soll ich dir glauben? Was willst du wirklich?"

Er hörte ihren flachen Atem. Wie gern würde er sie jetzt an sein Herz drücken, trösten, ihren Duft riechen, ihr samtiges Haar streicheln, ihr zuflüstern, sie nie vergessen zu haben. Der Schmerz, gebunden zu sein, rief ihn in die Gegenwart zurück. „Ich wurde dringend nach London gerufen, bitte versteh doch!" Er schaffte es nicht, sie zu überzeugen. Entschuldigend hob er die Schultern und machte eine flüchtige Geste. „Bitte, glaube mir, ich komme wieder. Dann kann ich dir alles genau erklären."

Die Frage, wie es ihr und der Kleinen ging, verkniff er sich. Leicht war es bestimmt nicht, in einem fremden Ort zu leben – ohne Ehemann und ohne Vater. Er wusste noch nicht mal, ob sie tatsächlich bei ihrer Tante lebte. Und wer für sie sorgte. Doch ihm blieb keine Zeit für Fragen.

Ob sie noch auf ihn hoffte? Es zerriss ihm das Herz, dass er wieder gehen und sie bestürzt zurücklassen musste. Hier und heute wollte er ihr nicht gestehen, dass er sie nicht mehr heiraten konnte. Bald würde er ihr alles erklären, wie alles gekommen war und warum er die Würde seiner Eltern über seine gestellt hatte.

An der Ehe mit Helen war nicht mehr zu rütteln. Das würde sicher Ambers Entrüstung und Widerspruch bewirken. Würde sie ihm vergeben? Er hoffte, dass es ihm gelingen mochte, ihr zumindest mit einem monatlichen Betrag für ihren Unterhalt zu helfen. Vielleicht fand seine verwirrte Seele dann endlich Ruhe.

Aus einem Impuls heraus hauchte er ihr einen Kuss auf die Wange und eilte dann zur Tür hinaus, ohne sich noch einmal umzudrehen. Mochte Gott ihm verzeihen, dass er wieder ein Gefühlschaos angerichtet hatte. Aber für den Unfall in London konnte er schließlich nichts!

Amber blieb wie angewurzelt im Laden stehen. Die Schwingungen des Glöckchens über der Tür hallten immer noch in ihrem Kopf nach. Längst war die Tür hinter Richard ins Schloss gefallen. Von hinten hörte sie ihre Tochter glucksen. Wahrscheinlich spielte Mary wieder mit ihr Verstecken, was sie liebte und zum Kichern brachte.

Mit aller Gewalt versuchte Amber, den Tränenstrom, der in ihr losbrach, zurückzuhalten. War das wirklich gerade geschehen? Richard hatte vor ihr gestanden, mit ihrem gemeinsamen Kind auf dem Arm, ihr gesagt, er habe sie gesucht, um dann sofort wie eine Engelserscheinung wieder zu verschwinden.

Wie durch einen Nebel hindurch starrte sie auf die Ladentür. Er war weg. Es fühlte sich wie ein Hauch von Schatten und Wahrheit an. Sie hatte die Kutsche gehört, wie sie abfuhr, die Rufe des Fuhrmanns, das Knallen seiner Peitsche, aber nichts hatte sie bewegen können, durch die Scheibe nach draußen zu sehen. Sie hatte auch nicht auf die Straße treten wollen, als sich das Knirschen der Räder entfernte. Es war unwirklich gewesen, wenn nicht gar unheimlich, was eben passiert war. Oder hatte sie das alles nur geträumt? Wie eine Wahnvorstellung?

Als sie letztes Jahr im Licht des anbrechenden Tages Cold Ashton hatte verlassen müssen und nach St Davids gekommen war, hatte sich ihr Leben gravierend verändert. Bis dahin hatte sie noch nicht mal gewusst, dass hier in Wales Verwandte existierten. Doch dann hatte Tante Juliette, die Ausgestoßene, und ihre Familie sie wie eine von ihnen aufgenommen. Nie hätte sie gedacht, dass ihrer Tante kein einziger Vorwurf über die Lippen kommen würde, selbst bis zum heutigen Tag nicht.

Die Macht des eigenen Blutes war hier spürbar geworden. Als sei es das Selbstverständlichste der Welt und als ob sie sie von klein auf gekannt hätte, behandelte ihre Tante sie wie ihre eigene Tochter. Juliettes Geschichte hatte sich in Ambers Leben wiederholt. Der Entschluss der Familie, die ungehorsame Tochter vom normalen Familienleben auszuschließen, vereinte sie auf wundersame Weise.

„Amber?“ Tante Juliette stand plötzlich neben ihr und rüttelte sie am Arm. „Hörst du nicht? Was ist los? Du siehst so … fleckig im Gesicht aus.“

„Oh!“ Amber fühlte mechanisch über ihre heißen Wangen. Sie musste ganz verquollen sein.

„Du hast mir noch nicht geantwortet.“ Juliettes besorgter Blick ruhte auf Amber. „Du zitterst ja am ganzen Körper!“

„Er war da.“ Das Beben in ihr ließ nicht nach und ihr Herz schlug noch immer schnell.

„Wer?“ Sie schien zu kombinieren. „Sir Millweard? Das ist

doch kein Grund loszuheulen." Als sie über ihre eigene Fantasie schmunzelte, zeigten sich feine Fältchen um ihre blitzenden Augen, was ihr für einen Moment etwas Jugendliches verlieh.

„Nein, Tante Juliette. Richard."

Ihre Tante strich sich mit den Fingern über die Lippen. „Welcher Richard?"

„Lord Richard Clarke." Als Amber sah, wie Tante Juliette ungläubig die Augen aufriss, fügte sie hinzu: „Er war eben im Laden." Sie fühlte sich immer noch nahe an einem Abgrund.

Ihre Tante schüttelte den Kopf und ihre Mundwinkel sanken. „Das glaub ich jetzt nicht. Warum sollte er herkommen und sofort wieder gehen?"

„Es war so. Die Ladentür ging auf. Da stand er mit Eliora auf dem Arm. Als er hereinkam, hat sie fürchterlich geschrien. Ob sie sich vor ihm fürchtete oder was sonst der Grund war, weiß ich nicht. Mary hat sie auf die Straße laufen lassen! Sie hat sie alleine gelassen. Wahrscheinlich nur kurz, aber es genügte, dass Richard sie bemerkte und hereinbrachte."

Ihre Tante blickte sie verwirrt an. „Aber wieso ist er so plötzlich hier aufgetaucht? Und woher weiß er, dass sie deine Tochter ist? Ich finde es sehr merkwürdig, dass er das Kind einfach so auf den Arm nimmt."

Amber zuckte die Schultern. „Ich finde das auch alles mehr als seltsam. Fast schon mysteriös."

Tante Juliette seufzte und verschränkte die Arme. „Und woher weiß er, dass du hier im Laden arbeitest?"

Ihre Stimme war heiser. „Das weiß ich doch nicht!"

Sie spürte Tante Juliettes Misstrauen. Für sie selbst war das Erlebnis von eben ja auch nicht zu verstehen. Sie hatte nie nach Hause geschrieben, auch nicht, als Eliora geboren wurde. Manchmal hatte sie ernsthaft darüber nachgedacht, hatte sogar schon Bogen und Feder herbeigeholt, um sie dann wieder sorgfältig wegzuräumen. Zu groß war ihre Trauer, dass man sie weggeschickt hatte. Ihre Eltern hatten ihrerseits auch nichts von sich hören lassen, obwohl sie ihre Adresse kannten. Der Stachel der Schande saß tief. Trotzdem war Amber ihren Eltern nicht böse und die Sehnsucht nach ihnen blieb. Sie wusste, unter welchem Druck man in Cold Ashton und allen anderen Orten der Cotswolds lebte. In den Städten war es nicht anders, nur ein wenig anonymer.

Ledige Mütter wurden landesweit geächtet, als hätten sie einen Mord begangen. Es war ungerecht, dass es nur die Frauen traf. Gab es denn niemand, der Mitleid mit ihnen hatte? Selbst das Abendmahl wurde ihnen verweigert. Sie fühlte sich öffentlich gebrandmarkt. Der heutige Tag wühlte alles wieder auf.

„Wie hat er dich gefunden?"

„Keine Ahnung!" Sie brach erneut in Tränen aus und konnte sich nicht mehr beruhigen. Sanft legte ihre Tante den Arm um sie und führte sie nach hinten. Hier war sie sicher vor den Blicken der Kundschaft, die jeden Moment das Geschäft betreten konnte.

„Du bleibst für den restlichen Tag hier, hörst du? Wie konnte er dich nur so verstören!"

Sie nickte gehorsam. Ihre Tante drückte sie auf einen Küchenstuhl und setzte sich neben sie. Amber spürte, wie sie förmlich nach Worten suchte. „Du sagst, Richard sei hier gewesen. Hat er wenigstens gesagt, warum er in der Stadt ist?"

„Er hat mich gesucht."

Tante Juliette kräuselte die Stirn. „Dich gesucht? Warum ist er dann wieder weg? Was war los? Hast du ihn verjagt?"

Sie schluckte und betrachtete ihre Hände. „Nein, er hatte keine Zeit. Musste dringend zurück nach London oder so, das war seine Rede." Sie hatte geglaubt, sie habe ihr Leben endlich unter Kontrolle, aber nach Richards überraschendem Besuch war die Angst wieder da. Angst, dass er ihr nochmals entgleiten würde. Was hatte er genau gesagt? *„Wir müssen dringend miteinander reden!"*, wiederholte sie Richards Worte.

„Das hat er gesagt?" Tante Juliette schüttelte verdutzt den Kopf. „Und wann will er mit dir reden?"

„Das weiß ich doch nicht", schluchzte Amber wieder los. „Ich weiß ja noch nicht mal, warum er nicht wenigstens eine Stunde Zeit für mich hatte, wo wir uns doch bald anderthalb Jahre nicht mehr gesehen haben."

Tante Juliette nickte zustimmend. „Meinst du, er kommt wieder? Und was er in London zu tun hat, hat er nicht erzählt?"

„Ich hoffe es." Sie hob entschuldigend die Schultern. „Er hat was von einem Unglück erwähnt. Ich weiß nicht, ob ich ihm das alles glauben soll." Aus ihrer Rocktasche holte sie ein Tuch und schnäuzte sich. Ihr kam in den Sinn, wie er reagiert hatte, als er erfuhr, dass sie ihm geschrieben hatte. Plötzlich hatte sein Kinn gezittert und er hatte sie unendlich niedergedrückt angesehen. In seinen Augen hatte es verräterisch geglitzert. Das konnte doch kein Mann vorspielen! Seine Anblick hatte Verborgenes in ihr wachgerüttelt und wieder brach eine tiefe Sehnsucht hervor.

„Etwas ungeordnet klingt das schon, oder?", warf ihre Tante ein. „Ich will ihm ja nichts unterstellen, aber nach *seine Pflicht erfüllen* klingt das nicht."

Amber wollte ihr schon beipflichten, mahnte sich aber dann zur Besonnenheit. Sie steckte das Tuch weg, stand auf und goss sich ein Glas Wasser ein. Dann trank sie es in einem Zug leer. „Glaubst du, er wird mir schreiben?"

Der Gesichtsausdruck ihrer Tante war undurchdringlich und sie fegte mit einer Hand unsichtbare Krümel vom Tisch „Du tust mir wirklich leid, Amber. Ich weiß nicht, was ich davon halten soll. Mag sein, dass er kalte Füße bekommen hat."

Einen langen Moment saßen sie still da. Eliora brüllte irgendwo im Hintergrund. In Amber stiegen längst verborgene und beunruhigende Gedanken auf.

„Tante Juliette, es ist doch irgendwie merkwürdig, dass ich für die Leute nur noch das gefallene Mädchen bin, oder? Wer, bitte, interessiert sich schon dafür, wer ich wirklich bin?" Sie stand auf. „Ich muss nach Eliora sehen."

„Warte mal." Ihre Tante war ebenfalls aufgestanden und umarmte Amber jetzt fest. „Du hörst jetzt sofort auf, dich zu bemitleiden. Unser allmächtiger Vater im Himmel hat dich lieb, ob mit oder ohne Kind. Er liebt auch Eliora. Ob Richard zurückkommt, werden wir Gott überlassen. Vertraue deinem Schöpfer mehr als allen Menschen. Auch mehr als Richard. Hab Geduld, Amber, und vergiss nicht zu beten, denn das Gebet hat eine unsichtbare Kraft und, wie die Heilige Schrift schon sagt, kann Glaube Berge versetzen. Was kann denn schon passieren? Du gehörst zu unserer Familie."

Amber spürte, wie sie sich etwas entspannte. Ihre Tante hatte recht. Sie hatte das alles schon mal erlebt und konnte mitreden.

Im Hintergrund ertönte jetzt die Ladentürglocke.

„Außerdem", zwinkerte Tante Juliette ihr zu, bevor sie in den Laden ging, „gibt es ja noch eine andere Hoffnung. Und die wohnt nur ein paar Meilen von hier. In einem Haus mit einem verwunschenen Garten."

Jetzt mussten sie beide inmitten der Tränen lachen.

Amber wischte sich mit dem Ärmel über die Augen und nickte. Bevor sie noch etwas sagen konnte, hörte sie Elioras Geschrei näher kommen. Dann stand Mary mit ihr auf dem Arm in der Türe. „Sie will nur zu dir."

Eliora streckte ihre kleinen Ärmchen nach ihr aus. „Danke, Mary", erwiderte Amber, hoffte, dass man ihre verweinten Augen nicht allzu sehr sah und schloss ihre kleine Tochter in die Arme.

20

London

Mit der Morgendämmerung bestieg Richard am dritten Tag die Mietkutsche in Hungerford in der Grafschaft Berkshire. In den Straßen hing der Geruch von Auswürfen, der aber durch die nüchterne Kühle noch gemäßigt war.

Seit er St Davids verlassen hatte, hatte er zweimal übernachten, mehrere Pferdewechsel miterleben und leider am zweiten Tag in einer Postkutsche weiterreisen müssen, weil keine Mietkutsche mehr aufzutreiben war.

Nur selten machte er eine solch lange Reise in einer Postkutsche, von der die Leute oftmals mit den schlimmsten Schimpfwörtern sprachen – vor allem, wenn sie der Willkür der Postillione preisgegeben waren und schon vor ihrer Reise über Rückenbeschwerden geklagt hatten. Wer es sich leisten konnte, mietete sich lieber eine eigene Droschke – vor allem, weil diese viel schneller unterwegs war.

Jetzt saß er glücklicherweise wieder in der Mietdroschke und lehnte sich zurück. Wenn alles gut lief, würde er am späten Nachmittag London erreichen. Sein Blick fiel durchs Fenster auf den Dunst über dem Kennet, an dessen anderer Uferseite sich die Umrisse des grasenden Viehs auf den Weiden in den beginnenden Tag malten.

Er hatte von dem großen Kanalprojekt in der *Times* gelesen, das stolz *Kennet-und-Avon-Kanal* betitelt wurde und von Bristol bis hinunter nach Reading zur Themse reichen sollte. Seit Jahren waren die Bauarbeiten der von Ost nach West reichenden Wasserstraße im Gang. Zeitweise gab es Berichte dazu in der Zeitung. Der Kanal würde hier durch die Stadt führen und anscheinend gab es hier schon die ersten veränderten Gefüge. Trotzdem, so vermutete Richard, würde es noch Jahre dauern, bis das gewaltige und gewagte Projekt fertig sein würde.

Kurz darauf ließ er die Stadt hinter sich. Hier in Hungerford – das wusste er noch aus dem Geschichtsunterricht – war vor über hundert Jahren der ungeliebte katholische König Jakob II. seinem protestantischen Schwiegersohn Wilhelm von Oranien III., dem Statthalter der Niederlande, begegnet. Wilhelm wollte die englische Krone und war mit seinen Streitkräften in Großbritannien gelandet, weil inzwischen König Jakob Vater eines Sohn geworden war, der eines Tages Anspruch auf den Thron erheben könnte. Damals hatte man sich in Hungerford über die Krönung beraten, woraufhin Wilhelm 1689 mit seiner Frau Anne in einer Aufsehen erregenden Doppelkrönung in Westminster Abbey zu Königen von England erhoben worden waren.

Diese Gedanken lenkten Richard nur kurz ab. Wieder und wieder musste er über seine Situation nachdenken. Sein Unbehagen hatte sich noch gesteigert. *Wenn ich zu Hause bin, werde ich ihr schreiben. Ich muss meine Fehler bekennen, sonst wird es mich weiter belasten. Ich muss wieder vor mir selbst bestehen können,* grübelte er.

Sobald es ihm möglich war, wollte er nach St Davids zurückkehren und mit Amber ein klärendes Gespräch führen – doch dazu würde er Zeit brauchen. Inmitten des Ladens und mit einem kleinen Kind auf dem Arm war es heute der denkbar ungünstigste Platz und Augenblick gewesen.

Als endlich die Silhouette der Hauptstadt zu sehen war, atmete er auf. Was für ein Vorteil, dass er in einer geschlossenen Droschke saß und von manchen Straßen, die er passierte, nur einen Teil der Ausdünstungen mitbekam. Die Aromen von London reichten von „erbärmlich“ in den Vororten bis „blumig“ nahe des Hydeparks.

„Nur eine halbe Meile südlich finden Sie die Themse, dort hinter der St. Paul's Kathedrale", erklärte der Kutscher beim Ausladen des Gepäcks. „Und wenn das Wetter gut ist, sehen Sie sogar die Tower Bridge."

Richard verstand die versteckte Andeutung und drückte ihm eine Münze in die Hand. „Vielen Dank für die Hinweise."

Da es inzwischen zu spät für einen Besuch im Hospital war, verbrachte er die Nacht in einem Hotel.

Am nächsten Morgen ließ Richard sich gleich nach dem Frühstück zum St. Bartholomews Hospital bringen, das einen legendären Ruf hatte und als ältestes Krankenhaus Londons galt.

Richards beklemmendes Gefühl verstärkte sich, als er über dem Eingangsportal die steinerne Gestalt von Heinrich VIII. entdeckte. Hoffentlich war das kein schlechtes Zeichen, denn mit diesem tyrannischen König verband er dessen zahlreiche tote Ehefrauen.

Helen lag nicht in dem üblichen Krankensaal, sondern hatte ein eigenes Zimmer im neu erbauten Ostflügel. Eine Schwester wies ihm den Weg, begleitet vom Geruch frisch gereinigter Böden. Als er den mit weißen Fenstern und ebenso weiß getünchten Wänden ausgestatteten Raum betrat, wurde er von der Marchionness und seinem Schwiegervater begrüßt, die am Bett ihrer Tochter saßen.

Helen lag mit geschlossenen Augen und wächsernem Gesicht da und atmete ruhig, als er ans Bett trat, sich über sie beugte und einen Kuss auf ihre Stirn hauchte. Sanft strich er ihr über die Haare, die man zu einem Zopf gebunden hatte. „Helen?"

Nach einer schier endlos andauernden Pause, in der sie nicht reagierte, versuchte er es erneut. „Ich bin es, Richard." Er wartete wieder eine Weile, aber sie reagierte auch jetzt nicht.

„Wie geht es ihr?“, flüsterte er und sah die Marchionness von Bailbrook an.

Ihre traurigen Augen sagten alles. Sie warf ihrem Mann einen Blick zu.

„Du solltest mit dem Chefarzt sprechen. Es besteht nur wenig Hoffnung“, riet der Marquess und stand auf. „Ich begleite dich.“

Auf dem Gang baten sie eine Schwester, sie zum Sprechzimmer zu bringen. Wenig später saßen sie dem weißhaarigen Chefarzt gegenüber.

„Zwei Tage und Nächte hat sie mit dem Tode gerungen“, sagte er in ruhigem Ton und nahm seine Brille ab. „Sie bekommt die stärksten Schmerzmittel, die uns zur Verfügung stehen. Seit heute Morgen sieht es so aus, als habe sie das Schlimmste hinter sich. Doch leider“, er sah an ihnen vorbei auf ein imaginäres Wandbild, „leider hat sie große innere Verletzungen, dazu Brüche und Quetschungen. Die Brüche an Armen und Beinen werden heilen, aber ob sie sich von der Nierenquetschung und der Kopfverletzung erholt, halte ich für fraglich. Vermutlich wird sie ein Pflegefall bleiben. Wir können sie nur unserem Herrgott anbefehlen und hoffen, dass die Einschränkungen noch zurückgehen …“

Einschränkungen? Was meinte er damit? Seine weiteren Ausführungen verhallten im Zimmer. Richard hatte sich gedanklich auf Helens Schwäche vorbereitet, aber nicht darauf, dass sie ein Pflegefall bleiben würde. Er rang immer noch mit dem Schrecken, den ihr Anblick und ihr aschfahles, irgendwie fremd aussehendes, aufgeschwollenes Gesicht in ihm ausgelöst hatte. Hätte er nicht gesehen, wie ihr Brustkorb sich leicht gehoben und gesenkt hatte, er hätte sie für eine Tote gehalten.

„… und noch ist nicht klar, ob ihr Kopf irreparable Schäden davongetragen hat. Wir halten sie möglichst im Halbschlaf, damit ihre Schmerzen gedämpft bleiben …“

Jetzt verstand er, warum Helen nicht ansprechbar war. Wie gebannt starrte er auf die gefalteten Hände des Chirurgen. Hier half wirklich nur beten. *Warum, Herr? So hilf ihr doch!*

Später stand er mit dem Marquess noch im Gang. „Warum musste sie ausgerechnet in dieser Kutsche sitzen?", bedauerte Richard und hob forschend die Brauen. „Wollte Helen an der Saison teilnehmen?"

„Saison?" Der Marquess sah ihn voller Mitleid an. „Das war nicht der eigentliche Grund ihrer Reise."

„Nicht?" Damen ihres Standes kamen aus allen Grafschaften angereist und liebten es, vom Frühjahr bis in den Herbst Dinnerpartys und Wohltätigkeitsbälle zu besuchen, die von weiteren Höhepunkten wie Regatten und Pferderennen begleitet wurden. Junge Ladies und junge Lords hatten damit Gelegenheiten, sich kennenzulernen. Wer zudem bei Hofe dem König und seiner Gattin vorgestellt wurde, galt als erwählt.

„Nein. Sie erhoffte sich ärztliche Hilfe."

„Warum? Ich weiß, dass öfters der Arzt bei uns war, aber dass sie ernsthaft erkrankt ist, davon höre ich jetzt das erste Mal."

Sein Schwiegervater legte eine Hand auf seine Schulter. „Sie hatte gehofft, dir einen Erben zu schenken. Leider waren bisher alle Mittel und Bemühungen vergeblich. In London gibt es fähige Ärzte, auf deren Hilfe sie gehofft hat …"

Richard rang nach Luft. Deshalb war der Arzt wiederholt da gewesen! Große Traurigkeit überfiel ihn. Warum hatte sie ihm nicht gesagt, dass sie vergeblich auf eine Schwangerschaft wartete? Würde er für alle Zeiten die Hoffnung auf einen Erben aufgeben müssen?

„… doch bevor es dazu kam, hat ein anderer Kutscher seine scheuenden Pferde nicht halten können und ist in unser Gefährt gerast. Was dann passierte, weiß ich nicht mehr. Helen und dein Vater haben etliche Verletzungen erlitten, deine Mutter, die Marchionness und ich sind wie durch ein Wunder bis auf ein paar Prellungen verschont geblieben."

Die Worte verfehlten nicht ihre Wirkung. Sein Vater! Er war ja ebenfalls verletzt. Richard hatte die Bemerkung dazu im Brief verdrängt und in erster Linie an Helen gedacht. Richard nickte und fühlte sich wie im Nebel. „Wo … wo ist der Graf?"

„Sein Zimmer ist auf der anderen Seite des Ganges. Lady Clarke ist bereits den ganzen Tag bei ihm." Die Andeutung seines Schwiegervaters erhöhte seine Besorgnis.

„Ist er schlimm verletzt?"

Der Marquess war ein Mann der klaren Worte. „Ja. Sein Zustand ist mehr als bedenklich."

Richard schauderte. „Ich muss zu ihm." *Gütiger Herr im Himmel,* flehte er, *lass ihn wieder gesund werden.*

Der Marquess nickte verständnisvoll. „Ich glaube, er wartet auf dich."

Im Krankenzimmer des Lords hing ein strenger Geruch. Als Richard an das Bett seines Vaters trat, öffnete dieser kurz die Augen und Richard meinte, ein freudiges Erkennen zu sehen. Trotzdem beunruhigte ihn der rasselnde Atmen des Verletzten.

„Wie geht es dir, Vater?" Er setzte sich auf den Stuhl neben seine Mutter, die nach der Begrüßung in eine stille Andacht versunken war, und griff nach seiner Hand.

Lord Clarke schüttelte den Kopf und sah zur Zimmerdecke. Er bewegte lautlos die Lippen, bevor er wieder die Augen schloss. Doch Richard verspürte den Druck seiner Hand, er musste ihn verstanden haben. Seine Mutter flüsterte ihm zu: „Wie gut, dass du da bist."

„Gibt es Hoffnung?" Gott konnte doch nicht zulassen, dass sein Vater nicht mehr gesund wurde. Helen war doch auch schon so schwer verletzt.

„Nur auf den Himmel."

Das versetzte ihm einen tiefen Stich. Auf keinen Fall wollte er sich anmerken lassen, wie beunruhigt er war.

Sie saßen einige Zeit stumm beisammen. Plötzlich meinte Richard ein flaches Atmen zu hören, das manchmal aussetzte. Was bedeutete das?

Besorgt warf er seiner Mutter einen fragenden Blick zu. Doch sie sah ihn nur stumm an und er nahm ein verräterisches Glitzern in ihren Augen wahr. Senkte sich die Ewigkeit bereits über seinen Vater? Niemand hatte ihn gelehrt, was man in einer solchen Situation tun sollte oder durfte.

Plötzlich kam ihm die Strophe eines Kirchenliedes in den Sinn, die er mit belegter Stimme zitierte: „Jesus, Heiland meiner Seele, lass an deine Brust mich fliehn, da die Wasser näher rauschen und die Wetter höher ziehn. Oh, wie gut ist's, Dir vertrauen, Jesu, dir vertraue ich, selig droben dich zu schauen, Dein zu bleiben ewiglich."

Doch der Lord schien es nicht zu registrieren. So saßen sie schweigsam und hilflos am Bett, während Richard jegliches Empfinden von Zeit verlor, als sei sie einfach außer Kraft gesetzt worden.

Und dann – ohne Ankündigung – verstummte plötzlich der Atem des Lords.

Würde er gleich wieder Luft holen?

Richards Blick glitt über das Gesicht und den Brustkorb, aber alles blieb reglos. Noch immer hielt er die Hand seines Vaters, die jedoch nicht mehr länger auf Druck reagierte.

Stille.

Es war so unwirklich und wahr zugleich. Lord Clarke war jetzt bei seinem göttlichen Vater im Himmel und diese Gewissheit berührte Richard zutiefst.

Er drehte den Kopf, damit seine Mutter seine Bestürzung nicht sah, doch sie hatte die Veränderung ebenfalls bemerkt. Sie wirkte gefasst, stand auf und strich mit einer zarten Geste über die Wangen ihres Ehemannes. Als sie sich umwandte, sagte sie. „Das ist mir ein Trost: ihn bei unserem Herrn zu wissen." Dann stürzte sie in Richards Arme und begann leise zu weinen.

Die ersten Sonnenstrahlen warfen ihr seidiges Licht auf das noch nachtgraue Wasser der Themse, während die Kutsche durch die Straßen Londons rumpelte, zuerst ein Stück am Fluss entlang und dann in einem Bogen Richtung Westen. Obdachlose, die am Straßenrand in Lumpen gehüllt zwischen streunenden Hunden und allerhand Unrat schliefen, erweckten Mitleid in Richard.

Seine Mutter reiste mit ihm in der Kutsche. Sie hatte darauf bestanden, dass ihre beiden Dienerinnen und ein Diener in einer anderen Mietkutsche folgten, um in Ruhe trauern zu können. In einem weiteren Wagen wurde die sterbliche Hülle ihres Mannes überführt. Lady Clarke blieben nur diese wenigen Stunden der Heimreise, um Abschied von ihrem Mann zu nehmen, bevor die Trauerfeierlichkeiten auf Cold Ashton Manor folgen und sie vollends in Beschlag nehmen würden.

Richard stand genauso wenig der Sinn danach, sich inmitten von Kammerdienern und Zofen zu seinem Kummer zu äußern.

Sein Blick ging zum Fenster und nicht weit entfernt bemerkte er den Westminster Palast. Sein Vater hatte ihm erst kürzlich erzählt, dass die Weiße Kammer endlich fertiggestellt worden sei und dass die Sitzungen des Oberhauses von nun an dort stattfänden. Wie schnell hatte sich alles geändert.

„Hat Vater noch eine Versammlung in der Weißen Kammer erlebt?", fragte er und drehte den Kopf zu seiner gänzlich in Schwarz gekleideten Mutter, die sich nach dem Heimgang ihres Mannes noch am gleichen Tag hier in London mit Trauerkleidung und passenden Hüten ausgestattet hatte.

Sie saß aufrecht und mit geschlossenen Augen da. Ihre gefalteten Hände, die in schwarzen Handschuhen steckten, ruhten in ihrem Schoß. Langsam wandte sie sich zu ihm und sah ihn an. „Nein, dazu ist es nicht mehr gekommen. Wir wollten zum einen Helen begleiten und andererseits hatte Archibald vor, erst nächste Woche an der Sitzung teilzunehmen, ebenso wie der Marquess."

„Das ist schade", fand Richard. „sie waren sehr gespannt, wie die Sitzungen gemeinsam mit den anderen Abgeordneten werden würden, seit die Union mit Irland gesetzlich festgeschrieben ist."

Er senkte den Kopf. Sein Unbehagen war in den letzten Stunden gewachsen. Es war so viel passiert, dass er sich fast wie eine Marionette vorkam.

„Glaubst du an Vorsehung?", fragte er plötzlich.

Seine Mutter zuckte die Achseln. „Ich weiß nicht", sagte sie nach einer Weile und spitzte den Mund. „Ich denke, dass unser Herrgott einen Plan für uns hat, dass wir aber in einem gewissen Rahmen auch selbst entscheiden können."

„Ich frage mich, wie viele Opfer die Liebe wohl verträgt?"

Ihre Mundwinkel zuckten angestrengt. „Was meinst du damit?" Sie kräuselte jetzt die Stirn.

Er hob die Schultern. „Ich habe mein Versprechen gegenüber Amber Devaney gebrochen und mein Kind werde ich auch nicht aufwachsen sehen." Mit Wehmut dachte er an die Begegnung in St Davids. Er konnte nur erahnen, was Amber für ein schwieriges Leben führen musste. „Um Cold Ashton Manor zu retten und damit Vaters und unser aller Ehre habe ich einer Ehe mit Helen zugestimmt … Und jetzt haben wir zwar keine finanziellen Sorgen mehr, dafür aber zwei unglückliche Familien: wir ohne Erben, und ich mit einer kranken Ehefrau, die offenbar nicht mehr gesund werden wird …"

„Richard!“

Für einen kleinen Augenblick hielt er inne, dann fuhr er fort: „Nein, Mutter, du hörst mir jetzt bitte zu. Wir sind nicht die einzig Leidtragenden. Die Alnwicks sind auch mehr als schmerzlich berührt, verstehst du? Helen ist ihr einziges Kind. Sie werden ebenso keinen Erben haben.“ Er machte eine wegwerfende Handbewegung. „Wahrscheinlich darf sich irgendein entfernter Verwandter eines Tages unverhofft über einen elitären Titel freuen.“

„Richard, sei nicht ungerecht. Du hast der Ehe zugestimmt. Du hast vor Gott und den Menschen geschworen, zu ihr zu stehen.“

Er schloss die Augen. „Ja.“

Sie legte ihre behandschuhte Hand auf seine. „Mein Sohn, ich fühle, was dich bewegt. Du hast Schuldgefühle, weil du die eine nicht heiraten konntest und stattdessen die andere geheiratet hast, die …“ Sie stockte und drückte seine Hand liebevoll und ließ den Satz unvollendet. „Wo Gott vergibt, ist vergeben. Glaube es mir. Und du musst dir auch selbst verzeihen.“

Sich selbst verzeihen? Er sah sie bestürzt an. Über diesen Aspekt hatte er noch nie nachgedacht. Sein Blick wanderte über die Landschaft. Die Sonne leuchtete über die abgeernteten Felder und über unzählige kleine, eng aneinandergebaute Steinhäuser in den Orten, die sich vor ihnen ausbreiteten, nachdem sie die Hauptstadt hinter sich gelassen hatten.

„Glaubst du, dass ich nicht bemerkt habe, wie nachdenklich du in den letzten Monaten geworden bist? Du kannst so nicht weitermachen, Richard. Bitte unseren Herrgott um Stärke und Selbstachtung, die die Liebe ausmachen und von der sie lebt, selbst wenn sie auf eine andere, schwierige Art standhalten muss.“

Er konnte sich nicht erinnern, wann er das letzte Mal ein solch nachdenkliches Gespräch mit seiner Mutter geführt hatte. Als er nicht widersprach und nur grüblerisch auf das Rattern der Räder hörte, fügte sie hinzu: „Zeig Helen, dass deine Zuneigung ohne Vorbehalt ist. Wer weiß, welches Wunder Gott für euch bereithält."

21

Oktober 1801, Cold Ashton Manor

Wenn Richard an die letzten Wochen zurückdachte, schien es ihm wie ein verzagtes Schicksal, das sich ihm aufgetan hatte. Er war ohne Helen, die noch ans Krankenbett gefesselt war, nach Cold Ashton Manor zurückgekehrt – nicht ohne den Ärzten und Schwestern von St. Bartholomews zu danken, die alles Menschenmögliche für Helen getan hatten.

In den endlos langen und einsamen Stunden an ihrem Bett hatte er einen Entschluss gefasst: Er würde das Krankenhaus finanziell unterstützen, um den Wundärzten und Heilkünstlern die Gelegenheit zu geben, ihre Forschungen mit aller Leidenschaft zu betreiben. Ein Krankenhaus, das sogar einst das große Feuer von London unbeschadet überstanden hatte, konnte nur gesegnet sein.

Zur Beerdigung seines Vaters waren etliche Verwandte angereist, um ihr Bedauern und Mitgefühl zu bekunden. Neben den meisten Pächtern und Handwerkern waren auch aus dem Dorf eine Menge Leute zum Trauergottesdienst in die Kirche gekommen. Dass sein Vater vielen Menschen etwas bedeutet hatte, fand Richard tröstlich. Reverend Horton hatte ihm nach der Leichenpredigt und Beisetzung, als die meisten der Trauergäste den Friedhof bereits verlassen hatten, freundschaftlich die Hand gereicht und Mut zugesprochen.

Besonders gut tat ihm Francis' Besuch, der nicht nur Richards Vater die letzte Ehre hatte erweisen wollen, sondern auch jetzt immer wieder das Gespräch mit ihm suchte.

So saßen sie an einem Abend zusammen in der Bibliothek, in der das Hausmädchen ein Feuer im Kamin gemacht hatte. Manchmal zog abends bereits eine empfindliche Kälte durch die Gemäuer – ein untrügliches Zeichen für den Herbst.

Nachdem sie sich eine Weile über das Leben des Verstorbenen unterhalten hatten, meinte Francis: „Erinnerst du dich an den Ball in eurem Haus? Und an die junge Dame mit den rotblonden Haaren, die mir mehr als einen Tanz gewährt hat?" Er lächelte schelmisch und blickte verträumt zur Stuckdecke. „Sie hat mich erhört."

Über Richards Gesicht flog ein Lächeln. „Endlich mal gute Nachrichten!"

„Wir haben uns bereits verlobt. Weil du in Trauer bist, habe ich noch gezögert, es dir zu erzählen."

„Das ist sehr rücksichtsvoll von dir. Ich freue mich für dich! Gibt es schon einen Hochzeitstermin?"

„Ja, im Frühjahr. Du bist auf jeden Fall eingeladen, Richard."

„Wenn Helen bei Bewusstsein wäre, würde sie dich jetzt ausfragen, wie sie heißt, ob sie aus gutem Haus stammt und vieles mehr."

Francis nickte. „Ich kann es dir verraten. Sie heißt Dame Estelle Harpedane."

„Das hört sich nicht unbedingt britisch an."

„Ja, sie kommt aus Frankreich", er lachte über Richards erschrockenes Gesicht, „stammt aber von englischen Rittern ab. Sie war zu Besuch bei den Grafen von Chester und dann nahm das Schicksal seinen Lauf. Sie ist bezaubernd und spricht sogar unsere

Sprache. Vor der Hochzeit plane ich allerdings noch eine weitere Rundreise mit Vorträgen. Ich möchte das Thema gerne abschließen."

Richard ließ eine längere Atempause vergehen und runzelte die Stirn. „Ich will hoffen, dass es mit meiner Anwesenheit klappt." In seiner Brust fühlte er den aufgeregten Herzschlag, der sich mit einem Gefühl von der Flüchtigkeit des Lebens vermischte.

Francis unterbrach den Moment des Schweigens und schien abzuwägen, ob er die richtigen Worte gewählt hatte. „Darf ich dir einen Ratschlag geben? Ich kenne dich lange genug, mein Freund. Wenn deine bitteren Gedanken dich morgens nach dem Aufstehen plagen, dann bete darum, dass Gott sie dir wegnimmt. Gib jedem Tag seine Chance. Schau morgens in den Spiegel und lächle dir zu. Die Hoffnung, dass es ein guter Tag werden wird, kann dich beflügeln, und Gott kann dir helfen, dass deine düsteren Gedanken von dir fliehen, glaube mir."

„Du hast leicht reden. Ich fühle mich entsetzlich. Als ob ich etwas furchtbar Irriges getan hätte."

„Jeder von uns hat seine Last zu tragen. Jesus Christus bietet uns an, unsere Schwierigkeiten und Sorgen wie Päckchen bei ihm abzuladen, Richard. *Alle Sorge werft auf ihn, denn er sorgt für euch.* Wenn du ihm das Päckchen aber wieder wegnimmst und selbst trägst, brauchst du dich nicht zu wundern. Es raubt dir die Kraft für den Alltag."

Richard seufzte und schüttelte den Kopf. „Kannst du dir vorstellen, dass es Tage gibt, an denen ich am liebsten nichts mehr mit mir zu tun haben möchte?"

Francis schloss für einen Moment die Augen, bevor er weitersprach und seinen Freund eindringlich ansah. „Deshalb will unser Herr Jesus dich ermutigen. Du darfst ihm zutrauen, dass er deine Probleme kennt. Er hat dir doch schon alles vergeben!"

Richard nickte langsam. „Aber manchmal glaube ich, die Last zerdrückt mich. Ich weiß natürlich, dass Gott mir nicht mehr auferlegt, als ich tragen kann." In seinem Innern war er froh, dass Francis ihn durchschaut hatte. „Meine Mutter hat Ähnliches gesagt."

„Genau. Und Jesus Christus, der Gekreuzigte, will dir in deiner Schwachheit helfen. Vertraue ihm, dass er etwas Gutes daraus erwachsen lässt. Lass ihn dein Herr sein, dann wird er dich mit Kraft und Liebe stärken."

Er fand es bemerkenswert, was Francis ihm riet, und würde es sich zu Herzen nehmen.

Bald darauf reiste Francis ab und auch Richard verließ Cold Ashton Manor wieder, um Helen in London im Krankenhaus beizustehen. „Ich werde so lange in der Hauptstadt bleiben, wie es erforderlich ist", informierte er seine Mutter.

Helen machte täglich Fortschritte, wie die Ärzte ihm versicherten, doch Richard konnte davon nichts sehen. Mochten die Knochen, Nieren und sonstigen inneren Organe sich auch erholt haben – beim Blick in ihr Gesicht blieb Richard skeptisch.

Der Marquess und die Marchionness von Bailbrook fuhren für ein paar Tage nach Hause, weil sie selbst am Ende ihrer Kräfte waren. Bald kehrte seine Schwiegermutter aber wieder zurück, um sich mit Richard am Krankenbett abzuwechseln. Von der Arroganz, die sie vor dem Kutschunfall versprüht hatte, war nichts mehr übrig. Richard anerkannte ihr Mitgefühl und ihre Aufopferung, beständig an der Seite ihrer schwer verletzten Tochter zu bleiben.

Dann endlich gaben die Ärzte ihr Einverständnis, dass Richard seine Frau nach Hause holen konnte. Jetzt lag sie in ihrem auf ihre körperliche Verfassung und der aufwendigen Pflege eigens hergerichteten Zimmer und wurde liebevoll umsorgt. Jeden Tag saß er Stunden an ihrem Bett und versuchte, sie zum Erwachen zu bewegen.

„Helen, unser Hengstfohlen ist erstaunlich gediehen. Du glaubst gar nicht, wie Avalon jetzt über die Koppel galoppiert. Als sei er der Herr des Wiese.“ Er lachte und beobachtete, ob Helen irgendeine Reaktion zeigte. Tatsächlich, sie rollte mit den Augen und wackelte etwas mit dem Kopf – doch nur, um sofort wieder unter einem kläglichen Laut in ihre alltägliche Lethargie zu versinken.

„Möchtest du einen Tee? Ich habe eine neue Sorte erstanden. Was hältst du von Milky Oolong? Er soll cremig schmecken. Man sagt ihm nach, dass er die Widerstandskräfte stärke.“

Diese und ähnliche Gespräche führte er täglich, Woche um Woche, in der Hoffnung, dass Helen aus ihrem Dämmerzustand erwachte. Sie konnte schlucken, wenn sie mit der Gabel zerdrücktes Essen eingeträufelt bekam, doch ob sie tatsächlich wahrnahm, was um sie geschah, konnte niemand beurteilen. Er ließ ihr Lieblingsessen kochen, sang Lieder und versuchte, seine Stimme zuversichtlich klingen zu lassen.

Wenn er an ihrem Bett saß, ihre Hand hielt, ihr Worte ins Ohr flüsterte, weil er befürchtete, ihr Gehör habe gelitten, machte er sich wiederholt Vorwürfe, dass er nicht an ihrer Seite gewesen war, als sie nach London aufgebrochen war. Ob sie es jedoch zugelassen hätte, war fraglich – hatte sie doch zuvor beharrlich geschwiegen, warum sie die unterschiedlichsten Behandlungen durch ihren Arzt hier über sich ergehen lassen wollte. Die Worte seiner Mutter, die sie in der Kutsche zu ihm geredet hatte, schafften es nur hin und wieder in sein Herz. Noch immer fiel es ihm schwer, sich selbst zu verzeihen. Er dachte auch an Francis' Rat, doch ihn zu beherzigen, gelang ihm nicht immer.

In den vielen stillen Stunden am Krankenbett flogen seine Gedanken oft zu Amber und er schrieb ihr einen kurzen Brief, ohne sich wirklich zu erklären. Er versprach lediglich, ihr seine überstürzte Abreise unter vier Augen zu erklären, und machte deutlich, dass er auf eine baldige Gelegenheit hoffte, nach St Davids zu kommen. Sein Herz schmerzte bei dem Gedanken an sie, war es doch in Wahrheit bei ihr in Wales geblieben.

Die Trauer um seinen Vater, das Ordnen der Hinterlassenschaft und die Besuche beim Advokat wegen des Testamentes beschäftigten ihn wochenlang.

Nun lag es an ihm, das Erbe weiterzuführen. Er hatte nicht nur Cold Ashton Manor und sämtliche Besitzungen geerbt, er führte seitdem auch offiziell den Titel „Graf von Cold Ashton“. Über Wochen und Monate hatte er die Geschäfte vernachlässigt und musste nun zusehen, dass es auf Cold Ashton Manor weiterging. Aber was bedeutete das alles schon angesichts der Einschränkungen seiner Frau Helen?

Seine Bemühungen, eine einfühlsame Pflegerin für sie zu finden, waren eines Tages tatsächlich erfolgreich. Reverend Horton hatte ihm Mrs Taylor, eine ältere, aufrichtige Frau aus dem Dorf, empfohlen. Sie war verwitwet, hatte drei erwachsene Kinder und hoffte, ihre begrenzten Einkünfte aufzubessern. Er beobachtete, wie sie die erste Woche mit Helen umging. Ihm gefiel ihre aufgeweckte Art und nachdem er auch die Dienerinnen nach ihren Eindrücken befragt hatte, bat er Mrs Taylor in sein Büro.

„Wie beurteilen Sie den Gesundheitszustand meiner Frau?“, erkundigte er sich und wies auf einen Stuhl.

Mrs Taylor setzte sich. „Ihre Gattin zeigt nur wenige Reaktionen“, sagte sie mit ernster Miene und faltete die Hände im Schoß. „Ich möchte Ihnen zwar nicht die Hoffnung auf Genesung nehmen, aber ich denke, sie ist schwer krank.“ Die ältere Frau sah ihn mitfühlend an. „Nehmen Sie Ihr Leben wieder in die Hand“, empfahl sie, „freuen Sie sich an dem, was Ihnen etwas bedeutet.“ Sie beugte sich vor und meinte: „Man flüstert, Sie gingen atemberaubend mit Ihren Pferden um. Wenn Sie mich fragen, weiter so!“

Richard lachte angesichts ihrer ungewöhnlichen Erklärung und schloss sie gleich in sein Herz. „Ich bin überrascht über Ihren Mut“, erwiderte er, „Ihre Auffassung gefällt mir. Meinen Sie, ich sollte noch etwas anderes unternehmen? Vielleicht meine Frau von einem weiteren Arzt untersuchen lassen?“

Sie schüttelte den Kopf. „In dieser Hinsicht rate ich zu Geduld.“

Ein Nebeneffekt von Mrs Taylors offener Art war leider, dass Richard von nun ab ungemütliche Tage und Nächte erlebte. Nicht weil sein Bett plötzlich vereist oder ganz Cold Ashton Manor unter Wasser gestanden hätte, sondern weil die ältere Frau ihm bewusst gemacht hatte, dass Helens Verletzungen endgültig waren.

Er hatte gehofft, seine ungeklärten Krisen nach Helens Genesung in Ordnung bringen zu können, aber diese Mrs Taylors raubte ihm jegliche Zukunftsaussichten. Doch damit würde er sich nicht abfinden!

Er erinnerte sich an einen Satz von Francis, der ihn vor der Macht dieser sich selbst bewahrheitenden Vorahnung gewarnt hatte. Es würde sich womöglich das erfüllen, was er erwartet hatte. Nein, er beschloss, die Sonne wieder in sein Herz scheinen zu lassen. Täglich betete er von nun ab um Weisheit und Hilfe und dankte Gott, dass er an seiner Seite war. Die Angst einflößende Veränderung von Helen hatte ihre Wirkung verloren. Er würde alles tun, um ihre Gesundung zu fördern und um seiner inneren Stimme zu folgen. Was hatte Francis ihm noch geraten? *„Tu endlich mal, was dir guttut, dann wirst du spüren, wie das Chaos sich* *entwirrt. Werde wieder neugierig auf das Leben! Du wirst überrascht sein, wie sich die Lösungen zu deinen Fragen ergeben.“*

Über Doktor Wright bekam er die Adresse eines Spezialisten in London, von dem es hieß, er sei ein Schüler von Alexander Monro gewesen, einem berühmten Anatom aus Edinburgh. Richard setzte ein Schreiben auf und bat den Arzt um einen Besuch auf Cold Ashton Manor.

22

St Davids, Wales

Als Amber aus der Kathedrale trat, spürte sie sofort, dass sie beobachtet wurde. Es war, als wenn man etwas begriff, ohne, dass es dafür einen Beweis gab – eine Art Intuition, ein geheimes Wissen. Eigentlich war sie das gewohnt, weil hier in der kleinen Stadt kaum jemand verborgen geblieben war, dass sie eine ledige Mutter war. Solch ein skandalöser Zustand sorgte immer für Gespräche.

Umso mehr hatte Amber den Gottesdienst genossen, in dem sie neue Kraft tanken konnte, während Mary zu Hause auf Eliora aufgepasst hatte. Heute war ein wunderschöner Spätherbsttag und sie war bester Laune.

Sie suchte in der Menge nach ihrer Tante und entdeckte sie in einiger Entfernung im Gespräch mit ein paar Leuten auf dem Platz, während hinter ihr immer noch Menschen aus dem Gotteshaus auf den Kirchhof strömten. Sir Millweard stand einige Meter von ihr entfernt nahe der Kirchentür in einem elegantem Rock und dunklem Hut. Er wurde gerade von einem Ehepaar begrüßt, das ihr den Rücken zukehrte. Dabei flog sein Blick zu ihr. Amber verspürte, wie ihre Wangen heiß wurden und nickte nur leicht zum Gruß.

Es wunderte sie, dass der Baronet sich immer noch für sie interessierte. Seine Augen hatten einen Atemzug zu lange auf ihr geruht – ein untrügliches Zeichen seit ewigen Zeiten. Anscheinend hatte er seit ihrer Absage keiner anderen Frau den Hof gemacht.

Amber trat zu Tante Juliette und Onkel Ethan, die ihre Verwirrung nicht zu bemerken schienen und sich weiter unterhielten.

Nachdem Richard vor einigen Wochen plötzlich vor ihr gestanden hatte, rang sie Tag für Tag um Fassung und hoffte mit sehnsuchtsvollem Herzen auf seine Rückkehr. Tatsächlich kam bald ein Brief von ihm, doch er war ziemlich knapp gehalten. Richard betonte, sich nur mündlich erklären zu können und baldmöglichst wiederzukommen.

Leider waren seit jenem merkwürdigen Tag wieder Wochen vergangen und ihre Unsicherheit, ob er jemals wiederkäme, nahm zu. Sein Beteuern damals im Laden, ihren Brief nicht erhalten zu haben, hatte ehrlich geklungen, deshalb hatte sie ihm geglaubt. Was aber war mit seinem Versprechen?

Die Stimme ihrer Tante riss Amber aus ihren Gedanken.

„Komm, Amber, es wird Zeit." Tante Juliette hakte sich unter und Amber hob ihr neues dunkelrotes Kleid an, damit sie sich nicht auf den Saum trat. Während ihre Tante auf dem Heimweg Neuigkeiten verbreitete, die sie eben auf dem Domplatz erfahren hatte, beschloss Amber, angesichts des schönen Wetters später mit Eliora rauszugehen.

„Tante Juliette, was hältst du von einem Spaziergang heute Nachmittag?"

Ihre Tante betrachtete sie von der Seite. „Bist du mir böse, wenn ich heute einfach mal zu Hause bleibe? Ich habe immer noch Schmerzen im Fuß."

Amber hatte Verständnis, dass sich ihre Tante ein wenig schonen wollte, nachdem sie gestern auf der Außentreppe umgeknickt war und seitdem humpelte. „Natürlich. Ich schaue mir deinen Knöchel am besten gleich mal an."

Zu Hause tastete Amber sanft Tante Juliettes geschwollenen Knöchel ab und sagte: „Ich glaube, du bist einfach zu viel damit herumgelaufen. Ich reibe ihn mit Kiefernöl ein, das haben wir im Laden." Sie wies zudem Mary an, die gerade den Tisch abräumte: „Hol bitte eine Schüssel mit kalten Wasser und Leintücher. Mach ihr danach einen kalten Wickel."

Tante Juliette blickte Amber lächelnd an. „Mich erstaunt jedes Mal aufs Neue, was du alles weißt!"

Amber schmunzelte: „Das hat mich mein Vater gelehrt und ich war ihm eine eifrige Schülerin." Natürlich kannte Ambers Tante ihren Werdegang inzwischen ganz genau. Wenn Amber zurückdachte, war sie froh, dass ihr Vater in ihr die Liebe zu Kräutern geweckt und ihr die Verwendung in Form von Ölen, Tees, Blättern oder Tinkturen beigebracht hatte. Sie seufzte nachdenklich. „Als Kind träumte ich davon, Apothekerin zu werden." Sie erlaubte sich kurz, gedanklich in die Vergangenheit abzuschweifen, kehrte dann aber schnell wieder in die Gegenwart zurück und sah ihre Tante an. „Du solltest deinen Fuß hochlegen. Wir bleiben heute einfach drinnen", entschied Amber, „und ich leiste dir Gesellschaft."

„Miss", wandte Mary ein, „ich kann doch mit Eliora spazieren gehen."

Ambers Augenbrauen schnellten hoch. „Alleine? Ich finde, es ist keine gute Idee, wenn du ohne Begleitung unterwegs bist." In ihr stiegen Erinnerungen auf, dabei sollte sie Mary einfach vertrauen. Sie war verlobt mit einem jungen Mann aus der Stadt, den sie hin und wieder treffen durfte. Trotzdem …

„Amber“, Tante Juliette schien das Gleiche zu denken und lächelte verschmitzt, „ich bin sehr erstaunt …“

Sie wusste sofort, worauf ihre Tante anspielte und versuchte auszuweichen. „Mary kennt sich hier doch nicht so gut aus.“

Sie bemerkte Marys inzwischen hochrotes Gesicht und musterte sie. Ihre Stupsnase und die kugelrunden braunen Augen gaben ihr etwas Unschuldiges. Mit ihren zu Zöpfen geflochtenen braunen dicken Haaren, die sie um den Kopf gelegt trug, ihrer hochgeknöpften Bluse und dem knöchellangen grün gestreiften Rock sah sie adrett aus. Selbst ihre flachen Schnürstiefel waren hochglänzend und machten Eindruck. Mary diente schon in ihrer Familie in Cold Ashton seit sie dreizehn war und Mrs Devaney hatte sie geformt, wobei sie wie bei ihren eigenen Kindern Wert auf ein gepflegtes Aussehen legte, sei die Kleidung auch noch so anspruchslos.

„Doch, doch“, versicherte Mary und strahlte. „Ich bin schon viel hier über die Felder spaziert. Und Eliora wird es bestimmt gefallen.“

„Na gut, von mir aus“, stimmte Amber schließlich dem Vorschlag zu und Mary verschwand rasch Richtung Küche. Kurz darauf hörte Amber Gepolter, das nach einem zersplitterten Teller klang. „So kenne ich sie“, schmunzelte sie und blickte in das amüsierte Gesicht ihrer Tante, „das war zu Hause nicht anders.“

Nach Elioras Mittagsschlaf zog Mary also mit ihr alleine los. Sie wollte den Weg nehmen, in dessen Richtung auch Sir Millweards Landhaus lag, und versprach, in einer Stunde wieder zurück zu sein. Die Zeit nutzte Amber, um Tante Juliettes Fuß nochmals einzureiben.

„Hattest du wirklich Bedenken, dass Mary sich verirren könnte?", fragte Tante Juliette und löste den Wickel von ihrem Fuß. „Oder kann es sein, dass du sie vor etwas beschützen wolltest?"

Amber zog den Korken vom Glas und tröpfelte etwas Kiefernöl auf den Knöchel. Während sie sanft das Öl einrieb, sagte sie: „Mag sein. Vielleicht habe ich auch einfach nur Angst."

„Wovor?"

„Mary ist das erste Mal allein mit Eliora weg."

„Das verstehe ich, aber haben wir nicht alle mal so angefangen? Ich kann dich beruhigen. Es ist taghell, Amber, und auf den Feldwegen geistern weder furchterregende Gestalten herum noch gibt es hier in St Davids Gesindel. Ich wüsste nicht, wann das letzte Mal jemand überfallen wurde. Erst gar nicht eine junge Frau mit Kind."

Amber kümmerte sich um Tante Juliettes Fuß und kochte für beide schwarzen Assam-Tee, während sie sich nach Cold Ashton und ihren Brüdern sehnte. Wie gern würde sie Todd und Grayson mal feste drücken, mit ihnen albern herumtollen und lustige Spiele spielen. Ob es ihnen genauso ging? Sie bezweifelte, dass die beiden den Ernst des Umstands begriffen hatten, in den ihre ältere Schwester die Familie gebracht hatte.

Und wie kam Vater ohne Hilfe in der Apotheke zurecht? Sie konnte sich nicht vorstellen, dass Mutter ihm half, Körner im Mörser zu zerkleinern oder Zweige im Keller aufzuhängen.

Tante Juliette neigte den Kopf. „Hast du noch mal etwas von Lord Clarke gehört?"

Ambers Magen zog sich zusammen und sie schüttelte den Kopf. Die Frage war berechtigt, doch sie spürte, wie sie sich entrüstete. „Ich bin so enttäuscht von ihm."

„Weißt du denn mittlerweile wenigstens, warum er nach London reisen musste?"

„Nein."

„Ich finde, du bist nicht mehr dieselbe, seit er hier war. Sein Besuch hat dich durcheinandergebracht, stimmt's? Dabei dachte ich, du hättest dich mittlerweile gefangen und deinen Platz hier in St Davids gefunden."

„Das war ja auch so. Ich hatte mich fast damit abgefunden, nie mehr etwas von Richard zu hören. Nur einen kleinen Funken Hoffnung hatte ich noch, weshalb ich Sir Millweards Antrag zurückgewiesen habe." Sie biss sich auf ihre Unterlippe. „Eliora ist mein Sonnenschein und ich hätte nie gedacht, dass es mich mit solch einem tiefgründigen, süßen Frieden erfüllen würde, sie zu erziehen und zu beschützen. Sie erinnert mich jeden Tag an ihren Vater. Als er dann wirklich vor mir stand, da war ich … erschrocken und seltsam erstarrt. Und er sagte zwar: *„Glaub mir, ich komme wieder."* Aber ich werde das Gefühl nicht los, dass er etwas vor mir verbirgt. Manchmal sagt das unausgesprochene mehr als das gesprochene Wort. Was will er mit mir bereden? Denkst du, er will eine andere heiraten?"

„Dann würde er doch nicht nach dir suchen."

„Mag sein." Sie hob die Schultern und beschloss, das Thema ruhen zu lassen. „Sag mal, hast du auch davon gehört, dass es eine Volkszählung geben soll? Ich weiß gar nicht, wozu das gut ist."

Tante Juliette lächelte. „Ja. Einige Kunden haben mir davon erzählt."

„Wie damals zur Geburt unseres Herrn Jesus. Der römische Kaiser Augustus hatte doch die Zählung erfunden wegen der Steuern", sagte Amber.

„Das stimmt so nicht ganz", widersprach ihre Tante. „Bereits im Alten Testament hatte Gott zur Zeit der Wüstenwanderung Volkszählungen angeordnet."

„Aber hier im Land ist es die erste."

Tante Juliette rührte genüsslich ihren Tee um und nippte an der Tasse. „Vermutlich. Ich kann mich an keine erinnern."

Amber kräuselte die Stirn. „Warum, denkst du, macht man das jetzt?"

„Vielleicht wegen dem Act of Union? Ich verstehe nur wenig von Politik und vermute, dass es um mehr geht, als die Frage, wie viele Leute im Land leben oder Steuern zahlen."

„Onkel Ethan weiß da sicher mehr", mutmaßte Amber. Politik war bei den Männern aus dem Dorf eher ein Thema, das man im Gasthaus bei einem Bier beredete, wenn nicht gar hitzige Debatten führte.

Tante Juliette nickte. „Diese Zählung macht aber doch nur Sinn, wenn man noch verschiedene Fragen stellt, etwa wie viele Kinder in der Familie leben, welchen Beruf der Vater ausübt oder ob jemand eine körperliche Einschränkung hat. Vielleicht hilft es bei der Gesetzgebung, Steuerschätzungen oder zur Verbesserung der Wirtschaft."

Amber nickte, obwohl sie immer noch nicht wusste, was die Männer im Parlament damit anfangen wollten. „Das wäre eine Erklärung."

Die beiden Frauen diskutierten noch eine Zeit lang über alle möglichen Neuheiten, die der Act of Union mit sich brachte. Schließlich bemerkte Amber, dass die Tasse ihrer Tante leer war. „Willst du noch Tee?"

Als Tante Juliette den Kopf schüttelte, stand Amber auf, um die Tassen abzuräumen. Das Schlagen der Turmuhr ließ sie innehalten. „Es hat fünf geschlagen. Wo bleibt denn nur Mary?" Sie stellte das Geschirr wieder ab und ging ans Fenster. Außer ein paar Spaziergängern war niemand auf der Straße. „Sie müsste längst zurück sein."

„Vielleicht hat sie beim Spielen mit Eliora die Zeit vergessen."

Amber spürte, wie sie zu zittern begann, und mahnte sich zur Ruhe. „Sie weiß genau, dass ich ein pünktlicher Mensch bin und das auch von ihr verlange."

Mary und Eliora kehrten auch nach einer weiteren Stunde nicht nach Hause zurück. Zutiefst beunruhigt holte Amber Onkel Ethan zu Hilfe, der bei einem Besuch beim Pfarrer weilte. Zusammen mit einem Nachbarn und Joshua samt dessen Freunden suchten sie das weitläufige Gebiet um St Davids ab.

Die jungen Leute sollten das Gebiet westlich um den See Pwll Trefeiddan herum absuchen, der beinahe nur aus Sumpf und Moor bestand, und der Nachbar wollte sich die Strecke zu den Klippen südlich der Stadt vornehmen.

Amber warf einen kritischen Blick zum Himmel, der sich inzwischen vollständig mit grauen Wolken bedeckt hatte. Der Wind hatte aufgefrischt und sie bedauerte, sich keine Wolljacke angezogen zu haben.

Ihre Verzweiflung wuchs zunehmend. Nicht nur, dass sie fror, sondern sie kam sich auch vor, als sei sie am Rande einer bitteren Niederlage. In ihren Gedanken malte sie sich die schlimmsten Szenen aus, was den beiden zugestoßen sein könnte – mal waren sie entführt worden, mal in einen Brunnen gefallen, mal hatten sie sich in einem Waldstück verirrt. Amber betete, dass sie einfach nur die Zeit vergessen hatten, weil sie etwas Faszinierendes aufgespürt hatten, und man die beide wohlbehalten auffinden würde. Je länger sie unterwegs waren, umso beunruhigter wurde Amber, und für sein Alter legte auch ihr Onkel ein strammes Tempo vor.

„Hallo Sir Millweard!" Onkel Ethans Stimme klang erfreut.

Sir Millweard? Aus ihren Horrorszenarien aufgeschreckt, sah Amber auf. Sie standen direkt vor dem Herrenhaus, dessen Besitzer an der Grundstücksmauer lehnte, als habe er den ganzen Nachmittag auf sie gewartet.

„Mister Rutherford, Miss Devaney!“ Er trat auf sie zu und deutete eine dezente Verbeugung an. Ein Windstoß zauste durch seine langen Haare und wirbelte sie auf einer Seite um seinen Kopf. Durch die mit einem Band um den Kopf gesicherte Augenklappe blieb die andere unverändert.

Amber meinte, ein Blinzeln in seinem Auge zu sehen. Seine herben Gesichtszüge hatten in ihrer selbstbewussten Ausstrahlung fast etwas Verletzbares. In ihrer Aufregung nahm Amber nur schemenhaft den Spazierstock wahr, der an der Mauer lehnte, und einen lässig ins Gras geworfenen Zylinder.

„Sir“, keuchte sie außer Atem, „haben Sie Mary gesehen … äh, ich meine, unsere Dienerin mit meiner Tochter Eliora?“ Sie beschrieb ihr Aussehen und welche Kleidung sie trugen. „Sie wollte hier entlanglaufen, ich meine, in Richtung Ihres Hauses.“

„Ich war bis eben unterwegs. Mir sind einige Spaziergänger begegnet, darunter war tatsächlich eine junge Frau mit Kind, auf die Ihre Beschreibung passt.“ Sein Gesichtsausdruck verfinsterte sich. Er hielt inne und Amber spürte, wie sie unter seinem angespannten Blick unsicher wurde. „Sie war aber nicht allein.“

Ihr Onkel wurde hellhörig. „Nicht allein? Wie darf ich das verstehen?“

„Sie unterhielt sich mit einem jungen Mann, dort hinten“, er zeigte auf den Feldweg unweit der Straße, „dort standen sie, als ich vorbeiging, und wenig später sah ich zufällig, wie sie Richtung Küste abbogen.“

„Dann haben wir einen Anhaltspunkt“, merkte Onkel Ethan an, und als er in Sir Millweards fragendes Gesicht sah, fügte er hinzu: „Würden Sie uns begleiten? Sie wären uns eine echte Hilfe!“

Das ließ er sich nicht zweimal sagen. Während sie am Arm ihres Onkels und neben Sir Millweard mit eiligen Schritten zurücklief, spürte sie plötzlich, wie der Sir ihr seine Jacke über die Schultern legte.

„Danke", murmelte sie und sah ihn von der Seite an. Sein zugetaner Blick ruhte auf ihr, doch sie schlug die Augen nieder und schaute dann nach vorn.

Je mehr sie sich der Stadt und damit auch der Küste näherten, desto stärker roch Amber die salzige Luft, die von der St. Brides Bucht über das Land fegte, und den aromatischen Duft der Wildkräuter wie Kamille oder Geißblatt. Der Weg wurde jetzt zunehmend enger, dass sie nur noch hintereinandergehen konnten. Hier würde man höchstens noch mit einem Pferd entlangreiten können. „Eliora! Mary!" Immer wieder rief Amber ihre Namen, aber es kam keine Antwort. Unablässig schickte sie Bittgebete zum Himmel. Gott konnte doch nicht zulassen, dass ihrer Kleinen etwas zugestoßen war. Auch die Männer wurden einsilbiger, je näher sie der Küste kamen.

Der tosende Atlantik bot mit seinen schroffen Felsen einen aufregenden Anblick. Amber schwindelte, als sie auf einem Plateau stehen blieben und steil hinab auf den Strand sahen. Selbst wenn sich dort heute Spaziergänger aufgehalten hatten, war längst niemand mehr zu sehen. Was bedeutete es schon, dass das Meer hier von köstlichsten Fischen nur so wimmelte, von Hummern, Muscheln und Krabben und was sonst das Herz begehrte. Ihr war der Hunger gründlich vergangen.

Ambers Herz trommelte heftig und die kurzzeitig durch die beeindruckende Landschaft gewonnene Ablenkung verschwand augenblicklich. „Ich sehe keine Menschenseele", rief sie ängstlich. „Warum, um Himmels willen, sind sie unauffindbar? Sie werden doch nicht irgendwo hinabgestürzt sein?!" Ein Schluchzer drang aus ihrer Kehle und es war ihr egal, ob man sie für verwirrt hielt.

Mittlerweile hatte sich ihre Angst ins Unermessliche gesteigert, denn bald würde die Sonne untergehen und die Suche erschweren.

„Nicht doch“, hörte sie Sir Millweards gefühlvolle Stimme, „Sie dürfen nicht immer das Schlimmste annehmen.“

Gemeinsam suchten sie den Küstenstreifen ab. Als Amber bereits bläuliche Lippen von der Kälte bekam und ihr Onkel zur Umkehr mahnte, wies der Sir noch auf eine alte Steinformation hin, die wie ein uraltes Denkmal dastand. Sicher rankten sich zahlreiche mystische Geschichten darum. „Die Steine waren schon hier, längst bevor Mönche die Kathedrale errichten ließen, und sind ein bekanntes Ziel bei Spaziergängern. Wir sollten dort noch nachsehen.“

„Na gut“, knurrte ihr Onkel mit ausdruckslosem Gesicht und stapfte mit Amber hinter dem Gutsbesitzer her, bis sie nahe einer Wasserquelle stehen blieben. Unweit davon standen einige Mauerreste, die zum Teil von Gestrüpp überwuchert waren. Das musste die Stelle sein, von der Sir Millweard gesprochen hatte. In diesem Augenblick entdeckte Amber etwas Rotes, das sich bewegte. Sie stieß einen markerschütternden Schrei aus. „Da, da ist sie!“

23

Amber hörte irgendwo Wasser plätschern. In ihren Ohren rauschte es und verbliebene Farbfragmente von Grün, Braun, Lila und Gelb einer verschwenderischen Spätsommerblüte flirrten vor ihren Augen.

Sie standen inmitten von kniehohen Pflanzen und Sträuchern, aus denen mit Moos bedeckte Steine herausragten. Sir Millweard zeigte wortlos auf eine Stelle und Amber und ihr Onkel folgten seinem Blick. Unweit vor ihnen gab es eine größere Ansammlung von Mauerresten, von denen der Sir gesprochen hatte, und die wie ein Mahnmal auf die uralte Geschichte von Wales hinwies. Unmittelbar davor kauerte Mary, die seltsam verändert wirkte, und auf ihrem Schoß hockte Eliora mit ihrer leuchtenden Mütze, dicht an sie gekuschelt.

Es war ein seltsames Bild, fast wie die Heilige Familie, und doch entschieden anders, jedoch dauerte es ein paar Atemzüge, bis sie realisierte, dass das hier kein Traum war. Ein junger Mann saß neben Mary, den sie als Thomas Perkins, Marys Verlobten erkannte. Was machte er hier? Mary hatte mit keinem Wort erwähnt, dass er sie begleiten wollte. Er hatte einen Arm um sie gelegt und stützte mit der anderen ihren Kopf.

Beim Nähertreten kräuselte Amber die Stirn und ihr Magen presste sich zusammen. Woher kamen die Blutspuren in Marys Gesicht? Eingetrocknet klebten sie über der linken Augenbraue und entlang der Wange bis zum Kinn. Ihr Haar war auf dem Kopf an einigen Stellen blutdurchdrängt, klebte verschwitzt fest und die Haube mit einem riesigem, dunklen Fleck auf dem Stoff lag achtlos irgendwo im Gras. Mary hatte die Augen weit aufgerissen und stöhnte auf, als sie Amber erblickte.

Amber konnte das Gefühl nicht beschreiben, ihr Kind lebendig und offenbar unversehrt wiederzusehen. Gab es etwas Schöneres, Freudigeres? Das Herz schlug ihr bis zum Hals. Trotzdem hatte sie den Eindruck, dass hier etwas nicht stimmte. „Eliora, meine Süße!" Amber stürzte auf sie zu, als eine Hand sie von hinten festhielt.

„Was …?" Verwirrt drehte Amber den Kopf.

„Darf ich?" Der Baronet drängte sich an ihr vorbei, kniete nieder und griff nach dem verängstigten Kind. Dann stand er auf und drückte es mit einem sanften Lächeln Amber in die Arme. Wortlos sah er sie an, als suchte er ihren Blick festzuhalten.

Wie auf ein geheimes Kommando fing Eliora an zu brüllen und klammerte sich an sie. Und plötzlich konnte Amber ihre Anspannung nicht mehr kontrollieren. Mit gesenktem Kopf schluchzte sie ebenfalls und presste den zarten, ausgekühlten Körper an ihre Brust.

Als sie nach einer Weile aufblickte, entging ihr der verzweifelte Blick von Thomas Perkins nicht, der jetzt Mary sanft ins Gras bettete, seine Jacke unter ihren Kopf schob, und sich aufrappelte. Er war jung, blondhaarig und von breitschultriger Gestalt, was ihm eine gewisse Attraktivität verlieh. Als er Sir Millweard erkannte, schien er verblüfft und kniff die Augen zusammen, bevor er eine höfliche Verbeugung machte und seinen Namen nannte.

„Was ist passiert?", fragte Onkel Ethan. Er kannte den jungen Schuster, der die Werkstatt seines Vaters übernommen hatte und für seine sorgfältige Arbeit bekannt war. Onkel Ethans Stimme klang besorgt und ohne Vorwurf, als habe es die Stunde der verzweifelten Suche nicht gegeben.

Die Männer blieben voreinander stehen. Perkins senkte den Kopf. „Tut mir aufrichtig leid, dass wir Ihnen Sorge und Unannehmlichkeiten bereitet haben. Unser Plan war, zu der wunderschönen Bucht von St. Justinians zu laufen, wo man angeblich Blauhaie sehen kann. Schließlich war uns das dann doch zu weit – man läuft ja bestimmt eine Stunde und muss auch an den Sümpfen vorbei. Mit der Kleinen war uns das zu gefährlich. Deshalb sind wir hier oben entlang." Er schlug sich die Hände vors Gesicht. „Es ist einzig meine Schuld, nicht die von Mary. Wissen Sie, ich dachte an diese verlassene Stelle, die schon als Kind für mich etwas Magisches hatte, daneben die uralte Quelle. Ein erstaunliches Plätzchen. Hier haben wir Rast gemacht …" Er schluckte und Amber merkte, wie schwer es ihm fiel weiterzureden, ohne selbst in Tränen auszubrechen.

„Und die Zeit vergessen“, ergänzte Onkel Ethan jetzt sarkastisch. „Wäre schön, wenn man ab und zu mal hört, was die Turmuhr geschlagen hat, oder?“

„Mr Rutherford“, mischte sich jetzt Sir Millweard ein, „ich vermute, Mr Perkins wollte noch etwas sagen.“

„Danke, Sir Millweard“, sagte Perkins leise, „ja, ja … also, wir waren im Aufbruch, als Mary stolperte und hinfiel. Sie muss mit dem Kopf gegen die Steine gestürzt sein. Danach hat sie furchtbar geblutet. Ich wusste mir keinen Rat! Sie konnte doch nicht mehr alleine laufen. Erst recht nicht mit Eliora. Die Kleine hat ja alles mitgekriegt und ständig geheult. Dann hab ich überlegt, ob ich alleine oder mit Eliora losgehe, aber ich konnte doch Mary …“, er hielt inne und schluckte, bevor er mit rauer Stimme fortfuhr, „… ich hätte sie niemals alleine zurücklassen können. Sie … sie musste sich seit dem Sturz mehrmals übergeben. So bin ich hiergeblieben und habe gehofft, dass uns jemand findet.“

„Haben Sie nicht um Hilfe gerufen?“, erkundigte sich der Sir, verschränkte die Arme vor der Brust und zog die Stirn kraus.

„Doch, aber um diese Uhrzeit kommt kaum noch jemand hier entlang.“

Während die Männer sprachen, sah Amber zu Mary, die mit geschlossenen Augen dasaß und erschöpft wirkte. Sie musste entsetzlich frieren, obwohl sie ein Jäckchen trug, das jetzt voller Schmutz war. Amber hatte den Eindruck, dass sie mit Übelkeit kämpfte. Zeitweilig ging ein Ruck durch ihren Körper und sie kniff die zitternden Lippen zusammen.

„Ich vermute, sie hat eine Gehirnerschütterung! Wir sollten sehen, dass wir nach Hause kommen.“ Amber setzte Eliora ab und wollte auf sie zugehen, aber da spürte sie, wie ihr Fuß plötzlich versank. Der Boden war ja wirklich total uneben und jeder Schritt musste wohlüberlegt sein. Wenn Mary Eliora auf dem

Arm gehalten hätte und dann gestürzt wäre – nicht auszudenken!

„Mr Perkins, Sie haben richtig gehandelt", hörte sie die klare Stimme des Sirs, „in dem Zustand hätte sich ihr Befinden nur noch verschlechtert. Es sollte wohl so sein, dass wir sie finden."

Die Viertelstunde Fußweg kam Amber wie der Pilgerweg nach St. Michaels Mount, einer Felseninsel vor Cornwall, vor. Er wurde nur gemildert von der Freude, ihre Eliora zwar hungrig und ausgekühlt, aber wohlbehalten auf dem Arm nach Hause zu tragen. Die Kleine hatte sich in der Zwischenzeit beruhigt und ihr Kopf lag still auf Ambers Schulter.

Sir Millweard hatte sich trotz Onkel Ethans sanftem Protest, dies sei keine Aufgabe eines Baronets, es nicht nehmen lassen, Mary gemeinsam mit Perkins zu stützen. Deshalb bestand Onkel Ethans einzige Aufgabe darin, voranzugehen und mögliche Unebenheiten des Bodens anzukündigen.

Längst warf die untergehende Sonne grellrote Streifen an den Himmel. Joshua stand in der Haustür und wirkte erleichtert, als sie alle zusammen heimkehrten. Während Tante Juliette sich sofort um Mary kümmerte, vorsichtig ihr Gesicht wusch, sie auszog und ins Bett verfrachtete, fütterte Amber Eliora, die wie ausgehungert schien, in der Küche mit Porridge. Die Tür zum Flur stand offen, sodass Amber jedes Wort mitbekam.

„Kann ich noch irgendetwas tun?", fragte Sir Millweard, nachdem Tante Juliette Perkins verabschiedet und ihm dabei versichert hatte, er brauche keinen Arzt zu holen.

„Ich denke nicht", hörte Amber ihre Tante sagen, „eine Platzwunde ist kein Beinbruch. Und wegen der Gehirnerschütterung brauchen Sie sich nicht sorgen. Bettruhe ist das beste Heilmittel."

„Sollte es an etwas mangeln, lassen Sie es mich wissen. Und darf ich mich gelegentlich …“, er zögerte kurz“, „nach dem Ergehen der kleinen Eliora und ihrer Mutter erkundigen?“

Amber konnte das Aufleuchten in Tante Juliettes Gesicht regelrecht in ihrer Stimme hören. „Wann immer Sie wollen.“

Eliora hatte sich eine schwere Erkältung geholt, sie hustete mit Auswurf und atmete oft sehr flach. Amber hatte schon die Befürchtung, sie habe eine Lungenentzündung, aber zum Glück bekam sie kein Fieber und ihr Appetit schien nicht gelitten zu haben.

Innerhalb weniger Tage hatte sie sich erholt und die Dankbarkeit, dass sie ansonsten gesund war, überwog. Tagelang ließ sie ihre Mutter nicht mehr aus den Augen und hing wie eine Klette an Amber. Tante Juliette war einverstanden, dass sie sich um Kind und Haushalt kümmerte, während Mary noch Bettruhe halten musste. In dieser Hinsicht ließ Tante Juliette nicht mit sich reden. Sie hatte sich die Wunde nochmals angesehen und beschlossen, dass der Riss ohne ärztliche Behandlung verheilen würde.

Als Mary mitten am Tag plötzlich wie ein Geist in der Küche stand, schickte sie sie sofort wieder nach oben. „Wenn du jetzt nicht stillhältst, wirst du vielleicht noch lange Beschwerden haben“, seufzte ihre Tante, worauf Mary kleinlaut gestand, dass sie tatsächlich noch Kopfschmerzen habe.

Gehorsam legte sie sich wieder ins Bett und schlief in den folgenden Tagen viel. Jeden zweiten Tag kam Sir Millweard ins Geschäft und kaufte ein paar Kleinigkeiten, um nebenbei nach dem Gesundheitszustand von Mary und Eliora zu fragen. Ebenso oft erkundigte er sich dezent nach Ambers Befinden.

„Ich bin überrascht, dass der Sir sich an der Suche beteiligt hat“, merkte Tante Juliette eines Abends an und nippte am Tee. „Ich glaube, er ist ein wahrer Gentleman. Er hätte doch auch einfach einen Knecht beauftragen können.“ Wahrscheinlich hatte sie extra mit ihrem Kommentar gewartet, bis Onkel Ethan und Joshua in den Hof gegangen waren, um eine Pfeife zu rauchen, was Tante Juliette ihnen in der guten Stube verboten hatte.

Amber wunderte sich, dass es ihr gelungen war, das durchzusetzen, ohne dass sie in Streit gerieten. Überhaupt hörte sie ihre Tante nie über Onkel Ethan schimpfen – ganz im Gegensatz zu manchen anderen Frau aus dem Dorf, die sich im Laden und in Gegenwart anderer Frauen über ihre Männer ausließen. Sie schämten sich nicht, peinliche und abwertende Bemerkungen über ihre Ehegatten zu verbreiten, was Amber traurig stimmte.

Mit einem Nicken bestätigte Amber Tante Juliettes Feststellung und ließ ihr Buch sinken.

„Es hat mich auch gewundert."

„Die Ablehnung seines Antrages hat ihn offenbar nicht verschreckt."

Sie sah an ihrer Tante vorbei und blickte auf eine breite Kommode, auf der eine Petroleumlampe stand, die ein diffuses Licht in den Raum warf. „Glaubst du, er hat immer noch gewisse Absichten?"

„Gut möglich. Ist dir der Gedanke unangenehm?"

Amber zuckte die Schultern. „Ich weiß nicht." Sie dachte an seinen intensiven Blick voller Wärme und Feingefühl, als er ihr Eliora gegeben hatte. Er hatte in ihr nicht die Leidenschaft oder Hitze geweckt, die mit Richard einhergegangen waren und in der sie sich in aller Naivität verloren hatte. Eher hatte er sie wie ein Freund auf eine andere Art und Weise berührt, die ruhig, unaufgeregt und voller Vertrauen gewesen war.

Zögernd sagte sie: „Nicht unbedingt. Nein."

„Ah!" Lächelnd griff Tante Juliette nach ihrer Hand und drückte sie fest. „Ich hatte den Eindruck, dass er sich ernsthaft um Eliora gesorgt hat."

„Das hätte Richard auch, wenn er hier gewesen wäre", flüsterte Amber und fühlte, wie sie aufbegehrte.

„Stimmt. Aber er ist nicht hier."

Die Feststellung traf sie wie ein Stich. Der Schmerz war nach wie vor stark. Natürlich hoffte sie tief in ihrem Herzen immer noch auf seine Rückkehr, aber mit jedem Tag und jeder Stunde schwand sein Versprechen zusehends in den Spuren ihrer Erinnerung. Seine Zusicherung, sie gesucht zu haben, um dann wie ein Geist wieder zu verschwinden, hatte die Wunde erneut aufgerissen. Trotzdem – das hatte sie sich geschworen – wollte sie nicht bitter darüber werden, sondern ihm verzeihen, auch wenn es schwerfiel. Nur so konnte sie irgendwann ihren inneren Frieden wiederfinden. Der Weg dahin war mühsam, weil durch Eliora und ihre verblüffende Ähnlichkeit mit ihrem Vater die Erinnerung allgegenwärtig war.

Sie wollte nicht sagen, was sie wirklich dachte: dass er womöglich nie mehr wiederkam. Ausgesprochen wirkte es wie etwas Endgültiges, Unfassbares.

Mit einem Seufzer klappte sie das Buch zu, das sie gerade las – von Mary Wollstonecraft, einer bekannten Frauenrechtlerin. Seit ein paar Jahren wurde die Lektüre im Land hitzig diskutiert und Amber wollte sich ihr eigenes Urteil zu Recht und Bildung für Frauen machen. Aber was nützten ihr Gleichberechtigung und Befreiung, wenn sie in ihrem Innersten gefangen war? Das war schlimmer als jeglicher äußere Zwang. Still betete sie um Gottvertrauen und den Blick von sich weg auf den gekreuzigten Jesus. Hatte er nicht versprochen, dass er alle frei machen würde, die ihm glaubten?

Etwa zwei Wochen später – Amber war gerade damit beschäftigt, einen herrlich nach Lavendel duftenden Seifenblock in handliche Stücke zu zerteilen – wurden ein paar Briefe durch einen Boten im Laden abgegeben. Wahrscheinlich waren es wieder nur Rechnungen. Wie gewöhnlich legte sie die Post neben die Kasse, damit Tante Juliette sie später lesen konnte, wenn im Geschäft nicht mehr so viel los war.

Momentan war genau das Gegenteil der Fall: Im Laden standen mehrere Frauen, die es sichtlich genossen, sich neben ihren Einkäufen flüsternd oder lautstark über abgeblasene Hochzeiten, schreckliche Geburten und echauffierte Nachbarinnen zu beklagen.

Als Ambers Blick noch mal auf den Poststapel fiel, sprang ihr ein an sie adressierter Brief ins Auge, den sie an sich nahm. Als jedoch die Türglocke bimmelte und neue Kundschaft ankündigte, legte Amber den Brief wieder auf den Stapel zu den anderen Schreiben, warf noch einen sehnsüchtigen Blick drauf und wandte sich an die neuen Kundinnen. Zu gern hätte sie ihn augenblicklich aufgerissen, aber dafür blieb jetzt keine Zeit.

„Wem kann ich weiterhelfen?", fragte Tante Juliette und strich sich die blütenweiße Schürze über ihrem Kleid glatt.

Eine Frau löste sich aus der Gruppe. „Ich suche nach einem Geschenk", erklärte sie und fügte hinzu: „Es soll für eine Hochzeit sein."

Tante Juliette nickte und musterte sie aufmerksam. „Wie anmutig Sie heute aussehen. Der Spenzer steht Ihnen ausnehmend gut. Besonders die Knöpfe. Haben Sie ihn aus Bath?"

„Nein, eine liebe Freundin hat ihn mir aus London mitgebracht." Während die Frau strahlte und sich von Tante Juliette beraten ließ, ging die Diskussion im Hintergrund weiter.

Einer schrulligen Alten aus der Nachbarschaft genügten die Neuigkeiten wohl immer noch nicht. Sie musterte Tante Juliette, als sähe sie sie das erste Mal. „Liebe Juliette", flötete sie mit klimpernden Augen, „just am Sonntag vorletzter Woche schaute ich aus dem Fenster. Nicht dass Sie glauben, ich beobachte Ihre Familie, nein, es war der Aufruhr vor Ihrem Haus. Und seitdem steht ständig die Kutsche vor Ihrem Laden!" Das letzte Wort gab sie in einer schrillen Tonlage von sich und schlug sich eine Hand vor den Mund. „Mich irritiert das Wappen, sagen Sie, ist es nicht das von dem Baronet?"

Amber hatte das Gefühl, dass ihr Kopf sich in eine glühende Kanonenkugel verwandelt hatte. Heute Morgen noch hatte sie sich wie ein Königskind gefühlt, ein befreiendes Gespür, wie seit langer Zeit nicht mehr. Dankbar, dass die Schatten der letzten Monate wichen, hatte sie nach dem hübschen karierten Kleid gegriffen, das sie lange nicht mehr getragen hatte und mit seinen gefälligen Grüntönen ihre helle Haut zum Leuchten brachte.

Die anderen Frauen steckten die mit Hauben bedeckten Köpfe zusammen, tuschelten und lachten laut auf.

„Sie haben recht. Unsere Dienerin hatte sich beim Spazierengehen verletzt. Nichts Bedrohliches, aber wir mussten ihr beistehen heimzukommen. Gott sei Dank geht es ihr jetzt wieder bestens." Mit einem feixenden Grinsen fügte Tante Juliette ungeachtet der anderen Kundinnen hinzu: „Wären Sie noch jünger, hätten wir stattdessen Sie für die Suche angestellt, so aufmerksam wie Sie sind." Der alten Dame verschlug es die Sprache und Tante Juliette fragte unschuldig: „Kann ich sonst noch etwas für Sie tun, meine Liebe, oder war's das?"

Ambers Kinn klappte bewundernd nach unten. Ohne Mary bloßzustellen hatte ihre Tante die Neugierde auf elegante Art befriedigt. Mit einem Mal war das Gespräch der Frauen verstummt.

Die Frau schüttelte den hochroten Kopf und zahlte die Summe, die Tante Juliette nannte, während Amber ihr den Einkauf in den Korb räumte. Mit einem gnädigen Nicken zu Amber stolzierte die Nachbarin hinaus.

„Amber, kannst du mal auf die Leiter steigen und von da oben“, ihre Tante wies unter die Decke, „einen der Tontöpfe holen? Such den schönsten aus. Ich vertraue deinem guten Geschmack. Dann musst du nicht alle runterholen.“ Zu einer Kundin gewandt erklärte sie: „Er eignet sich hervorragend, um Brot darin aufzubewahren.“

Der Vormittag verging in einem Tempo, dass Amber völlig den Brief vergaß. Erst als sie gemeinsam mit der Familie das Mittagessen eingenommen hatte, erinnerte sie sich. Der Stapel Briefe lag noch immer unberührt auf dem Tresen. Amber gab ihrer Tante die Post und behielt den an sie adressierten Umschlag.

In ihrem Zimmer brach Amber das Siegel. Während sie sich auf die Bettkante fallen ließ, entfaltete sie das Schreiben.

Verehrte Miss Devaney!

Ganz bewusst habe ich einige Zeit verstreichen lassen, um mir und Ihnen die Gelegenheit zu geben, über Gefühle und Verstand mehr Erkenntnis zu erlangen. Trotz aller Anstrengungen, Sie zu vergessen, ist mir dies nicht gelungen. Deshalb wage ich erneut, Ihnen meine ernsten Absichten zu erklären. Darin ist ebenso die Zuneigung zu ihrem reizenden Töchterlein enthalten. Mir ist bewusst, dass mein Äußeres nicht unbedingt ansprechend ist im Gegensatz zu Ihrem anmutigen Gesicht, das mich bis in meine Träume begleitet.

Aufgrund der Geschehnisse in der letzten Zeit und bei Besuchen im Laden konnte

ich mich von ihrem lauteren Charakter und ihrer bezaubernden Ausstrahlung überzeugen. Was mich fasziniert, ist ihre unbeirrbare christliche Haltung.
Das alles zusammen hat mich bestärkt, Ihnen meine tiefsten Gefühle auszudrücken.
Darf ich Sie bitten, meine Frau zu werden? Ihrer kleinen Eliora würde ich gerne ein guter und sorgender Vater sein.
Sie dürfen sich natürlich Zeit lassen, mir eine Antwort zu geben. Trotzdem hoffe ich, dass Sie mit ganzem Herzen Ja sagen und sich ein Leben an meiner Seite als Lady Gwynned, Baronetess, vorstellen können.

In tiefer Verbundenheit
Ihr ergebener Sir Millweard Gwynned, Baronet

Es war keine Nachricht von Richard, die ihn endlich ankündigte. Sie schloss enttäuscht die Augen und blinzelte aufsteigende Tränen weg. Sir Millweard hatte seinen Heiratsantrag erneuert. In ihrem Innern krümmte sich alles. Sie hatte doch bereits deutlich und unmissverständlich abgelehnt.

Hatte sie seinem Blick einen Moment zu lange standgehalten und ihm damit erneut Hoffnung gemacht? Das war nicht in ihrem Sinne gewesen. Nein, sie fand ihn sympathisch und einfühlsam. Zudem hatte es sie berührt, dass er so um Mary und Eliora besorgt war. Es hätte ihm genauso egal sein können, ja, noch nicht mal einen Diener hätte er beauftragen brauchen. Seine hohe Gesinnung sprach für seinen untadeligen Charakter und jetzt der erneute Antrag – was sollte sie nur tun?

Als Amber abends die gute Stube betrat, saß Tante Juliette am Spinett, ein altes Erbstück aus der Rutherford-Familie, das sie nie wirklich wahrgenommen hatte, weil es immer unberührt dastand, höchstens mal mit einem Strauß Blumen dekoriert. Aber jetzt erklang darauf eine wunderschöne ernste Melodie. Seit wann konnte ihre Tante spielen?

„Du schaust drein, als sei der Mond draußen plötzlich in Grün erstrahlt", neckte Onkel Ethan, „wusstest du nicht, dass sie hervorragend spielen kann?" Er seufzte und warf ihr einen leidenschaftlichen Blick zu. „Leider viel zu selten."

Die Melodie berührte Ambers Herz. „Was ist das für ein Stück?"

„Eine Kirchensonate von Corelli." Tante Juliette spielte das Stück zu Ende, bevor sie zu Amber und ihrem Mann ging. „Er hat mir ermöglicht, das Spinettspielen zu erlernen. Lieber spät als nie", lachte sie und legte liebevoll eine Hand auf seine Schulter. „Hat es dir gefallen?"

„Sehr."

„Amber, was hast du auf dem Herzen", wollte Onkel Ethan wissen, der es sich gerade bequem in seinem Sessel machte und sie durch seine Brillengläser von unten her anschaute. „Setz dich. Ich sehe dir an, dass was nicht stimmt."

„Wie kommst du darauf, Onkel?" Sie versuchte zu lächeln und nahm Platz. „Ich dachte, Männer interessierten sich nicht dafür."

„Du kannst deine Aufregung einfach nicht verbergen", grinste er und nahm seine Brille ab, die er auf die aufgeschlagene Seite seines Buches ablegte.

Amber holte den Brief hervor. Sie öffnete den Mund, zögerte

dann aber. Vor ihrem inneren Auge sah sie Sir Millweards Haarmähne gebändigt von der Augenklappe, den gemessenen Blick, die entschlossenen Lippen. Gekleidet in einen eleganten Rock, dessen goldene Knöpfe in den Lichtstrahlen flackerten, das blütenweiße leinene Hemd mit dem starren Kragen bis unters Kinn, erdfarbene, enge Hosen und zweifarbige Stiefel aus geputztem Leder. „Sir Millweard hat erneut um meine Hand angehalten."

„Oh", rief Tante Juliette und strahlte. „Zum zweiten Mal. Das heißt, er ist sich seiner Gefühle sicher. Hast du zugesagt?"

Amber schüttelte den Kopf. Die schleppende Musik, die ihre Tante gespielt hatte, hatte ihre Empfindungen gespiegelt. „Eine Entscheidung, die alles in meinem Leben und in Elioras verändert, treffe ich nicht leichtfertig. Das ist eine ernste Angelegenheit."

„Wieso leichtfertig? Du konntest ihn doch inzwischen kennenlernen und ich wage zu behaupten, es sollte so sein", entgegnete Tante Juliette mit eindringlichem Blick. „Ist er nicht ein beeindruckender Mann?"

Die Worte hallten wie die verflogene Melodie in ihrem Kopf. Sie dachte an Sir Millweards Herrenhaus, das in einem liebevoll gestalteten Park stand und die Handschrift seines Besitzers trug. Nicht nur einen Garten, sondern einen ganzen Park zum Spielen und Toben würde ihr Kind haben, eine Zukunft ohne Geldnöte und mit Ansehen. Was gab es da zu überlegen?

„Er würde mir Sicherheit geben", wich sie aus. Sie hatte immer angenommen, dass ihr der Weg mit Richard bestimmt war. Eliora verband sie für alle Zeiten. Untrennbar. Darin waren sie sich sicher gewesen. Jetzt war ihr Herz zerrissen.

„Man kann einander auf verschiedene Weise lieben, deinen Richard mit Leidenschaft, Sir Millweard mit Wohlwollen und Respekt", sagte ihre Tante und sah sie erwartungsvoll an.

Ambers Augen blieben an ihrem Onkel hängen. Das Alter

hatte feine Linien in seinem Gesicht hinterlassen. Für ihn hatte Tante Juliette eine neue Zukunft bedeutet, auch wenn sie etliche Jahre jünger war. Joshua war sein Sohn, das spürte sie tagtäglich. Musste man einen leiblichen Vater lieben, wenn der Stiefvater diese Lücke auf wundersame Art füllte? Genügte es, den leiblichen Vater in Ehren zu halten? So wie es Joshua tat? Nie war ein schlechtes Wort dazu aus seinem Mund gekommen. Bestimmt war das auch Tante Juliettes Verdienst.

„Eliora hätte einen Vater", fügte sie hinzu und dachte laut weiter. „Er würde ihr eine Zukunft geben."

„Und dir." Tante Juliette stieß einen erleichterten Seufzer aus.

Sie kräuselte die Stirn. „Aber wenn ich ihn doch nicht liebe?", flüsterte sie. Ihre Wangen brannten mehr als ihr Herz.

„Ich bin überzeugt, er wird alles tun, dass das möglich wird. Wir wissen nie, wie wir morgen denken und fühlen. Wir haben nur das Heute. Vertraue Gott, dass er dich an der Hand nimmt, damit diese Ehe gelingt. Mit seinem Segen."

Sollte sie Eliora zuliebe diesen Weg gehen? Sie aus dem Schatten der Verachtung reißen und ihr eine unbeschwerte Kindheit geben, ob sie nun viel oder wenig Geld besaßen? Das war nicht ausschlaggebend, aber der Schirm der Ehe würde für ihre Tochter eine gute Grundlage für die Erziehung sein.

Ambers Herz klopfte heftig und sie scheuchte den letzten Funken Hoffnung auf Richard weg. Sie ließ eine endlos lange Zeit der Stille verstreichen, dann drückte sie den Rücken durch. „Ich werde seinen Antrag annehmen."

24

November 1801, Cold Ashton Manor

Zu Richards Bedauern blieb Helen in ihrer Schlafsucht gefangen. In seiner Verzweiflung beschloss Richard, einen anderen Arzt, den berühmten Professor Haig, herzubitten. Er würde ihm mit einem dringenden Appell schreiben.

Doch was konnte er in der Zwischenzeit tun? Ein Bekannter hatte Richard erzählt, dass man anscheinend der Passionsblume unglaubliche Heilungserfolge nachsagte. Deshalb ließ Richard eine entsprechende Tinktur in der Apotheke anfertigen. Sorgsam beobachtete er in den folgenden Tagen, ob sich irgendetwas an Helens Zustand änderte.

Noch öfter als zuvor saß er nun jeden Tag einige Stunden an ihrem Bett, hielt ihre schlaffe Hand und beobachtete jede noch so unbedeutende Regung. Manchmal zuckte sie inmitten ihrer Unruhe, dann starrte er in ihren offen stehenden Mund wie in eine Höhle, in der Hoffnung, sie möge das Geheimnis preisgeben, wo sie sich mit ihren Gedanken und Gefühlen befand.

Er hatte angefangen, ihr seine Lebensgeschichte zu erzählen, wie er hier auf Cold Ashton aufgewachsen war, hatte von seinen Geschwistern berichtet, von seinem Bruder, der seine Berufung als Offizier gefunden hatte und seiner Schwester, die er schon als kleiner Junge bewundert hatte.

Bereits zu seiner Schulzeit hatte er sich mit Lord Francis Asbury angefreundet, und es war eine Verbindung daraus entstanden, die die Jahre überdauert hatte. Richard gestand Helen, wie er Amber begegnet war, wie sich seine Verliebtheit zu einer echten Liebe entwickelt hatte und welche Beweggründe seine Familie dazu veranlasst hatte, sie mit aller Macht zu unterbinden.

Stunde um Stunde, wenn er allein mit Helen im Krankenzimmer war, ließ er sein Leben vor seinem inneren Auge Revue passieren, gestand ihr laut seine Fehler ein, als säße er auf der Kniebank eines Beichtstuhls. Er beleuchtete seine Entscheidung, sie nicht aus Liebe, sondern aus Kalkül geheiratet zu haben. Doch Helen lag nur teilnahmslos da, wurde immer wieder von einem merkwürdigen Zucken geschüttelt und atmete zunehmend flacher, was ihn mehr und mehr beunruhigte.

Obwohl sich Richard bei Mrs Miller versicherte, dass die Bediensteten seiner Frau die Tropfen entsprechend den Anordnungen verabreichten, musste er sich eingestehen, dass Helen mit jedem neuen Tag noch ruheloser wurde und keine Besserung eintrat. Er fragte sich, was noch alles kommen würde und suchte nach einer Ablenkung aus seinem Gedankenkarussell voller Unruhe und Sorgen. Avalon erschien vor seinem geistigen Auge und sein Gesicht wurde hell. Wo könnte er sie besser finden als bei seinen Pferden?

„Ja, schön, lauf!" Richard beobachtete Avalon, der geschmeidig und leichtfüßig über die Koppel trabte. Lächelnd hielt er die Longe locker und drehte sich so, wie das junge Pferd das Tempo vorgab.

Sein Blick wanderte über den Hengst hinweg weiter nach Westen, wo das Dorf lag, dessen Steinhäuser gräulich und wie mit einem straff gezogenen Seil am Ende der Felder nebeneinanderstanden. Der wolkenverhangene Himmel hatte sich jetzt noch mehr verdunkelt und reichte bereits bis zum Horizont. Eigentlich hatte er geplant, mit Avalon ein paar Stunden zu arbeiten. Es würde ihn nicht wundern, wenn die Witterung seine Pläne durchkreuzte. Die Erde konnte das Wasser gut gebrauchen. Zu lange war es über Wochen und Monate trocken und sonnig gewesen.

„Sie sollten sich in Acht nehmen", meinte MacCormick, „ein Jährling neigt immer zum Übermut."

Damit meinte er wohl den plötzlichen Hopser von Avalon. Richard schmunzelte. „Kennen Sie nicht das geflügelte Wort, dass einem ein Pferd alles brechen kann, außer das Herz?“

Die Augen des Stallmeisters leuchteten zustimmend und er wies auf einen Diener, der quer über das Feld auf sie zueilte. „Was mag er hier draußen wollen?“, wunderte er sich.

Richard wandte sich um und zog die Augenbrauen in die Höhe. „Was gibt es, Eddy?“, rief er. „Wenn ich mich recht erinnere, hat sich der Professor erst für heute Nachmittag angekündigt.“

Keuchend blieb der Diener vor Richard stehen, fuhr sich mit der Hand über seine Glatze, als wolle er sich die nicht mehr vorhandenen Haare raufen und nestelte verlegen an seiner Weste. „Eure Lordschaft, Professor Haig ist bereits jetzt angekommen. Ich dachte, es sei besser, Sie wissen es gleich. Ich wollte ihn nicht ohne Ihre Zustimmung zu Lady Helen lassen.“

Richard nickte und warf dem Stallmeister, der ihn aufmerksam ansah, einen bestärkenden Blick zu und sagte: „MacCormick, machen Sie weiter mit Avalon, und beten Sie, dass heute ein Glückstag für Lady Helen ist.“

Die Kutsche stand noch vor dem Haus, während die Dienerschaft den Arzt bereits in den Empfangsraum gebeten hatte. Richard begrüßte den kleinen, rundlichen Mann mit Knopfaugen und Nickelbrille, der sich mit seiner für einen Mann ungewöhnlich hohen Stimme als Professor Haig vorstellte. Seine Kleidung war recht auffällig: Unter seinem dunkelroten Rock drohten die Knöpfe einer rosa Weste zu platzen, und dazu trug er eine hellgraue Hose und schwarze Stiefel.

Richard schüttelte dem Professor die Hand, versicherte ihm, dass er gar nicht wisse, wie er ihm danken sollte, dass seiner Bittschrift so schnell Gehör geschenkt worden war, und führte ihn sofort zu Helen.

Der Arzt untersuchte Helen eingehend, fühlte ihren Puls, ihre Stirn und klopfte ihren Oberkörper ab. Dann bedeutete er Richard, kein Geräusch von sich zu geben und legte sein Ohr auf ihren Brustkorb. Anschließend tastete er ihren Bauch ab und prüfte ihre Reflexe. Nachdenklich betrachtete er Helen, bevor er sich mit ernstem Gesicht an Richard wandte, der kaum zu atmen wagte. „Sie ist sehr krank."

Als ob er das nicht selbst wüsste! Richard nickte und merkte, wie sein Mund trocken wurde. „Ich hatte gehofft, dass die Arznei wirkt." Er berichtete von der Arznei aus Passionsblume. Mit jedem Satz, den er sagte, wurde das Gesicht des Arztes finsterer.

„Passionsblume?" Professor Haig richtete ungläubig die Augen zum Himmel. „Sie scherzen!"

Was war denn falsch daran? Warum machte der Arzt die Rezeptur so schlecht? War das neuerdings Sitte, um selbst hervorzutreten? Richard hatte doch nur helfen wollen. Ihm wurde ganz flau im Magen, sodass er sich am Bettpfosten festhalten musste und den Arzt nur fragend anschaute.

„Ich glaube es nicht!" Der Kopf des Arztes glühte jetzt wie ein blutroter Mond am Nachthimmel. „Die Tropfen der Passionsblume mögen gegen innere Unrast und Aufgeregtheit helfen, aber nicht bei einem Coma", schnaubte Professor Haig ärgerlich.

Er starrte Richard an, dem keine Antwort einfiel.

„Mylord, Ihr Bemühen in Ehren, aber ich rede hier von falschen Maßnahmen. Ihnen Angst einzujagen ist das Letzte, was ich möchte. Doch leider muss ich feststellen, dass Ihre Gattin durch die Kopfverletzung – trotz manchmal geöffneter Augen – in einem immerwährenden schlafähnlichem Zustand liegt. Sie wird wahrscheinlich nie mehr richtig aufwachen, auch wenn ihr Körper noch auf Berührungen reagiert. Dazu kommt, dass sie eine Pneumonia, eine Lungenentzündung, bekommen hat, die mich veranlasst, Ihnen die Ernsthaftigkeit der Erkrankung zu betonen. Wir stehen am Scheideweg von Leben und Tod." Der Professor japste. „Ihre Frau hat hohes Fieber und atmet extrem auffällig. In der Summe der Symptome muss ich gestehen ..." Er nahm seine Brille ab und wischte sie an seiner Weste ab, als er fortfuhr: „Unter uns Medizinern kursiert eine Zahl, die Sechsundsechzig. Abgesehen von ihrer werten Gattin, deren Zustand sie nicht mehr dazu befähigt, lässt man diese Zahl den Patienten flüstern. Anhand der Geräusche, die man dann über das Stethoskop hören kann, stellt man die Diagnose. Was dann dabei rauskommt", er zeigte auf Helen und eine steile Falte grub sich über seiner Nasenwurzel, „äußert sich, davon bin ich überzeugt, auf diese Weise."

Alles, was Professor Haig danach noch erklärte, erreichte Richard nicht mehr.

Das Bewusstsein und Entsetzen, seine gut gemeinte Gabe der Tropfen sei umsonst gewesen, war wie ein Schock. Wertvolle Zeit war vertan worden. Hoffentlich konnte Helen noch gerettet werden. Er schickte lautlos Fürbitten zu Gott und schloss sich, nachdem Professor Haig das Haus verlassen hatte, für den Rest des Tages in seinem Arbeitszimmer ein. Er musste allein sein mit seinem belasteten Gewissen. Ruhelos rang er mit sich, ob er nach dem Reverend schicken lassen sollte, konnte sich aber nicht dazu durchringen.

Der nächste Morgen zog mit Frühnebel herauf und warf bleierne Schatten in den Raum. Richard, der beinahe die ganze Nacht an Helens Bett gewacht hatte, legte sich für eine kurze Zeit ins Bett, bevor es ihn wieder zu Helen drängte.

„Wie hat sie geschlafen?", fragte er die Dienerin, die an Helens Bett saß und versuchte, ihr etwas Brühe einzuträufeln.

Die junge Frau mit der hellen Tellerhaube drehte den Kopf. In ihren Augen standen Tränen. „Herr, sie schluckt nicht mehr. Ich weiß nicht, was ich machen soll!"

„Gib her, ich übernehme das. Du kannst dich jetzt ausruhen." Er ergriff die Schale und den Löffel und setzte sich ans Bett. Im Hintergrund hörte er, wie die Tür geschlossen wurde. Seine ganze Aufmerksamkeit galt Helen, die eine aschfahle Gesichtsfarbe hatte und merkwürdig die Luft ausblies. Beunruhigt stellte er das Essen weg und beugte sich über sie. „Helen", flüsterte er, „Helen, hörst du mich?"

Ihr ging es schlechter als gestern, das wusste er sofort – um das zu bemerken, brauchte es kein Studium der Medizin. Wie konnte er ihr helfen? Was hatte der Professor gesagt? Er könne nur beten. Wer wusste schon, was Gott mit ihr vorhatte?

Sanft nahm er Helens Hand in seine und sprach: „Barmherziger Gott und Vater, du hältst das Leben und den Tod in deinen Händen. Ich flehe zu dir, dich Helen zu erbarmen und ihr zu helfen, wenn es dein Wille ist. Tröste, stärke und beruhige sie durch deinen Geist. Zeige ihr und uns dein Heil und wenn es möglich ist, erhalte sie uns. Sei ihr um Christi willen gnädig. Amen."

Er wollte den Blick zu Gott wenden, sich seinem Willen unterordnen, ihm vertrauen, eigenes Versagen eingestehen und von ihm überragende Horizonte erwarten. Mit einem lauten Amen endete er und hoffte zugleich auf die Gunst des Allmächtigen.

„Helen, du schaffst das." Während er das sagte, sprach er sich selbst Mut zu und starrte zu den Fenstern, die von zugezogenen Vorhängen verdeckt wurden.

Ihre Hand lag noch immer kraftlos in seiner. Er wusste nicht, was ihn veranlasste, einen Blick auf ihren Brustkorb zu werfen – doch er bewegte sich nicht mehr.

Verwirrt sprang Richard auf, ließ Helens Hand sinken und

beugte sich über sie. Selbst als er seinen Kopf nah an ihr Gesicht legte, konnte er nichts hören oder spüren.

Sie war unfassbar still.

Tonlos. Und ihr Antlitz war bleich wie Wachskerzen.

Dagegen pulsierte Richards Blut nun mit Gewalt durch seinen Kopf. Erschrocken schnellte er zurück. „Helen! Helen!“ Er zögerte einen Moment, bevor er stürmisch nach der Dienerschaft läutete.

Einige Stunden waren vergangen. Gerade waren der Marquess und die Marchionness von Bailbrook angekommen und standen nun in der Tür zu Helens Zimmer. Wie immer waren die aschblonden Haare seiner Schwiegermutter zu einer stilgemäßen Frisur aufgetürmt. Ihre pechschwarze Aufmachung aus einer Mischung von Samt und Seide musste neu sein, denn sowohl der Hut als auch der Schnitt ihres Kleides entsprachen der gegenwärtigen Gepflogenheit, angelehnt an französische Einflüsse. Selbst ihre Ohrringe bestanden aus schwarzem Onyx, ebenso ihr Collier.

Wortlos und mit einem kaum merklichen Nicken grüßte er seine Schwiegereltern und bat sie mit einer Handbewegung in Helens Schlafzimmer, wo sie jetzt aufgebahrt lag.

Tröstend legte der Marquess eine Hand auf Richards Schulter und er sah ihn ernst an. Unvermittelt umarmte ihn die Marchionness. „Ich danke dir, dass du sie in bewundernswerter Weise in ihrer Krankheit begleitet hast“, hauchte sie und er bemerkte, wie ihre Unterlippe zitterte.

Richard nickte wortlos, ließ sie allein und ging nach unten. Helens Tod löste widersprüchliche Gefühle in ihm aus und er fühlte sich zutiefst erschöpft. Es rührte ihn mehr an, als er es für möglich gehalten hatte, was ihn verblüffte, wo er ihr doch in der Ehe nicht die Liebe hatte entgegenbringen können, die sie erwartet hatte.

Gleichzeitig war er froh, dass seine Zweckehe nun ein Ende hatte – doch das löste Schuldgefühle in ihm aus, wie er es nie vermutet hätte. Die Worte seiner Schwiegermutter hatten ihn überrascht und taten ihm gut. Schon sonderbar, dass diese Momente mit ihrer Familie sich wie ein Trostpflaster über seine verwirrte Seele legten.

Jetzt mussten die Vorkehrungen für die Trauerfeier getroffen werden und im Salon wartete bereits der Reverend auf ihn.

Richard holte tief Luft, bevor er den Raum betrat.

Ein paar Tage später fand Helen ihre letzte Ruhestätte im Schatten der Dreifaltigkeitskirche von Cold Ashton. Die Anteilnahme aus dem Dorf, der Bediensteten und der weitreichenden Verwandtschaft war groß. Seine Mutter war ihm eine echte Stütze. Still und doch beständig an seiner Seite, ohne ihn zu beeinflussen, trug sie mit ihm den Kummer um Helen.

Unter den Trauergästen war auch Francis, der ohne seine Verlobte angereist war. Doch erst am Abend, nachdem die letzten Gäste bis auf seine Schwiegereltern abgereist waren, fanden die beiden Freunde Zeit für ein Gespräch. Im Haus war es ruhig geworden, die Dienstboten hatten sich zurückgezogen und Richard hatte das Raucherzimmer gewählt. Wer wusste schon, ob sie nicht, um ihre Nerven zu beruhigen, eine Zigarre brauchen würden.

„Es war ein schwerer Tag für dich", sagte Francis und nippte an dem Glas Whiskey, „und für die Alnwicks. Ich fand Reverend Hortons Worte sehr trostreich."

Richard nickte. Er fühlte sich ausgelaugt und um Jahre gealtert. Trotzdem hatte er nicht das Gefühl, einfach ins Bett gehen und schlafen zu können. „Horton hat selbst schon viele Krisen erlebt. Keiner kann besser verstehen, was solch ein Verlust bedeutet."

„Außer unser Vater im Himmel", ergänzte Francis. „Wir dürfen deine Frau jetzt in Gottes guten Händen wissen. Das ist ein wirklicher Trost."

Mit zusammengekniffenen Lippen starrte Richard vor sich hin. Was wusste sein Freund schon, wie ihm zumute war. „Ich fühle mich schuldig", presste er hervor. „Hätte ich sie nicht alleine gelassen, wäre sie nicht in dieser verd... dieser Kutsche gewesen!"

„Nein, Richard! Du kannst nichts für den Kutschunfall. Das war höhere Gewalt. Oder Fügung. Nenn es, wie du willst. Aber du bist nicht daran schuld, hörst du?" Er beobachtete ihn aus den Augenwinkeln und stellte das Glas ab. „Sie ist jetzt frei. Im Himmel gibt es keine Krankheiten und Behinderungen. Nur Freude. Das verheißt uns Gott."

Richard schluckte. „Ich weiß. Aber mein Leben ist in einer Sackgasse. Alles ist anders gekommen, als ich gehofft hatte. Nur weil ich einen Fehler gemacht habe. Genauso wie mein Vater, der uns fast in den Ruin getrieben hätte. Ich habe das Gefühl, nie mehr froh werden zu können." Seine Gewissensqualen ließen ihn eine große Kraftlosigkeit empfinden und nur mit Mühe hielt er sich aufrecht.

Francis schüttelte den Kopf und schlug mit der Hand auf den Beistelltisch, sodass das Glas zur Tischkante hüpfte und Richard erschrocken zusammenzuckte.

„Hör auf, Richard! Glaub mir, das mit Helen tut mir aufrichtig leid." Er sog vernehmbar den Atem ein. „Doch hör mir jetzt mal genau zu: Du bist wie der Kranke in der Bibel am Teich von Bethesda, hast nur Entschuldigungen, und fühlst dich offensichtlich in deiner Rolle als Verlierer sehr wohl."

„So kannst du nicht mit mir sprechen!"

„Willst du einen Freund oder jemand, der dir nach dem Mund redet?" Francis sprang auf und blieb vor Richard stehen. „Du bist mein Gefährte und deshalb wage ich es, so offen mit dir zu sprechen. Das muss unsere Freundschaft aushalten können – ein offenes Wort. Oder ich bin raus."

Richard erstarrte. Als er das entschlossene, hitzige Gesicht seines besten Freundes sah, wurde er unsicher. Francis hatte es nicht nötig, sich ihm anzubiedern, denn er war weder jemand, der seine Gunst brauchte noch hatte er es auf Richards Vermögen abgesehen. Außerdem kannte er Francis als einen aufrichtigen Christen – warum sollte er seine Worte nun infrage stellen?

„Richard, glaub mir, unser Herr Jesus macht Mut zur Veränderung. Ich bin überzeugt, dein Glaube wird dich durch die Zeit der Trauer tragen und er wird dir eine neue Perspektive schenken, wenn du es willst."

Richard fühlte, wie Francis seine Schulter berührte und ihn erneut aufschreckte. „Damals sagte der Herr zu dem Kranken: Steh auf. Und auch du musst aufstehen, wenn du gesund werden willst. Aufstehen von deiner Matte des Selbstmitleids, das dich seit Langem begleitet! Lass es zu, dass du umgeformt wirst. Gesund wirst. Froh wirst."

Eine Weile war es still im Raucherzimmer und nur das Ticken der Standuhr war zu hören.

Mit einem Seufzer setzte Francis das Gespräch fort „Was hältst du davon, endlich nach St Davids zu reisen? Du bist jetzt frei für Amber."

Diese Erkenntnis hatte Richard bereits gehabt, aber gleich wieder verworfen. „Wie stellst du dir das vor? Gerade ist Helen gestorben und ich habe nichts Eiligeres zu tun, als zu Amber zu reisen?"

„Du hattest ihr doch mitgeteilt, bald mündlich deine Gründe vorzutragen. Es war doch deine Idee gewesen. Du bist jetzt frei. Was also hält dich davon ab? Meinst du nicht, sie hat ein Recht darauf, endlich die ganze Wahrheit zu erfahren?"

Richard spürte, wie sein Mund trocken wurde. „Ich bin noch in der Trauerzeit. Außerdem weiß ich gar nicht, ob Amber noch immer ungebunden ist“, sagte er mit belegter Stimme. „Vielleicht hat sie inzwischen geheiratet.“

„Was ist nur los mit dir? Warum springst du nicht über deinen Schatten? Die Sache sollte endgültig geklärt werden, finde ich.“

Richard kniff die Lippen zusammen. Nichts würde er lieber tun, als Amber zu sehen. Aber er hatte große Angst davor, ihre Ablehnung zu spüren oder zu hören, sie habe einen anderen geehelicht. Im Moment fühlte er sich mutlos und ohne Selbstvertrauen. Selbst der Gedanke an Eliora änderte daran nichts.

„Aber ich kann doch nicht einfach ohne Erklärung Cold Ashton Manor verlassen. Was sollen denn die Alnwicks denken?“

Francis nickte. „Nun ja, da trifft es sich gut, dass ich dringende Verpflichtungen habe und deshalb auf Reisen gehen muss. In Kürze werde ich den letzten Teil meiner Vortragsreihe abarbeiten und du wirst mich dabei begleiten.“ Eine Weile blickte er mit unbeweglicher Miene an Richard vorbei und schien eine Jagdszene auf einem Gemälde hinter ihm zu mustern.

Schließlich ging er zum Sideboard und nahm eine Flasche Whiskey, goss ihnen beiden nach und reichte Richard das Glas. Er hob seines in die Höhe, betrachtete die braungoldene Flüssigkeit, und sein entschlossener Mund entspannte sich. Fältchen bildeten sich um seine Augen und der Schalk blitzte auf. „Wir trinken jetzt auf deine Zukunft. Und wie die beginnt, weiß ich schon.“

Am nächsten Morgen saßen die beiden Freunde im Speisezimmer, während Lady Clarke die beiden Gäste aus Bailbrook House in der Halle verabschiedete.

„Ich lass uns die Pferde satteln. Falls du keine Reitkleidung dabei hast, suche dir was Passendes aus meinem Schrank aus.“ Richard tupfte sich den Mund ab und stand vom Frühstückstisch auf. „Wenn du nichts dagegen hast, nimm Douglas, Helens Fuchs. Er braucht dringend Bewegung."

Richard schmunzelte über Francis' verwirrtes Gesicht, er hatte mit Widerspruch gerechnet, der aber nicht kam. Kurz darauf verließen sie den Hof durch das Torhaus und nahmen den Weg nach Südosten. Heute war es fast windstill und zum Glück war die Wolkendecke aufgerissen. Der Boden war weich, aber nicht morastig und die monotone Bewegung der Pferde übertrug eine unsichtbare und gleichwohl tief gehende Ruhe auf seine Reiter. Sie nahmen den Weg über die Felder Richtung Wald.

Die Felder ringsum waren längst abgeerntet und es waren nur noch vereinzelt Bauern bei der Feldarbeit. Francis war wortkarg und das war gut so. Nicht reden zu müssen konnte heilsam sein. Einfach nichts zu denken oder die Gedanken schweifen lassen, je nach Befinden. Die weitläufigen Liegenschaften von Cold Ashton boten reizvolle Anblicke und wie helle Klekse auf einem Bild markierten Cottages der Landarbeiter und Handwerker den Landstrich. Inzwischen ging es auf Mittag zu und wenn sie beizeiten zum Lunch zurück sein wollten, sollten sie besser die Abkürzung durch den Wald nehmen.

Weiter vorn auf dem Feldweg sah er jetzt eine einzelne Person in flottem Schritt gehen, die er beim Näherkommen als eine junge Frau erkannte. Sie hatte die Röcke gerafft, um zügiger voranzukommen. Mit einer Hand hielt sie ihre Haube fest, die ein Windstoß vom Kopf zu wehen drohte. Sie waren fast auf ihrer Höhe und wollten schon vorbeireiten, da trat sie zur Seite und blieb stehen.

Richard schnappte nach Luft. Für den Bruchteil einer Sekunde glaubte er Amber zu sehen, aber es war diese Miss MacGovan. Er nickte zum Gruß und war schon fast vorbei, als sie einen Schritt vortrat.

„Warten Sie!", rief sie mit angstverzerrtem Gesicht. „Bitte bleiben Sie stehen!"

„Brr." Geradewegs zog er die Zügel stramm, worauf Ginger stehen blieb und die Nüstern blähte.

Eine steile Falte formierte sich zwischen seinen Augen und er warf einen Blick zu seinem Freund, ob er verstand, was mit der jungen Frau los war. Francis war ebenfalls stehen geblieben und reagierte sofort. „Können wir behilflich sein?"

Sie machte eine Bewegung auf sie zu und Richard erkannte, dass sie geweint hatte. „Ich suche seit mindestens einer Stunde nach Todd und Grayson Devaney, meinen Cousins. Sie sollten längst zu Hause sein. Bitte, können Sie, falls Ihnen zwei Jungen begegnen, ihnen sagen, dass wir uns große Sorgen machen!" Verzweifelt wischte sie sich mit dem Ärmel über die Augen.

„Sie suchen ganz alleine hier draußen nach ihnen?", fragte Richard verwundert. „Ist niemand von der Familie da, der Sie begleiten kann?"

Rose MacGovan schüttelte den Kopf. „Meine Tante muss bei meinem Onkel bleiben. Und sonst ist niemand da."

„Wir werden die Augen aufhalten", versprach Richard. „Und wenn Sie einen Suchtrupp brauchen, geben Sie auf Cold Ashton Manor Bescheid. Mein Name ist Lord Clarke. Wir sind auf dem Heimweg und könnten gleich ein paar Leute zusammenstellen."

„Danke! Ich danke Ihnen." Sie knickste.

Richard erteilte Francis ein Zeichen und dann trieben sie die Pferde zum Galopp an. Erst als sie den Waldrand erreicht hatten, nahmen sie das Tempo zurück und trotteten im Schritt, lauschend, ob es noch etwas anderes als Tiergeräusche und das Knistern von Gehölz gab. Über ihnen bildeten mächtige Baumkronen, die sich von beiden Seiten gebeugt über dem Waldweg berührten, ein finsteres Gewölbe und ließen nur bisweilen Lichtstrahlen einfallen. Richard sog die feuchte, modrige Luft ein, die ihn wie eine versteckte Macht zu besitzen schien. Hier in der abgelegenen Welt des Waldes, wo das Sein von kleinen bis großen Kreaturen auch im Schatten möglich war, bizarre Pilze im Unterholz und am Wegrand wuchsen und Holz in Form von erhabenen Bäumen entstand, fühlte er sich der Schöpfung eng verbunden.

Richard war sich sicher, dass Ambers Brüder, wie er es aus seiner eigenen Kindheit kannte, nur beim Spielen die Zeit vergessen hatten und in Kürze wohlbehalten heimkehren würden, was allerdings nicht verhindern würde, eine ordentliche Strafpredigt zu bekommen.

Er sann nochmals über die Ähnlichkeit der jungen Frau mit Amber nach. Wahrscheinlich hatte Francis recht, dass er Abstand brauchte und es gut wäre, Francis auf seiner Reise zu begleiten. Hinzu kam, dass sein Freund bestimmt keine Lust hatte, stundenlang alleine in der Kutsche zu sitzen. Ein verlässlicher Weggefährte würde für Abwechslung sorgen und vieles erleichtern.

25

Drei Tage später war die Luft klar und ein mäßiger, aber kühler Wind wehte. Wie durch ein Wunder hatten sich über Nacht die üppigen Regenwolken verflüchtigt. Wenn das Wasser gut abfloss, dürfte es eine einigermaßen beschauliche Fahrt werden. Allerdings bedeuteten tiefe oder aufgeweichte Fuhrrinnen immer noch eine Gefahr. Für einen Augenblick dachte er an Ambers Brüder, die laut einer Dienerin gesund, aber mit mehrstündiger Verspätung wieder zurückgefunden hatten.

Francis war bester Laune, als er seine Koffer dem Kutscher übergab, der sie auf dem Dach der Droschke festzurrte. „Deine Mutter findet es alles andere als erquicklich, dass du mit mir reist", schmunzelte er. „Ich konnte sie hoffentlich vom Gegenteil überzeugen."

Richard kniff die Augen zusammen. Lange hatte er innerlich mit sich gerungen, ob er die Reise antreten sollte. „Es ist gut so", sagte er und stieg auf das Trittbrett. „Sie ist einfach nur fürsorglich, aber sie wird nicht einsam sein. Wie ich hörte, wird Tante Sarah, ihre Schwester, zu Besuch kommen." Er legte den Kopf schräg. „Mal unter uns: Wer braucht schon bei Gesprächen unter Damen einen männlichen Zuhörer?" Er lachte ein befreiendes Lachen, das er schon lange nicht mehr verspürt hatte.

Als kleiner Junge hatte er sich immer gewehrt, die dick gepuderten Wangen seiner Tante zu küssen. Heute sah er das gelassen. Wie schön, dass sie sich angekündigt hatte. Seit Vaters Beerdigung war sie nicht mehr da gewesen und zu Helens Beisetzung konnte sie wegen eines fiebrigen Leidens auch nicht anreisen.

Während er sich in Fahrtrichtung setzte, nahm Francis gegenüber Platz, bevor der Kutscher die Tür schloss. Sein Blick fiel auf den prall gefüllten Proviantkorb an seiner Seite und er schmunzelte. Seine Mutter konnte es einfach nicht lassen, und er fühlte sich in seine Schulzeit zurückgesetzt: Es war wie damals, wenn er sich nach den Ferien auf den Weg ins Internat nach Eton machte.

Richard legte den Hut neben sich und spähte durchs Fenster. Seine Mutter stand in der Eingangstür, obwohl sie vorher noch angekündigt hatte, sie könne ihn nicht verabschieden, es schmerze sie zu sehr. Draußen hörte er den Fuhrmann ein Kommando rufen, dann setzte sich das Gefährt mit einem Ruck in Bewegung und er hob grüßend die Hand, bevor die Kutsche einen Bogen machte und auf das Torhaus zurollte. Dankbar lehnte er sich zurück. Noch hatte Francis nicht verraten, in welche Landesteile sie reisen würden und wie viele Versammlungen er besuchen wollte. Wie dem auch war – er zumindest hatte alle Zeit der Welt.

Längst lagen Cold Ashton und die Grafschaft hinter ihnen. Ihr Weg führte sie durch hügelige Landschaften und das monotone Rattern der Räder glich einer Reise in sein Herz. Das spürte Richard mit jeder Stunde, die sie meist schweigend in der Kutsche verbrachten. Gegen Mittag erreichten sie Gloucester in der gleichnamigen Grafschaft, wo sie am Hafen hielten.

„Es würde mich nicht wundern, wenn du noch die letzten Matrosen mit deinen Ideen erreichen willst", grinste Richard, während er am Ufer des Severn stand und beobachtete, wie die Schiffe entladen wurden. Lagerhäuser beherrschten das Hafenviertel und es würde wohl noch Jahre dauern, bis der Kanal fertig war und den Tidenhub überflüssig machte. Sie suchten sich ein Gasthaus, wo sie zu Mittag aßen. Inzwischen hatte der Kutscher die Pferde gewechselt und mahnte nun zur Weiterfahrt, die sie nach Worcester bringen sollte.

Am Nachmittag hatten sie endlich ihr Ziel erreicht. Während der Fuhrmann sich wie abgesprochen verabschiedete und ihnen für weitere Fahrten eine Mietkutsche empfahl, quartierten sie sich in einem Gasthaus ein, bevor sie erfrischt und gestärkt zu Francis Vortrag aufbrachen. Das Gebäude erreichten sie mühelos zu Fuß. Es war ein länglicher, alter Baukomplex mit einer Holzkonstruktion, das unter der Bevölkerung als *Tudor Haus* bekannt war.

Als sie das Haus betraten, roch Richard sofort das malzige Aroma von Bier. Ein Bediensteter führte sie durch einen langen Flur, der links und rechts von Türen eingegrenzt wurde. „Hier sind einige Werkstätten untergebracht", erklärte der Mann geflissentlich, „vom Schreiner über den Bäcker bis zum Weber. Besonders unsere Kneipe wird geschätzt." Er zwinkerte ihnen zu. „Wenn Sie heute Abend nach Ihrer Rede dort einen Platz brauchen, sollten Sie jetzt schon reservieren."

Francis und Richard taten, was der Mann empfahl, und gingen dann in den Raum, in dem Francis seinen Vortrag halten sollte.

Der Saal füllte sich bis auf den letzten Platz. Francis schien es nicht zu wundern, wie viele Leute zu seinem Vortrag kamen. Etliche mussten stehen, weil alle Sitzplätze belegt waren. Links und rechts von seinem Rednerpult flankierten ihn Flaggen mit dem neu entworfenen Union Jack.

„Es ist mir ein Bedürfnis, Ihnen die Beweggründe und Vorteile zu dieser Zusammenlegung der Königreiche von Großbritannien und Irland zu erklären ...", begann Francis in eindringlichen, verständlichen Worten.

Richard hörte interessiert zu, aber er spürte die zunehmende Müdigkeit. Trotz Polster war das Reisen in einer Kutsche kein Vergnügen, zumindest nicht, wenn es über Stunden ging. Dann konnte man nur Gott danken, wenn man heil ankam. Richard warf mehrmals diskret einen Blick auf seine Taschenuhr. Endlich kam Francis zum Ende und beantwortete nur noch ein paar Fragen der Zuhörer.

„Mehr noch als auf das Essen freue ich mich auf das Bier", plauderte Richard erlöst und schob Francis aus dem Saal. „Wer kann sich denn bei dem Buffet hier im Saal noch auf deine Argumente konzentrieren?"

Am nächsten Morgen stand die Mietkutsche schon bereit, die sie in den nächsten Tagen nach Birmingham, von dort nach Shrewsbury und schließlich nach Aberystwyth an der Westküste brachte. Postkutschenstation, Pferdewechsel, Vorträge und Übernachtungen wechselten sich ab.

Das Klappern der Hufe ließ die Gedanken der beiden Männer in ferne Sphären schweifen.

„Hast du geseufzt?", fragte Francis plötzlich in das Schweigen hinein.

„Ich? Nein, wie kommst du denn darauf?"

„Ich dachte, ich hätte was gehört." Er lächelte und verschränkte die Arme vor der Brust.

Richard hielt einen Moment inne, bevor er sagte: „Manchmal stelle ich mir vor, wie mein Leben verlaufen wäre, wenn ich Amber hätte heiraten können." Das war so ein Gedanke, der ihm in den letzten Tagen durch den Kopf gegangen war.

„Darüber kann man nur spekulieren, ebenso wie die Frage, wie die Ehe verlaufen wäre. Jemanden zu heiraten, den man liebt, heißt nicht, dass das weitere Leben gelingt", antwortete Francis. „Schon komisch, dass ich das jetzt sage, wo meine Hochzeit in nicht allzu ferner Zukunft ansteht."

„Ich will auch nicht sagen, dass meine Ehe mit Helen fade war, das überhaupt nicht. Das würde ihr auch nicht gerecht. Sie hat sich bemüht und ich, glaube ich zumindest, ebenfalls. Das, was ich vermisst habe, war Tiefe. Das wirkliche Verstehen, Einssein, im Gleichklang den Weg gehen. Und wahre Liebe."

Lord Asburys Gesicht wurde rührig. „Jeder möchte Glück in seiner Ehe."

Richard hatte immer gemeint, Glück sei etwas, was einem plötzlich passiere und dass es, wenn es einmal kam, bleiben würde. Wie mit Amber. Jetzt dachte er anders darüber. „Ich glaube, Glück ist eher eine tiefe Zufriedenheit."

„Da kannst du recht haben. Und ich denke, wenn zwei Liebende einander vorherbestimmt sind, werden sie wieder zusammengeführt."

„Da wäre ich mir nicht so sicher", flüsterte Richard. Er sah nach draußen, wo er am Horizont das Meer sehen konnte. Sie mussten irgendwo auf einem Weg nahe einer Klippe sein. Er räusperte sich und merkte, dass eine Unruhe ihn ergriff, gleich Wellenbergen, die in seinem Inneren tanzten. „Ich frage mich, warum ich nie einen Brief von Amber erhalten habe."

Francis runzelte die Stirn. „Denkst du, jemand hätte ihn abgefangen?"

„Nein. Ich habe doch darauf gewartet und meine Leute beobachtet. Und ich glaube auch nicht, dass meine Eltern das getan hätten."

„Du hast manches nicht für möglich gehalten."

Damit hatte Francis recht. Aber Richard wollte nicht mehr an die Spielleidenschaft seines Vaters denken – und erst recht nicht mehr an den Schuldenberg. „Mein Vater hat manches falsch gemacht, wie wir alle, jeder auf seine Weise. Aber einen Brief unterschlagen? Vielleicht stand sogar kein Absender darauf. Warum sollte er das tun?"

„Entschuldige, ich wollte dich nicht kränken. Es war nur ein Gedanke."

„Nehmen wir an, Amber hat die Wahrheit gesagt. Was könnte sonst mit dem Brief passiert sein? Die Postkutsche hätte ihn verlieren können, vielleicht hatte auch irgendjemand keine Lust, ihn zu überbringen, er ist beim Umladen in eine Pfütze gefallen ..." Wie auch immer, das Schreiben hatte ihn nie erreicht – was zu einer besonderen Wendung in seinem Leben geführt hatte. Ein einfaches Stück Papier. Unvorstellbar.

Wieder saßen sie schweigend da.

„Warte mal", sagte sein Freund plötzlich, „da war doch was!" Er starrte Richard mit seinen aufgerissenen Augen an und beugte sich vor, dass Richard sogar die dunklen Einschlüsse im Grün der Augen bemerkte. „Letztes Jahr, ja ..." Er legte zwei Finger an die

Lippen. „Jetzt fällt es mir wieder ein. Da gab es einen Unfall mit einer Postkutsche. Eine ganz üble Geschichte. Ich meine, das war in der Nähe von Chepstow. Die Nachricht von den vielen Toten gelangte sogar bis ins Parlament nach London."

Richards Falte zwischen den Augen vertiefte sich. „Chepstow? Du meinst doch nicht die Postkutsche, die in den Fluss gestürzt ist?" Dunkel erinnerte er sich an den Artikel in der *Times*.

Francis Blick war ernst. „Ja. Wie es genau passiert ist, hat man nicht mehr herausfinden können. Es gab keine Augenzeugen. Selbst der Kutscher ertrank. An der Stelle ist der Fluss ziemlich tief und mit den Pferden versank die ganze Fracht – alle Pakete und dazu vermutlich einige Säcke mit Briefen."

In Richards Ohren pochte es mächtig. Chepstow. Brief. Unfall. Die Worte hallten in ihm nach. „Weißt du noch, wann das war?"

„Im Frühjahr. Lass mich überlegen … Ich meine, es war wenige Tage nach Ambers Verschwinden. Zwei bedeutende Ereignisse, die sich in meine Erinnerung gebrannt haben."

„Große Güte!" Richard ließ sich zurücksinken und fühlte, wie ein Schauder ihn von Kopf bis Fuß erfasste. Das konnte die Erklärung sein. Dieser Unfall. Vom Wasser verschluckt. Wenn es belegt war, dann hatte Gott es zugelassen, dass dieses Ereignis sein Leben beeinflusst hatte.

„Hattest du ihr in St Davids gesagt, dass du inzwischen geheiratet hattest?"

„Nein."

„Und warum nicht?"

Richard stockte. „Ich glaube, die Wahrheit hätte sie vernichtet."

„Könnte sein."

Seine Augen wanderten zum Fenster, durch das das Sonnenlicht fiel und sein Gesicht beleuchtete. Er sah wahrscheinlich aus wie immer. Kastanienbraune Haare und eine Augenfarbe, die er dem

Porträt im Speisezimmer nach wohl von seinem Großvater geerbt haben musste. Und doch hatte ihn diese Reise irgendwie verändert, nicht äußerlich, aber in seinem Herzen.

Es hatte ihn Zeit gekostet, seine Gedanken und Gebete zu ordnen und auszusprechen. Er spürte wieder Musik in seiner Seele, etwas, was er lange nicht mehr empfunden hatte. Damals mit Amber, da hatte er wunderschöne Tonfolgen besessen. Sie war der Cantus seiner Seele gewesen.

Nach einer Weile sagte Richard: „Glaubst du, dass sie sich noch wünscht, sie hätte mich geheiratet?" Als Francis nichts entgegnete, fuhr er nachdenklich fort: „Ich weiß ja noch nicht mal, ob sie inzwischen vergeben ist."

Francis musterte Richards zitternde Unterlippe. Nach einem Augenblick des Staunens richtete er sich auf und sein Gesicht erhellte sich, als wisse er mehr, aber er schwieg.

Die Frage blieb unbeantwortet. Mit dem Geruckel der Kutsche eröffnete sich fast stündlich eine neue Landschaft. Richard genoss es. Sein Zuhause war gänzlich aus seinem Denken gerückt und jeder Tag versprach neue Menschen und neue Eindrücke.

„Was für ein herrliches Stückchen Erde", freute er sich, als sie von einer Anhöhe auf eine Bucht blickten. Der salzige Duft des Meeres und die besondere Küstenlandschaft rührten etwas in ihm an.

Als sie jedoch nach Wales kamen, konnte Richard nichts mehr ablenken. Weder die Mauerreste eines verlassenen Hauses noch eine weitere Nacht in einem Gasthaus an der Küste. Ihn beherrschte nur noch ein Gedanke: Amber.

„Wie wird dein Leben weitergehen, wenn wir zurück sind?" Francis sah aus dem Fenster. „Bald ist unsere Reise zu Ende."

Richard spürte sein Herz mächtig klopfen. Ja, was würde dann sein? Wahrscheinlich würde er alles so vorfinden, wie er es verlassen hatte. Aber wäre *er* noch der Gleiche?

Nach einer weiteren Station in einem kleinen Dörfchen, bei der fast keine Zuhörer kamen, erreichten sie die Küste. Solva hatte nur ein paar Häuser und einen kleinen Hafen.

„Hier halte ich meine letzte Rede", meinte Francis mit einem Augenzwinkern, „eigentlich ist dieser idyllische Ort viel zu schade, um ihn mit Politik zu belasten."

„Niemand außer dir würde dich dazu verpflichten", scherzte Richard, „das hast du dir doch alles selbst auferlegt. Niemand vom Parlament hat dich dazu genötigt."

„Stimmt", meinte Francis. „Aber die Einladungen zur Hochzeit gehen bald raus. Dann möchte ich frei sein von Pflichten, die mich von zu Hause wegführen. Ich glaube, Estelle ist froh, wenn sie mich zu Beginn unserer Ehe an ihrer Seite weiß. Meine Eltern haben sie gern und werden sie zweifellos mit offenen Armen empfangen. Aber wir werden ja zusammen unter einem Dach leben, wenn auch in verschiedenen Flügeln. Du kennst unser Haus, da braucht es eine Weile, sich zurecht zu finden. Außerdem möchte ich viel Zeit mit ihr verbringen." Er lachte froh gestimmt. „Es ist mir lieber, wir gewöhnen uns zuerst aneinander, anstatt sie und meine Eltern."

Das Dorf schien zu schlafen. Richard fragte sich, welchen Sinn es machte, hier in Wales in diesen entlegenen Dörfern den Leuten von der großen Politik zu erzählen. Es interessierte sich hier doch kein Mensch dafür, ob ein König nun George hieß oder William.

In dieser wunderschönen Gegend und inmitten dieser einfachen Leute kreiste einzig der Gedanke um die Frage, ob man ausreichend zu essen hatte.

Francis war in der Frühe mit einer Mietkutsche aufgebrochen, ohne ein Ziel zu nennen – er hatte nur angedeutet, einem alten Bekannten kurz seine Aufwartung machen zu wollen. Richard hatte seine Neugier gezügelt, ihm eine sichere Fahrt gewünscht und beschlossen, die Gegend mit einem Spaziergang zu erkunden. Solva lag auf einer Erhebung und sicher hatte man von fast jedem Haus diesen herrlichen Blick auf den Mündungsarm, der von der St. Brides-Bucht ins Land ragte.

Er ging die Dorfstraße entlang – die einzig wichtige Straße in diesem Ort, denn alle anderen Häuser lagen wie kleine Perlen rundum verstreut. Sie führte direkt zum Hafen, in dem ein paar alte Boote und zwei größere Kähne lagen. Wahrscheinlich lebten die meisten Leute vom Fischfang. Einer der Männer aus dem Dorf hatte gestern Abend im Gasthaus Arwen's Inn angemerkt, der Hafen sei seit Langem bedeutend für den Handel unterschiedlichster Waren, besonders für Kohle und Holz.

Man hatte ihm einen Aufstieg zum Gribin, einem Küstenstreifen mit phänomenalem Ausblick, empfohlen, wozu Richard aber alleine keine Lust hatte. Die Luft war klar, der Wind hatte aufgefrischt und ein kleines Café erregte seine Aufmerksamkeit. Er beschloss, von da aus das geschäftige Treiben im Hafen zu beobachten und den Tag zu verträumen, bis Francis zurück war.

26

St Davids, Wales

Ambers Blick fiel auf die alte Wanduhr. Gleich war Mittag und sie konnte absperren. Da heute Vormittag nicht viel los gewesen war, hatte sie endlich die lange hinaus geschobene Antwort für Sir Millweard formuliert und ihre Zustimmung zur Heirat gegeben.

Sie fühlte sich erleichtert und Onkel Ethan ging es offenbar ähnlich, denn er hatte nichts Eiligeres zu tun, als den Brief sofort zum Herrenhaus zu bringen.

Amber seufzte. Hunger rührte sich in ihr und der Duft einer Gemüsesuppe schwelte bis in den Laden. Tante Juliette hatte ein Händchen fürs Kochen, das sie Mary heute abgenommen hatte, da die Magd noch in der Waschküche zu tun hatte.

Die Türglocke riss Amber aus ihren Gedanken. Als Erstes fiel ihr der elegante Wollrock des Mannes auf, der gerade eintrat. Dazu trug er ein graues Hemd mit perfekt gebundener Schleife und schien beste Manieren zu haben. Während er sich ihr näherte, nahm er seinen Hut ab und grüßte freundlich. Sie hatte ihn hier noch nie gesehen und warf einen flüchtigen Blick zur Tür, ob er noch jemand dabeihatte. Vielleicht einen Diener? Nein, er war allein.

„Wie kann ich Ihnen helfen?", fragte sie und legte den Stift beiseite, mit dem sie einige Zahlen in das Buch mit den vielen Spalten eingetragen hatte. Der Herr hier sah nicht aus wie jemand, der Waschpulver oder Petroleum kaufen wollte.

„Entschuldigen Sie", sagte er und sah ihr jetzt direkt in die Augen, „ich suche eine Miss Amber Devaney."

„Oh." Sie schluckte. Woher kannte er ihren Namen? Was wollte er von ihr? „Äh … das bin ich."

Seine Augen blitzten und ein Lächeln umspielte seine schmalen Lippen. „Lord Francis Asbury." Mit dem Kopf deutete er eine Verbeugung an. „Ich weiß, das sagt Ihnen jetzt nichts." Dann wurde er bedachtsam. „Vorab möchte ich Ihnen ernsthaft versichern, dass niemand weiß, dass ich Sie aufsuche."

Meine Güte, was wollte dieser Mann von ihr? Sie schnappte nach Luft und mied seinen Blick. Unwillkürlich trat sie einen Schritt zurück und schielte zur Seite, ob die Tür nach hinten noch offen stand und Tante Juliette sie hören konnte, wenn sie Hilfe brauchte.

„Bitte erschrecken Sie nicht! Miss Devaney, ich bin der beste Freund von Lord Richard Clarke. Er weiß nicht, dass ich hier bin, aber –"

„Was erlauben Sie sich!", empörte sie sich. In ihr verkrampfte sich alles. Nein, das durfte nicht wahr sein. Sie hatte große Mühe, Haltung zu bewahren. Wie konnte er es wagen, hier zu erscheinen!

„Bitte nennen Sie in meiner Gegenwart nie mehr seinen Namen."

Sie blinzelte ihn durch Tränen an. Es kostete sie große Mühe, ihm nicht Richards falsche Versprechungen vorzuhalten – aber was ging es andererseits diesen Fremden an, wie enttäuscht sie von ihm war?

Vor ihrem geistigen Auge flammten Bilder auf – Richards erster Besuch in der Apotheke, ihre geheimen Treffen, die Kutschfahrt im Licht des anbrechenden Tages, Tante Juliettes weit ausgebreiteten Arme, Elioras Geburt, Richards merkwürdigen Besuch und die Verehrung von Sir Millweard.

Lord Asburys Gegenwart hier brach eine verheilt geglaubte Wunde wieder auf. Amber versteckte die Hände hinter ihrem Rücken, damit er ihr Zittern nicht bemerkte.

Er betrachtete sie voller Mitgefühl. „Wenn es nicht so bedrückend wäre, hätte ich mir nie erlaubt, hier vorzusprechen. Verschiedene tragische Umstände haben dazu geführt, dass Richard bisher nicht zu Ihnen zurückkehren konnte. Einzelheiten wird er Ihnen sagen, wenn Sie – und darum bitte ich Sie von Herzen – einer Begegnung zustimmen."

Sie schüttelte den Kopf und schickte einen stummen Hilferuf zum Himmel. „Was will er denn von mir?"

Er holte tief Luft. „Er liebt Sie immer noch."

Amber schloss die Augen. Sie hatte sich doch jetzt entschieden. „Gehen Sie! Bitte gehen Sie!"

Er schien zu zögern, dann aber stützte er sich auf die Verkaufstheke. Seine Taschenuhr mit der goldenen Kette, die in seiner Westentasche steckte, blitzte hervor. Ihr Blick wanderte nach oben, entlang der dicken Schleife bis zu seinem herzbewegenden Gesichtsausdruck. Eine Strähne war ihm unbändig in die Stirn gefallen. „Miss Devaney, das muss von Angesicht zu Angesicht gesagt werden. Ich werde dafür sorgen, dass sie mit ihm unter vier Augen sprechen können. Heute noch."

„Dafür ist es zu spät", schluchzte sie auf, „ich habe einem anderen mein Ja gegeben." Impulsiv drehte sie sich um und machte einen Schritt vor, wobei sie in Kopfhöhe mit voller Wucht gegen ein vorstehendes Regal stieß.

Der Schmerz kam augenblicklich. Ihr Kopf schien zu platzen und ihr Körper war plötzlich ganz leicht. Alles um sie herum schwankte, wurde still und unnahbar. Verzweifelt schnappte sie nach Luft, bevor eine schwarze Welle sie verschluckte.

Als Amber die Augen wieder aufschlug, lag sie auf den Polstern im Wohnzimmer und starrte in die mahagonibraunen Augen von Tante Juliette, die prüfend auf sie herabsah. „Gott sei Dank, sie ist wieder bei sich."

Sie drehte den Kopf und Ambers Augen folgten ihr bis zu dem Fremden. Langsam kam die Erinnerung wieder. Er war im Laden gewesen, aber was machte er hier in der Wohnung der Rutherfords?

Vorsichtig schwang Amber ihre hochgelagerten Beine von den Kissen, die ihr jemand unter die Kniekehlen geschoben hatte, und richtete sich langsam auf. „Was ist passiert?" Sorgsam glättete sie ihren Rock, prüfte ihre Frisur und schob eine Strähne hinters Ohr.

„Sie sind in Ohnmacht gefallen", erklärte der junge Mann im Hintergrund.

Heftig kehrte die Erinnerung zurück. Er hatte vor ihr im Laden gestanden, hatte glaubhaft versichert, Richards Freund zu sein. Ja, und dann ...? Ihr Kopf schwirrte und an der Schläfe spürte sie einen bohrenden Schmerz.

„Hier. Trink mal was." Ihre Tante reichte ihr ein Glas Wasser.

„Wie lange liege ich schon hier?" Sie nippte daran, drehte den Kopf und versuchte, die Uhrzeit auf der Pendule zu erspähen. Es war halb eins durch.

„Lange genug." Tante Juliette warf einen wissenden Blick zu Lord Francis Asbury. „Da er sich nun davon überzeugen konnte, dass du wieder wohlauf bis, möchte sich der Herr hier verabschieden."

„Verabschieden?" Sie schnappte nach Luft. Wie konnte sie ihn nur aufhalten? Sie musste doch wissen, was das alles bedeutete. Wie er das mit Richard und einem Gespräch gemeint hatte. Wenn ihr Kopf nur nicht so schlimm wehtäte und sie klar denken könnte! „Ich ...", begann sie und brach ab. Ja, was sollte sie nur sagen? Sie hatte doch Sir Millweards Heiratsantrag zugestimmt. Wie sollte sie das jetzt nur rückgängig machen? Würde sie dann nicht ihr Gesicht verlieren? Warum musste ausgerechnet jetzt und heute alles aufeinandertreffen?

Tante Juliette berührte sie zaghaft am Arm. „Es wird alles gut werden."

Amber kräuselte die Stirn. „Gut?", presste sie nur verzweifelt hervor.

Der Gentleman sah nochmals zu ihrer Tante, bevor er einen Schritt auf Amber zutrat. Mit ernstem Blick verbeugte er sich formvollendet vor ihr und verließ das Zimmer.

„Ich habe meinen Vortrag abgesagt", offenbarte Francis, als er sich nach seiner Rückkehr zu Richard an den Hafen setzte. „Die Wirtin meinte, man habe andere Sorgen, als die politische Lage zu erörtern."

Richard sah ihn entgeistert an und schüttelte den Kopf. Da hätte er sich schon länger die eine oder andere Rede sparen können. Er hatte heute viel nachgedacht, auch darüber, dass er sich gar nicht weit von Amber entfernt aufhielt. Trotzdem verhinderte eine unsichtbare Macht – oder war es Unsicherheit? – nach St Davids zu fahren. Er fand, es war alles noch zu frisch, was zu Hause passiert war, auch wenn Francis anderer Meinung war. „Wie hast du mich gefunden?", fragte er und wies auf den freien Stuhl neben sich. „Ich habe niemanden gesagt, wo ich spazieren gehen will."

Francis zog einen Mundwinkel nach oben. „Jeder will zuerst den Hafen sehen, hat die Wirtin gesagt. Ich finde, er liegt tatsächlich idyllisch. Hast du dir schon die Kalköfen angesehen? Es soll einige davon hier geben." Er rückte sich den Stuhl zurecht und nahm Platz.

„Nein", Richard zeigte auf die Bucht, „aber dieser Flecken Erde muss aus dem Paradies stammen. Ich bin immer noch entzückt."

„Da hätte ich noch etwas Vergnüglicheres." Francis winkte der Bedienung und bestellte sich eine Erfrischung. „Da wir jetzt den Rest des Tages zur freien Verfügung habe, lade ich dich zu einem Ausflug ein." Er spitzte erwartungsvoll die Lippen.

„Noch einen? Du bist doch gerade erst zurückgekommen!"

„Das war ein längst fälliger Besuch", versicherte er. „Komm, sei kein Spielverderber. Wir sehen uns die Gegend an."

„Wenn du meinst." Die Landschaft war wirklich phänomenal. Richard betrachtete seine Schuhe. „Ich ziehe mir anderes Schuhwerk an, die hier eignen sich weniger zum Wandern."

„Wandern? Nein, wir fahren." Er zwinkerte ihm zu. „Ich wusste, du würdest einverstanden sein. Die Mietkutsche habe ich deshalb erst gar nicht wegfahren lassen. Sie wartet an der Herberge."

„Das ist ein abgekartetes Spiel", fand Richard und boxte seinem Freund in die Seite, wobei er ihn skeptisch und amüsiert zugleich beäugte. „Welches Kastell willst du mir heute zeigen?" Er musste zugeben, Francis war nicht nur belesen, sondern hatte auch ein Schwäche für Geschichte, was wahrscheinlich daher rührte, dass ihr damaliger Geschichtsprofessor ihnen den trockenen Weg der englischen Geschichte mit unzähligen Histörchen gepflastert hatte.

Francis grinste geheimnisvoll. „Rechne mit allem – nur nicht mit Abenteuer."

Nach nicht mal einer halben Stunde Kutschfahrt, vorbei an weitläufigen Weiden mit Kühen und Schafen, erregten ein paar Häuser vor ihnen Richards Aufmerksamkeit. Die Gegend kam ihm irgendwie bekannt vor. „Wie heißt der Ort?" Er drehte den Kopf, aber sein Begleiter schien gleichgültig nach vorne zu blicken.

Jetzt passierten sie die ersten Häuser. Francis war in völliges Schweigen versunken, doch Richard spürte, wie sein Herz zu klopfen begann. Hier war er schon mal gewesen! Die Erinnerung kehrte mit jeder Minute mehr und mehr zurück. Der Kolonialwarenladen. Amber. Seine Tochter. Eliora!

„Was hast du vor?", keuchte er. Aufregung breitete sich in seinem Körper aus und er rutschte auf seinem Sitz an die Kante. „Wohin fahren wir?"

Francis Hand drückte eine Hand auf seinen Arm. „Bitte, reg dich nicht auf. Wir sind gleich da."

Es fiel ihm schwer, ruhig zu bleiben und er reckte das Kinn nach vorne. Sie passierten die High Street, die ihm jetzt ganz anders vorkam – dabei standen die meisten Häuser wie damals dicht an dicht, nur durch kleine Gärten unterbrochen. In einem Hof entdeckte er Scharen von Gänsen, deren Lärm bis in die Kutsche drang.

Nicht weit entfernt ragte der Turm der Kathedrale aufrecht empor. Frauen mit Körben gingen die Straße entlang, schwatzten und schimpften mit ihren quengelnden Kindern. Ein Fuhrwerk kam ihnen entgegen und vor einem der Häuser bot ein Gemüsehändler seine farbenreichen Waren dar.

Jetzt sah Richard das Schild des Kolonialwarenladens und je näher sie kamen, desto angespannter wurde er. Vielleicht … ja, vielleicht war sie zufällig draußen oder ihr Kind, so wie damals …

Es waren nur noch wenige Meter, er konnte die Ladentür bereits sehen. Sie wurde geöffnet und eine Frau kam heraus.

Seine Schultern sanken enttäuscht nach unten – es war eine Fremde.

Die Kutsche rollte langsam am Haus der Rutherfords vorbei und plötzlich breitete sich eine maßlose Enttäuschung in ihm aus. Was hatte Francis nur vor? „Du sagst mir jetzt sofort, wo wir hinfahren!“, bestimmte Richard mit kratziger Stimme. „Oder willst du unsere Freundschaft aufs Spiel setzen?“

„Nichts läge mir ferner, Richard.“ Er drehte den Kopf zu ihm, als könne er seine Verdrossenheit spüren. „Vertrau mir.“

Vor ihnen tat sich nun die Kathedrale mit ihren monumentalen Steinen wie eine Festung vor ihnen auf, doch ihr Weg führte auch daran vorbei. Sie hatten sie fast passiert, als sie an eine Steinbrücke gelangten, die über einen Bach führte. Während die Kutsche darüberfuhr und über das Pflaster holperte, um nach links abzubiegen, reckte Richard den Hals. Sie befanden sich hinter der Kathedrale, ganz in der Nähe eines großen, alten Gebäudes, wo sie stehen blieben.

„Wir sind da.“

„Tatsächlich?“ Richard kräuselte die Stirn. Jetzt verstand er gar nichts mehr.

Der Kutscher öffnete die Tür und ließ sie aussteigen.

Francis musste seine verwirrte Miene gesehen haben. „Das da ist der ehemalige Bischofspalast.“ Steinmauern umgaben die Kathedrale mit dem dazugehörigen Friedhof und der Residenz des Bischofs. Es war ein weitläufiges Gelände und erinnerte Richard an so manches Herrenhaus, das genauso imposant gebaut war und inmitten kultivierter Gärten stand. Warum brauchten Diener Gottes Paläste, wo sie doch ein schlichtes und selbstloses Leben zu führen vorgaben? Er seufzte. Was wollte Francis ihm damit sagen?

Er sah sich um. Riesige alte Bäume mit buntem Laub gaben nur schwache Hinweise, wie das Leben einst hier ausgesehen haben mochte: angereichert mit Kräutergärten, Beeten mit Feldfrüchten, vielen Beerensträuchern und womöglich selbst gebrautem Bier, wie es seit Jahrhunderten in vielen Klöstern Brauch war.

„Hier entlang, bitte.“ Francis ging vorweg und Richard trottete hinter ihm her. Die alten Gemäuer und Mauerreste erfüllten ihn mit Ehrfurcht. In längst vergangenen Zeiten war hier eine Pilgerstätte gewesen. An dem ehemaligen Portal blieben sie stehen. Sie waren allein, lediglich aus dem Astwerk schollen Vogelstimmen.

„Du wartest hier, bitte. Und rühre dich nicht vom Fleck.“ In Francis’ Augen meinte er ein Leuchten zu sehen, während er seinen Hut in die richtige Position rückte, in großen Schritten davonging und ihn einfach stehen ließ.

Tante Juliette kümmerte sich rührend um Amber und verordnete ihr für den Rest des Tages Ruhe. Fürsorglich stellte sie ihr ein großes Stück Kuchen hin und meinte, sie solle sich einfach nur erholen, vielleicht in einer Zeitung blättern oder in ihrem Buch lesen. Mary schickte sie mit Eliora raus an die frische Luft.

„Wo ist er denn eigentlich Onkel Ethan?“, fragte Amber, da ihr Onkel seit dem Mittagessen unauffindbar war.

Tante Juliette setzte ein unschuldiges Gesicht auf. „Er wird spazieren gegangen sein. Allein unter Frauen zu sein – das war noch nie seins.“ Dann hustete sie schelmisch und huschte in den Laden.

Amber wunderte sich kurz, widmete sich dann aber ihrem Buch und dem leckeren Kuchen. Sie verlor jegliches Zeitgefühl und schaute überrascht auf, als plötzlich Joshua hinter ihr stand. „Amber, zieh dir was über und lass uns spazieren gehen. Am besten was Warmes, der Wind ist richtig kalt.“

Es kam selten vor, dass ihr Cousin ihre Begleitung suchte. „Du bist schon fertig mit deiner Arbeit? Und hast tatsächlich die Absicht, mit mir spazieren zu gehen?“

„Ja“, strahlte er und schlüpfte in seinen Gehrock. „Beeil dich.“

Hatte sie tatsächlich die Zeit vergessen? „Ich wusste gar nicht, dass es schon so spät ist.“ Konnte es sein, dass er sich mit einer jungen Dame treffen und dabei eine gewisse Etikette wahren wollte? Sie erinnerte sich, dass er mal beiläufig die Tochter des Schneiders erwähnt hatte. Ob es um sie ging? „Ich möchte erst Tante Juliette fragen, ob es ihr recht ist. Schließlich habe ich mich schon den ganzen Nachmittag ausgeruht.“

Joshua schüttelte den Kopf. „Sie hat mir die Erlaubnis gegeben. Du kannst unbesorgt sein.“

Verblüfft, dass er ihr zuvorgekommen war, ging sie in den Flur, griff nach ihrer gefütterten Haube, zog den Mantel an und legte einen Schal um. Als sie das Haus verließen, sah sie Mary mit Eliora an der Hand die Straße hinuntergehen. Sie wollte schon rufen, als Joshua sie am Arm berührte.

„Wir gehen dort entlang", sagte er bestimmt, aber freundlich und bog in die entgegengesetzte Richtung ein. Sie zog sich den Schal aus dem Gesicht, den ihr der Wind vor die Augen gefegt hatte und lächelte zaghaft zurück. „Du fühlst dich wirklich wohl?", fragte er besorgt.

„Mach dir keine Sorgen." Joshua hatte einen flotten Schritt und Amber musste hin und wieder ihren Rock raffen, um mitzuhalten. „Du hast es aber eilig. Kenne ich sie?", fragte sie atemlos.

„Sie?" Er kräuselte die Stirn und schüttelte verblüfft den Kopf.

„Ja! Die junge Dame, mit der du dich treffen willst."

„Ich?" Joshua zögerte. „Äh ... ich denke nicht." Er sah immerzu nach vorne, sodass sie seine Mimik nicht deuten konnte. „Lass dich überraschen."

Oberhalb der High Street überquerten sie jetzt die Steinbrücke. Eine auffallende Arkadenbrüstung über dem Bischofspalast beanspruchte ihre ganze Aufmerksamkeit und sie versuchte, sich für einen Moment in frühere Jahrhunderte zu versetzen. Wie lebendig mochte es hier zugegangen sein, an diesem Platz, der heute menschenleer war?

An der Gebäudeecke blieb er stehen. „Amber, würdest du bitte schon mal zum Portal gehen? Gleich dort um die Ecke?" Er zeigte nach vorne. „Bitte entschuldige, ich komme gleich nach."

Sie hatte volles Verständnis. Es gab Augenblicke, bei denen man niemand Drittes dabeihaben wollte. Manchmal braucht man ein paar Minuten der Zweisamkeit, in denen man sich tief in die Augen blickte oder ein paar Höflichkeiten austauschte, um die Anspannung zu mindern. Joshua war ein erwachsener Mann und sie war sich sicher, dass er seine gute Erziehung nicht außer Acht lassen würde.

Amber schaute sich um und nickte. „Ich warte dort auf dich." Während er sie vergnügt ansah, ging sie beschwingt an der Steinwand entlang. Sie würde auf ein paar Sonnenstrahlen hoffen und am Portal ein paar alten Schwärmereien nachhängen. Hier war der richtige Ort, um sich über die Annehmlichkeiten des heutigen Lebens zu freuen. Wie mühsam mochte damals das Leben gewesen sein? Keine modernen Geschäfte, keine Waren aus Übersee und keine Hoffnung auf bessere Zeiten, wenn man in Armut hineingeboren wurde.

Als sie auf das Portal zuging, sah sie, dass anscheinend ein Besucher die gleiche Idee wie Joshua gehabt hatte. Der schlanke, hochgewachsene Mann trug einen olivfarbenen Gehrock, eine helle Hose, die in schwarzen Stiefeln steckten, und einen schwarzen Hut. Er stand mit dem Rücken zu ihr bei der Tür. Amber ging zunächst ein paar Schritte auf ihn zu, blieb aber dann, wie es sich gebührte, in angemessenem Abstand stehen, und stellte sich mit dem Rücken zum Gebäude.

Der Glockenturm meldete die volle Stunde, während sie die Anlage betrachtete. Was mochte dieser Turm nicht alles angekündigt haben: besondere Anlässe wie eine Hochzeit oder die Trauer über einen Verstorbenen, vielleicht auch einfach nur die Uhrzeit und der Ruf zum Gottesdienst. Fast heiter muss es geklungen haben, als der Turm die Priester mit dem Angelusläuten zum Gebet einlud, was allerdings die Wikinger einst nicht davon abgehalten hatte, die Kleriker häufig zu überfallen und ihnen Angst einzujagen.

Ein kalter Ostwind wirbelte Ambers Mantel in die Höhe und durchdrang ihr Kleid. Selbst der Wollspencer unter ihrem Mantel half nicht. Wo blieb denn nur Joshua? Sollte sie hier erfrieren? Eng schlang sie die Arme um ihren Oberkörper, obwohl sie wusste, dass sie das nicht wirklich wärmte.

Vorsichtig warf sie einen Blick zu dem Herrn bei der Tür. Auch er schien mit dem Wind zu kämpfen und hielt mit der Hand seinen Hut fest, der ihm vom Kopf zu fegen drohte. Ambers Augen blieben einen Augenblick auf ihm ruhen, weil ihr irgendetwas an ihm bekannt vorkam. Da er aber zu weit weg stand, konnte sie nicht genau sagen, was.

Plötzlich drehte er sich um, sah in ihre Richtung und erstarrte. In diesem Moment glaubte Amber, einem Trugbild zu unterliegen.

War das nicht …? Konnte es sein, dass …? Nein – oder doch?

Sie schnappte nach Luft.

Richard. Hatte sie nicht ausdrücklich gesagt, dass sie ihn nicht treffen wollte? Was machte er hier?

Jetzt musste er sie auch erkannt haben, denn er trat ein paar Schritte auf sie zu und blieb dann mit offenem Mund stehen. „Amber?“ Es klang erst ganz zaghaft, dann lauter. „Amber!“

Wann hatte sie diese Melodie zuletzt gehört? Es war nur ein Wort, doch in ihrem Herzen klang es wie Händels *Ombra mai fu* aus der Oper *Xerxes*. Ihr Unterkiefer fing an zu zittern und sie versuchte krampfhaft, aufkommende Tränen zu unterdrücken. Ob sie vor Kälte oder vor Erschütterung bebte, konnte sie nicht ausmachen, und vollkommen unfähig zu sprechen fühlte sie, wie ihr Herzschlag tobte.

Richard kam jetzt auf sie zu und blieb vor ihr stehen. Seine Augen verloren sich in ihrer Seele. „Amber“, hauchte er. Ein neuer Windstoß trug sein herbes Duftwasser zu ihr hinüber. Es brachte sämtliche großen Gefühle, die sie je für ihn empfunden hatte, aus ihrem Herzen hervor, ohne dass sie sich dagegen wehren konnte.

Leise fragte er, ohne sie mit den Augen loszulassen: „Wie geht es dir?“

Amber gab keine Antwort und presste stattdessen die Lippen aufeinander. Nein, sie würde nichts sagen. Es machte keinen Sinn. Eigensinnig hob sie das Kinn. Warum wollte er es wissen? Das würde künftig nur noch Sir Millweard interessieren dürfen.

Er schluckte und wies auf das Portal. „Da ist es geschützter. Wollen wir …?“ Seine Stirn lag in Falten.

Sie warf ihm einen ungestümen Blick zu. „Ich warte auf meinen Cousin. Er muss jeden Moment hier sein.“

Entgegen ihrer Annahme huschte ein Leuchten über Richards Gesicht, dann schüttelte er den Kopf. „Ich glaube, man hat das hier arrangiert.“

„Oh!“, stieß sie mit purem Entsetzen hervor und ihre Augen weiteten sich. „Warum treiben sie dieses böse Spiel mit mir? Ich bin versprochen und sie machen schreckliche Späße.“ Ihre Stimme überschlug sich und wackelte nun bedenklich.

Er griff nach ihrer Hand, die sie ihm am liebsten gleich wieder entzogen hätte.

„Lass mich gehen!“

„Meine liebe Amber, ich muss dir erklären, wie alles gekommen ist.“ Er hielt sie immer noch fest, während sich ihr Brustkorb hob und senkte.

Ihre Augen brannten. Sie standen sich wie zwei Starrköpfe gegenüber. Amber schluckte, wischte sich mit der freien Hand über die Augen und nickte dann zögernd, während sie sich vorsichtig umsah. Das Einzige, was sie entdeckte, waren Blätter, die der Wind durch die Luft wirbelte, ansonsten war niemand in der Nähe. Niemand, der sie mit einem fremden Mann sehen und seine Beobachtung ins Gutshaus tragen würde. Mit einem tiefen Atemzug entschied sie, ihn zumindest anzuhören. Umso schneller würde sie heimgehen können. „Also gut.“

Er bot ihr seinen Arm und führte sie in die schützende Nische.

Hier war es windstill. Durfte sie jetzt darauf hoffen, endlich zu erfahren, warum er nie auf ihren Brief geantwortet hatte? Sie entzog ihm ihren Arm und verschränkte die Arme.

Richard sah sie mit einem Blick an, der sie völlig verunsicherte.

„Als du nicht mehr ins Torhaus kamst, habe ich wochenlang gewartet, wie wir es vereinbart hatten. Irgendwann war ich stark beunruhigt und bin zu deinen Eltern, die mir aber nichts sagen wollten. Um keinen Preis. Nur, dass du nicht mehr da bist, erfuhr ich. Ich war so verzweifelt, deshalb habe mich umgehört, aber angeblich wusste niemand, was es mit deinem Verschwinden auf sich hatte. Selbst der Friedensrichter hat mir von der Suche abgeraten. Ich verstand das nicht, ich habe ihm sogar unterstellt, er habe sich mit deiner Familie abgesprochen."

„Aber ich habe dir doch sofort geschrieben, wo ich bin!" Verzweifelter hätte sie diesen Satz nicht aussprechen können. Es war wie eine Anklage an den Himmel.

Alles in seinem Gesicht schien einzufallen und sein Mund formte sich zu einem Strich. „Ich habe nie einen Brief bekommen. Das hatte ich dir im Laden schon versichert."

Amber ließ es zu, dass Richard sie an sich heranzog. Während ihre Tränen flossen und ihre Wange an seiner Brust lag, war ihr völlig egal, ob sie jemand beobachtete. Erst als ihr Schluchzen ruhiger wurde, schob er sie wieder sanft von sich und reichte ihr ein Taschentuch.

„Lord Francis Asbury und ich haben lange überlegt, warum dein Brief nicht angekommen ist. Wir haben alle Möglichkeiten diskutiert. Die einzig plausible Erklärung könnte der schlimme Postkutschenunfall sein, über den damals sogar in der *Times* berichtet wurde …"

Richard erläuterte ihre Überlegungen und erzählte ihr dann ohne Schnörkel und Entschuldigung, wie er der Heirat mit Helen zugestimmt hatte, um Cold Ashton Manor zu retten. Er ließ weder die Spielschulden und den Schlaganfall seines Vaters aus noch den Kutschunfall oder die schlimmen Monate während Helens Pflege. Zuletzt berichtete er vom Besuch des Professors.

Nachdem er alles vor ihr ausgebreitet hatte, sagte er: „Kannst du jetzt ein klein wenig verstehen, dass mein Leben anders verlief, als wir beide es gedacht, erhofft und geplant hatten? Wenn ich darüber nachdenke, dass ich eine kleine Tochter habe, die ich bisher nur einmal sehen konnte, und das auch nur, weil es so sein sollte … – Amber, ich möchte nicht das Wort ‚Zufall' benutzen, weil es keiner war. Für mich sollte es so sein. Eine Fügung unseres allmächtigen Gottes. Ich kann die Gebete gar nicht zählen, die ich seit damals gesprochen habe." In seinen Augen blitzte es.

Sie lächelte halbherzig, seufzte dann aber schwer und sah ihn ernst an. „Richard – es tut mir so leid, aber ich habe ausgerechnet heute Sir Millweard die Ehe versprochen."

„Heute?", fragte er mit tonloser Stimme und beugte sich vor.

„Ja. Er hatte bereits zum zweiten Mal um meine Hand angehalten." Sie wurde rot und sah nach unten. „Ich … ich habe lange gezögert und immer wieder auf ein Lebenszeichen von dir gehofft. Aber heute Vormittag habe ich mich dann entschieden, Sir Millweards Antrag anzunehmen. Er wird Eliora eine Zukunft geben."

Seine Schultern sanken nach unten. „Und dir?", raunte er mit bebender Stimme. „Ist das dein Ernst?"

Sie spürte sein qualvolles inneres Zusammenbrechen und wich seinem Blick aus.

„He, ihr beiden!" Die fröhlich klingende Stimme erklang direkt neben ihnen. „Darf ich stören?"

Ihre Köpfe schnellten herum. Da stand Joshua, breitbeinig, mit beiden Händen in den Hosentaschen und grinste bis über alle beide Ohren. „Na? Darf man gratulieren?"

„Joshua!", entrüstete sich Amber und starrte auf seine vom Wind zerzausten Haare. „Was fällt dir ein? Hast du bereits vergessen …?" Den Rest verschluckte sie und biss sich auf die Lippen. Konnte er es überhaupt wissen? Ob Onkel Ethan ihm etwas gesagt hatte, als er draußen bei dem Baronet gewesen war? „Ich bin verlobt."

„Dann gratuliere ich von Herzen."

„Nein, nicht mit Richard", sagte sie mit ernst. „Ich habe den Antrag von Sir Millweard angenommen."

Richard schüttelte immer noch benommen den Kopf. Die Enttäuschung war in seinem Gesicht zu lesen. „Ja, dann … dann weißt du jetzt, wie alles gekommen ist. Amber, vergib mir nochmals …" Er machte einen Schritt zurück.

Für einen Moment war nur das Rauschen des Windes zu vernehmen.

„Schluss jetzt!" Joshua trat zwischen die beiden und sah von einem zum anderen. „Ich möchte, dass ihr mir jetzt gut zuhört. Normalerweise unterbreche ich die Rede eines Lords niemals. In diesem Fall muss ich es aber tun. In diesem Rahmen." Er wies mit einer umfassenden Armbewegung auf den Eingangsbereich, in dem sie standen und grinste. „Amber, mein Vater hat heute Vormittag deinen Brief zum Gutshaus gebracht. Beinahe zumindest. Denn ich war zufälligerweise in der Nähe des Tores mit der Beaufsichtigung einer Reparatur beschäftigt. Er hat mir den Brief gegeben, damit ich ihn meinem Herrn überreiche." Joshua machte eine künstliche Pause und schien seinen Spaß an ihren konzentrierten Gesichtern zu haben. „Dummerweise habe ich ihn nicht nur eingesteckt, sondern vergessen. Wie es das Schicksal wollte, stand nach dem Mittagessen Vater schon wieder vor mir. Ob ich dem Baronet den Brief bereits übergeben habe, fragte er. Ich war ziemlich kleinlaut, gebe ich zu. Dachte, es sei ein Geschäftsbrief gewesen und … – nun ja, es kann schließlich schon mal passieren, dass er nicht am gleichen Tag ankommt, oder?"

„Bitte, spannen Sie uns nicht auf die Folter", bat Richard, „Sagen Sie uns endlich, was passiert ist!"

Joshua hob die Hand und schien seinen theatralen Auftritt zu genießen. „Vater fragte doch tatsächlich, ob er den Brief wieder zurückbekommen könnte! Ich dachte, ich höre nicht richtig. Merkwürdig war es schon, finde ich. Er war in Begleitung eines Gentleman. Ich hatte keine Ahnung, warum, aber weil ich Vater kenne, habe ich mir nichts dabei gedacht." Er senkte die Stimme. „Ehrlich gesagt, habe ich sehr gelacht. Musste ja was ganz Besonderes drin stehen im Brief, oder?"

Ambers Blut pulsierte. Was ging es ihn an? Nein, das raubte ihr die Luft. Es klang unglaublich. „Und?", fragte sie atemlos.

„Ich habe Vater den Brief wiedergegeben."

„Nein." Richards Gesichtsfarbe war wie Kalk.

„Doch." Joshua boxte ihm freundschaftlich in die Seite. „Wir gehen jetzt nach Hause. Dann wird Vater ihn euch zeigen und alles genau berichten."

Ungläubig griff Richard nach Ambers Hand, die sie ihm diesmal nicht entzog.

27

Tante Juliette hatte ein wahres Festessen zubereitet. Mary hatte einen Berg von Gemüse zu putzen und beim Kochen helfen müssen, während ihre Tante frühzeitig den Laden abgeschlossen und ein riesiges Fleischstück beim Metzger besorgt hatte. Das lag jetzt gebraten und aufgeschnitten mit einer köstlichen, dunklen Soße übergossen auf ihren Tellern.

Amber ließ sich das zarte Fleischstück auf der Zunge zergehen und schaute in die Runde. Francis und Richard saßen ihr gegenüber, Tante Juliette auf der linken Seite und Onkel Ethan und Joshua rechts von ihr, während Mary eifrig die leeren Schüsseln wieder auffüllte. Der Tag mit seiner ganzen Aufregung hatte alle hungrig gemacht.

Eliora lag bereits im Bett. Richard hatte am Nachmittag nach ihrer Rückkehr versucht, sie auf den Arm zu nehmen, aber sie wollte nicht von einem ihr fremden Mann gehalten werden – wie an dem Tag, als sie fast überrollt worden war.

Francis war gerade dabei, zu erläutern, wie alles vonstatten gegangen war.

„Unsere Reise ging zuerst in Richtung Norden, weil ich dort noch Vorträge halten wollte", grinste er. „Richard hatte ja keinen Mut, nach Wales zu reisen. Ich war mir sicher, er brauchte Abstand von Cold Ashton Manor und ich einen Reisegefährten. Der Winter steht vor der Tür und wenn wir unterwegs sein wollten, durften wir keine Zeit verlieren. Ich wusste, tief in seinem Herzen wünschte sich Richard Gewissheit wegen Amber. Deshalb kam mir die Idee, über St Davids nach Hause zu fahren."

Richard wandte ruckartig den Kopf, legte seine Gabel beiseite und starrte seinen Freund an. Sein Gesicht wechselte die Farbe und er kniff die Augen zusammen. „Du willst mir doch nicht damit sagen, dass deine ganzen Reisetätigkeiten mit mir nur zum Schein waren?"

„Nein! Lediglich diese letzte." Er lachte laut und machte alles andere als einen verwirrten Eindruck. „Kein Wunder, dass in Solva niemand kam."

Die Aufmerksamkeit der Tischgesellschaft war jetzt ganz auf Francis Seite. Er fuhr fort: „Nachdem ich von Mrs Rutherford erfahren hatte, dass ihr Mann mit dem Brief zu Sir Millweard unterwegs war, habe ich mir den Weg beschreiben lassen und tatsächlich traf ich ihn, kaum dass ich mit der Kutsche losgefahren war."

„Ich war aber nicht einfach zu überzeugen, den Brief wieder einzufordern“, warf Onkel Ethan ein und hob lachend die Hände. „Ein fremder Herr und dann diese aberwitzige Idee!“

„Glücklicherweise haben Sie zugestimmt. Und Gott sei Dank hatte Joshua das Schreiben noch bei sich. Ich weiß nicht, ob sonst mein Plan aufgegangen wäre.“

„Ursprünglich wollte ich dich, lieber Richard, nur ein wenig von deiner Sorge und Trauer ablenken“, kam Francis nochmals auf den Grund von Richard als Reisebegleitung zu sprechen. „Ich war der Meinung, ein Ortswechsel könnte helfen, eine andere Sicht auf dein Leben zu bekommen.“

„Was dir gelungen ist.“ Richard griff über den Tisch und drückte Ambers Hand. Er sah ihr tief in die Augen und brachte ihren Kopf damit zum Glühen.

„Es wäre um ein Haar schiefgegangen“, enthüllte Amber und sah Richard nachdenklich an. „Ich hoffe, Sir Millweard wird es mir verzeihen, eine weitere Ablehnung zu erhalten. Er verdient es nicht, dass man Scherze mit ihm treibt.“ Irgendwie tat er ihr leid, aber Mitleid war keine Basis, an ihrem ursprünglichen Entschluss festzuhalten. Gott würde ihm sicher eine junge Frau zeigen, die seinem Naturell entsprach und ihm herzliche Gefühle entgegenbringen konnte. Joshua hatte öfters erzählt, wie besonnen und freundlich sein Brotgeber mit den Leuten auf dem Gut umging. Sein lädiertes Augenlicht war kein Grund, ihm nicht die Zuneigung entgegenzubringen, derer er würdig war. *Lieber Vater im Himmel, beschütze ihn und sorge dich um ihn.*

Die beiden Freunde lehnten Onkel Ethans Angebot ab, noch ein paar Tage zu bleiben, und machten sich bereits am nächsten Tag wieder auf den Weg. Francis erinnerte daran, dass er zu einem abgesprochenen Zeitpunkt wieder in Salisbury sein musste, und Richard tanzten unzählige Pläne durch den Kopf, was er alles vorbereiten wollte, bis Amber zurück nach Cold Ashton kehrte: dann als seine Braut.

Auch Amber würde noch einige Vorbereitungen treffen müssen, bevor sie St Davids verließ.

„Ich verspreche dir, dich wahrhaftig zu lieben und deine Freundschaft als kostbares Geschenk zu sehen", flüsterte Richard ihr beim Abschied ins Ohr. Sie standen allein im Wohnzimmer, während ihre Tante, ihr Onkel und Mary mit Eliora auf dem Arm bereits bei der Kutsche warteten und jeden Handgriff erfassten, mit der der Kutscher die Koffer auf dem Dach befestigte. Joshua hatte sich in aller Frühe verabschiedet, damit er sein Tagwerk im Gutshaus pünktlich beginnen konnte.

Amber lehnte ihren Kopf mit der seidigen Fülle an Richards Schulter und genoss die Wärme, die von ihm ausging, und wie er mit der Hand ihre Frisur zerzauste. Wie sehr hatte sie diese Nähe und seinen Geruch vermisst. „Ich freue mich darauf zurückzukehren."

Zwei Wochen später war es dann endlich so weit: Amber stand aufgeregt mit Eliora an der Hand vor der wuchtigen Eingangstür des Clarkeschen Anwesens, während der Fuhrmann damit beschäftigt war, ihr Gepäck abzuladen. Etwas enttäuscht war sie schon, dass niemand das Rattern der Kutschräder bemerkt hatte und die Tür noch verschlossen war.

Der Kutscher stellte die Koffer neben ihr ab. „Ich danke Ihnen", sagte Amber höflich und drückte ihm eine Münze in die Hand. „Das als besondere Aufmerksamkeit für Ihr umsichtiges Fahren."

Mit einem dankbaren Lächeln verabschiedete er sich und bald hörte sie, wie er den Pferden den Befehl zur Abfahrt zurief.

Noch immer stand Amber wie gebannt vor der Tür und nahm das kostbare, gepflegte dunkle Holz in Augenschein, an dem der charmante Pferdekopf hing. Er erinnerte sie an ihren ersten Besuch hier. Wie damals nahm sie allen Mut zusammen und betätigte den massigen Messingtürklopfer.

Die Tür öffnete sich und statt eines Dieners stand plötzlich Richard mit ausgebreiteten Armen vor ihr. Wie hatte sie diesen Augenblick herbeigesehnt! Wie viele Gebete hatte sie auf der Fahrt hierhin ausgesprochen? Sie konnte sie nicht mehr zählen. Sein scheuer Blick war einem Strahlen gewichen und offenbarte seine Zuneigung als auch seine Verletzlichkeit.

„Wie schön, dass du da bist, Amber." Er hauchte ihr einen Kuss auf die Wange, nahm Eliora vorsichtig hoch und begrüßte auch sie. Dann bot Richard Amber den Arm. Sie nickte und legte vertrauensvoll ihre Hand darauf. Vorsichtig hob sie mit der freien Hand ihr Kleid an und betrat langsam die Halle.

Alles hatte sie erwartet, nur nicht ihre Familie! Da standen ihre Mutter im Sonntagskleid, ihre beiden Brüder, fein herausgeputzt und ausnahmsweise nicht dreckverschmiert, viel größer, als sie sie in Erinnerung hatte. Wahrscheinlich waren sie unglaublich gewachsen. Neben ihnen stand Rose, die ihr verblüffend ähnlich sah, und eine zierliche, brünette Dame in einem anthrazitfarbenen Seidenkleid, die Richards Mutter sein musste. Rings um sie waren verschiedene Bedienstete postiert: eine Köchin mit einer Gehilfin, Spülmädchen, Diener in Livree gekleidet und welche, deren Funktion sie nicht auf Anhieb ausmachen konnte.

Eliora fing an zu weinen und ließ sich nicht von Richard beruhigen. Er strich ihr sanft über die Haare, was sie allerdings nur noch zu mehr Geheul bewog. Mit einem wissenden Blick übergab er sie Amber.

Jetzt trat die Dame auf sie zu und blieb dicht vor ihr stehen.

„Ich heiße Sie auf Cold Ashton Manor herzlich willkommen!" Ihre Augen blickten gütig zu Amber hoch, die sie um einen ganzen Kopf überragte. „Und das hier ist meine süße Enkelin?" Als sie die Hände nach Eliora ausstreckte, kuschelte sich Eliora scheu an Ambers Schulter und beäugte ihre Großmutter mit aufgerissenen Augen. „Sie hat Richards wunderschöne Augen", stellte die Gräfin erfreut fest und machte eine Handbewegung nach hinten.

Wie auf Kommando stürmten ihre Brüder auf sie zu. Amber ging in die Knie, setzte Eliora ab und liebkoste Todd und Grayson, die sie nicht mehr loslassen wollten. Als Amber sich endlich von ihnen löste und wieder aufstand, sah sie in die verweinten Augen ihrer Mutter.

„Amber!" Es war ein Flüstern, das alles erklärte. Von der Selbstverständlichkeit in der Nacht ihrer Flucht war nichts mehr erkennbar. Zaghaft schlang Mrs Devaney die Arme um Amber und als sie keinen Widerstand verspürte, wurde ihr Druck inniger. „Ich … ich weiß nicht, wie ich dir sagen soll …" Ihre Stimme erstarb. Mit tränengefülltem Blick sah sie Amber an. „Es tut mir so leid, mein Kind. So unendliche Schuld habe ich auf mich geladen. Wirst du mir je verzeihen können?"

Amber war tief gerührt, obwohl eine andere Stimme in ihr an die schreckliche Nacht erinnerte und ihr einreden wollte, nicht so leichtfertig zu verzeihen. Amber wich dem Blick ihrer Mutter aus – sie fühlte sich gerade nicht imstande, etwas zu sagen. Überwältigt, dass fast ihre ganze Familie da war, ließ sie die Liebkosungen über sich ergehen, bevor sie zaghaft fragte: „Wie geht es Vater?"

„Er weiß, dass wir hier sind und freut sich unendlich, dich wiederzusehen. Er hat mir die liebsten Grüße für dich aufgetragen."

Sie schloss die Augen. Der Gedanke, ihren Vater im Bett liegend vorzufinden, schmerzte sie. Richard hatte ihr von seiner Erkrankung erzählt. Was mochte aus der Apotheke geworden sein? Wovon lebten ihre Eltern und Geschwister? Fragen über Fragen türmten sich vor ihr auf. Und doch überwog die Erleichterung, heimgekommen zu sein. Ein heimeliges Gefühl, auf das sie nie mehr verzichten wollte.

Wie auf Kommando war die Dienerschaft verschwunden. Kurz darauf kehrte Eddy mit schnellen Schritten wieder in die Halle zurück. „Darf ich die Herrschaften zu Tisch bitten?"

Alles war überwältigend, fand Amber, und als sei es das Selbstverständlichste der Welt, saß sie inmitten ihrer Liebsten an einem reich gedeckten Tisch. An Richards Tisch. Immer wieder warf er ihr tiefe Blicke zu. Eliora war auf ihrem Arm eingeschlafen und sie hatte sie in einem Salon nebenan auf einem Sofa schlafen gelegt. Eine Dienerin blieb bei ihr, um Amber zu rufen, falls sie erwachte.

Nach dem Essen hatte Amber Gelegenheit, alleine mit ihrer Mutter zu sprechen. Während die Männer im Raucherzimmer verschwunden waren, hatte Amber ihre Mutter unter dem Vorwand, ihr ein faszinierendes Bild zu zeigen, in die Halle gelockt.

„Warum habt ihr mich damals so überstürzt weggebracht?" Diese Frage brannte seit einer gefühlten Ewigkeit in ihr und jetzt wollte sie endlich die Wahrheit erfahren. „Richard wollte mich heiraten, das hatte er damals fest versprochen! Erinnerst du dich?"

Mrs Devaney antwortete mit einem gequälten Nicken. „Wir hatten aus sicherer Quelle erfahren, dass er eine andere heiraten sollte. Es müssen dubiose Gründe gewesen sein, die dahintersteckten – welche genau, habe ich nie erfahren. Und bevor du zum Gespött der Leute wurdest, wollten wir, dass du das Dorf verlässt. Nur wohin? Da fiel uns Juliette ein."

„Hat er nie nach mir gefragt?"

„Doch." Ihr Mutter nestelte an ihrem Retikül und zog einen Briefumschlag hervor. „Aber wir wollten nicht, dass er es erfährt.

Er hat sogar einen Brief geschickt, den ich in deinem Zimmer aufbewahrt habe. Er kam, glaube ich, kurz nach deiner Abreise. Hier", sie reichte ihn ihr mit zitternder Hand.

Amber betrachtete den Brief, der noch verschlossen war. Er trug keinen Poststempel, also hatte ein Bote ihn vorbeigebracht. Als sie ihn öffnete und die Zeilen überflog, machten sich Bestürzung und Verblüffung in ihr breit. „Er wollte mit mir durchbrennen", flüsterte sie und steckte den Brief ein. Er hatte alles für sie riskieren wollen! Das machte sie sprachlos.

Mrs Devaney schaute sie besorgt an. Nach einem Moment des Schreckens griff sie nach Ambers Hand.

„Ich weiß nicht, warum ich damals so hart mit dir umgegangen bin", gestand sie mit kummervoller Miene und in ihren Augen glitzerte es verräterisch. „Vielleicht war es der Druck von außen, vielleicht die Enttäuschung, dass du einen anderen Weg eingeschlagen hattest. Glaube mir, mein Wunsch, dich nach Hause zu bitten, hat mich täglich begleitet, aber ich hatte Hemmungen, mich der Unbarmherzigkeit der Dorfbewohner zu stellen. Zu sehr fürchtete ich ihren Spott und ihre Verachtung, die insbesondere dich treffen würden." Eine Tränenspur rollte über ihre Wangen, die sie mit dem Handrücken wegwischte.

„Doch in meinem Herzen bist du immer meine geliebte Tochter geblieben", fuhr sie fort. „Ich habe mich so geschämt, dass du so weit entfernt leben musstest und unsere kleine Enkelin geboren hast, ohne dass du auf unsere Hilfe und Zuneigung hoffen durftest. Es erfüllt uns immer noch mit Schmerz. Ich kann dir gar nicht beschreiben, wie Todd und Grayson gejubelt haben, als ich ihnen erzählte, dass du heimkommst."

„Heimkommst?" Erst jetzt wurde ihr bewusst, dass sie nicht auf Cold Ashton bleiben konnte, sondern bis zur Hochzeit wieder daheim einziehen würde. Diesen Gedanken hatte sie völlig vernachlässigt. Selbst als erwachsene, ledige Mutter einer kleinen Tochter galt es, die gesellschaftlichen Konventionen und Erwartungen zu respektieren.

Ihre Mutter umfasste ihre Hand. „Ja. Und ich wünsche mir nichts mehr, als dass du mir und uns verzeihst."

Dieses Geständnis rührte Amber tief im Herzen an. Sie wusste: Wahre Stärke lag in der Bereitschaft zu vergeben.

„Wir wären die glücklichsten Eltern, wenn du wieder dein altes Zimmer beziehen würdest, bis …" Ihre Mutter biss sich auf die Lippen und Amber musste unwillkürlich lachen.

Sie nickte verstehend und ergriff die Hände ihrer Mutter. „Es war schwer zu ertragen", sagte sie leise und ohne Vorwurf. „Eine gescheiterte Jugend, um es mal mit deinen Worten von damals zu sagen. Aber als ich alles losließ und nur noch auf Gottes Hilfe trauen konnte, habe ich gespürt, dass er mich nie verlässt. Trotz mancher enttäuschenden Ereignisse durfte ich viel Gutes erfahren. Eine Verwandtschaft, die mich mit offenen Armen empfing, und der ich zutiefst verbunden bin und bleibe. Mein Leben begann wieder zu strömen, es füllte sich mit Freude und Zufriedenheit. Und mit Dankbarkeit meinem Schöpfer gegenüber."

Sie gab ihrer Mutter einen Kuss auf die Wange und roch ihren zarten blumigen Duft, der sie gedanklich in die Apotheke trug, zurück in eine Zeit voller Essenzen und Blumen und Kräuter. Sie nahm all ihren Mut zusammen und erstickte die innere Stimme, die ihr vorhalten wollte, was ihre Eltern alles falsch gemacht hatten.

In den Stunden der langen Kutschfahrt war ihr einiges klar geworden. Wenn ihre Zukunft auf Cold Ashton Manor gelingen sollte, dann nur mit einem echten Neuanfang. „Es ist nie zu spät, einander zu vergeben, Mama. Ich möchte nicht, dass noch etwas zwischen uns steht. Deshalb erlaube uns, die Vergangenheit loszulassen."

Mrs Devaney sah sie ungläubig an. „Das habe ich nicht verdient. Danke, mein Kind!" Ein Stöhnen ging durch ihren Körper und mit erstickter Stimme murmelte sie mit gesenktem Kopf: „Ich bin so stolz auf dich. Wie gerne würde ich auch Juliette die Hand reichen. Welch schöneren Anlass gibt es, als die Rutherfords zur Hochzeit einzuladen?"

Es war schon sonderbar, in ihrem alten Zimmer zu schlafen, als sei nichts passiert und als ob sie nie weg gewesen wäre. Ihre Mutter hatte alles liebevoll hergerichtet, ihren Sekretär sogar mit einer Vase mit Blumen geschmückt und ein kleines Bett für Eliora hingestellt, in dem diese wider Erwarten tief und fest geschlafen hatte.

Der Anblick ihres Vaters mit der schweren Lähmung rührte Amber zutiefst. Die linke Gesichtshälfte hing kraftlos herunter, ebenso lag sein linker Arm mit verkrampfter Hand auf der Bettdecke.

„Liebster Vater", sagte Amber gerührt und griff nach dem gelähmten Arm. „Ich freue mich, wieder hier zu sein und dich zu sehen." Sie drückte einen Kuss auf den knochigen Handrücken.

Seine Augen fingen an zu schimmern. Er nuschelte etwas Unverständliches, das ihre Mutter als Begrüßung übersetzte. „Er freut sich auch sehr."

Seine Sprache war verwaschen und ein Gespräch so gut wie unmöglich. Nur an seinen glänzenden Augen konnte sie seine Freude ablesen.

Amber blinzelte und sah ihre Mutter an. „Weißt du schon, dass Mary sich in St Davids mit einem fleißigen, jungen Schuster verlobt hat? Ich fürchte, sie wird nicht mehr zu uns zurückkehren."

„Das ist zu erwarten", sagte ihre Mutter nachdenklich. Sie wirkte abgearbeitet, aber nicht verbittert. „Zum Glück hilft mir Rose. Ohne sie hätte ich es nicht geschafft."

Ein paar Tage später standen Amber, Richard und Eliora an Avalons Box und Richard führte das kleine Händchen seiner Tochter an die Mähne des jungen Hengstes. Sie juchzte bei der Berührung und strahlte ihn an. Ambers Herz pulsierte laut und sie spürte eine tiefe Dankbarkeit. Ein Traum, der wie durch ein Wunder in Erfüllung gegangen war.

„Weißt du, was ich gerade denke?“, fragte Richard und sah sie voller Wärme an.

„Du willst mir vielleicht eine Liebeserklärung machen?“, lachte sie und trat einen Schritt näher, obwohl am Ende des Ganges ein paar Stallknechte den Pferden Futter hinwarfen und Eimer mit Wasser anschleppten. Sollten sie doch denken, was sie wollten.

Er drückte ihre Hand und machte eine Kopfbewegung, draußen das Gespräch fortzusetzten. Als sie wieder auf dem Hof standen, berührte er ihr Kinn, sodass sie ihn anschauen musste. Sein fester Blick machte sie nervös, doch gleichzeitig fühlte sie sich nicht im Stande wegzusehen. „Was hältst du davon, wenn –“

Die schallende Stimme des Friedensrichters unterbrach seinen Satz. „Einen schönen Tag, die Herrschaften!“ Shepherd stelzte quer über den Hof. „Haben Sie einen Moment Zeit, Mylord?“ Dann wanderten seine Augen zu Amber und er stockte. Er schien irritiert, sah verwundert zu Richard, und entdeckte Eliora, die Amber gerade auf dem Boden absetzte. Die Kleine machte ein paar Schritte, die er staunend verfolgte.

„Ihre Tochter?“ Skeptisch schnellten seine Brauen in die Höhe. Er machte den Mund auf und schloss ihn sofort wieder. Verlegen fuhr er sich mit den Fingern durch die Haare. „Nun, mein lieber Graf“, wandte er sich an Richard, weil sie seinen Blick mied und nicht gewillt war, ihm zu antworten. „Ich hätte ein Ergebnis.“

Eine steile Falte formte sich zwischen Richards Brauen. „Was für ein Ergebnis? Ich verstehe nicht …?“

„Den Einbrecher, den Sie suchten."

„Entschuldigen Sie, bitte! Das Torhaus, natürlich!" Richard schlug sich mit der flachen Hand gegen die Stirn. „Die letzten Tage waren zu aufregend. Haben Sie ihn geschnappt?"

Shepherd grinste und hob die Hände. „Es gibt einfach kein perfektes Verbrechen. Man muss sich nur auf die Fehler konzentrieren."

„Und wer hat die Tat begangen?"

„Ein gewisser Green, hier aus Cold Ashton. Er brauchte Trost und den hat er in der Kneipe gefunden. Dabei hat er sich aber so viel Trost angetrunken, dass er in Plauderlaune kam. Den Rest können Sie sich denken."

„Green? Von dem habe ich doch ein Pferd gekauft!"

„Mag sein." Shepherd räusperte sich. „Es ist bekannt, dass er immer knapp bei Kasse ist."

„Konnten Sie es ihm beweisen? Ich meine, nur etwas zu behaupten, heißt nicht, es auch getan zu haben – sowohl im Guten, als auch im Schlechten."

„Ich habe ihm Leute präsentiert, die sein weinseliges Geständnis im Gasthaus bestätigten."

Amber musste schmunzeln, auch wenn ihr der Mann leidtat und Leugnen zwecklos erschien. Hoffentlich wurde er nicht zu streng bestraft.

„Nun sehen Sie mich nicht so ungläubig an, Mylord! Er hatte sich mehr erhofft als eine angebrochene Flasche Wein." Shepherds Lachen dröhnte. „Wie gesagt, ich kriege jeden."

Richard schüttelte seine Hand. „Ich bin Ihnen zu Dank verpflichtet, Mr Shepherd. Sie – und wer immer Ihnen dabei geholfen hat – haben gute Arbeit geleistet."

Shepherd nickte und verabschiedete sich dann wieder.

Als Amber dem Friedensrichter nachsah, spürte sie Elioras kleine Arme, die an ihrem Rock zogen. Sie nahm sie auf den Arm, strich ihr das zerzauste Haar aus der Stirn und spähte zum Stall, aus dem die Stallknechte Pferde herausführten, um sie zur Koppel zu bringen. Richard folgte ihrem Blick und sagte: „Ich werde Avalon behalten."

„Hattest du denn vor, ihn zu verkaufen? Ich finde, er ist ein ganz beeindruckendes Tier."

Richard nickte. „Deshalb werde ich es für Eliora ausbilden. Es soll ihr Pferd werden. Was meinst du?"

Amber sah in seine grünen Augen und schenkte ihm ein warmes Lächeln. „Das halte ich für eine ausgezeichnete Idee. Ich finde, sie hat keine Angst gezeigt." Sie setzte Eliora wieder ab und hakte sich bei ihm unter. Wie schön, dass sie bald als eine wirkliche Familie leben durften. Ein tiefer Friede durchzog ihr Herz.

„Seit ich meinen kranken Vater gesehen habe, beschäftigt mich noch mehr die Frage, wovon meine Familie lebt. Es erfüllt mich mit großer Sorge. Wenn ich über meine kleinen Brüder und die Umstände nachdenke …"

„… und was aus ihnen werden soll", beendete Richard ihren Satz und gestand: „In meiner eigenen Beklemmung und den Umständen hier, hatte ich keinen Blick mehr für die Nöte anderer. Das soll sich von jetzt an ändern. Ich könnte sie finanziell unterstützen."

Amber biss sich auf die Lippen. „Ich hoffe, sie nehmen es an", erwiderte sie nachdenklich und lehnte ihren Kopf an seine Schulter.

Plötzlich fiel ihr Onkel Jacks Nachlass ein. „Es kann sein, dass unsere Sorge unbegründet ist. Und wenn meine ‚Reise' nach St Davids von dem Nachlassverwalter anerkannt wird, habe ich noch eine beachtliche Erbschaft zu erwarten. Doch das Geld würde ich gerne spenden."

Über Richards Gesicht ging ein Leuchten. „An wen denkst du?"

„Entweder die Wohltätigkeitsorganisation in Marshfield oder ein Haus für ledige Mütter. Vielleicht hat Mama Onkel Jacks Haus noch nicht verkauft. Es würde sich bestens eignen."

Flüchtig sah sie zu Eliora, die jetzt mit ein paar Steinen spielte. „Ich werde mit meinen Eltern reden."

Lady Clarke trat aus dem Haus und blieb stehen, als sie sie erblickte. „Darf ich euch Eliora mal entführen?", rief sie fröhlich. „Ich würde ihr gerne zeigen, wo sie bald zu Hause ist."

Amber betrachtete sie lächelnd und nickte. Eine Welle dankerfüllter Gefühle überschwemmte sie, während Richards Mutter herbeieilte, in die Knie sank und liebevolle Worte mit Eliora sprach. Dann nahm sie die Kleine vorsichtig auf den Arm, und war entzückt, dass sie nicht weinte.

„Wir gehen ein wenig in den Garten, Mutter."

Richard führte Amber über den Hof und zeigte auf die weitläufige Anlage mit altem Baumbestand. „Wollen wir?"

Sie nickte und ging schweigend neben ihm ein paar Stufen hinunter, vorbei an Rabatten und buschigen, längst verblühten Rosensträuchern in die Parkanlage.

„Was wolltest du mir noch sagen, als wir vor den Ställen standen?" Sie blieb stehen. Ihre Augen betrachteten liebevoll seine gesunde Gesichtsfarbe. Man sah ihm an, dass er oft an der frischen Luft war. Mit ihm an ihrer Seite fühlte sie sich wie zu Hause, geborgen und erfüllt von einer tiefen Dankbarkeit.

Seine Augen glitten innig über sie hinweg und er zögerte einen Moment. Dann räusperte er sich und legte die Arme um sie. „Was hältst du davon, wenn wir Weihnachten heiraten?"

„Ja", flüsterte sie, nahm sein schelmisches Blinzeln wahr und schmiegte sich an ihn. „Ja! Was könnte ich anderes antworten?"